카이사르의 여자들
1

카이사르의 여자들

Fortune's Favorites

COLLEEN
McCULLOUGH

1

콜린
매컬로
지음

강선재 · 신봉아
이은주 · 홍정인
옮김

교유서가

이탈리아 – 지형과 도로
이탈리아 지역
파두스강 북쪽의 갈리아
리구리아
로마마일
포스투미우스 가도
아이밀리우스 가도
파두스 강
아르누스 강
킬로미터
코르시카
사르디니아 섬
아피우스 가도
미누키우스 가도
브룬디시움
타렌툼
메사나
레기움
릴리바이움
시킬리아
시라쿠사이
카르타고
코수라 섬
아프리카 속주

MASTERS OF ROME

CAESAR'S WOMEN
1

CONTENTS

1장 – 기원전 68년 6월부터 기원전 66년 3월까지 *9*

2장 – 기원전 73년 3월부터 기원전 65년 7월까지 *227*

3장 – 기원전 65년 1월부터 기원전 63년 7월까지 *319*

용어설명 *483*

가이우스 율리우스 카이사르

1장

CHAPTER ONE
Jun. 68 B.C. ~ Mar. 66 B.C.

기원전 68년 6월부터
기원전 66년 3월까지

세르빌리아

청년 브루투스

“브루투스, 피부가 엉망이구나. 밝은 곳으로 와보렴.”

열다섯 살 소년은 들은 척도 하지 않고 판니우스 종이 위에 몸을 웅크리고 있었다. 손에 쥔 갈대 펜은 허공에 가만히 멈춰 있었고 잉크가 마른 지 오래였다.

“이리 와, 브루투스. 지금 당장.” 그의 어머니는 차분하게 말했다.

그는 어머니를 잘 알고 있었으므로 펜을 내려놓았다. 어머니를 지독히 두려워하는 건 아니었으나 어머니의 심기를 건드릴 마음은 없었다. 한 번의 호출은 그냥 무시해도 괜찮았지만, 두 번의 호출은 아무리 귀한 아들이라 할지라도 복종할 것을 원한다는 뜻이었다. 그는 자리에서 일어나 세르빌리아가 서 있는 창문 옆으로 갔다. 로마는 때 이른 폭염에 시달리고 있었으므로 덧문은 활짝 열려 있었다.

그녀는 단신이었고 브루투스는 최근 그녀의 바람대로 키가 크기 시작했지만, 두 사람의 신장 차이는 크지 않았다. 그녀는 한 손으로 아들의 턱을 잡고 입 주변에 솟아난 성난 붉은색 덩어리들을 유심히 살폈다. 그녀의 손은 아들의 턱을 놓아주더니, 이번에는 눈썹을 덮은 짙은색 곱슬머리를 쓸어올렸다. 거기도 여드름이 많았다!

"머리를 짧게 자르라고 몇 번이나 말했니!" 그녀는 그의 시야를 가린 머리카락을 잡아당기며 말했다. 너무 아프게 잡아당기는 바람에 그는 눈물이 맺힐 지경이었다.

"엄마, 짧은 머리는 지적이지 않단 말이에요." 그는 반박했다.

"짧은 머리는 실용적이야. 얼굴을 덮지도 않고 괜히 피부를 자극하지도 않으니까. 아니, 브루투스, 왜 이렇게 갈수록 말을 안 듣니!"

"머리를 짧게 깎은 씩씩한 아들을 원하시면 실라누스와 아들을 더 만드셨어야죠, 엄마. 딸만 낳지 마시고요."

"아들 하나는 어떻게든 감당할 수 있지만 둘이나 되면 나눠줄 재산이 확 줄어들어. 게다가 내가 실라누스에게 아들을 낳아주면, 넌 친아버지와 의붓아버지인 실라누스의 재산을 혼자 다 물려받지 못할 거 아냐." 그녀는 아들이 앉아 있던 책상 쪽으로 가더니 그 위에 쌓인 다양한 두루마리를 짜증스러운 손길로 뒤적였다. "이게 무슨 난장판이니! 이러니 어깨가 안으로 굽고 허리가 구부정해지지. 카시우스 같은 학교 친구들이랑 마르스 평원이라도 다녀와. 투키디데스의 긴 글을 종이 한 장 분량으로 요약하는 쓸데없는 일에만 시간 낭비하지 말고."

"전 로마 최고의 요약본 작성가 중 하나예요." 그녀의 아들은 당당한 목소리로 말했다.

세르빌리아는 비꼬듯이 아들을 쳐다봤다. "투키디데스는 글을 장황하게 쓰는 사람이 아니었음에도 불구하고, 아테네와 스파르타의 갈등을 기록하기 위해서는 여러 권의 책을 쓸 수밖에 없었어. 그의 아름다운 그리스어를 망가뜨리며 게으른 로마인들에게 고작 줄거리나 알려주고, 펠레폰네소스 전쟁에 대해 이제 다 알았다고 착각하도록 만드는 게 뭐가 좋다는 거니?"

“문학은,” 브루투스는 물러서지 않았다. “이제 너무 방대해져서 그 누구도 요약본의 도움 없이는 전체를 파악하기 힘들어졌어요.”

“네 피부가 엉망이야.” 세르빌리아는 자신에게 가장 중요한 주제로 돌아갔다.

“제 또래 사내애들에겐 흔한 일이에요.”

“하지만 내가 널 위해 세워둔 계획엔 없던 일이야.”

“엄마가 절 위해 세워둔 계획에 없던 모든 사람과 사건을 신들이 도우시면 좋겠네요!” 그는 발끈 화를 내며 소리쳤다.

“이제 나갈 테니 옷 갈아입어.” 그녀는 이 말만 남기고 방을 나갔다.

실라누스 소유의 널찍한 저택 아트리움으로 들어설 때, 브루투스는 자주색 단을 두른 어린이용 토가를 입고 있었다. 12월이 되어 유벤타스 축제가 벌어지기 전까지는 공식적으로 성인이 아니었기 때문이다. 어머니는 먼저 나와 기다리고 있었다. 그녀는 자신을 향해 다가오는 아들을 찬찬히 뜯어보았다.

그래, 역시 어깨가 굽었고 허리가 꾸부정해. 그 작고 사랑스럽기만 하던 아이가! 그녀가 이탈리아 최고의 인물 조각가인 안테노르에게 아들의 흉상 제작을 의뢰했던 지난 1월까지만 해도 참으로 사랑스러운 아이였다. 하지만 콩깍지가 씐 어머니의 눈으로 봐도, 사춘기의 지독한 침략을 받으면서 어린 시절의 미모가 퇴색하고 있었다. 짙은 빛깔의 눈은 여전히 크고 꿈에 잠긴 듯했으며 눈꺼풀이 두툼했다. 코는 어머니가 애초에 기대했던 것처럼 로마인다운 당당한 매부리코로 자라지 않고 어머니를 닮아 짧고 끝이 둥글었다. 한때 티 없이 깨끗하고 보드랍던 아들의 올리브색 피부가 이제는 그녀를 두려움에 떨게 했다. 끔찍한 농포와 흉터에 시달리는 지지리도 불운한 사람이 되면 어쩌지? 열다섯 살은 너무 일렀다! 열다섯 살이란 앞으로도 오랫동안 습격에 시달릴 것임을 의미했다. 여드름이라니! 얼마나 역겹고도 구질구질한 일인가. 내일 당장 의사들과 약초 전문가들에게 이 문제를 상의하리라. 아들이 원하든 말든 간에 매일 마르스 평원으로 보내 운동을 시키고, 열일곱 살이 되면 로마 군단에 입대할 수 있도록 무술 과외도 시켜야 했다. 물론 일반 사병이 아닌 수습군관으로 입대시킬 작정이었다. 아들은 집정관급 사령관의 지명을 받아 개인 참모진 소속의 수습군관이 될 터였다. 그의 태생과 지위가 그것을 보장했다.

집사는 두 사람을 팔라티누스 언덕의 좁은 길로 배웅했다. 세르빌리아는 포룸 로마눔 방향으로 바쁘게 걸어갔고, 아들은 어머니를 서둘러 따라갔다.

"어디 가는 건데요?" 그가 물었다. 그는 투키디데스의 글을 요약하다 말고 끌려나온 데 대해 아직 화가 나 있었다.

"아우렐리아네 집."

방대한 정보를 한 문장으로 압축하는 일에 정신이 팔려 있지 않았다면—또 오늘 일진이 나쁘지 않았다면—그의 마음은 기쁨으로 벅차올랐을 터였다. 하지만 그는 앓는 소리를 냈다. "아, 오늘 같은 날 그런 빈민가에 가야 한다니!"

"가야 해."

"가는 길도 너무 멀고, 정말 끔찍한 곳이에요!"

"끔찍한 건 사실이지만, 아들아, 그곳 안주인은 최고의 인맥을 자랑한단다. 모든 사람들이 거기 모일 거야." 그녀는 잠시 멈추더니 슬쩍 곁눈질을 했다. "그러니까 모든 사람들이 말이야, 브루투스, 모든 사람들."

이 말에 그는 아무런 대꾸도 하지 못했다.

길을 터주는 두 노예의 도움을 받으며, 세르빌리아는 반지장이의 계단을 내려와 포룸 로마눔의 아수라장 속으로 들어갔다. 많은 사람들이 모이고, 연설을 듣고, 이런저런 구경을 하고, 얼쩡거리고, 거물들과 교류를 나누는 곳이었다. 원로원 회의나 민회가 열리지 않는 날이었고 법정들은 짧은 휴정에 들어간 뒤였지만, 일부 거물들은 그곳에 나와 있었다. 릭토르들은 붉은색 가죽끈으로 묶어놓은 막대 다발을 어깨 높이로 들고 다님으로써 거물들의 임페리움을 드러내주었다.

"여긴 언덕이 너무 가팔라요, 엄마! 좀 천천히 가면 안 될까요?" 브루투스는 어머니를 따라 포룸 로마눔 건너편의 오르비우스 언덕길을 오르면서 헉헉거렸다. 그는 땀을 뻘뻘 흘리고 있었다.

"평소에 운동을 해뒀으면 불평할 일도 없잖니." 세르빌리아는 마뜩잖은 듯 말했다.

우뚝 솟은 공동주택들이 다닥다닥 붙어 있어 햇빛이 들지 않는 수부라 지구로 들어가자 역겨운 악취와 썩는 냄새가 브루투스의 콧구멍을 훅 파고들었다. 벗겨진 벽에서는 끈적대는 점액이 흘러나왔고, 시꺼멓고 시럽처럼 끈끈한 폐수가 도랑을 지나 하수구로 흘렀으며, 작은 동굴을 닮은 컴컴한 상점들이 끝없이 늘어서 있었다. 축축한 그늘 덕분에 시원한 면은 없잖아 있었으나, 어린 브루투스는 로마에 이런 곳은 없는 편이 낫다고 생각했다. 어머니가 말한 '모든 사람들'이 아무리 이곳에 모인다고 해도.

마침내 그들은 오래된 떡갈나무로 만든 아주 근사한 대문 앞에 도착했다. 대문은 정교하게 조각되었고, 입을 크게 벌린 사자 머리 형상의 눈부시게 반짝이는 황동 쇠고리가 달려 있었다. 세르빌리아의 노예 한 명이 힘차게 문을 두드리자 바로 문이 열렸다. 문 안쪽에는 나이 지긋하고 다소 통통한 그리스인 해방노예가 서 있었다. 그는 허리를 깊이 숙이며 그들을 안으로 모셨다.

물론 이것은 여자들의 모임이었다. 브루투스가 성년이 되어 새하얀 토가 비릴리스를 입게 되면 더는 어머니를 따라다니며 이런 모임에 참석할 수 없을 터였다. 생각만으로도 끔찍한 일이었다. 그가 12월이 지나 성년이 된 후에도 그의 사랑을 계속 만나려면 어머니가 통혼을 넣는 데 성공해야만 하리라! 하지만 그는 이런 생각들을 겉으로 드러내지 않았고, 환영인사가 쏟아지기 시작하자 세르빌리아의 치맛자락에서 떨어졌다. 그는 고성이 가득한 방안의 조용한 구석으로 물러나 수수한 실내장식의 일부처럼 보이기 위해 최선을 다했다.

"브루투스, 안녕하세요." 밝고도 허스키한 목소리가 말했다.

그는 심장이 덜컹하는 것을 느끼며 고개를 돌려 아래를 내려다보았다. "안녕, 율리아."

"이리 와요. 나랑 같이 앉아요." 이 집의 딸아이는 작은 의자 두 개가 놓인 모퉁이로 그를 이끌었다. 그녀가 한 의자에 앉았고, 그는 맞은편 의자에 어정쩡하게 엉덩이를 걸쳤다. 그녀는 둥지에 자리를 잡은 백조처럼 태연하고 우아했다.

겨우 여덟 살인데 어쩜 이리도 아름답단 말인가? 사랑에 눈이 먼 브루투스는 내심 감탄했다. 그는 자신의 어머니가 율리아의 할머니와 가까워지기 전부터 그녀를 잘 알고 있었다. 얼음과 눈처럼 흰 피부, 뾰족한 턱, 둥근 광대뼈, 딸기처럼 달콤해 보이는 희미한 분홍빛 입술, 순하면서도 활력이 깃든 눈빛으로 모든 것을 응시하는 크고 파란 눈동자. 브루투스가 사랑의 시에 흠뻑 빠진 것은 전부 줄곧 사랑해온 율리아 때문이었다. 몇 년 동안이나! 그는 비교적 최근까지 그것이 사랑인지조차 모르고 있었다. 그러던 어느 날 그녀가 달콤한 미소를 지으며 시선을 보냈을 때, 천둥이 치듯 별안간 깨달음이 그를 덮쳤다.

바로 그날 저녁, 그는 어머니를 찾아가 율리아가 성년이 되면 그녀와 결혼하고 싶다는 뜻을 밝혔다.

세르빌리아는 깜짝 놀라 아들을 쳐다보고만 있었다. "사랑하는 브루투스, 율리아는 아직 어린애잖니! 그애와 결혼하려면 9년이나 10년은 더 기다려야 할 거야."

"그애는 결혼할 나이가 되기 한참 전에 누군가와 약혼하고 말 거예요." 그는 괴로워하는 빛을 드러내며 말했다. "부탁이에요, 엄마. 그애 아버지가 귀국하자마자 율리아를 제 신부로 달라고 부탁해주세요!"

"생각을 바꾸는 게 좋겠어."

"싫어요, 절대 안 돼요!"

"그애는 지참금이 너무 적어."

"하지만 혈통은 어머니가 원하시는 제 신붓감의 자격에 부합해요."

"그건 그렇지." 세르빌리아의 검은 눈동자는 때로 더없이 싸늘해지기도 했지만, 이번엔 절대 매정하지 않은 눈길로 아들의 얼굴을 응시했다. 아들의 주장에 담긴 논리를 인정한 그녀는 마음을 고쳐먹더니 고개를 끄덕였다. "네 말이 맞아, 브루투스. 그애 아버지가 로마로 돌아오면 내가 말을 꺼내마. 네겐 돈 많은 신부가 필요하지 않아. 대신 너와 어울리는 혈통의 신부를 찾는 것이 무엇보다 중요해. 율리우스 가문의 딸이라면 이상적이겠지. 특히 이 율리아는 더욱 훌륭해. 양쪽 부모가 다 파트리키 귀족이니까."

이후 두 사람은 율리아의 아버지가 먼 히스파니아에서 재무관 직을 마치고 돌아오기를 기다려왔다. 재무관은 주요 정무관 중에서 가장 낮은 직급이었다. 하지만 세르빌리아는 율리아의 아버지가 그 재무관 직을 지극히 성공적으로 수행하고 있음을 알고 있었다. 로마 사회의 진정한 귀족들이 얼마나 소수 집단인지를 감안했을 때, 그녀가 이제껏 한 번도 그와 마주치지 않은 것은 신기한 일이었다. 하지만 여자들 사이에서 도는 소문에 따르면 그는 자신과 비슷한 혈통의 귀족들 사이에선 이방인 같은 존재이며, 대부분의 귀족들이 로마에 머무는 동안 참석하기 마련인 사교모임에도 불참할 정도로 바쁘다고 했다. 그녀가 진작부터 그와 알고 지냈다면 딸아이를 브루투스의 신부로 달라는 말을 꺼내기가 한결 수월했을 것이다. 하지만 그가 어떤 대답을 할지에 대해서는 의심의 여지가 없었다. 율리우스 가문의 기준으로 봐도, 브루투스는 아주 훌륭한 남편감이었던 것이다.

아우렐리아의 응접실은 여느 팔라티누스 저택의 아트리움에 비할 바는 아니었지만, 그곳을 방문한 열댓 명의 여자들을 수용할 만큼 충분히 넓었다. 열린 덧문 밖으로 모두가 사랑스럽다고 인정하는 정원이 보였다. 1층의 두 아파트 중 다른 아파트에 거주하는 가이우스 마티우스 덕분이었다. 그의 손길을 거치면 장미는 그늘에서도 꽃을 피웠고, 포도덩굴은 12층 높이의 격자무늬 담장과 발코니를 타고 올라갔으며, 각진 형태의 덤불은 구형으로 변했고, 수수한 대리석 수조에는 중력을 이용한 교묘한 배관장치가 설치되어 꼬리지느러미가 둘로 갈라진 돌고래의 무시무시한 입으로 물이 뿜어져 나왔다.

응접실 벽면은 깨끗했고 붉은색으로 칠해져 있었다. 저렴한 테라초로 만든 바닥은 불그스름한 분홍빛으로 광이 날 만큼 반질반질하게 닦여 있었고, 천장은 구름이 떠다니는 정오의 하늘처럼 채색되어 있었다.

값비싼 도금 장식은 없었다. 거물에겐 부족하겠지만 하급 원로원 의원에겐 적당한 집이야. 브루투스는 자리에 앉은 채, 다른 여자들을 쳐다보는 율리아를 응시하며 생각했다. 율리아와 눈이 마주치자 그는 여자들 쪽으로 시선을 옮겼다.

어머니는 아우렐리아와 나란히 긴 의자에 앉아 있었다. 오늘 모임의 주최자인 아우렐리아는 쉰다섯 나이에도 여전히 로마 최고의 미인 중 하나로 손꼽혔지만, 세르빌리아도 그에 밀리지 않는 매력을 발산했다. 아우렐리아는 가녀리고 우아한 체구에 평온한 자태가 아름다웠지만, 몸을 움직일 때면 너무 씩씩한 탓에 기품과는 거리가 멀었다. 연갈색 머리카락에는 흰머리가 전혀 없었고, 피부는 크림처럼 부드럽고 매끈했다. 세르빌리아에게 브루투스의 학교를 추천해준 것도 아우렐리아였다. 그녀는 세르빌리아의 중요한 조언자였던 것이다.

거기서 브루투스의 생각은 갑자기 학교로 건너뛰었다. 이런저런 생각을 하다가 옆길로 새는 것은 그에게 흔한 일이었다. 어머니는 처음에 브루투스를 학교에 보내지 않을 생각이었다. 어린 아들이 가난하고 열등한 집안의 아이들에게 노출되는 것이 두려웠고, 아들의 학구적 성향이 놀림감이 될지도 모른다고 걱정했던 것이다. 그래서 가정교사를 붙여 집에서 가르치는 편이 낫겠다고 판단했다. 하지만 그때, 브루투스의 의붓아버지가 자신의 외아들은 학교를 통해 새로운 자극과 경쟁을 경험해야 한다고 고집을 부렸다. 의붓아버지 실라누스는 그것을 '건전한 활동과 평범한 놀이친구들'이라 표현했다. 이러한 주장은 브루투스가 세르빌리아에게 있어 늘 1순위라는 사실에 대한 질투라기보다는, 브루투스가 나이를 먹었을 때 최소한 여러 종류의 사람들과 어울릴 수 있어야 한다는 인식에서 비롯된 것이었다. 아우렐리아가 추천해준 학교는 당연히 고위층을 위한 학교였지만, 그곳 교사들은 걱정스러울 정도로 독립적인 사고방식의 소유자들이라 똑똑한 여자애들 두세 명은 물론, 마르쿠스 유니우스 브루투스 가문보다 한참 격이 떨어지는 집안의 똑똑한 남자애들까지 학생으로 받았다.

세르빌리아의 자식인 브루투스가 학교를 싫어하는 건 당연했다. 물론 세르빌리아가 가장 흡족해하는 급우인 가이우스 카시우스 롱기누스는 유니우스 브루투스만큼이나 훌륭한 가문 출신이었다. 하지만 브루투스가 카시우스를 참고 견디는 유일한 이유는 어머니를 기쁘게 해주기 위해서였다. 카시우스처럼 전쟁, 싸움, 과감한 행동에 열광하는 시끄럽고 거친 사내아이와 브루투스 사이에 무슨 공통점이 있단 말인가? 브루투스는 나날이 교사들로부터 사랑받는 학생이 되어간다는 사실을 위안 삼아 학교생활에 따르는 끔찍한 시련들을 그럭저럭 견뎌냈다. 카시우스 같은 친구들까지도.

안타깝게도 브루투스에게 있어 가장 친구에 가까운 사람은 카토 외삼촌이었다. 하지만 세르빌리아는 브루투스가 자신의 끔찍한 이부동생과 그 어떤 친밀한 관계도 맺지 않길 바랐다. 외삼촌 카토는 투스쿨룸 출신 촌놈과 켈트이베리아 출신 노예의 피를 물려받았다고, 세르빌리아는 쉴새없이 아들에게 상기시켜주었다. 반면 브루투스는 두 줄기의 고귀한 혈통을 모두 물려받은 귀족이었다. 하나는 로마의 건국자 루키우스 유니우스 브루투스(로마의 마지막 왕 타르퀴니우스 수페르부스를 폐위시킨 인물)에게서 시작된 줄기였고, 다른 하나는 가이우스 세르빌리우스 아할라(공화정이 들어선 지 수십 년 후 로마의 왕이 되려 했던 마일리우스를 죽인 인물)에게서 시작된 줄기였다. 그러므로 외가를 통해 파트리키 귀족인 세르빌리우스 가문의 피까지 물려받은 유니우스 브루투스 가문의 자제가, 카토 외삼촌 같은 하찮은 신진 세력과 어울리는 건 천부당만부당했다.

"하지만 외할머니는 카토 외삼촌의 아버지와 재혼해 두 아이까지 낳았잖아요. 포르키아 이모와 카토 외삼촌 말이에요!" 한번은 브루투스가 반박했다.

"덕분에 영원히 명성에 먹칠을 하게 됐지!" 세르빌리아는 으르렁거렸다. "난 그 결혼을 인정할 수 없고, 그 사이에서 난 자식들도 인정할 수 없어. 그러니 내 아들인 너도 그걸 인정해선 안 돼!"

그걸로 대화는 끝이었다. 드문드문한 가족 모임 이외에 더 자주 카토 외삼촌을 만나는 것이 허락되리라는 희망도 끝났다. 카토 외삼촌은 얼마나 멋진 사람인가! 진정한 금욕주의자였고, 과거 로마의 소박하고 전통적인 생활방식을 사랑했으며, 사치와 허세를 혐오했고, 강력한 통치자처럼 거드름을 부리는 폼페이우스 같은 인물들을 비판할 때면 가차없었다. '위대한' 폼페이우스. 고귀한 조상이라곤 눈을 씻고 찾아봐도 없는 신진 세력. 폼페이우스는 브루투스의 친아버지를 살해해 그의 어머니를 과부로 만들었다. 그로 인해 실라누스처럼 병약하고 시시한 인간이 어머니의 침대로 기어들도록 했고, 브루투스가 마지못해 여동생으로 인정하는 멍청한 여자아이 둘을 낳도록 했고…….

"무슨 생각 해요, 브루투스?" 율리아가 웃으며 물었다.

"아, 별거 아냐." 그는 애매하게 답했다.

"대답을 피하네요. 사실대로 말해줘요!"

"우리 카토 외삼촌이 얼마나 대단한 사람인지 생각하고 있었어."

그녀의 환한 이마에 잔주름이 잡혔다. "카토 외삼촌?"

"넌 모를 거야. 외삼촌은 아직 원로원에 들어갈 나이가 안 됐거든. 사실 엄마 나이보다는 내 나이에 더 가까워."

"호민관들이 포르키우스 회당에 있는 거추장스러운 기둥을 없애려 했을 때 막았던 사람 아니에요?"

"맞아, 우리 카토 외삼촌이야!" 브루투스는 자랑스럽게 말했다.

율리아는 어깨를 으쓱했다. "우리 아빠는 멍청한 짓이었다고 하던데요. 기둥을 철거했다면 호민관단 본부가 더 아늑하게 변했을 거라고 말이죠."

"카토 외삼촌은 옳은 일을 했어. 감찰관 카토는 로마 최초의 회당을 건설하면서 일부러 거기 기둥을 세웠고, 그건 모스 마이오룸에 따른 결정이었어. 감찰관 카토는 호민관들의 고충을 이해했기 때문에 그들이 그 건물을 본부로 이용하도록 허락했지. 호민관은 평민들끼리 선출한 정무관이라 모든 인민을 대표하지 않고, 그래서 신전급 건물을 본부로 이용할 수 없었으니까. 대신 그분은 호민관들에게 그 건물 전체를 내주지 않고 일부만 이용하도록 했지. 호민관들은 처음엔 그것만으로도 고마워 어쩔 줄 몰랐어. 그런데 이제는 감찰관 카토가 비용을 들여 만든 건물을 멋대로 바꾸려는 거잖아. 카토 외삼촌은 자신의 증조부가 세운 건물과 그분의 이름이 훼손되는 일을 결코 용납하지 않을 거야."

율리아는 천성적으로 평화주의자였고 다툼을 싫어했다. 그녀는 다시 미소를 짓고 브루투스의 팔에 한 손을 얹더니 애정을 담아 한 번 꽉 움켜쥐었다. 브루투스는 정말이지 버릇없는 응석받이였고, 너무 고리타분하고 자부심이 강했다. 하지만 그를 오랫동안 알고 지낸 그녀는—정확히 이유는 알 수 없지만—그가 너무 측은하게 느껴졌다. 어쩌면 그건 그의 어머니가 뭐랄까, 좀 음험한 인물이기 때문이었을까?

"그건 율리아 고모할머니와 우리 엄마가 돌아가시기 전에 있었던 일이에요. 그러니 이제 아무도 그 기둥을 철거하려 하지 않을 거예요." 그녀가 말했다.

"너희 아버지께선 곧 집에 돌아오시겠네." 브루투스는 생각의 방향을 결혼 쪽으로 틀며 말했다.

"곧 오시겠죠." 율리아는 기분좋은 듯 꼼지락거렸다. "아, 아빠가 너무 보고 싶어요!"

"사람들이 그러던데, 너희 아버지께선 파두스 강 이북의 이탈리아 갈리아에서 많은 분란을 일으키셨대." 브루투스가 말했다. 그는 미처 몰랐지만, 그것은 마침 아우렐리아와 세르빌리아를 둘러싼 일단의 여자들이 나누고 있던 대화의 주제이기도 했다.

"그애가 대체 왜 그랬을까?" 아우렐리아는 짙은 빛깔의 반듯한 눈썹을 찡그리며 물었다. 그 유명한 자줏빛 눈동자에 언짢은 기색이 깃들어 있었다. "때로는 로마와 로마 귀족들에게 정말이지 넌더리가 나요! 왜 항상 내 아들만 콕 찍어서 정치적 험담과 비난의 대상으로 삼는 거죠?"

"아드님은 키도 너무 크고, 인물도 너무 잘생겼고, 여자들에게 인기도 너무 좋고, 너무나 도도하니까요." 키케로의 아내 테렌티아는 심술궂게 단도직입적으로 말했다. "그게 끝이 아니에요." 명문장가 겸 명연설가의 아내인 그녀가 덧붙였다. "아드님은 말도 아주 멋지게 하고 글도 아주 멋지게 쓰죠."

"그건 원래 타고난 능력들이고, 내가 이름을 언급할 수도 있는 특정 인물들의 비방을 정당화할 점은 그중에 하나도 없어요!" 아우렐리아는 딱 잘라 말했다.

"혹시 루쿨루스 말인가요?" 폼페이우스의 아내 무키아 테르티아가 물었다.

"아뇨, 적어도 그는 그 문제로 비난받을 짓을 하진 않았어요." 테렌티아가 말했다. "그는 티그라네스 왕과 아르메니아를 처리하기 바빠 로마 일에는 전혀 신경쓸 수 없었을 거예요. 그의 속주 세금으로 충분한 돈을 거둬들이지 못해 불만인 기사들 문제를 제외한다면 말이죠."

"그렇다면 비불루스를 말하는 거군요. 그는 로마로 돌아와 있으니까요." 가장 좋은 의자에 자리잡은 위엄 있는 인물이 말했다. 알록달록한 빛깔의 여자들 무리에서 유일하게 머리부터 발끝까지 흰색을 걸쳤고, 품이 넉넉한 의상은 그녀가 가지고 있을지도 모를 여성적인 매력을 모두 가렸다. 위풍당당한 머리에는 가공하지 않은 양모로 만든 일곱 겹 소시지 같은 모양의 관이 걸쳐져 있었다. 그녀가 긴 의자에 앉은 두 여자 쪽으로 몸을 돌리자 관 위로 드리워진 얇은 베일이 흔들렸다. 수석 베스타 신녀 페르펜니아는 터져나오려는 웃음을 억누르며 말했다. "오, 불쌍한 비불루스! 그는 자신의 적나라한 적의를 감추는 법을 모른단 말이죠."

"제가 아까 했던 말과 일맥상통하는 부분이에요, 아우렐리아." 테렌티아가 말했다. "당신의 키 크고 잘생긴 아들이 비불루스처럼 조막만 한 인물들을 적으로 돌린다면, 나중에 중상모략에 시달려도 본인을 탓할 수밖에 없을 거예요. 동료들 앞에서 사람을 바보로 만들고 '벼룩'이란 별명까지 붙여주는 건 너무 어리석은 짓이에요. 비불루스는 앞으로 평생 그의 적으로 남게 되겠죠."

"그런 터무니없는 소리가 어디 있어요! 그건 두 사람이 모두 청년이었던 10년 전 일이잖아요." 아우렐리아가 말했다.

"자자, 조막만한 남자들이 자신의 덩치에 관한 소문에 얼마나 민감한지 잘 알고 계시잖아요." 테렌티아가 말했다. "당신은 유서 깊은 정치 가문 출신이에요, 아우렐리아. 정치에서 제일 중요한 건 어떤 남자가 가진 공적인 이미지고요. 그런데 아드님은 비불루스의 공적인 이미지에 흠집을 냈어요. 사람들은 아직도 그를 '벼룩'이라고 불러요. 그는 평생 그걸 잊지도, 용서하지도 않을 거예요."

"덧붙이자면," 세르빌리아는 신랄하게 말했다. "비불루스에겐 그의 주장에 열심히 호응하는 카토 같은 청중이 있어요."

"비불루스가 정확히 무슨 말을 하고 다니죠?" 아우렐리아는 질문을 하고 입술을 굳게 다물었다.

"아, 아드님이 히스파니아에서 로마로 곧장 돌아오는 대신 로마 시민권자가 아닌 이탈리아 갈리아 주민들을 선동해 반란을 꾀한다는 내용이에요." 테렌티아가 말했다.

"그거야말로," 세르빌리아가 말했다. "순전히 허튼소리예요!"

"어째서," 남자의 낮고 굵은 목소리가 들렸다. "그게 허튼소리라는 겁니까, 부인?"

방안은 침묵에 잠겼다. 그때 어린 율리아가 구석에서 튀어나와 이 새로운 방문자에게 뛰어들었다. "아빠! 오, 아빠!"

카이사르는 딸을 안아들었다. 뺨과 입술에 입맞춤을 하고, 포옹을 하고, 서릿빛 머리칼을 부드럽게 쓰다듬었다. "우리 딸, 잘 지냈니?" 그는 오직 딸을 향해 미소를 지으며 물었다.

하지만 율리아는 "오, 아빠!"라는 말밖에 내뱉지 못했고, 이내 아빠의 어깨에 얼굴을 묻어버렸다.

"어째서 그게 허튼소리라는 거죠, 부인?" 카이사르는 딸아이를 오른쪽 팔뚝으로 가뿐히 옮겨 들면서 다시 물었다. 그의 눈은 이제 웃음기가 사라진 채 세르빌리아를 바라보고 있었다. 상대가 여자임을 인정하면서도 그것을 중요하지 않은 문제로 여기는 듯한 눈빛이었다.

"카이사르, 이쪽은 데키무스 유니우스 실라누스의 아내 세르빌리아야." 아우렐리아가 말했다. 아직까지 아들이 자신에게 인사를 건네지 않았는데도 그녀는 전혀 불쾌해하지 않는 듯했다.

"어째서죠, 세르빌리아?" 그는 이름을 듣고 고개를 끄덕이더니 재차 물었다.

그녀는 침착하고 신중한 어조를 유지하며, 보석상이 금을 고르는 것처럼 깐깐하게 단어를 골랐다. "그런 유언비어에는 논리랄 것이 전혀 없어요. 당신에게 이탈리아 갈리아에서 반란을 선동할 이유가 어디 있겠어요? 당신이 비시민권자들을 만나 그들에게 참정권을 얻어줄 것을 약속했다 해도, 그건 집정관 직을 노리는 로마 귀족에게 전혀 이상할 것이 없는 행동이에요. 그렇게 하면 피호민이 늘어나게 될 텐데, 정치적인 사다리를 오르는 사람에게는 아주 합당하고 칭찬받을 만한 행동이죠. 저는 한때 이탈리아 갈리아에서 모반을 꾀했던 남자의 아내였어요. 그래서 그게 얼마나 절박한 상황에서야 나올 수 있는 행동인지 누구보다 잘 알고 있어요. 레피두스와 제 남편 브루투스는 술라 치하의 로마에서 사는 것을 도저히 견딜 수 없었죠. 그들의 정치 인생은 완전히 실패한 상태였지만, 당신의 정치 인생은 이제 막 시작됐을 뿐이죠. 그러니 당신이 어디에서든 반란을 조장해 얻을 수 있는 이익이 뭐가 있겠어요?"

"정확한 사실입니다." 그가 말했다. 세르빌리아가 약간 차갑다고 느꼈던 그의 눈에는 어느새 즐거운 기색이 돌았다.

"확실한 사실이죠." 그녀는 대답했다. "지금까지 당신의 정치 경력을 감안했을 때—적어도 제가 아는 바에 따르면—당신이 이탈리아 갈리아에서 비시민권자들을 만나고 다녔다면 그건 피호민을 모으는 과정이었겠죠."

그는 머리를 뒤로 젖히며 웃었고, 그 모습은 참으로 멋있었다. 세르빌리아는 이 남자도 자신의 모습이 참으로 멋지다는 사실을 인식하고 있으리라 생각했다. 이 남자는 자신의 말과 행동이 청중에게 미치는 영향을 미리 계산하지 않고는 아무것도 하지 않으리라. 하지만 그녀의 본능은 그 점 역시 순전히 그의 타고난 본능임을 알려주었다. 그는 자신이 미리 계산했다는 것을 보여주는 흔적을 조금도 남기지 않았던 것이다. "제가 피호민을 모으러 다녔다는 건 사실입니다."

"역시 그랬군요." 세르빌리아는 작고 비밀스러운 입술 왼쪽 가장자리에 특유의 미소를 머금으며 말했다. "그런 일로 당신을 비난할 수 있는 사람은 아무도 없어요, 카이사르." 그런 다음 그녀는 아주 당당하게, 마치 선심 쓴다는 듯이 덧붙였다. "걱정 말아요. 제가 그 일에 대해서는 진실이 널리 퍼질 수 있도록 할게요."

하지만 그것은 도를 넘어선 발언이었다. 카이사르는 파트리키 귀족이든 아니든 간에 세르빌리우스 집안사람의 선심에 기댈 마음이 전혀 없었다. 그의 눈빛은 경멸하듯이 반짝이더니, 그녀에게서 떨어져 여자들 사이에 있던 무키아 테르티아를 향했다. 무키아 테르티아는 넋이 나간 채 두 사람의 대화를 경청하고 있었다. 그는 어린 율리아를 내려놓고 무키아 테르티아에게 다가가 따뜻하게 양손을 맞잡았다.

"폼페이우스 부인께선 잘 지내셨습니까?" 그가 물었다.

그녀는 어리둥절한 표정을 지으며 알아듣기 힘든 말을 몇 마디 웅얼거렸다. 그는 이내 술라의 딸이자 자신의 고종사촌인 코르넬리아 술라에게로 넘어갔다. 그는 그곳에 모인 여자들 하나하나에게 살가운 인사를 건넸다. 그는 세르빌리아를 제외한 모든 사람과 안면이 있었다. 그가 갑자기 그녀의 말을 끊은 데 대한 충격이 어느 정도 가시자, 세르빌리아는 이 모든 과정을 자세히 관찰하며 감탄을 금치 못했다. 페르펜니아조차 그의 매력 앞에 무너졌고, 저 무시무시한 유부녀 테렌티아도 바보처럼 웃음을 흘리고 있었다! 멀쩡해 보이는 사람은 그가 마지막으로 인사를 건넨 그의 어머니뿐이었다.

"어머니, 건강해 보이세요."

"난 건강하단다. 너도 건강해 보이는구나." 그녀는 특유의 건조하고 단조로운 어조로 말했다. "많이 나아진 것 같아."

왠지 모르지만 이 말이 그에게 상처를 입힌 게 분명하다고, 세르빌리아는 흠칫 놀라며 생각했다. 아하! 여기 보이지 않는 어떤 저의가 있구나!

"완전히 나았어요." 그는 어머니 옆자리에, 하지만 세르빌리아로부터는 떨어진 쪽에 앉으며 평온하게 말했다. "이 모임에는 무슨 특별한 이유가 있나요?" 그가 물었다.

"이건 우리 사교모임이야. 여드레에 한 번씩 누군가의 집에서 모이지. 오늘은 우리집 차례고."

그는 여행으로 옷이 더러워졌다는 핑계를 대며 자리에서 일어났다. 세르빌리아는 내심 이렇게 티끌 하나 없이 깔끔한 여행자는 난생처음 본다고 생각했다. 그런데 그가 응접실을 떠나기 전에 율리아가 브루투스의 손을 이끌며 그에게 다가왔다.

"아빠, 이쪽은 내 친구 마르쿠스 유니우스 브루투스예요."

그의 미소와 환영 인사는 참으로 대단했다. 브루투스는 감탄하는 기색이 역력했다(그때까지도 마음이 풀리지 않은 세르빌리아는 저앤 당연히 감탄할 수밖에 없겠지, 하고 생각했다). "당신 아들입니까?" 카이사르는 브루투스의 어깨 너머로 물었다.

"네."

"실라누스와는 아들이 없나요?" 그가 물었다.

"없어요. 딸만 둘이에요."

한쪽 눈썹이 치켜올라갔다. 카이사르는 활짝 웃더니 응접실을 떠났다.

그러고 나자 그날 모임은 불편하다기보다도 싱거워져버렸다. 모임은 저녁 시간이 되기 한참 전에 끝났고, 세르빌리아는 일부러 맨 마지막까지 남아 있었다.

"카이사르와 개인적으로 상의하고 싶은 문제가 있어요." 그녀는 아우렐리아에게 배웅을 받으며 말했다. 그녀의 뒤편에 서 있던 브루투스는 율리아에게 애절한 눈길을 보냈다. "그의 피호민들이 모이는 자리에 제가 나타나면 점잖지 않아 보일 거예요. 그러니 제가 그와 단둘이 만날 수 있는 자리를 마련해주셨으면 해요. 가능한 빨리 말이죠."

아우렐리아는 이유를 캐묻지도, 궁금하다는 빛을 내비치지도 않았다. 그녀는 본인의 일에만 신경쓰는 여성이었던 것이다. 브루투스의 어머니는 그 사실에 감사하며 길을 나섰다.

집으로 돌아와서 좋은가? 15개월 넘게 집을 떠나 있었다. 이번이 처음도 아니었고 최장기간도 아니었다. 하지만 이번은 공무 수행을 위한 여정이었고, 그래서 이전과는 달랐다. 총독 안티스티우스 베투스는 먼 히스파니아로 보좌관을 데려가지 않았기 때문에 카이사르는 순회재판, 재정, 행정 문제에 이르기까지 속주 내에서 두번째로 직위가 높은 로마인으로서의 역할을 다 해내야 했다. 먼 히스파니아의 한쪽 끝에서 반대쪽 끝까지, 늘 그랬던 것처럼 전속력으로 말을 달려야 하는 외로운 삶이었다. 다른 로마인과 진정한 우정을 쌓을 시간도 없었다. 그와 친해진 유일한 사람이 비로마인이라는 건 어쩌면 예견된 일이었다. 총독 안티스티우스 베투스가 보좌관 역할을 맡은 카이사르와 친해지지 못한 것도 예견된 일이었다. 물론 두 사람은 사이가 나쁘진 않았고, 같은 도시에 머물 기회가 생기면 만찬을 함께하며 업무 이야기로 가득한 대화를 나누기도 했다. 율리우스 카이사르 가문 출신의 파트리키 귀족으로 살다보면 한 가지 고충이 있었다. 지금껏 만난 상관들 모두 그의 가문이 그들의 가문보다 얼마나 더 고귀하고 위대한지를 너무 잘 알고 있었던 것이다. 모든 로마인들에게 그 무엇보다도 중요한 것은 뛰어난 조상들이었다. 게다가 상관들은 늘 카이사르를 보며 술라를 떠올렸다. 혈통, 탁월한 능력과 효율성, 눈에 띄는 외모, 얼음 같은 눈동자…….

그러니 이제 집으로 돌아와서 좋은가? 카이사르는 깔끔하게 정돈된 서재 안을 응시했다. 먼지 하나 없고, 모든 두루마리는 들통이나 칸막이에 정리되어 있으며, 책상 표면은 쪽매붙임 공법의 섬세한 나뭇잎과 꽃무늬로 장식돼 있고, 그 위엔 양의 뿔로 만든 잉크통 받침대와 펜을 꽂아두는 점토 컵이 놓여 있었다.

적어도 이 집에 첫발을 들이는 일은 그의 예상보다 훨씬 견딜 만했다. 집사 에우티코스가 문을 열고 한창 수다를 떨고 있는 여자들이 보였을 때 그는 곧바로 달아나고 싶었지만, 이내 이것이 아주 훌륭한 시작임을 깨닫게 되었다. 사랑하는 아내 킨닐라가 없는 텅 빈 집에 대한 생각을 묻어둘 수 있었고, 입 밖으로 꺼낼 필요도 없었으므로. 조만간 어린 율리아가 그 이야기를 꺼내겠지만 어떻게든 첫 순간만큼은, 그의 눈이 킨닐라가 없는 풍경에 익숙해져 눈물이 차오르지 않게 될 때까지는 피하고 싶었다. 그는 킨닐라가 없는 이 아파트를 상상할 수가 없었다. 그녀는 나이가 차서 그의 아내가 되기 전까지 그의 여동생으로 살았고, 그의 청년기는 물론 유년기의 일부분이었다. 얼마나 사랑스러운 여인이었던가. 지금은 차갑고 어두운 무덤 속 재로 변해버렸지만.

그의 어머니는 여느 때처럼 차분하고 초연한 모습으로 다가왔다.

"제가 이탈리아 갈리아를 방문한 것에 대해 유언비어를 퍼뜨리고 다니는 사람이 누구죠?" 그는 자신의 의자와 가까운 곳에 어머니가 앉을 의자를 갖다놓으며 물었다.

"비불루스야."

"그렇군요." 그는 한숨을 내쉬고 자리에 앉았다. "뭐, 충분히 예상 가능했던 일 같네요. 비불루스 같은 벼룩에게 그런 모욕을 안겨줬는데 남은 평생 그의 적으로 살지 않기란 불가능하겠죠. 제가 그 인간을 얼마나 싫어했는지 모르실 거예요!"

"그 인간은 지금도 널 얼마나 싫어하는지 몰라."

"재무관은 스무 명인데, 전 운이 좋았어요. 추첨을 통해 비불루스와 멀리 떨어진 지역을 배정받았으니까요. 하지만 그는 저보다 정확히 두 살 많아요. 다시 말해 우리는 관직의 사다리를 오르면서 같은 시기에 같은 직위를 맡게 되겠죠."

"그렇다면 넌 술라가 파트리키 귀족을 위해 마련한 특혜를 이용해, 비불루스 같은 평민들보다 2년 앞서 모든 정무관 직 선거에 출마할 작정이구나." 아우렐리아는 묻는 어투가 아니라 단정하는 어투로 말했다.

"그걸 이용하지 않는다면 멍청한 짓이죠. 전 멍청하지 않아요, 어머니." 그녀의 아들이 말했다. "제가 서른일곱 살 되는 해에 법무관 선거에 출마한다면, 유피테르 대제관으로 지낸 시기를 제외하고도 벌써 경력 16년차의 원로원 의원이 돼 있을 거예요. 누구에게든 충분히 긴 기다림의 시간이지요."

"하지만 그때까진 6년이나 남았어. 그사이에는 뭘 할 거니?"

그는 안절부절못하며 몸을 틀었다. "오, 로마의 성벽들이 벌써부터 절 옥죄는 것 같아요. 불과 두 시간 전에 그 성벽을 통과했는데 말이죠! 국외로 나갈 기회가 생기면 언제든 떠나겠어요."

"법정 사건들이 많을 거야. 넌 유명한 변호인이고, 키케로와 호르텐시우스 수준의 명성을 누리고 있잖니. 너에게도 흥미로운 사건이 주어질 거야."

"하지만 로마 안에서, 언제나 로마 안에서겠죠. 이번 히스파니아 여정은," 카이사르는 몸을 앞으로 기울이며 말했다. "저에게 깨달음의 시간이었어요. 안티스티우스 베투스는 저의 낮은 직급에도 불구하고 제가 원하는 대로 일을 떠맡길 만큼 무기력한 총독이었어요. 그래서 저는 속주 전역에서 순회재판을 진행하고 총독의 자금 관리까지 맡았죠."

"그 두 가지 임무 중 후자는," 그의 어머니는 건조하게 말했다. "너에게 고역이었겠구나. 돈은 너의 마음을 사로잡지 못하니까 말이지."

"참 이상하게도, 로마의 자금을 관리하는 일은 달랐어요. 저는 아주 놀라운 친구를 만나 회계에 관해 많은 걸 배웠어요. 큰 루키우스 코르넬리우스 발부스라는 페니키아계 가데스인 은행가죠. 그에게는 나이가 비슷한 조카가 있는데, 작은 발부스라고 불리고 그의 파트너이기도 해요. 그들은 히스파니아에서 폼페이우스 마그누스를 위해 많은 일들을 처리해줬고 지금은 가데스의 상당 부분을 소유하고 있는 듯했어요. 큰 발부스는 금융이나 재정에 관한 중요한 내용을 죄다 알고 있어요.

그 속주의 공공 재정은 당연히 난장판이었어요. 하지만 저는 큰 발부스 덕분에 아주 훌륭하게 문제를 바로잡을 수 있었죠. 전 그 사람이 마음에 들었어요, 어머니." 카이사르는 어깨를 으쓱하며 쓴웃음을 지었다. "실은 그곳에서 만난 사람들 중 진정한 친구는 그 사람뿐이었어요."

"우정이란," 아우렐리아가 말했다. "양방향으로 성립해야 하는 거야. 넌 로마 귀족을 다 합친 것보다 더 많은 사람들과 알고 지내지만, 너와 같은 계급의 로마인들이 가까이 다가오도록 두지 않아. 그래서 몇 안 되는 진정한 친구들은 죄다 외국인 아니면 낮은 계급의 로마인이지."

카이사르는 활짝 웃었다. "말도 안 돼요! 제가 외국인들과 더 잘 지내는 건 유대인, 시리아인, 갈리아인, 그리스인을 비롯해 온갖 인종들이 얼쩡거리는 어머니의 아파트에서 자랐기 때문이에요."

"그래, 맘껏 날 탓하렴." 그녀는 딱 잘라 말했다.

그는 이 말은 흘려 넘기기로 했다. "마르쿠스 크라수스는 제 친구예요. 어머니도 그 친구는 저만큼이나 귀한 혈통의 로마인이라고 인정하실 수밖에 없겠죠."

그녀는 "히스파니아에서 돈은 좀 벌었니?"라는 물음으로 반격했다.

"발부스 덕분에 여기저기서 조금씩 벌었어요. 안타깝게도 먼 히스파니아 속주는 평화로운 상태여서 루시타니족과의 사소하고 짭짤한 국경 분쟁도 없었어요. 아마 분쟁이 있었더라도 안티스티우스 베투스가 직접 나섰겠죠. 하지만 안심하세요, 어머니. 해적에게서 얻은 밑천은 안전하니까요. 고등 정무관 직에 출마하기에 충분한 돈을 따로 떼놓았어요."

"고등 조영관 직도 포함해서?" 그녀는 불길한 목소리로 물었다.

"전 파트리키 귀족이라 호민관으로 명성을 쌓을 수 없으니, 선택의 폭이 넓지 않아요." 그는 이렇게 말하고서 컵에 꽂힌 펜 하나를 꺼내 책상에 반듯이 내려놓았다. 그는 쓸데없이 물건을 만지작대는 법이 없었지만, 가끔은 어머니의 시선을 피해 쳐다볼 만한 대상이 필요했다. 참 이상한 일이었다. 그는 어머니가 얼마나 사람을 불편하게 만들 수 있는지 잊고 지냈던 것이다.

"해적에게서 얻은 밑천이 안전하다고 해도, 카이사르, 고등 조영관직은 파산의 위험이 따를 정도로 돈이 많이 들어. 게다가 난 널 잘 알아! 넌 적당히 훌륭한 경기대회로는 만족하지 못하겠지. 기어코 모든 사람들의 머릿속에 최고로 기억될 경기대회를 준비하려고 할 거야."

"아마 그렇겠죠. 하지만 그건 3년이나 4년 후에 상황이 닥치면 걱정하는 게 좋겠어요." 그는 평온하게 말했다. "그전에 다음달 열릴 아피우스 가도 관리관 선거에 출마할 거예요. 클라우디우스 집안사람 중엔 출마자가 없더라고요."

"그것도 파산의 위험이 따를 만큼 돈이 많이 드는 일이잖아! 국고위원회에선 너에게 150킬로미터당 1세스테르티우스를 지급할 테고, 넌 1.5미터당 100데나리우스를 쓰려고 할 테지."

그는 이 대화가 몹시 피곤하게 느껴졌다. 늘 그랬던 것처럼, 그녀는 대화를 몇 마디 나누기만 하면 매번 돈 문제와 그의 허술한 금전 감각을 거듭 지적했다. "변한 게 아무것도 없네요." 그는 책상에 놓인 펜을 다시 컵에 꽂으며 말했다. "전 그걸 잊고 지냈어요. 집을 떠나 있는 동안, 여느 남자들이 어머니를 그리워하는 것처럼 저도 어머니를 떠올리기 시작했죠. 그런데 현실은 역시 이런 거였어요. 제 낭비벽에 대한 끝없는 설교 말이죠. 이제 그만하세요, 어머니! 어머니에게 중요한 건 제게 중요하지 않아요."

그녀의 입술이 굳게 다물어졌다. 그녀는 한동안 아무 말 없이 가만히 있었다. 그러다 자리에서 일어나며 말했다. "세르빌리아가 가능한 빠른 시일 내에 너와 단둘이 면담을 하고 싶다더구나."

"대체 무슨 일이죠?" 그가 물었다.

"직접 만나보면 틀림없이 이유를 알려주겠지."

"어머니는 아세요?"

"난 너 말고 다른 사람들의 일은 캐묻지 않아, 카이사르. 그렇게 하면 거짓말을 들을 일도 없거든."

"그렇다면 전 거짓말을 안 한다고 믿어주시는 거네요."

"물론이지."

그는 자리에서 일어나려다 다시 의자에 주저앉았고, 눈살을 찌푸리며 컵에서 다른 펜을 꺼냈다. "흥미롭더군요, 그 여자는." 그의 머리가 한쪽으로 기울어졌다. "비불루스의 유언비어에 관한 그녀의 평가는 놀랍도록 정확했어요."

"네가 기억할지 모르겠지만, 그녀가 내 지인 중 가장 정치 감각이 뛰어난 여자라고 몇 년 전 너에게 말한 적이 있어. 하지만 넌 내 말에 깊은 인상을 받지 않았는지 그녀를 만나보려 하지 않았지."

"뭐, 이제라도 만나봤잖아요. 꼭 그녀의 자만심 탓은 아니지만, 어쨌든 전 깊은 인상을 받았어요. 제 보호자라도 되는 것처럼 선심을 쓰려고 하더군요."

그의 목소리에 담긴 무언가가 문 쪽으로 향하는 아우렐리아의 발길을 멈추게 했다. 그녀는 몸을 휙 돌려 카이사르를 응시했다. "실라누스는 네 적이 아니야." 그녀는 완고하게 말했다.

카이사르는 이 말에 웃음을 터뜨렸지만, 웃음은 곧 잦아들었다. "저도 가끔은 적의 아내가 아닌 여자에게 끌릴 때가 있어요, 어머니! 그냥 그 여자에게 조금 끌리고 있는 것 같아요. 그녀가 원하는 게 뭔지 알아보는 게 좋겠죠. 누가 알겠어요? 어쩌면 그게 나일지도 모르죠."

"세르빌리아에 관해서라면 예측이 불가능해. 수수께끼 같은 존재거든."

"킨닐라와 살짝 닮은 것 같았어요."

"연애 감정에 휩쓸려서 착각하지 마, 카이사르. 세르빌리아와 네 죽은 아내는 닮은 점이 단 하나도 없어." 아우렐리아의 눈가가 촉촉해졌다. "킨닐라는 가장 사랑스러운 소녀였어. 서른여섯 살의 세르빌리아는 소녀도 아니고, 사랑스러움과도 거리가 멀지. 나라면 그녀를 대리석 바닥처럼 차갑고 단단한 여자라 부르겠어."

"그녀를 안 좋아하시는군요?"

"좋아하고말고. 하지만 있는 그대로의 그녀가 좋다는 거야." 아우렐리아는 이제 문 앞까지 걸어가더니 돌아섰다. "곧 저녁이 준비될 거다. 오늘은 집에서 먹겠니?"

그의 표정이 누그러졌다. "오늘 같은 날 다른 곳으로 가서 율리아를 실망시키면 되겠어요?" 그는 다른 생각이 떠올랐는지 덧붙였다. "브루투스는 참 이상한 애더군요. 물 위에 뜬 기름 같았는데, 아마도 내면엔 아주 독특한 형태의 의지 같은 게 숨겨져 있겠죠. 율리아는 그 친구를 아끼는 것 같았어요. 율리아가 그런 애한테 끌릴 거라는 생각은 한 번도 안 해봤는데 말이죠."

"걔한테 끌리는 건 아닐 거야. 다만 둘은 오래된 친구란다." 이번엔 그녀의 표정이 누그러졌다. "네 딸은 너무도 친절한 아이란다. 그런 점은 꼭 제 어머니를 닮았어. 율리아에게 그런 성격을 물려줬을 만한 사람은 킨닐라밖에 없으니까."

세르빌리아에게 천천히 걷기란 불가능한 일이었으므로, 그녀는 평소처럼 빠른 걸음으로 집을 향했다. 브루투스는 힘겹게 그녀를 뒤좇고 있었지만 불평 한마디 하지 않았다. 햇볕에서 가장 뜨거운 열기는 가신 뒤였고, 그는 다시 한번 투키디데스의 세계에 빠져 있었다. 율리아는 잠시 잊혔고, 카토 외삼촌도 마찬가지였다.

평소라면 세르빌리아는 이따금 아들에게 말을 걸었겠지만, 오늘은 아들의 위치 정도만 확인할 뿐 온전한 관심을 쏟지 못했다. 그녀의 의식은 가이우스 율리우스 카이사르에게 붙박여 있었던 것이다. 그를 보는 순간 턱 안으로 천 마리 벌레가 기어드는 듯한 기분이었다. 강한 충격에 정신이 아득했고 꼼짝도 할 수 없었다. 어째서 그와 단 한 번도 마주치지 못했던 걸까? 귀족들의 세계가 좁은 것을 감안하면 어떻게든 마주칠 일이 있었을 텐데. 하지만 그녀는 이전까지 그를 본 적이 없었다! 오, 물론 소문은 알고 있었다. 그에 관한 소문을 모르는 로마 귀족 여성이 어디 있을까? 대부분은 그에 관한 소문을 접하면 어떻게든 그와 한번 마주칠 방법을 궁리했지만, 세르빌리아는 그런 부류의 여자가 아니었다. 그녀는 단순히 그를 제2의 멤미우스나 카틸리나쯤으로, 미소로 여자들을 끔뻑 죽여놓고 그 점을 이용하는 인간쯤으로 여겼다. 하지만 카이사르를 눈으로 확인하자 그는 멤미우스도 아니요, 카틸리나도 아니라는 것을 단박에 알 수 있었다. 오, 그도 미소로 여자들을 끔뻑 죽여놓고 그 점을 이용하는 인간이긴 했다. 그건 논란의 여지가 없었다! 하지만 그에겐 더 많은 것이 있었다. 그는 초연하고, 냉담하고, 닿을 수 없는 존재였다. 왜 여자들이 그와의 짧은 연애 이후에 시름시름 앓고 눈물을 흘리고 절망스러워하는지 이제야 이해할 수 있었다. 그는 그들에게 자신이 소중히 여기지 않는 것을 주었을 뿐, 절대로 자기 자신을 내주지 않았던 것이다.

거리를 두고 상황을 볼 줄 아는 세르빌리아는 이제 그에 대한 자신의 반응을 분석하기 시작했다. 서른여섯이 된 지금까지 그 어떤 남자도 안정감과 사회적 지위보다 더 큰 의미로 다가오지 않았는데, 어째서 그는 다를까? 물론 그녀는 피부가 흰 남자에 대한 취향이 있었다. 첫 남편 브루투스는 다른 사람이 골라준 짝이었다. 그녀는 결혼 당일 그를 처음 만났다. 그의 피부가 까무잡잡하다는 사실은 큰 실망으로 다가왔고, 그가 가진 나머지 특징들도 다를 바 없음이 차차 드러났다. 피부가 희고 대단한 미남인 두번째 남편 실라누스는 그녀가 직접 고른 짝이었다. 그는 외모에 있어서는 줄곧 그녀에게 만족감을 안겨줬지만, 나머지 모든 면에 있어서는 안타까울 정도로 실망스러웠다. 체력이나 지적 능력, 강단에 이르기까지 그는 절대 강한 남자가 아니었다. 그가 그녀에게 아들을 임신시키지 못한 것도 놀랍지 않았다! 세르빌리아는 자신의 의지로 자녀의 성별을 결정지을 수 있다고 굳게 믿었고, 실라누스의 품안에서 보낸 첫날밤 브루투스가 그녀의 외아들로 남게 될 것이라 다짐했다. 그러면 아들이 친부에게 물려받은 이미 막대한 재산에, 역시나 막대한 실라누스의 재산이 더해질 수 있을 터였다.

그녀는 브루투스에게 훨씬 더 막대한 세번째 재산을 안겨주지 못하는 현실이 참으로 안타까웠다! 그녀의 머릿속에 아들이 등장하자 카이사르는 잠시 잊혔다. 세르빌리아의 의식은 그녀의 할아버지이자 집정관이었던 카이피오가 37년 전 나르보 갈리아의 호송대로부터 가로챈 금 1만 5천 탈렌툼을 곱씹고 있었다. 로마 국고위원회에 보관된 것보다 더 많은 금이 세르빌리우스 카이피오에게로 넘어간 것이다. 하지만 그것은 이미 오래전에 금괴가 아닌 다른 형태로 바뀌었다. 이탈리아 갈리아의 공업도시, 시칠리아와 아프리카 속주의 드넓은 밀밭, 이탈리아 반도 전역의 아파트 건물, 원로원 의원에겐 금지된 사업에 대한 익명 투자 등 아주 다양한 형태의 자산으로 전환되었다. 집정관 카이피오가 사망하자 그 재산은 전부 세르빌리아의 아버지에게 상속되었고, 아버지가 이탈리아 전쟁에서 전사하자 그녀의 남동생에게로 넘어갔다. 그녀의 동생은 그녀의 생애 동안 세번째로 '퀸투스 세르빌리우스 카이피오'라는 이름으로 불리게 된 인물이었다. 그렇다, 그 재산은 전부 동생 카이피오에게 상속된 것이다! 외삼촌 드루수스는 진실을 알고 있었음에도 불구하고 카이피오가 그 모든 것을 물려받도록 했다. 그 진실이란 무엇인가? 세르빌리아의 동생 카이피오는 그녀의 이부동생일 뿐이라는 것이었다. 당시 세르빌리아의 어머니는 세르빌리아의 친아버지인 카이피오와 결혼한 상태였지만, 어쨌거나 동생 카이피오는 어머니와 그 벼락출세자 카토 살로니아누스 사이에서 난 첫아이였다. 세르빌리아의 생부는 세르빌리우스 카이피오 가문의 둥지 안에 태어난, 모든 로마인들이 어느 혈통인지 단박에 눈치챌 만큼 대단한 코에 키가 크고 목이 긴 빨강머리 뻐꾸기를 발견했다. 이제 그 카이피오는 서른 살이 되었고, 그의 진짜 혈통은 로마의 모든 주요 인물들에게 알려져 있었다. 얼마나 우스운 일인가! 또 얼마나 대단한 정의인가! 톨로사의 황금은 결국 세르빌리우스 카이피오 가문의 둥지에 태어난 뻐꾸기에게 돌아간 것이다.

깊은 생각에 잠겨 있던 브루투스는 움찔 놀랐다. 어머니가 길을 걸으면서 이를 갈았던 것이다. 그 무시무시한 소리를 들은 사람들은 죄다 창백해진 얼굴로 몸을 피했다. 하지만 브루투스는 피할 수 없었다. 그가 할 수 있는 일이라고는 그녀가 이를 가는 이유가 자신과 무관하기를 바라는 것뿐이었다. 앞장서 걷던 노예들의 생각도 비슷했다. 그들은 심장이 쿵쾅거리고 땀이 줄줄 흐르는 가운데 겁먹은 표정으로 시선을 주고받았다.

세르빌리아는 이러한 주변 상황을 거의 인식하지 못했다. 그녀의 짧고 튼튼한 다리는 쿵쿵대며 걸을 때마다 아트로포스(그리스 신화에서 운명의 실을 자르는 여신—옮긴이)의 가위처럼 벌어졌다가 좁혀졌다. 재수없는 카이피오! 브루투스가 그 재산을 물려받기에는 이미 늦어버렸다. 카이피오는 변호인 호르텐시우스의 딸이자 로마에서 가장 유서 깊고 명망 높은 평민 가문의 여식과 혼인했고, 그녀는 첫아이를 임신중이었다. 둘 사이에는 앞으로 더 많은 아이가 태어날 터였다. 카이피오의 재산은 너무도 어마어마해서 열두 명의 아들에게 나눠줘도 부족하지 않았다. 카이피오 역시 아주 튼튼하고 건강했다. 감찰관 카토가 70대 후반에 접어들어 노예 살로니우스의 딸과 민망하고 터무니없는 두번째 결혼을 통해 얻었던 후손들이 모두 그러하듯이. 그 결혼은 백 년 전 일이었고 당시 모든 로마인들은 포복절도했지만, 이내 그 역겨운 색골 늙은이를 용서하고 노예의 피가 섞인 그의 후손들을 명문가의 일원으로 인정해 주었다. 물론 카이피오가 그의 생부인 카토 살로니아누스처럼 사고로 죽을 가능성도 있었다. 세르빌리아는 또다시 빠득거리며 이를 갈았다. 다만 그럴 가능성은 너무 희박했다! 카이피오는 비겁하게 숨지 않았음에도 불구하고 여러 차례의 전쟁에서 무사히 살아남았던 것이다. 그래, 톨로사의 황금과는 영원히 작별이겠지. 브루투스는 그 황금으로 구입한 재산을 절대 상속받지 못할 테고. 하지만 이건 공정하지 못해! 적어도 브루투스는 모계 쪽으로 진정한 세르빌리우스 카이피오 가문의 피를 물려받았어! 오, 브루투스가 그 세번째 재산을 물려받을 수만 있다면 폼페이우스 마그누스와 마르쿠스 크라수스를 합친 것보다 더 큰 부자가 될 수 있을 텐데!

실라누스의 저택 정문에 거의 다 왔을 때, 두 노예는 달려가 문을 두드리더니 안으로 들어가자마자 사라져버렸다. 세르빌리아와 아들이 안으로 들어가자 아트리움에는 사람 하나 없었다. 집안의 모든 사람들이 세르빌리아가 이를 갈았다는 소식을 전해 들은 것이다. 그 때문에 그녀는 응접실에 누가 와 있는지 미리 전달받지 못했고, 톨로사의 황금을 상속받지 못한 브루투스의 불운을 비관하며 거칠게 응접실로 걸어 들어갔다. 분노에 찬 그녀의 눈앞에 이부동생 포르키우스 카토가 나타났다. 브루투스가 너무도 사랑하는 카토 외삼촌이었다.

그는 새로운 스타일을 시도하고 있었는데, 공화정 초기엔 토가 밑에 튜닉을 입는 사람이 없었다는 이유로 튜닉을 생략했다. 세르빌리아가 이부동생에 대한 혐오로 눈이 멀지 않았다면, 그녀 역시 이 독특하고 파격적인 패션(그는 다른 사람들에게 이 패션을 전파하는 데 실패했다)이 그에겐 썩 잘 어울린다고 인정했을지도 모른다. 올해 스물다섯 살이 된 그는 건강과 건장함의 정점에 있었다. 스파르타쿠스 전쟁 때는 일반 사병처럼 험하고 고된 생활을 했고, 기름진 음식을 먹지 않았으며, 물을 제외한 다른 음료는 마시지 않았다. 짧고 구불구불한 머리칼은 붉은빛 도는 밤색이었고 커다란 눈은 밝은 회색이었지만, 매끈한 피부는 잘 그을려 있어서 어깨부터 허리까지 오른쪽 상반신 전체를 노출하고도 아주 보기 좋았다. 그의 몸은 날렵하고 단단하고 털 없이 매끈했다. 흉근은 잘 발달해 있었고, 복부는 군살 없이 납작했으며, 오른팔은 여기저기 잔근육이 붙어 있었다. 아주 기다란 목 위에는 아름다운 모양의 머리가 있었고, 입은 시선을 사로잡을 만큼 사랑스러웠다. 사실 저 대단한 코만 아니었다면 카이사르나 멤미우스나 카틸리나와 견줄 만한 미남으로 인정받았을지도 모른다. 하지만 그 거대하고 가늘고 날카롭게 구부러진 코는 다른 모든 것들을 덮어버리기에 충분했다. 보는 이들에게 경외심을 심어주는, 그 자체로 생명력을 가진 듯한 코였다.

"막 떠나려던 참이야." 카토는 거칠고 시끄럽고 듣기 거슬리는 목소리로 말했다.

"진작 떠나지 않은 게 유감이야." 세르빌리아는 이를 악물고 말했다(이를 갈고 싶었지만 그러진 않았다).

"마르쿠스 유니우스는 어디 있어? 누나가 데려갔다고 하던데."

"브루투스! 그냥 브루투스라고 불러. 다른 사람들처럼!"

"난 지난 10년간 발생한 호칭의 변화를 받아들일 수 없어." 그의 목소리가 점점 커졌다. "누구든 별명을 한두 개, 심지어 세 개까지도 얻을 수 있지만, 전통에 따르면 사람은 첫번째 이름과 가문의 이름만으로 불려야 해. 별명이 아니라 말이지."

"글쎄, 난 그 변화를 아주 기쁘게 받아들이는 입장인걸, 카토! 그리고 우리 브루투스는 널 만날 수 없어."

"내가 포기할 거라고 생각하는군." 그의 목소리는 특유의 협박조로 바뀌었다. "하지만 난 절대 포기하지 않아, 세르빌리아. 내 목숨이 붙어 있는 한 절대 아무것도 포기하지 않을 거야. 누나 아들은 나와 피를 나눈 조카고, 그애의 세계엔 성인 남자가 아무도 없어. 누나가 원하든 말든 난 그애에 대한 내 의무를 다할 작정이야."

"가장은 그애의 의붓아버지야. 네가 아니라."

카토는 말처럼 히힝 소리를 내며 웃었다. "데키무스 유니우스는 구역질이나 해대는 한심한 머저리야. 다 죽어가는 오리보다도 허약해서 누나 아들을 이끌어줄 수 없다고!"

카토는 놀랍도록 두꺼운 낯짝을 가진 반면 약점은 손꼽도록 적었지만, 세르빌리아는 그 모든 약점을 낱낱이 알고 있었다. 그중 하나는 아이밀리아 레피다였다. 카토는 열여덟 살 무렵 그녀를 얼마나 사랑했던가! 하지만 아이밀리아 레피다는 메텔루스 스키피오가 무릎 꿇고 애걸하게 만들기 위해 카토를 이용했을 뿐이었다.

세르빌리아는 난데없이 말을 꺼냈다. "오늘 아우렐리아 저택에서 아이밀리아 레피다를 봤어. 어찌나 좋아 보이던지! 지극히 행복한 아내이자 엄마던데. 메텔루스 스키피오와 그 어느 때보다 더 깊은 사랑에 빠져 있다고 하더라."

이 화살촉은 카토에게 박힌 것이 분명했다. 그의 얼굴이 창백해졌다. "그 여잔 메텔루스 스키피오를 되찾으려고 날 미끼로 이용했어." 그는 비통하게 말했다. "여자의 전형적인 특징을 다 가졌지. 교활하고 부정직하고 무절제하고."

"네 아내에 대해서도 그렇게 생각하니?" 세르빌리아는 웃음을 띤 채 눈을 굴리며 물었다.

"아틸리아는 내 집사람이야. 아이밀리아 레피다가 약속을 지켜 나와 결혼했다면, 그녀는 곧 내가 여자들의 술수 따윈 용납하지 않는다는 걸 알게 됐을 거야. 아틸리아는 내가 시키는 대로만 하며 모범적인 삶을 살고 있어. 난 완벽하지 못한 행동거지를 절대 용납하지 않을 테니까."

"가엾은 아틸리아! 네 아내가 포도주 냄새라도 풍기면 자결하라고 시킬 거니? 12표법에 따르면 그것도 가능하다던데, 넌 케케묵은 법을 열렬히 지지하잖아."

"난 로마의 모스 마이오룸에 따른 전통, 관습, 오래된 방식을 열렬히 지지하는 거야." 그는 요란하게 외쳤다. 그의 코가 찌그러지며 콧구멍이 마치 양쪽에 달린 커다란 물집처럼 보였다. "나와 집사람, 우리 아들딸들은 집사람이 직접 요리과정을 확인한 음식만 먹고, 직접 청소과정을 확인한 방에서만 지내고, 손수 실을 잣고 옷감을 짜서 바느질한 옷만 입는단 말이지."

"그래서 네가 그렇게 헐벗고 다니는 거니? 네 아내도 참 고역이겠다!"

"아틸리아는 모범적인 삶을 살고 있어." 그는 반복해 말했다. "난 노예나 유모에게 자녀 양육을 맡기는 짓을 용납할 수 없어. 그래서 집사람은 세 살배기 딸아이와 한 살배기 아들을 혼자 힘으로 돌보고 있지. 아틸리아는 한눈팔 틈이 없어."

"내가 말했다시피 네 아내는 고역에 시달리고 있어. 카토, 넌 노예를 충분히 쓸 수 있고, 네 아내도 그걸 알고 있어. 그런데도 넌 지갑을 꽉 닫고 아내를 노예처럼 부리고 있지. 네 아내는 전혀 고마워하지 않을 거야." 세르빌리아의 희고 두툼한 눈꺼풀이 위로 올라가더니, 얄궂은 까만 눈동자가 그를 머리부터 발끝까지 훑었다. "나중에 말이야, 카토, 평소보다 일찍 집으로 돌아갔다가 네 아내의 외도 장면을 목격하게 될지도 몰라. 누가 그 사람을 비난할 수 있겠어? 부정한 아내의 남편이 되면 네 꼴도 볼만하겠다!"

하지만 이 화살은 빗나갔다. 카토는 그저 의기양양한 표정이었다. "오, 그럴 가능성은 전혀 없어." 그는 자신 있게 말했다. "요즘처럼 물가가 폭등한 시기에도 난 노예를 살 때 내 증조부께서 정하신 노예 가격 상한선 이상은 지불하지 않지만, 그래도 날 두려워하는 사람들만 노예로 사오거든. 나는 한 치의 오차도 없이 공정해. 자기 몫을 하는 노예라면 내 밑에서 고생할 일이 전혀 없지! 하지만 그들은 모두 내게 속해 있고, 그들도 그 사실을 알고 있어."

"집안 분위기가 아주 평화롭겠네." 세르빌리아는 웃으며 말했다. "아 이밀리아 레피다에게 그 좋은 걸 놓쳐서 너무 아쉽겠다고 전해줄게." 그녀는 지겹다는 듯이 등을 돌렸다. "이제 꺼져, 카토, 지금 당장! 내가 죽지 않는 한 브루투스를 데려갈 생각은 말아. 우린 서로 아버지가 다르지만—그런 자비에 대해 신들께 얼마나 감사드리는지!—둘 다 강철 같은 끈기를 타고났어. 하지만 카토, 난 너보다 훨씬 더 똑똑해." 그녀는 고양이처럼 가르랑거리는 소리를 냈다. "사실 두 이부남동생 중 어느 쪽과 비교해도 훨씬 더 똑똑하지."

세번째 화살은 그의 뼛속을 관통했다. 카토는 뻣뻣하게 굳어졌고, 아름다운 두 손으로 불끈 주먹을 쥐었다. "나에게 못되게 구는 건 참을 수 있지만, 세르빌리아, 카이피오 형에게 못되게 구는 건 절대 못 참아!" 그는 포효하듯 외쳤다. "그건 부당한 누명이야! 카이피오 형은 누나의 친동생이야, 내 친형이 아니라! 오, 카이피오 형이 친형이길 내가 얼마나 간절히 바라는지 모를 거야! 난 세상 누구보다 카이피오 형을 더 사랑하니까! 그런 누명은 용서 못해, 특히 누나 입에서 나오는 거라면 더더욱!"

"거울이나 한번 쳐다봐, 카토. 모든 로마인들이 진실을 알고 있어."

"우리 어머니는 루틸리우스 가문의 피도 물려받으셨어. 그래서 카이피오 형은 그쪽 집안의 피부색과 머리카락 색깔을 물려받은 것뿐이야!"

"헛소리! 루틸리우스 집안사람들은 모랫빛 도는 흰 피부에 단신이고, 카토 살로니아누스 집안사람들처럼 코 모양이 독특하지 않아." 세르빌리아는 코웃음을 치며 빈정거렸다. "서로 닮았으니 호감을 느낄 수밖에. 네가 태어난 순간부터 카이피오는 너에게 헌신했어. 너희 둘은 한 꼬투리에 든 완두콩들이고, 지금껏 완두콩 수프만큼이나 끈끈한 관계를 유지해왔지. 절대 떨어지지 않고, 다투는 일도 없이. 카이피오는 네 친형이야, 내 친동생이 아니라!"

카토는 자리에서 일어났다. "누난 사악한 여자야."

그녀는 여봐란듯이 하품을 했다. "네가 졌어, 카토. 잘 가. 간다니 속이 다 시원하네."

그는 응접실을 떠나면서 마지막 말을 남겼다. "결국엔 내가 이길 거야! 난 항상 이기니까!"

"내가 죽지 않는 한 넌 절대 못 이겨! 하지만 나보단 네가 먼저 죽게 될 거야."

세르빌리아가 다음으로 상대할 사람은 그녀 인생의 또다른 남자, 바로 남편인 데키무스 유니우스 실라누스였다. 카토가 시원스럽게 정의한 것처럼, 남편이 구역질이나 해대는 머저리임을 그녀는 인정하지 않을 수 없었다. 장에 무슨 문제가 있는지 몰라도 구토가 잦았고, 누가 봐도 수줍음 많고 내성적이며 다소 특색 없는 사람이었다. 그녀는 남편이 저녁식사 자리에 나타나는 모습을 지켜보며 그의 모든 장점은 외모에 집중돼 있다고 결론지었다. 그에겐 그저 잘생긴 얼굴뿐이었고, 그 안에는 아무것도 없었다. 하지만 또다른 잘생긴 얼굴의 소유자, 가이우스 율리우스 카이사르는 결코 그렇지 않았다. 카이사르…… 난 그에게 완전히 매료됐어. 잠깐이지만 그도 내게 매료되고 있는 게 느껴졌지. 하지만 난 혀를 잘못 놀려 그의 기분을 상하게 했어. 어째서 그가 율리우스 집안사람이라는 걸 잊었던 걸까? 내가 아무리 세르빌리우스 가문 출신의 파트리키 귀족이라도, 율리우스 집안사람의 인생이나 문제에 선심 쓰듯 호의를 베풀 순 없는 법인데…….

그녀와 실라누스 사이에서 난 두 딸은 저녁식사 자리에 와 있었고, 평소처럼 오빠인 브루투스를 괴롭혔다(그애들은 브루투스를 약골 취급했다). 유니아는 일곱 살로 카이사르의 딸 율리아보다 약간 어렸고 유닐라는 거의 여섯 살이었다. 두 딸은 적당한 갈색 피부에 지극히 매력적이었다. 그애들이 남편으로부터 사랑받지 못할 걱정은 없었다! 아주 매력적인 외모와 두둑한 지참금은 그 누구도 거부하기 힘든 조합이었다. 그애들은 이미 두 명문가의 후손들과 정식으로 약혼을 마친 상태였다. 결혼 상대가 정해지지 않은 것은 브루투스뿐이었지만 그는 자기 뜻을 아주 명확히 밝혔다. 어린 율리아. 그런 어린애를 사랑하게 되다니 브루투스는 얼마나 별난가! 평소엔 잘 받아들이지 않았지만, 오늘 저녁 그녀는 브루투스가 이따금 수수께끼처럼 느껴진다는 점을 순순히 인정했다. 저애는 왜 스스로 지식인이 되기를 고집하는 걸까? 그 구렁텅이에서 벗어나지 않으면 저애의 공직생활은 절대 성공적일 수 없겠지. 카이사르처럼 용감한 군인으로서, 혹은 키케로처럼 법정의 변호인으로서 대단한 명성을 겸비하지 않는 한 지식인은 경멸받기 십상이었다. 브루투스는 카이사르나 키케로처럼 정력적이지도, 잽싸지도, 사교적이지도 않았다. 저애가 카이사르의 사위가 되면 좀 나아질지도 모른다. 저애도 그의 마법 같은 힘과 매력에 물들겠지. 아니, 물들어야만 한다. 카이사르…….

카이사르는 다음날 파트리키 구에 위치한 자신의 개인 공간에서 그녀를 만나겠다는 의사를 전달했다. 파브리키우스 염색공장과 수부라 목욕탕 사이에 위치한 아파트 3층이었다. 내일 낮의 네번째 시각에 루키우스 데쿠미우스라는 사람이 그녀를 위층으로 안내하기 위해 1층에서 기다리고 있을 것이라 했다.

안티스티우스 베투스의 먼 히스파니아 총독 임기는 연장되었지만, 카이사르에겐 그의 곁에 머물 의무가 없었다. 애초에 카이사르의 파견지가 결정된 것은 개인적인 임명이 아니라 추첨을 통해서였다. 한편으로는 먼 히스파니아에 잔류하는 것이 즐거울 듯했지만, 재무관 직은 포룸 로마눔에서 위대한 명성을 쌓는 기반으로 삼기에는 너무 낮은 직급이었다. 카이사르는 향후 몇 년 동안 최대한 오래 로마에 머물러야 함을 알고 있었다. 로마는 앞으로 끊임없이 그의 얼굴을 봐야만 했고, 끊임없이 그의 목소리를 들어야 했다.

스무 살 나이에 탁월한 용기의 상징인 시민관을 수여받은 덕분에, 그는 일반적인 원로원 입성 연령인 서른 살보다 10년 일찍 원로원 의원이 되었다. 게다가 재무관보다 높은 관직에 오르기 전까진 발언권이 허용되지 않는 데 반해, 그에겐 처음부터 원로원에서 발언할 수 있는 자격이 주어졌다. 물론 이 대단한 특권을 함부로 사용하진 않았다. 카이사르는 이미 너무 긴 발표자 명단에 자기 이름까지 추가해 듣는 사람을 지치게 할 만큼 상황 판단력이 흐리지 않았다. 그는 굳이 웅변으로 관심을 끌 필요가 없었다. 그에겐 늘 자신의 독보적인 위치를 잘 드러내는 시각적 장치가 있었기 때문이다. 술라의 법에 따라 카이사르는 공식적인 장소에서는 항상 떡갈잎으로 엮은 시민관을 쓰고 다녀야 했다. 또한 가장 덕망 높은 전직 집정관과 감찰관 들조차도 그가 등장하면 즉시 기립해 박수를 쳐야 했다. 이는 카이사르를 남들과 차별되고 남들보다 높은 위치에 올려놓았으며, 그는 이 두 가지 위치가 무척 마음에 들었다. 다른 사람들은 어떻게든 영향력 있는 인물과 친분을 쌓으려 했으나 카이사르는 혼자 걷는 것을 선호했다. 오, 사나이라면 수많은 피호민 무리를 거느리고 대단한 인지도를 자랑하는 보호자로 알려져야 마땅했다. 하지만 파벌과의 결탁을 통해 최정상에 오르는 것은—물론 카이사르는 최정상에 오를 작정이었다!—카이사르의 계획이 아니었다. 파벌은 그 파벌의 구성원들을 조종하기 마련이었다.

'선량한 사람들'을 의미하는 보니를 예로 들어보자. 원로원의 수많은 파벌 중에서 보니는 가장 큰 영향력을 자랑한다. 보니는 종종 선거를 독점하다시피 하고, 법정의 주요 관직을 죄다 자기네 사람들로 채우고, 민회에서 가장 큰 목소리를 낸다. 하지만 보니는 아무것도 표방하지 않는다! 그나마 보니를 설명할 수 있는 말은, 구성원들의 유일한 공통점이 변화에 대한 뿌리 깊은 혐오라는 것 정도였다. 반면 카이사르는 변화에 찬성했다. 개조, 개정, 폐지가 필요한 부분들이 너무 많았다! 카이사르는 먼 히스파니아에서의 공직생활을 통해 변화의 필요성을 더 절실히 깨달았다. 총독들의 부패와 탐욕을 억제하지 못한다면 제국은 파멸을 맞고 말 터였다. 그것은 카이사르가 목격하고 싶어하는, 아니, 직접 실행하고 싶어하는 수많은 변화 중 한 가지에 불과했다. 로마의 모든 요소들은 관심과 규율을 절실히 필요로 했다. 하지만 보니는 전통적으로, 그리고 한결같이 가장 사소한 변화마저 반대했다. 카이사르는 그들에게 인기가 없었다. 그들의 놀랍도록 예민한 코는 이미 오래전부터 카이사르에게서 급진적인 냄새를 포착했던 것이다.

카이사르에게 목적 달성을 위한 확실한 길은 하나뿐이었다. 군 사령관이 되는 것이었다. 하지만 로마군의 합법적인 장군이 되려면 우선 법무관급 이상의 정무관에 당선되어야 했고, 로마 법정과 사법제도를 감독하는 법무관 여덟 명 중 하나로 당선되려면 향후 6년간 최대한 많은 시간을 로마 내에서 보내야 했다. 선거유세를 하고, 유권자를 만나고, 혼란의 도가니 같은 정치판에서 이리저리 치여야 했다. 또한 그의 세계 최전선에 서서 영향력과 권력, 피호민과 상업계의 기사계급 지지자는 물론 모든 종류의 추종자들을 그러모아야 했다. 모든 구성원들이 동일한 이념을 공유한다고 주장하는—혹은 그런 것 따윈 관심도 없는—보니나 여타 파벌들의 구성원으로서가 아니라, 자기 본연의 모습과 자기 혼자만의 힘으로.

카이사르의 야망은 자신이 직접 만든 파벌의 우두머리가 되는 것으로 끝이 아니었다. 그는 로마의 일인자라는 위치에 오르기를 원했다. 프리무스 인테르 파레스(Primus inter pares), 비슷한 동료들 사이에서의 일인자, 가장 큰 권위와 존엄을 가진 누구나 인정할 수밖에 없는 존재. 로마의 일인자는 권력의 화신이었다. 모두가 그의 말에 집중했고, 그는 왕이나 독재관이 아니었으므로 어느 누구에게도 축출당할 수 없었다. 그는 오로지 개인의 권위로 그 자리를 차지할 뿐, 관직이나 군대를 등에 업고서 그러는 것이 아니었다. 늙은 가이우스 마리우스는 게르만족을 물리침으로써 힘들게 그 자리에 올랐다. 그에겐 자신이 로마의 일인자가 될 만한 인물임을 대중에게 보여주는 위대한 조상이 없었으므로. 반면 술라에겐 위대한 조상이 있었지만, 그는 스스로 독재관이 되었으므로 로마의 일인자라는 이름을 얻지 못했다. 그는 그냥 술라—위대한 귀족, 독재자, 경탄할 만한 풀잎관의 주인, 불패 기록을 자랑하는 장군—였다. 정치의 장에서 태어난 전설적인 군사 영웅, 그것이 로마의 일인자였다.

그렇기 때문에 로마의 일인자는 어떤 파벌에 소속되어 있을 수 없었다. 그는 스스로 파벌을 결성해야 했고, 누군가의 하수인이 아니라 가장 무시무시한 동지로서 포룸 로마눔에 등장해야 했다. 오늘날 로마에선 파트리키 귀족일 경우 그러기가 더 수월했고, 카이사르는 파트리키 귀족이었다. 그의 조상들은 고작 100인으로 구성된 원로원이 로마의 왕에게 정치 자문을 해주던 시절부터 원로원 의원으로 활동했다. 지금의 로마가 존재하기 이전에 그의 조상들은 알바누스 산에 위치한 알바롱가의 왕이었다. 그리고 그보다 더 옛날, 그의 39대조 할머니는 베누스 여신이었다. 그녀는 다르다니아의 왕 아이네아스를 낳았고, 아이네아스는 배를 타고 이탈리아의 라티움으로 와서 훗날 로마라 불리게 될 땅에 새로운 왕국을 건설했다. 이처럼 눈부신 가문 출신이라는 점은 사람들로 하여금 그가 파벌의 지도자가 될 만한 인물이라 여기게 만들었다. 로마인들은 훌륭한 조상을 가진 인물을 좋아했고, 조상이 뛰어날수록 그 후손이 자신의 파벌을 결성할 가능성은 높아졌다.

그러므로 카이사르는 앞으로 9년 후 집정관 자리에 오르기 전까지 자신이 무엇을 해야 할지 알고 있었다. 그는 사람들이 자신을 로마의 일인자가 될 만한 인재로 여기게끔 만들어야 했다. 그것은 동료들을 회유하는 작업이 아니라, 동료가 아닌 사람들을 지배하는 작업을 의미했다. 그의 동료들은 그를 두려워하고 증오하게 되리라. 로마의 일인자로 불리고자 했던 모든 사람들에 대해 그랬던 것처럼. 그들은 이를 악물고 카이사르의 야망에 맞서 싸울 터였고, 그가 너무 강해져 도저히 끌어내릴 수 없을 지경이 되기 전에 무슨 수를 써서라도 그를 끌어내리려 안간힘을 쓸 터였다. 그들이 현재 로마의 일인자를 자처하는 폼페이우스 마그누스를 혐오하는 것도 같은 이유에서였다. 폼페이우스는 오래가지 못하리라. 로마의 일인자라는 칭호는 카이사르의 몫이었다. 살아 있는 것이든 죽어 있는 것이든, 그 무엇도 그가 그 자리에 오르는 것을 막을 수 없을 터였다. 그는 자기 자신을 잘 알고 있었으므로 그 사실도 잘 알고 있었다.

그가 집에 도착한 다음날 새벽, 만족스럽게도 일단의 피호민들이 그에게 찬사를 바치려고 나타났다. 그의 응접실은 피호민들로 가득했고, 집사 에우티코스의 통통한 얼굴은 기쁨으로 환해졌다. 늙은 루키우스 데쿠미우스의 얼굴도 환하기는 마찬가지였다. 그는 카이사르가 자기 방에서 나오자마자 기다렸다는 듯이 귀뚜라미처럼 기운 넘치고 빳빳한 동작으로 뛰어왔다.

현장의 많은 사람들은 카이사르가 데쿠미우스의 입술에 입맞춤하는 것을 보고 놀랐다.

"율리아 다음으로 아빠가 제일 그리웠어요." 카이사르는 데쿠미우스를 힘껏 끌어안으며 말했다.

"네가 없는 로마는 예전 같지 않더구나, 공작새!"라고 데쿠미우스는 화답했다. 그는 카이사르가 아장아장 걷던 시기에 자신이 붙여준 오래된 별명으로 그를 불렀다.

"전혀 늙지 않은 것처럼 보여요, 아빠."

그 말은 사실이었다. 데쿠미우스는 예순보다는 일흔에 가까운 것이 분명했지만 그의 실제 나이를 아는 사람은 아무도 없었다. 어쩌면 영원히 살 것같이도 보였다. 그는 겨우 4계급 신분에 수도 트리부스인 수부라 소속이라 어떤 민회에서도 영향력을 행사할 만한 투표권이 없었다. 하지만 데쿠미우스는 특정한 세계 안에서 대단한 영향력과 권력을 휘두르는 인물이었다. 그는 아우렐리아의 인술라를 본부로 삼고 있는 교차로단의 관리인이었고, 인근의 모든 남성들은 계급 고하를 막론하고 한 번씩 이 종교모임 장소 겸 선술집에 들러 그에게 경의를 표해야 했다. 교차로단의 관리인으로서 데쿠미우스는 대단한 권한을 쥐고 있었다. 그는 불법적인 활동으로 상당한 부를 축적했고, 필요한 사람들에게는 적당한 이율로 돈을 꿔줌으로써 그들이 향후 자신의 목적을 위해 일하도록 했다. 혹은 그의 보호자인 카이사르의 목적을 위해 일하게 했다. 그가 자신의 튼튼한 두 아들보다도 사랑하는 카이사르, 소년 시절부터 그의 미심쩍은 모험에 함께한 카이사르, 카이사르, 카이사르…….

"저쪽 집의 네 방들을 다 준비해뒀다." 늙은 남자는 환하게 웃으며 말했다. "새 침대도 있어. 아주 훌륭하지."

얼음처럼 옅은 파란색 눈동자가 반짝였다. 카이사르는 활짝 웃으며 윙크를 날렸다. "내가 직접 보고 개인적인 감상을 알려드릴게요, 아빠. 그러고 보니 생각났는데…… 데키무스 유니우스 실라누스의 아내에게 편지를 전달해주시겠어요?"

데쿠미우스는 눈살을 찌푸렸다. "세르빌리아?"

"그 여자는 유명한 모양이네요."

"안 그렇다곤 할 수 없지. 자기 노예들에게 아주 독하게 구는 여자거든."

"그걸 어떻게 아세요? 그녀의 노예들이 팔라티누스 언덕의 교차로단에 자주 드나드는 모양이군요."

"소문은 퍼지기 마련이야, 다 퍼진다고! 그녀는 노예들에게 본때를 보여주기로 작정하면 십자가형도 서슴지 않는다더구나. 모두가 지켜보는 정원에서 십자가형을 실시하기도 했어. 그것도 우선 매질부터 해서 십자가에 매달린 노예들이 금세 죽도록 했지."

"그건 참 사려 깊네요." 카이사르는 이 말을 남기고 세르빌리아에게 전달할 편지를 건네주었다. 그는 데쿠미우스가 자신에게 세르빌리아와 엮이지 말라는 경고를 보낸다거나, 자신의 취향을 비난한다고 오해하는 우를 범하지 않았다. 데쿠미우스는 단순히 본인의 의무에 따라 자신이 아는 정보를 전달해준 것뿐이었다.

음식은 카이사르에게 그다지 중요하지 않았다. 그는 미식가도 쾌락주의자도 아니었던 것이다. 그렇기 때문에 피호민들을 만나는 중간중간에 아우렐리아의 제빵사가 구운 신선하고 바삭바삭한 롤빵을 무심히 씹거나 물을 들이켜는 것으로 충분했다. 집사는 카이사르의 후한 인심을 익히 알고 있었으므로 똑같은 롤빵이 담긴 접시, 물보다는 포도주를 선호하는 사람들을 위해 준비한 희석한 포도주, 빵에 찍어 먹을 수 있는 기름이나 꿀이 담긴 작은 그릇 등을 들고 다니며 피호민들에게 권했다. 카이사르의 피호민들이 늘어나는 것을 지켜보기란 얼마나 기분좋은 일인지!

그저 카이사르를 위해 무슨 일이든 할 수 있다고 알려주기 위해 찾아온 사람들이 있는가 하면, 특별한 목적을 가지고 찾아온 사람들도 있었다. 취업에 필요한 추천서를 써달라거나, 잘 교육받은 아들을 위해 국고위원회나 기록보관소에 자리를 마련해달라거나, 딸아이라든지 토지에 관한 이런저런 문제에 조언을 해달라는 부탁이었다. 돈을 빌리기 위해 찾아온 사람들도 몇몇 있었고, 그들도 일단 환대를 받았다. 마치 카이사르의 지갑이 마르쿠스 크라수스의 지갑만큼이나 두툼하다는 듯이. 하지만 카이사르의 지갑은 지극히 얇았다.

대부분의 피호민들은 경의를 표하고 대화를 나눈 뒤 바로 떠났다. 남은 이들은 카이사르에게 추천서 따위를 받아야 하는 사람들이었고, 그들은 카이사르가 책상에 앉아 종이를 나눠주는 동안 차례를 기다렸다. 그 결과, 마지막 피호민이 자리를 떠나자 해가 길어지는 봄날의 네 시간이 훌쩍 지나 있었다. 이제 남은 시간은 모두 카이사르 자신의 몫이었다. 물론 피호민들은 멀리 가버린 것이 아니었다. 한 시간 뒤 카이사르가 시급한 서신들을 먼저 처리하고 아파트에서 나오자, 기다리던 피호민들은 그가 향하는 곳으로 따라갔다. 피호민들을 거느린 사람이라면 누구나 공개적으로 그 사실을 과시해야 했다!

아쉽게도 오늘 포룸 로마눔엔 대단한 인물이 아무도 없었다. 카이사르와 그의 수행단은 아르길레툼에 도착해 아이밀리우스 회당과 원로원 의사당 계단 사이를 지났다. 바로 그곳에 로마 세계의 최중심부가 자리하고 있었다. 숭배의 대상, 유적, 공공건물 들이 여기저기 흩어져 있는 공간, 포룸 로마눔의 낮은 구역이었다. 그곳에 돌아온 것은 15개월 만이었다. 물론 변한 것은 없었다. 그곳은 절대 변하지 않았다.

우물처럼 움푹 꺼진 민회장이 그의 앞에 입을 벌리고 있었다. 민회장은 널찍한 원형 계단으로 이루어져 있었고 제일 아래층은 지면보다 낮았으며, 그곳에서 평민회와 트리부스회가 열렸다. 사람이 빼곡히 들어차면 3천 명까지 수용할 수 있었다. 원로원 의사당 계단의 옆면과 마주한 민회장의 뒷벽에는 로스트라 연단이 있었는데, 정치인들이 민회장 바닥에 모인 대중을 상대로 연설하는 장소이기도 했다. 또한 그곳에는 고색창연한 원로원 의사당이 있었다. 툴루스 호스틸리우스 왕이 건설한 이래 수세기 동안 원로원 본부로 이용되고 있었고, 술라에 의해 정원이 늘어난 원로원 의원들을 모두 수용하기에는 턱없이 작았으며,

옆면의 벽화는 멋졌지만 다소 낡은 인상을 주는 건물이었다. 쿠르티우스 연못, 신성한 나무들, 높은 기둥 위에 우뚝 선 스키피오 아프리카누스, 포획한 적선의 충각을 올려놓은 또다른 기둥들, 인상적인 대좌 위에서 장님 아피우스 클라우디우스처럼 노여운 눈길로 사람들을 쏘아보거나, 약삭빠르고 재치 넘치는 원로원 최고참 의원 스카우루스처럼 의기양양하며 평온한 표정을 짓고 있는 조각상들. 사크라 가도의 판석들은 주변의 대리석 소재 포장도로보다 더 많이 닳아 있었다(술라는 주변 포장도로를 교체했지만, 모스 마이오룸 때문에 사크라 가도는 보수할 수 없었다). 재판소 두세 개가 모여 있는 트인 땅 너머로 볼품없는 오피미우스 회당과 셈프로니우스 회당이 보였고, 그 왼쪽에는 웅장한 카스토르·폴룩스 신전이 보였다. 이렇게 거추장스러운 건물들 사이에서 어떻게 온갖 회의와 재판과 민회가 열릴 수 있는지는 풀리지 않는 의문이었으나 늘 문제없이 진행되었다. 늘 그래왔고 앞으로도 그러하리라.

북쪽으로는 카피톨리누스 언덕의 두 소언덕 중 높은 쪽이 우뚝 솟아 있었다. 그곳에는 화려하게 채색된 기둥, 박공벽, 주황색 기와지붕 위의 도금한 동상 등으로 장식된 신전들이 산만하게 들어서 있었다. 유피테르 옵티무스 막시무스의 새로운 신전(기존의 신전은 몇 년 전 화재로 소실되었다)은 아직도 건설중이구나, 하고 카이사르는 눈살을 찌푸리며 생각했다. 신전 건설의 책임자인 카툴루스가 늦장을 부리며 충분히 서두르지 않는 것이 분명했다. 하지만 술라의 거대한 기록보관소는 이제 완공되었고, 전면 중앙부 전체는 로마의 모든 문서, 법, 장부를 보관하기 위한 여러 층의 아케이드 형태 보관실로 채워졌다. 카피톨리누스 언덕 아래에는 또다른 공공건물인 콩코르디아 신전이 있었고, 그 옆에는 외국 대표단을 영접하는 공간인 세나쿨룸이 있었다.

세나쿨룸 너머, 유가리우스 구와 카피톨리누스 언덕길이 갈라지는 그곳에 카이사르의 목적지가 있었다. 나무 벽과 기둥에 더덕더덕 칠해진 현란한 색상만 제외하면 철저히 도리스 양식을 따른, 아주 오래되고 거대한 사투르누스 신전이었다. 그곳에 안치된 낡은 사투르누스 신상에는 항상 기름을 채워놓았고 부서지지 않도록 천으로 꽁꽁 감싸놓았다. 또한 그곳에는—카이사르의 목적과 관련지어 설명하자면—로마 국고위원회가 위치하고 있었다.

사투르누스 신전은 계단 열두 개로 이어지는 높은 기단 위에 있었고, 복도와 방 들이 미로처럼 복잡하게 연결된 석조 구조물이었다. 이 신전 공간의 일부는 법이 새겨진 동판과 석판 들을 보관하는 장소로 이용되었는데, 로마의 불문법에 따르면 모든 법은 이곳에 보관되어야 했다. 하지만 세월이 흐르고 석판과 동판이 급격히 늘어나면서, 새로 만들어지는 법은 신전의 한쪽 출입구로 들여와 곧바로 반대쪽 출입구로 내보낸 뒤 아예 다른 장소에 보관되었다.

신전 공간 대부분은 국고위원회가 이용하고 있었다. 내부의 거대한 철문 너머 위치한 금고 보관실에는 로마의 유형자산이 놓여 있었다. 수천 탈렌툼에 달하는 금괴와 은괴였다. 외벽으로 높은 안전망이 둘러져 있고 희미하게 흔들리는 등잔불로 밝혀진 음침한 사무실에는 로마의 공공재정을 책임지는 일단의 공무원들이 있었다. 하급 기사 자격에 해당하는 고위급 공무원이 있는가 하면, 그보다 직급이 낮은 장부 기록자가 있었고, 그보다 더 직급이 낮은 공공 노예도 있었다. 공공 노예들은 바닥의 먼지를 쓸었지만, 벽면을 장식한 거미줄은 좀처럼 건드리지 않았다.

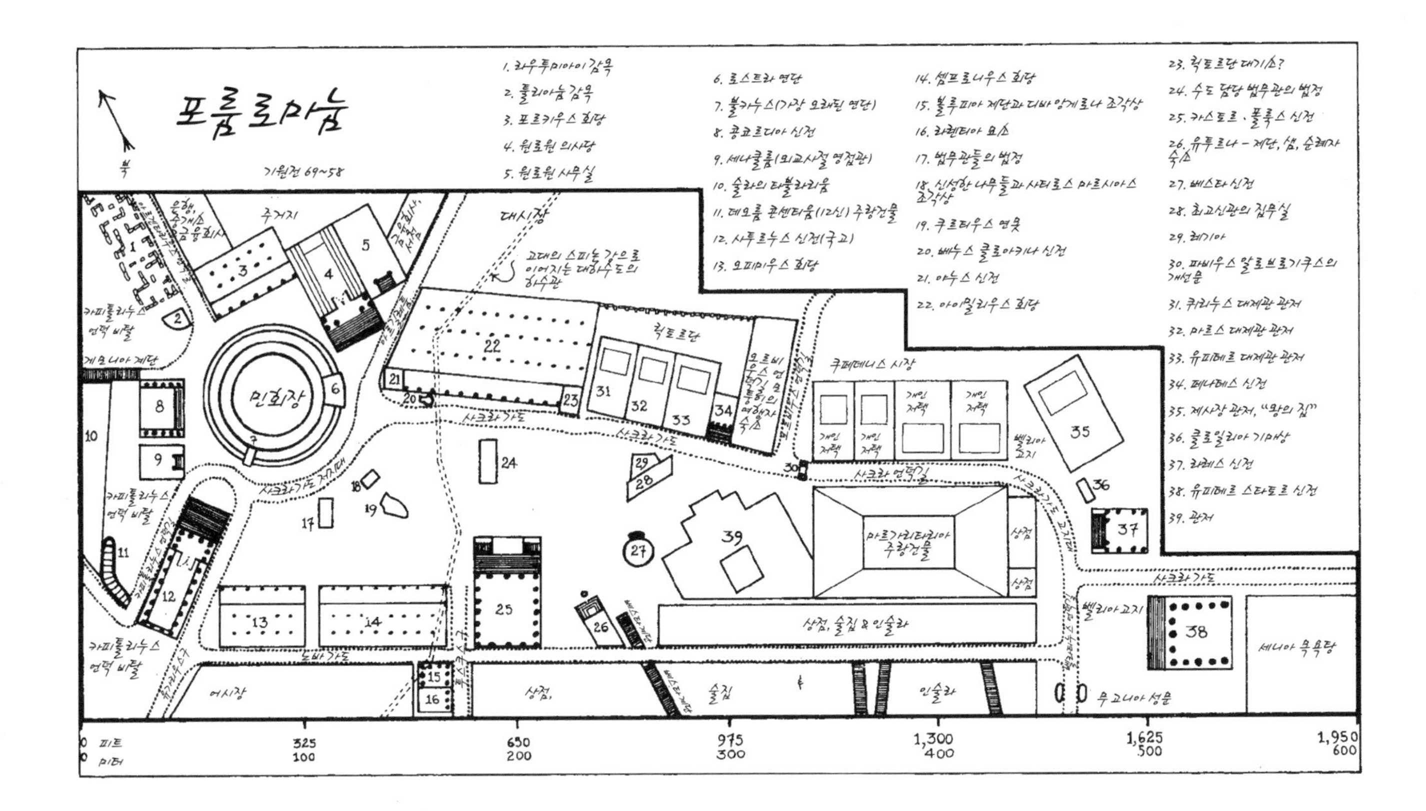

포룸 로마눔
기원전 69~58
북
1. 라우투미아이 감옥
2. 툴리아눔 감옥
3. 포르키우스 회당
4. 원로원 의사당
5. 원로원 사무실
6. 로스트라 연단
7. 불카누스(가장 오래된 연단)
8. 콩코르디아 신전
9. 세나쿨룸(외교사절 영접관)
10. 술라의 타불라리움
11. 데오룸 콘센티움(12신) 주랑건물
12. 사투르누스 신전(국고)
13. 오피미우스 회당
14. 셈프로니우스 회당
15. 볼루피아 제단과 디바 앙게로나 조각상
16. 라렌티아 묘소
17. 법무관들의 법정
18. 신성한 나무들과 사티로스 마르시아스 조각상
19. 쿠르티우스 연못
20. 베누스 클로아키나 신전
21. 야누스 신전
22. 아이밀리우스 회당
23. 릭토르단 대기소?
24. 수도 담당 법무관의 법정
25. 카스토르, 폴룩스 신전
26. 유투르나 - 제단, 샘, 순례자 숙소
27. 베스타 신전
28. 최고신관의 집무실
29. 레기아
30. 파비우스 알로브로기쿠스의 개선문
31. 퀴리누스 대제관 관저
32. 마르스 대제관 관저
33. 유피테르 대제관 관저
34. 페나테스 신전
35. 제사장 관저, "왕의 집"
36. 클로일리아 기마상
37. 라레스 신전
38. 유피테르 스타토르 신전
39. 관저
주거지
대시장
고대의 스피농 강으로 이어지는 대하수도의 하수관
릭토르단
쿠페디니스 시장
개인 저택
벨리아 고지
민회장
게모니아 계단
카피톨리누스 언덕 비탈
사크라 가도
사크라 언덕길
마르가리타리아 주랑건물
상점
상점, 술집 & 인술라
투스쿠스 가
어시장
술집
인술라
무고니아 성문
세니아 목욕탕
0 피트
0 미터
325
100
650
200
975
300
1,300
400
1,625
500
1,950
600

로마의 속주와 수입이 팽창하면서 사투르누스 신전은 본래의 재정적 목적을 수행하기엔 너무 좁아져버렸다. 하지만 로마인들은 건물을 한번 어떤 용도로 지정해놓으면 그것을 변경하기를 끔찍이 싫어했으므로, 사투르누스 신전은 허우적대며 가까스로 국고위원회 역할을 수행해야 했다. 동전과 금괴, 은괴 일부는 다른 신전들의 지하 보관실로 좌천되었고, 해당 연도의 장부들을 제외한 나머지는 술라의 기록보관소로 추방되었다. 그로 인해 국고위원회 소속 관리와 하인 숫자는 급격히 늘어났다. 공무원 역시 로마인들이 끔찍이 싫어하는 존재였지만, 어쨌거나 국고위원회는 국고위원회였다. 공공자금은 적절한 방식으로 땅에 심어 잘 기른 뒤 수확해야만 했다. 그 과정에 지긋지긋하리만치 많은 공무원이 필요하다 할지라도.

수행원들이 자부심에 빛나는 눈으로 지켜보는 가운데, 카이사르는 사투르누스 신전 기단 옆쪽의 거대한 조각 장식 문으로 올라갔다. 그는 티 없이 새하얀 토가를 입었고, 튜닉의 오른쪽 어깨에 원로원 의원임을 드러내는 넓은 자주색 띠를 걸치고 있었다. 또한 머리에는 떡갈잎으로 엮은 관을 쓰고 있었는데, 그는 모든 공식적인 자리에서 시민관을 착용해야 했고 이것은 공식적인 자리였기 때문이다. 다른 사람이라면 하인에게 문을 두드리게 시켰겠지만 카이사르는 직접 문을 두드렸다. 그런 다음 문이 서서히 열리고 그 안에서 머리 하나가 나타날 때까지 기다렸다.

"가이우스 안티스티우스 베투스 총독 수하에서 먼 히스파니아 재무관을 역임한 본인 가이우스 율리우스 카이사르는 법과 관습의 요구에 따라 속주의 재정 상태를 보고하고자 하오." 카이사르는 흔들림 없는 목소리로 말했다.

그는 안으로 들어갔고 문이 닫혔다. 그의 피호민들은 모두 야외에서 기다렸다.

"어제 막 도착한 걸로 알고 있소, 그렇지 않소?" 국고위원회 수장인 마르쿠스 비비우스는 자신의 음울한 사무실로 카이사르를 안내하면서 물었다.

"그렇소."

"알고 있겠지만 이런 일은 그리 서두를 필요가 없소."

"내가 아는 한, 이런 일은 서둘러야 하오. 재정 상태를 보고하기 전까지 재무관으로서의 내 임무는 끝나지 않은 것이니 말이오."

비비우스는 눈을 껌벅였다. "그렇다면 어디 한번 들어봅시다!"

카이사르는 널찍한 토가 속에서 두루마리 일곱 개를 꺼냈다. 각각의 두루마리는 카이사르의 인장 반지로 한번, 안티스티우스 베투스의 인장 반지로 또 한번 봉인되어 있었다. 비비우스가 첫번째 두루마리의 봉인을 뜯으려 하자 카이사르가 저지했다.

"왜 그러시오, 가이우스 율리우스?"

"이곳에는 증인들이 없소."

비비우스는 다시 눈을 껌벅였다. "아하, 우린 보통 그런 사소한 격식에 신경쓰지 않소." 그는 가볍게 대답하고는 쓴웃음을 지으며 두루마리를 집어들었다.

카이사르의 손이 앞으로 나오더니 비비우스의 손목을 움켜쥐었다. "지금부턴 그런 사소한 격식에 신경쓰는 게 좋겠소." 카이사르는 사근사근하게 말했다. "이건 먼 히스파니아 재무관으로서 내가 작성한 공식 문서들이고, 나는 내 보고과정을 증인들이 지켜보기를 원하오. 당장 증인들을 구하기 힘들다면 그게 가능한 시간을 알려주시오. 그때 다시 찾아오겠소."

방안의 공기가 몹시 싸늘하게 변했다. "잘 알겠소, 가이우스 율리우스."

하지만 처음에 나타난 증인 네 명은 카이사르의 입맛에 맞지 않았다. 열두 명의 증인 후보를 만난 뒤에야 카이사르의 입맛에 맞는 증인 네 명을 찾을 수 있었다. 이후의 질의응답은 너무도 신속하고 정확하게 진행된 나머지 비비우스는 입이 떡 벌어졌다. 여태껏 이렇게 회계에 빠삭한 재무관도, 서류를 보지도 않고 모든 자료를 줄줄 읊을 만큼 기억력이 좋은 사람도 본 적이 없었기 때문이다. 카이사르가 보고를 마칠 무렵 비비우스는 땀에 흠뻑 젖어 있었다.

"솔직히 말해서 자기네 속주 재정에 대해 이렇게까지 잘 알고 있는 재무관은 아주 드물었소. 아예 못 봤던 것 같기도 하오." 비비우스는 이마를 닦으며 말했다. "모든 것이 정돈되어 있소, 가이우스 율리우스. 먼 히스파니아는 이렇게 많은 문제들을 바로잡은 데 대해 당신에게 감사의 인사를 해야 할 거요." 그는 이 말을 하며 화해의 미소를 지었다. 비비우스는 이 도도한 젊은이가 집정관이 될 작정이라고 받아들였으므로 그에게 아첨하기로 했다.

"모든 것이 정돈되어 있다면 그런 내용이 담긴 공식 서류를 내게 작성해주시오. 전부 확인했다고 말이오."

"서류를 작성할 참이었소."

"아주 좋소!" 카이사르는 활기차게 말했다.

"그런데 수익금은 언제쯤 도착할 것 같소?" 비비우스는 불편한 방문객을 배웅하며 물었다.

카이사르는 어깨를 으쓱했다. "그건 내가 어떻게 할 수 있는 일이 아니오. 총독께서 임기가 끝날 때까지 기다렸다가 수익금을 가져오시지 않을까 하오."

비비우스의 얼굴에 씁쓸한 빛이 비쳤다. "안티스티우스 베투스는 올해 당장 로마의 재산이 되어야 마땅한 돈을 이용해서 자기 이름으로 투자 수익을 올릴 거요."

"그건 불법이 아니고, 내가 비난할 일도 아니오." 카이사르는 부드럽게 말했다. 그는 포룸 로마눔의 눈부신 햇빛 속으로 걸어나오면서 눈을 찌푸렸다.

"잘 가시오, 가이우스 율리우스!" 비비우스는 짧게 인사하고 문을 닫았다. 질의응답이 이어지던 한 시간 사이 포룸 로마눔 낮은 구역에는 아까보다 사람이 많아졌다. 늦은 오후나 저녁 시간이 되기 전에 일을 마치려고 서두르는 사람들이 보였다. 새로운 얼굴들 중에서 마르쿠스 칼푸르니우스 비불루스를 발견하고 카이사르는 속으로 한숨을 쉬었다. 그는 한때 동료 여섯 명이 보는 앞에서 비불루스를 번쩍 들어 높은 서랍장 위에 얹어놓았고, 그렇게 해서 비불루스에겐 벼룩이란 별명이 붙었다. 괜히 그런 별명이 붙은 게 아니었다! 그들은 처음 시선이 마주친 순간부터 서로를 증오했다. 살다보면 때때로 벌어지는 일이었다. 비불루스는 카이사르의 주먹을 부르는 모욕적인 발언을 했지만, 카이사르는 차마 체구가 왜소한 그를 때리지 못했다. 그는 카이사르가 필시 비티니아의 니코메데스 왕에게 몸을 팔아 대규모 함대를 마련했을 거라는 투로 빈정거렸다. 평소의 카이사르라면 그런 일로 열받지 않았을 테지만, 총사령관 루쿨루스가 똑같은 말을 한 직후에 그런 일이 일어났던 것이다. 한 번도 아니고 두 번은 견딜 수 없었다. 그리하여 비불루스는 서랍장 위에 얹혔고 따끔한 충고의 말을 들었다. 이후로 루쿨루스가 이끄는 로마군이 레스보스 섬의 미틸레네에 본때를 보여주는 동안, 카이사르는 거의 일 년간 비불루스와 같은 숙소에 머물러야 했다. 전선은 진작에 나뉘어졌다. 비불루스는 적이었다.

그로부터 10년 세월이 흘렀지만 저 인간은 변한 것이 없다고, 비불루스를 선두로 한 무리가 다가오는 가운데 카이사르는 생각했다. 유명한 칼푸르니우스 씨족 중에도 피소 분가에는 아주 키가 큰 사람이 많았다. 하지만 비불루스(포도주를 잘 빨아들인다는 의미에서 '해면 같은'이라는 뜻이었다) 분가의 신체 특징은 정반대였다. 로마 귀족 중에 비불루스가 어느 쪽 명문가 출신인지 구분하기를 어려워할 사람은 아무도 없었다. 그는 그냥 작은 게 아니라 아주 조막만했고, 얼굴은 너무 하얘서 음침하게 느껴질 지경이었다. 툭 튀어나온 광대뼈, 무색에 가까운 머리카락, 흐릿한 눈썹, 은빛과 회색빛이 뒤섞인 눈동자. 매력이 없는 건 아니었지만 부담스러운 외모였다.

피호민들을 제외하고도 비불루스는 혼자가 아니었다. 토가 밑에 튜닉을 입지 않은 비범한 남자가 그와 나란히 걷고 있었다. 머리카락 색과 코 모양을 보니 젊은 카토가 분명했다. 두 사람의 우정은 충분히 납득이 갔다. 비불루스는 카토의 매부인 루키우스 도미티우스 아헤노바르부스의 사촌 도미티아를 아내로 맞았던 것이다. 웃기게도 고약한 인간들은 늘 한데 어울렸고, 결혼도 예외는 아니었다. 비불루스가 보니의 일원이므로 틀림없이 카토도 마찬가지일 터였다.

"그늘을 찾아다니는 건가, 비불루스?" 카이사르는 비불루스와 마주치자 다정하게 물었다. 그의 시선은 오랜 적에게서부터 그 적의 키 큰 동행에게로 옮겨갔다. 태양과 일행의 위치 때문에 정말로 키 큰 동행의 그림자가 비불루스에게 드리워져 있었다.

"카토는 앞으로 우리 모두에게 그늘을 드리울 걸세."라는 아주 차가운 대답이 돌아왔다.

"그런 면에서 그 코가 아주 큰 도움이 되겠소." 카이사르는 말했다.

카토는 애정을 담아 자신의 가장 특징적인 신체 부위를 쓰다듬었다. 그는 이 농담을 고깝게 받아들이거나 우습다고 여기지 않았다. 그에겐 농담이 통하지 않았다. "내 조각상을 다른 인물의 조각상으로 착각하는 일은 없을 거요." 그가 말했다.

"그건 맞는 말이오." 카이사르는 비불루스를 쳐다봤다. "올해 선거에 출마할 생각인가?"

"아니!"

"그렇다면 마르쿠스 카토 당신은?"

"군무관에 출마할 예정이오." 카토는 짧게 답했다.

"아마 당선될 거요. 포플리콜라의 군대에서 스파르타쿠스를 상대로 싸우면서 무공훈장을 많이 받았다고 들었소."

"그럼, 물론이지!" 비불루스가 끼어들었다. "포플리콜라 군대의 모든 사람이 겁쟁이였던 건 아니라고!"

카이사르의 옅은 색 눈썹이 위로 올라갔다. "다 겁쟁이라고 말한 적 없네."

"말할 필요도 없겠지. 자넨 크라수스의 군대에서 싸우길 선택했으니까."

"그 점에 관해서라면 내겐 선택권이 없었네. 마르쿠스 카토가 군무관에 당선되더라도 그건 마찬가지겠지. 군사 정무관은 로물루스가 정해주는 곳으로 떠나야 하니까."

그 말에 대화는 뚝 끊어졌다. 카이사르와 죽이 잘 맞는 두 인물이 나타나지 않았다면 대화는 그렇게 끝났을 것이다. 그 두 인물은 아피우스 클라우디우스 풀케르와 마르쿠스 툴리우스 키케로였다.

"여기까지 왔더니, 세상에, 카토만 겨우 보이는군!" 키케로는 짓궂게 말했다.

비불루스는 더 못 견디겠다는 듯이 카토를 데리고 자리를 떠났다.

"놀랍군." 카이사르는 점점 멀어지는 카토를 쳐다보며 말했다. "왜 튜닉을 안 입는 거 같소?"

"그는 그것이 모스 마이오룸의 일부라 했소. 우리 모두에게 예전 방식으로 돌아갈 것을 권하고 있지." 아피우스 클라우디우스가 말했다. 까무잡잡한 피부, 중간 정도의 체구, 잘생긴 외모 등 전형적인 클라우디우스 풀케르 집안사람이었다. 그는 키케로의 등을 토닥거리며 환하게 웃었다. "카토나 카이사르 같은 사람들은 문제없겠지만, 키케로 당신이 속살을 드러내면 배심원단에게 깊은 감명을 심어주지 못할 거요."

"저건 그냥 유난일 뿐이오." 키케로가 말했다. "카토도 언젠가 정신을 차릴 거요." 짙은 빛깔의 아주 총명한 눈동자가 카이사르를 향하더니 춤추듯 흔들렸다. "하긴 당신도 한때 유난스러운 복장으로 보니파에게 욕을 먹었던 걸로 기억하오, 카이사르. 긴 소매에 자주색 단을 둘렀더랬나?"

카이사르는 소리내어 웃었다. "난 지겨워서 그랬소. 그런 짓을 하면 분명 카툴루스의 신경을 건드릴 수 있을 것 같았지."

"신경을 건드렸고말고! 보니파의 지도자인 카툴루스는 로마 전통과 관습의 수호자를 자처하니 말이오."

"카툴루스 이야기가 나와서 말인데, 그는 대체 언제쯤 유피테르 옵티무스 막시무스 신전을 완공할 생각인 거요? 진척이 전혀 없는 듯했소."

"오, 그 신전은 일 년 전에 이미 봉헌되었소." 키케로가 말했다. "언제부터 실제로 이용될 수 있을지 묻는 거라면, 누가 알겠소? 당신도 알다시피 술라는 신전 건설을 그 불쌍한 양반에게 떠맡김으로써 그의 주머니를 탈탈 털어버렸소. 신전 건설비용을 대부분 본인 돈으로 충당해야 할 테니 말이오."

"술라가 망명을 떠나 있는 동안 편안하게 로마에 앉아서 킨나와 카르보를 통해 돈벌이를 했으니 그 정도 비용은 감당해야지. 카툴루스에게 유피테르 옵티무스 막시무스 신전 재건을 맡긴 것은 술라의 복수였소."

"아, 물론이오! 술라는 10년 전에 죽었지만, 그의 복수는 아직도 소문이 자자하니 말이지."

"그는 로마의 일인자였소." 카이사르가 말했다.

"이제 폼페이우스 마그누스가 그 칭호를 자기 것이라 주장한다고 들었는데." 아피우스 풀케르는 경멸을 드러내며 말했다.

이에 대한 카이사르의 의견은 발설되지 못했다. 키케로가 먼저 말을 꺼냈기 때문이다.

"당신이 로마로 돌아와 기쁘오, 카이사르. 호르텐시우스는 점점 늙어가는 중이고, 베레스 사건으로 내게 패소한 이후로 예전 같지 않소. 그래서 요즘 난 법정에서 승승장구하고 있지."

"이제 마흔일곱 살인데 벌써 늙어간단 말이오?" 카이사르가 물었다.

"그는 호화롭게 살고 있소." 아피우스 클라우디우스가 말했다.

"그쪽 동네 사람들은 다 그렇소."

"루쿨루스의 삶은 그리 호화롭지 못한 것 같던데."

"그렇지, 당신은 루쿨루스의 수하로 동방에서 복무를 마친 지 얼마 되지 않았겠군." 카이사르는 말했다. 그는 자신의 수행원들에게 고갯짓을 함으로써 떠날 준비를 했다.

"거기서 벗어나 기쁠 따름이오." 아피우스 클라우디우스는 진심을 담아 말하더니, 코웃음을 터뜨렸다. "하지만 루쿨루스에게 날 대신할 사람을 보냈소!"

"당신을 대신할 사람?"

"내 동생, 푸블리우스 클로디우스 말이오."

"오, 루쿨루스가 아주 기뻐하겠군!" 카이사르는 따라 웃으며 말했다.

덕분에 카이사르는 앞으로 몇 년간 로마에 머물러야 하는 현실에 대해 한결 가벼워진 마음으로 포룸 로마눔을 떠날 수 있었다. 쉽지 않을 테지만, 그 점이 오히려 그를 기쁘게 했다. 카툴루스와 비불루스를 비롯한 보니 세력은 그를 괴롭힐 것이 분명했다. 하지만 친구들도 있었다. 아피우스 클라우디우스는 어떤 파벌에도 소속돼 있지 않았고, 파트리키 귀족으로서 같은 파트리키 귀족을 선호할 가능성이 높았다.

하지만 키케로는 어떤가? 그의 기발함과 총명함이 가이우스 베레스를 영구적인 추방 상태로 몰아넣은 이후로, 키케로를 모르는 사람은 없었다. 그는 변변한 조상도 없는 지극히 불리한 위치에서 고군분투하고 있었다. 호모 노부스, 신진 세력. 시골에 근거지를 둔 가문에서 최초로 원로원 의원이 된 인물. 그는 마리우스와 동향이었고 마리우스의 이름과 함께 언급되곤 했다. 하지만 그가 지닌 어떤 성격적 결함은, 원로원 외부의 로마인들 대부분이 여전히 마리우스의 기억을 숭배한다는 사실을 제대로 인식하지 못하게 했다. 그래서 키케로는 마리우스와의 인연을 이용하기를 거부했고, 고향인 아르피눔에 관한 언급을 철저히 피했으며, 마치 자신이 로마인 중의 로마인인 것처럼 행동했다. 그는 심지어 아트리움에 조상들의 이마고도 여럿 보관하고 있었지만, 그들은 사실 아내 테렌티아의 조상들이었다. 마리우스가 그랬던 것처럼, 그는 지체 높은 귀족 가문과 연을 맺고 테렌티아의 인맥을 활용해 좀더 쉽게 집정관 자리에 오를 작정이었다.

그를 설명할 수 있는 가장 적확한 단어는 출세주의자였는데, 그의 비교 대상인 마리우스는 절대 출세주의자가 아니었다. 마리우스는 카이사르 부친의 여동생이자 카이사르가 사랑했던 고모 율리아와 결혼했고, 키케로는 같은 이유로 못생긴 테렌티아와 결혼했다. 하지만 마리우스에게 집정관 직은 군사 지휘권을 확보할 방편일 뿐이었다. 반면 키케로는 집정관 직 자체를 자신이 가진 야망의 정점으로 여겼다. 마리우스는 로마의 일인자가 되기를 원했다. 키케로는 그저 이 땅에서 가장 지체 높은 귀족 무리의 일원이 되고 싶었다. 오, 그는 결국 성공하리라! 법정에선 그를 맞설 자가 없었으며, 이는 그가 원로원에서 어마어마한 영향력을 행사하는 수많은 악당들을 고객으로 거느리고 있음을 의미했다. 게다가 그는 로마에서 제일가는 웅변가였고, 이는 어마어마한 영향력을 지닌 또다른 무리들이 그에게 자기네를 대변해달라고 부탁한다는 뜻이었다.

고상한 척과는 거리가 먼 카이사르는 키케로가 가진 장점만으로 그를 기꺼이 인정했고, 카이사르 자신의 파벌로 끌어들이기를 원했다. 문제는 키케로가 곤란할 정도로 우유부단하다는 점이었다. 대단한 지성의 소유자인 그는 온갖 잠재적 위험요소들을 간파했고, 결국 스스로 결정을 내리지 못한 채 우유부단함에 휘둘리곤 했다. 절대로 두려움이 본능을 정복하게 놔두지 않는 카이사르 같은 사람에게 우유부단함이란 최악 중에도 최악이었다. 키케로를 곁에 둘 수 있다면 카이사르의 정치 인생은 분명 수월해지리라. 하지만 키케로는 카이사르에의 충성이 가져다줄 이점을 제대로 알아볼까? 그건 신의 손에 달린 일이었다.

게다가 키케로는 가난했고, 카이사르에겐 그를 매수할 돈이 없었다. 가문이 소유한 아르피눔의 땅을 제외하면 키케로의 유일한 수입원은 그의 아내뿐이었다. 테렌티아는 아주 돈이 많았다. 아쉽게도 그녀는 본인의 재산을 직접 관리했고, 키케로가 예술품이나 시골의 빌라 등을 입맛대로 사들이지 못하게 했다. 오, 돈만 있었더라면! 돈은 다양한 장애물을 치워줄 수 있었고, 로마의 일인자가 되려는 사람에겐 더더욱 유용했다. 실로 막대한 재산을 가진 '위대한' 폼페이우스를 보라. 그는 지지자들을 매수했다. 반면 카이사르는 뛰어난 혈통을 타고났음에도 지지자와 유권자를 매수할 돈이 없었다. 그런 점에 있어 그와 키케로는 같은 신세였다. 돈. 만약 어떤 이유로 자신이 패배하게 된다면, 그건 필시 돈이 부족해서일 거라고 카이사르는 생각했다.

다음날 아침, 카이사르는 새벽녘의 의례적인 만남 이후 피호민들을 돌려보냈다. 그러고는 혼자 파트리키 구를 걸어, 그가 방 세 칸짜리 공간을 빌려놓은 파브리키우스 염색공장과 수부라 목욕탕 사이의 높은 인술라로 갔다. 스파르타쿠스와의 전쟁을 마치고 돌아온 이후로 그곳은 그의 도피처가 되었다. 당시 그의 집에는 어머니, 아내, 딸아이가 함께 살고 있었고, 그는 이따금 여자들뿐인 집안 분위기를 도저히 견딜 수 없었다. 로마의 모든 사람들은, 심지어 팔라티누스 언덕과 카리나이 지구의 널찍한 저택에 거주하는 사람들조차도 소음에 익숙했다. 노예들은 일을 하면서 고함치고 노래하고 웃고 티격태격했고, 아기들은 시끄럽게 울었고, 어린아이들은 괴성을 질렀고, 여자들은 바가지를 긁거나 불평을 터뜨릴 때가 아니면 쉴새없이 수다를 떨었다. 이는 지극히 일상적인 일이라 대부분의 가장들에겐 전혀 지장을 주지 않았다. 하지만 카이사르는 그런 것을 견딜 수 없었다. 그의 내면에는 시시한 일들을 용납하지 못하는 까칠함과 더불어 고독에 대한 진정한 애호가 자리잡고 있었던 것이다. 진정한 로마인인 그는 소음이나 여자들의 방해를 금지함으로써 집안 분위기를 바꾸려 하지 않았다. 대신에 도피처를 마련함으로써 소음과 여자들의 방해를 피했다.

그는 아름다운 물건들을 좋아했다. 따라서 이 인술라의 3층에 그가 빌린 방 세 개짜리 공간은 과연 이 동네가 빈민가가 맞는지 의심하게 만들 정도였다. 그의 유일한 친구 마르쿠스 리키니우스 크라수스는 못 말릴 정도로 토지와 재산을 마구 긁어모으는 사람이었다. 그런 크라수스가 무슨 일인지 충동적인 너그러움을 발휘하여, 카이사르가 직접 쓰는 방 두 개를 다 덮을 만큼의 모자이크 바닥재를 아주 싼 값에 팔았다. 드루수스 저택을 매입할 당시 크라수스는 그곳의 고풍스러운 바닥재가 너무 마음에 안 든다고 생각했다. 하지만 카이사르의 취향은 달랐고, 그는 그 바닥재가 지난 50년간 생산된 제품들을 통틀어 단연 최고라고 확신했다. 또한 크라수스는 노예들에게 회반죽 칠, 몰딩과 벽기둥 도금, 프레스코화 장식 등 귀하고 값비싼 기술을 가르쳐 아주 큰 수익을 올리고 있었으므로, 기쁜 마음으로 카이사르의 아파트를 비숙련 노예들을 위한 연습 무대로 삼기로 했다.

그리하여 아파트에 들어선 카이사르는 완벽한 서재 겸 응접실과 침실을 둘러보며 순수한 만족감의 한숨을 내쉬었다. 훌륭해, 훌륭해! 데쿠미우스는 카이사르의 지시를 토씨 하나 빠뜨리지 않고 따랐고, 새 가구들을 정확히 카이사르가 원하는 곳에 배치해놓았다. 가구들은 먼 히스파니아에서 구해 미리 로마로 보내놓은 것들로, 불그스름한 대리석 소재에 사자 다리 모양의 받침대가 달린 탁자, 도금하여 티로스 자줏빛 천을 씌운 긴 의자, 아주 화려한 의자 한 쌍 등이었다. 그때 데쿠미우스가 말했던 새 침대가 카이사르의 눈에 들어와 그를 더욱 기쁘게 했다. 도금 장식이 된 큼직한 흑단 침대에 티로스 자줏빛 침구가 깔려 있었다. 어느 누가 데쿠미우스를 보고서 그의 안목이 거의 내 수준이라는 사실을 짐작할 수 있을까? 하고 카이사르는 생각했다.

이곳의 주인은 세번째 방, 다시 말해 채광정과 면한 발코니는 아예 확인하지 않았다. 발코니 양쪽 끝에는 이웃으로부터의 사생활 보호를 위해 벽을 세워두었고, 채광정 방향으로는 덧문을 달아 공기는 통하되 안을 들여다보려는 사람들의 눈은 피할 수 있도록 했다. 그곳엔 몸 전체를 담글 수 있는 큼직한 청동 욕조, 물이 저장된 수조, 요강 등이 놓여 있었다. 주방시설은 없었고 카이사르는 아파트에 입주 하인을 두지 않았다. 아우렐리아의 하인들이 청소를 책임졌고, 에우티코스가 정기적으로 하인을 보내 욕조를 비우고 수조를 채우고 요강을 치우고 빨래를 하고 바닥을 쓸고 먼지를 털도록 했다.

데쿠미우스는 먼저 도착해 긴 의자에 걸터앉아 있었다. 바닥에 섬세하게 채색된 남자 인어 그림 위로 다리를 흔들면서, 양손에 든 두루마리를 쳐다보고 있었다.

“수도 담당 법무관의 감사를 앞두고 교차로단의 장부를 검토하시는 건가요?” 카이사르는 문을 닫으며 물었다.

“비슷한 거지.” 데쿠미우스는 두루마리가 드르륵 말리도록 하면서 답했다.

카이사르는 원통형 물시계가 놓인 곳으로 갔다. "이 작은 괴물에 따르면 이제 아래층으로 내려가실 때가 됐어요, 아빠. 어쩌면 그 여자가 시간 약속을 안 지킬지도 모르죠. 특히나 실라누스는 물시계에 전혀 관심이 없는 것 같았으니까요. 하지만 왠지 그녀는 시간의 흐름을 간과하는 종류의 사람처럼 보이지 않았어요."

"내 도움은 필요치 않을 테니 그 여자를 안으로 들여보내주고 집으로 가마, 공작새." 데쿠미우스는 곧바로 자리를 뜨며 말했다.

카이사르는 비티니아의 오라달티스 왕비에게 편지를 쓰려고 자리에 앉았다. 다른 일을 할 때처럼 그는 편지를 쓸 때도 거침없었다. 하지만 책상에 종이 한 장을 올려놓자마자 문이 열리고 세르빌리아가 들어왔다. 그의 평가는 정확했다. 그녀는 시간을 간과하는 여자가 아니었다.

그는 자리에서 일어나서 그녀를 맞이하기 위해 책상을 빙 둘러 나갔다. 그녀가 남자처럼 악수를 하려고 손을 내미는 모습에 그는 흥미를 느꼈다. 그는 다른 남자와 악수하는 것처럼, 하지만 골격이 약한 여자에게 꼭 맞는 정도의 악력으로 그녀의 손을 잡았다. 그의 책상 맞은편에는 의자가 준비돼 있었다. 그녀가 도착하기 전부터 그는 책상을 가운데 두고 이 면담을 진행해야 할지, 아니면 더 가까이 앉아 편안한 분위기에서 진행해야 할지 고민이었다. 그의 어머니 말이 옳았다. 세르빌리아는 쉽게 간파할 수 있는 여자가 아니었다. 그래서 그는 그녀를 책상 맞은편 의자로 안내하고, 자신은 원래 앉아 있던 자리로 돌아왔다. 그러고는 양손을 편안하게 책상에 올려두고 진지한 얼굴로 그녀를 쳐다봤다.

거의 서른일곱 살이라면 아주 관리를 잘했군, 하고 그는 생각했다.

그녀는 주홍색 로브를 우아하게 걸치고 있었는데, 그 빛깔은 아슬아슬하도록 매춘부의 토가를 닮아 있으나 동시에 의심의 여지없이 점잖았다. 그렇다, 그녀는 영리했다! 숱 많고 새까만 머리카락은 빛을 받는 부분을 따라 불그스름하기보단 푸르스름하게 반짝였다. 머리는 가운데 가르마를 타서 뒤로 묶었는데, 양쪽 귀 위로 땋은 머리가 지나가 뒷목 부분에서 둥글게 모였다. 이 역시 독특하긴 하지만 점잖았다. 어쩐지 오므린 듯한 작은 입, 깨끗하고 흰 피부, 눈두덩이가 두툼한 검은 눈과 까맣고 길고 둥글게 말린 속눈썹, 카이사르가 추측하건대 털을 많이 뽑아 정리한 것이 분명한 눈썹, 그리고 가장 흥미로운 곳은 그녀의 아들인 브루투스와 마찬가지로 살짝 근육이 처진 느낌을 주는 오른쪽 볼이었다.

그녀는 침묵을 깰 마음이 없는 듯 보였으므로 카이사르가 먼저 입을 열었다. "무슨 일로 오셨습니까, 부인?" 그는 격식을 갖춰 물었다.

"우리 집안의 가장은 데키무스 실라누스입니다, 가이우스 율리우스. 하지만 사망한 첫번째 남편 마르쿠스 유니우스 브루투스와 관련된 문제에 대해서는 제가 직접 해결하는 편을 선호해요. 지금의 남편은 건강이 좋지 않아서 전 그의 부담을 덜어주려고 노력하는 편이죠. 제 행동을 오해하지 않으셨으면 합니다. 표면적으로만 보면 가장의 권한을 함부로 침범하는 것처럼 비칠 수도 있으니까요." 그녀는 더욱 격식을 갖춰 답했다.

자리에 앉은 순간부터 그의 얼굴에 떠오른 초연한 표정에는 변화가 없었다. 카이사르는 더 깊이 의자에 몸을 기댔다. "오해하지 않겠습니다." 그가 말했다.

이 대답에 그녀의 마음이 느긋해졌는지는 분명치 않았다. 여기 들어선 순간부터 그녀는 느긋하다는 말 외에 다른 말로는 표현할 수 없는 모습이었기 때문이다. 하지만 신중한 태도에 단호한 기색이 섞여들었고, 그것은 카이사르를 향하는 그녀의 시선을 통해 드러났다. "그저께 제 아들 마르쿠스 유니우스 브루투스를 만나보셨을 겁니다." 그녀가 말했다.

"착한 청년이더군요."

"저도 그렇게 생각해요."

"엄밀히 말해 아직 성인이 아니죠."

"아직 몇 달 남았어요. 이건 브루투스에 관한 일인데, 그애는 이 일을 미뤄서는 안 된다고 강하게 주장하고 있어요." 그녀의 왼쪽 입가에 희미한 미소가 떠올랐다. 그녀가 말하는 모습을 보니 왼쪽 입꼬리가 오른쪽 입꼬리보다 더 많이 움직였다. "젊은 애들은 성급하기도 하죠."

"그렇게 성급한 청년처럼 보이지 않던데요." 카이사르가 말했다.

"대부분의 일에 있어서는 그렇지 않죠."

"그렇다면 부인은 아들 마르쿠스 유니우스 브루투스를 대신해 이곳을 찾아왔다는 건가요?"

"그래요."

"그렇다면," 카이사르는 깊은숨을 내쉬며 말했다. "적절한 격식에 대한 논의를 마쳤으니 그애가 원하는 바를 말씀해주시죠."

"그애는 당신의 딸 율리아와 결혼하기를 원해요."

완벽한 자제력이군! 세르빌리아는 감탄했다. 그의 눈, 얼굴, 몸 어디에서도 이렇다 할 반응을 감지할 수 없었다.

"제 딸은 겨우 여덟 살입니다." 카이사르는 말했다.

"제 아들도 아직 공식적으론 성인이 아니에요. 하지만 그애는 그러길 원해요."

"마음을 바꿀지도 모를 일이죠."

"저도 그렇게 얘기했어요. 하지만 그애는 마음을 바꾸지 않겠다고 장담했고, 저에게 그 말이 진심이라는 확신을 줬어요."

"율리아를 벌써 약혼시켜도 괜찮을지 모르겠군요."

"어째서죠? 제 딸들은 율리아보다 어리지만 둘 다 약혼자가 있어요."

"율리아의 지참금은 아주 적습니다."

"저도 익히 알고 있어요. 하지만 제 아들의 재산은 상당해요. 그애에겐 돈 많은 신부가 필요하지 않죠. 그애의 친아버지는 큰 재산을 남기고 죽었고, 그애는 실라누스의 재산까지 상속받게 될 테니까요."

"당신과 실라누스 사이에 아들이 태어날지도 모르죠."

"아주 불가능하진 않겠죠."

"하지만 가능성이 낮다?"

"실라누스는 매번 딸만 안겨줘요."

카이사르는 여전히 초연한 표정으로 몸을 앞으로 기울였다. "제가 이 약혼에 동의해야 하는 이유를 알려주시죠, 세르빌리아."

그녀의 눈썹이 치켜올라갔다. "너무도 당연한 일이라고 생각했는데요! 율리아가 이보다 더 좋은 남편감을 어디서 구하겠어요? 브루투스는 외가를 통해 파트리키 귀족인 세르빌리우스 가문의 피를 물려받았고, 친가를 통해 로마의 건국자인 루키우스 유니우스 브루투스의 피를 물려받았어요. 다 알고 계시겠지만요. 그애는 재산이 어마어마하고, 훗날 집정관에 오를 것이 분명한데다, 감찰관 직이 다시 생겨났으니 그 자리까지 오를 수도 있겠죠. 게다가 루틸리우스 가문은 물론 세르빌리우스 카이피오 가문, 리비우스 드루수스 가문과도 혈연관계예요. 브루투스의 할아버지는 당신의 고모부 가이우스 마리우스에게 헌신하기도 했으니 그쪽으로도 인연이 있죠. 당신은 술라 집안과도 긴밀한 관계를 맺고 있는데, 제 친척들이나 제 남편은 술라와의 불화도 없었어요. 당신은 마리우스와 술라 사이에 낀 양상이 두드러지지만, 브루투스 집안 사람들은 양쪽과 다 무난한 관계죠."

"오, 꼭 변호인처럼 말씀하시는군요." 카이사르는 고민 끝에 입을 열었고 마침내 웃음을 보였다.

"칭찬으로 듣겠어요."

"물론 칭찬입니다."

카이사르는 자리에서 일어나 책상 밖으로 돌아나오더니 그녀가 일어날 수 있도록 손을 내밀었다.

"답을 안 주실 건가요, 가이우스 율리우스?"

"답을 드리겠지만 오늘은 아닙니다."

"그렇다면 언제 가능하죠?" 그녀는 문 쪽으로 걸어가며 물었다.

카이사르의 앞쪽에 선 그녀에게선 희미하지만 매혹적인 향수 냄새가 났다. 카이사르는 선거가 끝난 뒤에 대답해주겠다고 말하려다가, 무언가에 매혹되어 그보단 더 빨리 그녀를 다시 만나야겠다고 결심했다. 그녀는 자신의 계급과 지위가 요구하는 수준으로 몸을 적절히 가리고 있었지만, 로브의 뒷목 부분이 축 늘어져 목부터 견갑골 가운데의 척추까지 살이 드러나 있었다. 그리고 바로 그곳에, 마치 가느다란 솜털로 만들어진 길처럼, 까만 잔털이 뒷목에서 시작되어 옷 속에 감춰진 깊은 곳으로 이어져 있었다. 잔털은 거칠기보단 비단처럼 보드라워 보였고 흰 살결 위에 납작하게 눌려 있었다. 목욕 후에 누가 등을 닦아줬는지 몰라도 반듯한 척추를 따라 산마루 모양으로 정성스럽게 다듬어주지 않은 까닭에, 털들은 올바른 방향으로 누워 있지 않았다. 그 잔털들이 예쁘게 다듬어달라고 어찌나 아우성치는지!

"괜찮다면 내일 다시 오시죠." 카이사르는 문을 열어주려고 그녀를 앞질러가며 말했다. 좁은 층계참에서 기다리는 하인이 없었으므로 카이사르는 1층 현관까지 그녀와 함께 내려갔다. 하지만 그가 그녀를 건물 밖으로 안내하려고 하자 그녀가 저지했다.

"고맙습니다, 가이우스 율리우스. 하지만 여기까지면 충분해요." 그녀는 말했다.

"괜찮겠습니까? 여긴 그리 안전한 동네가 아닌데요."

"함께 온 사람이 있어요. 그럼 내일 뵐게요."

계단을 다시 올라오니 그 희미한 향수의 잔향이 덩굴손처럼 감겨오는 게 느껴졌고, 어쩐지 그 어느 때보다 방이 텅 빈 것만 같았다. 세르빌리아……. 그녀는 깊었고 겹겹이 강철, 대리석, 현무암, 아다마스 등 각기 다른 단단한 물질로 이뤄져 있었다. 전혀 다정하지 않았고, 그 풍만하고 보기 좋은 가슴에도 불구하고 여성스럽지 않았다. 그의 머릿속에서 그녀는 얼굴이 둘 달린 야누스였으므로, 그녀에게 등을 보였다가는 처참한 꼴을 당할지도 몰랐다. 한쪽 얼굴은 정면을 바라보고 있었고, 다른 얼굴은 뒤따라오는 사람이 없는지 보고 있었다. 완벽한 괴물. 모두들 실라누스가 점점 더 아파 보인다고 말하는 게 놀랍지도 않았다. 그 어떤 가장도 브루투스 문제에 관여할 순 없으리라. 그녀는 애초에 그것을 설명할 필요조차 없었다. 세르빌리아는 아들을 비롯해 본인의 문제를 스스로 책임지는 것이 분명했다. 그렇다면 율리아와의 약혼은 그녀의 생각일까? 아니면 진짜 브루투스의 머리에서 나온 생각일까? 아우렐리아라면 알지도 몰랐다. 그는 집으로 돌아가 어머니께 여쭤보기로 했다.

그는 집으로 가는 길에도 여전히 세르빌리아를 떠올리고 있었다. 가느다란 선처럼 이어진 그 검은 잔털을 예쁘게 다듬어준다면 어떤 기분이 들까?

"어머니." 그는 불쑥 어머니의 사무실로 들어가 말했다. "급히 논의할 문제가 있으니 당장 하던 일 멈추고 제 서재로 와주세요!"

아우렐리아는 펜을 내려놓고 놀란 눈으로 카이사르를 쳐다봤다. "오늘은 월세 들어오는 날이야." 그녀가 말했다.

"분기별 결산일이라 해도 어쩔 수 없어요."

그는 이 짧은 말을 미처 다 내뱉기도 전에 사라지고 없었다. 아우렐리아는 충격에 휩싸인 채 장부를 두고 따라나섰다. 카이사르답지 않게! 대체 무슨 일일까?

"왜 그러니?" 그녀는 아들의 서재로 들어와, 뒷짐을 지고 발끝에서 발꿈치로 뒤이어 그 반대 방향으로 체중을 옮기며 몸을 흔드는 아들에게 물었다. 그가 벗어놓은 토가는 바닥에 거대한 산을 이루고 있었다. 그녀는 허리를 굽혀 그것을 줍더니 문밖의 식당으로 던져놓고 문을 닫았다.

그는 잠시 동안 그녀가 아직 들어오지 않은 것처럼 굴다가, 마침내 움직였다. 그는 즐거움과 흥분이 뒤섞인 표정을 짓더니 그녀가 늘 쓰던 의자로 그녀를 안내했다.

"사랑하는 카이사르, 자리에 앉는 것까지 바라진 않겠지만 가만히 좀 못 있겠니? 꼭 꼬리에 잔뜩 바람이 든 길고양이 같구나."

이 말은 너무 우습게 들렸다. 그는 크게 웃음을 터뜨렸다. "정말이지, 꼬리에 잔뜩 바람이 든 길고양이가 이런 기분일 것 같군요!"

월세 걱정 따위는 머릿속에서 사라졌다. 아우렐리아는 카이사르가 지금 누구와의 면담을 마치고 왔는지 알아챘다. "아하! 세르빌리아구나!"

"세르빌리아죠." 그는 따라 말하더니 자리에 앉았다. 순식간에 그 강한 흥분에서 완전히 벗어난 듯했다.

"사랑에 빠진 거니?" 어머니는 진단하는 듯한 어투로 물었다.

그는 잠시 고민하더니 고개를 가로저었다. "그건 아닐 거예요. 욕망은 느꼈던 것 같지만 그것조차 확실치 않아요. 오히려 그녀를 싫어하는 것 같아요."

"기대되는 시작이구나. 넌 지금 상황이 따분한 거야."

"맞아요. 제게 홀딱 반해서 제 앞에 드러누워 자기들 몸에 제 발을 닦게 하는 그런 여자들이 따분하게 느껴지긴 해요."

"세르빌리아는 널 위해 그런 짓을 안 할 거야, 카이사르."

"저도 알아요."

"세르빌리아가 왜 보자고 하든? 불륜을 하자더냐?"

"아, 그 정도로 진도가 나간 건 아니에요, 어머니. 실은 그녀도 제게 욕망을 품고 있는지조차 모르겠어요. 어쩌면 아닐지도 모르죠. 제 욕망이 시작된 것도 그녀가 집에 가려고 제 앞에서 등을 돌린 순간이었거든요."

"점점 더 알쏭달쏭하구나. 세르빌리아가 원하는 게 뭐였니?"

"맞혀보세요." 그는 활짝 웃으며 말했다.

"나한테 장난치지 마!"

"안 맞힐 거예요?"

"계속 열 살배기처럼 굴면 그냥 안 맞히는 걸로 끝나지 않을 거다, 카이사르. 이 방에서 나갈 거야."

"안 돼요, 어머니. 장난 그만 칠 테니 가지 마세요. 새로운 도전에 직면하니 너무 즐거워서 그랬어요. 미지의 땅을 발견한 기분이랄까."

"그래, 그건 이해해." 그녀는 이 말을 하고 미소를 지었다. "이제 말해 주렴."

"세르빌리아는 브루투스를 대신해 절 찾아왔어요. 제게 어린 브루투스와 율리아의 약혼을 허락받기 위해서죠."

그 말은 분명 충격으로 다가왔다. 아우렐리아는 여러 번 눈을 깜빡였다. "그것참 이상한 일이군!"

"궁금한 건 말이죠, 어머니, 이게 누구 생각일까요? 세르빌리아, 아니면 브루투스?"

아우렐리아는 고개를 갸우뚱하며 고민했다. 그리고 마침내 고개를 끄덕이며 말했다. "브루투스의 생각일 거야. 애지중지하는 손녀가 아직 어린애다보니 그런 일이 벌어지리라 예상하기 힘들었지만, 돌이켜 생각하면 조짐이 있긴 했어. 브루투스는 특별히 더 털이 많은 양을 바라보듯 율리아를 쳐다보곤 했어."

"오늘은 기막힌 동물 비유들이 술술 나오네요, 어머니! 길고양이부터 양까지."

"네가 그애 엄마에게 끌리는 건 알겠지만, 그만 좀 경박하게 굴어. 율리아의 미래는 무척 중요하단 말이야."

그는 곧바로 정신을 차렸다. "네, 물론이에요. 대충 계산해도 이건 대단한 제안이에요. 아무리 율리우스 가문의 딸이라도 말이죠."

"나도 동의한단다. 너의 정치 경력이 절정을 향해 움직이는 이런 시기엔 더더욱 그렇지. 어머니가 세르빌리우스 카이피오 가문 출신인 유니우스 브루투스 집안의 아들과 우리 율리아를 약혼시킨다면, 앞으로 보니로부터 대단한 지지를 얻을 수 있을 거야, 카이사르. 모든 유니우스 집안사람들, 세르빌리우스 가문의 평민들과 파트리키들, 호르텐시우스, 일부 도미티우스 집안사람들, 몇몇 카이킬리우스 메텔루스 집안사람들, 심지어 카툴루스조차 널 반대하기 전에 두 번 생각하게 되겠지."

"구미가 당기네요." 카이사르는 말했다.

"그애가 진심이라면 정말 구미가 당기는 일이지."

"그애 어머니는 그애가 진심이라고 장담했어요."

"나도 그럴 거라고 생각해. 브루투스는 금방 달아올랐다 식어버리는 애처럼 보이지 않았거든. 아주 분별 있고 조심스러운 아이란다."

"율리아가 좋아할까요?" 카이사르는 눈살을 찌푸리며 물었다.

아우렐리아의 눈썹이 치켜올라갔다. "네가 그런 질문을 하다니 이상하구나. 넌 그애 아빠고, 율리아의 결혼 상대는 순전히 네 손에 달려 있어. 넌 율리아에게 사랑하는 상대를 골라 결혼할 기회를 줄 것처럼 군 적이 단 한 번도 없잖니. 율리아는 네 외동딸이라 더없이 중요해. 게다가 그애는 네가 시키는 대로 할 거야. 난 결혼 같은 문제는 그애가 좌지우지할 사안이 아니란 걸 받아들이도록 키워왔으니까."

"하지만 율리아가 이 약혼에 만족했으면 좋겠어요."

"넌 평소 감정에 휘둘리지 않는 사람이잖니, 카이사르. 혹시 그 남자애가 마음에 안 들어서 그런 거니?" 그녀는 예리한 질문을 했다.

그는 한숨을 쉬었다. "그런 이유도 있는 것 같아요. 아, 그애 엄마를 싫어하는 것처럼 그애를 싫어하진 않아요. 다만 브루투스는 따분한 개처럼 보였어요."

"동물 비유구나!"

그는 이 말에 잠깐이지만 소리내어 웃었다. "율리아는 작고 사랑스럽고 생기 넘치는 아이예요. 저와 그애 엄마의 결혼은 너무 행복했으니 그애도 행복한 결혼생활을 했으면 좋겠어요."

"따분한 개는 남편감으로 딱이란다." 아우렐리아가 말했다.

"이 약혼에 찬성하시는군요."

"물론이지. 이 기회를 놓치면 앞으로 율리아에게 이 절반만한 기회조차 안 올지도 몰라. 브루투스의 두 여동생들은 각각 어린 레피두스와 바티아 이사우리쿠스의 장남과 약혼했어. 그러니 아주 훌륭한 남편감 두 명은 이미 물건너간 셈이지. 율리아를 클라우디우스 풀케르나 카이 킬리우스 메텔루스 가문으로 보내고 싶니? 아니면 폼페이우스 마그누스의 아들에게 보내고 싶어?"

그는 움찔하며 몸서리쳤다. "어머니 말씀이 다 맞아요. 탐욕스러운 늑대나 병 걸린 똥개보단 따분한 개가 백배 낫죠! 솔직히 크라수스의 아들 중 하나와 혼사가 이뤄지기를 바랐지만 말이죠."

아우렐리아는 코웃음을 쳤다. "크라수스는 너와 가까운 사이야, 카이사르. 하지만 그는 두 아들 중 그 누구도 지참금이 변변찮은 여자애와 결혼시키지 않으리란 걸 너도 뻔히 알잖니."

"맞는 말씀이에요, 어머니." 그는 양손으로 무릎을 탁 쳤다. 마침내 결심했다는 신호였다. "그렇다면 마르쿠스 유니우스 브루투스가 좋겠네요! 누가 알겠어요? 여드름의 시기가 지나고 나면 파리스처럼 치명적인 미남으로 변신할지도 모르죠."

"제발 그렇게 경박하게 굴지 말았으면 좋겠구나, 카이사르!" 어머니는 장부가 기다리는 곳으로 돌아가려고 자리에서 일어서며 말했다. "이

건 키케로에게도 가끔 적용되는 말이긴 하지만, 그 경박함은 포룸 로마눔에서의 네 경력에 악영향을 줄 거야. 그 불쌍한 소년이 절대 미남이 되는 일은 없을 거다. 늠름해지는 일도 없을 테고."

"만약 그렇다면," 카이사르는 아주 진지하게 말했다. "그애는 운이 좋은 거예요. 사람들은 지나치게 잘생긴 이들을 절대 신뢰하지 않으니까요."

"여자들에게 투표권이 있다면," 아우렐리아는 능글맞게 말했다. "그런 현상은 곧 사라질 텐데 말이야. 멤미우스 집안 남자들이 죄다 로마의 왕으로 등극할 테지."

"카이사르 집안 남자들은 두말할 것도 없고 말이죠? 어머니 의견은 고맙지만, 전 지금 이대로가 좋아요."

세르빌리아는 집으로 돌아간 뒤 카이사르와의 면담에 대해 브루투스나 실라누스에게 이야기하지 않았다. 또한 내일 그를 다시 만날 예정이라는 말도 꺼내지 않았다. 대부분의 가정에서는 그런 소식이 하인들을 통해 새어나가기 마련이었지만 세르빌리아의 집에서는 어림도 없었다. 그녀가 어디를 가든 따라다니며 호위하는 두 그리스인은 오랜 충복들이었고, 같은 그리스인 동지들 사이에서조차 입을 함부로 놀리면 안 된다는 것을 잘 알고 있었다. 아기였던 브루투스를 떨어뜨린 죄로 매질을 당하고 십자가에 매달린 유모의 이야기는 브루투스 집안에 이어 실라누스 집안에서도 유명했다. 또한 그 누구도 실라누스가 아내의 기질이나 성질머리를 감당할 만큼 강하다고 착각하는 실수를 범하지 않았다. 그 사건 이후 십자가형이 내려진 경우는 없었지만 태형이 내려지는 경우는 왕왕 있었으므로, 하인들은 즉각 명령에 복종했고 함부로 혀를 놀리지 않았다. 게다가 이 집안에서는 노예들이 해방되어 자유의 모자를 쓰고 스스로 해방노예라 칭하는 일도 벌어지지 않았다. 세르빌리아에게 팔려간 노예는 영원히 노예로 살아야 했다.

그러므로 다음날 아침 세르빌리아와 함께 파트리키 구의 끝자락으로 간 두 그리스인은 건물 안을 들여다보려 하지 않았고, 계단을 올라가 문에 귀를 대고 엿듣거나 열쇠 구멍으로 내부를 훔쳐볼 생각은 꿈에도 하지 못했다. 물론 그들은 그녀가 불륜을 저지를 거라는 의심조차 하지 않았다. 세르빌리아는 그 점에 있어선 나무랄 데 없이 훌륭했다. 그녀는 제 잘난 맛에 사는 여자였고, 동료부터 하인까지 그녀의 세계에 속한 모든 사람들은 그녀가 유피테르 옵티무스 막시무스조차도 자기 발밑으로 여길 것이라 믿었다.

그 위대한 신과 마주칠 기회가 있었다면 진짜 그랬으리라. 하지만 혼자 계단을 올라가면서 그녀의 머릿속에는 온통 카이사르와의 불륜 생각뿐이었다. 오늘 아침에는 어제 봤던 그 작고 괴상하고 다소 시끄러운 남자가 없다는 사실이 새삼 감사했다. 카이사르와의 면담에서 아이들의 약혼 말고 다른 일이 벌어지리란 예감이 찾아온 것은 어제 그가 그녀를 문 쪽으로 안내할 때였다. 그녀는 그에게서 희망, 아니 기대를 가질 법한 분명한 변화를 감지했다. 물론 그녀는 모든 로마인들에게 파다한 소문을 알고 있었다. 그는 자기 여자의 상태에 대해 지나칠 정도로 깐깐했고 그 여자들은 지극히 청결해야만 했던 것이다. 그래서 그녀는 아주 신경써서 목욕을 했고, 향수도 살냄새를 가리지 못할 정도로 조금만 썼다. 다행히 그녀는 땀을 많이 흘리는 편이 아니었고 세탁한 옷을 절대 한 번 이상 입지 않았다. 어제는 주홍색 옷을 입고 왔었다. 오늘은 짙고 강렬한 호박색을 선택했고 호박 펜던트 귀걸이와 호박 구슬 목걸이를 걸쳤다. 유혹하려고 참 열심히도 치장했네, 하고 생각하며 그녀는 문을 두드렸다.

그는 직접 문을 열어주더니 그녀를 의자로 안내했고 어제 그랬던 것처럼 책상 너머에 앉았다. 하지만 어제와는 다른 방식으로 그녀를 쳐다보고 있었다. 그의 눈빛은 무심하지도 차갑지도 않았다. 거기에는 그녀가 이제껏 남자들의 눈에서 보지 못한 무언가가 담겨 있었다. 부담스럽지 않으면서 상스럽거나 음탕하게 여겨지지도 않는 친밀함과 소유욕의 불꽃. 그 불꽃이 그녀를 존중하고 있다는 느낌, 수많은 다른 여성들과 그녀를 차별화하고 있다는 느낌은 어디서 비롯된 것일까?

"결정을 내렸나요, 가이우스 율리우스?" 그녀가 물었다.

"어린 브루투스의 제안을 받아들이겠어요."

이 대답은 그녀를 기쁘게 했다. 그녀는 카이사르 앞에서 처음으로 활짝 웃었고, 그 덕분에 오른쪽 입꼬리가 왼쪽보다 확실히 약하다는 사실이 드러났다. "정말 잘됐군요!" 그녀는 이 말을 내뱉더니, 더 열고 수줍은 미소를 띠며 한숨을 내쉬었다.

"당신 아들은 당신에게 아주 중요한 모양이군요."

"그애는 내 모든 것이에요." 그녀는 간단히 말했다.

그의 책상에는 종이 한 장이 놓여 있었다. 그는 그것을 내려다봤다.

"당신 아들과 내 딸의 약혼에 대한 합법적인 계약서를 작성했습니다." 그는 말했다. "하지만 당신이 원한다면 적어도 브루투스가 성년이 될 때까진 이 일을 비밀로 해둘 수도 있습니다. 그애가 마음을 바꿀 수도 있잖아요."

"그애는 그러지 않을 거예요. 그건 나도 마찬가지죠." 세르빌리아는 대답했다. "지금 당장 계약을 마치기로 해요."

"원하신다면 그렇게 하겠지만, 먼저 경고하죠. 계약서에 서명한 다음에는 양측 계약 당사자와 그들의 법적 보호자가 혼약 불이행 소송을 당해 지참금에 해당하는 금액을 손해배상금으로 내놓아야 할 수도 있습니다."

"율리아의 지참금은 얼마죠?" 세르빌리아가 물었다.

"100탈렌툼으로 정해졌습니다."

그 말에 그녀는 숨이 턱 막혔다. "당신에겐 지참금으로 지불할 100탈렌툼이 없잖아요, 카이사르!"

"지금 당장은 없죠. 하지만 나는 율리아를 열여덟 살 생일 전에 혼인시킬 마음이 없으니, 율리아는 내가 집정관 자리에 오른 뒤에나 결혼하게 될 겁니다. 그때쯤 되면 그애의 지참금으로 100탈렌툼을 내줄 수 있겠죠."

"분명 그럴 거라고 믿어요." 세르빌리아는 천천히 말했다. "그렇다면 내 아들이 마음을 바꿀 경우, 100탈렌툼을 잃게 된다는 뜻이겠군요."

"아들의 변함없는 마음에 대한 확신이 사라졌나요?" 카이사르는 활짝 웃으며 물었다.

"그것에 대해선 확신해요." 그녀가 말했다. "어서 계약을 맺어요."

"브루투스를 대신해 계약서에 서명할 자격이 있나요, 세르빌리아? 지난번에 실라누스가 가장이라고 했던 당신 말이 머릿속을 떠나지 않아서 말이죠."

그녀는 입술을 적셨다. "브루투스의 법적 보호자는 실라누스가 아니라 나예요. 어제는 내가 남편을 보내지 않고 직접 찾아온 것을 나쁘게 생각할까봐 걱정돼서 그랬어요. 우리는 실라누스의 저택에 살고 있고, 그곳에서 그는 분명 가장이에요. 하지만 죽은 전남편의 유언장 집행인은 마메르쿠스 외삼촌이에요. 상당한 금액에 해당하는 내 지참금도 그분이 관리하고 있죠. 실라누스와 재혼하기 전 마메르쿠스 외삼촌과 나는 죽은 전남편의 재산을 비롯해 여러 문제들을 미리 정리해두었어요. 실라누스는 내가 내 소유의 재산을 계속 관리하고 브루투스의 보호자 역할을 하는 데 기꺼이 동의했어요. 그 방법은 지금까지 아주 잘 통했고, 실라누스는 이제껏 간섭하지 않았어요."

"단 한 번도?" 카이사르는 눈을 반짝이며 물었다.

"딱 한 번." 세르빌리아는 솔직히 인정했다. "그는 브루투스를 집에서 가정교사에게 맡길 게 아니라 학교에 보내야 한다고 고집을 부렸어요. 난 그의 주장에 타당한 구석이 있다고 생각해 한번 시도해보기로 했죠. 그런데 아주 놀랍게도 학교는 브루투스에게 도움이 되는 걸로 드러났어요. 그애는 일명 주지주의라는 성향으로 기울어 있는데, 집에서 가정교사에게 배운다면 그런 성향이 심화되었을 게 분명해요."

"그렇죠, 가정교사들은 그런 경향이 있어요." 카이사르는 진지하게 말했다. "그렇다면 그애는 아직도 학교에 다니고 있겠군요."

"올해 말까지 다닐 거예요. 내년부터는 포룸 로마눔으로 가서 수사학 교사에게 배울 거고요. 마메르쿠스 외삼촌의 관리를 받게 되겠죠."

"아주 훌륭한 선택이고 훌륭한 미래군요. 마메르쿠스는 나의 먼 친척이기도 해요. 나도 브루투스의 수사학 교육에 관여하는 것을 허락해 줄 수 있을까요? 따지고 보면 난 그애의 장인이 될 사람이니까요." 카이사르는 자리에서 일어서며 말했다.

"그렇게만 되면 너무 기쁘죠." 세르빌리아는 불안하게 흔들리는 거대한 실망감에 휩싸여 말했다. 아무 일도 벌어지지 않으리라! 그녀의 예감은 지독하게, 끔찍하게, 무시무시하게 빗나간 것이다!

그는 그녀의 의자 뒤로 갔다. 손님이 떠나도록 돕기 위해서라고 생각했지만, 어쩐지 그녀의 다리는 움직일 생각을 하지 않았다. 그녀는 처참한 기분으로 조각상처럼 가만히 앉아 있었다.

"그런데 말이죠," 그의 목소리가 들렸다. 아니, 아까와는 너무도 다르고 잠긴 듯해서 다른 사람의 목소리 같았다. "내 눈이 닿는 저곳까지 당신 척추를 따라 세상에서 가장 달콤해 보이는 솜털들이 작은 산등성이를 이루고 있다는 것을 아시오? 하지만 제대로 손질해주는 사람은 없는지 제멋대로 헝클어져 사방으로 누워 있군요. 참 안타까운 일이라고 어제 생각했소."

그는 그녀의 머리카락이 큰 똬리를 틀고 있는 뒷목 아래를 만졌다. 매끈하고 나른한 움직임으로 보아 그녀는 그것이 그의 손가락일 것이라 생각했다. 하지만 그의 머리는 그녀의 머리 바로 뒤에 붙어 있었고, 그의 양손은 그녀의 양쪽 가슴을 움켜쥐고 있었다. 그의 숨결은 젖은 피부에 부는 산들바람처럼 그녀의 목을 식혀주었고, 그제야 그녀는 그가 무엇을 하고 있는지 알아차렸다. 그녀가 그리도 싫어하는 잔털을, 그녀의 어머니가 죽는 날까지 경멸하고 조롱했던 그 잔털을 혀로 핥고 있었던 것이다. 처음에는 한쪽 방향으로, 다음에는 반대쪽 방향으로, 하지만 계속 척추의 산등성이를 향해 움직이며, 서서히 아래로 내려갔다. 세르빌리아가 할 수 있는 일이라고는 이제껏 존재한다고 상상조차 하지 못했던, 폭풍 속에서 불타고 흠뻑 젖는 듯한 그 감각의 노예가 되어 가만히 앉아 있는 것뿐이었다.

그녀는 18년 세월 동안 두 명의 아주 다른 남자와 결혼생활을 했지만, 이제껏 그의 혀에서부터 바깥으로 번지고 다시 가슴, 복부, 뱃속을 향해 안으로 치고 들어오는 그 뜨겁고 날카로운 감각의 폭발을 경험해

본 적이 없었다. 어느 시점에 이르러 그녀는 자리에서 일어났다. 그가 가슴 아래의 거들을 벗기거나 어깨 밑으로 옷을 내려 땅에 떨어뜨리는 일을 돕기 위해서가 아니라—그런 일들은 그가 혼자 척척 해냈다—길게 이어지다가 엉덩이의 골짜기 사이로 사라지는 잔털을 따라 그의 혀가 아래로 이동하는 동안 서 있기 위해서였다. 이제 그가 칼을 꺼내 내 심장을 찌른다 해도 난 절대 그를 멈출 수 없겠지, 아니, 멈추고 싶지도 않아, 하고 그녀는 생각했다. 지금 그녀에게 상상조차 못했던 자신의 새로운 일면을 한껏 즐기는 것 외에 더 중요한 일은 없었다.

그가 걸친 토가와 튜닉은 혀의 여정이 끝날 때까지 그대로였다. 그녀는 그가 자신에게서 한 걸음 물러서는 것을 느꼈지만, 의자 등받이에서 손을 떼면 당장이라도 쓰러질 것 같았기에 뒤돌아볼 수 없었다.

"오, 훨씬 낫군요." 그녀의 귀에 그의 목소리가 들렸다. "늘 이렇게 손질을 해둬야지. 완벽하오."

그는 다시 다가와 그녀를 돌려세우더니 그녀의 양팔을 당겨 자신의 허리를 껴안도록 했다. 그녀는 비로소 그의 살갗을 느꼈고, 아직 그가 하지 않은 키스를 기다렸다. 하지만 그는 그녀를 번쩍 들어 침실로 데려가서 미리 걷어놓은 시트 위에 가볍게 내려놓았다. 그녀의 눈은 감겨 있었고, 오직 그가 그녀 위에 있다는 것만 느낄 수 있었다. 눈을 떴을 때 그는 그녀의 배꼽에 코를 대고 깊은숨을 들이쉬고 있었다.

"달콤해." 그는 이렇게 말하고는 베누스 여신의 언덕이라 불리는 불두덩으로 내려갔다. "통통하고 달콤하고 촉촉하군." 그는 소리내어 웃으며 말했다.

어떻게 지금 웃을 수 있지? 하지만 그는 진짜로 웃었다. 그의 발기한 성기를 보고 그녀의 눈이 커졌을 때, 그는 몸을 밀착시키며 마침내 그녀의 입술에 키스했다. 너무 끈적거리고 혀를 깊숙이 집어넣어 구역질을 유발하던 브루투스의 키스와는 달랐다. 순결함을 넘어서 경건하게 느껴지던 실라누스의 키스와도 달랐다. 한껏 즐기고 함께 나누고 머물러 있기에 완벽한 키스였다. 한 손은 엉덩이부터 어깨까지 그녀의 등을 쓰다듬었다. 다른 한 손의 손가락들은 그녀의 음부를 조심스럽게 탐험함으로써 그녀가 움찔대고 전율하게 했다. 이 얼마나 호화로운 감각인지! 내가 어떤 인상을 주고 있는지, 행여 너무 적극적이거나 소극적이지는 않은지, 그가 날 어떻게 생각하는지 전혀 신경쓰지 않아도 되는 기쁨이란! 세르빌리아는 아무것도, 아무것도, 아무것도 신경쓰지 않았다. 이것은 자신만을 위한 순간이었다. 그래서 그녀는 그의 위로 올라가 발기한 성기를 양손으로 잡고 자기 안으로 밀어넣었다. 그런 다음 그 위에 앉아 엉덩이를 요란하게 흔들어대다가, 사냥꾼의 창에 찔린 산짐승처럼 굳어져 황홀한 비명을 내질렀다. 그러고는 이제 숨을 거둔 산짐승처럼 힘없이 그의 가슴 위로 쓰러졌다.

하지만 카이사르는 아직 끝난 게 아니었다. 정사는 몇 시간은 더 이어진 것처럼 느껴졌지만 그녀는 그가 오르가슴을 느꼈는지, 여러 번 느꼈는지 혹은 딱 한 번 느꼈는지 알 길이 없었다. 그는 아무 소리도 내지 않았고, 갑자기 움직임을 멈췄을 때 그의 성기는 여전히 발기한 상태였기 때문이다.

“정말이지 너무 크네요.” 그녀가 그의 성기를 들었다가 다시 그의 배에 내려놓으며 말했다.

“게다가 아주 끈적거리지.” 그는 유연한 동작으로 일어나 방을 빠져나가며 말했다.

그가 돌아왔을 때 그녀의 시각은 충분히 회복되어 있었다. 그녀는 그의 몸이 신의 조각상처럼 털 없이 매끈하고, 게다가 프락시텔레스가 공들여 만든 아폴로 조각상을 닮았다는 것을 알아차렸다.

“당신은 정말 아름다워요.” 그녀는 시선을 떼지 못하고 말했다.

“그렇게 생각한다고 해도 그런 말은 입 밖에 내지 마시오.” 그가 말했다.

“당신처럼 털 없이 매끈한 사람이 어떻게 날 좋아할 수 있죠?”

“당신은 달콤하고 통통하고 촉촉하니까. 또 길게 이어진 그 잔털들이 날 미치게 한단 말이지.” 그는 침대 끄트머리에 걸터앉아 미소를 지음으로써 그녀의 심장이 더 빨리 뛰게 했다. “게다가 당신은 즐길 줄 아는 여자요. 난 그게 이 행위의 즐거움 중 적어도 절반을 차지한다고 믿소.”

“이제 가야 할 시간인가요?” 그녀는 그가 다시 침대에 누울 기미가 없다는 걸 알아차리고 물었다.

“그렇소, 이제 가야 할 시간이오.” 그는 소리내어 웃었다. “엄밀히 따져서 이게 근친상간에 해당하는지 궁금하군. 우리 애들은 결혼을 약속한 사이니까 말이오.”

하지만 그녀는 그의 터무니없는 유머감각을 이해하지 못해 얼굴을 찡그렸다. “물론 아니죠!”

“농담이오, 세르빌리아, 그냥 농담.” 그는 다정하게 말하더니 일어섰다. “당신이 입고 온 옷이 구겨진 게 아니었으면 좋겠소. 전부 저쪽 방바닥에 놓여 있을 거요.”

그녀가 옷을 입는 동안 그는 수조에 담긴 물로 욕조를 채우기 시작했다. 가죽 들통으로 수조의 물을 떠서 부지런히 욕조로 옮겼다. 그녀가 구경하려고 다가왔을 때도 그는 멈추지 않았다.

"우린 언제 다시 만나나요?" 그녀가 물었다.

"너무 자주 만나선 안 돼요. 그러다간 금세 시들해질 수 있는데, 난 안 그랬으면 좋겠소." 그는 여전히 물을 퍼서 옮기며 말했다.

그녀는 모르고 있었지만 이것은 그에게 있어 일종의 시험이었다. 그는 불륜 상대가 눈물을 흘리며 자신의 사랑을 호소하는 순간 흥미를 잃곤 했다.

"나도 동의해요." 그녀가 말했다.

물을 나르던 들통이 멈췄다. 카이사르는 굳은 채로 그녀를 쳐다봤다. "진심이오?"

"물론이죠." 그녀는 호박 귀걸이가 귀에 잘 걸렸는지 확인하며 대답했다. "지금 만나는 여자가 더 있나요?"

"당장은 없지만 그건 언제든 바뀔 수 있는 문제요." 이것은 첫번째보다 더 잔인한 두번째 시험이었다.

"네, 당신에겐 유지해야 할 명성이란 게 있으니까요. 그것도 이해하겠어요."

"정말이오?"

"물론이죠." 그녀의 유머감각은 퇴화한 기관이나 다름없었지만, 그녀는 살짝 웃음을 지으며 말했다. "사람들이 왜 당신에 대해 그런 말을 하는지 이제야 다 알겠어요. 나도 며칠 정도는 속이 상하고 쓰리겠죠."

"그렇다면 트리부스회 선거 다음날 다시 만나는 게 좋겠소. 나는 아피우스 가도 관리관 선거에 출마할 거요."

"그때 내 동생 카이피오는 재무관 후보로 출마하겠죠. 실라누스는 당연히 그전에 있을 백인조회 선거에 법무관 후보로 출마할 테고요."

"당신의 또다른 동생 카토는 분명 군무관에 당선될 테죠."

그녀의 얼굴이 구겨졌다. 입은 단호해졌고 눈동자는 돌처럼 굳었다. "카토는 내 친동생이 아니라 이부동생이에요." 그녀가 말했다.

"그건 카이피오도 마찬가지라고 들었소. 카토와 같은 암말, 같은 씨말에게서 나왔다고."

그녀는 한숨을 쉬며 평온한 눈길로 카이사르를 쳐다봤다. "사람들이 뭐라고 떠드는지 다 알고 있고, 나도 그게 진실이라 생각해요. 하지만 카이피오는 우리 가문의 이름을 쓰고 있으니 그는 인정해주기로 마음먹었어요."

"아주 현명한 판단이오." 카이사르는 이 말을 하고는 다시 들통에 담긴 물을 비웠다.

세르빌리아는 몇 시간 전처럼 주름 하나 없이 말끔하진 않지만 그럭저럭 괜찮아 보인다는 확신이 들자 밖으로 나갔다.

카이사르는 생각에 잠긴 얼굴로 욕조에 들어갔다. 흔치 않은 여자였다. 유혹적인 검은 깃털 위의 재앙! 추락을 불러올 어리석음. 아래로, 더 아래로. 의도하진 않았지만 재미있는 말장난 같았다. 이제 몸을 섞은 사이가 되었음에도 그는 자신이 그녀를 좋아하는지 확신할 수 없었다. 하지만 그녀와의 만남을 중단할 수 없단 건 알고 있었다. 일단 그녀는 성격 외에 다른 면에서도 흔치 않은 여자였다. 그와 같은 귀족계급 중에 침대에서 아무런 억압 없이 자신을 드러내는 여자는 크라수스 군대의 겁쟁이만큼이나 희귀한 존재였다. 그가 사랑했던 킨닐라조차 얌전을 빼고 점잖게 굴었다. 불쌍한 여자들, 그들이 키워진 방식이 그랬으니 어쩔 수 없는 일이었다. 그리고 그는 자기 자신에 대해 솔직한 사람이었으므로, 자신도 율리아를 다른 방식으로 키울 마음이 없음을 인정할 수밖에 없었다. 오, 물론 귀족계급에도 난잡한 여자들이 있었다.

그들은 죽은 콜루브라나 이제 늙어가고 있는 프라이키아 같은 매춘부들만큼 성교 기술이 대단하다고 알려져 있었다. 하지만 카이사르는 아무런 억압 없는 즐거운 성교를 원할 때면, 솔직하고 개방적이고 속되면서도 나무랄 데 없는 수부라 지구의 여자들 중에서 상대를 구하는 편을 선호했다. 오늘, 그리고 세르빌리아 이전까지는. 누가 감히 상상이나 했을까? 그녀는 자신의 정사에 대해 떠들고 다니지 않으리라. 그는 욕조 안에서 몸을 기울여 부석으로 손을 뻗었다. 찬물 안에선 때밀이 주걱이 소용없었다. 때를 벗기려면 먼저 땀을 흘려야 했다.

"그나저나," 그는 작고 못생긴 부석을 향해 물었다. "어머니께는 어디까지 말해야 하지? 이상한 일이야! 어머니는 워낙 남 같아서 이런 여자 이야기를 나누는 게 전혀 불편하지 않았어. 그런데 세르빌리아 이야기는 내가 감찰관의 자주색 토가를 입은 이후에나 할 수 있을 것 같단 말이지."

그해 선거는 제때 진행되었다. 우선 백인조회에서 집정관과 법무관들을 선출했고, 다음으로 트리부스회에서 다양한 파트리키 귀족과 평민 들이 더 낮은 직급의 정무관으로 선출되었다. 마지막으로 평민회 선거가 열렸는데, 평민회의 활동은 평민 조영관과 호민관 선출로 제한돼 있었다.

달력상으로 7월이었으므로 한여름 날씨여야 했다. 하지만 최고신관 메텔루스 피우스가 지난 수년간 격년 단위로 2월 끝자락에 20일씩 추가하는 일을 소홀히 한 까닭에 계절은 달력보다 뒤처져 있었다. 그러니 나이우스 폼페이우스 마그누스—위대한 폼페이우스—가 평민회 선거가 적법하게 진행되는지 확인하겠답시고 로마에 나타난 것은 놀랍지도 않았다. 날씨가 너무 온화하고 봄날 같았기 때문이다.

폼페이우스는 로마의 일인자를 자처하면서도 로마를 지독히 싫어했고, 북부 피케눔에 위치한 자신의 거대한 영토에서 지내는 편을 선호했다. 그는 그곳에서 왕이나 다름없었다. 로마에 올 때면 그는 자신이 로마를 혐오하는 것보다도 원로원 의원 대다수가 자신을 훨씬 더 혐오한다는 사실을 언짢아하면서도 인정해야 했다. 그는 로마의 상업계를 이끄는 기사들 사이에서 아주 인기가 좋았고 추종자도 많았다. 하지만 보니와 여타 귀족 파벌의 원로원 의원들이 그를 뻔뻔한 벼락출세자, 비로마인 침입자라고 몰아붙일 때면 기사계급의 지지조차 그의 예민하고 유약한 자존감을 달래는 데 전혀 도움이 되지 않았다.

그의 조상은 대단치 않았지만, 그렇다고 내세울 조상이 아예 없는 것도 아니었다. 할아버지는 원로원 의원이었고, 모두가 인정하는 로마 명문가인 루킬리우스 집안사람을 아내로 맞았다. 게다가 아버지는 그 유명한 집정관 폼페이우스 스트라보로, 이탈리아 전쟁의 승전 장군이었고 로마가 마리우스와 킨나로부터 위협받을 때 원로원의 보수성을 지키려 했던 인물이었다. 하지만 마리우스와 킨나가 패권을 잡게 되었고, 폼페이우스 스트라보는 로마 밖의 진지에서 병사했다. 퀴리날리스와 비미날리스 언덕 주민들은 포위된 로마 내에 장티푸스가 창궐한 것이 폼페이우스 스트라보 탓이라며 그의 벌거벗은 시신을 당나귀에 묶어 길거리에서 끌고 다니도록 했다. 아들 폼페이우스는 그 만행을 결코 용서치 않았다.

그에게 기회가 찾아온 것은 망명을 떠났던 술라가 돌아와 이탈리아 반도를 침략했을 때였다. 당시 고작 스물두 살이었던 폼페이우스는 죽은 아버지 수하의 노련병들로 구성된 3개 군단을 이끌고 캄파니아에서 술라와 합류했다. 교활한 술라는 폼페이우스가 공동 지휘권을 얻어내려고 자신을 협박했음에도 불구하고, 독재관 직에 오르는 과정에서 폼페이우스에게 뒤가 구린 임무들을 맡겼다. 그리고 마침내 독재관이 되었다. 술라는 퇴임하고 사망한 이후에도, 원로원 의원이 아닌 사람에게 로마군 지휘권을 허락하는 법을 남김으로써 이 야심만만하고 자신감 넘치는 젊은이의 앞날을 보살펴주었다. 폼페이우스는 원로원을 싫어했고 원로원 의원이 되는 것을 거부했기 때문이다. 이후 폼페이우스는 히스파니아에서 반역자 퀸투스 세르토리우스를 상대로 6년간 전쟁을 벌였다. 자신의 군사 능력을 재평가할 수밖에 없었던 6년이었다. 그는 세르토리우스를 순식간에 해치울 수 있다고 확신하며 히스파니아로 떠났지만, 그곳에서 자신의 상대는 로마 역사상 가장 뛰어난 장군 중 하나임을 알게 되었다. 결국 그는 소모전을 펼쳐 세르토리우스를 지치게 만들었다. 그렇게 이탈리아로 귀환한 폼페이우스는 이전과는 확연히 다른 사람이었다. 간교하고 비양심적으로 변한 것은 물론, 히스파니아 전쟁 당시 충격적일 정도로 군자금과 추가병력 지원에 인색했던 원로원 의원들에게는 원로원 소속도 아닌 자신이 그들의 얼굴을 흙바닥에 뭉갤 수 있음을 보여주기로 작정한 것이다.

폼페이우스는 다른 두 사람과의 공모를 통해 그 일을 해냈다. 그 둘은 스파르타쿠스 전쟁의 승리자 마르쿠스 크라수스와 카이사르였다. 스물아홉 살의 카이사르가 막후에서 조종하는 가운데, 폼페이우스와 크라수스는 그들의 두 군대를 무기로 원로원을 협박해 집정관 출마 허락을 받아냈다. 이제껏 그 어떤 인물도 원로원 의원이 되기 전에 가장 높은 정무관 직에 오른 전례가 없었지만, 폼페이우스는 무려 수석 집정관에 당선됐고 크라수스는 차석 집정관에 당선됐다. 그리하여 피케눔 출신의 이 젊고 비범한 인물은 가장 위험적인 방법으로 본인의 목표를 달성하게 되었다. 하지만 그에게 그 방법을 일러준 사람은 그보다 여섯 살이나 더 젊은 카이사르였다.

원로원으로서는 설상가상으로, 위대한 폼페이우스와 마르쿠스 크라수스가 함께 집정관을 지낸 해는 대단히 성공적이었다. 축제, 경기대회, 흥겨움과 번영의 한 해였다. 그해가 끝나자 두 집정관은 속주 총독으로 떠나기를 거절했다. 그들은 대신 각자의 삶으로 돌아갔다. 그들이 통과시킨 법 중에 유일하게 큰 의미를 지니고 있는 법은, 앞서 술라의 법을 통해 사실상 모든 권한을 박탈당했던 호민관들에게 전권을 되돌려주었다.

폼페이우스가 호민관 선거를 구경하러 로마에 왔다는 소식은 카이사르의 흥미를 자극했다. 카이사르는 사크라 가도와 오르비우스 언덕길이 만나는 지점에서 포룸 로마눔의 낮은 구역으로 들어오는 폼페이우스와 그의 피호민 무리를 마주쳤다.

"로마에서 만날 줄은 몰랐습니다." 카이사르는 폼페이우스에게 말했다. 그는 폼페이우스를 머리부터 발끝까지 대놓고 훑어보더니 활짝 웃었다. "아주 보기 좋으십니다. 게다가 아주 건강해 보여요." 그가 말했다. "중년 체형으로 바뀌어가고 있군요."

"중년?" 폼페이우스는 분개하며 물었다. "집정관을 지냈다고 해서 내가 벌써 노인네라는 뜻은 아닐세! 9월 말이 지나야 겨우 서른여덟이란 말이야!"

"나는 말이죠," 카이사르는 우쭐대며 말했다. "아주 최근에 서른두 살이 되었어요. 폼페이우스 마그누스 당신도 그 나이엔 집정관이 아니었죠."

"오, 날 약 올리려는 거군." 폼페이우스는 진정하며 말했다. "자네는 키케로를 닮았네. 화장용 장작더미에 오르면서도 농담이나 해댈 사람이야."

"그 정도로 재치 넘친다면 소원이 없겠군요. 하지만 내 진지한 질문에 아직 답하지 않았습니다, 마그누스. 호민관 선거를 구경하는 것 말고 무슨 연유에서 로마로 온 거죠? 요즘에도 호민관을 고용할 일이 있을 것 같진 않던데요."

"호민관 한두 명 정도는 늘 필요한 법일세, 카이사르."

"지금도요? 대체 무슨 일입니까, 마그누스?"

선명한 푸른빛의 눈동자가 커다랗게 떠졌다. 폼페이우스가 카이사르에게 보내는 시선에는 가식이 없었다. "아무 일도 아니야."

"어! 저기 좀 보세요!" 카이사르가 하늘을 손가락으로 가리키며 외쳤다. "봤어요, 마그누스?"

"뭘 말인가?" 폼페이우스는 구름을 둘러보며 물었다.

"독수리처럼 하늘을 날아다니는 눈부신 분홍 돼지요."

"내 말을 안 믿는군."

"네, 안 믿습니다. 왜 솔직히 털어놓지 않는 겁니까? 아시다시피 난 당신의 적이 아니에요. 과거에도 당신에게 큰 도움을 준 적이 있고, 앞으로도 당신의 공직 활동에 도움을 주지 않을 이유가 없죠. 나는 썩 훌륭한 웅변가예요. 그건 인정해야 할 겁니다."

"그게 말이지……."

"그게 뭐요?"

폼페이우스는 걸음을 멈춰 자신을 뒤따르던 피호민 무리를 슬쩍 돌아보고 고개를 가로젓더니, 아이밀리우스 회당 바깥의 아케이드에 세워진 예쁜 대리석 기둥 쪽으로 살짝 둘러갔다. 카이사르는 이것이 엿듣는 귀를 피하기 위한 폼페이우스의 전략임을 깨닫고 위인의 말을 듣기 위해 곁에 다가섰다. 피호민 무리는 궁금해 죽을 것 같은 표정으로 눈을 반짝이고 있었지만, 대화를 엿듣기에는 너무 멀리 떨어져 있었다.

"저들 중 한 명이 우리 입술을 읽으면 어떡하죠?" 카이사르가 물었다.

"또 농담을 하는군!"

"그럴 리가요. 어쨌든 저들에게 등을 돌리고 아이밀리아의 앞 구멍에 오줌을 갈기는 척하는 게 더 낫겠죠."

이건 도저히 참을 수 없었다. 폼페이우스는 너무 웃겨 눈물이 날 지경이었다. 하지만 카이사르는 마침내 웃음을 수습한 폼페이우스가 관중에게 옆모습만 보이도록 충분히 몸을 돌리는 것을 확인했다. 폼페이우스는 포룸 로마눔에서 외설물을 판매하는 상인처럼 은밀하게 입술을 움직였다.

"실은 말일세," 폼페이우스가 웅얼거렸다. "올해 후보 중에 괜찮은 친구가 한 명 있네."

"아울루스 가비니우스?"

"어떻게 알았나?"

"그는 피케눔 출신이고, 히스파니아에서 당신의 개인 참모 중 하나로 일했으니까요. 게다가 나와 가까운 친구이기도 하죠. 우린 미틸레네 포위전 때 함께 하급 군관으로 복무했어요." 카이사르는 씁쓸한 표정을 지었다. "가비니우스도 비불루스를 안 좋아했어요. 시간이 꽤 흘렀지만 보니에 대한 그의 감정은 전혀 나아지지 않았죠."

"가비니우스는 훌륭한 사람들 중에서도 최고야." 폼페이우스가 말했다.

"능력도 출중하고요."

"그것도 그렇지."

"그가 당신을 위해 어떤 법을 마련할 예정이죠? 루쿨루스에게서 지휘권을 빼앗은 다음 그걸 금쟁반에 담아 당신에게 넘겨줄 건가요?"

"아니, 그건 아닐세!" 폼페이우스가 딱 잘라 말했다. "그러기엔 너무 일러! 우선 내 근육을 적당히 데울 만한 짧은 전쟁이 필요해."

"해적이군요." 카이사르가 곧바로 말했다.

"이번엔 맞혔네! 해적일세."

카이사르는 오른쪽 무릎을 굽혀 기둥에 기대며, 즐거운 옛이야기 말고 다른 특별한 대화는 오가지 않는 것처럼 행동했다. "정말 대단합니다, 마그누스. 아주 영리한 일인데다 반드시 필요한 일이니까요."

"크레타 섬의 작은 염소 메텔루스는 마음에 안 차는 건가?"

"그자는 고집불통 멍청이에 부패한 인간이에요. 괜히 베레스와 처남매부지간이었던 게 아니에요. 여러 가지 의미로 그렇단 얘기죠. 그는 훌륭한 로마군 3개 군단을 데리고 있으면서, 군인도 아닌 뱃사람들이 이끄는 오합지졸 크레타군 2만 4천 명을 상대로 지상전에서 겨우 딱 한 번 승리했을 뿐입니다."

"끔찍한 일이지." 폼페이우스는 침통하게 고개를 가로저었다. "하나 묻겠네, 카이사르. 해적은 해상에서 활동하는데 지상전을 벌이는 게 무슨 소용이란 말인가? 육지에 위치한 해적 기지를 없애야 한다고들 하지만, 그들을 바다에서 소탕하지 않는 한 해적의 생계수단을 파괴할 수 없네. 해적선 말이지. 요즘 해전은 트로이아 전쟁 때와 달라서, 적선을 해변에서 몽땅 태워버릴 수도 없어. 일부 해적들을 소탕하려고 애쓰는 동안 나머지 해적들은 최소한의 인원을 꾸려 다른 곳에서 활동할 테니까."

"그렇죠." 카이사르는 고개를 끄덕이며 말했다. "두 명의 안토니우스부터 바티아 이사우리쿠스에 이르기까지 모두들 똑같은 실수를 저질렀어요. 그들은 그저 마을을 불태우고 도시를 약탈했죠. 해적 소탕 임무는 조직 운영에 탁월한 재능을 지닌 사람이 맡아야만 해요."

"바로 그거야!" 폼페이우스가 외쳤다. "장담컨대 내가 바로 그런 사람일세! 지난 몇 년간 조용히 지내면서 다른 건 몰라도 생각할 시간만은 충분히 가졌네. 히스파니아에서 나는 뿔을 낮게 내리고 맹목적으로 전장으로 뛰어들었어. 무티나에서 한 발짝이라도 나가기 전에 우선 그 전쟁을 어떻게 이길 건지부터 구상했어야 했는데 말이지. 알프스 산맥을 가로지르는 새로운 고갯길을 닦는 데만 몰두할 게 아니라 모든 것을 사전에 조사해뒀어야만 했네. 그랬다면 내게 몇 개 군단이 필요한지, 기병이나 군자금이 얼마나 필요한지 알았을 테고, 내 적을 더욱 잘 이해할 수 있었을 걸세. 퀸투스 세르토리우스는 탁월한 전술가였네. 그렇지만 전술로는 전쟁을 이길 수 없네, 카이사르. 전략이 중요하지, 전략!"

"해적에 대해 미리 공부를 많이 하셨나보군요, 마그누스?"

"그럼. 아주 철저히 공부했네. 가장 큰 것부터 가장 사소한 것에 이르기까지 빠짐없이. 지도, 첩자, 선박, 돈, 사람. 이제 이 일을 어떻게 처리해야 할지 알고 있네." 폼페이우스는 이전과는 다른 종류의 자신감을 드러내며 말했다. 히스파니아는 꼬마 도살자의 마지막 전쟁 무대였다. 앞으로는 그 어떤 의미에서도 그를 도살자라 부를 순 없으리라.

그리하여 카이사르는 호민관 열 명이 선출되는 과정을 아주 흥미롭게 지켜보았다. 아울루스 가비니우스는 당선이 확실시되었고 역시나 최다 득표로 당선되었다. 다시 말해, 그는 다가오는 12월의 열번째 날 취임식을 치를 수석 호민관이 되었다.

호민관들은 가장 빈번하게 새로운 법을 제정했고, 다양한 정무관들 중에서 전통적으로 유일하게 변화를 추구하는 세력이었다. 그러므로 원로원 내의 강력한 파벌들은 적어도 한 명의 호민관을 확보해놓을 필요가 있었다. 이는 보니도 마찬가지였으며, 그들은 일체의 새로운 법 제정을 막기 위해 그들의 호민관을 이용했다. 호민관이 가진 가장 강력한 무기는 거부권이었다. 호민관은 동료 호민관, 다른 모든 정무관, 심지어 원로원을 상대로도 거부권을 행사할 수 있었다. 그러므로 보니에게 소속된 호민관은 새로운 법을 제정하는 대신 새로운 법에 대해 거부권만 행사했다. 물론 보니는 호민관 중 세 사람—글로불루스, 트레벨리우스, 오토—을 확보하는 데 성공했다. 그들 중 누구도 똑똑하진 않았지만, 보니파 호민관이 반드시 똑똑할 필요는 없었다. "거부권을 행사하겠소!"라는 말을 또박또박 발음할 줄 아는 것으로 충분했다.

폼페이우스는 자신의 목표 달성을 위해 새로운 호민관단 내에 아주 훌륭한 두 사람을 확보해두었다. 아울루스 가비니우스는 비교적 보잘것없는 가문 출신에 가난했지만 장차 크게 될 인물이었다. 카이사르는 미틸레네 포위전 때부터 그와 알고 지냈다. 폼페이우스의 또다른 호민관도 당연히 피케눔 출신이었다. 가이우스 코르넬리우스라는 남자였는데, 유서 깊은 코르넬리우스 씨족 출신도 아니고 파트리키 귀족도 아니었다. 그는 가비니우스만큼 폼페이우스에게 단단히 묶인 몸은 아닐지 몰라도, 가비니우스가 평민회에서 제안하는 법안에 거부권을 행사하지 않으리라는 것만큼은 분명했다.

카이사르는 이 모든 일들이 흥미롭게 느껴졌다. 하지만 호민관 당선인 중에서 그에게 가장 큰 걱정을 심어준 인물은 보니파도 위대한 폼페이우스파도 아니었다. 그자는 가이우스 파피리우스 카르보라는 급진적인 인물로, 따로 본인만의 도끼를 갈고 있었다. 그는 꽤 오래전부터 카이사르의 외삼촌 마르쿠스 아우렐리우스 코타를 기소할 작정이라고 포룸 로마눔에서 떠들어대곤 했다. 비티니아에서 로마의 오랜 적인 미트리다테스 왕을 상대로 전쟁을 치르면서 헤라클레이아의 전리품을 불법적으로 취했다는 혐의였다. 마르쿠스 코타는 폼페이우스와 크라수스가 집정관을 지낸 해가 끝나갈 무렵 개선장군 자격으로 로마에 돌아왔고, 그 당시엔 아무도 그의 청렴함에 이의를 제기하지 않았다. 카르보는 지금 와서 옛일을 들추느라 바빴고, 이제 모든 권한을 되찾은 호민관으로서 마르쿠스 코타를 특별 소집된 평민회 법정에 세울 수 있게 되었다. 카이사르는 외삼촌 마르쿠스를 진심으로 사랑하고 존경했으므로 카르보의 당선은 심히 우려스러운 일이었다.

마지막 투표용 서판까지 전부 확인한 후, 최종 당선자 열 명은 환호 속에서 로스트라 연단에 올랐다. 카이사르는 발길을 돌려 집으로 터덜터덜 걸어갔다. 부족한 수면과 과도한 세르빌리아로 인해 몹시 피곤했다. 그들은 엿새 전 트리부스회 선거 다음날에야 다시 만났고 예상했던 대로 각자 축하할 일이 있었다. 카이사르는 아피우스 가도 관리관으로 당선되었고("대체 무슨 생각으로 거기 출마한 거요?" 아피우스 클라우디우스 풀케르가 화들짝 놀라며 물었다. "그건 내 조상이 만든 도로잖소. 하지만 난 바보가 아니오! 당신은 일 년 만에 거지가 될 거요.") 세르빌리아의 친동생으로 알려진 카이피오는 스무 명의 재무관 중 한 명으로 당선되었다. 카이피오는 추첨을 통해 로마에서 수도 담당 재무관으로 일하는 임무를 맡게 되었으므로, 속주로 떠날 필요가 없었다.

그들은 기대감은 물론 만족감이 가득한 분위기 속에서 재회했고, 침대 속에서 함께하는 시간이 너무도 만족스러워 둘 중 누구도 다시 만날 날을 나중으로 미루려 하지 않았다. 그들은 매일같이 입술, 혀, 살갗의 축제를 벌였고 날마다 새로운 과제, 새롭게 탐험해볼 만한 무언가를 발견했다. 어제까진 계속 그랬지만, 오늘은 평민회 선거일이라 만날 수 없었다. 그들은 아마 9월의 칼렌다이까지 다시 볼 수 없을 터였다. 실라누스가 세르빌리아, 브루투스, 두 딸을 데리고 그의 빌라가 있는 쿠마이의 해변 휴양지로 떠났기 때문이다. 올해 선거는 실라누스에게도 좋은 결과를 안겨주었는데, 그는 내년 수도 담당 법무관을 역임할 예정이었다. 남편이 주요 정무관 직을 맡게 되었으므로 세르빌리아의 대외적 위상도 높아질 것이 분명했다. 그녀는 무엇보다 로마에서 가장 명망 높은 부인들이 겨울 동안 보나 데아 여신을 잠재우는 의식을 진행하는 장소로 자신의 저택이 선정되기를 바랐다.

이제 율리아에게 약혼 소식을 알릴 때가 왔다. 공식적인 약혼식은 브루투스가 토가 비릴리스를 입게 되는 12월 이후에 진행될 예정이었다. 하지만 모든 법률문서는 준비되었고 율리아의 운명은 정해졌다. 카이사르는 평소 이런 일을 미루는 사람이 아닌데 왜 이제까지 미뤄왔는지 자신도 분명히 알 수 없었다. 그는 아우렐리아에게 소식을 전해달라고 부탁했지만 집안의 법도에 아주 엄격한 아우렐리아는 거절했다. 그가 가장이었으므로 직접 말해야만 했다. 여자들이란! 그의 삶에는 왜 이리도 많은 여자들이 존재하는 것이고, 어째서 앞으로 더 많은 여자들의 등장이 예상된단 말인가? 그들로 인해 야기될 온갖 문제들은 또 어떻고?

율리아는 카이사르의 절친한 친구이자 아우렐리아의 아파트 1층에 사는 가이우스 마티우스의 딸 마티아와 놀고 있었다. 하지만 그녀는 저녁식사가 시작되기 한참 전에 집으로 돌아왔으므로, 카이사르는 더는 이 일을 미룰 핑곗거리를 찾을 수 없었다. 율리아는 아직 성숙하지 않은 몸 위로 보랏빛 도는 푸른색 옷자락을 날리며 어린 요정처럼 채광정을 가로질러왔다. 아우렐리아는 늘 율리아에게 연한 파란색이나 녹색 옷을 입혔는데, 그건 탁월한 선택이었다. 이 아이가 다 자라면 얼마나 아름다울까, 카이사르는 딸을 바라보며 생각했다. 그리스인을 닮은 골격의 아름다움에 있어서는 아마 아우렐리아에 미치지 못하리라. 하지만 지극히 실용적이고 합리적이고 코타 집안사람다운 아우렐리아와 달리, 율리아에게는 율리우스 집안사람 특유의 신비로운 매력이 있었다. 율리우스 가문의 여자들은 남편을 행복하게 만든다는 격언이 예로부터 전해졌는데, 카이사르는 딸아이를 볼 때마다 그것이 사실임을 믿을 수 있었다. 물론 늘 들어맞는 말은 아니었다. 카이사르의 작은고모(술라의 첫번째 아내)는 오랜 세월 포도주병을 끼고 살다가 자살했고, 육촌인 율리아 안토니아는 두 번씩이나 끔찍한 남자와 결혼해 우울증과 히스테리가 나날이 심해지고 있었다. 하지만 로마인들은 계속해서 그 격언을 입에 담았고, 카이사르는 그것을 부정할 마음이 없었다. 재산이 충분해서 돈 많은 아내가 필요하지 않은 귀족이라면 누구나 율리우스 가문의 신부를 제일 먼저 고려하기 마련이었다.

율리아는 식당 창문턱에 기대앉은 아버지를 발견하고 얼굴이 환해지더니 그에게로 곧장 달려왔다. 창문턱을 기어올라와 그의 품안에 안기는 모습마저도 우아했다.

"오늘 하루는 어땠니, 우리 딸?" 그는 딸을 들어 식당의 긴 의자 세 개 중 하나로 옮기며 물었다. 그는 율리아를 자기 옆에 내려놓았다.

"아주 멋진 하루였어요, 아빠. 호민관 선거에선 뽑혀야 할 사람들이 다 뽑혔나요?"

그가 웃음을 짓자 양쪽 눈가에 부챗살 모양의 주름이 잡혔다. 그는 새하얀 피부를 타고났지만 포룸 로마눔과 법정, 전장에서 오랫동안 활동하면서 겉으로 드러난 부위는 갈색으로 변했다. 하지만 눈가 주름 깊숙한 곳은 여전히 새하얬다. 이러한 색상 대비는 율리아를 매혹시켰다. 그녀는 그가 눈웃음을 짓거나 얼굴을 찡그리지 않을 때, 그래서 전쟁을 앞두고 얼굴에 물감을 바른 야만인처럼 하얀 부챗살 모양이 드러날 때를 제일 좋아했다. 그녀는 무릎을 꿇고 몸을 세워 한쪽 부챗살에, 그리고 다른 쪽 부챗살에 차례로 입을 맞췄다. 그는 그녀의 입술 쪽으로 이마를 기울인 채 그 어떤 여자에게서도, 심지어 킨닐라에게서도 느껴보지 못한 달콤한 기분에 몸이 스르르 녹는 것을 느꼈다.

"너도 잘 알잖니." 그는 이 의식이 끝나자 딸에게 말했다. "뽑혀야 할 사람들이 전부 뽑히는 일은 절대 없단다. 새로운 호민관단은 언제나처럼 좋은 사람, 나쁜 사람, 그저 그런 사람, 불길한 사람, 흥미로운 사람이 뒤섞여 있지. 하지만 새 호민관단은 올해 호민관단보다 더 적극적으로 활동할 것 같더구나. 그러니 새해부터 포룸 로마눔은 시끌벅적해질 거야."

그녀는 유력한 정치 가문 출신의 아버지와 할머니를 두고 있었으므로 당연히 정치에 대해 잘 알고 있었다. 하지만 수부라 지구에 사는 그녀의 친구들은(심지어 옆집에 사는 마티아조차도) 그렇지 않았고 원로원, 민회, 법정의 권모술수라든지 온갖 사건사고에 거의 관심이 없었다. 그래서 아우렐리아는 율리아가 여섯 살이 되자 마르쿠스 안토니우스 니포의 학교로 보냈다. 니포는 한때 카이사르의 개인 가정교사였지만, 카이사르가 성년이 되어 유피테르 대제관의 라이나와 아펙스를 착용하게 되자 다시 귀족층 자제를 상대로 학교를 열었다. 율리아는 영특하고 의욕 넘치는 학생이었으며 아버지만큼이나 문학에 큰 애정을 품고 있었지만, 수학이나 지리에는 그리 뛰어나지 않았다. 게다가 카이사르처럼 기억력이 대단하지도 않았다. 현명하게도, 그녀를 사랑하는 모든 사람들은 그게 차라리 잘된 일이라고 결론 내렸다. 여자아이에게 있어 눈치 빠르고 영리한 것은 대단한 장점이었지만, 지적이고 탁월한 것은 장애가 될 수 있었다. 특히 여자아이 자신에게 그랬다.

"왜 우리 둘만 여기 있는 거예요, 아빠?" 그녀는 약간 어리둥절해하며 물었다.

"조용한 곳에서 너한테 전해주고 싶은 소식이 있거든." 카이사르는 이제 마음을 먹었으니 우물쭈물하지 않기로 했다.

"좋은 소식이에요?"

"나도 모르겠구나, 율리아. 좋은 소식이면 좋겠지만, 내가 네 마음속에 사는 건 아니니까 그건 너만 알겠지. 어쩌면 그리 좋은 소식이 아닐지도 몰라. 하지만 네가 그 사실에 차차 익숙해진다면 그리 못 견딜 정도는 아닐 거라고 생각한단다."

그녀는 타고난 학자까진 아니라도 눈치 빠르고 영리했으므로 이 말을 곧 이해했다. "제 신랑감을 고르셨군요." 그녀가 말했다.

"그렇단다. 그래서 기쁘니?"

"아주 기뻐요, 아빠. 유니아도 약혼자가 있는데, 아직 약혼 안 한 친구들에게 얼마나 자랑을 해대는지 몰라요. 그런데 누구예요?"

"유니아의 오빠, 마르쿠스 유니우스 브루투스란다."

그는 딸의 눈을 들여다보다가 언뜻 충격의 빛이 스치는 것을 발견했다. 그녀는 이내 고개를 돌리고 정면을 가만히 응시하더니, 무슨 말을 하려는 듯 침을 삼켰다.

"기쁘지 않니?" 그는 철렁 내려앉은 가슴으로 물었다.

"그냥 좀 놀랐어요. 그것뿐이에요." 아우렐리아의 손녀가 말했다. 그녀는 남편감부터 출산의 위험에 이르기까지 자신의 운명을 무엇이든 순순히 받아들이도록 아기 때부터 교육받았다. 그녀는 고개를 옆으로 돌렸고, 크고 파란 눈은 이제 웃고 있었다. "전 아주 기뻐요. 브루투스는 좋은 사람이에요."

"진심이니?"

"오, 아빠, 당연히 진심이죠!" 그녀는 목소리가 떨릴 정도로 진심을 담아 말했다. "아빠, 정말이지 좋은 소식이에요. 브루투스는 분명 저를 잘 보살피고 사랑해줄 거예요."

그의 심장을 짓누르던 무게가 가벼워졌다. 그는 숨을 내쉬고 웃음을 지으며 그녀의 작은 손을 당겨 가볍게 키스하고는 그녀를 양팔로 끌어안았다. 브루투스를 사랑할 수 있겠냐고 물을 생각은 없었다. 사랑은 카이사르가 즐기는 감정이 아니었고, 킨닐라와 이 섬세한 요정에게 느끼는 사랑조차도 기꺼이 받아들이기 힘들었다. 그는 자신을 약하게 만드는 사랑이란 감정을 증오했다.

그녀는 긴 의자에서 미끄러져 내려오더니 곧 사라졌다. 그녀가 아우렐리아의 사무실로 달려가면서 외치는 소리가 멀리서 들려왔다.

"할머니, 할머니, 저랑 제 친구 브루투스가 결혼하게 된대요! 정말 멋지죠? 참 기쁜 소식 아니에요?"

그러더니 오래 참았다는 듯이 낮게 흐느끼고 한바탕 울음을 터뜨렸다. 딸이 상심한 사람처럼 우는 소리를 들으며 카이사르는 대체 기뻐서 저러는 건지 슬퍼서 저러는 건지 알 수 없었다. 식당에서 응접실로 가는 길에, 그는 율리아를 침실로 데려가는 아우렐리아와 마주쳤다. 아이는 아우렐리아의 옆구리에 얼굴을 묻고 있었다.

그의 어머니는 태연한 표정이었다. "나한텐 소원이 하나 있단다." 그녀는 그를 향해 말했다. "여자들이 기쁠 때는 제발이지 웃었으면 좋겠어! 하지만 여자들 중 족히 절반은 기쁠 때 눈물을 흘린단다. 우리 율리아를 포함해서 말이야."

포르투나 여신은 나이우스 폼페이우스 마그누스를 편애하는 것이 틀림없다고, 12월 초에 카이사르는 혼자 웃으며 생각했다. 위인께서 해적을 근절하고 싶다는 의사를 표명하자 포르투나 여신은 시칠리아의 곡물이 오스티아에 도착할 때에 맞춰 기회를 만들어주었다. 오스티아는 티베리스 강어귀에 위치한 로마에 가까운 항구도시였다. 이곳에서 흘수가 깊은 화물선에 실린 소중한 화물은 바지선으로 옮겨졌고, 티베리스 강을 거슬러 로마 항의 곡물 저장소로 마지막 구간의 여정을 떠났다. 오스티아는 철저히 안전했고, 목적지에 거의 다 온 것이나 마찬가지인 곳이었다.

그런데 화물선 수백 척이 오스티아 항에 도착했을 때, 기다리고 있어야 할 바지선들이 보이지 않았다. 오스티아의 재무관이 타이밍을 제대로 조절하지 못하고 티베리스 강 상류의 투데르와 오크리쿨룸으로 바지선들을 다시 보낸 탓이었다. 그곳에서 생산된 곡식도 하류의 로마로 옮겨야만 했던 것이다. 선장과 곡물상 들의 질타가 쏟아지고 불운한 재무관은 우왕좌왕하는 동안, 성난 원로원은 홀로 남은 집정관 퀸투스 마르키우스 렉스에게 곧장 이 문제를 바로잡을 것을 명령했다.

마르키우스 렉스에게는 끔찍한 해였다. 일단 그의 동료 집정관은 취임 직후 사망했다. 원로원은 즉시 보결 집정관을 임명했지만, 그 사람은 고관 의자에 엉덩이를 붙여보기도 전에 죽어버렸다. 황급히 시빌라의 예언서를 확인했더니 추가 조치를 취해선 안 된다는 답이 나왔다. 그 결과 마르키우스 렉스는 단독 집정관이 되었다. 이 일은 집정관 임기중 자신에게 배정된 속주인 킬리키아로 떠나려던 그의 계획에 찬물을 끼얹었다. 앞서 일단의 기사 출신 사업가들이 킬리키아 속주를 루쿨루스에게서 빼앗아 그에게 넘겨주는 데 성공했던 것이다.

마르키우스 렉스가 마침내 킬리키아로 떠나려던 찰나에, 오스티아에서 곡물과 관련된 난장판이 벌어졌다. 화가 나서 벌겋게 달아오른 그는 문제 해결을 위해 두 법무관을 법정에서 빼내 당장 오스티아로 보냈다. 법무관 루키우스 벨리에누스와 마르쿠스 섹스틸리우스는 붉은 튜닉을 입고 각각 도끼가 포함된 파스케스를 든 릭토르 여섯 명씩에게 호위를 받으며 로마에서 오스티아로 이동했다. 그리고 정확히 같은 시각, 매끈한 전투용 갤리선 100척 이상으로 구성된 해적단이 티레니아해에서 오스티아로 이동하고 있었다.

두 법무관이 도착했을 때 도시의 절반은 불타고 있었고, 해적들은 곡물이 가득 실린 화물선의 선원들에게 노를 저어 다시 바다 쪽으로 움직이도록 했다. 이 습격의 대담성은—위대한 로마에서 겨우 몇 킬로미터 떨어진 곳을 해적들이 기습하리라고 누가 상상이나 했으랴?—모든 이들을 충격에 빠뜨렸다. 가장 가까운 군대는 카푸아에 있었고, 오스티아 민병대는 화재를 진압하느라 해적에게 반격할 겨를이 없었다. 게다가 도움이 필요하다는 전갈을 급히 로마로 보낼 만큼 제정신인 사람이 아무도 없었다.

두 법무관은 결단력 있는 사람들이 아니었다. 그들은 부두에서 소란이 벌어지는 동안 갈피를 잡지 못하고 망연자실하게 서 있었다. 두 법무관을 발견한 해적 무리는 그들과 그들의 릭토르들을 모두 포로로 잡아 갤리선에 태운 다음, 곡물 수송선들을 뒤따라 아주 행복하게 떠났다. 두 법무관이—게다가 그중 한 명은 위대한 파트리키 귀족 카틸리나의 친척이었다—파스케스를 든 릭토르들과 함께 잡혀갔다는 것은 최소 200탈렌툼의 몸값을 의미했다!

로마 내에서 일어난 이 습격의 여파는 필연적이거니와 충분히 예상 가능했다. 상인, 방앗간 주인, 제빵사, 소비자로 구성된 성난 군중은 포룸 로마눔 낮은 구역으로 몰려와 정부의 무능을 비판했다. 원로원은 참담한 회의 내용이 밖으로 새나가지 않도록 의사당 문을 굳게 닫고 논의했다. 그 회의는 참으로 암울했다. 먼저 입을 여는 사람이 아무도 없었다.

마르키우스 렉스는 여러 차례 발언을 요청했지만 아무도 말이 없었다. 바로 그때 호민관 당선인 아울루스 가비니우스가—마지못해 나선다는 듯이—자리에서 일어났다. 카이사르는 빛이 여과되어 들어오는 어두침침한 원로원 의사당 안에서 가비니우스가 평소보다 더 갈리아인처럼 보인다고 생각했다. 그것은 모든 피케눔 출신들이 겪는 문제였다. 그들에게는 로마인보다 갈리아인의 특징이 더 두드러졌던 것이다. 폼페이우스도 예외가 아니었다. 그들 중에 빨강머리나 금발, 혹은 초록색이나 파란색 눈동자가 많아서 그런 건 아니었다. 의심의 여지없이 로마 혈통인 로마인 중에도 피부색이 아주 흰 사람은 흔했다. 문제는 피케눔 사람들의 골격이었다. 둥근 얼굴, 갈라진 턱, 짧은 코(폼페이우스는 심지어 들창코였다), 얇은 입술. 그건 로마인이 아니라 갈리아인의 특징이었다. 이러한 특징은 그들에게 약점으로 작용했다. 그들이 아무리 사비니족 이주민의 후예라고 주장한다 한들, 실은 300년 전 피케눔에 정착한 갈리아인의 후손일 뿐이라고 만천하에 선포하는 외모였다.

갈리아인 가비니우스가 자리에서 일어났을 때, 접의자에 앉아 있던 대부분의 의원들이 보인 반응은 명백했다. 역겨움, 못마땅함, 경악이었다. 평소라면 그는 서열상 한참을 기다린 뒤에야 발언 기회를 얻을 수 있을 터였다. 이 시기에는 현직 정무관 열네 명, 정무관 당선인 열네 명, 전직 집정관 스무 명 정도에게 우선 발언 기회가 주어졌다. 이는 어디까지나 모든 사람이 참석한 경우에 한해서였고, 그 회의에 모든 사람이 참석한 건 아니었다. 모두 다 참석하는 경우는 없다고 봐야 했다. 그럼에도 불구하고, 호민관급 정무관에게 최초 발언 기회가 주어지는 것은 유례를 찾기 힘든 일이었다.

"올해는 순조롭지 않았습니다, 안 그런가요?" 가비니우스는 서열에 따라 그의 위아래 사람들을 언급하는 격식을 다 마친 후에 질문을 던졌다. "지난 6년간 우리는 크레타 섬의 해적만을 상대로 전쟁을 벌이려 했습니다. 최근 오스티아를 기습하고 곡물 수송선들을 나포한 것은—또 파스케스를 든 릭토르들이 호위하는 두 법무관을 납치한 것은—크레타 섬처럼 아주 먼 곳에 사는 해적들이 아닌데 말이죠. 안 그렇습니까? 그들은 시칠리아, 리구리아, 사르디니아, 코르시카에 적을 두고 지중해 한가운데서 활동합니다. 그리고 메가다테스나 파르나케스의 지휘를 받는 것이 분명합니다. 수년 전부터 그들은, 이제 망명을 떠난 가이우스 베레스를 포함하여 다양한 시칠리아 총독들과 아주 짭짤한 조약을 맺고 시칠리아 연안과 항구도시를 제멋대로 돌아다녔습니다. 저는 그들이 세력을 모아 릴리바이움에서부터 로마 곡물 수송선들의 뒤를 밟았다고 생각합니다. 원래는 바다에서 공격을 개시할 생각이었을지도 모릅니다. 그러다 오스티아에 머물며 해적에게 뒷돈을 받는 어떤 진취적인 사람이 오스티아에는 바지선들이 없고, 앞으로 여드레 혹은 이레 후에나 바지선들이 도착할 것 같다는 말을 전했겠죠. 그러니 해상 공격을 개시해 곡물 수송선들 중 일부만 나포하는 것으로 만족할 필요가 있었을까요? 곡물을 가득 실은 수송선들이 오스티아 항구에 정박해 있을 때 습격하는 게 백번 낫죠! 그러니까 제 말은, 로마가 라티움 내에 군대를 두지 않는다는 건 온 세상이 다 안다는 겁니다! 그러니 오스티아에서 무엇이 그들을 막을 수 있었을까요? 오스티아에서 무엇이 그들을 막았나요? 대답은 아주 짧고 간단합니다. 아무것도 없었습니다!"

그의 마지막 말은 고함에 가까웠다. 다들 깜짝 놀랐지만 아무도 대꾸하지 않았다. 가비니우스는 그 광경을 지켜보며, 폼페이우스가 이 자리에서 자신을 보고 있다면 얼마나 좋을까 아쉬워했다. 참으로 애석하고 또 애석한 일이었다. 하지만 폼페이우스는 가비니우스가 오늘밤 보내게 될 편지를 보고 아주 만족하리라!

"뭔가 조치를 취해야 합니다." 가비니우스가 말을 이어나갔다. "이 말은 우리의 대장인 작은 염소가 크레타 섬 전쟁에서 보여주고 있는 대실수를 답습해야 한다는 뜻이 아닙니다. 그는 크레타 섬 폭도와의 지상전에서조차 가까스로 승리했고, 키도니아를 포위해 결국 항복을 받아내긴 했습니다. 하지만 거물급 해적 대장 파나레스를 놓치고 말았죠! 그는 추가로 몇몇 도시로부터 항복을 받아냈고, 거물급 해적 대장 라스테네스가 숨어 있는 크노소스를 포위했습니다. 크노소스의 함락이 불가피해지자, 라스테네스는 자신이 들고 달아날 수 없는 보물을 다 파괴하고 그곳을 떠났습니다. 퍽이나 효율적인 포위전 아닙니까? 그런데 우리의 대장 작은 염소는 어떤 재앙을 더 안타까워했을까요? 라스테네스의 도주일까요, 아니면 사라진 보물일까요? 그거야 당연히 사라진 보물이겠죠! 라스테네스는 일개 해적이고 해적은 생포해봐야 몸값을 못 받으니까요. 한때 노예였던 해적들은 십자가형을 받게 되죠!"

피케눔 출신의 갈리아인 가비니우스는 잠시 멈추더니, 갈리아인처럼 야만스러운 웃음을 지었다. 그는 깊은숨을 들이쉬고 덧붙였다. "반드시 뭔가 조치를 취해야 합니다!" 그런 다음 자리에 앉았다.

아무도 입을 열지 않았다. 아무도 움직이지 않았다.

마르키우스 렉스는 한숨을 쉬었다. "또 발언하실 분 없습니까?" 그의 시선은 원로원 양쪽의 좌석을 한 줄씩 훑었다. 그러다 마침내 조소하는 듯한 표정을 짓고 있는 카이사르에게서 멈췄다. 카이사르는 왜 저런 눈을 하고 있는 걸까?

"가이우스 율리우스 카이사르, 당신은 과거 해적들에게 붙잡혔고, 그들을 꼼짝 못하게 만드는 데 성공했습니다. 혹시 할말 없습니까?" 마르키우스 렉스가 물었다.

카이사르는 두번째 줄 좌석에서 일어섰다. "딱 하나뿐입니다, 퀸투스 마르키우스. 뭔가 조치를 취해야만 합니다." 그러고는 다시 앉았다.

올해의 단독 집정관은 졌다는 듯이 양손을 들더니 회의를 마무리했다.

"언제 터뜨릴 작정인가?" 카이사르는 원로원 의사당을 떠나면서 가비니우스에게 물었다.

"아직 한참 멀었네." 가비니우스는 활기차게 말했다. "내겐 먼저 해야 할 일이 있거든. 그건 가이우스 코르넬리우스도 마찬가지지. 취임 직후 가장 큰일부터 처리하는 게 호민관들의 일반적인 관례지만, 난 그게 나쁜 전략이라고 생각해. 존경하는 우리 집정관 당선인 가이우스 피소와 마니우스 아킬리우스 글라브리오가 먼저 고관 의자에서 엉덩이를 데울 시간은 줘야지. 그들이 코르넬리우스와 내가 할 일을 다 마쳤다고 생각할 때쯤, 오늘 주제를 다시 꺼낼 생각이야."

"그렇다면 1월이나 2월쯤이 되겠군."

"확실히 1월 전에는 힘들겠지." 가비니우스가 말했다.

"마그누스는 해적들을 소탕할 준비를 철저히 마친 모양이야."

"하나도 빠짐없이 준비되어 있다네. 카이사르, 장담컨대 로마는 한 번도 목격한 적이 없는 걸 보게 될 거야."

"어서 1월이 왔으면 좋겠군." 카이사르는 잠시 멈추더니 고개를 돌려 짓궂은 표정으로 가비니우스를 쳐다봤다. "마그누스는 가이우스 피소를 절대 자기편으로 만들지 못할 걸세. 그는 카툴루스나 보니와 너무 밀착되어 있으니까. 하지만 글라브리오는 훨씬 희망적이지. 그는 술라가 자신에게 한 짓을 절대 잊지 못할 테니 말일세."

"술라가 그와 아이밀리아 스카우라를 강제로 이혼시킨 일 말인가?"

"바로 그거야. 그는 내년 차석 집정관이긴 하지만, 집정관을 한 명이라도 포섭해두는 편이 좋을 거야."

가비니우스는 쿡쿡 웃었다. "폼페이우스는 우리의 친애하는 글라브리오를 위해 생각해놓은 게 있는 것 같았어."

"잘됐군. 가비니우스, 두 집정관의 사이를 갈라놓을 수 있다면 자네는 더 빨리, 더 멀리까지 움직일 수 있을 걸세."

10월 말 세르빌리아가 쿠마이에서 돌아오자 카이사르와 세르빌리아는 밀회를 이어나갔으며, 그 어느 때보다도 그 만남과 서로에게 취해 있었다. 아우렐리아가 미끼를 던져 뭔가 캐내려고 했지만, 카이사르는 관계 진전에 관한 정보를 최소한으로 제한했고 어머니에게 이것이 얼마나 심각하고 뜨거운 관계인지 알려주지 않았다. 그는 여전히 세르빌리아를 싫어했지만 그 점은 둘의 관계에 영향을 주지 못했다. 반드시 호감이 필요한 관계가 아니었기 때문이다. 카이사르는 어쩌면 좋아하는 감정이 이 관계로부터 뭔가 중요한 것을 빼앗아갈지도 모른다고 생각했다.

"날 좋아하오?" 그는 신임 호민관단의 취임식 전날 세르빌리아에게 물었다.

그녀는 그에게 양쪽 젖가슴을 차례로 물리면서 대답을 미뤘다. 양쪽 젖꼭지가 모두 입 밖으로 나왔고, 그녀는 더운 입김이 자신의 배를 지나 아래로 이동하는 것을 느꼈다.

"난 아무도 안 좋아해요." 그녀는 그의 몸 위에 올라타며 그제야 대답했다. "사랑하든지 증오하든지 둘 중 하나죠."

"그 상태가 편안한 거요?"

그녀는 유머감각이 부족했으므로, 그의 질문이 지금 두 사람의 체위에 관한 것일 수도 있다는 생각은 하지 못했다. 그녀는 질문을 곧이곧대로 받아들여 대답했다. "좋아하는 감정보단 훨씬 편안하다고 생각해요. 사람들은 좋아하는 감정을 느끼는 상대에게 마땅히 해야 할 일을 하지 않는 것 같더군요. 이를테면 뼈아픈 조언 같은 걸 미루는데, 뼈아픈 말이 상처가 될 수 있다는 두려움 때문인 것 같아요. 반면 사랑과 증오는 뼈아픈 말을 가능하게 하죠."

"뼈아픈 말을 듣고 싶은 거요?" 그가 미동도 없이 웃으며 묻자 그녀는 짜증이 솟았다. 그녀의 피는 끓고 있었고, 그녀는 그가 자기 안에서

얼른 움직여주기를 바랐다.

"어째서 입다물고 하던 거나 빨리 하지 않죠, 카이사르?"

"난 당신에게 뼈아픈 진실을 알려주고 싶으니까."

"그럼 좋아요. 말해요!" 그녀는 그가 만져주지 않는 자신의 가슴을 직접 주무르며 쏘아붙이듯 말했다. "사람 괴롭히는 걸 어쩜 저렇게 좋아하는지!"

"당신은 아래에서, 혹은 옆으로, 혹은 다른 어떤 체위로 하는 것보다 위에서 하는 걸 좋아하는군." 그가 말했다.

"그건 사실이에요. 이제 만족해요? 하던 거 계속해도 될까요?"

"아직이오. 어째서 위에 있는 걸 제일 좋아하는 거요?"

"그거야 당연히 내가 위에 있기 때문이죠." 그녀는 아무렇지 않게 대답했다.

"아하!" 그는 그녀의 몸 위로 올라타며 말했다. "이제 내가 위에 있소."

"안 그랬으면 좋겠어요."

"나는 당신을 만족시키고 싶소, 세르빌리아. 하지만 당신의 우월감을 만족시키고 싶은 건 아니오."

"내가 우월감을 맛볼 수 있는 다른 방법이 또 뭐가 있죠?" 그녀는 꿈틀대며 물었다. "이 상태에선 당신이 너무 크고 무거워요!"

"편안함에 관한 당신의 의견은 정확하오." 그는 그녀가 꼼짝 못하게 붙잡고 말했다. "누군가를 좋아하지 않는다는 건, 그 사람을 봐도 마음이 누그러지지 않는다는 걸 의미하니까."

"잔인하군요." 그녀가 이글거리는 눈으로 말했다.

"잔인한 건 사랑과 증오요. 오직 좋아하는 것만이 친절한 감정이지."

하지만 그 누구도 좋아하지 않는 세르빌리아에겐 자기만의 복수 방법이 있었다. 그녀는 잘 다듬어진 손톱으로 그의 왼쪽 엉덩이부터 왼쪽 어깨까지 길게 할퀴었다. 다섯 줄의 나란한 평행선을 따라 핏자국이 맺혔다.

그녀는 곧 자신의 행동을 후회하게 되었다. 그는 그녀의 양쪽 손목을 잡아 꼼짝 못하게 한 다음 영원처럼 느껴지는 긴 시간 동안 깊이, 더 깊이, 세게, 더 세게 그녀를 짓눌렀다. 마침내 울음과 비명이 터져나왔을 때, 그녀는 그것이 고통 때문인지 희열 때문인지 알 수 없었다. 다만 잠시나마 그녀의 사랑이 증오로 바뀌었다는 것은 분명했다.

그 밀회로 인한 가장 끔찍한 상황은 카이사르가 집으로 돌아간 뒤에 발생했다. 다섯 줄의 핏빛 손톱자국은 아주 따가웠으며 튜닉을 벗어보니 아직도 피가 나고 있었다. 그는 전장에서 종종 자상과 찰과상을 입었으므로, 다른 사람에게 부탁해 상처를 말끔히 소독하고 감싸지 않으면 곪을 수도 있다는 걸 알고 있었다. 부르군두스가 로마에 있었다면 좋았겠지만 그는 요즘 보빌라이에 위치한 카이사르의 빌라에서 카르딕사와 여덟 아들과 함께 지내며 카이사르의 말과 양을 돌보고 있었다. 데쿠미우스는 충분히 청결하지 않았으므로 그에게 부탁할 수도 없었다. 에우티코스는 자신의 남자 애인과 그 애인의 남자친구들과 교차로 형제단의 절반에게 소문을 낼 것이 분명했다. 그렇다면 남은 건 어머니였다. 이 일을 해줄 사람은 어머니밖에 없었다.

그녀는 상처를 보고 말했다. "세상에, 신들이시여!"

"저도 제가 신이었으면 좋겠어요. 그렇다면 이렇게 아프진 않겠죠."

그녀는 두 대접의 액체를 가져왔다. 한쪽 대접엔 물이 반쯤 담겨 있었고, 다른 대접엔 시큼해진 강화 포도주가 반쯤 담겨 있었다. 그리고 깨끗한 이집트산 아마포 한 뭉치도 가져왔다.

"양모보다는 아마포가 나을 거야. 양모로 닦으면 상처 깊숙한 곳에 보풀이 들어갈 수도 있거든." 그녀는 먼저 강화 포도주로 상처를 적시며 말했다. 그 손길은 다정하지 않았지만, 그의 눈에 눈물이 핑 돌 정도로 아주 꼼꼼했다. 그는 민망하지 않을 정도로 몸을 가린 채 배를 깔고 누워 신음 한 번 내지 않고 그 치료를 견뎠다. 어머니의 손길이 닿은 후에도 그의 상처를 곪게 할 수 있는 균이라면 사람을 괴저로 죽이고도 남을 것이라고, 그는 스스로를 위안했다.

"세르빌리아니?" 잠시 후 그녀가 물었다. 상처 안의 세균을 다 죽였다는 확신이 들 만큼 포도주로 충분히 적신 뒤, 이제 깨끗한 물로 닦아내기 시작했다.

"세르빌리아예요."

"이건 대체 무슨 종류의 관계지?" 그녀가 추궁하듯 물었다.

"글쎄요," 그는 고개를 젓고 웃으며 말했다. "편안한 종류의 관계는 아니죠."

"그건 확실해 보이는구나. 그 여자는 널 죽일지도 몰라."

"전 그런 사태를 방지하려고 충분히 경계하고 있다고 생각해요."

"지루하진 않겠구나."

"절대 지루하진 않아요, 어머니."

"내 생각엔 말이지," 그녀는 물기를 닦아내며 마침내 입을 열었다. "이건 건전한 관계가 아닌 것 같아. 끝내는 게 좋을 듯하구나, 카이사르. 그녀의 아들은 네 딸과 약혼한 사이야. 다시 말해 너희 두 사람은 앞으로 오랫동안 서로 격식을 차려야 한다는 뜻이지. 부탁할게, 카이사르, 이 관계를 끝내렴."

"제가 준비가 되면 끝낼 거예요. 그전에는 안 돼요."

"아니, 일어나지 마!" 아우렐리아는 날카롭게 말했다. "완전히 마를 때까지 기다렸다가 깨끗한 튜닉을 입도록 해." 그녀는 잠시 그를 홀로 두고 서랍장으로 가서 옷을 찾기 시작했다. 마침내 그녀의 깐깐한 코를 만족시키는 깨끗한 옷을 발견했다. "카르딕사가 여기 없는 게 티가 나는구나. 빨래 담당 하인이 일을 제대로 안 하는 모양이야. 내일 아침에 내가 한마디해줘야겠다." 그녀는 다시 침대로 돌아와 그의 옆에 튜닉을 던져놓았다. "이 관계를 통해 절대 뭔가 좋은 걸 얻을 순 없을 거야. 이건 건전하지 않아." 그녀가 말했다.

이 말에 그는 대꾸하지 않았다. 그가 침대에서 일어나 튜닉에 팔을 끼워 넣을 무렵, 그의 어머니는 가고 없었다. 참 다행스러운 일이라고 그는 생각했다.

12월 열번째 날에는 신임 호민관단의 취임식이 있었지만, 그날 로스트라 연단을 장악한 것은 아울루스 가비니우스가 아니었다. 그 영광은 보니파 호민관 루키우스 로스키우스 오토에게 돌아갔다. 상급 기사로 구성된 군중의 환호 속에서, 그는 이제 기사들이 잃어버린 극장에서의 전용 좌석을 되찾을 때라고 말했다. 독재관 술라의 시대 이전까지 기사들은 극장에서 원로원 의원들을 위한 맨 앞 두 줄을 제외하고 나머지 열네 줄을 독점적으로 이용하는 특권을 누렸다. 하지만 모든 종류의 기사들을 혐오했던 술라는 기사 1600명의 목숨, 토지, 재산과 함께 이러한 특권을 빼앗아버렸다. 오토의 제안은 너무도 인기가 많아서 곧바로 통과되었고, 원로원 계단에서 이 장면을 지켜보던 카이사르는 전혀 놀라지 않았다. 보니파는 기사들의 비위를 맞추는 데 탁월한 재주를 지니고 있었다. 그것은 보니가 계속 승승장구할 수밖에 없는 주요 원인 중 하나였다.

평민회의 그다음 회의는 오토가 기사들에게 내놓은 달콤한 미끼보다 더 카이사르의 흥미를 자극했다. 폼페이우스의 수하인 가비니우스와 가이우스 코르넬리우스가 나섰던 것이다. 첫번째 임무는 내년 집정관을 두 명에서 한 명으로 줄여놓는 것이었고, 가비니우스의 작전은 혀를 내두를 정도로 영리했다. 그는 평민회에서 내년 차석 집정관 글라브리오에게 일명 '비티니아·폰토스'라 불리는 동방의 새로운 속주를 맡기자고 제안했고, 집정관 취임식 바로 다음날 글라브리오를 속주로 보내야 한다고 주장했다. 그렇게 되면 가이우스 피소는 홀몸으로 로마와 이탈리아를 통치해야 했다. 이 법안은 루쿨루스에게서 권력을 박탈하고 그에게 남은 4개 군단까지 빼앗을 수 있었으므로, 평민회를 장악한 기사들은 루쿨루스를 향한 증오 때문에라도 법안에 찬성했다. 루쿨루스는 여전히 미트리다테스와 티그라네스라는 두 왕과의 전쟁에 대한 특별 직권을 보유하고 있었지만, 그에게 남은 것은 허울좋은 직함뿐이었다.

이 조치에 대한 카이사르의 감정은 양면적이었다. 물론 그는 개인적으로 루쿨루스를 몹시 싫어했다. 루쿨루스는 지나치게 옳은 방식을 따지는 성격이라, 일을 잘하려고 적법한 절차를 어기는 사람보다는 차라리 무능한 사람을 택했다. 하지만 루쿨루스는 로마의 기사들이 속주의 현지인들에게 제멋대로 폭리를 취하지 못하도록 막아준 인물이기도 했다. 바로 그 때문에 기사들에게 지독한 미움을 받게 되었고, 그 때문에 기사들은 그에게 불리한 법이라면 무엇이든 찬성하게 되었다. 카이사르는 속으로 한숨을 내쉬며 참 안타까운 일이라고 생각했다. 로마 속주의 현지인들이 더 나은 환경에서 생활하기를 바라는 입장에서는 루쿨루스가 무사하기를 원했지만, 니코메데스 왕에게 몸을 팔았다는 식의 발언으로 카이사르의 존엄에 크나큰 상처를 안긴 것을 떠올리면 루쿨루스가 몰락하기를 원하게 되었다.

가이우스 코르넬리우스는 가비니우스만큼 폼페이우스에게 단단히 묶인 몸이 아니었다. 그는 로마의 가장 두드러진 문제점을 바로잡을 수 있다고 진심으로 믿는 호민관들 중 하나였고, 카이사르는 그 점이 마음에 들었다. 그러므로 카이사르는 코르넬리우스가 첫번째 법안 통과에 실패한 뒤에도 포기하지 않기를 내심 기도했다. 코르넬리우스가 평민회에 제안한 것은 외국 도시들이 로마인 고리대금업자들에게 돈 빌리는 것을 금지하는 법이었다. 그가 내세운 이유는 현명하고도 애국적이었다. 사채업자들은 로마 관리가 아님에도 불구하고, 채무자가 빚을 못 갚게 됐을 때면 로마 관리들을 고용했다. 그 결과 많은 외국인들은 로마 정부가 사채업에 가담한다고 믿었고 로마의 위상은 큰 타격을 입었다. 하지만 절박하고 귀가 얇은 외국 도시들은 기사들의 소중한 수입원이었다. 카이사르는 안타까워하면서도, 코르넬리우스가 실패한 것은 놀랍지 않다는 결론을 내렸다.

코르넬리우스의 두번째 법안은 거의 실패할 뻔했지만, 카이사르에게 이 피케눔 출신 호민관이 그곳 출신치고는 드물게 협상을 할 줄 아는 인물임을 보여주었다. 코르넬리우스의 의도는 원로원이 결의를 통과시켜 어떤 법에서 개인을 면제해주는 권한을 없애는 것이었다. 그와 같이 면제를 받는 대상은 아주 돈 많은 사람이나 귀한 가문 출신뿐이었고, 그들은 일반적으로 원로원 내의 대변인을 시켜 특별 회의를 요청한 다음 그와 비슷한 인물들로 원로원을 채워 목표를 달성했다. 늘 특권을 지키려고 안달인 원로원이 너무 격렬히 반대했기 때문에, 코르넬리우스는 자신이 패배할 수밖에 없는 상황임을 깨달았다. 그래서 그는 법안 수정을 통해 원로원이 면제에 대한 권한을 유지할 수 있도록 했다. 대신 의원 200명이라는 정족수를 채웠을 때만 결의를 통과시킬 수 있다는 조건을 달았다. 수정 법안은 통과됐다.

이쯤 되자 가이우스 코르넬리우스에 대한 카이사르의 관심은 급격히 커졌다. 코르넬리우스가 다음으로 주의를 기울인 대상은 법무관들이었다. 독재관 술라의 시대 이후, 법무관들의 직무 범위는 민사소송과 형사소송 등 사법 관련으로 국한되어 있었다. 또한 법에 따르면 새로 취임한 법무관은 칙령을 발표해야만 했는데, 이것은 그가 개인적으로 재판을 진행함에 있어 따르게 될 규칙과 규정이었다. 문제는 해당 법무관이 자신의 칙령을 준수해야 한다는 내용이 법에 명시돼 있지 않았다. 그래서 친구가 부탁하거나 누군가 뇌물을 제공할 경우 그 칙령은 무시되었다. 코르넬리우스는 평민회에서 이런 법의 허점을 메워 법무관들도 자신이 발표한 칙령을 따르도록 강제해야 한다고 말했다. 이번에는 평민회에서도 카이사르만큼이나 분명히 이 법안의 장점을 이해하고 그것을 통과시켰다.

안타깝게도 카이사르가 할 수 있는 일은 지켜보는 것뿐이었다. 파트리키 귀족은 그 누구도 평민회의 일에 관여할 수 없었다. 그래서 그는 민회장을 어슬렁거리거나, 평민회에서 투표나 발언을 하거나, 평민회 재판에 참여할 수 없었다. 또한 호민관 선거에 출마할 수도 없었다. 그래서 카이사르는 동료 파트리키 귀족들과 함께 원로원 의사당 계단에서 있었다. 그곳은 평민회에서 회의가 열릴 경우 그에게 허락된 가장 가까운 위치였다.

코르넬리우스의 활동은 폼페이우스의 흥미로운 일면을 보여주었다.

카이사르는 폼페이우스가 잘못된 것을 바로잡는 데 조금이라도 관심이 있다고 생각해본 적이 없었다. 하지만 코르넬리우스가 폼페이우스의 계획과는 전혀 무관한 일에 끈질기게 매달리는 것을 감안해봤을 때, 어쩌면 폼페이우스도 그런 일에 관심이 있는 건지도 몰랐다. 하지만 카이사르는, 폼페이우스가 단지 보니파 지도자인 카툴루스와 호르텐시우스 같은 인물들의 눈에 모래를 뿌리기 위해 코르넬리우스를 오냐오냐하며 내버려두는 것일 가능성이 더 높다는 쪽으로 결론을 내렸다. 보니 세력은 특별 직권에 강경하게 반대했고, 폼페이우스는 또다시 특별 직권을 노리고 있었기 때문이다.

코르넬리우스의 다음번 제안은—적어도 카이사르의 눈에는—위인의 입김을 더 명확히 드러냈다. 동료 집정관 글라브리오가 동방으로 떠나고 이제 단독 집정관이 될 운명에 처한 가이우스 피소는 걸핏하면 화를 내고 앙심을 품는 변변치 못한 인물로, 철저하게 카툴루스와 보니파에 속해 있었다. 그는 원로원 의사당 서까래가 들썩일 정도로 요란하게 특별 직권에 반대할 것이 뻔했고 카툴루스, 호르텐시우스, 비불루스를 비롯한 나머지 보니 세력은 그 뒤에 서서 으르렁거릴 터였다. 칼푸르니우스 피소라는 이름과 눈부신 혈통 외에는 내세울 장점이 없던 피소는 집정관에 당선되려고 어마어마한 뇌물을 뿌려야 했다. 그런데 코르넬리우스가 이제 새로운 뇌물수수법을 내놓았다. 피소와 보니 세력은 목덜미에 서늘한 기운을 느꼈다. 게다가 평민회가 그 법안을 통과시키려는 의사를 명확히 표명하자 더욱 그랬다. 물론 보니파 호민관들이 거부권을 행사할 수 있었지만 오토, 트레벨리우스, 글로불루스는 과연 그들의 거부권이 통할지 확신할 수 없었다. 보니 세력은 교묘한 수법을 이용해 평민회가—그리고 코르넬리우스가—새로운 뇌물수수법의 초

안 작성을 가이우스 피소에게 맡기는 데 동의하도록 했다. 그것은 어느 누구에게도, 특히 가이우스 피소에게는 더더욱 위협이 안 되는 법이 되겠다고 카이사르는 한숨을 내쉬며 생각했다. 가엾은 코르넬리우스는 상대의 꾀에 넘어가고 만 것이다.

마침내 등장한 가비니우스는 해적 문제라든지 폼페이우스를 위한 특별 직권에 대해 일언반구도 없었다. 그는 코르넬리우스보다 훨씬 은근하고 영리했으므로 먼저 사소한 문제에 집중했다. 또한 분명 코르넬리우스에 비해 덜 이타적이었다. 그는 법안을 통과시켜 외국 특사가 로마 내에서 돈을 빌리지 못하도록 했는데, 이것은 외국 도시에 대출을 금지한 코르넬리우스 법안이 약화된 형태였다. 그런데 2월 한 달 동안은 원로원에서 외국 사절단에 관한 내용만 논의하도록 강제하는 법안을 통해 가비니우스가 얻고자 한 것은 무엇이란 말인가? 카이사르는 이 질문의 답을 파악하고 조용히 웃었다. 영리한 폼페이우스! 원로원에서 망신당하지 않기 위해 바로의 품행 교본을 손에 쥐고 집정관 자리에 오른 이래 그 위인이 얼마나 많이 발전했는지! 이 가비니우스법은 폼페이우스가 다시 한번 집정관이 될 작정이며, 두번째 임기 때도 주도권을 잡을 작정임을 카이사르에게 알려주었다. 그 누구도 그보다 많은 표를 얻지 못할 테니 그는 수석 집정관이 될 터였다. 이는 그가 1월에 파스케스를—또한 그에 따르는 권위를—쥐게 된다는 뜻이었다. 2월은 차석 집정관 차례였고, 3월에는 수석 집정관에게 파스케스가 돌아갔다. 4월에는 다시 차석 집정관에게 파스케스가 갔다. 2월 한 달 동안 원로원에서 외교 문제만 논의해야 한다면, 차석 집정관은 4월이 되기 전까지 자신의 존재감을 드러낼 기회를 전혀 얻지 못할 터였다. 참으로 영리한 전략이었다!

이처럼 유쾌한 격동 속에서, 훨씬 덜 유쾌한 호민관 한 명이 카이사르의 인생에 등장했다. 그는 가이우스 파피리우스 카르보라는 인물로, 카이사르의 외삼촌 마르쿠스 아우렐리우스 코타를 평민회에서 기소해야 한다고 주장했다. 비티니아의 도시인 헤라클레이아에서 전리품을 훔쳤다는 혐의였다. 안타깝게도 당시 마르쿠스 코타의 동료 집정관은 루쿨루스였고, 두 사람은 친구 사이로 잘 알려져 있었다. 루쿨루스에 대한 기사계급의 증오 때문에 평민회에서는 그와 절친한 친구나 동지에게 불리한 판결이 내려질 것이 뻔했다. 카이사르가 사랑하는 외삼촌은 부당취득 혐의로 재판을 받겠지만, 술라가 만든 훌륭한 상설 법정에서 재판받지는 않을 터였다. 마르쿠스 코타의 배심원단은, 루쿨루스와 그의 친구들을 발기발기 찢어버리려고 작심한 수천 명의 남자들이 될 터였다.

"훔칠 건 아무것도 없었어!" 마르쿠스 코타는 카이사르에게 말했다. "미트리다테스는 몇 달간 헤라클레이아를 기지로 이용했고, 이후로도 그 도시는 몇 달간 포위전을 견뎌야 했잖니. 카이사르, 내가 도시 안으로 들어갔을 때 그곳은 갓 태어난 쥐처럼 헐벗은 상태였어! 너무도 뻔한 사실이지! 미트리다테스 수하의 30만 병사와 선원 들이 대체 뭘 남겨뒀겠니? 그들은 가이우스 베레스가 시칠리아를 약탈한 것보다 더 철저히 헤라클레이아를 약탈했어!"

"저에게 결백을 주장하실 필요는 없어요, 외삼촌." 카이사르는 침울한 표정으로 말했다. "평민회에서 진행되는 재판이라 전 외삼촌을 변호할 수도 없어요. 전 파트리키 귀족이니까요."

"그건 말 안 해도 안다. 대신 키케로가 변호를 맡아줄 거야."

"힘들 거예요, 외삼촌. 소식 못 들으셨어요?"

"무슨 소식?"

"그는 슬픔에 잠겨 있어요. 먼저 그의 사촌 루키우스가 죽었고, 며칠 지나지도 않아 그의 아버지까지 돌아가셨거든요. 게다가 테렌티아는 이맘때면 로마의 날씨 때문에 더 악화되는 류머티즘 같은 병을 앓고 있어요. 그녀는 그 집안을 좌지우지하는 사람이죠! 그래서 키케로는 아르피눔으로 달아났어요."

"그렇다면 호르텐시우스, 내 아우 루키우스, 마르쿠스 크라수스에게 부탁해야겠군." 코타가 말했다.

"조금 아쉽긴 하지만 그 정도면 충분할 거예요, 외삼촌."

"난 좀 걱정되는구나, 정말이야. 평민회는 내 피를 원하고 있어."

"불쌍한 루쿨루스의 친구로 알려진 사람은 누구든 기사들의 표적이 되니까요."

마르쿠스 코타는 신기하다는 듯이 조카를 쳐다봤다. "불쌍한 루쿨루스? 넌 그 사람과 안 친한 걸로 아는데!"

"그렇긴 하죠." 카이사르가 말했다. "하지만 마르쿠스 외삼촌, 그가 동방의 재정 문제를 다룬 솜씨는 인정할 수밖에 없어요. 술라가 앞서 방향을 제시하긴 했지만, 루쿨루스는 한 걸음 더 나아갔어요. 그는 기사 출신 징세청부업자들이 동방의 로마 속주에서 현지인의 고혈을 짜내도록 두는 대신, 로마의 조세 및 공세제도를 공정하게 뜯어고치고 현지 지역사회가 좋아할 수밖에 없도록 만들었어요. 징세청부업자들이 인정사정없이 현지인을 쥐어짜도록 방치하는 이전 방식은 기사들에게 큰 수익을 안겨줄 수 있겠죠. 하지만 그렇게 두면 로마를 향한 적의가 커져갈 거예요. 그래요, 전 그 사람이 싫어요. 루쿨루스는 제게 용납할 수 없는 모욕을 안겨줬고 제가 세운 군사적 업적을 인정해주지도 않았어요. 하지만 그는 행정가로서 더할 나위 없이 훌륭하고, 그래서 그를 안타깝게 여기는 거예요."

"난 너희 둘이 사이좋게 지내지 못하는 게 너무 아쉽구나, 카이사르. 너희 둘은 여러모로 마치 쌍둥이 같거든."

카이사르는 화들짝 놀라며 어머니의 이부형제를 쳐다봤다. 그는 평소 아우렐리아와 그녀의 세 이부형제 사이에서 가족 특유의 닮은 점을 전혀 발견할 수 없었다. 하지만 방금 마르쿠스 코타의 입에서 나온 묘한 발언은 아우렐리아 그 자체였다! 그녀의 흔적은 마르쿠스 코타의 크고 보랏빛 도는 회색 눈에서도 엿보였다. 마르쿠스 외삼촌이 어머니처럼 보이다니, 이제 떠나야 할 시간이었다. 게다가 세르빌리아와의 밀회 약속이 잡혀 있었다.

하지만 그 밀회마저도 유쾌하지 않았다.

세르빌리아는 먼저 도착하면 늘 옷을 벗고 침대에서 그를 기다리곤 했다. 하지만 오늘은 아니었다. 그녀는 옷을 전부 걸친 채 서재 의자에 앉아 있었다.

"의논할 게 있어요." 그녀가 말했다.

"곤란한 문제요?" 그가 맞은편 의자에 앉으며 물었다.

"가장 기본적인 문제이기도 하고, 어쩌면 필연적인 문제이기도 하죠. 난 임신했어요."

카이사르는 아무 감정도 드러나지 않는 서늘한 눈빛으로 말했다. "그렇군." 그런 다음 탐색하는 눈길로 그녀를 살폈다. "그래서 곤란하다는 거요?"

"여러모로 그렇죠." 그녀는 입술을 적셨다. 평소 잘 긴장하지 않는 그녀가 긴장하고 있다는 신호였다. "이 임신에 대해 어떻게 생각해요?"

그는 어깨를 으쓱했다. "당신은 유부녀요, 세르빌리아. 그러니 그건 어디까지나 당신 문제요, 그렇지 않소?"

"그렇긴 하죠. 그런데 만약 아들이라면요? 당신에겐 아들이 없잖아요."

"내 아이가 확실한 거요?" 그는 재빨리 받아쳤다.

"거기에 대해서라면," 그녀는 힘주어 말했다. "의심의 여지가 없어요. 난 2년 넘게 실라누스와 한 침대를 쓰지 않았으니까요."

"상황이 그렇다 해도 그건 여전히 당신 문제요. 그애가 아들이라고 믿는 건 위험한 도박 같소. 당신이 실라누스와 이혼하고 출산 전에 나와 재혼하지 않는 한 난 그애를 내 자식으로 받아들일 수 없을 테고, 실라누스와 혼인한 상태에서 낳은 아이는 그의 자식일 뿐이오."

"도박을 해볼 마음이 있나요?"

그는 망설이지 않았다. "아니, 내 생각에는 딸일 것 같소."

"나도 잘 모르겠어요. 이런 일은 전혀 예상치 못해서 아들이나 딸을 만드는 데 정신을 집중하지 않았거든요. 이 아이의 성별은 순전히 운을 통해 결정될 거예요."

그의 태도도 초연했지만 그녀의 태도 역시 그에 못지않다고, 카이사르는 감탄하며 인정했다. 이 여인은 자신을 철저히 통제하고 있었다.

"그렇다면 최선의 대책은, 세르빌리아, 가능한 빨리 실라누스를 당신 침대로 끌어들이는 거요. 바라건대 혹시 어제 그렇게 하지 않았소?"

그녀는 천천히 고개를 가로저었다. 완벽한 부정이었다.

"안타깝게도," 그녀가 말했다. "그 작전은 절대 불가능해요. 실라누스는 건강에 문제가 있어요. 우리가 같이 자지 않게 된 건 내 잘못이 아니에요. 그건 확실해요. 실라누스는 발기 유지가 안 되고 그 때문에 괴로워하고 있어요."

이 소식을 듣자 카이사르는 반응을 보였다. 그는 잇새로 쉬익 숨을 내쉬었다. "우리의 비밀은 비밀로 남을 수 없겠군." 그가 말했다.

그녀는 놀랍게도 카이사르의 태도에 전혀 분개하지 않았고, 그녀의 고통을 몰라주는 이기적인 인간이라고 그를 비난하지도 않았다. 그들은 많은 면에서 닮아 있었다. 어쩌면 그래서 카이사르가 그녀에게 감정적인 애착을 못 느끼는 걸지도 몰랐다. 그들은 항상 두뇌가 심장을—그리고 열정을—다스리는 종류의 인간들이었다.

"꼭 그렇진 않아요." 그녀는 이 말을 내뱉고 미소를 지었다. "실라누스가 오늘 포룸 로마눔에서 돌아오면 그를 만나볼게요. 비밀을 지켜달라고 그를 설득할 수 있을지도 몰라요."

"그래, 그게 좋겠소. 특히나 우리 아이들은 약혼한 사이이기도 하니 말이오. 내가 한 행동에 대해 비난받는 건 상관없지만, 우리 불륜의 열매를 흔한 이야깃거리로 만들어 율리아나 브루투스에게 상처를 주는 건 피하고 싶소." 그는 몸을 숙여 그녀의 손을 잡고 손등에 키스했다. 그런 다음 그녀의 눈을 보며 웃었다. "이건 흔한 불륜이 아니오, 안 그렇소?"

"그럼요." 세르빌리아가 말했다. "절대 흔하지 않죠." 그녀는 다시 입술을 적셨다. "아직 몇 주 안 됐으니 5월이나 6월까진 계속 만날 수 있을 거예요. 어디까지나 당신이 원한다면."

"오, 물론이오." 카이사르가 말했다. "계속 만나고 싶소, 세르빌리아."

"아쉽지만 그후로 일고여덟 달 동안은 못 만날 거예요."

"이런 만남이 그리울 거요. 그리고 당신도."

이번엔 그녀가 손을 뻗어 그의 손을 잡을 차례였다. 하지만 그의 손등에 입맞추지는 않았고, 그저 손을 잡고 그를 바라보기만 했다. "그 일고여덟 달 동안 내 부탁 하나만 들어줘요, 카이사르."

"무슨 부탁이오?"

"카토의 아내 아틸리아를 유혹해요."

그는 웃음을 터뜨렸다. "절대 당신을 대체할 가능성이 없는 여자를 맡겨 날 바쁘게 만들겠다고? 아주 영리하군!"

"내가 영리한 건 사실이죠. 제발 날 도와줘요! 아틸리아를 유혹해요!"

카이사르는 얼굴을 찌푸리며 그 부탁에 대해 곰곰이 따져봤다. "카토는 그럴만한 표적이 아니오, 세르빌리아. 그가 올해 몇 살이라고 했소, 스물여섯? 그는 앞으로 내 옆구리에 박힌 가시 같은 존재가 될지도 모르지만, 차라리 그때까지 기다리는 편을 택하겠소."

"날 위해서 해줘요, 카이사르, 날 위해서! 부탁이에요! 제발!"

"그가 그렇게나 미운 거요?"

"갈가리 찢기는 걸 내 눈으로 보고 싶을 정도예요." 그녀는 이를 깨물고 말했다. "카토는 정치 경력을 쌓을 자격이 없어요."

"당신도 잘 알겠지만, 내가 아틸리아를 유혹한다고 해서 그의 정치 활동이 단절되진 않소. 하지만 이게 당신에게 그토록 중요한 일이라면…… 그렇게 하겠소."

"오, 잘됐어요! 고마워요!" 그녀는 숨을 거칠게 쉬며 기뻐했다. 그러다 다른 생각이 떠올랐다. "어째서 비불루스의 아내 도미티아를 유혹하지 않죠? 그 사람은 이미 당신의 위험한 적이니, 그의 아내를 유혹해 그에게 수치를 안겨주는 건 당신에게 분명 즐거운 일일 텐데. 더구나 도미티아는 내 이부동생 포르키아의 남편 쪽 친척이에요. 그러니 카토에게도 상처를 줄 수 있겠죠."

"내 안에는 아마 맹금류의 피가 흐르는 모양이오. 도미티아를 유혹한다는 생각만으로도 너무 달콤해서 실제 행동에 나서는 걸 미루게 된단 말이지."

"카토가," 그녀가 말했다. "나에게 훨씬 더 중요한 적이긴 하죠."

맹금류 좋아하시네, 그녀는 팔라티누스 언덕으로 돌아가는 길에 혼자 생각했다. 그는 본인을 독수리쯤으로 여길지 몰라도, 세르빌리아가 보기에 비불루스의 아내에 대한 카이사르의 처신은 시시한 고양이를 닮아 있었다.

임신과 육아는 인생의 일부였지만, 브루투스의 경우를 제외한다면 그저 불편함을 최소한으로 줄여서 견뎌내야 할 무엇이었다. 브루투스는 온전히 그녀의 것이었다. 그녀는 브루투스에게 직접 젖을 먹이고, 그의 기저귀를 갈고, 목욕을 시키고, 함께 놀아주고, 그를 웃겨주었다. 하지만 두 딸의 경우는 완전히 달랐다. 딸아이들은 낳자마자 유모에게 넘겨주었고, 아이들이 충분히 자라 좀더 엄격한 로마식 통제가 필요한 나이가 될 때까지 거의 잊고 지내다시피 했다. 그녀는 별 관심이나 애정 없이 딸아이들을 대했다. 그애들이 각각 여섯 살이 되자 아우렐리아가 여자애들에게 적당하다고 추천해준 마르쿠스 안토니우스 니포의 학교로 보냈다. 세르빌리아에겐 그 결정을 후회할 이유가 딱히 없었다.

이제 7년이 지났고 그녀는 사생아를 낳을 예정이었다. 그 아이는 그녀의 삶을 지배하는 열정의 결실이었다. 그녀가 카이사르에게 느끼는 감정은 그녀의 본성, 다시 말해 위대한 사랑에 걸맞은 강렬하고 열정적인 본성과 크게 어긋나지 않았다. 가장 큰 문제는 오히려 카이사르와 그의 본성에서 비롯된 것이었다. 그녀가 관찰한 바에 따르면 그는 어떤 종류의 개인적 관계에서 발생하는 감정에도 지배당하지 않으려 했다. 이처럼 직관적이고 본능적인 예감 덕분에 그녀는 그의 감정을 시험한다거나, 그에게 지조를 요구한다거나, 은밀한 수부라 지구 아파트에서의 밀회 외에 다른 것을 기대하는 등 여자들이 흔히 저지르는 실수를 피할 수 있었다.

따라서 그녀는 그날 오후 그에게 임신 소식을 전하러 가면서 그가 기뻐한다든지 그의 소유욕이 커지는 상황을 기대하지 않았다. 애초에 희망을 버린 것은 옳은 선택이었다. 그는 유쾌해하지도 불쾌해하지도 않았다. 그가 지적했다시피 이건 그녀의 문제였고 그와는 아무런 상관이 없었다. 그가 이 아이를 자기 자식으로 인정할 거란 희망을 가슴 깊은 곳에 조금이라도 품고 있진 않았을까? 그러나 그녀는 그렇게 생각하지 않았고, 집으로 돌아가면서도 실망하거나 우울해하지 않았다. 그에게는 아내가 없었으므로 합법적인 이혼을 통해 깨야 할 혼인관계는 단 하나, 그녀와 실라누스의 관계뿐이었다. 하지만 로마는 아일리아에게 잔인하게 이혼을 선언한 술라를 얼마나 비난했던가. 물론 스카우루스의 젊은 아내가 죽은 남편을 애도하는 의식을 끝내자 술라는 비난 따윈 아랑곳하지 않고 재혼했다. 카이사르 역시 비난 따윈 신경쓰지 않을 터였다. 다만 카이사르에겐 술라와 달리 명예심이 있었다. 아, 물론 그건 아주 명예로운 종류의 명예심이 아닐뿐더러, 그가 생각하는 자신의 이미지 혹은 그런 인물이 되기 위해 스스로 강제해놓은 기준과 단단히 결부돼 있었다. 카이사르는 자신의 품행에 기준을 세워놓았고 그것은 삶의 모든 부분에 적용되었다. 그는 배심원들에게 뇌물을 먹이지 않았고, 로마 속주를 갈취하지 않았으며, 위선자처럼 굴지 않았다. 이것은 그가 모든 일을 힘든 방식으로 처리한다는 뜻이었고, 정치 인생을 수월하게 만들려고 고안된 장치에 기대지 않는다는 뜻이었다. 그런 그가 그녀와 실라누스를 이혼시키고 출산 전에 그녀와 재혼해 그 아이를 자기 자식으로 삼는다? 아니, 그에겐 고려해볼 가치도 없는 일이었다. 그녀는 이유를 정확히 알고 있었다. 다른 건 차치하고라도, 그렇게 되면 그의 포룸 로마눔 동료들은 그가 자신보다 열등한 존재, 즉 여자의 손에 놀아나고 있다고 여길 것이 뻔했기 때문이다.

물론 그녀는 그와의 결혼을 마음 깊이 원했지만, 그건 곧 태어날 아이에게 아버지를 찾아주기 위해서가 아니었다. 그와 결혼하고 싶은 이유는 몸만큼이나 마음을 다해 그를 사랑했고, 그에게서 가장 훌륭한 로마인 중 한 사람의 모습을 발견했기 때문이다. 정치 및 군사 활동에 있어 절대 그녀를 실망시키지 않고, 그녀의 혈통과 존엄까지 끌어올려줄 수 있는 최고의 신랑감. 그는 푸블리우스 코르넬리우스 스키피오 아프리카누스, 가이우스 세르빌리우스 아할라, 퀸투스 파비우스 막시무스 쿵타토르, 루키우스 아이밀리우스 파울루스와 같은 존재였다. 진정한 파트리키 귀족 집안사람—가장 본질적인 로마인—이면서 막강한 지성, 정력, 결단력, 힘을 갖춘 인물. 세르빌리아 카이피오니스에게 잘 어울리는 남편. 그녀의 사랑하는 아들 브루투스에게 어울리는 의붓아버지.

그녀가 집에 도착해보니 저녁식사까지 시간이 얼마 남지 않은 터였다. 집사는 그녀에게 데키무스 유니우스 실라누스가 서재에 있다고 전했다. 대체 무슨 일이지? 그녀가 의아해하면서 서재로 들어갔을 때 그는 편지를 쓰고 있었다. 이제 마흔 살이었지만 거의 쉰 살 같은 모습이었다. 코 양옆에는 육체적 고통으로 인해 깊어진 주름이 보였고, 남들보다 빨리 희끗해진 머리카락은 잿빛 피부와 비슷한 색이었다. 그의 병환은 너무 수수께끼 같아서 로마의 그 어떤 의사도 제대로 진단을 내리지 못했다. 의료진의 공통적인 의견은 병의 진행이 지독히 느려서 근본적인 원인을 찾아낼 수 없다는 것이었다. 명확한 종양을 발견한 사람도 없었고, 간이 비대해진 것도 아니었다. 그는 내후년에 집정관 출마 자격을 얻게 되겠지만, 세르빌리아는 그때까지 그에게 성공적인 유세를 펼칠 기운이 남아 있지 않으리라고 생각했다.

"오늘은 좀 어때요?" 세르빌리아는 그의 책상 맞은편 자리에 앉으며 물었다.

그는 그녀가 들어오자 고개를 들어 미소 짓고는 기쁜 마음으로 펜을 내려놓았다. 결혼한 지 거의 10년이 지났지만 아내에 대한 그의 사랑은 전혀 줄어들지 않았다. 하지만 제대로 된 남편 구실을 하지 못하는 그의 불능 상태는 병환보다 더 심각하게 그를 갉아먹고 있었다. 유닐라가 태어나고 병환이 시작되자 그는 아내가 자신을 책망하고 비난하리라 예상했다. 하지만 그녀는 절대 그러지 않았고, 밤마다 쓰리고 타는 듯한 복통에 시달리는 바람에 잠자리를 다른 방으로 옮겨야 했을 때도 마찬가지였다. 성관계를 위한 모든 시도가 불능으로 인해 처참한 당혹감만을 안겨주자, 그녀에게서 물리적으로 떨어져 있는 것이 오히려 덜 잔인하고 덜 굴욕적으로 느껴졌다. 그는 포옹이나 입맞춤만으로도 만족했을 테지만, 사랑의 행위를 나눌 때 세르빌리아는 그리 살갑지 않았고 미적거리는 것을 싫어했다.

그래서 그는 그녀의 질문에 "평소보다 좋지도 나쁘지도 않소."라고 솔직하게 답했다.

"여보, 당신에게 할말이 있어요." 그녀가 말했다.

"말해봐요, 세르빌리아."

"난 임신했어요. 당신 애가 아니라는 건 당연히 알고 있겠죠."

그의 낯빛은 회색에서 흰색으로 변했고, 그는 비틀거렸다. 세르빌리아는 자리에서 일어나 포도주병과 은잔들이 놓인 탁자로 가더니 은잔 하나에 물을 섞지 않은 포도주를 따랐다. 그러고는 그가 살짝 헛구역질을 하며 술을 마시는 동안 옆에서 그를 부축했다.

"오, 세르빌리아!" 그는 포도주의 효과가 나타난 뒤에야 이렇게 내뱉었고, 그녀는 자기 자리로 돌아갔다.

"이런 말이 위안이 될진 모르겠지만," 그녀가 말했다. "이건 당신의 병환이나 장애와는 전혀 무관한 일이에요. 당신이 프리아포스 같은 정력가였더라도 난 그 남자에게 갔을 테니까요."

그의 눈가에 고인 눈물은 점점 더 빨리 뺨을 타고 흘러내렸다.

"손수건으로 닦아요, 실라누스!" 세르빌리아가 냉정하게 말했다.

그는 손수건을 꺼내 눈물을 닦았다. "누구 아이요?" 그는 가까스로 질문을 던졌다.

"때가 되면 알려줄게요. 우선 내 상황에 당신이 어떻게 대처할 건지 알아야겠어요. 아이 아버지는 나와 결혼하지 않을 거예요. 나와 결혼하면 그의 존엄이 타격을 받기 때문이죠. 그에겐 나보다 본인의 존엄이 훨씬 더 중요하거든요. 당신도 이해하겠지만, 난 그걸로 그를 비난하지 않아요."

"어떻게 그리 이성적일 수 있소?" 그는 감탄하며 물었다.

"달리 대응하는 게 무슨 의미가 있을지 모르겠네요! 내가 악을 쓰고 울부짖어서, 지금은 우리만 아는 문제를 남들도 다 알게 하면 좋겠어요?"

"그건 아닌 것 같소." 그는 피곤한 목소리로 대답하더니 한숨을 쉬었다. 그리고 손수건을 집어넣었다. "아니, 그건 분명 아니오. 하지만 그런 모습을 보인다면 적어도 당신이 인간이란 걸 확인할 수는 있겠지. 내가 걱정되는 부분은, 세르빌리아, 당신은 인간미가 너무 부족하고 나약함을 이해할 줄 모른다는 거요. 기술과 목표의식을 겸비한 기능공이 인생이라는 틀에 박아 넣은 나사송곳처럼 늘 꿈쩍도 안 하니 말이오."

"아주 혼란스러운 비유로군요." 세르빌리아가 말했다.

"뭐랄까, 당신을 보면 늘 그런 느낌이 들었소. 어쩌면 그건 내가 당신에게서 부러워하는 점일지도 모르겠소. 내겐 그런 면이 없으니까. 난 당신의 그런 면을 아주 높이 평가하고 있소. 하지만 그건 절대 편안하게 느껴지지 않고, 연민도 못 느끼도록 한단 말이오."

"내게 연민의 감정을 낭비하지 말아요, 실라누스. 당신은 아직 내 질문에 답하지 않았어요. 내 상황에 어떻게 대처할 건가요?"

그는 자리에서 일어났고, 자신의 다리가 버틸 수 있다는 확신이 들 때까지 의자 등받이를 잡고 서 있었다. 그러더니 한동안 서재 안을 왔다갔다하다가 그녀를 쳐다봤다. 그녀는 너무 평온하고 침착했고 재앙의 여파로부터 멀쩡했다!

"당신이 그 남자와 결혼할 계획이 아니라고 하니, 내가 생각하는 최선은 가능한 한 빨리 우리가 잠자리를 합쳐 내가 아이 아빠인 것처럼 보이도록 하는 거요." 그는 자기 의자로 돌아가며 말했다.

오, 왜 그녀는 최소한 안도하거나 안심하거나 기뻐하는 모습을 보임으로써 그에게 만족감을 안겨주지도 않는 걸까? 아니, 세르빌리아에겐 어림없는 일이었다! 그녀는 처음과 똑같은 모습이었고 눈빛조차 변하지 않았다.

"현명한 결론이에요, 실라누스." 그녀가 말했다. "내가 당신 입장이라도 분명 그렇게 했을 거예요. 하지만 남자가 자기 자존심이 걸린 일에 어떻게 반응할지 예측하기란 힘든 법이죠."

"이건 분명 내 자존심이 걸린 일이오, 세르빌리아. 하지만 난 적어도 남들의 눈에 비친 내 자존심을 지키는 편을 택한 거요. 아무도 모르는 일이오?"

"그 사람은 알고 있지만 사실을 떠들고 다니진 않을 거예요."

"임신한 지 오래됐소?"

"아뇨. 우리가 지금부터 함께 자기 시작하면, 출생일만 가지고 이 아이가 당신 애가 아니라고 의심하는 사람은 없을 거예요."

"그렇군, 내가 소문조차 듣지 못한 걸 보면 당신은 그간 아주 조심스럽게 행동한 모양이오. 바람난 아내를 둔 남편에게 그런 소문을 전해주는 사람은 늘 있기 마련인데."

"소문 같은 건 없을 거예요."

"상대가 누구요?" 실라누스는 다시 물었다.

"당연히 가이우스 율리우스 카이사르죠. 그보다 떨어지는 사람 때문에 내 명성을 포기하진 않았을 거예요."

"그렇지, 당신이라면 안 그랬겠지. 그의 혈통은 소문이 자자한 그의 생식기만큼이나 훌륭하니 말이오." 실라누스는 씁쓸하게 말했다. "그를 사랑하는 거요?"

"오, 물론이에요."

"그 사람이 마음에 들진 않지만, 이유는 알 것 같소. 여자들은 그 사람 때문에 바보짓을 많이 하는 것 같더군."

"나는," 세르빌리아는 단호히 말했다. "바보짓 따윈 한 적이 없어요."

"그건 맞는 말이오. 앞으로도 계속 만날 생각이오?"

"네. 절대 만남을 포기하진 않을 거예요."

"언젠간 들통나고 말 거요, 세르빌리아."

"그럴지도 모르죠. 하지만 이 일이 알려지면 우리 둘 중 누구에게도 득이 되지 않으니, 최선을 다해 안 알려지도록 할 거예요."

"그 점에 대해선 내가 고마워해야겠군. 운이 따른다면, 이 일이 알려지기 전에 내가 세상을 뜰 테니 말이오."

"당신이 죽는 건 바라지 않아요, 여보."

실라누스는 소리내어 웃었지만 즐거운 기색은 아니었다. "그 점에 대해선 내가 반드시 고마워해야 할 것 같소! 당신은 자신에게 도움이 된다고 판단되면 내 죽음을 앞당기고도 남을 여자니까 말이오."

"당신이 죽는 건 내게 도움이 되지 않아요."

"그건 잘 알겠소." 그의 숨이 턱 막혔다. "맙소사, 세르빌리아, 당신 아들과 그의 딸은 정식으로 약혼한 사이잖소! 그런데 어떻게 비밀을 유지하겠다는 거요?"

"브루투스와 율리아가 어째서 위험요소라는 건지 모르겠군요, 실라누스. 우리가 걔들 있는 곳에서 만나는 것도 아닌데."

"분명 아무도 없는 곳에서 만나겠지. 하인들이 당신이라면 벌벌 떠는 게 천만다행이오."

"물론이죠."

그는 양손으로 머리를 감쌌다. "이제 혼자 있고 싶소, 세르빌리아."

그녀는 즉시 일어났다. "좀 이따가 저녁이 준비될 거예요."

"오늘은 안 먹겠소."

"먹어야 해요." 그녀는 문으로 걸어가며 말했다. "식사를 하고 몇 시간쯤 지나면 당신의 통증이 조금 나아지는 것 같았어요. 특히 잘 먹은 후에는 말이죠."

"오늘은 됐소! 이제 나가요, 세르빌리아, 어서!"

세르빌리아는 그곳을 나왔다. 남편과의 대화는 아주 만족스러웠지만, 예상했던 것보다 실라누스가 더 가엾게 느껴졌다.

평민회는 공금횡령 혐의로 마르쿠스 아우렐리우스 코타에게 유죄 판결을 내렸다. 또한 그의 전 재산을 넘어서는 벌금형이 내려졌고, 로마로부터 반경 650킬로미터 내에서 불과 물을 사용하는 것이 금지되었다.

"그러니 아테네로 갈 수도 없는 노릇이지." 그는 자신의 아우 루키우스와 조카 카이사르에게 말했다. "하지만 마실리아는 생각만 해도 역겨워. 그러니 푸블리우스 루틸리우스 외삼촌을 벗삼아 스미르나에서 지내는 게 어떨까 생각중이야."

"베레스를 벗삼는 것보단 낫네요." 이번 판결에 경악한 루키우스 코타가 말했다.

"평민회에서는 존경의 뜻으로 카르보에게 집정관의 표지를 선사할 작정이라고 하던데요." 카이사르는 입술을 삐죽대며 말했다.

"릭토르와 파스케스도 다 포함해서?" 마르쿠스 코타는 입을 떡 벌리며 물었다.

"글라브리오가 새로운 통합 속주로 떠나고 없으니 아예 두번째 집정관으로 만들어버릴 수도 있겠죠, 마르쿠스 외삼촌. 평민회가 자주색 단을 댄 토가와 고관 의자를 나눠줄 수 있다는 건 알고 있었지만, 임페리움까지 부여한다는 말은 난생처음이에요!" 카이사르는 여전히 분노에 치를 떨며 날카롭게 말했다. "이게 다 아시아의 징세청부업자들

덕분이죠!"

"그냥 내버려두렴, 카이사르." 마르쿠스 코타가 말했다. "시대가 변하고 있어. 단순히 그것뿐이야. 이번 사건이 술라가 기사계급을 벌한 것에 대한 마지막 반발일지도 몰라. 우린 이런 결과를 예상하고 있었고 내 땅과 돈을 여기 있는 루키우스 명의로 돌려놓기까지 했으니, 난 그나마 운이 좋은 편이지."

"형님 돈은 곧 스미르나로 보내드리겠습니다." 루키우스 코타가 말했다. "형님을 실제로 끌어내린 건 기사들이었지만, 원로원 의원 중에도 거기에 기여한 사람들이 있어요. 카툴루스나 가이우스 피소 같은 사람들은 아니라고 쳐도, 푸블리우스 술라와 그의 똘마니 아우트로니우스 같은 사람들은 카르보의 기소를 열성적으로 도왔어요. 카틸리나도 마찬가지고요. 절대 안 잊을 겁니다."

"저도 안 잊을 거예요." 카이사르가 말했다. 그는 애써 미소를 지었다. "제가 마르쿠스 외삼촌을 더없이 사랑한다는 건 알고 계실 거예요. 하지만 아무리 외삼촌을 위해서라고 해도, 폼페이우스의 쭈그렁 할망구 같은 누이를 유혹해서 푸블리우스 술라에게 망신을 주는 짓은 도저히 못하겠어요."

이 말에 웃음이 터졌다. 세 남자는 젊지도 매력적이지도 않고 술독에 빠져 사는 폼페이우스의 누이와 부부로 사는 푸블리우스 술라가 어쩌면 이미 벌을 받고 있는 걸지도 모른다는 생각에 위안을 느꼈다.

아울루스 가비니우스는 2월 말이 되어서야 마침내 터뜨렸다. 로마인들이 수석 호민관인 그를 경량급 인사로 여기도록 내버려두고 조용히 앉아 있기가 얼마나 힘든 일이었는지, 그건 오직 그 자신만 알고 있었다. 피케눔 출신이란 이유로(또 폼페이우스의 하수인이란 이유로) 과소평가되고 있었지만, 가비니우스는 엄밀히 말해 신진 세력이 아니었다. 그의 아버지와 삼촌은 앞서 원로원 의원을 지냈고, 가비니우스 집안에는 훌륭한 로마 가문의 피가 짙게 흘렀다. 그는 나중에 폼페이우스의 멍에를 벗고 자립하고자 하는 야망을 품고 있었지만, 그의 뛰어난 분별력은 절대 자신이 어떤 파벌의 우두머리가 될 만큼 강해질 순 없으리라 말하고 있었다. 그러나 위대한 폼페이우스는 충분히 위대하지 않았다. 가비니우스는 조금 더 로마인다운 사람과 동맹을 맺기를 갈망했다. 피케눔이나 그곳 사람들과 관계된 일은, 특히 로마에 대한 그들의 태도는 늘 그를 기운 빠지게 했기 때문이다. 그들에겐 로마보다 폼페이우스가 더 중요했고 그는 그것을 견딜 수 없었다. 오, 물론 그건 당연한 일이었다! 폼페이우스는 피케눔에선 왕이었고, 로마에선 막대한 영향력을 행사했다. 특정 지역 출신들은 대개, 잘난 인간들을 상대로 우위를 점한 동향 사람을 자랑스럽게 여기며 추종했다.

잘생긴 얼굴과 멋진 몸매의 소유자인 가비니우스가 폼페이우스라는 주인에 대해 불만을 품게 된 것은, 다름아닌 가이우스 율리우스 카이사르 탓이었다. 비슷한 또래인 두 사람은 미틸레네 포위전 때 처음 만나 한눈에 서로에게 호감을 느꼈다. 가비니우스는 젊은 카이사르의 능력과 힘을 지켜보며 완전히 매료되어, 훗날 아주 크게 될 인물과 가까워질 수 있는 특권이 자신에게 주어졌다고 생각했다. 외모, 키, 체격, 매력, 심지어 훌륭한 조상까지 갖춘 인물들은 많았다. 하지만 카이사르가 가진 것은 그 이상이었다. 그렇게 대단한 지적 능력과 용맹을 동시에 갖췄다는 것부터 남달랐다. 지적 능력이 탁월한 사람들은 용기에 내재된 수많은 위험을 누구보다 빨리 알아챘기 때문이다. 반면 카이사르는 어떤 작전을 시행하면서 모든 위협요소를 완전히 차단할 수 있는 것처럼 보였다. 그 작전이 무엇이든 간에, 그는 자신이 가진 자질만으로 최대한의 효과를 끌어내는 최적의 방법을 찾아냈다. 또한 그는 폼페이우스가 절대 가질 수 없는 능력을 갖추고 있었다. 그것은 그에게서 흘러나와 모든 것을 그가 원하는 형태로 구부러지게 만드는 어떤 기운이었다. 그는 비용 따위는 계산하지 않았고, 조금도 두려워하지 않았다.

미틸레네 포위전 이후 두 사람은 거의 만날 일이 없었지만, 카이사르에 대한 생각은 가비니우스를 끈질기게 따라다녔다. 카이사르가 직접 파벌을 이끄는 날이 오면, 그 자신이 가장 충실한 지지자 중 한 사람이 되겠다고 가비니우스는 결심했다. 물론 어떻게 해야 폼페이우스에 대한 피호민의 의무에서 벗어날 수 있을지는 몰랐다. 폼페이우스는 그의 보호자였으므로, 가비니우스는 어쨌거나 폼페이우스에게 충실한 피호민으로서 의무를 다해야 했다. 이런 이유에서 가비니우스는 로마의 일인자이자 그의 보호자인 나이우스 폼페이우스 마그누스보다 비교적 젊고 인지도가 떨어지는 카이사르에게 더 깊은 인상을 심어줄 의도로 이 일에 나섰다.

그는 먼저 원로원으로 가지 않았다. 호민관단의 전권이 회복되었으니 이제 반드시 그럴 필요가 없었다. 평민회에서 먼저 발표함으로써 사전경고 없이 원로원을 치는 편이 더 나으리라. 그것도 세상을 떠들썩하게 만들 만한 소식이 있으리라곤 아무도 예상치 못한 날에.

가비니우스가 연설을 하려고 로스트라 연단에 올랐을 때 민회장에는 500여 명이 모여 있었다. 이들은 평민회의 전문적인 구성원들로, 그 어떤 회의도 놓치지 않았으며 평민회의 명연설은 물론 최소 한 세대 전에 통과된 주요 평민회 결의의 세부사항을 줄줄 읊을 수 있는 핵심

세력이었다.

원로원 의사당 계단에도 사람은 많지 않았다. 카이사르, 루키우스 아프라니우스나 마르쿠스 페트레이우스 같은 원로원 내의 폼페이우스 세력들, 그리고 마르쿠스 툴리우스 키케로뿐이었다.

"로마에게 있어 해적이 얼마나 심각한 문제인지 상기시켜줄 사건이 필요했다면, 불과 석 달 전 발생한 오스티아 습격과 올해 처음 시칠리아에서 도착한 곡물 약탈이 엄청난 자극제가 됐을 겁니다." 가비니우스는 평민회 구성원들에게—그리고 원로원 의사당 계단의 구경꾼들에게—말했다.

"이처럼 유해한 해적 무리를 지중해에서 몰아내기 위해 우리가 뭘 했습니까?" 그는 우레 같은 소리로 외쳤다. "곡물 수송선을 보호하기 위해, 로마 시민들이 기아에 시달리는 것을 막기 위해, 주식인 빵 가격이 감당하기 힘든 수준으로 치솟는 걸 막기 위해 우리가 뭘 했습니까? 우리 상인들과 그들의 선박들을 보호하기 위해 우리가 뭘 했습니까? 우리의 딸들이 유괴되고 우리의 법무관들이 납치되는 걸 막기 위해 우리가 뭘 했습니까?

거의 아무 일도 하지 않았습니다, 평민회 구성원 여러분. 거의 한 게 없습니다!"

키케로는 카이사르에게 다가가 그의 팔을 건드렸다. "호기심이 생기는군그래." 그가 말했다. "아예 감이 안 잡히는 건 아니지만 말이오. 이야기가 어느 방향으로 흘러갈지 당신은 알겠소, 카이사르?"

"오, 물론이오."

가비니우스는 의기양양하게 말을 이어나갔다.

"웅변가 안토니우스가 40여 년 전 해적 숙청에 나선 이래로 우리가 한 일은 미미합니다. 우선 우리 독재관의 통치시기에 그의 충직한 지지자이자 동료인 푸블리우스 세르빌리우스 바티아가 해적 소탕 명령을 받고 킬리키아 총독으로 파견되었죠. 그에게는 집정관급 임페리움은 물론, 팜필리아와 킬리키아를 포함해 해적이 활동하는 모든 도시와 국가에서 함대를 구축할 수 있는 권한이 주어졌습니다. 그는 리키아에서 임무를 시작했고, 제니케테스와 맞섰죠. 그 해적 한 명을 물리치는 데 무려 3년이 걸렸습니다! 그리고 그 해적은 가장 위험한 해적들이 출몰하는 팜필리아와 킬리키아의 험한 땅이 아니라, 리키아를 근거지로 삼고 있었습니다. 바티아 총독은 남은 임기 동안 타르소스의 총독 관저에 머물며 팜필리아 '내륙'에서 흙이나 파먹고 사는 이사우리아인들을 상대로 사소한 전쟁을 치르는 데 시간을 허비했습니다. 마침내 그들을 이겨 한심할 정도로 작은 두 마을을 장악했을 때, 우리의 위대한 원로원은 푸블리우스 세르빌리우스 바티아라는 그의 이름 뒤에 별명 하나를 붙여주었습니다. 이사우리쿠스라고 말이죠! 뭐, 바티아란 이름은 대단할 게 없으니까요, 안 그런가요? 밭장다리를 뜻하는 코그노멘이라니! 밭장다리를 가진 평민 세르빌리우스 가문의 푸블리우스가 '푸블리우스 세르빌리우스 밭장다리 이사우리아의 정복자'가 되고 싶어하는 걸 누가 비난할 수 있겠어요? '이사우리쿠스'라는 별명이 시시하기 그지없는 이름에 약간의 윤기를 더해줬음을 인정해야 할 겁니다!"

가비니우스는 요점을 전달하려고 토가 자락을 걷어 자신의 잘빠진 다리가 허벅지 가운데부터 드러나도록 했다. 그런 다음 양쪽 무릎을 붙이고 양발을 넓게 벌린 채 로스트라 연단 위를 빠르게 걸어다녔다. 관중은 폭소와 환호로 응답했다.

"이 이야기의 두번째 장은," 가비니우스가 계속 말했다. "크레타 섬을 무대로 펼쳐졌습니다. 단지 그의 아버지인 웅변가 양반이 원로원과 인민으로부터 지중해의 해적을 척결하라는 명령을 받았다는 이유로, 아들 마르쿠스 안토니우스는 7년 전 똑같은 직권을 얻어냈습니다. 아버지 안토니우스는 아들보다 훨씬 유능한 인물이었음에도 임무 완수에 실패했죠! 하지만 이번엔 우리 독재관의 새로운 법 때문에 원로원이 단독으로 그 직권을 승인했습니다. 아들 안토니우스는 첫해 동안 지중해 서쪽에서 진한 포도주와 같은 성분의 오줌을 싸며 한두 차례 승리를 거두었습니다. 하지만 전리품이나 적선의 충각처럼 눈에 보이는 증거를 내놓지는 못했죠. 그러다 안토니우스는 흥청망청 마시고 방귀와 트림으로 돛을 가득 채우며 그리스로 갔습니다. 그곳에서 2년간 크레타 섬의 해적 대장들과 맞섰고, 그로 인한 처참한 결과는 우리 모두 알고 있습니다. 라스테네스와 파나레스가 그를 완파했죠! 결국 바스러진 '백악 인간'—크레티쿠스란 바로 그런 뜻이니까요!—은 자신에게 직권을 맡긴 로마 원로원과 대면하느니 자살을 택했습니다.

그다음에 등장한 사람 역시 기막힌 별명을 가지고 있었죠. 마케도니쿠스의 손자이자 숫염소의 아들인 퀸투스 카이킬리우스 메텔루스, 일명 작은 염소 메텔루스 말이죠. 하지만 그 작은 염소 메텔루스는 제2의 크레티쿠스가 되기를 원하는 듯했습니다. 그런데 이번 크레티쿠스는 과연 크레타 섬의 정복자로 드러날까요, 아님 백악 인간으로 드러날까요? 어떻게 생각하십니까, 평민회 구성원 여러분?"

"백악 인간! 백악 인간!" 대답이 들려왔다.

가비니우스는 친근한 어조로 마무리했다. "동지 여러분, 우린 지금 상황에 대해 생각해봐야 합니다. 오스티아의 참사, 크레타 섬의 교착상태, 히스파니아 가데스부터 팔레스티나 가자에 이르기까지 다양한 지역에 멀쩡히 남아 있는 해적 은신처들! 아무것도 해결되지 않았습니다! 아무것도!"

발장다리를 가진 사람이 걷는 모습을 몸소 보여주느라 그의 토가는 조금 흐트러져 있었다. 가비니우스는 옷매무시를 가다듬었다.

"그래서 우리가 뭘 어떻게 해야 한다는 겁니까, 가비니우스?" 원로원 의사당 계단의 키케로가 외쳤다.

"이런, 반갑습니다, 마르쿠스 키케로!" 가비니우스는 쾌활하게 말했다. "카이사르도 반갑습니다! 로마 최고의 웅변가 두 분이 피케눔 촌놈의 시시한 수다를 들어주시다니요. 정말 영광입니다. 게다가 오늘은 거기 두 분뿐이라 더 좋군요. 카툴루스도 없고, 가이우스 피소도 없고, 호르텐시우스도 없고, 최고신관 메텔루스 피우스도 물론 없겠죠?"

"하던 말이나 계속 해보세요." 키케로는 기분좋게 말했다.

"고맙습니다. 그렇게 하지요. 우리가 뭘 어떻게 해야 하는지 물어보셨죠? 대답은 간단합니다, 평민회 구성원 여러분. 우리는 사람을 찾아야 합니다. 단 한 명의 사람 말이죠. 이미 집정관을 지낸 경험이 있어 법적 지위에 문제가 없는 사람. 원로원 첫 줄의 몇몇 의원들이 함부로 군 경력에 대해 이의를 제기할 수 없는 사람. 우린 그런 사람을 찾아내야 합니다. 여기서 우리란, 평민회 구성원 여러분, 바로 우리 평민회를 의미합니다. 원로원이 아니라 말이죠! 원로원은 발장다리부터 백악 인간까지 다양한 대책을 시도했지만 다 실패했습니다. 그렇기 때문에 원로원은 우리 모두에게 영향을 미치는 이 문제에서 빠져야 한다고 생각합니다. 다시 말하지만 우리는 사람을, 그것도 뛰어난 군 경력과 집정관을 역임한 경험을 갖춘 사람을 찾아야 합니다. 그런 다음 우리가 직접 그 사람에게 헤라클레스의 기둥부터 나일 강 하구에 이르기까지 지중해의 모든 해적, 그리고 흑해의 모든 해적을 몰아내는 임무를 맡겨야 합니다. 그에게 3년의 기한을 주고 그동안 임무를 완수하도록 해야 합니다. 만약 그가 실패한다면, 평민회 구성원 여러분, 그때는 우리가 그를 기소해 영원히 로마에서 몰아낼 것입니다!"

보니파 의원 몇 명이 하던 일을 중단하고 달려왔다. 가장 시시해 보이는 민회까지도 전부 감시하기 위해 그들이 풀어놓은 피호민들이 소식을 전해준 것이다. 아울루스 가비니우스가 해적과의 전쟁 지휘권을 주제로 연설을 한다는 소문이 퍼졌고, 보니파 의원들은—또한 다른 많은 파벌 소속 의원들은—가비니우스가 폼페이우스에게 전쟁 지휘권을 줄 것을 평민회에 요청하리라고 예상했다. 그런 일이 벌어지도록 둘 순 없었다. 폼페이우스에게 특별 지휘권이 주어지는 건 두 번 다시 용납할 수 없었다, 무슨 일이 있어도! 그렇게 되면 그는 자신이 동료들보다 더 대단하고 우월하다고 믿게 될 터였다.

가비니우스와 달리 높은 곳에서 주변 전망을 확인할 수 있었던 카이사르는 비불루스가 민회장 바닥으로 내려가는 것을 발견했다. 카토, 아헤노바르부스, 젊은 브루투스가 그를 뒤따르고 있었다. 흥미로운 4인조였다. 세르빌리아는 자기 아들이 카토와 어울리는 걸 알면 좋아하지 않을 게 분명했다. 브루투스도 그 점을 잘 아는 듯했다. 그는 왠지 쫓기는 듯했고 주변을 몰래 두리번거렸다. 어쩌면 그래서인지 몰라도, 가비니우스가 하는 말을 제대로 듣는 것 같진 않았다. 하지만 비불루스, 카토, 아헤노바르부스의 표정에는 커다란 분노가 떠올라 있었다.

가비니우스는 계속 말을 해나갔다. "이 사람에게는 완전한 자율권이 주어져야 합니다. 일단 작전을 개시하면 원로원이든 인민이든 그 누구의 제약도 받아서는 안 됩니다. 다시 말해 우리는 그에게 무제한적인 임페리움을 부여해야 합니다. 그것도 해상에 국한되어선 안 됩니다! 그의 권한은 모든 해안에서 80킬로미터 내륙까지 미쳐야 하고, 그 땅에서는 그의 권한이 해당 속주 총독의 임페리움보다 우선적으로 적용되어야 합니다. 그에게 최소 열다섯 명의 법무관급 보좌관을 붙여주고, 누구의 간섭도 없이 재량껏 법무관을 선택해 각 지역에 배치할 자유를 보장해야 합니다. 필요하다면 로마 국고를 통째로 그에게 넘겨줘야 하고, 그의 임페리움이 적용되는 모든 지역의 돈, 선박, 현지 민병대를 재량껏 이용할 권한을 제공해야 합니다. 그는 선박, 함대, 소함대, 그리고 로마 병사를 필요한 만큼 제공받을 수 있어야 합니다."

가비니우스는 그제야 새로운 인물들의 등장을 알아채고, 아주 과장된 연극조의 몸짓으로 놀라는 모습을 보였다. 그는 비불루스의 눈을 내려다보며 기분좋은 웃음을 지었다. 카툴루스나 호르텐시우스는 아직 도착하지 않았지만, 보니의 샛별 중 하나인 비불루스만으로도 충분했다.

"우리가 한 사람에게 해적과의 전쟁을 위한 특별 직권을 부여한다면 말입니다, 평민회 구성원 여러분," 가비니우스는 크게 외쳤다. "마침내 해적을 끝장낼 가능성이 있습니다! 하지만 원로원의 특정 세력이 우릴 위협하거나 방해하도록 내버려둔다면, 우리 평민회는 물론 로마의 어떤 단체도 무대응으로 인해 발생할 참사에 직접적인 책임을 질 수 없게 됩니다. 해적 무리를 모두 없애버립시다! 이제 어정쩡한 계획, 타협은 그만두고, 로마를 지킬 권한은 자기들에게만 있다고 주장하는 거만한 귀족들에게 비위 맞춰주는 짓도 그만둬야 합니다! 무대응으로 일관하는 것도 그만둬야 합니다! 이제 제대로 나서야 합니다!"

"왜 그냥 말하지 않는 거요, 가비니우스?" 비불루스는 민회장 바닥에서 외쳤다.

가비니우스는 영문을 모르겠다는 표정을 지었다. "뭘 말입니까, 비불루스?"

"이름, 이름, 그 이름 말이오!"

"이름 같은 건 없소, 비불루스. 해결책이 있을 뿐이오."

"헛소리!" 거칠고 요란한 카토의 목소리였다. "그건 완전히 헛소리요, 가비니우스! 당신에겐 생각해둔 이름이 있잖소! 당신의 주인이자, 로마의 모든 전통과 관습을 파괴하는 짓에서 크나큰 즐거움을 느끼는 피케눔 출신 벼락출세자의 이름 말이오! 당신이 하는 말은 애국심에서 비롯된 게 아니라 전부 당신 주인의 이익을 위해서잖소. 나이우스 폼페이우스 마그누스 말이오!"

"이름이 나왔군요! 카토가 이름을 말했습니다!" 가비니우스는 뛸듯이 기뻐하며 말했다. "마르쿠스 포르키우스 카토가 직접 말했습니다!" 가비니우스는 앞으로 나와 무릎을 꿇더니, 아래에 있는 카토에게 얼굴을 가까이 대고 부드럽게 말했다. "당신은 올해 군무관에 당선되지 않았소, 카토? 또 추첨을 통해 마케도니아의 마르쿠스 루브리우스 밑에서 일하게 되지 않았소? 그런데 마르쿠스 루브리우스는 벌써 본인 속주로 떠났을 텐데? 로마에서 애물단지 노릇을 할 게 아니라, 마케도니아의 루브리우스에게 가서 애물단지 노릇을 해야 한다고 생각지 않소? 어쨌든 우리에게 이름을 알려줘서 고맙소! 당신이 나이우스 폼페이우스 마그누스란 이름을 꺼내기 전까진 어떤 사람이 적임자일지 전혀 감이 안 잡혔는데 말이오."

가비니우스는 이 말을 끝으로, 보니파 호민관이 나타나기 전에 회의를 마쳤다.

비불루스는 뒤돌아서서 나머지 세 명에게 퉁명스러운 고갯짓을 했다. 입술은 꼭 다물어져 있었고, 눈은 얼음처럼 차가웠다. 포룸 로마눔 낮은 구역의 가장자리에 이르렀을 때, 그는 손을 내밀어 브루투스의 팔뚝을 잡았다.

"자넨 가서 내 말을 좀 전해주게, 젊은이." 그가 말했다. "그런 다음 자네 집으로 돌아가도록. 퀸투스 루타티우스 카툴루스, 퀸투스 호르텐시우스, 집정관 가이우스 피소를 찾아가서 당장 내 집으로 오시라고 전하게."

얼마 지나지 않아 보니의 세 지도자들이 비불루스의 서재에 모였다. 카토도 거기 남아 있었지만, 아헤노바르부스는 떠나고 없었다. 비불루스는 가이우스 피소가 참석한 모임에 아헤노바르부스까지 남아 있으면 너무 부담스럽다고 판단했던 것이다. 숨막히도록 멍청한 사람은 가이우스 피소 한 명만으로 충분했다.

"어쩐지 요즘 너무 조용했어. 폼페이우스 마그누스도 너무 잠잠했고." 퀸투스 루타티우스 카툴루스가 말했다. 왜소한 체격과 모래빛깔 피부의 그는, 카이사르 가문보다는 외가인 도미티우스 아헤노바르부스 가문의 외모를 더 많이 닮아 있었다.

카툴루스의 아버지인 카툴루스 카이사르는 아들보다 더 위대한 인물이었으며, 위대한 적인 가이우스 마리우스와 맞선 바 있었다. 그는 마리우스가 악명 높은 일곱번째 집정기 초반에 자행한 끔찍한 대학살 때 목숨을 잃었다. 그 아들은 술라가 망명을 떠나 있던 몇 년 동안 로마에 남아 있는 쪽을 택했다는 이유로 곤란한 입장에 처했다. 그는 술라가 킨나와 카르보를 절대 이기지 못하리라고 예상했던 것이다. 그래서 술라가 독재관에 오른 이후 카툴루스는 독재관에게 자신의 충성심에 대해 확신을 심어줄 때까지 신중을 기했다. 그와 레피두스를 집정관으로 임명한 것은 술라였고, 레피두스는 반란을 일으켰다. 그건 또하나의 불운한 사건이었다. 레피두스의 반란을 진압한 것은 카툴루스였지만, 훨씬 중요한 임무였던 히스파니아에서 세르토리우스와의 전쟁 지휘권을 얻은 것은 폼페이우스였다. 어찌된 일인지 이러한 사건들은 카툴루스 인생의 패턴이 되어버렸다. 그는 자신의 대단한 아버지를 넘어설 만큼 중요한 인물이 되는 데 매번 실패했던 것이다.

원통한 마음을 품고서 이제 50대에 접어든 그는 비불루스의 이야기를 가만히 듣고 있었다. 그에게는 가비니우스의 제안을 저지하기 위한 대책으로, 원로원 의원들을 단결시켜 특별 직권에 반대하는 전통적인 방법밖에 떠오르지 않았다.

반면 비불루스는 해적 척결처럼 중대한 사안이라면 많은 원로원 의원들이 폼페이우스의 임명을 지지할 수도 있음을 알고 있었다. 그는 카툴루스보다 훨씬 젊었고, 잘생긴 외모와 뛰어난 실력을 가진 사람들에게 크나큰 적의를 품고 있었다. "통하지 않을 겁니다." 비불루스는 카툴루스에게 단호하게 말했다.

"통해야만 하네!" 카툴루스가 양손을 맞잡으며 말했다. "피케눔 출신 얼간이 폼페이우스와 그의 아랫것들이 로마를 피케눔의 속국처럼 다루는 꼴을 그냥 두고볼 순 없어! 피케눔은 로마인을 자처하지만 실은 갈리아인의 후손인 사람들이 바글대는 이탈리아 변두리 지역이 아니고 뭔가? 폼페이우스 마그누스를 한번 보라지. 그는 갈리아인일세! 그런데 진정한 로마인인 우리더러 폼페이우스 마그누스 앞에서 몸을 낮추라고? 또다시 그에게 진정한 로마인들에게도 용납되지 않는 높은 직권을 주자고? 마그누스라니! 술라 같은 파트리키 귀족 로마인이 어떻게 폼페이우스에게 위대하다는 뜻의 별명을 허락할 수 있었단 말인가?"

"동감입니다!" 가이우스 피소는 험악하게 말했다. "참을 수 없는 일입니다!"

호르텐시우스는 한숨을 내쉬었다. "술라에겐 그가 필요했고, 술라는 망명생활을 접고 로마로 돌아오기 위해서라면 미트리다테스나 티그라네스에게 몸도 팔았을 걸세." 그는 어깨를 으쓱하며 말했다.

"술라를 탓해봐야 소용없습니다." 비불루스가 말했다. "냉정을 유지하지 않으면 우린 이 싸움에서 질지도 몰라요. 상황이 가비니우스에게 유리하게 돌아가고 있어요. 퀸투스 카툴루스, 원로원이 해적 문제를 해결하지 못한 건 사실이고, 크레타 섬의 선량한 메텔루스도 성공할 것 같지는 않습니다. 오스티아 습격은 가비니우스가 이런 해결책을 제안하기 위한 충분한 핑곗거리가 됐어요."

"그렇다면," 카토가 물었다. "가비니우스가 제안한 지휘권이 폼페이우스에게 넘어가는 것을 막지 못할 거라는 말씀입니까?"

"그래, 그런 말일세."

"폼페이우스는 어차피 해적과의 전쟁에서 이기지도 못할 겁니다." 가이우스 피소는 심술궂은 웃음을 지으며 말했다.

"바로 그겁니다." 비불루스가 말했다. "평민회에서 그 특별 직권을 승인하도록 내버려두고, 폼페이우스가 전쟁에서 패배해 영원히 몰락하는 것을 지켜보는 편이 나을지도 몰라요."

"아니." 호르텐시우스가 말했다. "폼페이우스에게 그 직권을 넘겨주지 않을 방법이 있네. 평민회가 폼페이우스보다 더 선호할 만한 인물의 이름을 거론하면 돼."

잠시 침묵이 내렸고, 비불루스의 손이 책상을 내려치는 날카로운 소리에 그 침묵이 깨졌다. "마르쿠스 리키니우스 크라수스!" 그가 외쳤다. "기발합니다, 호르텐시우스, 아주 기발해요! 그는 폼페이우스만큼이나 대단한 사령관이고, 평민회의 기사들 사이에서 엄청난 지지를 받고 있어요. 기사들이 진짜 걱정하는 점은 돈을 잃지 않을까 하는 것인데, 그들은 해적 때문에 매년 어마어마한 손해를 보고 있어요. 로마인 중에 크라수스가 스파르타쿠스와의 전쟁을 어떻게 진행했는지 까먹은 사람은 아무도 없을 겁니다. 그 사람은 조직 운영에 천부적 재능을 타고났고, 눈사태만큼이나 막강하며, 미트리다테스 왕만큼이나 무자비하죠."

"나는 그 사람이나 그가 표방하는 가치 따위를 좋아하진 않지만, 어쨌든 그에겐 그런 능력이 있는 것 같았습니다." 가이우스 피소는 기쁜 표정으로 말했다. "그가 승리할 가능성이 폼페이우스보다 낮은 것도 아니고요."

"그렇다면 크라수스에게 자진해서 해적 전쟁의 특별 지휘권을 받으라고 말해야겠군." 호르텐시우스는 만족스럽게 말했다. "누가 그에게 이 말을 전해주겠나?"

"내가 가겠네." 카툴루스가 말했다. 그는 근엄한 눈길로 피소를 쳐다봤다. "그동안 수석 집정관은 사무관들을 보내 내일 새벽에 원로원 회의를 소집하시오. 가비니우스는 평민회 회의를 추가로 요청하지 않았으니, 우리가 먼저 원로원에서 이 문제를 거론하고 크라수스의 임명을 평민회에 요구하는 결의를 통과시키는 게 좋겠소."

카툴루스는 몇 시간 뒤 크라수스의 자택에서 그를 만났지만, 알고 보니 다른 사람이 먼저 그와 만난 뒤였다.

카이사르는 원로원 의사당 계단을 서둘러 벗어나, 곧장 포룸 로마눔에서 크라수스의 사무실이 위치한 쿠페데니스 시장의 인술라로 향했다. 향신료와 꽃을 파는 그 시장은 오래전 경매를 통해 국가 소유에서 개인 소유로 넘어갔다. 술라가 동방의 미트리다테스를 물리치기 위한 전쟁을 벌일 당시, 그것은 군자금 마련을 위한 유일한 방법이었다. 당시 젊은이였던 크라수스에게는 이 시장을 낙찰받을 돈이 없었다. 술라가 공권박탈 조치를 실시할 무렵 이 시장은 다시 한번 경매 시장에 매물로 나왔고, 그즈음 크라수스는 상당히 많은 것을 낙찰받을 수 있는 입장이었다. 덕분에 그는 상인들이 귀한 후추 열매, 향신료, 계피, 연고, 향수, 향료를 보관해두는 창고 십여 개를 비롯해 포룸 로마눔 동쪽 가장자리의 금싸라기 땅을 많이 소유하게 되었다.

크라수스는 덩치가 큰 남자였다. 옆으로 떡 벌어진 몸이라 눈에 보이는 것보다 실제 키가 더 컸고, 군살이 전혀 없었다. 다부진 목, 어깨, 몸통이 평온한 얼굴과 함께 그를 아는 모든 사람들에게 황소를 연상시켰다. 뿔로 들이받는 황소 말이다. 그는 죽은 두 형의 아내였던 여자와 결혼했다. 그녀는 사비니족으로 명문 악시우스 집안 출신이었으며, 세 형제와 차례로 결혼했기 때문에 테르툴라라고 불렸다. 크라수스에게는 촉망받는 두 아들이 있었는데, 장남인 푸블리우스는 크라수스의 형과 테르툴라 사이에서 난 아들이었다. 젊은 푸블리우스는 원로원에 입성할 나이가 되기까지 십 년이 남아 있었고, 크라수스의 친아들인 차남 마르쿠스는 장남보다 몇 살 더 아래였다. 크라수스가 가정적이지 않다고 비난하는 사람은 아무도 없었다. 그의 아내 사랑과 헌신은 유명했다. 하지만 그가 변함없는 열정을 쏟는 대상은 가족이 아니었다. 마르쿠스 리키니우스 크라수스가 진정한 열정을 느끼는 대상은 단 한 가지, 돈뿐이었다. 그가 로마에서 제일가는 부자라고 말하는 사람들도 있지만, 크라수스의 6층 사무실로 이어지는 지저분하고 좁은 계단을 올라가고 있는 카이사르의 생각은 달랐다. 세르빌리우스 카이피오의 재산이 훨씬 더 대단했고, 지금 카이사르가 크라수스를 만나러 가는 원인을 제공한 폼페이우스의 재산도 그러했다. 널찍한 아래층 공간을 이용하는 대신 다섯 개의 층계를 오르내리는 쪽을 택한 것은 아주 크라수스다웠다. 그는 임대료의 원리를 너무 잘 알고 있었던 것이다. 높은 층일수록 임대료가 낮아졌다. 그러니 비싼 값에 남에게 임대할 수 있는 아래층을 직접 사용함으로써 수천 세스테르티우스를 날릴 이유가 어디 있으랴? 게다가 층계 오르내리기는 좋은 운동이었다. 크라수스는 겉모습에 신경쓰지 않았다. 그는 늘 소용돌이가 몰아치는 것 같은 사무실 한구석에 책상을 두고 직원들을 감시했고, 직원들이 그의 팔꿈치를 밀치거나 목청껏 떠들어도 전혀 개의치 않았다.

"신선한 공기 좀 마시러 갑시다!" 카이사르는 뒤편의 출입구 쪽으로 고갯짓을 하며 외쳤다.

크라수스는 곧바로 자리에서 일어나 카이사르를 따라 내려갔고, 다른 종류의 소용돌이 속으로 들어갔다. 쿠페데니스 시장이라는 소용돌이였다.

카이사르와 크라수스는 좋은 친구였다. 크라수스가 스파르타쿠스와의 전쟁을 지휘했을 때 카이사르가 그의 부하로 일하면서 둘의 인연은 시작되었다. 많은 사람들은 이 둘의 조합을 의아하게 여겼다. 사람들은 둘의 이질성에 눈이 멀어 두 사람이 가진 더 큰 동질성을 알아보지 못했다. 극과 극처럼 다른 두 껍데기 안에는 똑같은 종류의 강한 의지가 있었고, 세상 사람들은 몰라봤지만 두 사람은 서로를 알아봤다.

둘 중 누구도 보통 사람들이 할 법한 행동을 하지 않았다. 다시 말해, 유명한 간식가게로 가서 다진 돼지고기를 양념하여 가볍고 바삭바삭한 패스트리로 감싸놓은 간식을 사지 않았다. 이 패스트리는 밀가루 반죽에 차가운 돼지기름을 묻히고, 접어서 밀고, 돼지기름을 더 묻히는 과정을 반복하는 방식으로 만들어졌다. 카이사르는 늘 그렇듯 허기를 느끼지 않았고, 크라수스는 집밖에서 뭔가 사 먹는 것이 돈 낭비라고 생각했다. 그들은 야외수업을 받고 있는 남녀 학생들과 후추 열매 판매점 사이의 벽에 기대섰다.

"이제 됐네. 엿듣는 사람이 없는 안전한 장소야." 크라수스는 두피를 긁으며 말했다. 폼페이우스와 함께 집정관을 역임하는 동안 머리가 쑥쑥 빠져서 어느새 두피가 많이 드러났다. 크라수스는 자신이 최고의 찬사를 들으며 집정관 직을 마치려고 써버린 수천 탈렌툼을 도로 메워야 하는 부담 때문에 탈모가 온 것이라 믿었다. 노화로 인한 자연스러운 탈모일 가능성이 더 크다는 생각은 그에게 아예 떠오르지 않았다. 그는 올해 쉰 살이었다. 하지만 그건 중요하지 않았다. 마르쿠스 크라수스는 모든 걸 돈 걱정 탓으로 돌렸다.

"제 예측에 따르면," 카이사르는 야외 수업을 받고 있는 작고 사랑스럽고 까무잡잡한 여자아이를 쳐다보며 말했다. "오늘 저녁에 친애하는 퀸투스 루타티우스 카툴루스의 방문을 받게 되실 겁니다."

"그래?" 크라수스가 말했다. 그의 시선은 타프로바네산 후추 열매가 담긴 도자기 앞의 나무판에 분필로 적어놓은 터무니없이 비싼 가격에 고정돼 있었다. "무슨 일이 일어나려는 건가, 카이사르?"

"오늘은 장부 정리를 제쳐놓고 평민회 회의를 구경하러 오셨어야 했어요." 카이사르가 말했다.

"흥미로웠나보군, 안 그런가?"

"대단히 흥미로웠죠. 적어도 전 어느 정도 예상하고 있었지만요. 작년에 마그누스와 잠깐 얘기할 기회가 있어서 마음의 준비를 하고 있었거든요. 아프라니우스와 페트레이우스를 제외하면 아무도 예상치 못했을 거예요. 두 사람은 원로원 의사당 계단에 저와 함께 서 있었죠. 그들까지 민회장에 서 있으면 누군가 냄새를 맡을지도 모른다고 생각해서 그런 것 같았어요. 키케로도 함께 있었는데, 그는 단지 호기심 때문에 나타난 거예요. 그는 지켜볼 만한 회의를 잘 고르는 데는 기막힌 감각을 타고났거든요."

정치 감각이 모자라지 않은 크라수스는 값비싼 후추 열매에서 시선을 거두며 카이사르를 뚫어져라 쳐다봤다. "아하! 우리 친구 마그누스께서 무슨 일로?"

"가비니우스는 평민회에서 한 사람에게 무제한적인 임페리움을, 그리고 무제한으로 모든 것을 허락해야 한다고 주장했어요. 물론 그 한 사람의 이름을 밝히진 않았지만요. 그렇게 무제한으로 모든 것을 위임받은 사람이 해적들을 끝장내야 한다고 말했죠." 카이사르가 말했다. 그는 여자아이가 밀랍 서판으로 옆에 있던 남자아이의 머리를 내려치는 모습을 보고 웃었다.

"마그누스에겐 이상적인 임무군." 크라수스는 말했다.

"물론이죠. 어쩌다가 알게 됐는데, 그는 2년 넘게 공부를 많이 했다고 하더군요. 하지만 원로원은 이 특별 직권을 환영하지 않겠죠, 안 그런가요?"

"카툴루스와 그의 무리들은 그렇겠지."

"제 예상에는 대부분의 다른 의원들도 마찬가지일 겁니다. 그들은 집정관이 될 욕심에 원로원을 협박한 마그누스를 절대 용서하지 않을 테니까요."

"그건 나도 용서 못하네." 크라수스는 굳은 표정으로 말했다. "그럼 자네는 카툴루스가 날 찾아와 폼페이우스의 대항마가 되어달라고 부탁할 거라고 생각하나?"

"그럴 수밖에 없을 테니까요."

"구미가 당기는군." 크라수스가 말했다. 남자아이가 대성통곡을 했고 교사는 학생들이 난투극을 벌이는 것을 막으려고 애썼으므로, 크라수스의 관심은 학교 쪽으로 쏠렸다.

"거기 넘어가지 마세요, 마르쿠스." 카이사르는 부드럽게 말했다.

"어째서?"

"그건 통하지 않을 거예요, 마르쿠스. 제 말을 믿으세요. 그건 안 통해요. 마그누스가 제가 생각하는 만큼 철저히 준비되어 있다면, 그에게 이 일을 맡기는 게 좋아요. 당신의 사업체는 다른 사업체들만큼이나 해적의 영향을 많이 받고 있어요. 영리한 사람이라면 로마에 남아 해적이 사라진 이후의 혜택을 맘껏 누리는 쪽을 택할 거예요. 당신은 마그누스를 잘 알잖아요. 그는 이 일을 해낼 것이고, 그것도 아주 잘해낼 거예요. 하지만 다른 사람들은 일단 시간을 두고 지켜보겠죠. 남들이 의심을 품고 지켜보는 그 기간 동안, 당신은 앞으로 찾아올 호황기를 미리 대비할 수 있을 거예요." 카이사르가 말했다.

카이사르는 이것이야말로 자신이 내놓을 수 있는 가장 설득력 있는 주장임을 알고 있었다.

크라수스는 고개를 끄덕이고 몸을 바로 세웠다. "자네 말이 옳아." 그는 이렇게 말하고 태양을 올려다봤다. "집으로 돌아가 카툴루스를 맞이하기 전에 장부 정리를 더 해야겠어."

두 사람은 난장판을 벌이고 있는 학생들 사이를 태연히 지나갔다. 카이사르는 이 난장판의 원인을 제공한 여자아이를 지나치면서 다정한 미소를 지었다. "안녕, 세르빌리아!" 그는 여자아이에게 말했다.

반대 방향을 향하려던 크라수스는 깜짝 놀란 표정이었다. "그 여자애를 알고 있나?" 그가 물었다. "세르빌리우스 집안 아이인가?"

"아뇨, 모르는 애예요." 이미 열다섯 걸음쯤 떨어져 있던 카이사르가 답했다. "하지만 저애를 보니 율리아의 예비 시어머니가 떠오르지 뭐예요!"

이리하여 집정관 피소가 다음날 새벽 원로원 회의를 소집했을 때, 원로원 지도자들에게는 폼페이우스와 맞설 대항마가 없었다. 크라수스를 찾아간 카툴루스는 설득에 실패했던 것이다.

무슨 일이 벌어질지에 대한 소식은 원로원 맨 뒷좌석까지 전부 퍼진 것이 분명했고, 보니파에게는 다행스럽게도 반대세력이 더 탄탄해졌다. 술라의 죽음은 오래 지나지 않은 일이었기에, 대부분의 의원들은 그가 베푼 호의에도 불구하고 그가 어떻게 원로원의 숨통을 압박했는지 잊지 않고 있었다. 그리고 폼페이우스는 그런 술라의 애완견이자 사형 집행인이었다. 폼페이우스는 킨나와 카르보 편에 섰던 의원들을 너무 많이 죽였고, 브루투스까지 죽였으며, 원로원 의원을 지낸 적도 없는 주제에 원로원을 협박해 집정관에 당선되었다. 이중에서도 마지막 죄는 가장 용서받기 힘든 종류였다. 감찰관 렌툴루스 클로디아누스와 포플리콜라는 여전히 폼페이우스를 위해 일했지만, 그의 가장 강력한 고용인이었던 필리푸스와 케테구스는 사라지고 없었다. 한 명은 주색을 탐하는 삶으로 은퇴했고, 다른 한 명은 이 세상에서 은퇴했다.

그렇기 때문에 이날 아침 렌툴루스 클로디아누스와 포플리콜라가 감찰관의 자주색 토가 차림으로 원로원 의사당에 들어오면서, 여러 굳은 얼굴들을 확인하고 오늘은 폼페이우스를 옹호하는 발언을 자제해야겠다는 결심을 한 것은 놀랍지 않았다. 역시나 폼페이우스의 하수인인 쿠리오도 발언을 자제하기로 했다. 아프라니우스와 페트레이우스의 경우 말재주가 부족하다보니 아예 입도 뻥긋하지 말라는 명령을 받은 상태였다. 크라수스는 회의에 불참했다.

"폼페이우스는 로마로 안 오나?" 카이사르는 폼페이우스가 불참한 것을 확인하고 가비니우스에게 물었다.

"오고 있네." 가비니우스가 답했다. "하지만 평민회에서 그의 이름이 거론되기 전까진 나타나지 않을 걸세. 그가 원로원을 얼마나 싫어하는지 자네도 알잖나."

조점 의식을 치르고 최고신관 메텔루스 피우스가 기도를 올린 다음, 피소가(동료 집정관 글라브리오가 동방으로 떠나는 바람에 2월의 파스케스까지 쥐게 되었다) 회의를 시작했다.

"먼저 말씀드리자면," 그는 원로원 의사당 한쪽 끝에 마련된 연단 위의 고관 의자에서 말했다. "호민관 아울루스 가비니우스가 최근 통과시킨 법에 따라, 오늘 회의 주제는 2월에 토론해선 안 되는 내용입니다. 어떤 면에선 그렇단 말이죠! 하지만 다른 면에서 보면, 외국에서의 지휘권과 관계된 내용이므로 2월의 회의 주제로 적합하기도 합니다. 가비니우스법의 그 어떤 조항도 2월 동안 원로원에서 시급한 사안을 논의하는 걸 막지는 못합니다!"

그는 자리에서 일어났다. 전형적인 칼푸르니우스 피소 집안사람답게 키가 크고 피부색이 아주 짙으며 눈썹이 덥수룩했다. "바로 이 호민관, 피케눔 출신 아울루스 가비니우스는"—그는 연단 아래 호민관석의 왼쪽 끝에 앉아 있는 가비니우스의 뒤통수를 가리켰다—"어제, 원로원에 사전 통지도 안 하고 평민회를 소집해 평민회 구성원들에게—혹은 거기 모인 얼마 안 되는 사람들에게—해적을 물리칠 방안에 대해 연설했습니다. 우리와 논의도 하지 않고, 그 누구와도 논의하지 않고 말입니다! 그는 한 사람에게 무제한의 임페리움, 자금, 병력을 넘겨주자고 했습니다! 그가 이름을 거론하진 않았지만, 이 피케눔인의 머리통에 든 이름이 단 하나뿐이라는 걸 우리 중에 모르는 사람이 있습니까? 아울루스 가비니우스 이자는, 그리고 그의 호민관 동료이며 노멘은 거창하나 보잘것없는 집안 출신인 가이우스 코르넬리우스는 로마를 다스릴 책임을 물려받은 우리에게 호민관단 취임 이후로 너무 많은 폐를 끼쳤습니다. 일례로, 저는 고등 정무관 선거에서 뇌물수수를 막기 위한 법의 초안 작성을 떠맡았습니다. 일례로, 저는 교활한 수작을 통해 올해 제 동료 집정관을 잃었습니다. 일례로, 저는 선거 당시 뇌물수수와 관련된 수많은 혐의에 시달리고 있습니다.

오늘 참석하신 여러분은 새롭게 제안된 가비니우스법의 심각성을 잘 알고 계실 테고, 그것이 모든 면에서 모스 마이오룸을 심각하게 훼손한다는 점을 알고 계실 겁니다. 하지만 제 역할은 회의를 진행하는 것이지, 첫 주자로 연설하는 것이 아닙니다. 아직 시기가 일러 정무관 당선인들이 따로 없으니, 올해 법무관들부터 발언을 시작하겠습니다."

토론 순서가 정해졌지만 발언을 청하는 법무관이 없었고, 고등 조영관과 평민 조영관 중에도 발언자가 없었다. 가이우스 피소는 원로원 의사당 양쪽의 맨 앞줄에 앉은 전직 집정관들에게 발언 기회를 넘겼다. 그건 다시 말해 가장 강력한 웅변 무기가 제일 먼저 발사된다는 뜻이었다. 바로 퀸투스 호르텐시우스였다.

"존경하는 집정관, 감찰관, 정무관, 전직 집정관과 의원 여러분," 그가 입을 열었다. "일명 특별 군사 지휘권이란 걸 영원히 없애버릴 시간이 왔습니다! 독재관 술라가 그의 수정 법안에 그 조항을 포함한 이유를 다들 알고 계실 겁니다. 이 위엄 있고 덕망 높은 기관에 소속되지 않은 한 인물을 매수하기 위해서였습니다. 그는 피케눔 출신 기사로, 고작 20대 초반 나이에 주제넘게도 병사를 모아 술라 밑에서 싸웠고, 명백한 불법성의 달콤함을 맛본 후로 계속해서 불법적인 행동을 추구했습니다. 그러면서 원로원 의원이 되는 건 거부했죠! 레피두스가 반란을 일으켰을 때 그는 이탈리아 갈리아를 장악하고 있었고, 뻔뻔하게도 로마의 가장 오래되고 훌륭한 가문 중 하나의 자손인 마르쿠스 유니우스 브루투스의 처형을 명령했습니다. 브루투스의 반역혐의라는 건, 그게 진짜 반역이었는지도 모르겠지만, 원로원이 레피두스의 공권을 박탈하는 결의를 발표하면서 한번 언급되었을 뿐인데 말입니다. 그 결의는 폼페이우스에게 레기움 레피둠의 시장에서 하수인을 시켜 브루투스를 참수할 권리를 허락하지 않았습니다! 분리된 머리와 시신을 화장할 권리도, 그렇게 남은 재를 짤막하고 덜떨어진 설명과 함께 로마로 보낼 권리도 허락하지 않았습니다!

이후 폼페이우스는 그의 소중한 피케눔 군단을 무티나에 모셔두고 원로원을 협박해 특별 직권을 얻어냈습니다. 원로원 의원도 아니고, 정무관도 아니면서! 그는 집정관급 임페리움을 얻어 히스파니아로 갔고, 원로원의 이름으로 가까운 히스파니아 속주를 통치하며 변절자 퀸투스 세르토리우스를 상대로 전쟁을 치렀습니다. 원로원 의원 여러분, 그 기간 내내 먼 히스파니아 속주에는 훌륭한 혈통과 배경을 지닌 탁월한 인물이, 우리의 선한 최고신관 퀸투스 카이킬리우스 메텔루스 피우스가 총독으로 있었습니다. 덧붙이자면, 그는 원로원 의원도 아니고 정도에서 벗어난 폼페이우스보다 세르토리우스를 격파하는 데 더 큰 역할을 했습니다! 하지만 영광을 차지한 것은 폼페이우스였고, 월계관을 차지한 것도 폼페이우스였죠!"

미남형에 존재감이 대단한 호르텐시우스는 모든 사람들과 눈을 마주치는 것처럼 제자리에 선 채 천천히 주위를 빙 돌아보았다. 이것은 그가 법정에서 20년 넘도록 유용하게 사용한 기술이었다. "보잘것없는 피케눔 출신 폼페이우스는 사랑하는 조국으로 돌아와서 또 어떻게 했습니까? 그는 로마법을 죄다 무시한 채 군대를 이끌고 루비콘 강을 건너 이탈리아로 들어왔습니다. 그곳에 자기 군대를 묶어두고, 자신의 집정관 후보 출마를 허락해달라고 원로원을 협박했습니다! 우리에겐 선택의 여지가 없었습니다. 폼페이우스는 집정관이 되었죠. 원로원 의원 여러분, 오늘날까지도 제 몸의 모든 조직들은 그가 스스로 직접 붙인 마그누스라는 저 역겨운 별명을 거부합니다! 그는 위대하지 않기 때문이죠! 그는 로마의 피부에 난 종기, 부스럼, 곪은 상처입니다!

폼페이우스는 어떻게 감히 원로원을 또다시 협박할 수 있다고 생각하는 걸까요? 어떻게 감히 저 빌어먹을 아랫것 가비니우스를 이곳으로 보낼 생각을 했을까요? 무제한의 임페리움, 무제한의 병력, 무제한의 자금이라니! 원로원이 파견한 유능한 사령관이 크레타 섬에서 대활약하고 있는 마당에! 다시 한번 말씀드리죠, 대활약! 대활약중입니다! 대활약, 대활약!" 호르텐시우스의 아시아 스타일 연설은 활짝 날개를 폈고, 원로원은(특히나 의원들은 그의 말에 전적으로 동의하고 있었으므로) 사상 최고의 웅변가 중 한 사람의 연설에 귀를 쫑긋 기울였다. "동료 의원 여러분, 저는 그 어떤 사람에게도 이 특별 직권을 절대, 절대, 절대 허락할 수 없습니다! 로마가 무제한의 임페리움, 무제한의 권한에 의지하게 된 것은 우리 시대에 접어든 이후부터입니다! 그건 불법적이고, 비양심적이고, 용납할 수 없는 일입니다! 우리는 지중해에서 해적을 몰아낼 테지만, 피케눔 방식이 아니라 로마 방식으로 그 일을 해낼 겁니다!"

이 말에 비불루스는 환호하며 발을 굴렀고, 나머지 의원들도 동참했다. 호르텐시우스는 달콤한 승리에 얼굴이 붉어진 채 자리에 앉았다.

가비니우스는 무덤덤하게 듣고 있다가 마지막엔 어깨를 으쓱하더니 양손을 들어올렸다. "로마의 방식은," 그는 환호가 잦아들자 큰 소리로 말했다. "너무 퇴보한 나머지 피시디아 방식이라고 불려도 좋을 만큼 무력해졌습니다! 이 일을 해내는 데 피케눔 방식이 필요하다면 피케눔 방식으로라도 해야죠. 피케눔이 로마가 아니면 뭡니까? 퀸투스 호르텐시우스, 당신은 실재하지도 않는 지리적 경계로 둘을 나눈 것뿐입니다!"

"닥치시오, 닥치시오, 닥쳐!" 피소가 소리쳤다. 그는 자리에서 벌떡 일어나 연단 아래 호민관석으로 내려왔다. "갈리아의 둥지에서 온 갈리아인이 감히 로마에 대해 씨부렁거려? 갈리아인 가비니우스, 당신이 로물루스와 같은 운명을 맞아 사냥에서 돌아오지 못하는 일이 발생하지 않도록 몸조심하시오!"

"협박을 하다니!" 가비니우스는 자리에서 일어나 소리쳤다. "들으셨습니까, 원로원 의원 여러분? 수석 집정관이 저를 죽이겠다고 협박했습니다. 로물루스에게 벌어진 일이 바로 그거니까요! 그는 마르스 평원의 염소 늪에 숨어 있던 사람들에게 살해당했죠!"

대혼란이 빚어졌지만, 피소와 카툴루스는 의원들을 진정시켰다. 그들은 자기네 입장을 표명하기 전에 회의가 중단되는 것을 원치 않았다. 가비니우스는 자기 자리인 호민관석 끝으로 돌아가, 현직 집정관과 전직 집정관이 의원들을 어르고 달래어 의자에 엉덩이를 붙이고 앉도록 설득하는 장면을 반짝이는 눈으로 지켜봤다.

가까스로 소란이 진정되고 피소가 카툴루스의 의견을 물어보려던 찰나, 가이우스 율리우스 카이사르가 일어섰다. 그는 시민관을 착용하고 있었으므로 발언 순서가 전직 집정관들과 동등했다. 평소 그를 싫어하던 피소는 다시 자리에 앉기를 강요하듯 그를 노려봤다. 카이사르는 계속 서 있었고, 피소는 계속 노려봤다.

"그에게 발언 기회를 주십시오, 피소!" 가비니우스가 소리쳤다. "그에겐 자격이 있습니다!"

카이사르는 원로원에서 먼저 발언할 수 있는 자신의 특권을 자주 사용하진 않았지만, 키케로의 유일한 경쟁상대로 알려져 있었다. 호르텐시우스의 아시아 스타일은 더욱 담백하고 강력한 키케로의 아테네 스타일에 비해 한물간 느낌이었고, 카이사르도 아테네 스타일을 선호했다. 모든 원로원 의원들에게 공통점이 하나 있다면, 그들이 전문가처럼 연설의 참맛을 음미할 줄 안다는 점이었다. 그들은 카툴루스보다는 단연 카이사르의 연설을 선호했다.

"루키우스 벨리에누스와 마르쿠스 섹스틸리우스가 아직 우리 품으로 돌아오지 않았으니, 오늘 회의에 참석한 의원 중에 해적에게 잡힌 경험이 있는 사람은 저뿐인 걸로 알고 있습니다." 그는 연설할 때 이용하는 전달력이 뛰어나고 높은 목소리로 말했다. "그렇기 때문에 저는 이 문제에서 전문가라고 할 수도 있습니다. 전문성이란 것이 직접 경험을 통해 얻어지는 것이라면 말이죠. 해적에게 잡힌 건 기분좋은 경험이 아니었고, 저는 전투용 갤리선 두 척이 제가 탄 느릿느릿하고 불쌍한 상선을 뒤따라올 때부터 혐오감을 느꼈습니다. 원로원 의원 여러분, 제가 탄 배의 선장은 해적에게 저항해봤자 부질없는 짓이며 그러다 죽고 만다고 했습니다. 그래서 저, 가이우스 율리우스 카이사르는 폴리고노스라는 천한 인물에게 항복했습니다. 그는 리디아, 카리아, 리키아 연안에서 20년 넘게 해적으로 활동한 사람이었죠.

저는 폴리고노스의 인질로 잡혀 있던 40일 동안 많은 것을 알게 됐습니다." 카이사르는 조금 더 편안한 어조로 말했다. "노예 시장에 팔거나 쇠사슬에 묶어 해적 마을의 노예로 부리기엔 너무 아까운 인질들의 몸값이 정해져 있다는 것도 알게 되었죠. 평범한 로마 시민은 그냥 노예로 만들어버립니다. 평범한 로마 시민의 몸값은 2천 세스테르티우스 미만인데, 노예 시장에서 받을 수 있는 최소 금액이죠. 로마인 백인대장이나 일반 징세청부업자의 몸값은 0.5탈렌툼입니다. 로마 상급 기사나 상급 징세청부업자의 몸값은 1탈렌툼입니다. 원로원 의원이 아닌 명문가 출신 로마 귀족의 몸값은 2탈렌툼입니다. 발언권이 없는 원로원 의원의 몸값은 10탈렌툼입니다. 원로원 의원 중 하급 정무관—재무관, 조영관, 혹은 호민관—의 몸값은 20탈렌툼입니다. 법무관이나 집정관을 지낸 원로원 의원의 몸값은 50탈렌툼입니다. 최근 알게 된 사실이지만, 얼마 전 납치된 두 법무관처럼 릭토르, 파스케스와 함께 붙잡혔을 경우 몸값은 100탈렌툼까지 치솟게 됩니다. 유명한 감찰관과 집정관의 몸값도 100탈렌툼입니다. 친애하는 가이우스 피소 같은 집정관에게는 해적들이 얼마의 몸값을 요구할지 모르겠군요. 아마 1탈렌툼 쯤 되지 않을까요? 분명히 말씀드리지만, 저라면 그를 위해 그 이상을 지불하진 않을 겁니다. 물론 전 해적이 아니지만, 가끔씩 가이우스 피소에 대해 그런 식으로 생각해보게 되더군요!"

카이사르는 계속해서 천연덕스럽게 말했다. "대부분의 사람들은 해적에게 붙잡혔을 때 두려움에 얼굴이 하얗게 질리고 시도 때도 없이 목숨을 구걸하게 된다고 합니다. 하지만 율리우스 집안사람인 저의 무릎은 그런 일에 익숙하지 않습니다. 전 무릎을 꿇지 않았습니다. 대신 지형을 살피고, 공격에 나섰을 때 해적들이 어떻게 저항할지 예상해보고, 중요한 것들이 어디 숨겨져 있는지 조사했습니다. 또한 그곳 사람들에게 제 몸값이 도착해 풀려나면—몸값은 50탈렌툼이었죠—곧바로 돌아와 그곳을 장악할 것이고, 여자와 아이는 노예 시장에 팔고 남자는 전부 십자가형에 처할 것이라 맹세했습니다. 그들은 제 말을 재미있는 농담쯤으로 여기더군요. 제가 절대, 절대 그들을 찾아내지 못할 거라고 했습니다. 하지만 전 찾아냈습니다, 원로원 의원 여러분. 전 그곳을 장악했고, 여자와 아이 들은 노예 시장으로 보냈으며, 모든 남자들을 십자가형에 처했습니다. 해적선 네 척의 충각들을 가져와 로스트라 연단을 장식할 수도 있었지만, 저를 도와준 것은 로도스 섬의 해군이었으므로 지금 그 충각들은 로도스 섬의 기둥에 세워져 있습니다. 제 몫의 전리품으로 새로 지은 아프로디테 신전 바로 옆에 말이죠.

폴리고노스는 지중해의 그쪽 끄트머리에서 활동하는 수백 명의 해적 중 한 명일 뿐이었습니다. 게다가 등급을 매기자면 거물급 해적도 아니었습니다. 폴리고노스는 자신이 거느린 해적선 네 척만으로도 아주 호화로운 삶을 살 수 있었기에, 다른 해적들과 세력을 합치고 소규모 해군을 구성해 라스테네스나 파나레스, 파르나케스나 메가다테스 같은 유능한 해적 대장의 지휘를 받을 필요를 느끼지 못했습니다. 폴리고노스는 밀레토스나 프리에네의 첩자들에게 공격할 만한 선박에 관한 정보를 제공받고 기쁜 마음으로 대가를 지불했습니다. 그의 첩자들은 어찌나 부지런하던지! 살찐 먹잇감은 그들의 포위망을 벗어나는 법이 없었죠. 폴리고노스가 약탈한 물건 중에는 이집트산 보석도 많았는데, 그가 펠루시온과 파포스를 오가는 선박도 약탈했다는 증거입니다. 그러니 그의 첩자들의 정보망은 분명 거대했을 테죠. 그는 첩자들에게 정기적인 수당을 지급하는 대신, 좋은 먹잇감을 알려주는 사람에게만 대가를 지불했습니다. 빡빡하게 굴어서 첩자들이 더 열심히 냄새를 맡도록 했는데, 그 방법은 돈도 적게 들고 더 효과적이었죠.

폴리고노스 같은 해적은 악독하거니와 대단한 골칫거리지만, 거물급 해적 두목들이 지휘하는 해적선단에 비하면 아주 가벼운 적입니다. 거물급 해적 두목들은 단독으로 항해하는 선박이나 비무장 선박을 기다릴 필요가 없습니다. 철저히 무장한 갤리선들이 호위하는 곡물 수송선도 공격할 수 있으니까요. 그런 다음, 애초에 값이 다 치러진 로마의 곡물을 도로 로마 중간상들에게 돈을 받고 넘깁니다. 로마인들이 배를 주리는 것은 어쩌면 당연한 일이겠죠. 그중 절반은 곡물 부족 때문이고, 나머지 절반은 판매되는 곡물 가격이 정상가의 서너 배를 웃돌기 때문입니다. 심지어 조영관이 배급하는 곡물조차 말이죠."

카이사르는 잠시 멈췄다. 그 누구도, 심지어 모욕적인 말을 듣고 얼굴이 달아오른 피소조차도 끼어들지 않았다. "한 가지 문제에 대해서는 장황하게 설명하지 않을 겁니다." 그는 침착하게 말했다. "제가 보기에

별 의미가 없으니까요. 다시 말해, 원로원이 임명한 속주 총독 중에는 해적과 결탁해 그들이 해안 지역의 항구시설, 식량, 심지어 고급 포도주를 이용하도록 허락한 사람들이 있다는 겁니다. 그건 가이우스 베레스의 재판과정에서 드러났습니다. 이곳의 여러분 중에 그런 일을 직접 자행했거나, 남들이 자행하는 것을 묵인한 분들은 더 잘 알고 계시겠죠. 가엾은 제 외숙부 마르쿠스 아우렐리우스 코타의 운명을 통해 한 가지 알 수 있는 건, 실제 범죄든 가상의 범죄든 간에 시간이 지난다고 해서 무조건 잊히진 않는다는 점입니다.

또한 저는 너무나 분명하면서도 지극히 오래되고 지긋지긋하고 케케묵은 사실을 장황하게 거론하지 않을 겁니다. 다시 말해, 이제껏 로마는—여기서 로마란 원로원과 인민 모두를 의미합니다!—해적을 근절하기는커녕 해적 문제에 손도 대지 않았다는 사실입니다. 크레타 섬이든 발레아레스 제도든 리키아든 간에, 어느 특정 지역에서 활동하는 사람이 모든 해적 활동을 근절하기를 바라는 것은 얼토당토않습니다. 해적들은 한 곳을 공격하면 장비를 챙겨 배를 타고 다른 곳으로 달아납니다. 크레타 섬의 메텔루스가 해적의 머리를 자르는 데 성공했나요? 라스테네스와 파나레스는 히드라가 가진 수많은 머리 중 두 개일 뿐입니다. 게다가 그들의 머리는 아직 그들의 어깨 위에 달려 있고, 크레타 섬 연안을 항해하고 있습니다."

카이사르는 점점 커지는 목소리로 외쳤다. "우리에게 필요한 것은 단지 성공하려는 의지, 성공에의 바람, 성공하려는 야망만이 아닙니다! 우리에게 필요한 건 모든 장소에서 동시다발적으로 벌어지는 전면전이고, 하나의 손과 하나의 두뇌와 하나의 의지를 통해 펼쳐지는 작전입니다. 그 손과 두뇌와 의지의 주인공은 반드시 철저히 검증되고 확실한 조직 운영 능력을 갖추고 있어야 합니다. 그래야 로마 인민은 물론 우리 원로원도 그가 우리의 자금, 병력, 군수품을 낭비하지 않으리란 확신을 갖고 그에게 이 임무를 맡길 수 있을 것입니다!"

그는 숨을 들이쉬었다. "아울루스 가비니우스는 이 일을 한 사람에게 맡겨야 한다고 했습니다. 집정관을 지낸 경험이 있으면서 이 일을 제대로 마칠 만큼 훌륭한 경력을 가진 사람 말이죠. 하지만 저는 아울루스 가비니우스보다 한발 더 나아가 그 사람의 이름을 대겠습니다! 저는 원로원이 무제한의 임페리움이 포함된 해적과의 전쟁 지휘권을 나이우스 폼페이우스 마그누스에게 부여할 것을 제안합니다!"

"카이사르 만세!" 가비니우스가 호민관석에서 일어나 양팔을 머리 위로 번쩍 들고 외쳤다. "제 의견도 같습니다! 해적과의 전쟁 지휘권을 가장 위대한 장군 나이우스 폼페이우스 마그누스에게 맡깁시다!"

격분한 의원들의 이목은 카이사르가 아닌 가비니우스에게로 옮겨갔고, 피소가 먼저 나섰다. 그는 고관 의자에서 뛰쳐나와 가비니우스를 거칠게 붙들고 잡아끌었다. 하지만 피소의 몸통은 잠시 동안 가비니우스에게 방어막이 되어주었다. 가비니우스는 몸을 낮춰 날아오는 주먹을 피했고, 이틀 만에 벌써 두번째로 토가 자락을 허벅지까지 걷어 올리더니 원로원 의원들 절반을 꼬리에 달고 문밖으로 도주했다.

카이사르는 뒤집어진 의자들 사이를 지나, 한 손으로 턱을 괴고 깊은 생각에 잠겨 있는 키케로에게로 갔다. 그는 키케로 옆의 의자 하나를 바로 세워 거기에 앉았다.

"정말 대단했소." 키케로가 말했다.

"가비니우스는 고맙게도 의원들의 분노를 내가 아닌 자기 쪽으로 틀어주었소." 카이사르는 한숨을 내쉬고 다리를 길게 뻗으며 말했다.

"당신을 때리긴 부담스러워서일 거요. 당신은 파트리키 귀족인 율리우스 집안사람이라서 그들의 내면에 방어벽이 세워져 있소. 반면 가비니우스는—호르텐시우스가 뭐랬더라?—빌어먹을 아랫것에 불과하오. 더 정확히 말하자면 피케눔 출신에다 폼페이우스의 고용인이오. 그러니 그는 좀 때려주어도 아마 처벌을 피해 갈 수 있을 거요. 게다가 그는 당신에 비해 피소와 가까이 앉아 있었고, 거기 그걸 받지도 못했잖소." 키케로는 카이사르의 머리에 얹어진 떡갈잎관을 가리키며 말했다. "로마인 절반이 당신을 패주고 싶어하는 순간이 앞으로 많이 올 거라 생각하오, 카이사르. 하지만 그 일을 해내는 건 아주 흥미로운 무리일 거요. 분명 피소 같은 인간이 이끄는 무리는 아니겠지."

밖에서 들리는 함성과 폭력의 소음이 점점 커졌다. 그러더니 피소가 원로원 의사당으로 뛰어들어왔고, 그 뒤로 수많은 평민회 구성원들이 따라 들어왔다. 뒤이어 들어온 카툴루스는 열린 한쪽 문 뒤에 숨었고 호르텐시우스는 반대쪽 문 뒤에 숨었다. 피소는 사람들 아래 깔렸고, 머리에 피를 흘리며 다시 의사당 밖으로 끌려나갔다.

"내가 보기에 저들은 아주 작심한 것 같소." 키케로는 동정심이 결여된 관심을 보이며 말했다. "피소는 어쩌면 심한 괴롭힘을 당할 거요."

"제발 그랬으면 좋겠소." 카이사르는 꼼짝도 않고 말했다.

키케로가 낄낄거렸다. "당신도 안 도와주려고 하는데 내가 굳이 나설 필요는 없을 것 같군."

"오, 가비니우스가 사정을 해서 사람들을 진정시킬 거고, 그러면 그는 멋진 사람으로 비칠 거요. 게다가, 저 아래보단 여기가 훨씬 조용하잖소."

"그래서 내가 이 몸뚱이를 여기로 옮겨온 거지."

"내 생각이긴 하지만," 카이사르는 말했다. "당신은 폼페이우스가 이 거대한 지휘권을 가져가는 데 동의하는 입장 아니오?"

"당연하오. 그는 보니의 일원은 아니지만 분명 '선량'한 사람이오. 다른 사람에겐 전혀 희망이 없소. 그 일을 해내는 데 있어선 말이오."

"당신도 알겠지만, 대안은 있소. 하지만 어차피 원로원 의원들이 내게 그 일을 맡기진 않을 테고, 난 마그누스가 잘해낼 거라 믿소."

"자만심 한번 대단하군!" 키케로는 깜짝 놀라며 말했다.

"진실과 자만심은 다르지."

"그 차이를 알고 있소?"

"물론이오."

그들은 잠시 침묵에 빠졌다. 소음이 서서히 잦아들자, 두 사람은 자리에서 일어나 의사당 바닥으로 내려와 주랑현관으로 나갔다.

폼페이우스 지지자들에게 승리가 돌아간 것이 자명해 보였다. 피 흘리며 계단에 앉아 있는 피소를 카툴루스가 돌보고 있었고, 호르텐시우스는 보이지 않았다.

"자네!" 카툴루스는 카이사르가 옆으로 다가서자 이를 갈며 말했다. "자네는 자네 계급에 대한 반역자일세, 카이사르! 몇 해 전 자네가 내 군대에서 레피두스와 싸우고 싶다고 날 찾아왔을 때, 그때도 내가 말했었지! 자넨 하나도 안 변했어, 하나도! 늘 원로원의 우위를 무너뜨리려고 작심한 악랄한 선동 정치가들 편이나 들고!"

"그 나이쯤 되면 말입니다, 카툴루스, 원로원의 우위를 무너뜨리는 게 당신들 극단적인 보수 세력과 그 고양이 똥구멍 같은 입이라는 걸 당신도 깨달을 줄 알았습니다." 카이사르는 냉정하게 말했다. "저는 로마를 믿고 원로원을 믿습니다. 하지만 당신들은 당신들의 무능함으로 인해 필요해진 변화마저도 반대함으로써 문제를 확대하고 있습니다."

"나는 폼페이우스 같은 무리로부터 로마와 원로원을 지킬 걸세. 내가 죽는 날까지!"

"당신을 보고 있노라면, 그날도 머지않은 것 같군요."

가비니우스가 로스트라 연단에서 하는 말을 들으러 갔던 키케로는 다시 원로원 계단 아래로 돌아왔다. "모레 평민회 회의가 잡혔소!" 그는 작별의 의미로 손을 흔들며 외쳤다.

"우리를 파괴하고 말 인간이 하나 더 있군." 카툴루스는 경멸스럽다는 듯 입술을 뒤틀며 말했다. "나불거리는 재주와 문틈에 낄 만큼 큰 머리를 가진 벼락출세자 같으니!"

평민회가 열렸을 때 폼페이우스는 로스트라 연단 위의 가비니우스 옆에 서 있었다. 가비니우스는 한 남자의 이름이 포함된 가비니우스 해적소탕법 법안을 발표했다. 그 이름은 나이우스 폼페이우스 마그누스였다. 커다란 환호가 터져나온 걸 보면 모두가 원하는 선택임이 분명했다. 폼페이우스는 연설에 재주가 없었지만 그보다 더 귀한 것을 가지고 있었다. 커다란 파란색 눈부터 진솔하고 환한 웃음에 이르기까지, 산뜻하고 개방적이고 정직하고 매력적으로 비치는 겉모습이었다. 내겐 저런 특징이 없어, 카이사르는 원로원 계단에서 폼페이우스를 지켜보며 생각했다. 그렇다고 해서 부럽진 않아. 저건 그의 스타일이지 내 스타일이 아니니까. 내 겉모습도 대중에게 잘 먹히긴 마찬가지야.

오늘 가비니우스 해적소탕법에 대한 반대는 조금 더 공식적으로 진행될 예정이었다. 그렇다고 해서 폭력성이 줄어들 것 같지는 않았다. 보수파 호민관 세 명은 로스트라 연단 위에 있었고, 트레벨리우스는 로스키우스 오토와 글로불루스보다 약간 앞쪽에 서 있음으로써 그들의 대장임을 드러냈다.

가비니우스는 법안의 세부사항을 설명하기 앞서 폼페이우스에게 연설 기회를 주었다. 트레벨리우스부터 카툴루스, 피소에 이르기까지 원로원 세력 중 누구도 폼페이우스를 저지하지 않았다. 관중은 모두 그의 편이었다. 연설은 아주 성공적이었다. 폼페이우스는 자신이 소년 시절부터 로마군을 위해 싸워왔으며, 또다시 특별 지휘권을 받아 싸워달라고 요구받는 상황이 너무도 피곤하다는 말로 시작했다. 그런 다음 자신이 참여했던 전투를 열거했고(본인 나이보다 더 많은 전투에 참여했다며 안타까운 한숨을 내쉬었다), 전투에 나가 로마를 구할 때마다 자신을 향한 질투와 증오가 점점 커져갔다고 말했다. 아, 더 큰 질투, 더 큰 증오의 대상이 되긴 싫습니다! 제가 원하는 삶을 살게 해주십시오. 가정적인 남편이자 아버지로, 시골의 대지주로, 공직에서 물러난 신사로 살게 해주십시오. 다른 사람을 찾아보십시오. 그는 가비니우스와 군중에게 양손을 활짝 뻗고 애원했다.

물론 이 애원을 심각하게 받아들이는 사람은 없었지만, 다들 폼페이우스의 겸허함과 겸손함에 진심으로 감동했다. 트레벨리우스는 수석 호민관인 가비니우스에게 발언을 청했다가 거절당했다. 그가 허락 없이 발언을 하려고 들자 군중은 야유와 조롱과 휘파람으로 그의 목소리를 덮어버렸다. 가비니우스가 계속 회의를 진행하려고 하자, 트레벨리우스는 가비니우스도 무시할 수 없는 단 하나의 무기를 꺼내 들었다.

"가비니우스 해적소탕법에 거부권을 행사하겠소!" 루키우스 트레벨리우스는 낭랑한 목소리로 외쳤다.

침묵이 내렸다.

"거부권을 취소하시오, 트레벨리우스." 가비니우스가 말했다.

"싫소. 난 당신 주인의 법을 거부하오!"

"내가 조치를 취하도록 만들지 마시오, 트레벨리우스."

"날 타르페이아 바위에서 던져버리는 것 말고 무슨 조치를 취할 수 있겠소, 가비니우스? 그렇다고 내 거부권이 사라지는 건 아니오. 난 죽은 몸이 될 테지만, 당신의 법도 통과되지 못할 것이오." 트레벨리우스가 말했다.

이것은 진정한 힘의 대결이었다. 회의가 폭력 사태로 변질되었을 때 그 회의를 신청한 사람이 처벌을 받지 않고 넘어가거나, 평민회 책임자가 수수방관하는 가운데 성난 군중이 호민관을 물리적으로 위협해 거부권을 취소하게 만들던 시절은 이미 끝났다. 가비니우스는 정식 평민회 회의가 열리는 동안 폭동이 발생하면 자신이 법적 처벌을 받게 된다는 것을 알고 있었다. 그러므로 그는 누구도 흠잡을 수 없는 합법적인 방법으로 이 문제를 해결했다.

"당신을 해임하는 법을 통과시켜달라고 평민회에 건의하겠소." 가비니우스가 말했다. "거부권을 취소하시오!"

"거부권 취소를 거절하겠소, 아울루스 가비니우스."

로마 시민들은 서른다섯 개 트리부스로 구성되어 있었다. 민회의 모든 투표는 트리부스를 통해 진행되었고, 다시 말해 수천 명이 투표에 참여하더라도 실제 계산되는 표는 서른다섯 개뿐이란 뜻이었다. 선거에선 모든 트리부스가 동시에 투표에 참여했지만, 법을 통과시킬 때는 하나씩 순서대로 투표했다. 가비니우스가 원하는 것은 루키우스 트레벨리우스를 쫓아내는 법이었다. 그러므로 가비니우스는 서른다섯 개 트리부스가 차례대로 투표에 참여하도록 했고, 각 트리부스는 차례대로 트레벨리우스를 해임하는 법에 찬성표를 던졌다. 열여덟이 과반이었으므로, 가비니우스에게 필요한 건 열여덟 표였다. 엄숙한 침묵과 완벽한 질서정연함 속에서 가차없이 투표가 진행되었다. 수부라, 세르기우스, 팔라티누스, 퀴리누스, 호라티우스, 아니오, 메네니우스, 우펜스, 마이키아, 포메티아, 스텔라티나, 크루스투메리움, 트로멘티나, 볼티니우스, 파피리우스, 파비우스…… 열일곱번째로 투표에 나선 트리부스는 코르넬리우스였고, 결과는 동일했다. 찬성이었다.

"어떻소, 루키우스 트레벨리우스?" 가비니우스는 동료를 돌아보고 환한 미소를 지으며 물었다. "당신을 몰아내는 데 열일곱 개 트리부스가 내리 찬성표를 던졌소. 내가 카밀리우스 트리부스까지 불러 과반에 해당하는 열여덟번째 표를 확인했으면 좋겠소, 아니면 순순히 거부권을 취소하겠소?"

트레벨리우스는 입술을 적시더니 카툴루스, 호르텐시우스, 피소, 그리고 초연하고도 냉담한 최고신관 메텔루스 피우스에게 절박한 눈길을 보냈다. 메텔루스 피우스는 보니의 일원답게 행동해야 마땅했지만, 4년 전 히스파니아에서 돌아온 이후로 완전히 다른 사람, 조용하고 다 체념한 듯한 사람이 되어버렸다. 그럼에도 불구하고, 트레벨리우스가 질문을 던진 상대는 메텔루스 피우스였다.

"최고신관님, 제가 어떻게 해야 할까요?" 그가 외쳤다.

"평민회는 이 문제에 대한 뜻을 드러냈소, 루키우스 트레벨리우스." 메텔루스 피우스는 단 한 번도 더듬지 않고, 크고 분명한 목소리로 말했다. "거부권을 취소하시오. 평민회가 당신에게 거부권을 취소할 것을 명했소."

"거부권을 취소하겠습니다." 트레벨리우스가 말했다. 그는 등을 돌리고 로스트라 연단 뒤편으로 물러났다.

하지만 가비니우스는 일단 법안의 개요를 설명하고 나자 서둘러 통과시키려고 들지 않았다. 그는 카툴루스에게 발언을 요청했고, 다음으로 호르텐시우스에게 요청했다.

"참 똑똑한 친구요, 안 그렇소?" 발언 요청을 받지 못해 살짝 기분이 상한 키케로가 말했다. "호르텐시우스가 하는 말을 들어보시오! 그저께 원로원에선, 무제한의 임페리움이 포함된 특별 지휘권은 자기가 죽기 전엔 절대 허락할 수 없다더니! 오늘도 그는 무제한의 임페리움이 포함된 특별 지휘권에 반대하고 있지만, 로마가 정말 이 짐승 같은 지휘권을 허락하고자 한다면 폼페이우스는 반드시 짐승의 목줄을 단단히 움켜쥐어야 한다고 말하는군. 포룸 로마눔의 바람이 어느 방향으로 불고 있는지 잘 보여주는 사건이오, 안 그렇소?"

과연 그랬다. 폼페이우스는 눈물을 몇 방울 떨구고, 지독히 고단한 일이 될 테지만 로마가 그렇게 원한다면 기꺼이 새로운 짐을 짊어지겠다는 말로 마무리했다. 가비니우스는 투표까지는 하지 않고 회의를 마쳤다. 하지만 제일 마지막 말을 남긴 것은 호민관 로스키우스 오토였다. 그는 분노, 좌절감, 평민회 전체에 대한 살인 충동을 느끼며 로스트라 연단 앞쪽으로 걸어나왔다. 그러더니 오른손 주먹을 번쩍 들어올리고 천천히 가운뎃손가락을 길게 뻗어 흔들었다.

"똥구멍에 이거나 박으시오, 평민회 양반들!" 이 헛된 손짓에 키케로는 아주 즐거워하며 깔깔댔다.

"평민회 구성원들에게 하루 정도 생각해볼 시간을 주고 싶었소?" 키케로는 호민관단이 로스트라 연단에서 내려오자 가비니우스에게 물었다.

"나는 모든 일을 정확한 절차에 따라 진행할 것이오."

"법안은 몇 개요?"

"기본 내용을 담은 법안 하나, 나이우스 폼페이우스에게 지휘권을 부여하는 법안 하나, 세번째는 그 지휘권의 세부사항에 관한 법안이오."

키케로는 가비니우스와 팔짱을 끼고 나란히 걷기 시작했다. "카툴루스의 연설 마지막 부분이 특히 마음에 들었는데, 당신은 안 그랬소? 카툴루스는 평민회 구성원들에게 행여 마그누스가 죽으면 어떻게 하냐고, 평민회에선 그를 대신해 누굴 파견할 거냐고 물었지."

가비니우스의 웃음소리가 더해졌다. "그랬더니 다들 한목소리로 대답했소. '카툴루스 당신이죠! 우린 다른 누구도 아닌 당신을 보낼 겁니다!'"

"불쌍한 카툴루스! 퀴리날리스 언덕 그늘에서 한 시간짜리 전투를 지휘한 경험이 전부일 텐데."

"이제야 사태 파악이 됐을 거요." 가비니우스가 말했다.

"아주 혼쭐이 난 셈이지." 키케로가 말했다. "어떤 조직 내에서 엉덩이 역할을 맡은 사람에게 흔히 발생하는 문제라오. 엉덩이엔 똥구멍도 붙어 있으니 말이오."

결국 폼페이우스는 가비니우스가 애초에 요구한 것보다 더 많은 것을 얻게 되었다. 그는 연안에서 내륙 쪽으로 80킬로미터의 땅과 모든 해상에서 우선적으로 적용되는 임페리움 마이우스를 얻었다. 다시 말해 그의 권한은 해당 지역 속주 총독보다 강력했고, 크레타 섬의 작은 염소 메텔루스나 두 왕과 전쟁을 벌이는 루쿨루스처럼 특별 지휘권을 가진 사람보다도 강력했다. 평민회에서 이 법을 철회하지 않는 한 어느 누구도 그에게 토를 달 수 없었다. 그는 로마의 자금으로 선박 500척을 얻고, 해안 도시와 국가로부터 원하는 만큼의 추가 선박을 세금 형식으로 얻게 될 터였다. 로마 병사 12만 명을 얻고, 속주로부터 원하는 만큼의 추가 병력을 세금 형식으로 얻게 될 터였다. 기병 5천 명을 얻고, 본인이 직접 고른 법무관급 보좌관 스물네 명과 재무관 두 명을 얻게 될 터였다. 로마 국고위원회로부터 1억 4천400만 세스테르티우스를 일시에 지급받고, 원할 경우 추가 군자금을 지급받게 될 터였다. 간단히 말해, 평민회는 이제껏 듣도 보도 못한 수준의 지휘권을 그에게 넘겨주었다.

하지만 공정하게 말하면, 폼페이우스는 카툴루스나 피소 같은 사람들에게 가슴을 내밀고 승리를 뽐내는 데 시간을 허비하지 않았다. 그는 자신이 철저하게 계획해둔 작전을 빨리 시작하고 싶어 안달이었다. 그가 해적을 영원히 끝장낼 것이라는 믿음의 추가적인 증거로서, 폼페이우스는 가비니우스법이 통과한 다음날 로마의 곡가가 하락하는 것을 만족스럽게 확인했다.

의아하게 여기는 이들도 있었지만, 그는 히스파니아 시절부터 자신의 보좌관으로 일했던 두 사람, 다시 말해 아프라니우스와 페트레이우스를 이번 작전의 보좌관으로 임명하지 않았다. 대신 시센나, 바로, 만리우스 토르콰투스 집안사람 두 명, 렌툴루스 마르켈리누스, 아내 무키아 테르티아의 두 이부형제 중 아우인 메텔루스 네포스 등 나무랄 데 없는 사람들을 지명함으로써 보니파의 두려움을 달래주었다. 하지만 그가 가장 중요한 임무를 맡긴 것은 두 고분고분한 감찰관 포플리콜라와 렌툴루스 클로디아누스였다. 포플리콜라는 티레니아 해, 렌툴루스

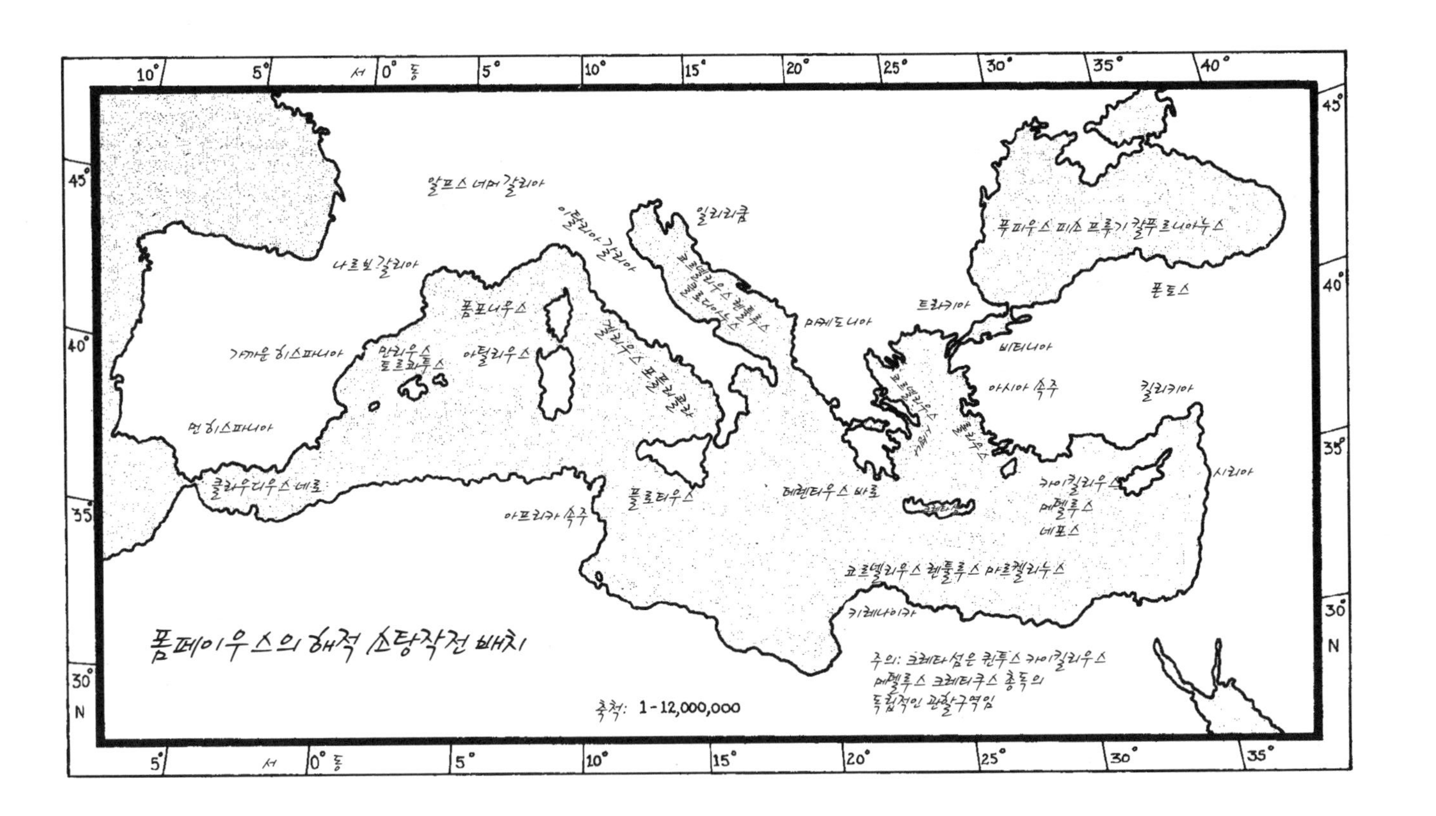
폼페이우스의 해적 소탕작전 배치
축척: 1-12,000,000
주의: 크레타섬은 퀸투스 카이킬리우스 메텔루스 크레티쿠스 총독의 독립적인 관할구역임
알프스 너머 갈리아
나르보 갈리아
이탈리아 갈리아
일리리쿰
가까운 히스파니아
먼 히스파니아
클라우디우스 네로
만리우스 토르콰투스
폼포니우스
아틸리우스
아프리카 속주
플로티우스
마케도니아
트라키아
비티니아
아시아 속주
킬리키아
시리아
폰토스
헤렌니우스 바로
카이킬리우스 메텔루스 네포스
코르넬리우스 렌툴루스 마르켈리누스
키레나이카

클로디아누스는 아드리아 해를 맡게 됐다. 이로써 그들 사이에 낀 이탈리아는 안전하게 보호받을 수 있었다.

폼페이우스는 지중해를 열세 구역으로 나눴고 각 구역마다 사령관과 부사령관, 함대, 병력을 배치하여 군자금을 나눠주었다. 이번에는 불복종을 허용할 수 없었고, 보좌관이 독자적인 작전을 펼치는 것도 허용할 수 없었다.

"아라우시오 같은 사태가 발생해선 안 되오." 그는 위대한 작전을 앞두고 보좌관들이 모두 모인 사령부 막사에서 엄중히 말했다. "하다못해 방귀라도 내가 허락하지 않은 방향으로 뀐다면, 나는 그 사람의 고환을 잘라내고 알렉산드리아의 환관 시장으로 보낼 거요." 그가 하는 말은 진심이었다. "내겐 임페리움 마이우스가 있고, 다시 말해 나는 뭐든 원하는 대로 할 수 있소. 여러분이 받게 될 명령서에는 너무 자세하고 명확한 지시사항이 담겨 있어서 모레 저녁으로 뭘 먹을지조차 스스로 결정할 필요가 없을 거요. 여러분은 내가 시키는 대로만 하면 됩니다. 시키는 대로 할 준비가 안 된 사람은 지금 그렇다고 말하시오. 안 그러면 프톨레마이오스 왕의 궁전에서 소프라노로 노래를 하게 될 테니, 알아들었소?"

"폼페이우스는 말투나 은유 사용에 있어 고상하진 않지만," 바로는 동료 보좌관 시센나에게 말했다. "사람들에게 본인의 말이 진심이라는 걸 전달하는 데 탁월한 재주를 지녔군."

"대단하신 귀족 양반 렌툴루스 마르켈리누스께서 알렉산드리아의 피리 연주자 프톨레마이오스 왕의 즐거움을 위해 목청을 떨며 노래하는 장면이 계속 떠올랐소." 시센나는 공상에 빠져 말했다.

이 말에 두 사람은 웃음을 터뜨렸다.

하지만 전쟁 자체는 웃을 일이 아니었다. 철저히 폼페이우스의 계획에 따라 아찔하도록 빠르고 효율적으로 진행되었으며, 보좌관 중 누구도 감히 명령서에 명시되지 않은 일을 하지 않았다. 폼페이우스가 술라를 위해 아프리카에서 치른 전쟁은 뛰어난 속도와 효율성으로 모든 이들을 놀라게 했지만, 이번 전쟁은 그 전쟁의 명성을 영원히 덮어버리기에 충분했다.

그는 지중해 서쪽 끝에서 출발했고 함대, 병력—그리고 무엇보다도—보좌관들의 도움을 받아 거대한 군사적 빗자루로 바다를 쓸어냈다. 빗자루 앞에서 갈팡질팡하는 불운한 해적들의 무더기를 쓸고 쓸고 또 쓸어냈다. 해적들은 몸을 숨기려고 번번이 아프리카, 갈리아, 히스파니아, 리구리아 연안으로 달아났지만, 해당 지역을 담당하는 보좌관이 기다리고 있었으므로 그 어떤 피난처도 찾을 수 없었다. 두 갈리아 속주의 총독을 맡게 된 집정관 피소는 그 어떤 종류의 원조도 폼페이우스에게 제공하지 말라는 명령을 내렸다. 고로 이 지역을 담당하는 폼페이우스의 보좌관 폼포니우스는 목표 달성을 위해 누구보다 힘겹게 싸워야 했다. 하지만 당장 방해를 멈추지 않으면 속주 총독 직에서 몰아내겠다고 가비니우스가 협박하자 피소는 항복할 수밖에 없었다. 피소의 빚은 무섭도록 빠르게 불어나고 있었고, 그는 갈리아 속주에서 손실을 만회해야 했으므로 결국 방해를 중단했다.

폼페이우스는 빗자루를 따라 서쪽에서 동쪽으로 이동했고, 가비니우스가 피소를 몰아내는 법을 통과시키려는 찰나에 맞춰 로마에 들렀다. 그는 공개적인 자리에서 그리 각박하게 굴지 말라고 가비니우스를 설득함으로써 더 멋진 인상을 남겼다.

"이런 허세꾼 같으니라고!" 카이사르는 어머니에게 한탄하듯 말했지만, 비난하는 어조는 아니었다.

하지만 아우렐리아는 포룸 로마눔의 사건에는 관심이 없었다. "할 얘기가 있다, 카이사르." 그녀는 그의 서재에 놓인 의자에 편안히 앉아 말했다.

즐거움은 달아났다. 카이사르는 한숨이 나오려는 것을 참았다. "무슨 일이에요?"

"세르빌리아."

"그 일에 대해선 할말 없어요, 어머니."

"크라수스에게 세르빌리아에 대해 무슨 말이라도 했니?" 그의 어머니가 물었다.

카이사르는 눈살을 찌푸렸다. "크라수스에게요? 아뇨, 당연히 안 했죠."

"그렇다면 왜 테르툴라가 날 찾아와서 낚시질을 하는 거지? 어제 날 찾아왔단다." 아우렐리아는 낮게 웃음을 터뜨렸다. "테르툴라는 로마의 전문 낚시꾼도 아닌데 말이야! 아마도 사비니족 혈통이라 그렇겠지. 버드나무 낚싯대를 진짜로 잘 다루는 사람을 제외한다면, 그 언덕 많은 고장에선 낚시를 할 일이 거의 없을 테니까."

"맹세코 아무 말도 안 했어요, 어머니."

"글쎄, 크라수스가 뭔가 낌새를 맡고 아내에게 말해준 것 같던데. 넌 이 관계를 계속 비밀로 유지하는 편을 선호하겠지? 아이가 태어난 뒤에도 관계를 계속 이어나갈 계획이고?"

"그럴 생각이에요."

"그렇다면 크라수스의 눈에 살짝 모래를 뿌리라고 권해주고 싶구나, 카이사르. 난 그 사람이나 그의 사비니족 아내를 걱정하는 게 아냐.

하지만 소문에는 반드시 시작점이 있기 마련인데, 이게 그 시작점이란다."

카이사르의 찌푸린 얼굴은 점점 더 사나워졌다. "오, 소문 따위가 뭐라고! 전 이 관계에서의 제 역할은 딱히 걱정하지 않아요, 어머니. 다만 불쌍한 실라누스에겐 악감정이 없고, 우리 아이들이 이 상황을 모르면 좋겠다고 생각할 뿐이죠. 실라누스와 저는 둘 다 피부가 아주 흰 편이고 세르빌리아는 거무스름한 편이니 아이 아빠의 정체를 의심하는 사람은 없을 거예요. 엄마인 세르빌리아를 닮지 않았다면, 실라누스를 닮든 저를 닮든 비슷비슷한 아이가 나올 테니까요."

"맞는 말이야. 네 말에 동의해. 하지만 카이사르, 네가 세르빌리아 말고 다른 상대를 찾아봤으면 좋겠구나!"

"이미 찾았어요. 지금 세르빌리아는 배가 불러서 절 못 만나니까요."

"카토의 아내 말이니?"

그는 끙 소리를 냈다. "카토의 아내요. 한숨 나오도록 재미없는 여자죠."

"그 집안에서 살아남으려면 그렇게 될 수밖에."

그는 양손을 책상에 올리고 갑자기 사무적인 태도를 취했다. "좋아요, 어머니, 무슨 대책이라도 있나요?"

"네가 재혼을 하는 게 좋겠어."

"재혼하고 싶지 않아요."

"알고 있어! 하지만 그건 모두의 눈에 살짝 모래를 뿌릴 수 있는 최선의 방법이야. 소문이 퍼질 것 같으면, 그 소문을 덮어버릴 새 소문을 퍼뜨리면 돼."

"알겠어요, 재혼할게요."

"재혼 상대로 마음에 둔 여자라도 있니?"

"한 명도 없어요, 어머니. 절 어머니께서 맘껏 주무를 수 있는 찰흙쯤으로 생각하세요."

이 대답은 그녀를 아주 기쁘게 했다. 그녀는 만족스럽게 숨을 들이쉬고 내쉬었다. "잘됐어!"

"이름을 알려주세요."

"폼페이아 술라."

"세상에, 안 돼요!" 그는 기겁하며 소리쳤다. "다른 여잔 몰라도 그 여잔 안 돼요!"

"터무니없는 소리. 폼페이아 술라는 이상적인 신붓감이야."

"그 여자의 머리는 너무 텅텅 비어서 주사위통으로 쓸 수 있을 정도죠." 카이사르는 이를 악물고 말했다. "게다가 사치스럽고, 게으르고, 말도 못하게 주책없는 여자예요."

"그래서 이상적인 신붓감이지." 아우렐리아는 흡족해했다. "너무 멍청해서 상황 파악이 잘 안 되니, 네가 밖에서 바람을 피워도 걱정하지 않을 거야. 본인에게 필요한 건 뭐든 살 수 있을 정도의 재산도 가지고 있어. 게다가 너와는 오촌지간이고, 코르넬리아 술라의 딸이자 술라의 손녀딸이야. 폼페이우스 루푸스 집안은 폼페이우스 마그누스 집안보다 피케눔에서 더 유서 깊은 가문이란다. 그리고 너무 어린 나이도 아니지. 난 네게 경험이 부족한 신부를 구해주고 싶진 않구나."

"저도 그런 신부는 원치 않아요." 카이사르는 침울하게 말했다. "아이는 있나요?"

"아니, 가이우스 세르빌리우스 바티아와의 결혼은 3년 만에 끝났어. 내 생각에 가이우스 바티아는 그리 건강한 사람이 아니었던 것 같아.

그의 아버지—기억을 상기시켜주자면 바티아 이사우리쿠스의 형—는 원로원에 들어갈 수도 없을 만큼 젊은 나이에 죽었고, 그 아들이 남긴 유일한 정치적 업적은 보결 집정관으로 선정된 것뿐이란다. 그런데 취임하기도 전에 죽어버린 것이 그의 대표 이력이 되었지. 그래서 폼페이아 술라는 과부가 됐는데, 이혼녀보다는 훨씬 점잖다고 할 수 있지."

그가 재혼을 진지하게 고려중이라는 것을 그녀는 알 수 있었다. 그러므로 아들을 닦달하는 대신 가만히 앉아 있었다. 하나의 생각이 심어졌으니 이제 그 자신이 알아서 싹을 틔우리라. "폼페이아 술라는 몇 살이죠?" 그가 천천히 물었다.

"스물둘로 알고 있어."

"마메르쿠스와 코르넬리아 술라가 허락할까요? 그 여자의 이복오빠인 퀸투스 폼페이우스 루푸스와 친동생인 퀸투스 폼페이우스 루푸스는요?"

"네가 그애와 결혼할 마음이 있는지 마메르쿠스와 코르넬리아 술라가 내게 직접 물어봤단다. 나도 애초에 그래서 이 생각을 하게 된 거야." 아우렐리아가 말했다. "그애 형제들의 경우 친동생은 이 문제를 논의하기엔 너무 어리고, 이복오빠는 마메르쿠스가 그애를 코르넬리아 술라와 함께 살게 하는 대신 자기집으로 돌려보낼까봐 겁내고 있어."

카이사르는 일그러진 표정으로 웃었다. "그 집안사람들이 자기네 편의를 위해 그러는군요!" 그는 정신이 들었다. "아무리 그래도, 어머니, 폼페이아 술라처럼 아름답고 젊은 여자가 수부라 지구 한가운데의 아파트 1층에 살려고 할 것 같지 않아요. 그녀는 어머니에게 지독한 골칫거리가 될지도 몰라요. 킨닐라는 어머니에게 며느리이자 딸이었고, 백 살까지 살았더라도 이 집안을 다스리는 어머니의 권한에 절대 이의를 제기하지 않았을 거예요. 그에 반해 코르넬리아 술라의 딸에게는 더 원대한 꿈이 있을지도 모르죠."

"내 걱정은 안 해도 돼, 카이사르." 아우렐리아는 아주 만족한 듯 자리에서 일어나며 말했다. 아들은 재혼을 이미 결심한 것이다. "폼페이아 술라는 내가 시키는 대로 하게 될 거고, 나와 이 아파트를 어떻게든 견딜 거야."

그리하여 가이우스 율리우스 카이사르는 술라의 손녀딸을 두번째 아내로 얻게 되었다. 결혼식은 가까운 친척들만 참석해 조용하게 치러졌고, 팔라티누스 언덕에 위치한 마메르쿠스의 저택에는 즐거운 분위기가 연출되었다. 특히 폼페이아 술라를 거둬야 한다는 공포에서 해방된 그녀의 이복오빠가 가장 즐거워했다.

폼페이아 술라가 대단히 아름답다는 것은 로마인들의 공통된 의견이었고, 카이사르도—신부에게 푹 빠진 신랑은 아니었으나—그 말을 인정했다. 그녀의 머리카락은 짙은 빨간색이었고 눈동자는 밝은 초록색이었다. 술라 집안의 금빛 빨강머리와 폼페이우스 루푸스 집안의 당근빛 빨강머리가 중간쯤에서 만난 것이 분명하다고 카이사르는 짐작했다. 완벽한 계란형 얼굴에 골격이 훌륭하고 몸매가 우아하며 키가 상당히 컸다. 하지만 그 잔디빛깔 눈동자에는 지성의 빛이 조금도 보이지 않았고, 얼굴 피부는 정교하게 다듬어놓은 대리석만큼이나 매끄러웠다. 텅 비었어. 세주기 위해 내놓은 집 같군. 카이사르는 축하객들의 환호를 받고 팔라티누스 언덕에서 어머니의 아파트가 위치한 수부라 지구까지 신부를 들어 옮기며 생각했다. 그는 실제보다 훨씬 수월해 보이게 그 일을 해냈다. 원래는 문지방을 넘을 때만 신부를 들어 옮기는 걸로 충분했으므로 그렇게까지 할 필요는 없었다. 하지만 카이사르는 자신이 남들보다 뛰어나단 걸 증명해야 직성이 풀리는 사람이었고, 그것은 그의 날씬한 몸속에 감춰진 강한 힘에도 적용되는 이야기였다.

폼페이아는 이에 감탄하는 것이 분명했다. 그녀는 카이사르의 발 앞에 장미꽃잎을 한줌씩 뿌리며 키득거리고 속닥거렸다. 하지만 첫날밤은 결혼식 행진만큼 성공적이지 못했다. 폼페이아는 바닥에 바로 누워 다리를 벌리고 가만히 있으면 된다고 믿는 부류의 여자였던 것이다. 오, 사랑스러운 젖가슴과 매혹적인 짙은 빨간색 음모—그건 참으로 신선했다!—는 아주 보기 좋았지만, 그녀는 촉촉하지 않았다. 심지어 기뻐할 줄도 몰랐는데, 그런 면에선 지독한 남편 카토에게 5년간 시달려온 가슴도 납작하고 칙칙한 아틸리아가 차라리 낫다고 카이사르는 생각했다.

"혹시 말이오," 그는 팔꿈치로 바닥을 짚고 상체를 세워 그녀를 쳐다보며 물었다. "셀러리라도 씹고 있겠소?"

그녀는 터무니없이 길고 숱 많은 속눈썹이 달린 눈을 깜빡였다. "셀러리요?" 그녀가 멍하니 물었다.

"내가 움직이는 동안 그거라도 씹고 있으면 어떨까 해서 말이오." 그가 말했다. "그럼 당신도 할 일이 생길 테고, 난 당신이 뭔가 하고 있단 걸 소리로 알 수 있을 테니까."

폼페이아는 문득 키득거렸다. 그것이 세상에서 가장 달콤한 소리라고, 마치 개울 바닥의 원석들 위에 떨어지는 물방울 같다고 했던 자신에게 홀딱 반한 어느 젊은이의 말이 떠올라서였다. "오, 당신은 너무 실없어요!" 그녀가 말했다.

그는 다시 몸을 뒤집었지만, 그녀의 몸 위로 가진 않았다. "당신 말이

맞소." 그가 말했다. "난 정말 실없는 사람이오."

다음날 아침 그는 어머니에게 말했다. "앞으로 여기선 절 자주 못 볼 거예요, 어머니."

"이런, 얘야." 아우렐리아는 조용히 말했다. "그렇게 별로였니?"

"차라리 자위가 낫겠어요!" 그는 사납게 한마디 내뱉고는, 상스러운 말을 했다고 꾸중을 듣기 전에 자리를 떴다.

어머니가 미리 경고했음에도 불구하고, 그는 아피우스 가도 관리관으로 일하는 것이 애초 예상보다 훨씬 돈이 많이 드는 일임을 알아가고 있었다. 로마와 브룬디시움을 연결하는 그 거대한 도로는 보수공사가 충분히 이뤄지지 않아 애정 어린 보살핌이 시급한 구간이 많았다. 수많은 병사들의 군홧발과 무수한 물자 수송용 수레의 바퀴를 묵묵히 견뎌온 도로였지만, 이제는 너무 오래되어 사람들이 그저 당연하게만 받아들였다. 카푸아를 넘어가면 도로 훼손이 특히 더 심각했다.

그해 국고위원회 재무관 중 한 명인 젊은 카이피오는 카토를 비롯한 보니 세력과 가까웠으므로, 카이사르는 자금을 얻어내기 위해 끊임없는 싸움을 벌여야 할 것이라 예상했다. 하지만 그해 국고위원회 재무관들은 놀라울 정도로 동정적이었다. 자금은 지급되었으나, 다만 그것만으로는 충분치 않았다. 그래서 카이사르는 교량을 짓고 도로를 포장하면서, 공공자금이 바닥나면 사비로 비용을 충당했다. 아주 특별한 경우도 아니었다. 로마는 언제나 개인의 기부에 의지하곤 했다.

물론 작업 자체는 카이사르를 크게 만족시켰다. 그는 직접 현장을 감독하고 모든 작업을 주도했다. 폼페이아와 재혼한 후로는 로마에 거의 가지 않았다. 물론 그는 해적과 전쟁을 치르는 폼페이우스의 소식을 전해 듣고 있었고, 자신이 사령관을 맡았더라도 그보다 더 잘하긴 힘들었을 것이라 인정했다. 또한 킬리키아 연안에서의 전투가 마무리될 무렵 폼페이우스가 보여준 관대한 처분에 큰 박수를 보냈다. 폼페이우스는 포로 수천 명을 바다에서 한참 떨어진 곳에 위치한 버려진 마을에 정착시켰던 것이다. 그는 자신의 친구이자 대필 담당인 바로에게 해전관을 수여하고 그 어떤 보좌관도 자격 이상으로 많이 가져가지 못하도록 전리품 분배를 감독하며 상당한 금액으로 국고를 채우는 등, 모든 일을 빠짐없이 적절하게 처리했다. 코라케시온의 높은 요새도 가장 훌륭한 방식으로 장악했는데 그 방법이란 내부자에게 뇌물을 먹이는 것이었다. 그곳이 함락되자, 그때까지 목숨을 부지한 해적들은 로마가 마레 노스트룸('우리의 바다'를 뜻하는 라틴어로 지중해를 의미한다—옮긴이)을 온전히 소유하게 되었음을 인정하지 않을 수 없었다. 전쟁은 흑해까지 이어졌고, 그곳에서도 폼페이우스는 파죽지세였다. 메가다테스와 도마뱀을 닮은 그의 짝꿍 파르나케스는 처형당했다. 로마행 곡물 수송선의 운행이 재가동되었고, 위험요소는 완전히 사라졌다.

폼페이우스가 유일하게 실패한 지역은 크레타 섬 일대였는데, 원인은 작은 염소 메텔루스였다. 그는 자신보다 강력한 폼페이우스의 임페리움을 완강하게 인정하지 않으려 했고, 상황을 수습하러 온 폼페이우스의 보좌관 루키우스 옥타비우스를 무시했으며, 루키우스 코르넬리우스 시센나를 뇌졸중으로 죽게 만든 가장 큰 원인 제공자로 지목되고 있었다. 폼페이우스는 메텔루스에게서 모든 것을 빼앗을 수도 있었지만, 그것은 메텔루스가 명확히 밝혔듯이 두 사람 사이의 전쟁을 의미했다. 폼페이우스는 결국 합리적인 선택을 했다. 크레타 섬을 메텔루스 몫으로 남겨둠으로써, 메텔루스 마케도니쿠스의 이 융통성

없는 손자가 일말의 영광을 나눠 가지는 데 암묵적으로 동의한 것이다. 폼페이우스가 앞서 카이사르에게 말했던 것처럼, 이 전쟁은 단순히 몸풀기이자 더 위대한 임무를 앞두고 하는 근육 체조에 불과했기 때문이다.

그러므로 폼페이우스는 로마로 돌아가지 않았다. 그는 겨우내 아시아 속주에 머무르며 그 지역을 진정시켰고, 그의 감찰관들이 도입한 새로운 형태의 징세청부업체들을 소개했다. 물론 폼페이우스는 로마로 돌아갈 필요도 없었고 다른 곳에 머무는 편을 선호했다. 그에겐 퇴임하는 가비니우스의 빈자리를 채워줄 믿음직한 신임 호민관도 있었다. 실은 두 명이었다. 한 명은 가이우스 멤미우스로, 폼페이우스 여동생의 첫 남편이자 세르토리우스와의 히스파니아 전쟁에서 폼페이우스의 수하로 싸우다 죽은 가이우스 멤미우스가 남긴 아들이었다. 다른 한 명은 가이우스 마닐리우스로, 둘 중에 더 유능한 인물이었고 가장 어려운 임무를 맡게 되었다. 폼페이우스에게 미트리다테스 왕과 티그라네스 왕과의 전쟁 지휘권을 받아주는 임무였다.

12월과 1월 동안은 로마에 있기로 결심한 카이사르는, 마닐리우스의 임무가 가비니우스가 맡았던 임무보단 쉬울 것이라 판단했다. 폼페이우스가 짧은 여름 동안 해적을 죄다 소탕함으로써 원로원 반대파의 코를 납작하게 만들었기 때문이다. 더구나 예상했던 비용의 극히 일부밖에 사용하지 않았고, 너무 빨리 끝나는 바람에 병사들에게 토지를 지급할 필요도, 도움을 준 도시와 국가에게 상여금을 지급할 필요도, 빌린 함대에 대해 보상금을 지급할 필요도 없었다. 그해 말, 로마는 폼페이우스가 원하는 것이라면 뭐든 내줄 준비가 되어 있었다.

그에 반해 루키우스 리키니우스 루쿨루스는 전장에서 패배, 반란, 재앙을 겪으며 끔찍한 한 해를 보냈다. 이로 인해 그와 로마에 있는 그의 대행인들은 비티니아, 폰토스, 킬리키아를 당장 폼페이우스에게 넘겨줘야 하며 루쿨루스에게서 지휘권을 박탈하고 불명예 속에 로마로 불러들여야 한다는 마닐리우스의 주장에 반박하기 힘든 입장이었다. 글라브리오는 비티니아와 폰토스의 통치권을 잃게 될 터였지만, 그것이 폼페이우스의 임명을 막을 순 없었다. 글라브리오는 탐욕스럽게도 집정관을 맡은 해 초반에 자신의 속주로 서둘러 떠남으로써 동료 집정관 피소에게 폐를 끼친 바 있었다. 게다가 킬리키아 총독 퀸투스 마르키우스 렉스도 이렇다 할 성과를 내지 못했다. 동방은 위대한 폼페이우스의 다음 목표였다.

카툴루스와 호르텐시우스가 손놓고 있었던 것도 아니었다. 그들은 원로원과 민회장에서 웅변 전쟁을 벌이며, 정상 범주를 벗어나고 모든 것을 아우르는 지휘권에 계속 반대했다. 마닐리우스는 그 어떤 총독의 권한보다 앞서는 임페리움 마이우스를 다시 한번 폼페이우스에게 부여할 것을 제안했고, 폼페이우스가 원로원 및 인민과의 상의 없이 독자적으로 전쟁을 개시하고 화친을 맺을 수 있게 하는 조항을 포함할 것을 제안했다. 하지만 올해에는 카이사르만 폼페이우스를 지지하는 것이 아니었다. 이제 부당취득 법정을 담당하게 된 법무관 키케로는 원로원과 민회장에서 목청을 높였다. 같은 목소리를 낸 사람으로는 감찰관 포플리콜라와 렌툴루스 클로디아누스, 가이우스 스크리보니우스 쿠리오, 그리고—이것은 진정한 승리였다!—전직 집정관 가이우스 카시우스 롱기누스와 다름아닌 푸블리우스 세르빌리우스 바티아 이사우리쿠스가 있었다! 그러니 어떻게 원로원과 인민들이 반대할 수 있을까? 폼페이우스는 지휘권을 얻었다. 그는 킬리키아를 순찰하던 중 이 소식을 전해 듣고 눈물을 한두 방울 떨구었다. 오, 이 무자비한 특별 직권의 무게란! 오, 고향으로 돌아가 평화롭고 고요한 삶을 살고 싶은 바람이 얼마나 큰지! 오, 이 피로감이란!

세르빌리아는 9월 초에 셋째 딸을 낳았다. 커서도 파란 눈을 유지할 것으로 보이는 금발 아이였다. 유니아와 유닐라는 꽤 자라서 지금 이름에 익숙해졌으므로, 이번에 태어난 유니우스 집안의 셋째 딸은 테르티아라고 부르기로 했다. 이 이름은 세번째를 의미했고 어감도 좋았다. 5월 중순에 카이사르가 세르빌리아와 만나는 것을 중단한 이후로, 임신부의 시간은 끔찍이도 느릿느릿 흘러갔다. 설상가상으로 몸이 가장 무거운 막달은 제일 더운 시기였다. 실라누스는 그녀의 나이와 상태를 고려할 때 로마를 떠나 해변 휴양지로 가는 건 현명하지 못하다고 판단했다. 그는 계속해서 다정하고 사려 깊은 모습을 보였다. 이 부부를 지켜보는 어느 누구도 둘 사이에 무슨 문제가 있다고 의심할 수 없었다. 실라누스의 눈빛에 새로이 떠오른, 상처와 슬픔이 뒤섞인 감정을 감지한 것은 세르빌리아뿐이었다. 하지만 세르빌리아는 천성적으로 연민과는 거리가 먼 사람이었으므로, 그것을 인생의 단순한 사실로 받아들였고 그에 대한 태도를 누그러뜨리지 않았다.

포도덩굴 같은 정보망을 따라 카이사르에게 그의 딸이 태어났다는 소식이 전해지리란 걸 알고 있었으므로, 세르빌리아는 그에게 따로 연락을 취하지 않았다. 그것만으로도 충분히 힘든 일이었는데, 이제 카이사르의 새 신부 때문에 일이 더 복잡해졌다. 얼마나 충격적인 일인가! 난데없이 마른하늘에서 불덩이들이 쏟아져 그녀를 납작하게 눌러 죽이고 까맣게 태워버린 것이다. 질투는 밤낮으로 그녀를 갉아먹었는데, 그녀도 당연히 이 젊은 아가씨를 알고 있었기 때문이다. 지성이나 깊이라곤 없지만, 눈부신 빨강머리와 선명한 녹색 눈이 너무도 아름다운 여자였다! 술라의 외손녀이기도 했고 돈도 많았다. 원로원의 파벌마다 인맥이나 연줄도 대단했다. 본인의 감각을 만족시키면서 정치적 입지까지 높이다니, 카이사르는 얼마나 똑똑한가! 평소의 침착한 마음 상태를 유지할 수 없었던 세르빌리아는 그것이 당연히 사랑으로 맺어진 결혼이리라고 짐작했다. 나쁜 자식! 어떻게 그가 없이 산단 말인가? 어떻게 그에게 나보다 더 중요한 여자가 생겼다는 걸 받아들이란 말인가? 어떻게 살아가란 말인가?

브루투스는 물론 율리아를 정기적으로 만났다. 이제 공식적으로 성년인 열여섯 살이 된 브루투스는 어머니의 임신에 혐오감을 느꼈다. 성년인 자신의 어머니가 아직도…… 아직도……. 세상에, 얼마나 망신스럽고 낯뜨거운 일인가!

하지만 율리아는 다르게 받아들였고 자기 의견을 그에게도 말해주었다. "세르빌리아와 실라누스에겐 얼마나 잘된 일인지 몰라요." 아홉 살 소녀는 부드러운 미소를 지으며 말했다. "어머니에게 화를 내선 안 돼요, 브루투스, 정말이에요. 우리가 결혼하고 20여 년이 지나서 늦둥이가 생긴다면 어떻게 될까요? 우리 큰아들의 분노를 이해해줄 수 있겠어요?"

그의 피부는 일 년 전보다 더 엉망이었다. 늘 폭발하기 일보 직전의 화산 같았고, 가렵거나 따가운 노랗고 붉은 여드름으로 가득했으며, 그걸 손으로 긁든지 찢든지 짜든지 해야만 직성이 풀렸다. 자기혐오는 어머니의 임신에 대한 분노에 기름을 부었고, 이 합리적이고 동정심 넘치는 질문에도 쉽게 누그러지지 않았다. 그는 인상을 찌푸리고 나직하게 으르렁거리더니 마지못해 말했다. "응, 그애의 분노를 이해할 것 같아. 지금 내가 그 감정을 느끼고 있으니까. 하지만 네 말이 무슨 뜻인지는 알겠어."

"그렇다면 그게 시작이에요. 그거면 됐어요." 작은 현자가 말했다. "세르빌리아는 이제 젊은 나이가 아니라고 할머니께서 말씀하셨어요. 그래서 더 많은 도움과 동정이 필요하댔어요."

"노력해볼게." 브루투스가 말했다. "널 위해서, 율리아." 그러고는 한 번 노력해보기 위해 집으로 돌아갔다.

테르티아를 낳고 2주가 지나지 않아 세르빌리아에게 좋은 기회가 찾아오자, 이 모든 사건들은 전혀 중요하지 않은 것처럼 느껴졌다. 남동생 카이피오가 흥미로운 소식을 가지고 그녀를 찾아왔다.

수도 담당 재무관 중 하나로 발탁된 카이피오는 그해 초 해적과의 전쟁을 치르는 폼페이우스를 돕는 임무를 맡게 되었다. 그는 이 임무를 수행하면서 로마를 떠날 일이 생기진 않으리라고 예상했었다.

"그런데 파견 근무를 가게 됐어, 누나!" 그는 행복하게 웃으며 외쳤다. "나이우스 폼페이우스는 꽤 많은 돈과 장부를 페르가몬으로 가져다주길 원하는데, 내가 직접 가게 됐거든. 정말 굉장하지 않아? 육로로 마케도니아를 통과하면서 내 동생 카토도 만나러 갈 거야. 그애가 정말 보고 싶어!"

"친절하기도 하지." 세르빌리아는 성의 없이 말했다. 지난 27년간 이어져온 카이피오의 카토에 대한 애정 따위는 전혀 그녀의 관심사가 아니었다.

“폼페이우스는 내가 12월 이후에 도착하는 걸로 알고 있으니, 지금 당장 출발하면 꽤 오랫동안 카토와 함께 지내다가 다시 떠날 수 있어.” 카이피오는 여전히 기대감에 들떠 말을 이어나갔다. “내가 마케도니아로 떠나기 전까진 날씨도 괜찮을 거야. 난 계속 육로로 이동할 생각이거든.” 그는 몸을 떨었다. “바다라면 질색이야!”

“듣자 하니 요즘에는 해적으로부터 안전하다던데.”

“조언은 고맙지만, 난 단단한 땅이 좋아.”

그런 다음 카이피오는 아기 테르티아와 첫 대면을 했다. 의무감도 있었지만 진실한 애정도 함께 느끼며 아기를 어르거나 혀 차는 소리를 냈고, 누나의 아이와 자기 딸아이를 비교해보기도 했다.

“정말 사랑스러운 아기야.” 그는 떠날 준비를 하며 말했다. “골격이 아주 기품 있어. 누구한테 물려받은 걸까?”

세르빌리아는 아차 했다. 이 아이와 카이사르의 닮은 점을 알아보는 사람이 나밖에 없을 거란 생각은 착각이었구나! 카이피오는 비록 포르키우스 카토의 핏줄이었지만 악의 없는 사람이었으므로, 그의 말에는 전혀 나쁜 뜻이 없었다.

그녀의 사고는 습관처럼 한 생각에서 다른 생각으로 꼬리를 물고 이어졌다. 먼저 카이피오에겐 톨로사의 황금이란 열매를 상속받을 자격이 없다는 생각이 들었고, 다음으로 따라온 것은 자기 아들 브루투스가 그것을 물려받지 못한 데 대한 뜨거운 분노였다. 카이피오, 그녀의 가문이라는 둥지에 태어난 뻐꾸기. 그는 그녀의 친형제가 아니라 카토의 친형제였다.

벌써 몇 달째 세르빌리아는 그 군침 돌도록 젊고 싱싱한 멍청이와 재혼한 카이사르의 배신을 곱씹는 것 외엔 다른 생각에 집중할 수 없었다. 하지만 이제 톨로사의 황금의 운명에 관한 생각은 카이사르가 유발한 감정에 방해받지 않고 완전히 새로운 방향으로 흘러갔다. 주랑정원 건너편을 태평스럽게 걸어가는 시논의 모습이 열린 창문 밖으로 보인 덕분이었다. 세르빌리아는 이 노예를 사랑했지만 결코 육체적인 의미에서 그런 것은 아니었다. 그는 원래 세르빌리아의 남편이 소유한 노예였는데, 그녀는 결혼한 지 얼마 지나지 않아 시논의 소유권을 자신에게 이전해달라고 남편에게 다정하게 부탁했다. 서류작업을 마친 뒤 그녀는 시논을 불러 주인이 바뀌었단 소식을 알렸다. 그가 으레 공포에 떠는 모습을 보이리라 예상하면서도 내심 다른 반응을 기대했다. 그녀는 그에게서 다른 반응을 확인했고, 이후 시논을 사랑하게 되었다. 그는 그 소식을 기뻐하며 반겼던 것이다.

"사람은 겪어봐야 아는 법이지요." 그는 넉살 좋게 말했다.

"만약 그렇다면, 시논, 한 가지만 기억해둬. 난 네 윗사람이고, 내겐 힘이 있어."

"알고 있습니다." 그는 히죽거리며 답했다. "잘된 일이에요. 데키무스 유니우스를 주인으로 모시면서 항상 도를 넘어서는 행동에 대한 유혹에 시달렸어요. 그런 일은 어쩌면 저의 몰락으로 이어질지도 몰랐죠. 하지만 마님을 주인으로 모신다면, 늘 몸가짐을 조심하는 걸 잊지 않을 겁니다. 좋아요, 아주 좋아요! 하지만 마님, 저는 늘 마님의 명령을 따를 준비가 돼 있단 걸 기억해주세요."

그녀는 가끔씩 그에게 명령을 내렸다. 그녀는 어린 시절부터 카토가 유독 크고 털 많은 거미를 무서워한다는 사실을 알고 있었다. 거미만

보면 정신을 못 차리고 덜덜 떨었다. 그래서 시논은 종종 로마 밖으로 나가 크고 털 많은 거미들을 잡아들였고, 아주 후한 돈을 받고 침대부터 긴 의자, 책상 서랍에 이르기까지 카토의 저택 곳곳에 그것들을 풀어놓았다. 그는 단 한 번도 발각된 적이 없었다. 루키우스 도미티우스 아헤노바르부스와 혼인한 카토의 친누나 포르키아는 오래전부터 통통한 벌레들을 무서워했다. 시논은 통통한 벌레들을 잡아 그 집에 풀어놓았다. 세르빌리아는 가끔씩 그에게 수천 마리의 애벌레나 벼룩이나 귀뚜라미나 바퀴벌레를 양쪽 집에 풀어놓으라는 지시를 내렸고, 애벌레나 벼룩이나 다른 온갖 것에 관한 익명의 협박 편지를 보내도록 했다. 카이사르가 자기 인생에 들어오기 전까지 그녀는 그런 활동에서 즐거움을 느꼈다. 하지만 카이사르가 그녀의 인생에 들어온 이후로는 그런 소일거리가 불필요해졌고, 시논은 온전히 자신만의 시간을 가질 수 있게 되었다. 그는 해충을 잡으러 다니는 임무를 제외하면 그 어떤 일도 고생스럽게 여기지 않았는데, 세르빌리아 마님의 권위가 그를 단단히 감싸고 있었기 때문이다.

"시논!" 그녀가 소리쳤다.

그는 걸음을 멈추고 몸을 돌려 주랑정원을 깡충깡충 뛰어오더니 모퉁이를 돌아 세르빌리아의 거실로 들어왔다. 그는 상당한 미남으로 우아함과 태평함까지 갖추었기에 그를 잘 모르는 사람들에겐 호감을 샀다. 일례로 실라누스는 여전히 그를 높이 평가했고 브루투스도 마찬가지였다. 그는 날씬한 몸매에 온통 갈색인 사람이었다. 갈색 피부, 옅은 갈색 눈, 옅은 갈색 머리칼. 뾰족한 귀, 뾰족한 턱, 뾰족한 손가락. 시논이 나타나면 많은 하인들이 악마의 눈을 물리치는 동작을 취한다는 건 놀랍지 않았다. 그에게는 사티로스를 닮은 면이 있었던 것이다.

"마님?" 그는 문지방을 넘으면서 말했다.

"문 닫아, 시논. 그리고 창문의 덧창도 내려."

"오, 좋아요, 일이군요!" 그는 지시를 따르며 말했다.

"자리에 앉아."

그는 자리에 앉아, 뻔뻔함과 기대가 섞인 눈빛으로 그녀를 응시했다. 거미일까? 바퀴벌레일까? 아니면 이제 수위를 높여서 뱀?

"황금이 두둑하게 담긴 자루와 함께 자유의 몸이 된다면 어떻겠나?" 그녀가 물었다.

예상치 못한 질문이었다. 잠깐이지만 사티로스가 사라지고, 어린아이의 악몽에 나올 법한 훨씬 덜 매력적인 반인반수가 드러났다. 하지만 그것도 곧 사라졌고, 그는 단순히 경계심과 흥미를 동시에 드러냈다.

"그렇게만 된다면 너무 좋겠지요, 마님."

"내가 그런 보상을 약속하면서 어떤 일을 부탁할지 짐작되는 게 있어?"

"최소한 살인이겠죠." 그는 망설임 없이 답했다.

"과연 그렇지." 세르빌리아가 말했다. "관심 있나?"

그는 어깨를 으쓱했다. "저 같은 입장이라면, 누군들 관심이 없겠어요?"

"살인에는 용기가 필요해."

"그건 알고 있습니다. 하지만 제겐 용기가 있어요."

"자넨 그리스인인데, 그리스인들에겐 도의심이란 게 없어. 그러니까 내 말은, 그들은 매수된 상태로 남아 있지 않는다는 거야."

"저는 매수된 상태로 남아 있을 겁니다, 마님. 제가 할 일이 사람을 죽인 다음 두둑한 황금 자루를 들고 사라지는 것뿐이라면 말이죠."

세르빌리아는 긴 의자에 비스듬히 누워 있었고, 그때까지 조금도 자세를 바꾸지 않았다. 하지만 이제 시논의 대답을 들었으니 몸을 바로 세웠다. 그녀의 눈빛은 아주 차갑고 고요해졌다. "난 아무도 안 믿기 때문에 너도 믿지 않아." 그녀가 말했다. "이 사람은 로마, 심지어 이탈리아 내에서 죽이는 것도 위험해. 반드시 테살로니카와 헬레스폰트 해협 사이의 어딘가에서 죽여야 해. 거긴 종적 없이 사라지기 좋은 장소이기도 하지. 하지만 시논, 내겐 널 잡아들일 방법이 있다는 걸 잊지 마. 보상금의 일부는 당장 지급하고, 나머지는 아시아 속주의 최종 목적지에 보내놓겠어."

"아, 마님, 그런데 마님께서 약속을 지키시리라는 걸 제가 어떻게 확신할 수 있을까요?" 시논은 부드럽게 물었다.

세르빌리아는 무의식적으로 거만하게 코를 벌름거렸다. "난 파트리키 귀족인 세르빌리우스 카이피오 집안사람이야." 그녀가 말했다.

"저도 알고 있습니다."

"내가 약속을 지키리란 확신을 얻기 위해 너에게 필요한 보증은 그걸로 충분해."

"제가 뭘 하면 되나요?"

"우선, 가장 훌륭한 종류의 독약을 구해야 해. 무슨 말이냐면 실패할 리 없는 독약, 의심을 받지 않는 독약을 구하란 뜻이야."

"그렇게 하겠습니다."

"내 동생 퀸투스 세르빌리우스 카이피오는 조만간 동방으로 떠날 거야." 세르빌리아는 침착한 목소리로 말했다. "내가 널 아시아 속주로 보내서 시킬 일이 있으니 데려가달라고 동생에게 부탁할 생각이야. 그는 당연히 널 데려가는 데 동의하겠지. 거절할 이유가 없으니까. 그의 임무는 나이우스 폼페이우스 마그누스를 위해 페르가몬으로 서류와 장부를 배달해주는 것이고, 널 유혹할 만한 현금도 없을 거야. 시논, 가장 중요한 것은 내가 시키는 대로만 하고, 사소한 것 하나도 건드리지 말고 조용히 사라지는 거야. 그의 동생 카토는 마케도니아에서 군무관으로 일하고 있는데, 완전히 다른 종류의 인간이지. 의심이 많고, 모질고, 기분이 상하면 아주 인정사정없어. 그는 틀림없이 내 동생 카이피오의 장례를 치르려고 동방으로 갈 텐데, 성격상 그럴 수밖에 없지. 그가 도착했을 때, 내 동생 퀸투스 세르빌리우스 카이피오의 사망 원인이 병이 아닌 다른 것이었다고 의심할 만한 부분은 전혀 없어야 해."

"알겠습니다." 시논은 근육 하나도 움직이지 않고 대답했다.

"진심인가?"

"완전히 이해했습니다, 마님."

"내일 당장 준비물을 구해야 해. 가능하겠나?"

"가능합니다."

"좋아. 그렇다면 이제 내 동생 퀸투스 세르빌리우스 카이피오의 저택으로 가서, 내가 급히 의논할 일이 있으니 여기로 와달라 했다고 전해." 세르빌리아가 말했다.

시논은 떠났다. 세르빌리아는 긴 의자에 드러누워 눈을 감고 미소를 지었다.

그녀는 얼마 지나지 않아 카이피오가 다시 올 때까지 그 자세로 있었다.

"무슨 일이야, 세르빌리아 누나?" 그는 걱정스럽게 물었다. "누나 하인이 몹시 근심스러운 표정이던데."

"저런, 그 하인 때문에 너무 놀란 게 아니었으면 했는데!" 세르빌리아는 날카롭게 말했다.

"아냐, 아냐, 난 괜찮아."

"그가 마음에 안 들진 않았고?"

카이피오는 눈을 깜빡거렸다. "그럴 이유가 있나?"

"나야 모르지." 세르빌리아는 긴 의자의 끝부분을 손으로 탁탁 두드리며 말했다. "여기 앉으렴, 카이피오. 너에게 부탁할 것도 있고, 네가 미리 해놨는지 확인해둘 일도 있어."

"부탁?"

"시논은 내가 가장 신뢰하는 하인인데, 그를 페르가몬으로 보내서 시킬 일이 있어. 아까 네가 와 있을 때 생각이 났으면 좋았을 텐데 그땐 까먹고 있었지. 널 두 번이나 이곳으로 불러들여서 미안해. 시논을 네 일행들과 함께 데려가는 건 힘들까?"

"힘들 게 뭐 있어!" 카이피오는 진심으로 말했다.

"오, 너무 잘됐네." 세르빌리아가 만족스럽게 말했다.

"그리고 내가 미리 해둬야 할 일은 뭐야?"

"유언장을 써둬." 세르빌리아가 답했다.

그는 웃었다. "그게 전부야? 분별 있는 로마인 중에 성년이 되자마자 베스타 신전에 유언장을 맡겨놓지 않는 사람이 어디 있어?"

"그런데 그 유언장을 최근에 다시 작성해뒀니? 너에겐 아내와 어린 딸이 있지만 후계자가 없잖아."

카이피오는 한숨을 내쉬었다. "다음에 할게, 누나, 다음에. 호르텐시아는 첫아이가 딸이라 실망했지만 우리 딸은 너무 작고 귀여워. 게다가 호르텐시아는 출산에 어려움도 없었으니 아들도 낳게 될 거야."

"그렇다면 카토에게 다 물려주는 걸로 해놨구나." 세르빌리아는 질문이 아닌 단정하는 말투로 말했다.

카토와 너무도 닮은 얼굴에 경악이 드러났다. "카토에게?" 그는 꽥 소리를 지르듯 물었다. "내가 아무리 그애를 아낀다 해도 세르빌리우스 카이피오 집안의 재산을 포르키우스 카토 집안사람에게 물려줄 순 없지! 아냐, 그렇지 않아, 누나! 상속인은 브루투스야. 왜냐하면 브루투스는 세르빌리우스 카이피오 집안으로 입양되어 그 이름으로 살아가는 걸 꺼리지 않을 테니까. 그런데 카토라면 어떨까?" 그는 소리내어 웃었다. "우리 막둥이 카토가 자기 이름을 다른 이름으로 바꾸는 데 동의하는 게 상상돼?"

"아니, 상상 안 돼." 세르빌리아는 이렇게 답하고 마찬가지로 살짝 소리내어 웃었다. 그러다 갑자기 눈물이 그렁그렁해지고 입술이 떨렸다. "정말 소름 끼치는 대화야! 그렇다 해도, 이건 확실히 해두고 싶었어. 앞날은 아무도 모르는 거잖니."

"그래도 카토는 내 유언장 집행인이야." 카이피오는 한 시간 사이 벌써 두번째로 같은 장소를 떠날 준비를 하며 말했다. "그애는 호르텐시아와 내 딸 세르빌리아 카이피오니스가 보코니우스 여성상속법에 따라 허용된 최대 금액을 상속받도록 하고, 브루투스가 나머지를 다 물려받도록 해줄 거야."

"정말 터무니없는 대화였어!" 세르빌리아가 말했다. 그녀는 자리에서 일어나 그를 문까지 배웅하고, 입맞춤까지 해줌으로써 그를 놀라게 했다. "시논을 함께 데려가줘서 고맙고, 내 걱정을 덜어줘서 더더욱 고마워. 쓸데없는 걱정이란 거 알아. 넌 살아 돌아올 테니까!"

그녀는 문을 닫은 다음, 잠시 힘없이 서 있다가 휘청했다. 그래, 짐작이 옳았다! 카토는 세르빌리우스 카이피오 같은 파트리키 귀족 집안으로 입양되는 데 동의할 리 없으므로, 카이피오의 상속인은 브루투스였다! 오, 이 얼마나 굉장한 날인가! 카이사르의 배신조차도 몇 시간 전만큼 고통스럽게 느껴지지 않았다.

군무관의 직무 범위는 엄밀히 말해 집정관 군단에만 국한되어 있었다. 하지만 마르쿠스 포르키우스 카토를 개인 참모로 둔다는 것은 마케도니아 총독이 직접 겪기 전까진 상상도 해보지 못한 시련이었다. 이 젊은이가 개인의 추천으로 임명된 사람이었다면, 그 추천인이 유피테르 옵티무스 막시무스든 누구든 간에 집으로 돌려보내면 그만이었다. 하지만 그는 인민들이 트리부스회 선거를 통해 선출한 정무관이었으므로, 마르쿠스 루브리우스 총독은 카토를 계속 곁에 두고 괴로움을 견디는 수밖에 없었다.

하지만 이것저것 들쑤시고 다니며 끊임없이 질문을 해대고 왜 이건 저기로 가는지, 왜 저건 장부 가격이 시장 가격보다 더 비싼지, 왜 이런 저런 것들은 면세 대상이 되는지 꼬치꼬치 캐묻는 젊은이를 어떻게 감당하란 말인가? 카토는 '왜'라는 질문을 멈추지 않았다. 그의 질문이 집정관 군단과는 무관하다는 지적을 받으면 카토는 마케도니아의 모든 것이 로마의 소유이며, 로물루스로 인격화된 로마는 자신을 정무관 중 한 명으로 선출했다고 대답했다. 그러므로 마케도니아의 모든 것은 법적·도의적·윤리적으로 자신의 일이라고 주장했다.

루브리우스 총독뿐만이 아니었다. 그의 보좌관과 군관(선출직이든 비선출직이든), 필경사, 관리인, 집행관, 징세청부업자, 정부, 노예 전부가 마르쿠스 포르키우스 카토를 몹시 싫어했다. 그는 일중독이었고, 속주 내의 벽지에 파견 보내는 방식으로 치워버릴 수도 없었다. 그는 최대 이틀이나 사흘 만에 임무를 완벽하게 수행하고 돌아왔기 때문이다.

카토가 하는 대화의 대부분은—시끄러운 장광설을 대화라 할 수 있을진 모르겠지만—그의 증조부인 감찰관 카토에 관한 내용이었다. 증조할아버지의 보수적이고 검소한 면을 그는 대단히 존경했다. 또한 핏줄은 못 속이는지라, 증손자 카토는 단 한 가지만 제외하고 감찰관 카토의 모든 면을 모방했다. 그는 말을 타는 대신 어디든 걸어다녔고, 절제된 식사를 했으며, 물 말고는 아무것도 마시지 않았고, 일반 사병보다 하나 나을 것 없이 생활했으며, 노예는 한 명밖에 부리지 않았다.

그렇다면 증조부의 교리에서 벗어난 단 한 가지 예외란 무엇이었을까? 감찰관 카토는 그리스와 그리스 사람, 그리스와 관련된 모든 것들을 혐오했던 반면, 젊은 카토는 그것들을 공개적으로 예찬했다. 이 때문에 그리스인 비율이 높은 마케도니아에서 카토에게 괴롭힘당하던 사람들은 야유를 퍼부었다. 다들 카토의 지독히 두꺼운 낯짝을 뚫고 싶어 안달인 사람들이었다. 하지만 그 어떤 야유도 카토의 껍데기에 별 상처를 남기지 못했다. 그리스인의 사고방식을 옹호함으로써 증조부의 계율을 어겼다고 누군가 나무라자, 카토는 그 말을 꺼낸 사람이 중요하지 않은 인물이라며 무시했다. 아아, 안타깝게도 카토가 정말 중요하다고 여기는 것이 그의 상관, 동료, 부하 들을 가장 환장하게 만들었다. 그는 그것을 '무른 삶'이라 불렀고, 무른 삶의 증거를 발견하면 백인대장이든 총독이든 할 것 없이 모두 비판했다. 카토는 테살로니카 외곽의 방 두 칸짜리 흙벽돌집에 살았고 그 공간마저도 동료 군무관이자 절친한 친구인 티투스 무나티우스 루푸스와 나눠 썼기 때문에, 아무도 그가 무른 삶을 산다고 비난하지 못했다.

카토는 3월 중에 테살로니카에 도착했고, 5월 말이 되자 총독은 어떻게든 카토를 제거하지 않으면 살인이 벌어질 것이란 결론에 도달했다. 총독 관저의 책상에는 징세청부업자, 곡물상, 회계사, 백인대장, 군단병, 보좌관, 행실이 나쁘다고 카토에게 비난받은 온갖 여성 들의 탄원서가 쌓여갔다.

"뻔뻔스럽게도 그자는 자기가 결혼하기 전까지 동정을 지켰다고까지 했어요!" 한 여인이 씩씩거리며 루브리우스에게 말했다. 그녀는 그와 가까운 사이였다. "마르쿠스, 그는 나를 광장에서 히죽거리는 그리스인 천여 명 앞에 세워두고, 속주에 거주하는 로마 여성에게 어울리는 행실을 거론하면서 날 비난했어요! 그를 당장 없애버리지 않으면, 맹세코 사람을 써서 그를 암살해버리겠어요!"

카토에게 천운이 따랐던 모양인지, 같은 날 몇 시간 뒤 그는 무심결에 루브리우스 총독에게 페르가몬의 아테노도로스 코르딜리온에 관한 이야기를 꺼냈다.

"그의 강연은 꼭 한번 듣고 싶어요!" 카토가 큰 소리로 말했다. "보통은 안티오케이아나 알렉산드리아에서 활동하는데, 이 근처까지 강연을 오는 건 드문 일이죠."

"그렇다면 말일세," 루브리우스는 갑자기 기막힌 생각이 떠올라 말이 술술 나왔다. "두어 달 정도 페르가몬에 가서 그의 강연을 듣는 게 어떻겠나?"

"그럴 순 없어요!" 카토는 충격을 받아 소리쳤다. "제가 일할 곳은 여기예요."

"모든 군무관에겐 휴가를 떠날 자격이 있네, 친애하는 마르쿠스 카토. 게다가 자네보다 더 큰 자격을 갖춘 사람은 아무도 없다네. 그러니 떠나게! 꼭 갔으면 좋겠어. 무나티우스 루푸스도 데려가게."

이리하여 카토는 무나티우스 루푸스와 함께 떠났다. 무나티우스 루푸스는 카토를 영웅처럼 떠받들고 그의 생활방식을 부지런히 모방하는 자였으므로, 테살로니카의 로마인들은 기뻐서 미칠 지경이었다. 하지만 카토는 떠난 지 정확히 두 달 만에 테살로니카로 돌아왔다. 루브리우스 총독이 아는 로마인 중에, 그가 가볍게 제안한 두어 달이란 기간을 문자 그대로 받아들인 인물은 카토뿐이었다. 그리고 카토와 함께 나타난 사람은 다름아닌 아테노도로스 코르딜리온이었다. 그는 어느 정도 명성을 지닌 스토아학파 철학자였고, 스키피오 아이밀리아누스 역을 맡은 카토 옆에서 파나이티오스 역을 맡을 준비가 돼 있었다. 스토아학파 철학자답게, 그는 스키피오 아이밀리아누스가 파나이티오스에게 제공했던 것 같은 부귀영화를 기대하거나 바라지 않았다. 그런 건 아무래도 괜찮았다. 그가 카토의 생활방식에 미친 유일한 변화를 꼽자면 이제 그와 무나티우스 루푸스, 카토는 방 세 칸짜리 흙벽돌집을 빌려 노예 두 명이 아닌 세 명과 함께 생활하게 됐다는 것뿐이었다. 이 저명한 철학자는 무엇 때문에 카토에게 합류하게 된 걸까? 그는 단순히 카토가 훗날 아주 중요한 인물이 되리라는 걸 알아봤고, 카토에게 합류함으로써 본인의 이름을 후세에 알리기로 결심한 것이었다. 스키피오 아이밀리아누스가 없었다면 누가 파나이티오스라는 이름을 기억이나 했겠는가?

카토가 페르가몬에서 돌아오자 테살로니카의 로마인들은 탄식을 금치 못했다. 루브리우스 총독은 아테네에 급히 볼일이 있다며 서둘러 떠남으로써 또다시 카토를 감당할 마음이 없음을 분명히 했다. 그의 행동은 남은 사람들에게 전혀 위안이 되지 않았다! 바로 그때 퀸투스 세르빌리우스 카이피오가 폼페이우스에게로 가다가 페르가몬에 들렀고,

카토는 징세청부업자들이나 무른 삶 따위를 싹 잊어버렸다. 사랑하는 형을 만나게 되어 그는 너무 기뻤다.

두 사람 사이의 유대는 카토가 태어난 지 얼마 지나지 않아 생겨났다. 당시 카이피오는 겨우 세 살이었다. 형제의 어머니는 시름시름 앓다가 출산 두 달 만에 죽었고, 아장아장 걸으며 기꺼이 손을 내밀던 카이피오에게 아기 카토를 넘겨주었다. 이후 두 사람은 파견 근무를 나갈 때 외에는 떨어져 지낸 적이 없었고, 되도록 파견 근무도 같은 지역으로 떠날 수 있도록 했다. 외삼촌 드루수스가 그들과 함께 살던 저택에서 칼에 찔려 죽지만 않았더라도, 형제의 유대감은 나이를 먹으면서 자연스럽게 약해졌을지 모른다. 그 사건이 벌어질 당시 카이피오는 여섯 살, 카토는 불과 세 살이었다. 그 무시무시한 경험은 공포와 비극의 불꽃 속에서 두 사람의 결속을 너무도 뜨겁게 단련시켰기 때문에, 이후로 그 결속은 더욱 단단해지기만 했다. 그들의 어린 시절은 외롭고 전쟁으로 피폐했으며 사랑과 유머가 결여되어 있었다. 가까운 친척은 다 죽었고, 후견인들은 시큰둥했고, 여섯 아이들 중 가장 나이 많은 세르빌리아와 세르빌릴라는 가장 어린 카토와 그 누나 포르키아라면 질색했다. 하지만 최연장자들과 최연소자들의 대결에서 세르빌리우스 가문의 두 여자아이가 늘 우세했던 건 아니었다! 몸집은 제일 작을지 몰라도, 카토는 여섯 아이 중 가장 목소리가 크고 겁이 없었다.

"넌 누굴 제일 사랑하니?"라는 질문을 받을 때마다 어린 카토의 대답은 한결같았다. "난 내 형을 사랑해요." 조금 더 구체적인 답을 듣기 위해 형 말고도 사랑하는 사람이 없냐고 물으면, 대답은 한결같았다. "난 내 형을 사랑해요."

마메르쿠스 외삼촌의 딸 아이밀리아 레피다와의 끔찍한 경험을 제외한다면, 카토에겐 형 말고 사랑했던 사람이 아무도 없었다. 아이밀리아 레피다를 짝사랑하면서 카토가 얻은 것은 여성에 대한 혐오와 불신뿐이었다. 이러한 성향은 세르빌리아와 함께한 어린 시절의 기억을 통해 더욱 견고해졌다.

반면 카토가 카이피오에게 느끼는 감정은 아주 뿌리깊었고, 절대 일방적이지 않았으며, 진심에서 우러나왔고, 핏줄에 기반하고 있었다. 물론 그는 카이피오가 이부형이 아닌 친형이란 사실을 그 누구에게도, 심지어 자기 자신에게도 절대 인정하지 않을 터였다. 그걸 알아보지 못할 만큼 눈먼 사람은 아무도 없었고, 눈이 멀기로 작정한 카토보다 더 눈먼 사람이란 있을 수 없었다.

그들은 모든 곳을 함께 여행 다녔고, 카토는 모든 것을 눈여겨봤다. 세르빌리아의 심부름을 하려고 카이피오 일행을 따라다니는 작고 미천한 해방노예 시논은 어쩌면 카토에 대한 여주인의 경고를 가벼이 여기고 싶었을지도 모른다. 하지만 그는 카토를 한번 보자마자 여주인이 카토를 이번 임무의 진정한 위협요소로 언급한 이유를 정확히 알게 되었다. 물론 시논은 카토의 주의를 끌지 않았다. 로마 귀족치고 아랫것들을 일일이 소개받고 소개해주는 사람은 없었다. 시논은 하인과 아랫것들 무리 뒤편에서 가만히 지켜보고 있었고, 카토의 시선을 끌 만한 행동은 전혀 하지 않았다.

하지만 모든 좋은 일에는 끝이 있기 마련이었다. 12월 초가 되자 형제는 헤어졌고, 카이피오는 수행단이 뒤따르는 가운데 에그나티우스 가도로 말을 타고 떠났다. 카토는 창피한 줄도 모르고 엉엉 울었고, 카이피오도 마찬가지였다. 카토가 몇 킬로미터씩 손을 흔들고, 눈물을 흘리고, 카이피오에게 부디 몸조심하고 몸조심하고 또 몸조심하라고 소리치며 따라오느라 이별은 더 힘들어졌다.

어쩌면 그는 카이피오에게 임박한 어떤 위험을 감지했을지도 모른다. 그래서 한 달 뒤 카이피오의 편지가 도착했을 때 거기 담긴 내용은 예상만큼 그를 놀라게 하지 못했다.

사랑하는 아우야, 나는 아이노스에서 병에 걸렸고 어쩌면 세상을 떠날지도 모르겠다. 이곳 의사 중에 원인을 아는 사람은 아무도 없고, 내 상태는 나날이 악화되고 있단다.

사랑하는 카토, 제발 부탁이니 이곳 아이노스로 건너와서 내 마지막을 함께해주렴. 이곳은 너무 외롭고, 이곳의 그 누구도 너만큼 내게 위안이 되지 못한단다. 내가 마지막 숨을 내뱉는 순간 손을 잡아주었으면 하는 사람은 바로 너야. 제발 부탁이니 이리로 오렴. 그리고 빨리 와줘. 최선을 다해 널 기다릴게.

내 유언장은 베스타 신전에 맡겨두었고, 전에 얘기한 것처럼 어린 브루투스가 내 상속인이 될 거야. 너는 내 유언장 집행인이고, 네가 정한 조건대로 네 몫으론 10탈렌툼밖에 남기지 않았어. 어서 와주렴.

카토가 당장 휴가가 필요하다고 하자, 루브리우스 총독은 카토 앞에 놓인 장애물을 다 치워버렸다. 다만 총독은 트라키아 연안에 늦가을 폭풍이 몰아쳐 난파사고가 벌써 여러 건 보고되고 있으니 육로를 이용하라고 조언했다. 하지만 카토는 말을 듣지 않았다. 육로를 이용하면 아무리 빨리 말을 달려도 최소 열흘은 걸리는 반면, 북서쪽에서 불어오는 사나운 바람이 돛을 가득 채워 배를 거세게 밀면 아이노스까지 사흘이나 닷새 만에 당도할 수 있었다. 테살로니카에서 아이노스까지 그를 태워다줄 무모한 선장을 찾아낸 뒤(두둑한 뱃삯을 내기로 했다), 카토는 미친 듯 서두르며 여정을 시작했다. 아테노도로스 코르딜리온과 무나티우스 루푸스도 따라갔고, 일인당 노예를 딱 한 명씩 데려갔다.

그 여정은 거대한 파도와 부서진 돛대와 너덜너덜해진 돛으로 가득한 악몽이었다. 하지만 선장은 예비 돛대와 돛을 준비해두었고, 작은 배는 쉴새없이 앞으로 나아갔다. 아테노도로스 코르딜리온과 무나티우스 루푸스의 눈에는 카토의 정신력과 의지가 어떤 불가해한 방식으로 이 배에 동력을 제공하는 것 같았다. 넷째 날 아이노스 항구에 다다르자, 카토는 배가 정박할 때까지 기다리지도 않았다. 배에서 부두까지 몇 미터를 점프한 다음, 쏟아지는 빗속을 미친듯이 달리기 시작했다. 딱 한 번 달리기를 멈추고, 빗속의 놀란 행상인에게 행정장관 저택이 어딘지 물어봤다. 카이피오가 그곳에 있으리라는 걸 알고 있었기 때문이다.

그는 저택으로 뛰어들어갔고 다시 형이 누워 있는 방안으로 뛰어들어갔지만, 이미 한 시간 늦은 뒤였다. 카이피오는 이제 동생이 손을 잡아주고 있다는 것을 인식할 수 없었다. 퀸투스 세르빌리우스 카이피오는 죽어 있었다.

카토 주위로 그의 몸에서 떨어진 물이 고였다. 그는 침대 옆에 가만히 서서 자기 일생의 핵심이자 위안을 내려다봤다. 색깔, 활력, 힘이 모두 빠져나간 고요하고 끔찍한 모습이었다. 감긴 두 눈 위에 동전이 하나씩 놓여 있었고, 살짝 벌어진 입술 사이로는 은화의 둥근 모서리가 튀어나와 있었다. 카토가 오지 않으리라 생각한 누군가가 카토 대신 카이피오에게 스틱스 강을 건너는 뱃삯을 준 것이었다.

카토는 입을 벌리더니, 모든 사람들이 위협을 느낄 만한 소리를 냈다. 통곡도 포효도 괴성도 아니었으나 그 세 가지가 섬뜩하게 뒤섞인 듯한, 짐승 같고 야성적이고 흉측한 소리였다. 방안의 모든 사람들은 본능적으로 몸을 움츠리고 덜덜 떨었다. 카토는 침대 위로, 죽은 카이피오 위로 뛰어들어 그 꿈꾸는 듯한 얼굴에 정신없이 입맞춤하고 늘어진 몸을 마구 쓰다듬었다. 눈물이 쏟아지면서 콧물과 침도 강처럼 흘렀고, 저 끔찍한 소리가 몇 번이고 그에게서 터져나왔다. 슬픔의 발작이 누그러지지 않고 계속되는 가운데, 카토는 그의 세계에서 모든 것을 의미했던 단 한 사람, 끔찍했던 유년 시절에 위안이 되어주고 평생 든든한 닻과 바위가 되어주었던 단 한 사람의 죽음을 애도했다. 드루수스 외삼촌이 바닥에서 피 흘리고 비명 지를 때, 세 살배기 카토의 고개를 돌려 자신의 따뜻한 품에 안아주고 그 끔찍한 시간의 무게를 오롯이 여섯 살 난 자신의 어깨로 짊어진 사람은 카이피오였다. 우둔한 막내아우가 같은 질문을 끊임없이 반복하는 가장 피곤한 방식으로 모든 것을 배워갈 때, 참을성 있게 항상 들어준 것은 카이피오였다. 아이밀리아 레피다에게 배신당하고 견딜 수 없이 힘들어하던 그를 설득하고 구슬리고 달래서 다시 삶을 살아가도록 만든 것은 카이피오였다. 그를 첫 전쟁터로 데려가 의연하고 용감한 병사가 되는 법을 가르쳐주고, 스파르타쿠스에게 세 차례나 패배당해 겁쟁이 군단으로 알려진 클로디아누스와 포플리콜라의 군단에서 용맹을 인정받아 아르밀라 팔찌와 팔레라이를 수여받았을 때 가장 환하게 웃어준 사람도 카이피오였다. 늘, 언제나, 그에겐 카이피오가 있었다.

그런데 이제 카이피오는 떠났다. 카이피오는 홀로, 친구도 없이, 손 잡아줄 사람도 곁에 없이 죽었다. 카이피오가 죽어 있는 그 방안에서, 죄책감과 회한이 카토를 미치게 만들었다. 사람들이 카토를 카이피오에게서 떼어내려고 하자 그는 처절하게 저항했다. 말로 구슬려서 떼어내려고 해도 계속 울부짖었다. 거의 이틀간 그는 카이피오 위에 엎어져 조금도 움직이려 하지 않았다. 가장 받아들이기 힘든 부분은 누구도—그 누구도!—이 상실의 무시무시함에 대해, 앞으로 영원히 그의 인생을 장악하게 될 외로움에 대해 짐작조차 못한다는 점이었다. 카이피오가 사라졌고, 카이피오와 함께 사랑, 분별력, 안정감도 사라졌다.

하지만 마침내, 아테노도로스 코르딜리온은 스토아학파 신봉자의 태도나 카토처럼 금욕주의를 따르는 인물에게 어울리는 행동에 관한 날카로운 조언으로 그 광기를 뚫고 들어가는 데 성공했다. 카토는 침대에서 일어나 형의 장례식을 준비했다. 여전히 구겨진 튜닉과 냄새나는 망토 차림이었고, 면도도 안 한 얼굴에는 수많은 슬픔의 강이 흘렀다가 마른 흔적이 가득했다. 카이피오가 그에게 남긴 10탈렌툼은 이 장례식을 위해 사용될 터였다. 그는 현지 장의사와 향료 상인 들에게 그 돈을 다 쓰고자 했지만, 살 수 있는 걸 전부 다 사들여도 1탈렌툼밖에 안 되었다. 그는 카이피오의 골분이 담길 보석 박힌 상자에 1탈렌툼을 더 썼고, 나머지 8탈렌툼은 아이노스 광장에 카이피오의 조각상을 세우는 데 쓰기로 했다.

"하지만 형님의 피부, 머리카락, 눈동자 색을 실물처럼 표현할 필요는 없소." 카토는 특유의 거칠고 듣기 싫은 목소리로 말했다. 그의 목구멍에서 나는 잡음 때문에 평소보다 더 거칠게 들렸다. "이 조각상이 살아 있는 사람처럼 보이는 것은 원치 않소. 조각상을 보는 모든 사람들이 그가 죽었다는 것을 알아차렸으면 좋겠소. 타르소스 섬의 회색 대리석을 이용하고, 형님이 달빛 아래서 빛날 수 있게 윤을 내시오. 형님은 그림자이니, 나는 형님의 조각상이 그림자처럼 보였으면 하오."

헤브로스 강 하구 동쪽의 이 작은 그리스인 마을이 이제껏 보아왔던 중에 가장 인상적인 장례식이 펼쳐졌다. 모든 여성들을 고용해 곡을 하도록 했고, 아이노스에 있던 모든 향료가 카이피오를 화장하기 위한 장작더미 위에서 태워졌다. 장례식이 끝나자 카토는 직접 재를 모아 작고 아름다운 유골함에 담았다. 일 년 뒤 로마로 돌아가 그의 의무에 따라 카이피오 부인에게 유골을 넘겨줄 때까지, 그는 그 유골함을 늘 몸에 지니고 다녔다.

또한 자신이 로마로 돌아가기 전까지 카이피오의 유언 중 꼭 필요한 부분이 먼저 집행될 수 있도록 마메르쿠스 외삼촌에게 편지를 보냈다. 테살로니카의 루브리우스 총독에겐 따로 편지를 쓸 필요가 없음을 알고 그는 꽤 놀랐다. 행정장관이 카이피오의 사망 당일 루브리우스에게 그 소식을 전했고, 루브리우스는 기회를 놓치지 않았다. 그리하여 카토와 무나티우스 루푸스의 모든 소지품과 함께 카토를 위한 위로의 편지가 도착했다. 총독의 필경사가 완벽한 글씨체로 옮겨 쓴 글이었다. 자네들 임기도 거의 끝나가고 있네, 제군들. 그러니 이곳으로 돌아올 필요는 없네. 해도 짧아졌고, 베시족은 겨울을 나기 위해 다누비우스 강으로 돌아갔으니 말일세! 동방으로 긴 휴가라도 떠나서 가장 적절한 방식으로, 최선의 방식으로 슬픔을 달래길 바라네.

"난 그렇게 하겠네." 카토는 두 손으로 유골함을 붙잡고 말했다. "우리는 서쪽이 아니라 동쪽으로 가는 걸세."

하지만 카토는 변해버렸고, 아테노도로스 코르딜리온과 무나티우스 루푸스 둘 다 그 사실을 알아차리고 슬퍼했다. 카토는 언제나 작동중인 등대처럼 강하고 한결같은 빛줄기를 내뿜었고, 그 빛줄기는 계속 돌고 돌았다. 그런데 이제 그 불이 꺼졌다. 얼굴은 그대로였고 군살 없이 탄

탄한 몸매도 예전과 다를 바 없었다. 하지만 이제 그 위협적인 목소리는 생기를 잃어버렸다. 카토는 흥분하거나 열변을 토하거나 분개하거나 화를 내지도 않았다. 무엇보다 안타까운 건, 열정이 사라졌다는 점이었다.

앞으로 계속 살아가기 위해 얼마나 더 강해져야 할지는 오직 카토만이 알고 있었다. 자신이 무슨 결심을 했는지도 오직 카토만이 알고 있었다. 그는 앞으로 절대 이런 고문과 끔찍한 파멸로 인해 고통받지 않기로 결심했다. 사랑은 영원한 상실을 의미했다. 그러므로 사랑은 저주나 다름없었다. 앞으로는 절대 사랑하지 않으리라. 두 번 다시는.

세 자유인과 그들의 세 노예로 구성된 초라한 일행이 에그나티우스 가도를 걸어 헬레스폰트 해협 방향으로 이동하는 사이, 시논이란 이름의 해방노예는 작고 야무진 배의 난간에 기대 상쾌하고 꾸준한 겨울바람을 맞으며 에게 해 방향으로 이동하고 있었다. 목적지는 아테네였다. 거기서 배를 갈아타고 페르가몬으로 간 다음, 자신의 마지막 황금을 찾을 생각이었다. 마지막 부분에 대해 그는 일말의 의심도 품지 않았다. 위대한 파트리키 귀족 부인 세르빌리아는 워낙 술수가 뛰어난 사람이라 대가를 지불하지 않고 넘어가진 않으리라. 시논은 잠깐 동안 협박을 고려해봤다가 이내 소리내어 웃고, 어깨를 으쓱하고, 빠르게 일어나는 물보라를 향해 드라크마 동전 하나를 던졌다. 포세이돈에게 바치는 속죄의 제물이었다. 나를 안전하게 옮겨주소서, 심연의 아버지여! 난 이제 자유의 몸일 뿐만 아니라 부자가 됐다. 로마의 암사자는 조용하다. 돈을 더 얻기 위해 그녀를 깨우진 않으리라. 그 대신, 이미 법적으로 내 소유인 재산을 더 크게 불릴 것이다.

로마의 암사자는 마메르쿠스 외삼촌으로부터 동생의 죽음 소식을 전해 들었다. 외삼촌은 카토의 편지를 받자마자 그녀를 만나러 왔다. 그녀는 눈물을 흘렸지만, 그리 많이 흘리지는 않았다. 마메르쿠스 외삼촌은 그녀의 감정을 누구보다도 잘 알고 있었다. 페르가몬의 은행가에게는 카이피오가 길을 떠난 직후에 미리 지시를 내려두었다. 자금 전달이라는 위험한 일을 사건이 벌어지기 전에 해두기로 결심했던 것이다. 세르빌리아는 현명했다. 그 어떤 회계사나 은행가도, 어째서 카이피오가 사망한 후에 그의 누나가 시논이란 해방노예에게 거금을 보내 페르가몬에서 찾아가도록 했는지 파헤치는 일 따윈 없으리라.

그날 오후 브루투스는 율리아에게 말했다. "난 이름을 바꾸게 될 거야, 놀랍지 않니?"

"누군가의 유언으로 입양된 건가요?" 보통 어떤 상황에서 남자의 이름이 바뀌는지 잘 알고 있는 율리아가 물었다.

"카이피오 외삼촌이 아이노스에서 돌아가셨는데, 내가 그분의 상속자야." 슬픈 갈색 눈은 눈물을 몇 방울 찍어냈다. "외삼촌은 착한 분이었고 난 그분을 좋아했어. 무엇보다 카토 외삼촌이 카이피오 외삼촌을 너무 아껴서 그런 것도 있지만. 불쌍한 카토 외삼촌은 한 시간 늦게 도착해 임종을 못 보셨어. 카토 외삼촌은 오랫동안 집에 돌아오지 않을 거랬어. 외삼촌이 그리울 것 같아."

"벌써 그리워하고 있잖아요." 율리아가 미소를 짓고 그의 손을 꽉 쥐면서 말했다.

그도 미소를 짓고 그녀의 손을 꽉 쥐었다. 약혼녀를 대하는 브루투스의 태도에는 걱정할 부분이 전혀 없었다. 그의 태도는 그 어떤 깐깐한 할머니라도 만족시킬 만큼 신중했던 것이다. 아우렐리아는 약혼 계약서에 서명을 하자마자 모든 종류의 감시를 중단했다. 그런 면에서 브루투스는 그의 어머니와 의붓아버지의 자랑이었다.

최근 열 살이 된 율리아는(그녀의 생일은 1월에 있었다) 브루투스가 어머니와 의붓아버지의 자랑이란 사실이 진심으로 기뻤다. 카이사르가 율리아에게 약혼 상대를 알려주었을 때 그녀는 충격에 빠졌다. 브루투스에게 연민을 느끼긴 했지만, 아무리 오랫동안 꾸준히 본다고 해도 그 연민이 결혼생활을 단단히 묶어줄 애정으로 바뀌진 않으리란 걸 알고 있었기 때문이다. 그녀가 생각하는 브루투스는 가장 좋게 표현하면 '착하다' 정도였고, 가장 나쁘게 표현하면 '지루하다'였다. 율리아는 아직 나이가 어려 낭만적인 꿈을 꾸진 않았지만 대부분의 귀족 출신 여자아이들처럼 어른으로서의 삶에 아주 관심이 많았고, 그러므로 결혼에 대해서도 아주 잘 알고 있었다. 니포의 학교에서 급우들에게 그녀의 약혼 상대가 누구인지 알려주는 것은 쉽지 않은 일이었다. 예전에는 학급에서 유일하게 약혼자가 있는 유니아, 유닐라 자매와 대등한 위치가 되면 대단한 만족감을 느끼리라고 생각했다. 하지만 유니아의 약혼자 바티아 이사우리쿠스는 유쾌한 친구였고, 유닐라의 약혼자 레피두스는 눈부신 미남이었다. 그런데 브루투스는 어떤 사람인가? 그의 두 이부동생들은 오빠라면 질색했고, 학교에선 아예 오빠 이야기를 꺼내지도 않았다. 율리아처럼 그들도 브루투스를 재미없는 잘난척쟁이라고 생각했던 것이다. 그런데 그런 그와 결혼해야 한다니! 오, 친구들이 잔인하게 놀릴 것이 분명했다! 또한 그녀를 동정할 것이 분명했다.

"가엾은 율리아!" 유니아가 명랑하게 웃으며 말했다.

하지만 율리아는 운명을 탓해봐야 소용없단 걸 알고 있었다. 그녀는 브루투스와 결혼해야만 했고, 그걸로 끝이었다.

"소식 들었어요, 아빠?" 그녀는 저녁식사가 끝난 뒤 잠시 집에 들른 아버지에게 물었다.

폼페이아가 이 집에 살면서부터 정말 끔찍했다. 그는 절대 집에서 자지 않았고, 가족과 식사도 자주 하지 않았으며, 그냥 잠깐 들렀다 떠나곤 했다. 그러므로 그를 조금이라도 더 붙들어두고 함께 이야기 나눌 수 있는 소식이라면 뭐든 환영이었다. 율리아는 기회를 포착했다.

"소식?" 그는 무심하게 물었다.

"오늘 누가 날 찾아왔게요?" 그녀는 신이 난 얼굴로 물었다.

그녀의 아버지의 눈이 깜빡거렸다. "브루투스?"

"다시 맞혀봐요!"

"유피테르 옵티무스 막시무스!"

"아빠 바보! 그는 생각의 형태로 나타나지 사람의 형태로 나타나지 않잖아요."

"그럼 누구니?" 그는 슬슬 불안해하며 물었다. 폼페이아가 집에 있었고, 서재 쪽에서 그녀의 기척이 들렸던 것이다. 이제 카이사르가 서재에 머무르지 않으니 폼페이아는 그곳을 자기 방으로 바꿔놓았다.

"오, 아빠. 제발 조금만 더 있다 가세요!"

커다란 파란 눈에 조바심이 스며들었다. 카이사르의 양심이 그의 숨통을 조였다. 폼페이아로 인해 누구보다 큰 고통을 겪는 사람은 아버지를 자주 못 보는 불쌍한 어린 율리아였다.

그는 한숨을 쉬며 딸아이를 안아 의자 쪽으로 옮기더니, 의자에 앉아 딸을 자신의 한쪽 무릎에 앉혔다. "키가 쑥쑥 크는구나!" 그는 놀라며 말했다.

"더 컸으면 좋겠어요." 그녀는 그의 하얀 부챗살에 입맞춤하기 시작했다.

"오늘 누가 널 보러 왔는데?" 그는 미동도 없는 자세로 물었다.

"퀸투스 세르빌리우스 카이피오요."

그는 고개를 홱 돌렸다. "누구?"

"퀸투스 세르빌리우스 카이피오요."

"하지만 그자는 나이우스 폼페이우스 밑에서 재무관으로 일하잖니!"

"아뇨, 그렇지 않아요."

"율리아, 그 가문에서 살아남은 유일한 남자는 지금 로마에 없어!" 카이사르가 말했다.

"유감이지만," 율리아는 부드럽게 말했다. "아빠가 말씀하시는 그분은 이미 이 세상 사람이 아니에요. 그분은 1월에 아이노스에서 돌아가셨어요. 하지만 이제 새로운 퀸투스 세르빌리우스 카이피오가 있어요. 유언장에 그의 이름이 적혀 있기 때문인데, 곧 정식 입양절차를 거칠 거예요."

카이사르의 입이 벌어졌다. "브루투스 말이니?"

"네, 브루투스요. 그는 이제 카이피오 유니아누스가 아니라 퀸투스 세르빌리우스 카이피오 브루투스로 알려질 거예요. 유니우스보단 브루투스란 이름이 더 중요하니까요."

"유피테르 신이여!"

"아빠, 많이 놀라시네요. 왜 그러세요?"

그는 한 손으로 이마를 짚더니, 자기 뺨을 때리는 시늉을 했다. "음, 넌 잘 모를 거야." 그런 다음 소리내어 웃었다. "율리아, 넌 로마에서 제일가는 부자와 결혼하게 생겼구나! 브루투스가 카이피오의 후계자라면, 그가 받게 될 세번째 유산은 나머지 두 유산을 우스워 보이게 만들겠지. 넌 여왕보다도 부유해질 거야."

"브루투스는 그런 말을 안 하던데요."

"그애도 아마 잘 모르고 있을 거야. 네 약혼자는 그렇게 호기심 많은 친구가 아니더구나." 카이사르가 말했다.

"브루투스도 돈을 좋아하는 것 같던데요."

"안 그런 사람이 어디 있겠니?" 카이사르는 다소 씁쓸하게 말했다. 그는 자리에서 일어나 율리아를 의자에 내려놓았다. "조금만 있다 돌아올게." 그는 이 말을 남기고 재빨리 문을 지나 식당으로 들어갔다. 율리아는 아버지가 서재로 갔을 것이라 짐작했다.

얼마 지나지 않아 폼페이아가 분한 표정으로 뛰어나오더니, 성난 눈빛으로 율리아를 쳐다봤다.

"무슨 일이에요?" 율리아는 의붓어머니에게 물었다. 그녀는 의붓어머니와 그럭저럭 잘 지내는 편이었다. 브루투스가 폼페이아처럼 멍청하다고 생각하진 않았지만, 폼페이아와 함께 지내는 것은 브루투스를 감당하기 위한 좋은 연습이 되어주었다.

"네 아빠가 날 밖으로 쫓아냈어!" 폼페이아가 말했다.

"잠깐이면 충분할 거예요, 분명해요."

정말 잠깐이면 충분했다. 카이사르는 자리에 앉아, 지난해 5월부터 얼굴 볼 일이 없었던 세르빌리아에게 편지를 썼다. 물론 예전부터(지금은 3월이었다) 그녀를 만나려고 마음먹긴 했지만, 시간이 순식간에 흘러버렸고 그에게는 요리해야 할 고기들이 여럿 있었다. 얼마나 놀라운 일인가. 젊은 브루투스가 톨로사의 황금을 상속받게 되다니!

이제 그의 어머니에게 친절하게 굴 때가 된 것이 분명했다. 이것은 어떤 이유에서라도 절대 파기될 수 없는 약혼이었다.

2장

CHAPTER TWO
Mar. 73 B.C. ~ Jul. 65 B.C.

기원전 73년 3월부터
기원전 65년 7월까지

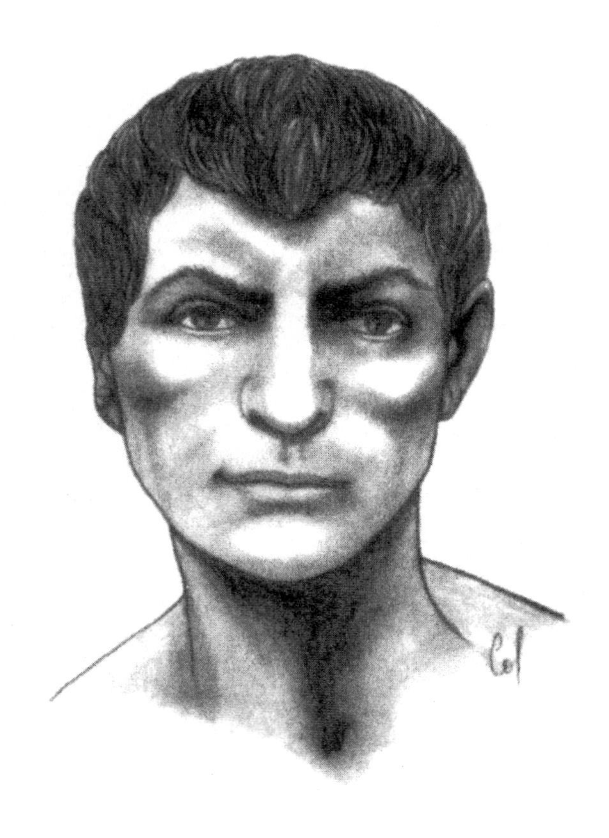

푸블리우스 클로디우스

푸블리우스 클로디우스의 문제는 혈통, 지성, 능력, 재력의 부족이 아니었다. 문제는 방향성 부족으로, 본인이 나아가고자 하는 방향도 몰랐고 그를 든든히 이끌어주는 주변 어른도 없었다. 그는 자신이 남다른 사람이 되기 위해 태어났음을 본능적으로 알았지만, 파트리키 귀족인 클라우디우스 집안사람이 그런 생각을 하는 것은 그다지 새로운 일도 아니었다. 개인주의자들이 넘쳐나는 로마 가문을 하나 꼽으라고 한다면, 단연 파트리키 귀족인 클라우디우스 가문이었다. 모든 파트리키 명문가 중에서 클라우디우스 가문의 역사가 가장 짧다는 것을 감안하면 참 이상한 일이었다. 클라우디우스 가문은 타르퀴니우스 수페르부스 왕이 루키우스 유니우스 브루투스에게 축출당하고 로마 공화정이 막 시작될 무렵 생겨났다. 물론 클라우디우스 집안사람들은 사비니족이었고, 사비니족은 용맹하고 자부심과 독립심이 대단하며 쉽게 길들여지지 않고 호전적이었다. 풍요로운 땅은 드물고 지독히 험한 산악지대로 가득한 라티움 북동쪽의 아펜니누스 산맥에 살던 종족들이니 그럴 수밖에 없었다.

클로디우스의 아버지는 아피우스 클라우디우스 풀케르였다. 그는 추방당한 술라에게 고집스럽게 충성을 다한 대가로 조카인 감찰관 필리푸스의 주도하에 원로원에서 퇴출당했고 모든 재산을 압수당했다. 또한 이후로도 가문의 재산을 되찾는 데 실패했다. 클로디우스의 어머니는 대단한 귀족 가문 출신인 카이킬리아 메텔라 발레아리카였다. 그녀는 막내 클로디우스를 낳다가 죽었는데 6년 동안 아들 셋과 딸 셋, 총 여섯 아이를 낳았다. 전쟁의 우여곡절과 늘 잘못된 시점에 잘못된 장소에 있었던 그의 운명 탓에, 아피우스 클라우디우스 1세는 늘 집에 없었다. 그로 인해 클로디우스의 큰형 아피우스 클라우디우스 2세가 그 집안에서 유일하게 권위 있는 목소리를 냈다. 그의 다섯 동생들은 모두 제멋대로에 소란스럽고 못된 장난을 치려는 욕심으로 가득했지만, 막내 푸블리우스가 그중에도 단연 최고였다. 만약 그에게 엄격한 훈육이 가해졌다면 푸블리우스는 그의 유년 시절을 장악했던 변덕에 덜 휘둘렸을지도 모른다. 하지만 그의 다섯 형제자매들이 막내라면 그저 오냐오냐하는 바람에 그는 뭐든 하고 싶은 대로 할 수 있었다. 또한 아주 어릴 때부터, 이제껏 존재했던 모든 클라우디우스 집안사람 중에 자신이 가장 특별한 사람이라고 확신했다.

그의 아버지가 마케도니아에서 세상을 떠날 무렵, 그는 큰형 아피우스에게 자기 이름 철자를 대중적인 방식인 '클로디우스'로 바꿀 것이고 집안의 코그노멘인 '풀케르'를 사용하지 않겠다고 선언했다. '풀케르'는 '아름답다'는 뜻이었는데, 실제로 클라우디우스 풀케르 집안사람들은 대부분 미남미녀였다. 하지만 이 별명의 원래 주인은 몹시 아름답지 못한 성격 탓에 이 별명을 얻게 되었다. "참 대단한 미남이야!" 사람들은 그를 보며 이렇게 말했고, 풀케르라는 별명은 계속 남게 되었다.

푸블리우스 클로디우스는 당연히 자기 이름 철자를 대중적인 방식으로 바꾸도록 허락받았다. 그의 세 누나들도 비슷한 선례를 남겼는데 큰누나는 클라우디아, 둘째누나는 클로디아, 막내누나는 클로딜라라고 불렸다. 동생들을 너무도 애지중지하는 큰형이자 큰오빠 아피우스는 동생들이 원하는 건 뭐든 들어줬다. 예를 들어 사춘기에 접어든 푸블리우스 클로디우스가 밤마다 악몽에 시달린다는 이유로 클로디아와 클로딜라 틈에서 잠들기를 원한다면, 안 될 게 뭐 있겠는가? 아버지와 어머니도 없이 자란 불쌍한 어린것들! 큰형 아피우스는 동생들을 가엾이 여겼다. 막내 푸블리우스 클로디우스는 그 점을 간파하고 철저히 이용했다.

막내 푸블리우스 클로디우스가 토가 비릴리스를 입고 정식으로 성인이 될 무렵, 큰형 아피우스는 노처녀 세르빌리아 나이아와 결혼함으로써 거의 바닥난 가문의 재산을 아주 기막히게 불려놓았다. 그녀는 세르빌리우스 카이피오, 리비우스 드루수스, 포르키우스 카토 집안의 고아 여섯 명을 돌봐준 바 있었다. 그녀의 지참금은 부족한 외모만큼이나 어마어마했다. 하지만 그들에겐 고아들을 돌봤다는 공통점이 있었고, 그녀는 감상적인 큰형 아피우스에게 잘 어울리는 짝으로 드러났다. 스물한 살인 아피우스는 서른두 살인 신부와 금세 사랑에 빠졌고 애처가의 삶을 살기 시작했으며, 클라우디우스 가문의 전통에 따라 매년 하나씩 줄줄이 아이를 낳았다.

또한 맏이 아피우스는 지참금도 없는 세 여동생에게 아주 좋은 짝을 찾아주었다. 클라우디아는 곧 집정관이 된 퀸투스 마르키우스 렉스에게 시집갔다. 클로디아는 사촌인 퀸투스 카이킬리우스 메텔루스 켈레르에게 시집갔다(그는 폼페이우스의 아내 무키아 테르티아의 이부동생이기도 했다). 클로딜라는 나이가 족히 세 배는 많은 위대한 루쿨루스에게 시집갔다. 세 신랑은 하나같이 대단한 재산과 명성을 지니고 있었다. 그중 두 명은 이미 가문의 권력을 단단히 다져놓은 지긋한 나이였고, 켈레르는 메텔루스 발레아리쿠스의 장손이자 저명한 웅변가 크라수스의 손자였으므로 자신이 노력할 필요가 없었다. 이 모든 상황은 막내 푸블리우스 클로디우스에게 유리하게 작용했다. 렉스와 클라우디아 사이에는 결혼 몇 년이 지나도록 아들이 없었으므로, 푸블리우스 클로디우스는 렉스의 상속자로 지목받고 있었다.

열여섯 살 되던 해에 푸블리우스 클로디우스는 포룸 로마눔에서 변호인이자 예비 정치인 훈련을 시작했고, 이후 일 년간 카푸아의 연병장에서 전쟁놀이를 했으며, 열여덟 살 되던 해에 다시 포룸 로마눔으로 돌아갔다. 클로디우스는 여자들이 자기 앞에서 사족을 못 쓴다는 것을 깨닫고, 자신의 특별함에 부합하는 여성을 정복하는 활동에 나섰다. 그가 생각하는 자신의 특별함은 나날이 쑥쑥 커지고 있었다. 그리하여 그는 베스타 신녀인 파비아에게 열정을 품게 되었다. 베스타 신녀를 노리는 것은 눈살을 찌푸릴 만한 행동이었으나, 바로 그것이 클로디우스가 추구하는 호색의 모험이었다. 모든 베스타 신녀의 순결에 로마의 국운이 달려 있었으므로, 보통 남자라면 베스타 신녀를 유혹한다는 발상만으로도 공포에 떨며 경악했다. 하지만 푸블리우스 클로디우스는 과연 달랐다.

로마의 그 누구도 베스타 신녀들에게 격리된 삶을 강요하거나 기대하지 않았다. 그들은 최고신관과 수석 신녀에게 만찬 장소와 참석하는 인물들을 보고해 허락을 받으면 만찬에 참여할 수 있었고, 신관 및 조점관과 동등한 자격으로 모든 종교 연회에 참석했다. 비록 여성 보호자의 감시를 받긴 했지만, 그들은 최고신관과 함께 사용하는 관저인 도무스 푸블리카의 공적인 장소에서 남자 손님의 방문도 받을 수 있었다. 베스타 신녀들은 가난에 시달리지도 않았다. 베스타 신녀를 배출하는 것은 가문의 영예였으므로, 동맹 강화를 위해 다른 집안으로 시집보낼 필요가 없는 딸들을 국가에 바쳐 베스타 신녀로 만들곤 했다. 대부분은 두둑한 지참금을 챙겨왔고, 돈이 없는 아이들은 국가에서 지참금을 제공했다.

이제 열여덟 살이 된 파비아는 아름답고 다정다감하고 명랑하며 다소 멍청했다. 남들이 경악하여 얼어붙게 하는 장난을 좋아하는 푸블리우스 클로디우스에겐 완벽한 먹잇감이었다. 베스타 신녀에게 구애하는 것은 기막힌 장난이 되리라! 클로디우스는 파비아의 순결을 빼앗을 정도로 멀리까지 갈 작정이 아니었다. 그렇게 되면 법적으로 자신의 목숨이 위태로워질 수도 있기 때문이었다. 그는 단지 자신에 대한 사랑과 갈증으로 파비아가 시름시름 앓는 것을 보고 싶을 뿐이었다.

문제가 시작된 것은 파비아의 사랑을 두고 다투는 경쟁자가 나타나면서부터였다. 키 크고 까무잡잡하고 잘생긴데다 늠름하고 매력적이며 심지어 치명적이기까지 한 루키우스 세르기우스 카틸리나였다. 클로디우스의 매력도 대단했지만 카틸리나와 비교할 바는 아니었다. 클로디우스는 우선 키와 체격이 뛰어나지 않았고 위협적인 기운을 풍기지도 않았다. 그렇다, 카틸리나는 가공할 만한 경쟁 상대였다. 그에게는 진상이 밝혀지지 않은 매혹적이고도 악랄한 각종 소문들이 따라다녔다. 술라의 공권박탈 조치 때 그가 매부(처형당했다)뿐 아니라 형제(추방되었다)의 공권까지 박탈해 큰돈을 벌었다는 것은 모두가 아는 사실이었다. 게다가 당시에 아내까지 살해했다는 소문이 돌고 있었는데, 사실인지 아닌지는 몰라도 이제껏 그 혐의로 그를 기소해 죗값을 물은 사람은 없었다. 그중에서도 최악은, 어여쁘고 돈 많은 현재의 아내 오레스틸라가 아들 딸린 남자와는 결혼하지 않겠다고 했다는 이유로 자신의 아들까지 살해했다는 소문이었다. 카틸리나가 아들이 죽고 나서 오레스틸라와 재혼했다는 것은 잘 알려진 사실이었다. 그렇다면 그는 정말 불쌍한 소년을 죽인 것일까? 그건 아무도 확신할 수 없었다. 하지만 확신이 부족하다 해서 의심이 약해지진 않았다.

카틸리나는 아마도 클로디우스와 비슷한 동기에서 파비아에 대한 포위전을 개시했을 것이다. 두 사람은 공통적으로 내숭쟁이 로마인들의 코를 비틀어 충격에 빠뜨리는 못된 장난을 좋아했다. 하지만 산전수전 다 겪은 서른네 살의 카틸리나와 미숙한 열여덟 살의 클로디우스 중에 한 명은 승자, 다른 한 명은 패자가 되어야 했다. 카틸리나 역시 포위전에 나서면서 파비아의 처녀막을 목표로 삼진 않았다. 그 소중한 신체 조직은 온전한 상태로 남아 있었고 파비아는 엄밀히 말해 아직 처녀였다. 하지만 그 가련한 소녀는 카틸리나를 너무 깊이 사랑하게 된 나머지 그것만 빼고 나머지를 다 허락했다. 남자와 키스를 몇 번 하고, 젖가슴을 드러내 입맞춤하도록 하고, 외음부의 가장 민감한 부분을 손가락으로 더듬고 혀로 핥게 했다고 설마 큰일이라도 나겠어? 카틸리나의 속삭임을 듣고 있자니 이런 행동들이 죄를 짓는 것처럼 느껴지지 않았고, 잇따른 황홀감은 그녀가 베스타 신녀로 지내는 남은 기간 동안, 심지어 그보다 더 오랜 세월 동안 소중히 간직할 추억이 되었다.

수석 신녀인 페르펜니아는 안타깝게도 엄격한 통치자가 아니었다. 최고신관 메텔루스 피우스도 로마에 없었는데, 물론 히스파니아에서 세르토리우스와 전쟁을 치르고 있었기 때문이다. 다음 서열은 폰테이아였고, 그다음은 스물여덟 살인 리키니아, 열여덟 살인 파비아, 각각 열일곱 살인 아룬티아와 포필리아였다. 페르펜니아와 폰테이아는 거의 동갑으로 서른두 살 정도였고 5년 안에 퇴임을 앞두고 있었다. 그러므로 두 상급 신녀에게 가장 중요한 문제는 본인들의 퇴직, 세스테르티우스화(貨)의 가치 하락, 그로 인해 한때 넉넉했던 지참금이 노후 자금으로 충분할지에 대한 걱정 등이었다. 두 신녀는 퇴임 후 결혼할 마음이 없었다. 퇴임한 신녀에게 결혼이 금지된 것은 아니었지만, 불운이 따른다고 알려져 있었다.

이런 상황에 리키니아가 등장했다. 여섯 신녀 중에 나이순으로 세번째인 그녀는 가장 경제적으로 넉넉했다. 마르쿠스 리키니우스 크라수스보단 리키니우스 무레나와 더 가까운 혈통이었지만, 그 위대한 금권 정치가와도 잘 알고 지내는 사이였다. 리키니아는 재정 문제를 논의할 고급 자문으로 크라수스를 초대했고, 세 상급 신녀들은 그와 함께 오랫동안 사업, 투자, 수익성 있는 지참금 관리에 도움이 안 되는 아버지들에 관한 이야기를 나눴다.

이런 일이 벌어지는 동안 카틸리나는 그들의 코앞에서 파비아를 갖고 놀았고, 클로디우스 역시 그러려고 시도했다. 파비아는 처음에 젊은 쪽이 뭘 하려는 건지 알 수 없었다. 카틸리나의 자연스러운 노련함과 비교하면 클로디우스의 접근은 너무 서툴고 풋내기 같았다. 클로디우스가 사랑의 말을 속삭이며 그녀의 얼굴에 온통 키스를 퍼부었을 때 그녀는 그의 터무니없는 행동을 비웃는 실수를 범했고, 그의 귓전에 그녀의 깔깔대는 소리가 맴도는 가운데 그를 집으로 돌려보냈다. 그것은 이제껏 원하는 건 뭐든 손에 넣어왔던, 평생 단 한 번도 비웃음당한 기억이 없던 푸블리우스 클로디우스를 다루는 적절한 방식이 아니었다. 그 자신의 이미지에 대한 그 모욕감은 너무도 거대해서, 그는 당장 복수에 나서기로 작정했다.

그는 아주 로마인다운 복수 방법을 택했다. 바로 소송이었다. 그러나 카토가 열여덟 살 때 아이밀리아 레피다에게 버림받고 시작했던 비교적 무해한 종류의 소송이 아니었다. 카토는 약속 불이행을 문제삼은 반면, 클로디우스는 베스타 신녀의 부정(不貞)을 걸고넘어졌다. 로마인들은 모든 범죄, 심지어 반역에 대해서도 사형선고를 꺼렸지만, 이것은 유죄가 입증될 경우 자동으로 사형선고가 떨어지는 혐의였다.

그는 파비아에게 복수하는 것만으로 만족하지 않았다. 부정 혐의는 파비아(상대는 카틸리나), 리키니아(상대는 마르쿠스 크라수스), 아룬티아와 포필리아(상대는 양쪽 다 카틸리나)에게도 제기되었다. 두 개의 법정이 개설되었는데, 하나는 베스타 신녀들을 기소하기 위한 법정이었으며 클로디우스가 직접 기소인으로 나섰다. 다른 하나는 연인으로 지목받은 남자들을 기소하기 위한 법정이었으며 클로디우스의 친구 플로티우스(그 역시 대중적인 방식으로 플라우티우스에서 플로티우스로 개명했다)가 카틸리나와 크라수스의 기소인이 되었다.

기소된 사람들 모두 무죄판결을 받았지만, 이 재판의 파문은 대단했다. 또한 로마인들의 한결같은 유머감각을 제대로 건드리는 사건이 있었는데, 크라수스가 자신이 리키니아를 따라다닌 점은 인정하지만 그건 그녀 소유의 아늑한 교외 부동산에 관심이 있어서였다고 말해 혐의에서 벗어난 것이었다. 사람들은 이 말을 믿었을까? 배심원들은 그렇게 믿는 것이 분명했다.

클로디우스는 여자들에게 유죄판결을 내리려고 부단히 노력했지만, 아주 유능하고 박식한 수석 변호인 마르쿠스 푸피우스 피소와 맞서야 했고 그 밑으로도 뛰어난 차석 변호인들이 버티고 있었다. 미숙함과 증거 부족으로 인해 클로디우스는 패배했다. 게다가 로마의 가장 존경받는 부인들로 구성된 자문단은 기소된 네 신녀가 모두 처녀라고 선언했다. 엎친 데 덮친 격으로 클로디우스는 배심원단과 재판관을 모두 적으로 돌렸다. 젊은이치고 드문 그의 거만함과 치명적인 공격성은 모든 사람들을 분노케 했다. 젊은 기소인들은 뛰어난 재치와 더불어 약간의 겸손함을 내보이기 마련이었는데, '겸손'은 클로디우스의 사전에 없는 단어였다.

모든 것이 마무리된 후, 키케로는 "이제 기소 같은 건 하지 말게"라는 (선의의) 조언을 했다. 키케로의 아내는 파비아의 이부자매였으므로, 키케로는 당연히 푸피우스 피소의 변호인단에 포함돼 있었다. "자네의 악의와 편견은 너무 노골적이야. 그래서 기소인이 성공적인 경력을 쌓기 위해 꼭 필요한 객관성을 유지할 수 없는 걸세."

그 말을 들은 클로디우스는 키케로마저 미워하게 됐지만, 키케로는 피라미에 불과했다. 클로디우스는 우선 파비아를 차지하고도 재판에서 사형선고를 면한 카틸리나에게 어떻게든 대가를 치르게 하고 싶어 온몸이 근질거렸다.

하지만 설상가상으로, 재판이 끝난 후에 도움을 줄 것이라 예상했던 사람들이 그를 슬금슬금 피했다. 그는 큰형 아피우스로부터 아주 드물게 호된 꾸중을 듣는 수모를 감내해야 했다. 큰형은 아주 화가 나 있었고 그 상황을 민망해했다.

"네가 한 짓은 순전히 앙심으로 비치고 있어, 푸블리우스." 큰형 아피우스가 말했다. "그리고 난 사람들의 생각을 바꿀 수도 없어. 사람들은 유죄선고를 받은 베스타 신녀의 운명을 상상하는 것만으로도 공포에 떤다는 걸 너도 알아야 해. 물 한 통, 빵 한 조각과 함께 산 채로 매장당하는 운명은 어떨까? 말뚝에 묶여 죽을 때까지 태형을 당해야 하는 그 남자들의 운명은 어떻고? 끔찍하지, 너무 끔찍해! 그들 중 한 명에게 유죄판결을 받아내려고 해도 반박할 수 없는 증거가 산더미같이 필요할 텐데, 넌 작은 언덕만한 증거조차 내놓지 못했지! 그 베스타 신녀 네 명은 모두 유력 가문 출신들인데, 넌 그 가문들을 영원히 적으로 돌려버렸어. 난 널 도와줄 수 없어, 푸블리우스. 하지만 로마를 몇 년 떠나 있음으로써 나 자신은 구할 수 있겠지. 너도 나처럼 하는 게 좋을 거야."

하지만 클로디우스는 다른 사람이 정해주는 인생 방향을 따를 생각이 없었다. 그게 아무리 큰형 아피우스라 해도 말이다. 그래서 콧방귀를 뀌며 등을 돌렸다. 그는 자신을 모욕한 로마에서 4년간 슬금슬금 숨어 지내는 형벌을 스스로에게 선고했다. 한편 동방으로 떠난 큰형 아피우스는 그가 못된 장난에 있어서는 진정한 클라우디우스 집안사람임을 모든 로마인들에게 증명하는 쾌거를 이룩했다. 하지만 그의 못된 장난은 티그라네스 왕을 괴롭히는 데 큰 역할을 했으므로, 로마인들은 그 못된 장난을—그리고 장난의 주인공을—대단히 칭송했다.

푸블리우스 클로디우스는 악당들을 기소할 능력이 있음을 인정받지 못했고 변호인을 구하는 악당들로부터도 번번이 거절당했기 때문에 아주 끔찍한 시간을 보내고 있었다. 다른 사람이었다면 이런 냉대가 자기반성으로 이어지고 결국에는 성격 개조라는 긍정적인 열매를 낳았겠지만, 클로디우스에게 있어선 그저 기존의 약점을 더 악화시키기만 했다. 그는 포룸 로마눔에서 경험을 쌓을 기회를 잃었고, 보통 아무짝에도 쓸모없다고 평가받는 일단의 귀족 젊은이들과 어울리기 시작했다. 4년 내내 클로디우스는 허름한 선술집에서 술을 마시고, 모든 종류의 여자들을 유혹하고, 노름을 하고, 로마 귀족사회에 원한을 품은 사람들과 불만을 나눴다.

클로디우스는 아무런 목적도 없는 일상에 진심으로 만족하는 성격이 아니었으므로, 마침내 그가 건설적인 일을 시작하게끔 한 것은 바로 권태였다. 그는 자신이 남다르다고 믿었고 어떤 면에서든 남들보다 뛰어나야 한다고 생각했다. 안 그러면 사람들에게 잊히거나 경멸당하며 살아가게 될 텐데, 그건 죽은 것이나 다름없는 삶이었다. 그것으론 충분히 훌륭하지 않았다. 충분히 원대하지 않았다. 푸블리우스 클로디우스에게 허용될 수 있는 유일한 운명은 로마의 일인자 자리에 오르는 것뿐이었다. 그 일을 어떻게 해낼 수 있을지는 그도 몰랐다. 다만 잠에서 깨었더니 전날 마신 포도주 탓에 머리는 지끈거리고 노름에서 돈을 날려 지갑은 텅텅 비어 있던 어느 날, 그는 자신의 지겨움이 이제 한순간도 더 못 견딜 정도로 커져버렸음을 깨달았다. 그에게 필요한 건 사건이었다. 그러므로 사건이 벌어지는 곳으로 떠나야 했다. 그는 동방으로 가서 매형인 루키우스 리키니우스 루쿨루스의 개인 참모진에 합류하기로 했다. 오, 용감하고 탁월한 군인으로서 명성을 얻기 위해서는 아니었다! 클로디우스는 군사 활동에 전혀 관심이 없었다. 하지만 루쿨루스의 개인 참모로 지내다보면 어떤 기회가 올지 누가 알겠는가? 큰형 아피우스는 군사 활동 때문이 아니라, 안티오케이아에서 티그라네스 왕의 심기를 너무나 언짢게 한 덕에 로마인들의 존경을 받게 되었다. 그 '왕 중의 왕'은 아피우스 클라우디우스 풀케르를 몇 달씩 기다리게 함으로써 그에게 교훈을 주려 했던 자신의 결정을 후회할 지경이었다.

푸블리우스 클로디우스는 큰형 아피우스의 귀환 예정일을 며칠 안 남겨두고 떠났다. 때는 폼페이우스와 크라수스가 나란히 집정관에 오른 해의 초반이었다. 같은 해에 카이사르는 재무관으로 일하기 위해 먼 히스파니아로 떠났다.

클로디우스는 큰형 아피우스와 마주치지 않을 만한 길로만 이동해 마침내 헬레스폰트 해협에 도착했다. 새롭게 손에 넣은 미트리다테스의 왕국 폰토스를 정리중인 루쿨루스를 만나기 위해서였다. 클로디우스는 아시아로 이어지는 그 좁은 해협을 건넌 뒤 대륙을 가로질러 매형 루쿨루스에게 갔다. 클로디우스는 매형을 잘 안다고 생각했다. 그는 도회적이고 꼼꼼한 귀족으로 유흥에 탁월한 재주를 지녔고, 어마어마한 재산은 지금도 쑥쑥 불어나고 있을 것이 분명했으며, 좋은 음식, 좋은 포도주, 좋은 친구를 대단히 아낀다고 알려져 있었다. 정확히 클로디우스가 원하는 종류의 상관이었다! 루쿨루스의 개인 참모로 전쟁에 참여하는 일은 호사스러운 생활의 연속일 것이 틀림없었다.

그는 폰토스 중심부의 흑해와 면한 장엄한 도시 아미소스에서 루쿨루스를 만났다. 아미소스는 포위전을 견뎌야 했고, 그 와중에 도시 곳곳이 망가졌다. 이제 루쿨루스는 피해를 복구하고 주민들에게 미트리다테스의 법이 아닌 로마법을 적용시키느라 바빴다.

푸블리우스 클로디우스가 문 앞에 도착하자 루쿨루스는 공식 서한들이 든 주머니를 건네받았고(클로디우스가 신나게 먼저 뜯어서 읽어본 편지들이었다), 이후로는 클로디우스의 존재조차 잊어버렸다.

루쿨루스는 막내처남에게 보좌관 소르나티우스를 도와주라는 무심한 명령을 던지고, 자신의 머릿속을 가장 많이 차지하고 있던 생각으로 돌아갔다. 티그라네스의 왕국 아르메니아를 침략하는 계획이었다.

이 무뚝뚝한 응대에 몹시 화가 난 클로디우스는 당장 자리를 떠났다. 하지만 그 누구에게도, 특히나 소르나티우스 같은 보잘것없는 사람에겐 더더욱 도움이 되려 들지 않았다. 그리하여 루쿨루스가 자신의 작은 군대를 진군 태세로 바꾸는 동안 클로디우스는 아미소스의 골목길과 샛길을 쏘다녔다. 그는 당연히 그리스어를 유창하게 구사했으므로, 그 무엇도 그가 돌아다니면서 사람들과 만나고 친해지는 것을 막을 순 없었다. 그가 만난 많은 사람들은 묘하게 비로마적이며 평등주의자를 자처하는 클로디우스에게 관심을 보였다.

또한 그는 자신이 전혀 몰랐던 루쿨루스의 다른 면이라든지, 그의 군대와 지금까지 참여한 전쟁에 대해 많은 정보를 얻었다.

미트리다테스 왕은 2년 전 그의 사위 티그라네스의 궁정으로 달아났다. 무자비한 로마와 더는 맞설 수 없다고 느꼈고, 콜키스를 침략한 알바니아 야만인들에게 무의미한 복수를 하느라 카우카소스 산맥에서 노련한 병사 25만 명을 잃은 것이 부담으로 다가오고 있던 시기였다. 미트리다테스가 한번 만나달라고 티그라네스를 설득하는 데 스무 달이 걸렸고, 자신이 잃어버린 폰토스, 카파도키아, 소아르메니아, 갈라티아를 되찾도록 도와달라고 설득하는 데는 더 많은 시간이 걸렸다.

루쿨루스는 당연히 첩자를 심어두었고, 두 왕이 뜻을 모았다는 것을 잘 알고 있었다. 하지만 그들이 폰토스를 침략할 때까지 기다리는 대신, 먼저 나서서 아르메니아를 침략하고 티그라네스를 선공하여 그가 미트리다테스를 도울 수 없게 만들기로 작정했다. 그의 원래 계획은 로마와 로마 세력들이 폰토스를 잠잠하게 만들 것이라 믿고 폰토스 내에 주둔군을 전혀 남겨두지 않는 것이었다. 그런데 그는 아시아 속주 총독직을 잃게 되었고, 푸블리우스 클로디우스가 가져온 편지를 통해 자신

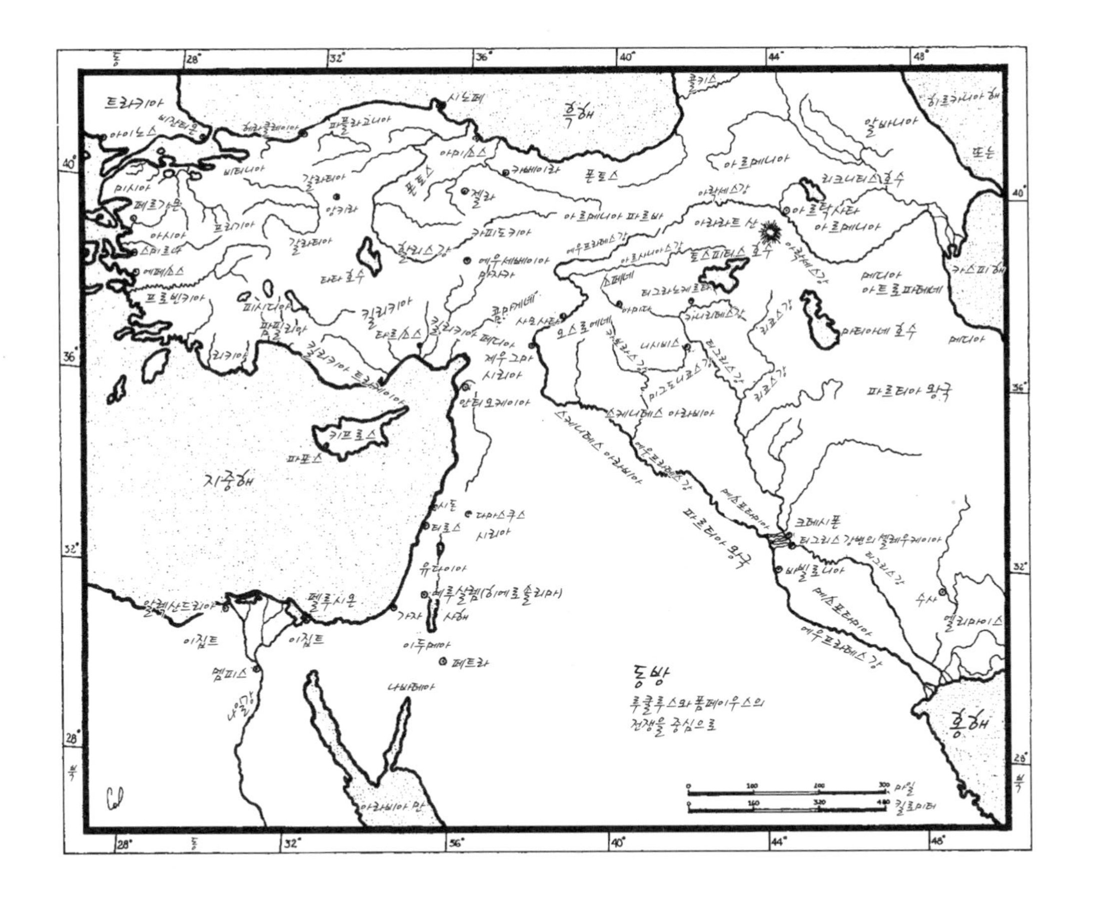
동방
루쿨루스와 폼페이우스의
전쟁을 중심으로
흑해
지중해
홍해
카스피해
트라키아
비잔티온
아이노스
헤라클레이아
파플라고니아
시노페
아미소스
카베이라
폰토스
콜키스
알바니아
아르메니아
리크니티스 호수
아르탁사타
아라라트 산
아르메니아
아락세스강
미시아
페르가몬
비티니아
갈라티아
앙키라
프리기아
아시아
스미르나
에페소스
갈라티아
타타 호수
프로빈키아
피시디아
팜필리아
리키아
킬리키아
타르소스
킬리키아 트라케이아
카파도키아
할리스강
젤라
에우세베이아
마자카
아르메니아 파르바
에우프라테스강
아르사니아스강
토스피티스 호수
티그라노케르타
메디아
아트로파테네
마티아네 호수
메디아
파르티아 왕국
사모사타
오스로에네
니시비스
티그리스강
리코스강
스케니테스 아라비아
안티오케이아
시리아
키프로스
파포스
시돈
티로스
다마스쿠스
시리아
유다이아
예루살렘(히에로솔리마)
사해
가자
이두메아
페트라
나바테아
펠루시온
알렉산드리아
이집트
이집트
멤피스
나일강
아라비아 만
크테시폰
티그리스 강변의 셀레우케이아
바빌로니아
메소포타미아
파르티아 왕국
에우프라테스강
수사
엘리마이스
마일
킬로미터

에 대한 로마 내 기사계급의 적대감이 날로 커지고 있음을 이제 막 확인했다. 편지에 아시아 속주의 신임 총독이 돌라벨라라고 적혀 있을 뿐만 아니라 돌라벨라가 비티니아도 '감독'할 것이라 적혀 있는 것을 보고 루쿨루스는 모든 것을 파악했다. 로마의 기사들과 그들의 고분고분한 원로원 의원들은 전쟁에서의 승리보다 무능함을 선호하는 것이 분명했다. 푸블리우스 클로디우스는 행운의 전령이 아니로군! 루쿨루스는 시무룩하게 결론 내렸다.

그의 권한이 약해지기 이전에 로마에서 파견한 판무관 아홉 명은 폰토스와 카파도키아 각지에 흩어져 있었다. 그들 중에는 술라가 죽은 뒤로 루쿨루스가 세상에서 가장 사랑하는 사람이 포함되어 있었다. 그의 동생인 바로 루쿨루스였다. 하지만 판무관들에게는 병력이 전혀 없었고, 푸블리우스 클로디우스가 가져온 편지의 어조로 봐서는 판무관들도 조만간 해임될 것 같았다. 그러므로 루쿨루스는, 미트리다테스가 티그라네스의 도움 없이 단독으로 왕국을 되찾으려 할 때를 대비해 4개 군단 중 2개 군단은 주둔군으로 남겨두고 떠날 수밖에 없다는 결론에 도달했다. 그가 가장 높이 평가하는 보좌관은 델로스 섬의 피해를 복구하고 있었다. 루쿨루스는 소르나티우스가 좋은 사람이란 건 알았지만, 그의 군사적 역량에 대한 확신이 없어 혼자 두고 떠날 수 없었다. 그래서 결국 다른 선임 보좌관 마르쿠스 파비우스 하드리아누스도 폰토스에 남겨두기로 했다.

4개 군단 중 2개 군단은 폰토스에 남겨놓기로 마음먹었으니, 루쿨루스는 그 2개 군단이 어느 쪽이 될 것인지 잘 알고 있었다. 그리 기분좋은 상황은 아니었다. 킬리키아 속주의 2개 군단은 폰토스에 남게 되리라. 그리고 그는 핌브리아군 2개 군단과 함께 남쪽으로 진군하게 될 터였다. 그들은 대단한 병사들이었다! 그는 그들을 지극히 혐오했다. 그들은 동방에서 벌써 16년째 생활하고 있었고, 반란과 살인 전과 때문에 원로원으로부터 로마나 이탈리아로의 귀환 금지령을 선고받았다. 그들은 늘 부글부글 들끓는 위험한 남자들이었지만, 루쿨루스는 수년 동안 그들을 이용해왔다. 전쟁중에는 인정사정없이 채찍질하고, 겨울철 휴전기에는 병사들을 아무렇게나 풀어놓고 오감을 만족시켜준 것이다. 그리하여 그들은 기꺼이 루쿨루스를 위해 싸웠고, 어떤 때는 인정하기 싫지만 그를 존경하기까지 했다. 하지만 그들은 여전히 첫번째 사령관인 핌브리아의 이름을 따서 스스로를 지칭했으며, 그런 이유로 핌브리아군이라 불렸다. 루쿨루스도 그쪽이 낫다고 생각했다. 그들이 리키니우스군이나 루쿨루스군으로 알려지길 그가 원했을까? 천만에.

클로디우스는 아미소스를 너무 사랑하게 된 나머지, 보좌관 소르나티우스와 파비우스 하드리아누스와 함께 폰토스에 남기로 결심했다. 루쿨루스가 1천500킬로미터 진군을 계획중이라는 말을 듣는 순간 전쟁에 대한 흥미는 완전히 사라졌다.

하지만 뜻대로 되지 않았다. 그에게는 개인 참모 자격으로 루쿨루스를 따라가라는 명령이 떨어졌다. 뭐, 괜찮아, 적어도 거기선 여기보다 호화로운 생활을 할 수 있겠지! 클로디우스는 속으로 생각했다. 그러다 클로디우스는 루쿨루스가 생각하는 전쟁중의 안락함이 무엇인지 알게 되었다. 사실 안락함 따윈 전혀 없었다. 클로디우스가 로마와 아미소스에서 봤던 호사스러운 쾌락주의자는 완전히 사라졌다. 핌브리아군의 선두에서 행군하는 루쿨루스는 일개 사병보다 전혀 나을 것 없는 생활을 했다. 그의 생활이 전혀 나을 것 없다면, 그의 개인 참모들의 생활도 마찬가지였다. 개인 참모들은 말을 타지 않고 걸었고, 핌브리아군도 말을 타지 않고 걸었다. 그들은 죽과 딱딱한 빵을 먹었고, 핌브리아군도 죽과 딱딱한 빵을 먹었다. 그들은 흙으로 베개를 만들어 땅바닥에서 망토를 덮고 잤고, 핌브리아군도 흙으로 베개를 만들어 땅바닥에서 망토를 덮고 잤다. 그들은 살얼음이 낀 강에서 씻을 자신이 없으면 고린내를 풍겨야 했고, 핌브리아군도 살얼음이 낀 강에서 씻을 자신이 없으면 고린내를 풍겨야 했다. 핌브리아군에게 견딜 만한 것은 루쿨루스에게도 견딜 만했다.

하지만 푸블리우스 클로디우스에겐 견딜 만하지 않았다. 그는 아미소스를 떠난 지 며칠 지나지 않아 루쿨루스와의 친분을 이용하여 그에게 불만을 털어놓았다.

장군의 옅은 회색 눈은 아무런 감정 없이 클로디우스를 위아래로 훑었다. 그 눈빛은 군대가 지나온 이제 막 녹기 시작한 땅만큼이나 차가웠다. "편안한 삶을 원한다면, 클로디우스, 집으로 돌아가게." 그가 말했다.

"집으로 돌아가고 싶진 않아요. 다만 좀 편하게 살고 싶어요!" 클로디우스가 말했다.

"이것 아니면 저것이야. 나와 함께 지내는 한, 두 가지를 다 가질 순 없어." 그의 매형은 이 말만 남기고 경멸스럽다는 듯 등을 돌렸다.

그것이 클로디우스가 매형과 나눈 마지막 대화였다. 하급 보좌관과 군무관 들로 구성된 음울한 참모진도, 그가 이제야 깨달았듯 그에게 없어서는 안 될 동지애를 쌓는 데는 도움이 되지 않았다. 우정, 포도주, 주사위놀이, 여자, 못된 장난. 며칠이 몇 년처럼 느껴지는 나날과 루쿨루스만큼 암울하고 척박한 땅이 계속 이어지는 가운데, 클로디우스는 그런 것들을 그리워했다.

그들은 에우세베이아 마자카에서 잠시 멈췄다. 그곳의 필로로마이오스('로마를 사랑하는 자'를 뜻하는 별명—옮긴이) 아리오바르자네스 왕은 줄 수 있는 것을 전부 로마군 물자 수송대에 기부했고, 루쿨루스에겐 애절한 목소리로 건투를 빌어주었다. 그다음으로 나타난 것은 따뜻한 무지개 빛깔의 깊은 골짜기와 협곡으로 가득한 땅이었다. 응회암 기둥들이 여기저기 서 있었고 기둥 위에는 암석들이 위태롭게 놓여 있었다. 이 협곡들을 우회하느라 이동 거리가 두 배 이상 늘어났지만, 루쿨루스는 하루에 최소 50킬로미터는 이동해야 한다며 병사들을 다그쳤다. 다시 말해 그들은 일출부터 일몰까지 진군해야 했고, 저녁 어스름에 진지를 세우고 새벽 어스름에 그것을 해체해야 했다. 게다가 매일 밤 땅을 파고 벽을 쌓아 제대로 된 진지를 구축해야만 했다. 대체 누구의 공격을 대비해서? 누가 공격한다고? 클로디우스는 쓸데없이 높기만 한 흐린 하늘에다 고함치고 싶었다. 그다음에는 끊임없는 봄철 폭풍의 천둥만큼이나 시끄럽게, 대체 왜? 라는 질문이 따라왔다.

마침내 에우프라테스 강의 토미사에 도착했더니, 그 으스스하고 희부옇게 푸른 강물은 반쯤 녹은 눈으로 끓어오르는 형상이었다. 클로디우스는 안도의 한숨을 내쉬었다. 이제 선택의 여지가 없다! 장군은 이 눈이 하류로 쓸려 내려갈 때까지 기다리는 수밖에 없을 테니. 그런데 과연 그가 기다렸을까? 천만에. 군대가 진군을 멈추려 하자 에우프라테스 강의 유속이 느려지며 잔잔해졌고, 강물은 배가 충분히 지날 수 있는 상태로 바뀌었다. 루쿨루스와 핌브리아군은 배를 타고 소페네로 건너갔고, 마지막 병사까지 모두 강을 건너자 강물은 다시 희뿌연 급류로 바뀌었다.

"내게 운이 따르는군." 루쿨루스는 기뻐하며 말했다. "이건 길조야."

다음으로 나타난 땅은 이전보다 조금 더 호의적이었다. 산세가 덜 험했고, 산비탈에는 부드러운 풀과 야생 아스파라거스가 자랐으며, 나무뿌리가 습기를 빨아들일 수 있는 일부 지역에는 작은 숲이 형성되어 있었다. 하지만 이것이 루쿨루스에게 의미하는 바는 무엇이었을까? 이렇게 길도 좋고 우적우적 씹어 먹을 아스파라거스도 있으니, 병사들에겐 더 빨리 행군해야 한다는 명령이 떨어졌다! 클로디우스는 자신이 어느 로마인에도 뒤지지 않을 만큼 체력이 좋고 민첩하다고 생각해왔고 어디든지 걸어다니곤 했다. 하지만 거의 쉰 살이나 먹은 루쿨루스는 이제 겨우 스물두 살인 클로디우스를 녹초로 만들어놓고 있었다.

그들은 티그리스 강도 건넜다. 에우프라테스 강처럼 넓지도, 유속이 빠르지도 않아서 식은 죽 먹기였다. 그런 다음 두 달간 1천500킬로미터 이상을 진군해온 끝에, 루쿨루스의 군대 앞에 마침내 티그라노케르타가 보였다.

이 도시는 30년 전에는 아예 존재하지도 않았다. 티그라네스 왕은 영광과 더 광대한 세계에 대한 자신의 꿈을 이루기 위해 이 도시를 건설했다. 높은 벽, 성채, 탑, 광장과 법정, 공중정원, 짙은 푸른색과 눈부신 노란색과 화려한 빨간색의 정교한 기와로 덮인 건물, 날개 달린 황소, 사자, 수염이 구불구불하고 높은 왕관을 쓴 왕의 동상 등이 들어선 찬란한 석조 도시였다. 도시의 위치는 방어의 용이성, 도시 내의 식수 공급, 티그라네스가 페르가몬 스타일로 건설한 거대한 하수도의 구정물을 쓸어갈 수 있는 인근의 티그라네스 강 지류까지 모든 것을 고려해 선정되었다. 전 국민이 이 도시 건설을 위한 자금을 댔는데, 핌브리아군이 산등성이에 올라 멀리서 티그라노케르타를 처음 봤을 때부터 그 부유함이 한눈에 들어왔다. 거대하고, 높고, 아름다운 도시였다. 그리스풍의 세계를 갈망했던 '왕 중의 왕'은 애초에 그리스풍의 도시를 건설하고자 했으나, 유년 시절과 청년 시절 파르티아 문화에 과다하게 노출된 것이 문제였다. 완벽한 이오니아와 도리스 양식에 대한 욕심이 시들해지자 그는 요란하게 반짝이는 타일, 날개 달린 황소, 군주의 석상 따위를 추가했다. 그러다 그리스풍의 낮은 건물이 도무지 만족스럽지 않았는지 공중정원과 사각 석탑, 탑문, 파르티아 양식의 구조물 들을 추가했다.

지난 25년간 그 누구도 감히 티그라네스 왕에게 나쁜 소식을 전할 엄두를 내지 못했다. 왕은 나쁜 소식을 가져온 사람의 머리나 양손을 잘랐는데, 그 누구도 그 꼴을 당하긴 싫었던 것이다. 하지만 누군가는 서쪽 산지에서 로마군이 빠른 속도로 다가오고 있다는 소식을 왕에게 전해야 했다. 당연히 군부에서는(티그라네스의 아들 미트라바르자네스 왕자가 이끌고 있었다) 아주 직급이 낮은 군관 한 명에게 이 충격적일 정도로 나쁜 소식을 전달하는 임무를 맡겼다. 왕 중의 왕은 겁에 질렸지만, 우선 전령부터 교수형에 처하는 것을 잊지 않았다. 그런 다음 클레오파트라 왕비와 그 밖의 부인, 첩, 자녀, 보물, 주둔병사 들을 미트라바르자네스에게 맡겨두고 서둘러 달아났다. 히르카니아 해부터 지중해 연안까지 티그라네스가 통치하는 모든 지역으로 소환장이 날아갔다. 병사를 보내라, 철갑 기병을 보내라, 병사를 구할 수 없다면 사막 유목민인 베두인족이라도 보내라! 티그라네스는 사면초가에 몰린 로마가 아르메니아를 침략해 그가 건설한 새로운 수도의 문을 두드릴 수도 있다는 생각을 단 한 번도 해본 적이 없었다.

아버지가 티그라노케르타와 토스피티스 호수 사이의 어딘가에 숨어 있는 동안, 미트라바르자네스 왕자는 인근 베두인족의 도움을 받아 남은 군사를 이끌고 로마 침략군을 마중 나갔다. 루쿨루스는 그들을 완파하고 티그라노케르타를 포위했다. 하지만 루쿨루스의 병력은 너무 적어서 도시의 성벽을 완전히 에워쌀 수 없었다. 그는 성문 주변과 불침번, 순찰 임무에 병력을 집중 배치했다. 그는 지극히 효율적인 사람이었으므로, 성안에서 밖으로 이동하는 사람은 거의 없었고 성밖에서 안으로 이동하는 사람은 아예 없었다. 물론 티그라노케르타가 오랜 포위를 견디지 못하리라고 판단한 것은 아니었다. 다만 그가 믿는 것은 오랜 포위를 원치 않는 티그라노케르타 주민들의 속내였다. 첫 단계는 전장에서 왕 중의 왕을 물리치는 것이었다. 그것은 두번째 단계, 이른바 티그라노케르타의 항복으로 이어질 수 있을 터였다. 티그라노케르타는 티그라네스를 전혀 사랑하지 않는, 오히려 대단히 두려워하는 주민들로 가득했던 것이다. 그는 북부 아르메니아에서 멀리 떨어진 이 새로운 수도와 과거의 수도인 아르탁사타를 시리아, 카파도키아, 동부 킬리키아 등지에서 억지로 잡아온 그리스인 주민들로 채웠다. 이는 인종적으로 메디아인에 해당하는 그의 백성들을 그리스식으로 교화하기 위한 티그라네스의 계획에 필수적인 부분이었다. 문화 및 언어가 그리스화되는 것은 문명화를 의미했다. 메디아 문화를 따르고 그리스어를 모르는 것은 열등하고 원시적인 상태를 의미했다. 그러므로 그의 해결책은 그리스인들을 납치해오는 것이었다.

두 위대한 왕은 힘을 모으기로 합의했지만, 미트리다테스 왕은 너무 신중해서 티그라네스 왕과 함께 지내려 하지 않았다. 그 대신 불과 만 명의 병사와 함께, 티그라네스가 달아나 있는 곳에서 북서쪽으로 떨어진 지역에 머물렀다. 그는 티그라네스의 군사 역량을 높이 평가하지 않았다. 그의 곁에는 그의 친척이자 최고의 장군인 탁실레스가 있었다. 루쿨루스가 티그라노케르타를 포위중이고 포위를 풀기 위해 티그라네스가 거대한 병력을 모집중이라는 소식이 전해지자마자, 미트리다테스는 자신의 친척인 탁실레스를 왕 중의 왕에게 보냈다.

"로마인들을 공격하지 말게!" 이것이 미트리다테스의 전언이었다.

이미 시리아와 카우카소스 산맥처럼 먼 곳으로부터 보병 12만 명, 머리부터 발끝까지 쇠사슬 갑옷을 걸친 말과 병사로 구성된 근사한 철갑 기병 2만 5천 명을 모집했음에도 불구하고, 티그라네스는 이 조언을 따르고 싶은 마음이었다. 그는 수도에서 80킬로미터쯤 떨어진 아늑한 골짜기에 머물고 있었지만, 어쨌든 움직여야 했다. 그의 군수품은 대부분 티그라노케르타의 곡물 저장소와 창고 안에 있었으므로, 그의 대군을 먹이려면 반드시 적군을 견제하면서 도시에 접근할 수 있어야 했다. 정보원들의 보고처럼 정말로 로마군 병력이 티그라노케르타 같은 거대한 도시의 성벽을 전부 에워쌀 만큼 대단하지 않다면, 도시로의 접근은 그리 어려운 일도 아닐 것이라 판단했다.

하지만 그는 로마군 숫자가 얼마 안 된다는 보고를 믿지 않았다. 말을 타고 수도 뒤편의 높은 언덕에 올라가, 그를 물 만큼 건방진 각다귀의 정체를 직접 눈으로 확인하기 전까지는.

"사절단이라기엔 너무 크고, 군대라기엔 너무 작군." 그는 이런 평가와 함께 공격 명령을 내렸다.

하지만 동방의 대군은, 마리우스나 술라 같은 장군에게 누가 공짜로 바친다 해도 절대로 그들이 탐낼 조직이 아니었다. 자고로 군대는 작고 유연하고 기동성이 뛰어나야 했고, 군수품 공급이나 통제나 군사 배치가 용이해야 했다. 루쿨루스에겐 그만큼이나 그의 전술을 훤히 파악하고 있는 소문은 안 좋아도 실력만은 뛰어난 2개 군단의 병사들이 있었고, 수년 동안 그와 함께한 갈라티아 출신의 훌륭한 기병 2천700명이 있었다.

포위전에서는 로마인 사상자도 발생했는데, 대부분 티그라네스 왕이 가진 신기한 조로아스터식 화염 탓이었다. 그리스인들이 '나프타'라고 부르는, 히르카니아 해 남서쪽 어딘가의 페르시아 요새에서 온 무기였다. 그 무기에서 발사되는 불꽃 덩어리들은 훨훨 타오르는 포물선을 그리며 시끄럽게 공성탑과 은신처로 날아들었고, 충돌과 동시에 사방으로 튀었으며, 너무 뜨겁고 눈부신 나머지 아무도 거기서 퍼져나가는 불길을 잡을 수 없었다. 병사들은 화상을 입고 팔다리가 잘려나갔다. 그리고 무엇보다도 공포에 떨었다. 이와 비슷한 경험을 해본 사람은 아무도 없었던 것이다.

그러므로 티그라네스가 그의 대군을 움직여 각다귀를 직접 공격하러 나설 무렵, 그는 분위기에 따라 각다귀가 어떻게 바뀔 수 있는지 모르고 있었다. 그 작은 군대의 로마 병사들 모두는 정말이지 신물이 났다. 단조로운 끼니에, 조로아스터식 화염에, 여자 없는 생활에, 거대한 니사이아 말을 타고 나타나 로마군 식량 징발대를 괴롭히는 철갑 기병에, 넓게는 아르메니아에, 더 구체적으로는 티그라노케르타에 신물이 나 있었다. 루쿨루스부터 핌브리아군 병사, 갈라티아 기병에 이르기까지 모두 진짜 싸움에 목말라 있었다. 티그라네스 왕이 마침내 모습을 드러냈다고 정찰병이 전하자, 그들은 목이 쉬도록 환호성을 내질렀다.

10월 여섯번째 날 새벽, 루쿨루스는 마르스 인빅투스에게 특별한 제물을 올릴 것을 약속하며 전투태세를 갖췄다. 장군은 포위선을 풀고, 진격하는 아르메니아 대군과 도시 사이에 위치한 언덕으로 올라가 병사들을 배치했다. 루쿨루스는 미트리다테스가 탁실레스를 통해 왕 중의 왕에게 로마군과 교전하지 말라는 충고를 전달했다는 사실을 몰랐다. 하지만 티그라네스를 교전으로 끌어들이려면 어떻게 해야 하는지 정확히 알고 있었다. 로마 병사들을 한곳으로 모아 마치 아르메니아 대군의 규모에 압도당한 것처럼 보이도록 하는 방법이었다. 동방의 왕들은 모두 군대의 힘이 머릿수에 달렸다고 믿었으므로, 티그라네스는 필시 공격에 나서리라.

티그라네스는 정말로 공격에 나섰다. 이윽고 벌어진 상황은 괴멸이었다. 탁실레스를 포함해 아르메니아 편의 그 누구도 고지 장악의 중요성을 이해하지 못하는 듯했다. 게다가 무질서하게 언덕을 뛰어올라오는 적군의 무리를 보며, 루쿨루스는 아르메니아군 사령부의 그 누구도 전술이나 전략을 세우지 않았다는 걸 확신했다. 묶여 있던 괴물을 풀어놓았으니 다른 건 필요하지 않다고 판단했던 것이다.

루쿨루스는 언덕 꼭대기에서 서두르지 않고 무시무시한 응징을 가했다. 행여 산더미 같은 적군의 시신에 둘러싸여 꼭대기에 갇히는 탓에 완벽한 승리를 거두지 못하는 건 아닐까 걱정될 뿐이었다. 하지만 그가 갈라티아 기병들을 시켜 아르메니아 병사들의 시신을 치우도록 하자 핌브리아군 병사들은 밀밭을 베는 낫처럼 더 바깥으로, 더 아래로 퍼져나갔다. 아르메니아군 전선이 무너지면서 시리아인과 카우카소스인 보병 수천 명이 쇠사슬 갑옷 차림의 철갑 기병들과 뒤섞였다. 말들과 기병들이 넘어졌고, 보병들은 마구 짓밟혔다. 아르메니아 병사들은 미쳐 날뛰는 핌브리아군 병사들에게 직접 공격당하기보다도 그런 식으로 더 많이 죽어나갔다.

루쿨루스는 다음과 같은 보고서를 로마 원로원으로 보냈다. "아르메니아군 사망자는 10만 명 이상이고, 로마군 사망자는 다섯 명입니다."

티그라네스 왕은 두번째 도주를 했다. 이번에는 생포될 것이라 확신해 왕관과 디아데마를 아들 중 한 명에게 맡겼고, 젊고 몸이 가벼운 왕자가 말을 타고 빨리 달아나도록 했다. 하지만 그 젊은이는 왕관과 디아데마를 수상쩍은 외모의 노예에게 다시 맡겼고, 결국 아르메니아 군주의 징표는 이틀 뒤 루쿨루스의 손에 넘어갔다.

티그라노케르타로 강제 이주당한 그리스인들은 도시의 성문을 열었고, 너무 기뻐서 루쿨루스를 어깨 높이까지 들어올리고 다녔다. 궁핍했던 시절은 옛일이었다. 핌브리아군 병사들도 똑같이 환호하며 포근한 팔과 푹신한 침대로 뛰어들었고, 먹고 마시고 여자와 즐기고 약탈에 나섰다. 전리품도 믿기 힘들 정도였다. 금과 은이 8천 탈렌툼에 밀이 3천만 메딤노스였고, 보물과 예술품의 규모도 어마어마했다.

그리고 장군은 인간으로 변했다! 푸블리우스 클로디우스는 자신이 로마에서 봐왔던 루쿨루스가, 지난 몇 달간의 완고하고 무자비한 남자의 껍질을 뚫고 다시 나타나는 것을 넋 놓고 지켜봤다. 유흥을 위한 필사본들이 쌓여 있었고, 그 옆에는 그의 쾌락을 충족시키기 위한 아름다운 아이들이 있었다. 이제 막 사춘기에 접어든 어린 여자아이들과 성적으로 접촉하는 것보다 그에게 더 즐거운 일은 없었다. 물론 그리스인이 아니라 메디아인 아이들이었다! 전리품은 시장에서 진행된 기념식에서 루쿨루스의 형평성에 따라 분배되었다. 1만 5천 명의 병사들은 최소 3만 세스테르티우스씩 받게 되었지만, 약탈품을 모두 로마 화폐로 전환한 이후에야 대가를 지급받을 수 있었다. 밀을 팔면 1만 2천 탈렌툼을 얻을 수 있었다. 약삭빠른 루쿨루스는 파르티아의 프라아테스 왕에게 대부분의 밀을 판매했다.

푸블리우스 클로디우스의 몫은 무려 10만 세스테르티우스에 달했지만, 그는 매일 걷고 고된 생활을 했던 지난 몇 달간의 기억 때문에 루쿨루스를 용서할 수 없었다. 에우세베이아 마자카와 토미사 구간의 중간쯤에서, 그는 자신을 모욕한 죄로 대가를 치러야 할 인물의 명단에 매형 이름을 추가했다. 카틸리나. 피라미 키케로. 파비아. 이제 루쿨루스까지. 클로디우스는 처음엔 금고에 쌓인 금과 은을 보고—그는 돈을 세는 작업에 참여했다—루쿨루스가 어떻게 전리품 분배과정에서 사람들을 속였는지 알아내려 했다. 군단병 한 명당, 기병 한 명당 겨우 3만 세스테르티우스? 웃기시네! 하지만 그의 계산에 따르면, 8천 탈렌툼을 병사 1만 5천 명으로 나누었을 때 한 명에게 떨어지는 금액은 겨우 1만 3천 세스테르티우스였다. 그렇다면 나머지 1만 7천 세스테르티우스는 어디서 난 돈일까? 클로디우스가 해명을 요구하자, 장군은 밀을 팔아서 얻은 돈이라고 짧게 답했다.

하지만 헛수고로 끝난 이 계산을 통해 클로디우스는 아이디어를 얻었다. 루쿨루스가 병사들을 속였다고 자신이 의심할 정도라면, 누군가 불만의 씨앗을 한두 개쯤 심어주었을 때 병사들은 어떻게 생각할까?

티그라노케르타가 함락되기 전까지, 클로디우스는 장군의 소규모 참모진에 소속된 과묵한 보좌관들과 군관들 외에 다른 사람과는 안면을 틀 기회가 전혀 없었다. 루쿨루스는 규칙을 따지는 사람이었고, 자신의 군관들이 일반 사병들과 가깝게 지내는 걸 못마땅하게 여겼다. 하지만 이제 겨울이 오고 있었고 새롭게 바뀐 루쿨루스는 모든 부하들이 최대한 즐거운 한때를 보낼 수 있도록 배려했으므로, 이전의 감시는 사라졌다. 오, 물론 해야 할 일도 있었다. 이를테면 루쿨루스는 배우와 무희를 죄다 모아 자신의 군대 앞에서 공연하도록 했다. 다시는 고향을 보지 못할 남자들을 위한, 고향으로부터 먼 곳에서 펼쳐지는 휴가 공연이었다. 오락거리가 넘쳐났고, 포도주도 넘쳐났다.

핌브리아군의 우두머리는 총 2개 군단 중 제1군단의 최고참 백인대장이었다. 그의 이름은 마르쿠스 실리우스였고, 나머지 병사들처럼 17년 전 수염도 나지 않은 나이에 일반 군단병으로서 플라쿠스와 핌브리아와 함께 마케도니아를 건너 동쪽으로 진군했다. 우위를 다투는 싸움에서 핌브리아가 승리했을 때, 실리우스는 비잔티온에서 플라쿠스가 살해당한 것에 박수를 보냈다. 그는 아시아로 건너왔고, 미트리다테스 왕과 싸웠다. 핌브리아가 권력에서 추락해 자살하자 술라에게 넘겨졌고 술라 밑에서, 무레나 밑에서, 그다음엔 루쿨루스 밑에서 싸웠다. 다른 병사들과 함께 미틸레네 포위전에 참여했고, 이 무렵 우여곡절 끝에 백인대장 중에서도 아주 높은 직급인 선임 백인대장 자리에 올랐다. 한 해는 다음해로 이어졌고, 하나의 전투는 다음 전투로 이어졌다. 이탈리아를 떠날 당시 그들은 전부 애송이였는데, 당시 이탈리아에는 참전 경험을 갖춘 병사들의 씨가 말라 있었기 때문이다. 이제 티그라노케르타에 주둔중인 그들은 인생의 절반을 독수리 깃대 아래서 보낸 셈이었다. 명예제대를 요구하는 탄원서를 로마로 보냈지만 번번이 거절당했다. 그들의 우두머리인 마르쿠스 실리우스는 그저 고향으로 돌아가고픈 서른네 살의 억울한 남자였다.

클로디우스는 뒤늦게 이런 정보를 얻으려고 애쓸 필요가 없었다. 섹스틸리우스처럼 뚱한 보좌관들도 이따금 입을 열곤 했는데, 보통 실리우스나 핌브리아군 제2군단의 최고참 백인대장인 루키우스 코르니피키우스에 관한 이야기인 경우가 많았다. 루키우스 코르니피키우스는 한창 뜨고 있던 코르니피키우스 가문과는 무관한 사람이었다.

티그라노케르타에서 실리우스의 거처를 찾는 것도 어렵지 않았다. 그와 코르니피키우스는 티그라네스의 아들이 머물던 작은 궁전을 징발해, 아주 매력적인 여자들과 1개 대대도 수발할 수 있을 만큼의 노예들과 함께 지냈다.

위엄 있는 가문 출신의 파트리키 귀족인 푸블리우스 클로디우스는 그들을 방문했고, 트로이아를 찾아간 그리스인들처럼 선물을 준비했다. 오, 물론 목마만큼 커다란 선물은 아니었다! 클로디우스는 루쿨루스에게서 받은 버섯이 담긴 작은 주머니와(루쿨루스는 그런 물건으로 실험해보는 걸 좋아했다), 하인 세 명이 겨우 옮길 수 있을 정도로 큰 포도주병을 가져왔다.

그는 경계하는 눈초리를 받았다. 두 백인대장은 그가 누구이고 루쿨루스와 어떤 관계인지, 진군이나 전투중에 혹은 포위전 당시 진지에서 어떤 모습을 보였는지 잘 알고 있었다. 그중 어느 것도 클로디우스의 외모와 마찬가지로 전혀 인상적이지 않았다. 그는 평균 정도 몸집이었고 군중 속에서 두드러지지 않는 고만고만한 체격이었다. 다만 감탄스러운 것은 그의 뻔뻔함이었다. 그는 이곳 주인이라도 되는 양 불쑥 들어와서는, 두 남자가 각각 그 순간의 정부와 너부러져 있던 긴 의자들 사이의 커다란 쿠션에 편안하게 자리를 잡고 재잘재잘 떠들었다. 그는 버섯이 든 주머니를 꺼내놓더니 이 묘한 음식을 먹으면 어떤 일이 벌어지는지 설명했다.

"놀라운 물건이오!" 클로디우스가 말했다. 그의 눈썹이 익살스럽게 위아래로 꿈틀댔다. "한번 먹어보시오. 하지만 아주 천천히 씹어야 하고, 처음 한동안은 아무 일도 일어나지 않을 거요."

실리우스는 이 초대에 응하지 않았다. 그는 클로디우스가 쪼그라든

버섯의 머리를 천천히, 혹은 다른 어떤 방식으로든 먼저 씹어서 본보기를 보여주지 않는다는 점을 금세 알아챘다.

"원하는 게 뭡니까?" 그는 퉁명스럽게 물었다.

"대화를 나누는 거요." 클로디우스는 이렇게 말하고 처음으로 웃음을 보였다.

클로디우스가 웃는 모습을 처음 보는 사람들은 늘 충격을 받았다. 그 웃음은 다소 긴장되고 불안해 보이는 얼굴을 별안간 너무도 친근하고 매력적으로 바꿔놓았으며, 사방으로 전염되곤 했다. 이번에도 클로디우스의 웃음은 실리우스, 코르니피키우스, 그들의 두 여자의 웃음을 촉발했다.

그렇다고 핌브리아군 병사가 쉽게 넘어갈 리 없었다. 클로디우스는 적이었고 게다가 아르메니아인, 시리아인, 혹은 카우카소스인보다 훨씬 더 위험한 적이었다. 그러므로 그의 웃음이 잦아들자 실리우스는 평정을 되찾았고, 클로디우스의 진짜 의도에 다시금 회의를 품었다.

클로디우스는 이 모든 것을 반쯤 예상했고 그에 대비한 계획까지 세워놓았다. 로마 인근을 슬금슬금 배회해야 했던 굴욕스러운 시간 동안, 그는 하층민들이 명문가 출신을 극도로 경계하기 마련이며 명문가 출신이 자기들과 노닥거릴 만한 이유가 전혀 없다고 생각한다는 것을 알게 되었다. 길을 잃고 동료로부터 배척당한 채 뭐라도 할 일이 있기를 바랐던 클로디우스는 하층민들이 품은 불신을 불식시키기로 마음먹었다. 성공에 동반되는 승리의 짜릿함도 기분좋았지만, 하층민들과 어울리는 것이 진심으로 즐겁기도 했다. 자신이 무리 중에서 가장 많이 교육받고 똑똑한 사람이 되는 기분이 좋았다. 귀족 동료들 틈에선 절대 느낄 수 없는 기분이었다. 하층민 틈에선 마치 스스로가 거인처럼 느껴졌다. 게다가 자신보다 열등한 사람들에게, 바로 여기 당신들을 진심으로 걱정하는 상류층 젊은이가 있다, 소박한 이웃과 소박한 삶을 진정 아끼는 젊은이가 있다는 메시지를 전달할 수 있었다. 그는 새로운 종류의 찬사를 한껏 즐겼다.

그의 기술은 화법에도 일관적으로 적용되었다. 거창한 단어를 쓰거나, 잘 알려지지 않은 그리스 희곡 작가 혹은 시인의 말을 무심코 인용하는 법이 없었다. 또한 그와 함께하는 사람이나 술이나 주변 환경에 대한 불만을 암시하는 말은 절대 하지 않았다. 그는 입으로 떠들면서 듣는 사람들의 잔에 부지런히 포도주를 따랐고, 자신도 포도주를 진탕 마시는 것처럼 행동했다. 그러면서도 결국에는 자신이 그 방안에서 가장 정신이 멀쩡한 사람으로 남을 수 있도록 했다. 물론 멀쩡해 보이진 않았다. 그는 탁자 밑으로 쓰러지고 의자에서 미끄러지고 구역질을 하며 밖으로 뛰쳐나가는 연기에 능했다. 그가 처음으로 사냥감들에게 접근했을 때 그들은 회의적인 반응을 보였다. 하지만 그는 다시 찾아왔고, 세번째, 네번째 방문이 이어지자 가장 경계심이 많은 사람조차도 푸블리우스 클로디우스는 진정 훌륭한 친구이며 아쉽게도 어울리지 않게 명문가에 태어난 소박한 사람이라는 것을 인정하게 되었다. 일단 신뢰가 형성되자, 클로디우스는 자신의 진짜 속내와 감정을 들키지 않는 한 모든 사람들을 마음대로 조종할 수 있음을 알게 되었다. 그는 자신과 막 가까워진 이 아랫것들이 투박하고 무식하고 학식이 부족한 도시 촌놈이라는 것을 깨달았다. 그들은 자기네보다 나은 사람에게 간절히 인정받고자 했고 그 사람의 승인을 갈망했다. 또한 어떤 형태로든 바뀔 준비가 되어 있었다.

마르쿠스 실리우스와 루키우스 코르니피키우스는 열일곱 살에 이탈리아를 떠났지만, 로마의 선술집에서 흔히 볼 수 있는 도심 하층민과 전혀 다를 바 없었다. 그들은 아주 매섭고, 잔인하고, 가차없었다. 하지만 푸블리우스 클로디우스의 눈에 비친 두 백인대장은 솜씨 좋은 조각가의 손안에 든 찰흙처럼 말랑말랑해 보였다. 만만한 먹잇감이었다. 그것도 아주 만만한…….

실리우스와 코르니피키우스가 그를 좋아하고 그와 함께하는 시간을 즐긴다고 인정하자, 클로디우스는 그들에게 조언을 구하고 이런저런 문제에 대해 의견을 물었다. 그러면서 늘 그들이 빠삭한 주제, 권위 있게 논할 수 있는 주제를 선택했다. 그런 다음 그들에게, 그들의 강인함에, 그들이 일에 쏟는 열정에 경의를 표했다. 그들의 일이란 군인 활동이었고, 그러므로 로마에 있어 더할 나위 없이 중요한 일이었다. 마침내 그는 그들의 친구이자 동등한 존재, 자주 어울려 노는 무리의 일원, 어둠 속의 빛이 되었다. 그는 저 귀족들 중 하나였지만 동시에 우리 하층민들 중 하나이기도 했으므로 원로원과 민회장, 팔라티누스 언덕과 카리나이 지구에서 그가 목격한 고충을 전달함으로써 저들의 관심을 끌어줄지도 몰랐다. 오, 그는 아직 어리고 소년티도 못 벗었다! 하지만 소년은 언젠가 어른이 되기 마련이고, 그는 서른 살이 되면 신성한 원로원 정문에 들어서게 될 것이다. 또한 잘 다듬어진 대리석 위로 물이 미끄러지듯 순조롭게 관직의 사다리를 오르리라. 이러니저러니 해도 그는 클라우디우스 가문 출신이고, 그 집안은 공화정 역사상 모든 세대에 걸쳐 집정관을 배출해냈다. 저들 중 한 명. 그런 동시에 우리들 중 한 명.

클로디우스는 다섯번째 방문에 이르러서야 루쿨루스의 전리품 분배를 대화 주제로 꺼냈다.

"지독한 구두쇠 같으니!" 클로디우스는 뭉개진 발음으로 말했다.

"뭐라고 했죠?" 실리우스는 귀를 쫑긋 세우며 물었다.

"존경하는 내 매형 루쿨루스 말이오. 당신 같은 병사들을 속여 쥐꼬리만한 돈을 쥐여줬잖소. 티그라노케르타에 8천 탈렌툼이 있는데 일인당 고작 3만 세스테르티우스라니!"

"그가 우릴 속였습니까?" 코르니피키우스는 화들짝 놀라며 물었다. "그는 국고위원회가 우릴 속이지 못하도록 개선식 이후가 아니라 전장에서 전리품을 분배하는 거라고 하던데!"

"당신들이 그렇게 믿어주길 바라고 있을 거요." 클로디우스는 술에 취한 듯 포도주잔을 흔들며 말했다. "산수 좀 하시오?"

"산수?"

"거 있잖소, 더하기, 빼기, 곱하기, 나누기."

"오, 어느 정도는 할 줄 알지요." 실리우스는 못 배운 티를 내지 않으려고 대답했다.

"개인 가정교사를 두면 좋은 점이 있는데, 매일같이 계산하고 또 계산해야만 한다는 거요. 시키는 대로 안 하면 살이 벌게지도록 매질까지 당하고!" 클로디우스는 낄낄거렸다. "그래서 난 가만히 앉아 산수를 좀 해봤소. 탈렌툼에 로마 화폐인 세스테르티우스를 곱하고, 그런 다음 1만 5천으로 나눠봤소. 그랬더니 말이오, 마르쿠스 실리우스, 당신의 2개 군단에 소속된 병사들은 일인당 3만 세스테르티우스의 열 배에 해당하는 돈을 받아야 한다는 답이 나왔소! 교만하고 불손한 내 매형 루쿨루스는 그 시장에서 관대한 척은 혼자 다 해놓고, 모든 핌브리아군 병사들의 똥구멍에 자기 주먹을 찔러넣은 거요!" 클로디우스는 오른손 주먹으로 왼쪽 손바닥을 때리면서 말했다. "들었소? 이건 루쿨루스가 당신들 똥구멍에 찔러넣은 주먹에 비하면 아주 약한 편이오!"

그들이 그의 말을 믿게 된 이유는 믿고 싶어서였기도 했고, 그가 절대적인 권위를 가지고 그런 말을 해서였기도 했다. 그는 눈 깜짝할 사이에 이런저런 수치는 물론, 루쿨루스가 6년 전 동방으로 와서 핌브리아군 지휘권을 다시 건네받은 이래 저질러온 수많은 공금횡령 혐의를 줄줄 읊었다. 이렇게 똑똑한 사람의 말이 어떻게 틀릴 수 있겠는가? 그에게 거짓말을 할 이유가 어디 있을까? 실리우스와 코르니피키우스는 그의 말을 믿었다.

그런 다음은 식은 죽 먹기였다. 핌브리아군 병사들이 티그라노케르타에서 겨우내 흥청망청 노는 동안 푸블리우스 클로디우스는 백인대장들의 귓가에 속닥거렸고, 백인대장들은 일반 사병들의 귓가에 속닥거렸고, 일반 사병들은 갈라티아 기병들의 귓가에 속닥거렸다. 일부 병사들은 아미소스에 여자를 남겨두고 왔는데, 소르나티우스와 파비우스 하드리아누스가 맡은 킬리키아 속주의 2개 군단이 아미소스에서 젤라로 행군할 때, 이들은 군인의 여자들이 항상 그러듯 군대를 따라 이동했다. 편지를 쓸 줄 아는 사람은 거의 없었음에도 불구하고, 루쿨루스가 예전부터 병사들에게 정당한 몫의 전리품을 나눠주지 않았다는 소문은 티그라노케르타에서 폰토스까지 파다하게 퍼졌다. 클로디우스의 계산이 정확한지 확인하려는 사람은 아무도 없었다. 원래는 루쿨루스가 약속한 금액의 열 배를 받아야 한다니, 그냥 속았다고 믿는 편이 편했다. 더구나 클로디우스는 얼마나 영리한가! 그의 계산이나 분석에 실수가 있을 리 없었다! 클로디우스가 하는 말은 사실임에 틀림없다! 똑똑한 클로디우스. 그는 민중 선동의 비결을 터득했다. 사람들이 가장 듣고 싶어하는 말을 들려주고, 듣기 싫어하는 말은 절대 안 하는 것이었다.

한편 루쿨루스도 희귀한 필사본과 어린 소녀들을 탐닉하며 마냥 놀고만 있지는 않았다. 그는 급히 시리아에 다녀왔고, 강제로 이주당한 그리스인들을 고향으로 돌려보냈다. 티그라네스의 남쪽 제국은 붕괴되고 있었고, 루쿨루스는 로마가 그 지역을 물려받도록 만들 작정이었다. 그곳에는 로마를 위협하는 동방의 세번째 왕인 파르티아 국왕 프라아테스가 있었기 때문이다. 술라는 예전에 그 왕의 아버지와 조약을 체결해 에우프라테스 강 서쪽의 모든 땅은 로마가, 동쪽의 모든 땅은 파르티아 왕국이 갖기로 했었다.

루쿨루스가 티그라노케르타에서 발견한 밀 3천만 메딤노스를 파르티아에 판매한 이유는 그것이 아르메니아인들의 배를 채우는 일을 막기 위해서였다. 하지만 바지선들이 티그리스 강을 따라 차례로 메소포타미아와 파르티아 왕국으로 내려갈 무렵, 프라아테스 왕은 루쿨루스에게 이전과 같은 내용의 조약을 새로 체결하자는 메시지를 보내왔다. 에우프라테스 강 서쪽의 모든 땅은 로마가, 동쪽의 모든 땅은 프라아테스 왕 자신이 갖도록 하자는 것이었다. 그런데 루쿨루스는 프라아테스가 쫓겨난 티그라네스 왕과도 조약을 체결중이라는 것을 알게 되었다. 티그라네스는 파르티아 왕국이 자신을 도와 로마와 맞서면 메디아 아트로파테네의 일흔 개 골짜기를 돌려주겠다고 약속했다. 동방의 왕들은 의뭉스러웠고 절대 신뢰할 수 없었다. 그들은 동방의 가치를 따랐고, 동방의 가치란 모래처럼 제멋대로 모양을 바꿨다.

바로 그때 모든 로마인의 상상을 뛰어넘는 부에 대한 예감이 루쿨루스의 머릿속에 떠올랐다. 셀레우케이아 트라케이아, 크테시폰, 바빌로니아, 수사에서 무엇이 발견될지 상상해보라! 로마군 2개 군단과 3천 명 미만의 갈라티아 기병으로 아르메니아 대군을 사실상 전멸시킬 수 있었다면, 로마군 4개 군단과 같은 수의 갈라티아 기병으로는 메소포타미아부터 페르시아 만까지 모든 땅을 정복할 수 있으리라! 파르티아 왕국의 저항이 티그라네스와 별반 다를 게 있겠는가? 루쿨루스의 군대는 철갑 기병부터 조로아스터식 화염까지 하나도 빠짐없이 경험했다. 그가 할 일은 킬리키아군 2개 군단을 폰토스로부터 불러들이는 것뿐이었다.

루쿨루스는 순식간에 결정을 내렸다. 봄이 오면 메소포타미아를 침략해 파르티아 왕국을 박살내리라! 기사계급과 그들을 옹호하는 원로원 의원들은 얼마나 큰 충격을 받게 될까! 루키우스 리키니우스 루쿨루스는 그들에게 보여주리라. 그리고 온 세상에 보여주리라.

젤라의 소르나티우스에게 명령서가 전달되었다. 지금 당장 킬리키아군을 이끌고 티그라노케르타로 오라. 우리는 바빌로니아와 엘리마이스로 진군할 것이다. 그리고 불후의 위업을 남길 것이다. 동방 전체를 로마 속주로 만들고, 로마의 적을 마지막 한 명까지 제거할 것이다.

푸블리우스 클로디우스는 루쿨루스가 머무는 중앙 궁전의 부속 건물에 들렀다가 이런 계획을 듣게 되었다. 사실 루쿨루스는 요즘 어느 때보다도 막내처남에게 우호적인 기분을 느끼고 있었다. 클로디우스가 눈에 잘 띄지 않았고, 폰토스에서 이곳으로 진군했던 작년에 곧잘 그랬던 것처럼 하급 군관들 사이에서 분란을 일으키지도 않았기 때문이다.

"나는 로마를 이제까지와는 비교도 안 되도록 부유하게 만들 거야." 루쿨루스는 기분좋게 말했다. 그의 시무룩한 얼굴은 최근 들어 온화한 인상이었다. "마르쿠스 크라수스는 이집트를 점령했을 때 얻을 수 있는 부에 대해 떠들어대지만, 파르티아 왕국에 비하면 이집트는 지독한 빈국처럼 보이겠지. 프라아테스 왕은 인더스 강부터 에우프라테스 강에 이르는 모든 지역에서 공세를 거둬들이고 있네. 하지만 내가 프라아테스 왕을 처단하면 그 모든 공세는 우리가 사랑하는 로마의 몫이 되겠지. 그것들을 다 보관하려면 새로운 국고를 건설해야 할 거야!"

클로디우스는 서둘러 실리우스와 코르니피키우스를 만나러 갔다.

"이 계획에 대해 어떻게 생각하시오?" 클로디우스는 공손하게 물었다.

두 백인대장은 깊이 생각하지도 않았다. 그것은 실리우스의 반응을 통해 분명히 드러났다.

"당신은 평원에 대해 잘 모르겠지만," 그는 클로디우스에게 말했다. "우리는 잘 알고 있어요. 모든 곳을 다 돌아다녔으니 말이죠. 한여름에 티그리스 강에서 엘리마이스까지 진군한다고요? 그 뜨거운 더위와 습기 속에? 파르티아인들은 더위와 습기 속에서 나고 자랐어요. 하지만 우린 죽고 말 겁니다."

클로디우스는 기후가 아니라 약탈에 대해서만 생각하고 있었다. 하지만 이제 기후에 대해 생각하기 시작했다. 루쿨루스 밑에서 일사병과 열경련에 시달리며 진군한다고? 지금까지 겪어온 모든 고초보다 더 끔찍했다!

"좋소." 그는 씩씩하게 말했다. "그렇다면 이 진군은 아예 시작되지 않도록 하는 게 낫겠소."

"킬리키아군!" 실리우스는 즉시 말했다. "그들이 없으면 널빤지만큼이나 평평한 그 땅으로 진군할 수 없을 겁니다. 루쿨루스도 그걸 알고 있어요. 완벽한 정사각형 방진대형을 구축하려면 4개 군단이 필요하거든요."

"그는 이미 소르나티우스에게 명령서를 보냈소." 클로디우스는 눈살을 찌푸리며 말했다.

"전령은 바람처럼 빨리 명령서를 전달하겠지만, 소르나티우스는 한 달 내로 진군 준비를 마칠 수 없을 겁니다." 코르니피키우스가 자신 있게 말했다. "파비우스 하드리아누스가 페르가몬으로 떠나는 바람에 소르나티우스는 혼자 젤라에 남아 있어요."

"그걸 어떻게 아시오?" 클로디우스는 궁금하다는 듯 물었다.

"우리에겐 소식통이 있어요." 실리우스는 활짝 웃으며 말했다. "우리가 할 일은 젤라로 우리 쪽 사람을 보내는 겁니다."

"뭘 어쩌려고?"

"킬리키아군에게 그 자리에 가만있으라고 전하기 위해서죠. 어디로 진군하게 될지 들으면 그들은 무기를 내려놓고 꼼짝도 않을 겁니다. 루쿨루스가 거기 있다면 어떻게든 병사들이 움직이도록 하겠지만, 소르나티우스에겐 반란을 잠재울 만한 권위나 상황 대처 능력이 없어요."

클로디우스는 잔뜩 겁먹은 척 연기했다. "반란?" 그는 새된 소리로 물었다.

"진짜 반란이라고 말할 순 없죠." 실리우스가 달래듯 말했다. "그 친구들은 폰토스 내의 전장에서라면 기꺼이 로마를 위해 싸울 겁니다. 그러니 그걸 어떻게 진짜 반란으로 정의할 수 있겠어요?"

"맞는 말이오." 클로디우스는 안심했다는 듯 말했다. "누구를 젤라로 보낼 생각이오?" 그가 물었다.

"내 개인 수행원을 보낼 겁니다." 코르니피키우스는 자리에서 일어나며 말했다. "시간이 없어요. 지금 당장 사람을 보내야겠어요."

클로디우스와 실리우스는 단둘이 남게 되었다.

"당신은 우리에게 정말이지 큰 도움을 줬어요." 실리우스는 고마워하며 말했다. "당신을 알게 되어 진심으로 기쁩니다, 푸블리우스 클로디우스."

"내가 당신을 알게 된 기쁨보다 더 크진 않을 거요, 마르쿠스 실리우스."

"예전에 다른 파트리키 귀족 젊은이 한 명을 만난 적이 있어요." 실리우스는 기억을 회상하며 양손으로 쥔 황금 술잔을 돌렸다.

"그런 일이 있었소?" 클로디우스는 진심으로 흥미를 보이며 물었다. 이런 대화가 어느 방향으로 이어질지는 아무도 모르는 일이었고, 클로디우스의 방앗간에서 찧을 만한 곡식이 나올지도 몰랐다. "누구요? 언제였소?"

"미틸레네에서였어요. 족히 11년이나 12년은 지난 일이죠." 그는 대리석 바닥에 침을 뱉었다. "그때도 루쿨루스 밑에서 싸웠어요! 그자에게서 벗어나질 못하는군요. 우리는 하나의 대대로 편성되었는데, 전부 루쿨루스가 판단하기에 너무 위험해서 신뢰할 수 없는 병사들이었죠. 우린 그 당시 핌브리아를 많이 그리워하고 있었거든요. 그래서 루쿨루스는 우릴 화살받이로 만들었고, 그 잘생긴 애송이에게 지휘를 맡겼어요. 그때 스무 살이라고 했나, 아마 그쯤 됐을 거예요. 이름은 가이우스 율리우스 카이사르."

"카이사르?" 클로디우스는 경계하듯 자세를 바로잡았다. "그를 알고 있소. 아니, 그러니까 소문을 들은 적이 있소. 루쿨루스가 그를 몹시 미워한다고 말이오."

"그때도 그랬어요. 그래서 우리와 함께 화살받이로 내던져진 거죠. 하지만 결과는 그렇게 되지 않았어요. 그는 얼마나 침착하던지! 정말

얼음처럼 냉정했죠. 싸움 실력은 어떻고? 유피테르 신이여, 싸움 실력도 대단했어요! 한순간도 생각하길 멈추지 않았는데, 그러니 그렇게 뛰어날 수밖에 없었죠. 그 전장에서 내 목숨도 구해줬어요. 다른 모든 사람들의 목숨은 말할 것도 없고. 하지만 내 경우는 직접 목숨을 구해줬어요. 어떻게 그럴 수 있었는지 아직도 잘 모르겠어요. 내가 불속의 재가 될 줄 알았다니까요, 푸블리우스 클로디우스. 불속의 재 말이죠."

"그는 시민관을 받았소." 클로디우스가 말했다. "그래서 내가 그를 기억하고 있는 거요. 떡갈잎관을 쓰고 법정에 나타나는 변호인은 흔치 않으니 말이오. 게다가 술라의 처조카라고 들었소."

"가이우스 마리우스의 처조카이기도 하죠." 실리우스가 말했다. "전투 시작 무렵에 그가 우리에게 알려줬어요."

"그렇지, 그의 고모 한 명은 마리우스와 결혼하고 다른 한 명은 술라와 결혼했으니까." 클로디우스는 만족해하며 말했다. "사실, 그는 나와도 먼 친척이오, 마르쿠스 실리우스. 그러니 이건 어쩌면 당연한 일일 거요."

"뭐가 당연하단 겁니까?"

"그의 용기와, 당신이 그에게 느끼는 호감 말이오!"

"호감을 느끼긴 했어요. 그가 테르무스와 아시아 병사들을 이끌고 로마로 돌아갈 땐 참 아쉬웠죠."

"불쌍한 핌브리아군은 늘 그렇듯 로마로 못 돌아가고 홀로 남겨졌으니 말이오." 클로디우스는 다정하게 말했다. "그래도 기운 내시오! 내가 로마에 있는 지인들에게 죄다 편지를 보내 그 원로원 결의가 취소되도록 할 테니!"

"당신은," 실리우스는 눈물이 그렁그렁한 눈으로 말했다. "병사들의 친구입니다, 푸블리우스 클로디우스. 우린 절대 잊지 않을 거예요."

클로디우스는 무척 들뜬 표정이었다. "병사들의 친구? 당신들은 날 그렇게 부르시오?"

"우린 당신을 그렇게 부르고 있어요."

"나도 절대 잊지 않겠소, 마르쿠스 실리우스."

3월 중순에 기진맥진하고 동상에 걸린 전령이 폰토스로부터 도착해, 젤라의 킬리키아군이 이동 명령을 거부한다는 소식을 루쿨루스에게 전했다. 소르나티우스와 파비우스 하드리아누스가 할 수 있는 조치를 다 취했고 심지어 총독 돌라벨라가 엄중한 경고까지 보냈지만, 킬리키아군은 꿈쩍도 않는다고 했다. 젤라로부터 도착한 불길한 소식은 그뿐만이 아니었다. 소르나티우스는 편지를 통해 이렇게 전했다. 어찌된 일인지 모르겠습니다. 킬리키아군 2개 군단은, 루쿨루스 총사령관님이 6년 전 동방으로 돌아온 이래 그들에게 정당한 몫의 전리품을 나눠주지 않았다고 믿고 있습니다. 항명의 직접적인 원인은 필시 티그리스 강 유역에서 예상되는 더위일 테지만, 루쿨루스 총사령관님이 사기꾼에다 거짓말쟁이라는 소문도 사태를 악화시켰습니다.

루쿨루스가 앉아 있는 방의 창문은 메소포타미아 방향으로 나 있었다. 루쿨루스는 저멀리 낮은 산맥들을 멍하니 바라보며, 손에 잡힐 듯 생생했던 꿈이 사라져가는 모습을 감당하려 애썼다. 이 멍청한 얼간이들! 나, 리키니우스 루쿨루스가 일확천금을 노리는 로마의 욕심 많은 징세청부업자와 동급인 줄 아는가? 대체 누구 짓일까? 누가 이런 헛소문을 퍼뜨린 걸까? 왜 병사들은 이 소문이 거짓임을 알아차리지 못하는 걸까? 간단한 계산만 몇 번 해보면 누구나 알 수 있는 사실인데.

파르티아 왕국을 정복하겠다는 그의 꿈은 깨졌다. 4개 군단 미만의 병사들을 이끌고 평원으로 진군하는 것은 완벽한 자살행위였고, 루쿨루스에겐 자살할 마음이 없었다. 그는 한숨을 쉬며 자리에서 일어나, 티그라노케르타에서 가장 직급이 높은 보좌관인 섹스틸리우스와 판니우스를 불렀다.

"그럼 어떻게 하실 겁니까?" 섹스틸리우스는 어안이 벙벙한 얼굴로 물었다.

"내가 가진 병력으로 내 권한 안에서 할 수 있는 일을 해야지." 루쿨루스는 매 순간 더 완고해지는 표정으로 말했다. "티그라네스와 미트리다테스를 쫓아 북쪽으로 갈 걸세. 그들이 더 위쪽으로 달아나게 해서 아르탁사타로 몰아넣은 다음, 산산조각 내버릴 작정이야."

"그렇게까지 북쪽으로 이동하기엔 아직 계절이 너무 이릅니다." 판니우스가 걱정스럽게 말했다. "우리는 달력상으로 8월 전에는 출발할 수 없을 겁니다. 그러면 우리에게 주어진 기간은 4개월뿐입니다. 해발 1천500미터 아래로는 농지가 없고, 작물이 자라는 시기도 여름철뿐이라고 들었습니다. 게다가 식량을 많이 가져갈 수도 없을 겁니다. 가는 길에는 험한 산들이 많을 테니까요. 하지만 물론 총사령관님은 토스피티스 호수의 서쪽으로 가시겠지요."

"아니, 토스피티스 호수의 동쪽으로 갈 걸세." 루쿨루스가 대답했다. 이제 그는 전쟁 기간의 냉철한 외피로 완벽하게 무장하고 있었다. "우리에게 주어진 기간이 4개월뿐이라면, 약간 더 편한 길을 이용하려고 300킬로미터를 돌아갈 순 없네."

두 보좌관은 불만스러워 보였지만, 둘 중 누구도 항의하진 않았다. 오랫동안 루쿨루스의 그 표정을 봐온 두 사람은 어떤 식으로든 항의해봐야 통하지 않으리라 확신했다. "기다리는 동안 어떻게 하실 겁니까?" 판니우스가 물었다.

"펌브리아군이 이곳에서 흥청망청 놀도록 두게." 루쿨루스는 경멸스럽다는 듯이 말했다. "그들은 이 소식에 아주 기뻐할 걸세!"

이리하여 루쿨루스의 군대는 8월 초가 되어 티그라노케르타를 떠났지만, 남쪽의 뜨거운 열기 속으로 진군하진 않았다. 새로운 방향은 딱히 펌브리아군을 기쁘게 하지 못했는데(클로디우스는 실리우스와 코르니피키우스를 통해 이 사실을 알게 됐다) 그들은 주둔군이란 명목으로 티그라노케르타에서 빈둥거리고 싶었기 때문이다. 하지만 적어도 날씨는 견딜 만하게 바뀌었고, 아시아 그 어느 곳에도 펌브리아군 병사들을 기죽이는 산 따윈 있을 수 없었다! 실리우스는 자기네들이 모든 산을 올라봤다고 만족스럽게 말했다. 게다가 4개월이라면 아주 짧은 전쟁이었다. 그들은 겨울 무렵이면 아늑한 티그라노케르타로 돌아와 있으리라.

루쿨루스는 돌처럼 굳은 얼굴로 군대를 이끌었다. 안티오케이아를 방문했다가 자신이 킬리키아 총독 직에서 쫓겨났다는 소식을 전해 들은 탓이었다. 그 속주는 그해 수석 집정관인 퀸투스 마르키우스 렉스에게 돌아갈 예정이었고, 퀸투스 마르키우스는 집정관 임기중에 동방으로 떠나고 싶어 안달이었다. 루쿨루스로선 경악할 소식이 더 있었는데, 렉스에게 새로운 3개 군단이 주어진 것이었다! 루쿨루스 자신은 목숨이 달린 판국에 로마로부터 1개 군단조차 얻어내지 못했는데!

"나한테는 나쁠 거 없겠네요." 클로디우스가 의기양양하게 말했다. "렉스도 내 매형이란 걸 잊지 마세요. 난 고양이 같은 사람이라고요. 공중에서 떨어져도 늘 네 발로 착지하죠! 내가 필요 없다면, 루쿨루스, 난 타르소스로 가서 렉스에게 합류하겠어요."

"서두를 거 있나!" 루쿨루스는 으르렁대며 말했다. "자네에게 미처 말하지 않은 게 있는데, 렉스는 계획처럼 일찍 동방으로 떠나지 못하게 됐네. 차석 집정관이 죽었고 보결 집정관까지 죽었거든. 렉스는 집정관 임기가 끝날 때까지 로마에서 꼼짝 못하는 신세일세."

"아!" 클로디우스는 이 말만 남기고 자리를 떴다.

행군이 시작되자 클로디우스는 남들 몰래 실리우스나 코르니피키우스를 만날 수 없었다. 행군 초반에는 동료 군관들 사이에서 눈에 띄는 언행을 하지 않고 조용히 지냈다. 시간이 흐르면 기회가 찾아올 것이란 예감이 들었다. 그의 직감은 이제 루쿨루스의 운이 다했다고 말해주고 있었기 때문이다. 그런 생각을 하는 사람은 클로디우스뿐만이 아니었다. 군관들과 심지어 보좌관들도 루쿨루스의 불운에 대해 투덜거리고 있었다.

루쿨루스의 길잡이는 그에게 카니리테스 강을 따라 이동할 것을 조언했다. 카니리테스 강은 티그라노케르타 옆을 지나는 티그리스 강의 지류로, 토스피티스 호수 남동쪽의 산괴로 이어져 있었다. 하지만 그의 길잡이들은 전부 저지대에서 온 아라비아인들이었다. 루쿨루스는 주변을 탐문했지만, 티그라노케르타 인근에선 토스피티스 호수 남동쪽의 산괴에서 온 사람을 찾을 수가 없었다. 그는 이 사실을 통해 자신이 발을 들여놓게 될 지역에 대해 뭔가 단서를 얻어야 마땅했으나, 그에게 꼭 필요했던 킬리키아군을 데려오지 못한 것에 너무 마음이 상해 실제로는 그러지 못했다. 하지만 갈라티아 기병들을 선발대로 보낼 정도의 차분함은 유지하고 있었다. 그들은 일주일 만에 돌아와 카니리테스 강

줄기는 길게 이어져 있지 않으며 그 어떤 군대도, 심지어 보병조차도 가로지를 수 없는 깎아지른 듯한 산으로 막혀 있다고 루쿨루스에게 전했다.

"떠돌이 목동을 한 명 보긴 했습니다." 순찰대의 우두머리가 말했다. "그는 남쪽에 위치한 티그리스 강의 또다른 지류인 리코스 강을 따라 진군할 것을 권했습니다. 리코스 강줄기는 길게 이어져 있고 같은 산을 따라 흐른다더군요. 리코스 강의 수원이 지형적으로 더 완만하니 토스피티스 호수 근처의 더 낮은 땅으로 그곳을 건널 수 있을 거라고 했습니다. 그리고 그 사람 말에 따르면, 거기서부턴 길이 수월해진다고 하더군요."

루쿨루스는 이와 같은 지체에 표정이 무시무시하게 일그러졌고, 아라비아인 길잡이들을 다 내쫓았다. 그는 그 목동을 길잡이로 삼기 위해 붙잡아오라고 했지만, 갈라티아 기병들은 안타깝게도 그 못된 녀석이 양을 데리고 달아나는 바람에 다시 찾을 수 없었다고 전했다.

"좋네. 그렇다면 우린 리코스 강으로 진군해야겠어." 장군이 말했다.

"벌써 18일을 허비했습니다." 섹스틸리우스가 소심하게 말했다.

"나도 알아."

그리하여 리코스 강을 발견한 후, 핌브리아군과 기병대는 그 강을 따라 고도는 점점 높아지고 골짜기는 점점 줄어드는 땅으로 들어갔다. 그들 중 폼페이우스를 도와 알프스 서부의 고갯길을 개척하는 작업에 참여한 사람은 아무도 없었다. 하지만 만약 그런 사람이 있었다면, 그는 이 행군과 비교해 폼페이우스의 고갯길 공사는 애들 장난 수준이었다고 주변 사람들에게 말했을 것이다. 군대는 계속 산을 올라갔고, 강가에 아무렇게나 던져진 거대한 암석 틈에서 고군분투했다. 시끄럽게 으르렁대는 급류로 변한 강은 이제 걸어서 건널 수 없을 지경이었고, 점점 더 좁아지고 깊어지고 사나워졌다.

모퉁이를 돌았더니 꽤나 무성한 풀밭이 펼쳐졌다. 아주 큰 규모는 아니었지만, 나날이 굶주려 말라가던 말들이 뜯을 수 있는 풀이 자라고 있었다. 하지만 그들은 마냥 기뻐할 수 없었다. 저멀리 보이는 풍경이—분수령인 듯했다—무시무시했기 때문이다. 게다가 루쿨루스는 사흘 이상 쉬는 것을 허락하지 않았다. 길을 나선 지 한 달이 지난 시점이었고, 그들은 티그라노케르타의 북쪽으로 아주 조금밖에 이동하지 못한 상황이었다.

이 무시무시한 산지로 들어서자 그들의 오른편에는 해발 5천 미터의 거대한 산이 버티고 있었다. 그들은 해발 3천 미터의 산비탈을 걸으며 군장의 무게에 헉헉댔고, 왜 이렇게 머리가 깨질 듯 아픈지, 왜 이렇게 가슴 가득 공기를 들이마시기가 힘든지 의아해했다. 새로 나타난 작은 개울이 그들에게 유일한 출구였고, 개울 양쪽으로 솟아오른 절벽은 너무 가팔라서 눈조차 쌓이지 못했다. 벼랑과 바위를 힘들게 기어오르느라, 또 사나운 폭포에 휩쓸려 내동댕이쳐지거나 묵사발이 되지 않으려고 조심하느라 하루종일 1.5킬로미터밖에 이동하지 못하는 날도 있었다.

자연의 아름다움을 알아보는 사람은 아무도 없었다. 산길이 너무도 끔찍한 탓이었다. 며칠이 지나도 산길은 덜 끔찍해지는 것 같지 않았고, 폭포 역시 넓어지고 깊어지기만 할 뿐 결코 잔잔해지지 않았다. 한여름임에도 불구하고 밤이면 지독한 추위가 찾아왔고, 그들을 둘러싼 절벽이 얼마나 높았던지 낮에도 도무지 햇볕을 쬘 수 없었다. 그 무엇도 이보다 더 끔찍할 순 없을 터였다. 그 무엇도.

하지만 협곡이 아주 조금씩 넓어지고 말들이 약간의 풀을 뜯기 시작하는 지점에서 피로 물든 눈을 발견하자 그들의 생각도 달라졌다. 절벽 높이는 거의 비슷했지만 경사는 전보다 완만해졌고, 산들의 갈라진 틈새에는 눈이 쌓여 있었다. 살육이 끝난 전장의 눈과 꼭 닮은, 갈색을 띤 분홍빛 혈흔으로 얼룩진 눈.

클로디우스는 급히 코르니피키우스를 찾아갔다. 그는 실리우스가 이끄는 제1군단보다 앞쪽에서 행군하고 있었다.

"이게 무슨 뜻인 것 같소?" 클로디우스는 겁에 질려 물었다.

"우리가 피할 수 없는 죽음을 향해 걸어가고 있단 뜻입니다." 코르니피키우스가 말했다.

"이런 걸 전에도 본 적이 있소?"

"이건 우리의 운명에 관한 흉조인데, 어떻게 전에도 본 적이 있겠어요?"

"발길을 돌려야만 하오!" 클로디우스는 몸서리치며 말했다.

"그러기엔 너무 늦었습니다." 코르니피키우스가 말했다.

그들은 계속 힘겹게 걸어갔다. 강물로 협곡 양쪽이 깎인 땅이 나타났고 고도도 낮아지고 있었으므로 전보단 행군이 수월해졌다. 하지만 루쿨루스는 그들이 너무 동쪽으로 왔다고 말했고, 그래서 군대는 다시 한번 산으로 올라갔다. 주변의 고지대에는 여전히 피로 물든 눈이 쌓여 있었다. 유랑민이 나타나면 잡아오라는 명령이 떨어졌지만, 생명의 흔적은 전혀 보이지 않았다. 누가 이렇게 피로 물든 눈을 보면서 살아갈 수 있겠는가?

그들은 해발 3천 미터 내지 3천500미터까지 두 차례 올라갔고, 두 차례 아래로 내려왔다. 하지만 두번째 고갯길은 첫번째보다 견딜 만했다. 피로 물든 눈이 사라진 자리에 아름다운 흰 눈이 펼쳐져 있었고, 두 번째 고갯길의 정상에선 태양 아래 눈부신 푸른빛으로 일렁이는 토스피티스 호수가 보였기 때문이다.

군대는 무릎을 후들대며, 마치 엘리시온 들판처럼 보이는 곳으로 내려왔다. 하지만 고도는 아직도 해발 1천500미터였고 곡식 따위는 전혀 보이지 않았다. 여름이 와야 겨우 언 땅이 녹고 가을바람의 첫 입김에 또다시 얼어붙는 곳에 쟁기질을 할 사람은 아무도 없었기 때문이다. 나무는 없었지만 풀은 자랐다. 사람은 아니어도 말에는 살이 붙었고, 적어도 그곳엔 야생 아스파라거스가 다시 자라고 있었다.

루쿨루스는 두 달 동안 티그라노케르타 북쪽으로 100킬로미터밖에 이동하지 못했다는 사실을 인식하고 더욱 서둘렀다. 최악은 끝났으니 이제 더 빨리 움직일 수 있을 터였다. 그는 호수를 둘러가면서 농사를 짓는 작은 유랑민 마을을 발견했고, 줄어드는 식량을 보충하기 위해 이삭 하나도 남기지 않고 약탈했다. 몇 킬로미터 더 가서 또 곡식이 발견되자 그것도 전부 챙겼고, 그의 군대가 발견한 양도 모두 챙겼다. 그즈음 되자 전만큼 공기가 희박하게 느껴지지 않았는데, 공기가 덜 희박해져서가 아니라 다들 높은 고도에 적응한 덕이었다.

눈 덮인 산봉우리들을 지나 북쪽의 호수로 흘러들어가는 강은 꽤 넓고 잔잔했으며, 루쿨루스가 원하는 방향으로 흐르고 있었다. 마을 주민들은 형편없는 메디아어를 구사했는데, 포로로 잡힌 메디아인 통역사의 말로는 그곳에서 산등성이 하나만 넘으면 아르탁사타가 위치한 아락세스 강 골짜기에 도착할 수 있다고 했다. 험한 산인가? 루쿨루스가 물었다. 이 이상한 군대가 난데없이 나타난 저쪽 산만큼 험하지는 않습니다, 하는 답이 돌아왔다.

폼브리아군이 강 골짜기를 떠나 적당히 완만한 산길을 오를 무렵 산비탈에서 철갑 기병대가 우르르 쏟아졌다. 폼브리아군은 제대로 한번 싸워보고 싶었던 차라, 갈라티아 기병들의 도움도 없이 쇠사슬 갑옷을 걸친 거대한 남자들과 말들을 혼란에 빠뜨렸다. 다음은 갈라티아 기병들 차례였으며, 그들은 두번째로 나타난 철갑 기병대를 솜씨 좋게 처리했다. 그리고 세번째 기병대가 나타나기를 기다렸다.

하지만 더는 나타나지 않았다. 그날 행군을 마치기도 전에 그 이유를 알 수 있었다. 땅은 비교적 평평했지만, 새로운 장애물이 사방으로 끝도 없이 이어져 있었다. 너무도 기묘하고 섬뜩한 광경이어서, 대체 그들이 어떤 신들의 노여움을 샀기에 이런 악몽을 마주해야 하는 건지 따지고 싶을 정도였다. 혈흔이 다시 나타났다. 하지만 이번엔 눈이 아니라 바닥에 마구 발린 핏자국이었다.

그들 앞에 놓인 것은 바위들이었다. 3미터에서 15미터 높이에 모서리가 날카로운 바위들이 잔혹하게, 끝도 없이, 층층이 쌓여 있거나 서로 걸쳐져 있었다. 그 어떤 이유도, 논리도, 규칙도 없이 아무 방향으로나 제멋대로 기울어 있었다.

실리우스와 코르니피키우스는 장군과의 면담을 요청했다.

"저희는 이 바위들을 건널 수 없습니다." 실리우스는 딱 잘라 말했다.

"이 군대는 무엇이든 건널 수 있네. 그것은 이미 증명되었어." 백인대장들의 항의에 상당히 마음이 상한 루쿨루스가 말했다.

"길이 없습니다." 실리우스가 말했다.

"그렇다면 우리가 길을 만들 것이야." 루쿨루스가 말했다.

"저 바위들 틈으로 길을 내는 건 불가능합니다." 코르니피키우스가 말했다. "전 벌써 부하 몇 명에게 시켜봤기 때문에 알고 있습니다. 저 바위들이 무엇으로 만들어졌는지 모르겠으나 우리의 돌라브라(도끼와 곡괭이를 겸한 군단병의 연장—옮긴이)보다 더 단단합니다."

"그렇다면 우린 그냥 저 바위들을 타고 넘어갈 걸세." 루쿨루스가 말했다.

그는 굽히지 않을 터였다. 세번째 달이 끝나가고 있었고, 그는 어떻게든 아르탁사타에 닿아야만 했다. 그래서 그의 작은 군대는 먼 옛날 내륙해로 인해 부서진 용암 들판으로 들어갔다. '저 바위들'에는 핏빛 이끼가 덕지덕지 붙어 있었으므로 다들 두려움에 떨었다. 부서진 냄비들이 쌓인 땅을 개미떼가 지나는 것마냥 고통스럽게 느린 행군이었다. 사람은 개미나 다름없었고, '저 바위들'은 사람을 베고 멍들게 하고 잔인하게 응징했다. 사방의 지평선으로는 눈 덮인 산밖에 안 보였으므로 다른 방도가 있는 것도 아니었다. 어떤 산은 가깝고 어떤 산은 멀어 보였지만, 하나같이 그들을 이 고역 속에서 꼼짝 못하게 에워싸고 있었다.

클로디우스는 토스피티스 호수 북쪽 어딘가에서, 앞으로 루쿨루스가 무슨 말을 하고 어떤 짓을 하든지 간에 자신은 실리우스와 함께 움직일 것이라고 작정했다. 장군이 (클로디우스가 근무지를 이탈해 백인대장과 어울린다는 섹스틸리우스의 보고를 듣고) 그에게 원래 자리로 돌아오라고 했지만, 클로디우스는 거절했다.

"내 매형에게 전하시오." 그는 자신을 데려오란 명령을 받은 군관에게 말했다. "나는 지금 이곳이 더 좋다고 말이오. 그가 날 앞쪽으로 데려가고 싶다면, 내게 쇠고랑을 채워야 할 것이오."

루쿨루스는 이 답변을 그냥 무시하는 게 더 현명하겠다고 판단했다. 사실 그의 개인 참모들은 사고뭉치에 징징대기나 하는 클로디우스가 사라져서 아주 기뻐했다. 그때까지 킬리키아군 반란에 클로디우스의 책임이 있으리란 의혹은 전혀 없었다. 핌브리아군도 최고참 백인대장들을 통해 '저 바위들'에 대해서만 공식적인 불만을 제기했으므로, 핌브리아군 반란에 대한 의혹도 없었다.

아라라트 산이 없었더라면 핌브리아군의 항명은 애초에 시작되지 않았을지도 모른다. 80킬로미터나 되는 부서진 용암의 평원을 겨우겨우 지났더니 다시 풀밭이 나타났다. 축복이었다! 다만 동쪽부터 서쪽까지 그들의 앞길을 가로막은, 이제껏 한 번도 본 적 없는 형태의 산이 서서히 모습을 드러냈다. 5천500미터의 새하얀 눈덩어리로, 세상에서 가장 아름답고도 소름 끼치는 산이었다. 그 산의 동쪽 옆구리에는 더 작지만 결코 덜 무섭진 않은 또다른 봉우리가 솟아 있었다.

핌브리아군은 방패와 창을 내려놓고 가만히 쳐다봤다. 그리고 서럽게 울었다.

이번에는 클로디우스가 대표단을 이끌고 장군을 만나러 갔다. 클로디우스는 위협에 굴하지 않을 작정이었다.

루쿨루스는 보기타루스가 막사로 걸어들어오는 것을 보며 자신의 패배를 깨달았다. 보기타루스는 갈라티아 기병대의 우두머리였으며, 루쿨루스가 절대 충성심을 의심할 수 없는 남자였기 때문이다.

"자네도 같은 생각인가, 보기타루스?" 루쿨루스가 물었다.

"그렇습니다, 루키우스 리키니우스. 제 말들은 저런 산을 넘을 수 없습니다. 바위들을 건넌 다음엔 더더욱 힘듭니다. 말들은 발끝부터 무릎까지 멍이 들었고, 대장장이들이 감당 못할 만큼 빨리 말발굽이 닳고 있으며, 이제 강철도 거의 바닥났습니다. 티그라노케르타를 떠난 이후로 숯을 구하지 못해 숯도 바닥났습니다. 저희는 총사령관님을 따라 하데스까지 갈 수도 있습니다. 하지만 저 산을 오르진 않을 겁니다." 보기타루스가 말했다.

"고맙네, 보기타루스." 루쿨루스가 말했다. "그만 가보게. 펌브리아군 백인대장들도 가게. 푸블리우스 클로디우스와 할말이 있네."

"그럼 왔던 길로 돌아가는 겁니까?" 실리우스는 미심쩍은 듯 물었다.

"그건 아닐세, 마르쿠스 실리우스. 또 바위들을 넘고 싶은 게 아니라면 말이지. 우리는 서쪽의 아르사니아스 강으로 가서 곡식을 찾아볼 걸세."

보기타루스는 이미 떠나고 없었다. 두 펌브리아군 백인대장도 자리를 뜨자, 루쿨루스는 클로디우스와 단둘이 남게 되었다.

"이 모든 일에 자네가 얼마나 관여한 건가?" 루쿨루스가 물었다.

클로디우스는 초롱초롱하고 고소해하는 눈으로 경멸스럽다는 듯 장군을 위아래로 훑었다. 그가 얼마나 지쳐 보이는지! 이젠 쉰 살이란 걸 믿기 어렵지 않았다. 게다가 그의 눈빛은 무언가를, 그로 하여금 모든 일을 극복하게 하는 그 차가운 결의를 잃어버렸다. 클로디우스에게 보이는 것은 피곤함에 찌든 외피, 그리고 그 너머에 있는 패배의 인식뿐이었다.

"이 모든 일에 내가 얼마나 관여했냐고요?" 그는 웃으며 되물었다. "친애하는 루쿨루스, 내가 바로 범인이에요! 설마 저 친구들 중 누군가에게 이런 혜안이 있다고 생각하는 거예요? 배짱이나 있을까요? 이건 다른 사람이 아니라 전부 내가 한 짓이에요."

"킬리키아군." 루쿨루스는 천천히 말했다.

"그것도요. 전부 내가 한 짓이죠." 클로디우스는 발가락을 위아래로 들었다놨다했다. "이 일을 겪고도 날 곁에 두고 싶진 않을 테니, 난 그만 떠나겠어요. 타르소스에 도착할 무렵이면 내 매형 렉스가 분명 그곳에 와 있을 겁니다."

"자네는 핌브리아군 똘마니들 옆자리 외에 다른 곳으로 떠나지 못할 걸세." 루쿨루스는 이 말을 하더니 음침한 웃음을 지었다. "난 자네 상관이고, 미트리다테스와 티그라네스와 맞서기 위한 집정관급 임페리움을 가지고 있네. 난 자네에게 허가를 내주지 않을 거고, 그게 없으면 자넨 떠날 수 없지. 내가 자네 얼굴을 보면 토하게 될 때까지 내 곁에 남아 있어야 할 걸세."

클로디우스가 원했던, 혹은 예상했던 대답은 아니었다. 그는 루쿨루스를 한번 사납게 쏘아보더니 막사를 뛰쳐나갔다.

루쿨루스가 서쪽으로 방향을 틀자 바람이 몰아치고 눈이 내리기 시작했다. 전쟁 철이 끝난 것이다. 그는 기온이 온화한 동안 겨우 아라라트 산까지 이동했는데, 하늘을 나는 새에게는 티그라노케르타에서 불과 300킬로미터밖에 떨어지지 않은 곳이었다. 에우프라테스 강의 북쪽 지류 중 가장 규모가 큰 아르사니아스 강에 도착했을 때, 추수는 이미 끝나 있었고 얼마 안 되는 주민들은 곡식을 죄다 챙겨 응회암 동굴 집에 숨은 뒤였다. 루쿨루스는 자기 병사들로 인해 목적 달성에 실패했지만, 역경은 그에게 익숙한 상대였다. 그는 봄이 오면 미트리다테스와 티그라네스에게 쉽게 발견될지 모를 그곳에서 멈출 마음이 없었다.

그는 보급품과 친구들이 있는 티그라노케르타로 향했다. 핌브리아군은 그곳에서 겨울을 날 것이라 예상했지만 그들의 기대는 곧 산산조각 났다. 도시는 조용했고, 그곳의 통치를 맡은 루키우스 판니우스의 지휘 아래 만족한 듯 보였다. 루쿨루스는 곡식과 여타 식량만 챙긴 다음, 남쪽으로 진군해 더 평평하고 건조한 지대에 위치한 미그도니오스 강변의 니시비스를 포위했다.

니시비스는 11월의 비 내리고 어두운 밤에 함락되었다. 그곳엔 약탈할 물건이 많았고 풍요로운 삶을 위한 기반도 마련돼 있었다. 기쁨에 도취된 핌브리아군은, 설선(雪線) 아래에서 안락한 겨울을 보낼 수 있게 된 것이 전부 자기들의 마스코트이자 행운의 신인 클로디우스 덕분이라 칭송했다. 그리고 한 달도 지나지 않아 갑자기 나타난 판니우스가 총사령관에게 티그라노케르타는 다시 티그라네스 왕의 손에 넘어갔다는 소식을 전하자, 핌브리아군은 이 행운이 전부 클로디우스 덕분이라며 담쟁이덩굴로 치장한 그를 높이 들어올리고 니시비스 시장을 행진했다. 그들은 티그라노케르타 포위전을 피해 이곳에서 안전히 지낼 수 있게 된 것이었다.

겨울이 거의 끝나가고 곧 티그라네스와 전쟁을 재개할 수 있다는 사실에 위안을 느끼고 있던 4월 무렵, 루쿨루스는 자신이 두 왕과의 전쟁 총사령관이라는 허울뿐인 직함 외에 모든 것을 다 잃었다는 소식을 접했다. 기사들은 평민회 투표를 통해 그의 마지막 속주인 비티니아와 폰토스를 빼앗았고, 그런 다음 그에게서 4개 군단을 전부 빼앗아버렸다. 핌브리아군은 마침내 고향에 돌아갈 수 있게 되었고, 비티니아·폰토스 속주의 신임 총독인 마니우스 아킬리우스 글라브리오가 킬리키아군을 건네받게 되었다. 두 왕과 전쟁을 벌이는 총사령관에겐 이제 전쟁 수행에 필요한 군대가 없었다. 그가 가진 것은 임페리움뿐이었다.

루쿨루스는 핌브리아군에게 이 명예제대 소식을 알려주지 않기로 결심했다. 진실을 모른다면 불만을 가질 수도 없을 터였다. 하지만 물론 핌브리아군은 자기들이 고향으로 돌아갈 수 있게 되었다는 것을 알고 있었다. 클로디우스가 공식 서한을 중간에 가로채 루쿨루스보다 앞서 내용을 확인했던 것이다. 로마에서의 편지가 도착하기 무섭게 폰토스에서 미트리다테스 왕이 침략했다는 소식이 날아왔다. 글라브리오는 끝끝내 킬리키아군을 물려받지 못하게 되었다. 킬리키아군 2개 군단은 젤라에서 전멸당했던 것이다.

폰토스로 진군하라는 명령이 떨어지자, 클로디우스는 루쿨루스를 찾아갔다. "이 군대는 니시비스 밖으로 진군하는 것을 거부합니다." 그가 선언했다.

"이 군대는 폰토스로 진군할 걸세, 푸블리우스 클로디우스. 살아남은 동포들을 구하기 위해서."

"아, 그렇지만 이제 당신 군대도 아니잖아요!" 의기양양한 클로디우스가 꽥 소리를 질렀다. "핌브리아군은 독수리 깃대 아래에서의 병역을 마쳤고, 이제 당신이 제대 허가를 내주는 즉시 고향으로 돌아갈 수 있게 됐어요. 당신은 이곳 니시비스에서 당장 제대 허가를 내줘야 할 겁니다. 그렇게 해야 니시비스의 전리품을 분배할 때 병사들을 속이지 못할 테니까요."

바로 그 순간 루쿨루스는 모든 것을 이해하게 됐다. 그는 쉬익 낮은 숨을 내쉬었고, 살기 띤 눈으로 이를 드러내며 클로디우스에게 다가왔다. 클로디우스는 탁자 뒤로 피했고, 자신이 루쿨루스보다 출입구와 가까운 곳에 서 있음을 확인했다.

"나한테 손가락 하나라도 댈 생각 하지 마요!" 그가 소리쳤다. "날 건드리면 병사들이 당신을 죽일 테니까!"

루쿨루스는 멈칫했다. "그들이 자넬 그렇게까지 사랑하나?" 그가 물었다. 실리우스와 그 밖의 핌브리아군 병사들이 아무리 지독한 무식쟁이라지만, 그리 쉽게 속아넘어갔다는 게 믿기지 않았다.

"그들은 날 죽도록 사랑해요. 난 병사들의 친구라고요."

"자넨 그냥 화냥년이야, 클로디우스. 사랑받을 수만 있다면 지구상에서 가장 하찮은 쓰레기들에게도 몸을 팔 테니까." 루쿨루스는 노골적인 경멸을 드러내며 말했다.

왜 그 순간에 어마어마한 분노 속에서 그런 생각이 처음 떠올랐는지, 클로디우스는 시간이 흐른 뒤에도 이해할 수 없었다. 어쨌든 갑자기 머릿속에 떠오른 그 생각을 클로디우스는 익살스럽게, 또 독살스럽게 입 밖으로 내뱉었다. "내가 화냥년이라고요? 당신 아내만큼 대단한 화냥년은 아니죠, 루쿨루스! 내가 당신을 미워하는 만큼이나 사랑하는 내 소중한 막내누나 클로딜라 말이죠! 하지만 누나는 화냥년이에요, 루쿨루스. 그래서 내가 누나를 이렇게 죽도록 사랑하는 걸지도 모르죠. 결혼할 때 누나는 겨우 열다섯 살이었으니 당신이 누나를 처음 가졌다고 생각하겠죠, 안 그래요? 소아성애자 루쿨루스, 어린 소녀와 소년을 능욕하는 인간! 당신이 누나의 첫 상대라고 생각하겠죠, 그렇죠? 근데 말이죠, 첫 상대는 당신이 아니에요!" 클로디우스는 고함을 질렀다. 너무 흥분한 나머지 입가에 하얀 거품이 일었다.

루쿨루스의 얼굴이 잿빛으로 변했다. "무슨 뜻이지?" 그는 낮게 속삭였다.

"내가 누나를 먼저 가졌다는 뜻입니다, 존엄하고 위대한 루키우스 리키니우스 루쿨루스! 내가 먼저였어요, 그것도 당신보다 한참 전에! 난 클로디아 누나도 맨 처음 가졌어요. 우린 한 침대에서 자곤 했는데, 그냥 잠만 잔 게 아니거든요! 장난도 많이 쳤어요, 루쿨루스. 그리고 내가 점점 커갈수록 장난도 점점 커졌죠! 난 두 누나를 다 가졌고, 수백 번도 넘게 그런 짓을 했는데다, 누나들 몸안으로 손가락을 집어넣었고 다른 것도 집어넣었어요! 누나들을 빨고 핥고 당신은 상상도 못할 짓까지 했어요! 참, 그거 알아요?" 그는 소리내어 웃으며 물었다. "클로딜라 누나는 당신을 자기 막냇동생보다 못한 대용품쯤으로 여긴다고요!"

탁자 옆에 놓인 의자가 클로디우스와 클로딜라의 남편 사이를 갈라놓고 있었다. 루쿨루스는 갑자기 삶의 의욕을 전부 잃은 듯했고, 의자에 털썩 주저앉았다. 그가 헛구역질하는 소리가 들렸다.

"이제 정말 자넬 보면 토할 것 같으니 제대를 허락하겠네, 병사들의 친구. 나가 뒈지게! 킬리키아의 렉스에게 가버려!"

클로디우스는 실리우스와 코르니피키우스와 눈물 어린 작별을 나누었다. 핌브리아군 백인대장들은 자기네 친구에게 선물을 가득 안겨줬다. 하나같이 유용한 물건이었고, 그중 일부는 몹시 귀한 것이었다. 그는 아주 아름다운 조랑말을 타고 떠났고, 그의 수행원들도 모두 좋은 말을 탔으며, 노새 수십 마리가 전리품을 운반했다. 그는 자신이 향하는 방향으로는 위험요소가 없다고 판단해, 호위를 해주겠다는 실리우스의 제안을 거절했다.

에우프라테스 강변의 제우그마에 도착하기 전까진 모든 것이 순조로웠다. 그의 첫 목적지는 킬리키아 페디아였고, 그다음은 타르소스였다. 그런데 그와 킬리키아 페디아의 평탄하고 비옥한 곡저평야 사이에는 아주 만만한 해안산맥인 아마노스 산맥이 버티고 있었다. 클로디우스는 최근 거대한 산괴를 오른 경험이 있었으므로 그곳을 아주 쉽게 봤다. 잠복해 있던 아라비아인 산적들이 그를 불러세우고, 그가 받은 모든 선물과 돈자루와 아름다운 조랑말들을 죄다 빼앗기 전까지는. 클로디우스는 노새를 타고 홀몸으로 여정을 마쳤다. 아라비아인들은 (그가 엄청나게 웃긴 사람이라 생각해서) 그에게 타르소스까지 갈 만큼의 푼돈을 남겨주었다.

도착해보니 매형인 렉스는 아직 타르소스에 와 있지 않았다. 클로디우스는 총독 관저의 방 하나를 차지하고 앉아 자기가 증오하는 사람들 명단을 재검토했다. 카틸리나, 키케로, 파비아, 루쿨루스, 이제 아라비아인들까지. 아라비아인들도 대가를 치러야 했다.

7월이 되어서야 퀸투스 마르키우스 렉스와 그의 신규 3개 군단이 타르소스에 도착했다. 그는 헬레스폰트 해협까지 글라브리오와 함께 이동하다가, 거기서부터 해적이 들끓는 바다를 건너는 대신 아나톨리아를 육로로 가로질러 내려오는 쪽을 택했다. 그는 귀를 쫑긋 세운 클로디우스에게, 자신이 리카오니아에서 다름아닌 루쿨루스에게 구원 요청을 받았다고 전했다. 루쿨루스는 '병사들의 친구'가 떠난 후 핌브리아군을 설득해 폰토스로 떠난 터였다. 탈라우라까지 잘 가다가 티그라네스의 사위인 미트리다테스에게 공격을 당했고, 두 왕이 빠른 속도로 그에게 접근중이라는 것을 알게 되었다.

"내게 구원 요청을 보내다니, 얼마나 뻔뻔한지 믿어지나?" 렉스가 물었다.

"두 분도 동서지간이잖아요." 클로디우스가 짓궂게 말했다.

"그는 로마에서 환영받지 못하는 사람이니, 난 당연히 그 요청을 거절했네. 아마 글라브리오에게도 구원 요청을 보냈을 테지만 그쪽에서도 거절당했을 거야. 마지막으로 들은 소식에 따르면, 그가 니시비스로 돌아갈 작정으로 후퇴중이라더군."

"결국 돌아가지 못했어요." 클로디우스가 말했다. 그는 탈라우라에서의 사건보다는 루쿨루스의 행군 소식을 더 잘 알고 있었다. "사모사타의 도하 지점에 도착했을 때 핌브리아군이 머뭇거렸대요. 타르소스에서 전해 들은 마지막 소식에 따르면 그는 카파도키아로 진군중이고, 거기서 페르가몬으로 갈 예정이라더군요."

루쿨루스의 편지를 훔쳐 읽은 덕에, 클로디우스는 위대한 폼페이우스가 무제한의 임페리움을 받아 지중해에서 해적을 몰아내는 임무를 맡게 됐음을 알고 있었다. 그래서 그는 루쿨루스 이야기를 마무리하고 폼페이우스 이야기로 넘어갔다.

"저 고약한 폼페이우스 마그누스의 해적 소탕 작전을 어떻게 도와줄 예정인가요?" 그가 물었다.

퀸투스 마르키우스 렉스의 몸이 뻣뻣해졌다. "아무것도 안 해도 될 것 같던데. 킬리키아 해역은 자네 매형이자 내 동서인 켈레르의 동생 네포스가 다스리게 되었다네. 이제 겨우 원로원에 입성할 나이지. 나는 내 속주나 다스리며 한발 물러나 있을 걸세."

"이런, 이런!" 클로디우스가 더욱 장난스러운 표정으로 말했다.

"뭐, 당연하지." 렉스가 완고하게 말했다.

"타르소스에서 아직 네포스를 못 봤어요."

"보게 될 걸세. 때가 되면. 그를 위해 이미 함대가 준비되어 있네. 킬리키아는 폼페이우스의 이번 작전의 최종 목적지인 것 같더군."

"그렇다면 말이죠," 클로디우스가 말했다. "네포스가 오기 전에 우리가 킬리키아 해역에서 칭찬받을 일을 조금 해두는 게 좋겠네요, 안 그런가요?"

"어떻게?" 클라우디아의 남편이 물었다. 그는 클로디우스를 알고 있었지만, 재앙을 불러오는 클로디우스의 능력에 대해서는 아직 무지했다. 렉스는 클로디우스가 보이는 결점을 젊은이 특유의 짓궂음 정도로 여겼다.

"내가 작고 말쑥한 소함대를 이끌고 매형 이름으로 해적들과 전쟁을 치를게요." 클로디우스가 말했다.

"글쎄……."

"아, 부탁할게요!"

"나쁠 건 없겠지만." 렉스는 갈팡질팡하며 말했다.

"제발 나한테 맡겨주세요!"

"그렇다면 좋네. 하지만 해적 말고 다른 사람을 귀찮게 해선 안 돼!"

"안 그럴게요. 맹세코 안 그래요!" 클로디우스가 말했다. 그는 아마노스 산맥에서 고약한 아라비아인 산적에게 뺏긴 보물을 대신할 만큼 대단한 전리품을 해적에게 얻어낼 작정이었다.

해군 사령관 클로디우스는 여드레 만에 대함대가 아닌 소함대를 이끌고 바다로 나섰다. 병력과 갑판을 적절히 갖춘 2단 노선 열 척으로 이루어진 소함대로, 렉스나 클로디우스는 메텔루스 네포스가 타르소스에 나타난대도 이 소함대를 아쉬워하진 않으리라고 생각했다.

클로디우스가 미처 예상하지 못한 것은, 폼페이우스의 빗자루질이 얼마나 기운찼던지 키프로스와 킬리키아 트라케이아(킬리키아의 낙후한 서쪽 끝으로, 많은 해적들이 기지로 삼고 있었다) 연안에 2단 노선 열 척보다 훨씬 큰 규모의 쫓겨난 해적단들이 득실거리고 있다는 사실이었다. 그는 바다로 나선 지 닷새 만에 그런 해적단의 눈에 걸려들었다. 해적단은 그의 소함대를 포위하고 나포했다. 해군 사령관으로서의 짧은 임기가 끝난 클로디우스도 함께 잡혔다.

그는 파포스에서 그리 멀지 않은 해적 기지로 끌려갔다. 파포스는 키프로스 섬의 도읍이자, 키프로스의 프톨레마이오스라고 알려진 그 지역의 섭정이 사는 곳이었다. 클로디우스는 물론 카이사르와 해적에 관한 이야기를 들은 바 있었기에, 해적에게 잡힐 당시 아주 잘됐다고 생각했다. 카이사르가 그런 일을 해낼 수 있었다면 푸블리우스 클로디우스도 해낼 수 있으리라! 그는 교만한 태도로, 자신의 몸값은 관습과 해적 규정에 의해 클로디우스 같은 젊은 귀족의 몸값으로 정해진 2탈렌툼이 아니라 10탈렌툼이어야 한다고 납치범들에게 선언했다. 카이사르의 무용담에 대해 클로디우스보다 더 잘 알았던 해적들은 근엄하게 10탈렌툼의 몸값에 동의했다.

"누구에게 내 몸값을 요구할 거요?" 클로디우스가 호기롭게 물었다.

"이 지역에선 키프로스의 프톨레마이오스에게 몸값을 요구하오."라는 답이 돌아왔다.

해적 기지에서 그는 카이사르의 배역을 소화하려고 했지만, 그의 외모는 카이사르처럼 인상적이지 않았다. 그의 시끄러운 호언장담과 위협은 터무니없어 보였다. 카이사르의 납치범들도 처음엔 비웃었다는 걸 그는 알고 있었지만, 이 해적들은 카이사르의 복수극에 대해 듣고도 자기 말은 절대 안 믿는다는 걸 눈치챌 정도의 판단력은 지니고 있었다. 그래서 그 전략을 포기하고 누구보다 잘할 자신이 있는 새 전략을 구사했다. 소박한 사람들을 자기편으로 만들어 내부로부터 문제를 일으키기로 작정한 것이다. 열 명의 해적 대장들이 상황을 미처 전해 듣지 못했다면 그는 분명 이 작전에 성공했을 것이다. 해적 대장들은 그를 감옥에 가두었고, 빵과 물을 훔치려드는 쥐들을 빼놓고 아무도 그의 말을 못 듣도록 했다.

그는 8월 초에 붙잡혔고, 그로부터 16일도 지나지 않아 감옥에 갇혔다. 그리고 그 감옥에서 쥐 친구들과 함께 석 달을 보냈다. 그가 마침내 풀려나게 된 것은, 폼페이우스의 빗자루질이 너무도 무시무시해서 그 해적 마을이 해산할 수밖에 없었기 때문이다. 또한 클로디우스는 자신이 제안한 몸값을 듣고 키프로스의 프톨레마이오스가 유쾌하게 한바탕 웃더니 겨우 2탈렌툼만 보내왔다는 소식을 전해 들었다. 키프로스의 프톨레마이오스는 그것이 푸블리우스 클로디우스의 실제 가치에 해당하는 금액이라며, 그것밖에 줄 수 없다고 했다.

일반적인 상황이었다면 해적들은 클로디우스를 죽였을 테지만, 메텔루스 네포스가 너무 가까이 다가온 마당에 인질을 사형시킬 순 없었다. 폼페이우스는 관대한 사람이라 해적을 체포한다 해서 무조건 십자가형에 처하진 않는다는 소문이 있었다. 그러므로 해적 함대와 무리가 떠날 무렵 클로디우스는 그 자리에 버려졌다. 며칠이 지나 메텔루스 네포스의 함대 중 하나가 근처를 지나갔다. 푸블리우스 클로디우스는 구조되어 타르소스의 퀸투스 마르키우스 렉스에게 돌려보내졌다.

목욕과 든든한 식사를 마친 뒤 그가 제일 먼저 한 일은 미워하는 사람들의 명단을 정리하는 것이었다. 카틸리나, 키케로, 파비아, 루쿨루스, 아라비아인들, 이제 키프로스의 프톨레마이오스까지. 그들은 머잖아 망가지게 되리라. 그게 언제일지, 그가 얼마나 더 기다려야 할지는 중요하지 않았다. 복수란 상상만 해도 너무 달콤해서 그게 언제일지는 별로 중요치 않았다. 클로디우스에게 중요한 것은 복수해야 한다는 사실뿐이었다. 반드시 복수하고 말리라.

그와 다시 만난 퀸투스 마르키우스 렉스는 언짢은 기분이었는데, 클로디우스의 실패 때문이 아니었다. 렉스 본인의 실패 때문이었다. 그는 폼페이우스와 메텔루스 네포스에게 완전히 가려졌고, 그들이 그의 함대를 데려가 싸우는 동안 타르소스에서 빈둥거릴 수밖에 없었다. 이제 그들은 빗자루질이라기보단 마무리 걸레질을 하고 있었다. 해적과의 전쟁은 끝났고 모든 수익은 다른 곳으로 넘어갔다.

"내가 듣기로는," 렉스는 클로디우스에게 사납게 말했다. "아시아 속주를 순회한 다음 이곳 킬리키아로 건너와서 '배치를 확인'하시겠다더군."

"폼페이우스가요? 아니면 메텔루스 네포스가요?" 클로디우스는 어리둥절해하며 물었다.

"당연히 폼페이우스지! 그의 임페리움은 내 속주 안에서도 날 앞서기 때문에 난 한 손에는 해면을, 다른 한 손에는 요강을 들고 그를 따라다녀야 할 판이야!"

"대단한 장면이겠네요." 클로디우스는 무감정한 목소리로 말했다.

"난 결코 용납할 수 없는 장면이야!" 렉스는 으르렁거렸다. "그러니 폼페이우스는 킬리키아에서 날 보지 못할 걸세. 티그라네스는 지금 에우프라테스 강의 남서쪽을 장악하지 못하고 있으니 내가 시리아를 침략할 생각이야. 루쿨루스는 시리아 왕좌에 자기 꼭두각시를 앉혀둘 수 있어 기뻐했지. 자칭 안티오코스 아시아티코스라고 하더군! 일이 어떻게 될지 두고보면 알겠지. 시리아는 킬리키아 총독의 관할이니 난 그곳을 내 영역으로 만들 걸세."

"내가 따라가도 될까요?" 클로디우스는 기대에 차서 물었다.

"안 될 것도 없겠지." 총독은 웃음을 보였다. "이러니저러니 해도, 아피우스 클라우디우스는 안티오케이아에서 티그라네스 왕과 알현하기를 기다리면서 그 엄청난 파문을 일으켰으니 말이야. 그의 막냇동생이 나타났다고 하면 가장 환영받게 될 걸세."

퀸투스 마르키우스 렉스가 안티오케이아에 도착한 이후에야 클로디우스는 하나의 복수를 시도할 수 있게 되었다. 렉스는 '침략'이란 표현을 이용했지만, 전투 같은 건 없었다. 루쿨루스의 꼭두각시 안티오코스 아시아티코스가 달아난 덕분에 렉스('왕'을 의미하는 코그노멘—옮긴이)는 필리포스라는 인물을 왕좌에 앉힘으로써 새로운 왕을 내세울 수 있었다. 시리아는 혼란에 빠져 있었는데, 루쿨루스가 풀어준 그리스인 수천 명이 모두 고향으로 몰려든 탓이었다. 하지만 고향에 도착해보니 그들의 사업장과 집은 티그라네스가 사막에서 데려온 아라비아인들의 손에 넘어간 뒤였다. 티그라네스는 메디아인으로 가득한 아르메니아를 그리스화하려고 그리스인들을 납치한 후, 그들의 빈자리를 아라비아인들에게 넘겨줬던 것이다. 렉스에게 안티오케이아, 제우그마, 사모사타, 다마스쿠스에서 누가 무엇을 소유하고 있는지는 별로 중요치 않았다. 하지만 처남 클로디우스에게 그건 아주 중대한 사안이었다. 아라비아인들, 그는 아라비아인들을 증오했다!

클로디우스는 곧바로 작업에 착수했다. 한편으로는 렉스의 귀에 대고 그리스인들의 일터와 보금자리를 빼앗은 아라비아인들의 배신에 대해 속삭였고, 다른 한편으로는 영향력 있는 그리스인 중에 재산을 빼앗기고 불만을 품은 사람들을 찾아다녔다. 안티오케이아, 제우그마, 사모사타, 다마스쿠스 등 어디든 찾아갔다. 아라비아인은 단 한 사람도 시리아의 문명화된 지역에 남아 있어서는 안 됩니다, 라고 그는 선언했다. 그들을 사막과 사막의 교역로로 돌려보냅시다. 그들이 속한 바로 그곳으로!

이 운동은 아주 성공적이었다. 얼마 지나지 않아 살해당한 아라비아인들의 시신이 안티오케이아나 다마스쿠스의 배수로에서 발견되었고, 물결치는 듯한 그들의 이국적인 옷과 함께 드넓은 에우프라테스 강으로 떠내려오기도 했다. 아라비아인 대표단이 안티오케이아로 찾아와 렉스를 만났지만, 그는 그들을 퉁명스럽게 대했다. 클로디우스의 속삭임 작전이 통했던 것이다.

"티그라네스 왕을 탓하시오." 렉스가 말했다. "시리아의 비옥하고 안정된 모든 지역은 지난 600년 동안 그리스인들의 땅이었고, 그 이전에는 페니키아인들의 땅이었소. 당신들은 에우프라테스 강 동쪽에서 온 스케니테스족이라 지중해 연안에 속한 사람들이 아니오. 티그라네스 왕은 영원히 사라졌소. 앞으로 시리아는 로마의 영역이 될 것이오."

"우리도 알고 있습니다." 대표단의 지도자가 말했다. 자신을 아브가로스라 소개한 젊은 스케니테스 아라비아인이었다. 렉스가 미처 몰랐던 사실이 있었으니, 아브가로스는 스케니테스 왕들에게 세습되는 이름이었다. "다만 시리아의 새 주인께서 우리에게 이미 우리의 일부가 된 것들을 허락해주시길 바랍니다. 우린 우리가 원해서 이곳으로 옮겨지거나, 에우프라테스 강의 통행세 징수원이 되거나, 다마스쿠스에 거주하게 된 게 아닙니다. 우리도 강제로 오래 살던 곳을 떠나야 했고, 우리 운명은 그리스인들의 운명보다 더 잔인했습니다."

퀸투스 마르키우스 렉스는 오만한 표정이었다. "어째서 그렇다는 건지 모르겠군."

"위대한 총독님, 그리스인들은 어딜 가나 친절한 대접을 받았습니다. 그들은 티그라노케르타, 니시비스, 아미다, 싱가라 등 어디에서든 존중받고 후한 임금을 받았죠. 하지만 우리가 살던 곳은 너무 모질고 척박하고 메마른 모래뿐이라, 밤을 따뜻하게 보내려면 양들을 끼고 자거나 말린 똥으로 연기가 자욱한 모닥불을 피우는 수밖에 없었습니다. 그것이 벌써 20년 전의 일입니다. 우린 이제 풀이 자라는 땅을 보고, 매일 부드러운 밀가루로 만든 빵을 먹고, 깨끗한 물을 마시고, 편안하게 목욕을 하고, 침대에서 잠들고, 그리스어까지 배웠어요. 그런 우리를 사막으로 돌려보내는 건 불필요하게 잔인한 행동입니다. 시리아에는 우리 모두가 함께 누릴 만큼 충분한 부가 있어요! 바라건대 우리가 여기 머물도록 해주십시오. 그리고 우릴 박해하는 그리스인들에게, 당신께선, 위대한 총독님께선, 문명화된 그리스인에게 어울리지 않는 야만행위를 절대 용납하지 않을 것이라고 경고해주십시오." 아브가로스는 담백하고 품위 있게 말했다.

"난 당신들을 위해 아무것도 해줄 게 없소." 렉스는 냉정하게 말했다. "당신들을 전부 배에 태워 사막으로 보내라는 명령을 내리진 않겠지만, 난 시리아의 평화를 유지할 거요. 가장 문제를 많이 일으키는 그리스인들을 당신들이 직접 찾아가 협상해보라고 권해주고 싶소."

아브가로스는 로마의 이중성을, 자기 민족이 살해당하는 것을 묵인한 로마의 행동을 절대 잊지 않을 터였지만, 그와 그의 동료들은 렉스의 조언을 받아들였다. 하지만 스케니테스 아라비아인들은 무작정 그리스인 주모자들을 찾아가는 대신, 우선 스스로를 지키기 위한 조직을 구성했다. 그런 다음 그리스인들 사이에서 커져가는 불만의 궁극적인 구심점을 찾기 시작했다. 소문에 따르면 진짜 범인은 그리스인이 아니라 로마인이었다.

푸블리우스 클로디우스라는 이름을 알아낸 뒤 그들은 이 젊은이가 총독의 처남이자 로마에서 가장 유서 깊고 명망 높은 가문 출신이며,

해적들의 정복자 나이우스 폼페이우스 마그누스의 인척이라는 정보를 추가로 얻었다. 그러므로 그를 살해할 순 없었다. 사막의 황무지에선 비밀이 보장됐지만, 안티오케이아에선 불가능했다. 누군가 냄새를 맡고 밀고할 것이 분명했다.

"우린 그를 죽이지 않을 걸세." 아브가로스가 말했다. "대신 그에게 혹독한 교훈을 가르쳐줄 거야."

추가 조사를 통해 푸블리우스 클로디우스는 아주 특이한 로마 귀족임이 드러났다. 그는 안티오케이아 빈민가의 평범한 주택에 거주하고 있었고, 로마 귀족이 보통 안 가는 곳에 자주 드나들었다. 하지만 덕분에 그에게 접근하기는 어렵지 않았다. 아브가로스는 그를 덮쳤다.

클로디우스는 포박당하고 눈가리개를 하고 재갈이 물린 채 창문 없는 방으로 끌려갔다. 벽화나 장식품도 없고, 안티오케이아의 수많은 방들과 전혀 차이점이 없는 그런 방이었다. 게다가 클로디우스는 재갈과 눈가리개가 제거된 순간부터 머리에 자루가 씌워져 목 부분이 묶이기 전까지 아주 짧은 시간 동안만 주변을 볼 수 있었다. 눈가리개를 했을 때보단 덜 완전한 어둠이 내리기 전까지 그가 확인한 것은 텅 빈 벽과 갈색 손 여럿뿐이었다. 그는 자루의 성긴 올 사이로 희미한 형체를 알아봤지만, 그 이상은 안 보였다.

그의 심장은 새의 심장보다 더 빨리 콩닥거렸다. 땀이 줄줄 흘렀고 호흡은 짧아지고 얕아졌으며 숨이 턱턱 막혔다. 살면서 이렇게까지 겁먹은 적은 처음이었고, 자신이 곧 죽을 운명이라 확신했다. 하지만 누구의 손에? 대체 내가 무슨 짓을 했다고?

그리스어로 말하는 목소리가 들려왔을 때, 클로디우스는 거기서 아라비아인의 억양을 감지했다. 그리고 자신이 진짜 죽은 목숨이란 걸 알게 됐다.

"위대한 클라우디우스 풀케르 가문의 푸블리우스 클로디우스," 그 목소리가 말했다. "우리는 당신을 몹시 죽이고 싶지만, 그건 불가능하다는 걸 알고 있소. 물론 당신이 풀려난 다음 오늘밤 행해진 일에 앙심을 품고 복수를 도모한다면 말이 달라지겠지만. 당신이 복수하려 한다면, 당신을 죽여도 잃을 게 없다고 판단하고 우리가 믿는 모든 신들께 맹세코 당신을 죽일 것이오. 그러니 현명한 선택을 하시오. 풀려나면 곧장 시리아를 떠나란 말이오. 시리아를 떠나되, 목숨이 붙어 있는 한 이곳으로 돌아오지 마시오."

"뭘—어떻게—하려고요?" 클로디우스가 간신히 물었다. 그게 뭐가 됐든 고문과 채찍질보다 약하지는 않으리란 걸 알고 있었다.

"실은 말이오, 푸블리우스 클로디우스," 목소리의 주인공은 이 상황을 즐기는 것이 분명했다. "우린 당신을 우리 중 한 명으로 만들 거요. 당신을 아라비아인으로 만들 거란 말이지."

손들이 다가와 그가 입은 튜닉 옷자락을 들추고(스타일이 망가지기 때문에 클로디우스는 안티오케이아에서는 토가를 입지 않았다), 로마인들이 튜닉만 걸치고 외출할 때 착용하는 샅가리개를 걷었다. 그는 무슨 일이 벌어지는지도 모르면서 저항했지만, 많은 손들은 그를 딱딱하고 평평한 표면에 올려놓고 그의 팔다리와 발목을 단단히 눌렀다.

"몸부림치지 마시오, 푸블리우스 클로디우스." 여전히 즐거운 듯한 목소리가 말했다. "우리 사제가 이렇게 큰 물건을 시술하는 건 드문 일인데, 이번 작업은 수월할 거요. 하지만 당신이 계속 꿈틀대면 의도한 것보다 더 많은 부분이 잘려나갈 수 있소."

또다시 손들이 다가와 그의 성기를 들어올리더니 잡아당겼다. 무슨 일이 벌어지는 거지? 클로디우스는 처음에 거세당하는 줄 알고 오줌과 똥을 지렸고, 그의 시야를 가린 자루의 반대편에선 깔깔대는 웃음소리가 들렸다. 이후로 그는 가만히 누워 있다가 고함과 비명을 지르고 횡설수설하고 애원하고 울부짖었다. 이렇게 소리치는데 재갈도 안 물리다니 여긴 대체 어디인 걸까?

그들은 그를 거세하지 않았다. 하지만 소름 끼치도록 큰 고통을 안겨주었는데, 성기 끝부분에 무슨 짓을 한 것이 분명했다.

"다 됐소!" 목소리가 말했다. "당신은 참 착한 아이군, 푸블리우스 클로디우스! 이제 영원히 우리 중 한 명이 됐소. 앞으로 며칠간 그 물건을 더러운 데 담그지 않는다면 아주 말끔히 아물 거요."

똥 위에 샅가리개가 던져졌고, 또 튜닉이 던져졌다. 기억은 거기까지였다. 클로디우스는 나중에 돌이켜봐도 납치범들이 그를 기절시킨 것인지 그가 기절한 것인지 생각나지 않았다.

그는 자신이 머무는 집에서, 자기 침대에서 깨어났다. 머리가 지끈거리고 다리 사이가 너무 따끔거려 통증이 먼저 인식된 다음에야 무슨 일이 있었는지 기억이 떠올랐다. 그는 아픔도 잊고 침대에서 벌떡 일어났다. 어쩌면 아무것도 안 남아 있을지 모른단 두려움에 숨을 몰아쉬며, 양손으로 성기를 감싸고 무엇이 얼마나 남아 있는지 확인했다. 언뜻 전부 그대로인 듯했으나, 굳은 피 사이로 번들거리는 자줏빛의 그 무엇이 보였다. 그가 보통 발기 상태에서만 볼 수 있었던 그 무엇. 그는 그때까지도 그게 뭔지 몰랐다. 그것에 대해 들어본 적이 있었고 유대인과 이집트인 말고는 그걸 하는 사람들이 없다는 건 알고 있었지만, 그는 알고 지내는 유대인이나 이집트인이 하나도 없었다. 깨달음은 아주 천천히 찾아왔고, 그것을 깨닫자 클로디우스는 흐느꼈다. 아라비아인들은 그를 그들 중 하나로 만든다고 했으니 아라비아인들도 그걸 하는 게 분명했다. 그들은 그에게 성기 끝 살가죽을 잘라내는 할례를 행한 것이다.

푸블리우스 클로디우스는 바로 다음 배를 타고 타르소스로 떠났고, 위대한 폼페이우스 덕분에 마침내 해적들이 사라진 바닷길을 따라 평화로운 항해를 마쳤다. 타르소스에서 로도스로 가는 배에 올랐고 로도스에서 다시 아테네로 갔다. 그 무렵 그의 상처는 아주 말끔히 아물어, 아라비아인들이 그에게 한 짓을 떠올리는 건 소변을 볼 때뿐이었다. 때는 가을이었지만 그는 강풍을 무릅쓰고 에게 해를 건너 아테네에 상륙했다. 거기서부턴 말을 타고 파트라이로 갔고 타렌툼으로 건너갔으며, 이제 집에 거의 다 왔다는 사실을 깨달았다. 그가, 할례를 당한 로마인인 그가.

아피우스 가도를 따라 로마로 향하는 이 마지막 구간이 이 여정을 통틀어 가장 고통스러웠다. 아라비아인들이 자신을 얼마나 멋지게 요리했는지 알고 있었기 때문이다. 그는 앞으로 살아 있는 동안 그 누구에게도 성기를 보여줄 수 없게 됐다. 누가 보기라도 하면 소문이 퍼져 웃음거리, 조소와 놀림의 대상이 될 터였고, 어디 얼굴을 내밀지도 못하는 신세로 전락할 게 분명했다. 소변과 대변은 어떻게든 해결할 수 있었다. 완벽히 혼자 있는 상태가 될 때까지 참는 법을 배우면 되니까. 하지만 성적인 위안은? 그건 이제 옛일이었다. 이제 다시는 여자의 품 안에서 즐길 수 없으리라. 모르는 여자를 사서 어둠 속에서 즐긴 다음 빛이 없는 상태에서 쫓아내지 않는 한.

2월 초, 그는 집에 도착했다. 큰형 아피우스 클라우디우스가 아내의 지참금으로 마련한 팔라티누스 언덕의 저택이었다.

아피우스 클라우디우스는 동생이 걸어들어오자 울음을 터뜨렸다. 예전보다 훨씬 나이들고 지쳐 보였기 때문이다. 집안의 막내는 많이 자라 있었고, 그 과정에서 분명 고통을 겪은 듯했다. 클로디우스도 당연히 눈물을 흘렸으므로, 얼마간 시간이 지나서야 큰형에게 자신의 불운하고 궁핍한 여정을 털어놓을 수 있었다. 동방에서 3년을 보낸 그는 떠날 때보다 더 가난한 상태로 돌아왔다. 집으로 돌아오기 위해 퀸투스 마르키우스 렉스에게 돈을 꾸어야만 했는데, 렉스는 이 갑작스럽고 이유도 알 수 없는 이탈이, 혹은 클로디우스의 궁핍함이 못마땅한 기색이었다.

"난 많은 걸 가지고 있었어!" 클로디우스가 애통하게 말했다. "현금 20만 세스테르티우스, 보석, 금접시, 로마에서 한 필당 5만 세스테르티우스는 받을 수 있는 말들. 전부 사라졌어! 더럽고 냄새나는 아라비아 놈들한테 다 뺏겼다고!"

클로디우스의 어깨를 토닥이던 큰형 아피우스는 그 전리품의 규모에 놀랐다. 자신은 루쿨루스에게서 그 절반도 받아내지 못했던 것이다! 하지만 그는 클로디우스와 핌브리아군 백인대장들의 관계라든지, 클로디우스가 대부분의 전리품을 어떻게 얻었는지에 대해 전혀 몰랐다. 그 자신은 이제 원로원 의원이 되었고 가정과 공직에서 모두 안정된 삶을 누렸다. 브룬디시움과 타렌툼의 재무관을 역임하면서 공식적으로 칭찬을 받았는데, 이는 그가 원하는 위대한 경력의 위대한 출발점이 되었다. 게다가 그에게는 푸블리우스 클로디우스를 위한 좋은 소식이 있었다. 그는 재회의 감격이 진정되자 그 소식을 털어놓았다.

"무일푼 신세를 걱정할 필요는 없어, 사랑하는 막내야." 아피우스 클라우디우스가 따뜻하게 말했다. "넌 이제 다시는 무일푼 신세가 될 일이 없어!"

"내가? 무슨 뜻이야?" 클로디우스가 당황한 표정으로 물었다.

"너에게 혼담이 들어왔어. 대단한 혼담이지! 이제껏 평생 꿈도 꾸지 못했던 일이야. 내 꿈에 아폴로라도 나타나지 않은 이상 아예 그쪽은 쳐다보지도 않았을 거야. 물론 아폴로는 안 나타났지만. 푸블리우스, 대단한 일이야! 정말 놀라워!"

이 기적적인 소식에 클로디우스의 얼굴이 창백해지자, 아피우스 클라우디우스는 그것이 공포가 아니라 기쁨의 충격으로 인한 반응이라 생각했다.

"누구야?" 클로디우스는 간신히 물었다. 그리고 덧붙였다. "왜 나야?"

"풀비아!" 큰형 아피우스가 자랑스럽게 발표했다. "풀비아! 그라쿠스와 풀비우스 가문의 상속인, 가이우스 그라쿠스의 유일한 후손 셈프로니아의 딸, 그라쿠스 형제의 어머니 코르넬리아의 증손녀, 아이밀리우스와 코르넬리우스 스키피오 집안과도 연이 닿아 있는 여자야."

"풀비아? 내가 아는 여자야?" 클로디우스는 얼빠진 얼굴로 물었다.

"글쎄, 넌 못 봤을지 모르겠지만 그쪽은 널 본 적이 있어." 아피우스 클라우디우스가 말했다. "네가 베스타 신녀들을 기소했을 때 일이야. 그때 겨우 열 살 정도였을 텐데, 지금은 열여덟 살이야."

"세상에! 셈프로니아와 풀비우스 밤발리오는 로마에서 가장 쌀쌀맞은 부부잖아." 클로디우스가 얼떨떨하게 말했다. "그들은 아주 까다롭게 딸아이의 신랑감을 고를 수 있을 텐데. 어째서 나지?"

"풀비아를 만나보면 알게 될 거야." 아피우스 클라우디우스가 활짝 웃으며 말했다. "괜히 가이우스 그라쿠스의 손녀가 아냐! 모든 로마 군단을 다 동원해도 풀비아에게 원하지 않는 일을 하도록 만들 순 없을 테니까. 풀비아가 널 직접 선택했어."

"그 모든 재산의 상속인이?" 클로디우스는 서서히 정신을 차리며 물었다. 어쩌면 나무에 매달린 이 훌륭한 자두를 구슬려 자기 무릎에 떨어지게 할 수 있으리라는 희망이 보였다. 할례를 당한 그의 무릎 위에.

"풀비아가 전부 상속받을 거야. 마르쿠스 크라수스의 재산보다 더 큰돈이지."

"하지만 보코니우스 여성상속법에 따르면 그걸 다 물려받을 순 없잖아!"

"사랑하는 푸블리우스, 당연히 다 물려받게 될 거야!" 아피우스 클라우디우스가 말했다. "그라쿠스 형제의 어머니 코르넬리아는 셈프로니아를 위해 원로원에 보코니우스법 적용 면제를 허락받았고, 셈프로니아와 풀비우스 밤발리오는 풀비아를 위해 또다른 면제를 허락받았어. 호민관 가이우스 코르넬리우스가 법 적용에 있어 개인에게 예외를 허락하는 원로원의 권한을 박탈하려고 그렇게 애썼던 이유가 뭐겠어? 그가 가장 큰 불만을 품은 대상 중에는 풀비아가 유산을 상속받도록 원로원 허가를 요청한 셈프로니아와 풀비우스 밤발리오가 포함되어 있었어."

"그런 일이 있었어? 그 호민관은 누구지?" 클로디우스는 점점 더 갈피를 못 잡겠다는 듯 물었다.

"그래, 모르는 게 당연해! 네가 동방에 있는 동안 벌어진 일이고, 넌 로마 일에 신경쓸 겨를이 없었을 테니까!" 아피우스 클라우디우스는 환한 얼굴로 말했다. "벌써 2년 전에 있었던 일이야."

"그럼 풀비아가 유산을 상속받는 거네." 클로디우스는 천천히 말했다.

“풀비아가 유산을 상속받는 거지. 그리고 사랑하는 막내야, 넌 풀비아를 상속받게 될 거야.”

하지만 과연 풀비아를 상속받을 수 있을까? 다음날 아침 클로디우스는 토가 자락이 잘 정돈되도록 세심한 주의를 기울여 옷을 입고, 정성스럽게 머리를 빗고, 면도 상태가 완벽한지 확인한 다음, 셈프로니아와 그녀의 남편이 사는 집으로 향했다. 그 남편은 가이우스 셈프로니우스 그라쿠스를 열렬히 지지했던 풀비우스 분가의 마지막 후손이었다. 클로디우스는 늙은 집사가 자신을 아트리움으로 안내하는 동안 주위를 둘러볼 수 있었다. 그 집은 특별히 크거나 값비싸거나 아름답진 않았고, 카리나이 지구의 가장 좋은 땅에 위치하고 있지도 않았다. 텔루스 신전(허물어져가는 우중충한 건물)이 케롤리아이 늪지 너머의 아벤티누스 언덕 전망을 가렸고, 두 블록도 떨어지지 않은 곳에 에스퀼리누스 언덕의 인술라들이 우뚝 솟아 있었다.

집사는 클로디우스에게 마르쿠스 풀비우스 밤발리오는 몸이 좋지 않다고 전했다. 대신 셈프로니아 마님이 나오실 거라고 덧붙였다. 클로디우스는 모든 여성은 자기 어머니를 닮는다는 속담을 잘 알고 있었으므로, 유명하지만 직접 만나보긴 어려운 셈프로니아를 처음 보고 심장이 덜컹 내려앉았다. 전형적인 코르넬리우스 집안사람답게 통통하고 못난 외모였다. 가이우스 셈프로니우스 그라쿠스가 자결한 뒤 얼마 지나지 않아 태어난 그 불운한 집안의 마지막 후손은, 부채 상환 차원에서 가이우스 그라쿠스를 지지했던 풀비우스 가문의 마지막 자손에게 보내졌다. 두 아이 모두 실패한 혁명의 여파로 모든 것을 다 잃었기 때문이었다. 그들은 가이우스 마리우스의 네번째 집정관 임기중에 결혼했다. 풀비우스(그는 밤발리오라는 새로운 코그노멘을 선호했다)가 재산 증식에 힘쓰는 동안, 그의 아내는 투명인간처럼 지내려고 애썼다. 그녀의 노력은 너무 성공적이어서, 심지어 유노 루키나조차 그녀를 발견하지 못했다. 그녀는 불임이었던 것이다. 그러다 서른아홉 살 되던 해 루페르쿠스 축제에 참석했다가, 신관들이 도심에서 춤을 추고 나체로 뛰어다니는 현장에서 운좋게도 염소 가죽 채찍에 맞았다. 불임에 대한 이 처방은 절대 실패하는 법이 없었고, 셈프로니아에게도 통했다. 9개월 뒤 그녀는 유일한 아이 풀비아를 출산했다.

"푸블리우스 클로디우스, 환영해요." 그녀는 의자를 가리키며 말했다.

"셈프로니아 부인, 영광입니다." 클로디우스는 최대한 예의를 갖춰 말했다.

"아피우스 클라우디우스에게 소식을 들었겠죠?" 그녀가 물었다. 시선은 그를 평가하고 있는 듯했지만, 표정은 아무것도 드러내지 않았다.

"네."

"내 딸과의 결혼에 관심이 있나요?"

"저의 기대를 훌쩍 넘어서는 제안입니다."

"돈, 아니면 연줄 때문에?"

"둘 다죠." 그는 거짓말할 이유가 없다고 판단해 솔직히 말했다. 그가 아직 풀비아를 한 번도 못 봤다는 사실을 셈프로니아만큼 잘 아는 사람도 없었다.

그녀는 이 대답이 마음에 들었는지 고개를 끄덕였다. "내게 선택권이 있다면 이 결혼을 허락하지 않았을 거예요. 마르쿠스 풀비우스도 심히 기뻐하고 있진 않죠." 그녀는 한숨을 쉬더니 어깨를 으쓱했다. "그렇지만 풀비아는 괜히 가이우스 그라쿠스의 손녀가 아니에요. 내게는 그라쿠스 집안 특유의 열정이나 불꽃이 전혀 없어요. 내 남편도 풀비우스 집안 특유의 열정이나 불꽃을 물려받지 못했죠. 그게 신들을 노하게 했던 모양이에요. 풀비아는 우리 몫까지 대신해서 다 물려받았어요. 왜 그애가 당신에게 반했는지 모르겠어요, 푸블리우스 클로디우스. 하지만 그렇게 되고 말았고, 그게 무려 8년 전 일이에요. 당신이 아니면 그 누구와도 결혼하지 않겠다는 그애의 결심은 8년 전에 시작됐고, 그 이후로 절대 약해지지 않았어요. 그애는 너무 자기주장이 강해서 마르쿠스 풀비우스나 내가 감당할 수 없어요. 당신이 그애를 데려가겠다고 하면, 그애는 당신 거예요."

"당연히 날 데려가야죠!" 주랑정원 쪽으로 난 출입구에서 젊은 목소리가 들려왔다.

풀비아는 걷지 않고 뛰어서 들어왔다. 그것이 그녀의 특징이었다. 그녀는 생각 따윈 하지 않고 자신이 원하는 것을 향해 맹렬히 돌진하곤 했다.

클로디우스는 셈프로니아가 곧바로 일어나 자리를 비워주는 것에 놀랐다. 감시하는 보호자도 없다고? 풀비아의 결심이 얼마나 확고하기에?

클로디우스는 말이 나오지 않았고, 그저 쳐다보느라 바빴다. 풀비아는 아름다웠다! 짙은 파란색 눈, 연갈색에 다른 색이 간간이 섞여 있는 머리칼, 보기 좋은 입매, 완벽한 매부리코, 그와 거의 비슷한 키, 상당히 풍만한 몸매. 로마의 어느 명문가 출신에게서도 찾아볼 수 없는 색다르고 독특한 외모. 어디서 물려받은 외모일까? 클로디우스는 셈프로니아의 루페르쿠스 축제 일화를 알고 있었으므로, 풀비아가 하늘이 내려준 사람이란 생각이 들었다.

"그럼, 하고 싶은 말이라도 있어요?" 이 비범한 존재는 자기 어머니가 있던 자리에 앉으며 물었다.

"당신을 봤더니 숨이 막힌다는 말밖엔."

그녀는 이 대답이 마음에 들었는지 아름다운 치아를 드러내며 활짝 웃었다. 크고 하얗고 사나운 치아였다. "잘됐네요."

"왜 나요, 풀비아?" 그가 물었다. 그의 의식은 이제 가장 큰 걱정거리인 할례당한 성기를 향했다.

"당신은 정통적인 사람이 아니니까요." 그녀가 말했다. "나도 그런 사람이 아니거든요. 당신은 마음으로 느끼죠. 나도 그래요. 당신은 우리 할아버지 가이우스 그라쿠스와 같은 방식으로 모든 것을 인식해요. 난 내 혈통을 너무 사랑해요! 당신이 법정에서 극복할 수 없는 어려움에 맞서 싸우고 푸피우스 피소나 키케로 같은 사람들에게 비웃음당하는 걸 봤어요. 그때 난 당신을 괴롭힌 사람들을 다 죽이고 싶었어요. 당시 겨우 열 살이었지만, 나만의 가이우스 그라쿠스를 발견했단 걸 깨달았죠."

클로디우스는 여태껏 자신을 그라쿠스 형제 중 어느 쪽과도 비교해본 적이 없었지만, 풀비아가 지금 막 그에게 흥미로운 씨앗을 심어주었다. 그런 쪽으로 경력을 쌓기 시작하면 어떨까? 소외된 사람들을 옹호하는 귀족 출신 선동 정치가. 지금까지의 경력과도 절묘하게 맞아떨어지지 않는가? 그라쿠스 형제 중 어느 쪽에게도 없던, 하층민들과 곧잘 어울리는 재주를 가진 그에게 이는 얼마나 수월한 일일까!

"노력해보겠소, 당신을 위해서라도." 그는 이렇게 말하고 달콤한 웃음을 지었다.

그녀는 숨막힐 듯 헉 소리를 냈다. 하지만 그녀가 내뱉은 말은 어딘지 이상했다. "난 아주 질투가 많은 사람이에요, 푸블리우스 클로디우스. 그러니 그렇게 호락호락한 아내가 되진 않을 테죠. 딴 여자에게 눈길이라도 준다면, 난 당신 눈알을 뽑아버릴 거예요."

"딴 여자에게 눈길 따윈 주지 않겠소." 그는 진지하게 말했다. 배우가 가면을 바꿔 쓰는 것보다 더 빨리, 분위기는 희극에서 비극으로 바뀌었다. "실은 말이오, 풀비아, 내 비밀을 알게 되면 당신도 내게 눈길을 주기 싫어질 수 있소."

그녀는 이 말에 전혀 당황하지 않았다. 오히려 완전히 열중한 표정으로 몸을 기울였다. "당신의 비밀?"

"내 비밀. 이건 비밀이오. 당신에게 비밀을 지키겠다는 맹세를 부탁하진 않겠소. 세상엔 딱 두 종류의 여자밖에 없으니 말이오. 맹세를 하고도 아무렇지 않게 비밀을 누설하는 여자와 맹세를 안 하고도 비밀을 지키는 여자. 당신은 어느 쪽이오, 풀비아?"

"상황에 따라 달라지겠죠." 그녀는 살짝 웃으며 말했다. "난 양쪽 다인 것 같아요. 그러니 맹세 따윈 안 할래요. 그렇지만, 푸블리우스 클로디우스, 난 의리 있는 사람이에요. 내가 봤을 때 그 비밀이 당신의 존엄을 깎아내리지 않는다면, 난 비밀을 지킬 거예요. 당신은 내 천생연분이고, 난 의리 있는 사람이에요. 당신을 위해 죽을 수도 있어요."

"날 위해 죽지 말아요, 풀비아, 날 위해 살아요!" 클로디우스가 외쳤다. 그는 폭포로 떨어지는 어린아이의 코르크 공보다도 더 빨리 그녀에게 빠져들고 있었다.

"이제 말해줘요!" 그녀는 사납게 으르렁거리듯 말했다.

"매형 렉스와 함께 시리아에 있었을 때," 클로디우스는 이야기를 시작했다. "난 스케니테스 아라비아인 일당에게 납치당했소. 그들이 어떤 사람인지 알고 있소?"

"아뇨."

"아시아 사막에서 온 종족인데, 티그라네스가 그리스인들을 아르메니아로 이주시키기 전에 그리스인들이 가지고 있던 일자리와 재산을 빼앗은 사람들이오. 티그라네스가 몰락한 후 그리스인들이 고향으로 돌아왔더니 그들은 거지나 다름없는 상태였소. 스케니테스 아라비아인들이 모든 것을 장악하고 있었지. 나는 그 상황이 너무 끔찍하다고 생각해 그리스인들에게 과거의 부를 돌려주고 스케니테스 아라비아인들을 사막으로 돌려보내려고 했소."

"물론이죠." 그녀는 고개를 끄덕이며 말했다. "당신다운 일이에요. 재산을 빼앗긴 사람들을 위해 싸우는 거 말이죠."

"그 대가로," 클로디우스는 비통하게 말했다. "나는 그 사막 사람들에게 납치당했고, 그 어떤 로마인도 감당할 수 없는 짓을 당하고 말았소. 너무 수치스럽고 터무니없는 짓이라, 이게 알려지면 난 영원히 로마에 발붙일 수 없게 될지도 모르오."

풀비아가 다양한 가능성들을 머릿속에 떠올리는 동안, 그 진지한 짙은 파란색 눈동자에 모든 종류의 감정들이 차례로 나타났다 사라졌다. "그들이 무슨 짓을 한 거죠?" 그녀는 마침내 도저히 모르겠다는 듯 물었다. "강간, 비역, 수간은 아닐 테고. 그런 건 다 이해받고 용서받을 수 있으니까요."

"비역과 수간을 어떻게 아는 거요?"

그녀는 우쭐한 표정이었다. "난 뭐든 다 알아요, 푸블리우스 클로디우스."

"그중 어느 것도 아니오. 난 그들에게 할례를 당했소."

"뭘 당했다고요?"

"뭐든 다 아는 건 아닌 모양이군."

"어쨌든 그 단어는 몰라요. 무슨 뜻이에요?"

"그들은 내 포피를 잘라냈소."

"뭘 잘라내요?" 그녀는 더 깊은 수준의 무지함을 드러내며 물었다.

클로디우스는 한숨을 쉬었다. "벽화마다 온통 프리아포스만 그려져 있지 않다면, 로마 처녀들이 더 잘 이해할 수 있을 텐데." 그가 말했다. "남자는 항상 발기해 있는 게 아니오."

"그 정돈 알아요!"

"하지만 당신이 아마도 모르는 게 있는데, 발기하지 않은 상태에서 남성 성기의 귀두는 포피라 불리는 살가죽으로 덮여 있어요." 클로디우스는 이마에 땀이 송송 맺힌 채 말했다. "어떤 사람들은 포피를 잘라내 귀두가 항상 드러난 상태가 되도록 하오. 그걸 할례라고 하지. 유대인과 이집트인이 그걸 하는 사람들이오. 그리고 아라비아인도 아마 그런 것 같소. 그들이 내게 바로 그 짓을 했소. 날 이단자로, 로마인답지 않은 사람으로 만들어버린 거요!"

그녀의 표정은 요동치는 하늘처럼 계속 변하며 소용돌이쳤다. "오! 오, 내 가엾은, 가엾은 클로디우스!" 그녀가 외쳤다. 그녀의 혀가 밖으로 나와 입술을 적셨다. "한번 보여줘요!" 그녀가 말했다.

그걸 보여줄 생각만으로도 경련이 일고 몸서리가 났다. 이제 클로디우스는 할례를 당했다고 해서 발기불능이 되진 않는다는 걸 깨달았다. 안티오케이아에서부터 계속 처져 있기만 해서 평생 불능으로 살아야 한다고 생각했던 터였다. 또한 그는 자신이 어떤 면에선 부끄럼쟁이란 걸 알게 되었다. "안 돼, 당신에겐 절대 보여줄 수 없소!" 그가 단호하게 말했다.

하지만 그녀는 벌써 그가 앉은 의자 앞에 무릎을 꿇고 앉아 양손으로 그의 토가 자락을 헤집고 튜닉을 들췄다. 그녀는 장난기, 기쁨, 실망이 뒤섞인 표정으로 그를 올려다보더니, 비현실적으로 거대하게 발기한 프리아포스로 장식된 청동 등잔을 가리켰다. "저것과 똑같은데요." 그녀는 깔깔거리며 말했다. "안 서 있는 걸 보고 싶어요, 서 있는 거 말고!"

클로디우스는 의자에서 벌떡 일어나 옷매무시를 고치며, 금방이라도 셈프로니아가 들어오지 않을까 겁에 질린 눈으로 문을 쳐다봤다. 하지만 그녀는 들어오지 않았고, 다른 누구도 이 집 딸이 곧 자기 소유가 될 물건을 검사하는 장면을 지켜보고 있는 것 같지 않았다.

"안 서 있는 걸 보고 싶다면 나와 결혼부터 해야죠." 그가 말했다.

"오, 사랑하는 푸블리우스 클로디우스, 난 당연히 당신과 결혼할 거예요!" 그녀는 자리에서 일어서며 외쳤다. "당신의 비밀은 이제 안전해요. 그게 그토록 수치스러운 일이라면, 당신은 딴 여자에겐 결코 눈길도 주지 않겠죠, 안 그래요?"

"난 온전히 당신 차지요." 클로디우스가 눈물을 닦으며 말했다. "당신을 사랑하오, 풀비아! 당신이 걸어간 땅까지도 숭배하겠소!"

클로디우스와 풀비아는 7월 말, 마지막 선거까지 모두 끝난 뒤 결혼했다. 이번 선거는 카틸리나가 부재중 집정관 후보 출마를 신청하는 등 놀랄 일로 가득했다. 카틸리나가 속주에서 돌아오는 건 늦어졌지만, 아프리카의 다른 사람들이 선거가 시작되기 한참 전에 로마를 찾아왔다.

카틸리나가 아프리카 총독을 역임하면서 이름을 날린 분야는 부정부패뿐이었던 게 분명해 보였다. 로마를 찾아온 아프리카의 농부와 징세 청부업자 들은 대놓고 카틸리나가 돌아오는 즉시 부당취득 혐의로 기소하겠다고 밝혔다. 그리하여 고등 정무관 선거 감독을 맡은 집정관 볼카티우스 툴루스는 기소 가능성을 근거로 카틸리나의 부재중 후보 출마 신청을 거부했다.

그런 다음엔 더 나쁜 추문이 일었다. 내년 집정관 당선이 유력시되던 푸블리우스 술라와 그의 절친한 친구 푸블리우스 아우트로니우스가 엄청난 뇌물을 뿌린 사실이 발각된 것이다. 뇌물과 관련된 가이우스 피소의 칼푸르니우스법은 구멍난 배 같았지만, 푸블리우스 술라와 아우트로니우스에게 제기된 증거는 너무도 물샐틈없어서 그 허술한 법도 그들을 구제할 수 없었다. 그러자 두 죄인은 즉시 유죄를 시인하고 두 현직 집정관과 내년 집정관 당선인인 루키우스 코타, 루키우스 만리우스 토르콰투스에게 합의를 제안했다. 이 약삭빠른 조치로 인해, 그들이 상당한 금액의 벌금을 내고 다시는 공직 선거에 출마하지 않겠다고 맹세하는 조건으로 기소가 취하되었다. 그들이 위기를 모면할 수 있었던 건 이러한 해결책이 제시되어 있는 가이우스 피소의 뇌물수수법 덕분이었다. 재판이 열리기를 바랐던 루키우스 코타는, 자신의 세 동료들이 이 범법자들에게 어마어마한 재산의 상당 부분은 물론 로마 거주권과 시민권까지 허락하자 몹시 분노했다.

이 모든 사건은 클로디우스에게 별로 중요하지 않았다. 그의 목표는 8년 전이나 지금이나 카틸리나였다. 클로디우스는 마침내 복수할 수 있다는 생각에 가슴 두근거리며, 아프리카인 원고들을 찾아가서 자신에게 카틸리나의 기소를 맡겨달라고 설득했다. 완벽했다, 너무도 완벽했다! 카틸리나의 인과응보가 임박한 시기는, 클로디우스가 세상에서 가장 흥미진진한 여자와 결혼한 시기와 일치했다! 모든 보상은 한꺼번에 이루어지는 듯했다. 무엇보다 풀비아는 남편의 열렬한 지지자이자 조력자였기 때문이다. 그녀는 클로디우스를 제외한 다른 남자들이 선호할 법한, 조신하게 가정을 지키는 새신부가 아니었다.

처음에 클로디우스는 증거와 증인을 모으려고 정신없이 서둘렀다. 하지만 카틸리나 재판의 준비과정은 증거 수집부터 증인의 위치 파악까지 그 무엇도 신속하게 진행되는 법이 없었다. 우티카나 하드루멘툼에 다녀오려면 두 달이 걸렸고, 재판을 준비하면서 아프리카에 여러 번 다녀와야 했다. 클로디우스는 조바심치고 안절부절못했지만, 바로 그때 풀비아가 말했다. "생각해봐요, 내 사랑 푸블리우스. 왜 이 사건을 더 질질 끌지 않죠? 내년 7월까지 재판이 마무리되지 않으면 카틸리나는 내년에도 집정관에 출마할 수 없게 돼요, 그렇잖아요?"

클로디우스는 이 조언의 요점을 곧바로 이해하고 아프리카 달팽이의 속도를 더 늦췄다. 카틸리나가 유죄판결을 받도록 하리라, 다만 여러 달 뒤에. 좋았어!

그는 이제 비참하게 자기 자리에서 밀려나고 있는 루쿨루스를 떠올렸다. 마닐리우스법을 통해 폼페이우스는 루쿨루스로부터 미트리다테스와 티그라네스를 상대로 한 전쟁 지휘권을 넘겨받게 됐고, 자신의 권리를 행사하려고 나섰다. 그와 루쿨루스는 갈라티아의 외딴 요새 다날라에서 아주 지독하게 다퉜는데, 이 때문에 (그전까지는 자신의 임페리움 마이우스로 루쿨루스의 코를 납작하게 해줄 마음이 없었던) 폼페이우스는 루쿨루스의 행동을 불법으로 규정하는 결의를 통해 그를 아시아에서 추방했다. 그런 다음 폼페이우스는 핌브리아군 병사들을 재입대시켰다. 마침내 고향으로 돌아갈 자유를 얻었지만, 핌브리아군 병사들은 귀향을 택하지 않았다. 위대한 폼페이우스의 군단에서 복무한다니, 아주 재밌을 것 같았다.

끔찍한 치욕 속에 추방당한 루쿨루스는 곧장 로마로 돌아왔고, 마르스 평원에 머물며 원로원이 분명 자신에게 허락해줄 개선식을 기다렸다. 하지만 폼페이우스의 호민관이자 조카인 가이우스 멤미우스는, 원로원이 루쿨루스에게 개선식을 허락하면 자신은 평민회에서 루쿨루스의 개선식을 불허하는 법을 통과시킬 것이라 선언했다. 멤미우스는 원로원에게 그런 관대한 선물을 내릴 법적 권한이 없다고 했다. 카툴루스와 호르텐시우스를 비롯한 보니파는 멤미우스에게 필사적으로 맞섰지만 충분한 지지를 이끌어내지 못했다. 원로원 의원 대다수는 개선식을 허가하는 원로원의 권한이 루쿨루스보다 더 중요하다는 입장이었다. 그러니 괜히 루쿨루스를 배려하려다 멤미우스가 달갑지 않은 전례를 남기도록 할 이유가 어디 있으랴?

루쿨루스는 포기하지 않으려 했다. 매일 원로원 회의가 열렸고, 그는 자신의 개선식을 재차 요구했다. 그가 사랑하는 동생 바로 루쿨루스도 멤미우스 탓으로 곤경에 빠져 있었다. 멤미우스는 바로 루쿨루스가 수년 전 공금을 횡령했다는 혐의로 그에게 유죄판결을 안겨주려 했다. 이 모든 사건은 폼페이우스가 이제 루쿨루스 형제의—또한 보니파의—고약한 적이 되었다고 생각해도 무방함을 시사했다. 폼페이우스가 다날라에서 루쿨루스를 만났을 때, 루쿨루스는 자신이 다 이겨놓은 전쟁을 갑자기 나타난 폼페이우스가 가로채려 한다고 비난했다. 폼페이우스에겐 치명적인 모욕이었다. 보니파의 경우, 그들은 이 위인에게 주어진 특별 직권에 여전히 강경하게 반대하고 있었다.

루쿨루스의 아내 클로딜라는 남편이 머무는 신성경계선 바깥 핑키우스 언덕의 값비싼 빌라를 한 번쯤 방문할 법도 했으나, 그런 일은 없었다. 이제 스물다섯 살이 된 그녀는 세상 물정에 훤했고, 루쿨루스의 재산을 마음껏 쓸 수 있었으며, 큰오빠 아피우스를 제외하면 그녀를 감시할 사람도 없었다. 덕분에 애인은 넘쳐났고, 평판은 바닥이었다.

루쿨루스가 돌아온 지 두 달 뒤, 클로디우스와 풀비아가 그녀를 방문했다. 하지만 루쿨루스와 클로딜라의 재결합을 유도할 목적은 아니었다. 그 대신 클로디우스는 (풀비아가 귀를 쫑긋 기울이는 가운데) 자신이 니시비스에서 루쿨루스에게 했던 이야기를 막내누나에게 들려주었다. 그와 클로디아와 클로딜라가 한 침대에서 잠만 잔 게 아니라 더한 짓도 했다는 이야기였다. 클로딜라는 그것이 아주 웃긴 농담이라고 생각했다.

"누나는 그가 돌아왔으면 좋겠어?" 클로디우스가 물었다.

"누구, 루쿨루스?" 짙은 빛깔의 큰 눈이 더 커지면서 번쩍였다. "아니, 안 돌아왔으면 좋겠어! 그는 다 늙었고, 10년 전 나랑 결혼할 때부터 이미 늙어 있었어. 벌레 가루로 만든 최음제를 잔뜩 삼켜야만 그게 조금이라도 꿈틀거렸다니까!"

"그렇다면 핑키우스 언덕으로 가서 그를 만나고, 그에게 이혼하겠다고 말하는 게 어떨까?" 그는 진지해 보였다. "살짝 복수를 하고 싶다면, 내가 니시비스에게 했던 말이 사실이라고 얘기해주는 방법도 있겠지. 물론 그가 이 이야기를 소문낼 수도 있고, 그래서 누나가 힘들어질 수도 있어. 나는 내 몫의 비난을 감당할 의향이 있고 클로디아 누나도 마찬가지야. 하지만 막내누나에게 그럴 의향이 없다면 우리도 이해할 수 있어."

"그럴 의향이 있냐고?" 클로딜라는 꽥 소리를 질렀다. "나야 너무 좋지! 어디 마음대로 소문내라고 해! 우린 눈물을 흘리고 순진한 척하면서 그저 아니라고 우기면 돼. 사람들은 어느 쪽을 믿어야 할지 모를 거야. 너와 루쿨루스의 악연에 대해 모르는 사람은 없어. 그의 편에 선 사람들은 그의 이야기를 믿겠지. 가운데 낀 사람들은 갈팡질팡할 테고. 그리고 큰오빠 아피우스처럼 우리 편에 선 사람들은 우리가 큰 상처를 입었다고 생각할 거야."

"그럼 먼저 가서 이혼하자고 말해." 클로디우스가 말했다. "그렇게 하면, 그 역시 누나와 이혼할 마음이었다 해도 누나에게서 돈을 다 빼앗을 순 없을 거야. 누나에겐 의탁할 만한 지참금도 없잖아."

"똑똑하기도 하지." 클로딜라가 만족스럽게 말했다.

"원한다면 언제든 재혼할 수 있어요." 풀비아가 말했다.

그녀 시누이의 까무잡잡하고 요염한 얼굴이 일그러지더니 포악하게 변했다. "그럴 일 없어요!" 클로딜라는 으르렁거렸다. "한 명의 남편을 경험한 것으로도 충분하고 남아요! 내 인생은 내 맘대로 살고 싶어요. 관심은 고맙지만 됐어요! 루쿨루스가 동방으로 떠나 있어서 아주 즐거웠어요. 그의 재산 상당 부분을 빼돌릴 수 있었죠. 물론 내가 먼저 나서서 이혼하자고 말하는 건 마음에 걸리지만, 큰오빠 아피우스는 내가 남은 생을 편안히 살기에 충분한 합의금을 받아줄 거예요."

풀비아는 우습다는 듯 킥킥거렸다. "이제 로마인들끼리 옥신각신하겠네요!"

로마인들은 정말 옥신각신했다. 먼저 이혼을 요구한 건 클로딜라였지만, 루쿨루스는 곧장 피호민을 시켜 자신이 이혼을 요구한다는 성명을 로스트라 연단에서 발표하도록 했다. 클로딜라가 자신이 집을 비운 사이 많은 남자와 불륜을 저질렀을 뿐 아니라 남동생 푸블리우스 클로디우스, 언니 클로디아와 근친상간을 저질렀다는 것이 그 이유였다.

당연히 많은 사람들은 그 이야기를 믿고 싶어했다. 군침이 돌 만큼 고약한 내용이기 때문이기도 하고, 클라우디우스/클로디우스 풀케르 집안사람들이 아주 기막히고 예측 불가능하고 엉뚱하고 기상천외한 족속들이기 때문이기도 했다. 수 세대에 걸쳐 늘 그래왔다! 파트리키 귀족들이란 더 말하면 입 아픈 존재들이었다.

불쌍한 아피우스 클라우디우스는 괴로워했지만, 싸워봐야 좋을 게 없다는 걸 알 만큼 현명했다. 그가 선택한 최선의 방어는 포룸 로마눔을 지나다니면서 자기가 제일 피하고 싶은 주제가 근친상간이란 표정을 짓는 것이었고, 사람들은 그의 암시를 눈치챘다. 렉스는 폼페이우스의 선임 보좌관으로 동방에서 복무중이었고, 그의 아내 클라우디아는 큰오빠 아피우스와 동일한 전략을 채택했다. 삼 형제 중 둘째인 가이우스 클라우디우스는 그 집안사람치고 지적 능력이 떨어졌기 때문에, 재치 넘치는 농담의 표적으로는 가치가 없었다. 다행히도 클로디아의 남편 켈레르 역시 그의 동생인 네포스와 함께 동방에서 복무중이었다. 안 그랬다면 그들도 불편한 질문을 받으며 입장이 난처해졌을 것이다. 세 명의 범인은 밖에선 순진하고도 분개한 표정으로 돌아다녔고, 보는 눈이 없는 데선 바닥을 데굴데굴 구르며 웃어댔다. 이토록 근사한 추문이라니!

하지만 결정적인 발언을 남긴 것은 키케로였다. "근친상간은," 그는 포룸 로마눔을 자주 드나드는 많은 관중 앞에서 근엄하게 말했다. "온 가족이 즐길 수 있는 놀이입니다."

마침내 카틸리나의 재판이 시작되자 클로디우스는 자신의 성급함을 후회했다. 많은 배심원들이 그에게 의혹의 눈길을 보냈고, 그 의혹은 평결에 악영향을 미쳤기 때문이다. 클로디우스는 이 힘겹고 쓰라린 재판에서 아주 용감히 싸웠다. 그는 노골적인 악의와 편견에 관한 키케로의 조언을 진지하게 받아들였고, 솜씨 좋게 기소인측 주장을 펼쳤다. 그가 패소하고 카틸리나가 혐의에서 풀려난 것은 뇌물 때문이 아니었으며, 그는 압솔보(무죄) 판결이 나온 재판에서 뇌물 이야기를 꺼내선 안 된다는 것도 이제 알고 있었다. 그는 자신의 패인이 순전히 배심원의 구성과, 참으로 막강했던 변호인단의 변론 때문이라고 결론지었다.

"정말 훌륭했네, 클로디우스." 카이사르는 나중에 그에게 말했다. "패소한 것은 자네 탓이 아니야. 이번 배심원단은 심지어 하급 기사 배심원들조차 너무 보수적이어서 카툴루스를 급진주의자처럼 보이게 만들 정도였네." 그는 어깨를 으쓱했다. "토르콰투스가 변호인단을 이끄는 재판에서 승소할 순 없는 일이지. 특히나 카틸리나가 지난번 신년 첫날 그를 암살하려 했다는 소문까지 돌았으니 더 그랬을 거야. 카틸리나의 변호를 맡음으로써 토르콰투스는 그 소문을 안 믿는다는 입장을 취한 셈인데, 배심원단은 분명 감명받았을 걸세. 그렇다 해도 자네는 아주 훌륭했고 자네 주장은 아주 논리적이었네."

클로디우스는 카이사르에게 호감을 갖고 있었다. 그에게서 자기처럼 쉴새없이 움직이는 영혼을 발견할 수 있었고, 그에게는 있지만 아쉽게도 자신에게는 결여된 일종의 자제심을 부러워했다. 판결이 나왔을 때 그는 고함지르고 으르렁거리고 한바탕 울어대고 싶었다. 그러다가 나란히 서서 방청중이던 카이사르와 키케로를 발견했고, 그들의 얼굴에 떠오른 어떤 표정 때문에 멈칫했다. 언젠가는 복수하게 되리라, 다만 오늘은 아니다. 패배를 인정할 줄 모르는 사람처럼 행동해봐야 카틸리나에게밖에 득이 되지 않는다.

"어쨌든, 올해도 그가 집정관에 출마하기엔 너무 늦었습니다." 클로디우스는 한숨을 쉬며 카이사르에게 말했다. "그것도 하나의 승리로 간주할 수 있겠죠."

"그렇지, 그는 또 한 해를 기다려야 할 걸세."

그들은 사크라 가도를 따라 오르비우스 언덕길 모퉁이에 위치한 여관을 향했다. 그 신성한 길 너머로 파비우스 알로브로기쿠스 개선문의 인상적인 정면이 눈에 들어왔다. 카이사르는 집으로 돌아가는 길이었고, 클로디우스는 아프리카 의뢰인들이 머무는 여관으로 가는 중이었다.

"티그라노케르타에서 당신의 친구를 만났습니다." 클로디우스가 말했다.

"세상에, 그게 대체 누군가?"

"마르쿠스 실리우스란 이름의 백인대장이죠."

"실리우스? 미틸레네에서 만난 그 실리우스? 핌브리아군 병사?"

"바로 그 사람이에요. 당신을 아주 존경하더군요."

"나도 그를 존경하네. 좋은 사람이지. 이제는 고향으로 돌아오게 되겠군."

"그럴 것 같진 않습니다, 카이사르. 최근에 그에게 편지를 받았는데, 갈라티아에서 보낸 편지였죠. 핌브리아군 병사들은 폼페이우스의 군대에 입대하기로 했다더군요."

"나도 참 의아했어. 산전수전 다 겪은 노병들은 늘 고향 타령이지만, 흥미로운 전쟁이 눈앞에 나타나면 고향 생각은 다 잊어버리니 말이지."

카이사르는 웃으며 한 손을 내밀었다. "잘 지내게, 푸블리우스 클로디우스. 자네 활약을 흥미롭게 지켜보겠네."

클로디우스는 북쪽을 응시하며 여관 바깥에 한참 서 있었다. 마침내 그 안으로 들어섰을 때, 그는 자신이 속한 무리에서 가장 완벽한—올곧고, 명예를 중시하고, 돈으로 매수될 수 없는—인물처럼 보였다.

3장

CHAPTER THREE
Jan. 65 B.C. ~ Jul. 63 B.C.

기원전 65년 1월부터
기원전 63년 7월까지

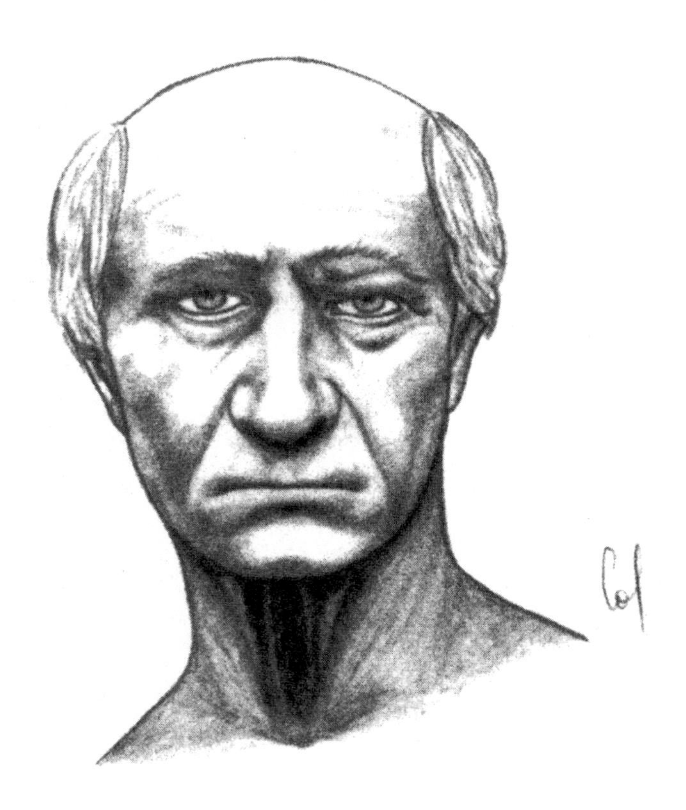

퀸투스 루타티우스 카툴루스

마르쿠스 칼푸르니우스 비불루스

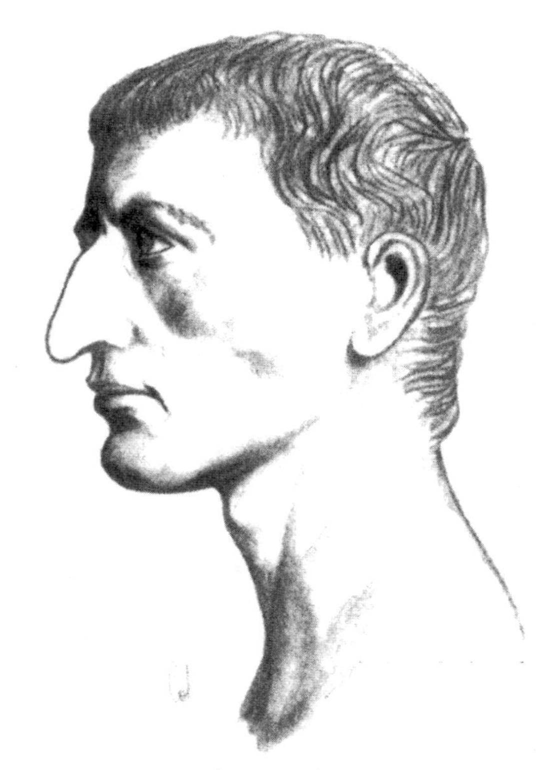

마르쿠스 포르키우스 카토

마르쿠스 리키니우스 크라수스는 이제 어찌나 부유해졌는지, 엄청난 부자라는 뜻의 '디베스'라는 코그노멘이 하나 더 생겼다. 게다가 퀸투스 루타티우스 카툴루스와 함께 감찰관으로 선출되기까지 했으니 그의 경력에서 모자라는 것은 단 하나, 위대하고 영예로운 전투 경험뿐이었다. 아, 물론 스파르타쿠스를 무찌른 일로 약식 개선식을 얻어내기는 했다. 그러나 그의 승리는 노예로 가득한 군대를 이끈 검투사와 여섯 달간 싸웠다는 사실로 영 빛이 바래버렸다. 그가 진정 갈망한 것은 폼페이우스 마그누스가 얻어낸 것 쪽에 가까웠다. 조국의 구원자가 되는 그런 전투, 그런 명성. 벼락출세자의 빛에 가려지는 건 쓰라린 아픔이었다!

설상가상으로 동료 감찰관인 카툴루스와의 관계마저 원만하지 않았다. 크라수스는 도무지 그 이유를 종잡을 수 없어서 당혹스럽기만 했다. 리키니우스 크라수스 가문에서 선동 정치가라든가 정치적 급진주의자로 불린 인물은 나온 적이 없었건만, 대체 카툴루스는 무슨 뒷말을 저리 떠들어대는 것일까?

"감찰관님의 돈이죠." 그의 짜증 섞인 질문에 카이사르가 대답했다.

"카툴루스는 보니입니다. 원로원 의원들의 영리활동을 용납하지 않죠. 그는 다른 사람을 동료 감찰관으로 두고 둘이 함께 당신을 수사하는 일에 매달리고픈 마음이 굴뚝같을 겁니다. 하지만 정작 당신이 동료 감찰관이니 그럴 수가 없는 거지요."

"그자가 시도했다면 시간 낭비밖에 안 됐을 걸세!" 크라수스가 발끈하며 말했다. "내가 하는 일은 원로원 의원 절반이 하고 있는 일이야! 내 소득은 부동산 소유에서 나오는 것이고, 그건 원로원 의원이라면 누구나 손대는 분야가 아닌가! 물론 회사 지분이 좀 있기는 하지만, 나는 임원도 아니고 회사 경영에 관한 의결권도 없네. 그저 자금원일 뿐이지. 비난할 여지라곤 없어!"

"저도 잘 알고 있습니다." 카이사르가 참을성 있게 대답했다. "우리가 경애하는 카툴루스 역시 잘 알고 있고요. 다시 말씀드리죠. 문제는 감찰관님의 돈입니다. 늙은 카툴루스는 유피테르 옵티무스 막시무스 신전 재건 비용을 대느라 피땀을 쏟고 있어요. 여윳돈은 생기는 족족 유피테르 옵티무스 막시무스에게 들어가는 통에 집안의 재산은 한 푼도 늘리지 못했고요. 반면에 당신은 끝도 없이 돈을 벌어들이고 있죠. 카툴루스는 시샘이 나는 겁니다."

"그렇다면 시샘일랑 그럴 건더기가 있는 자들에게나 내라고 하게!" 분이 풀리지 않는 듯 크라수스가 쏘아붙였다.

폼페이우스 마그누스와 함께 지낸 집정관 임기가 끝난 뒤 크라수스는 새로운 사업에 뛰어들었다. 40년 전 세르빌리우스 카이피오 가문 사람이 개척한 그 사업은, 파두스 강 북쪽의 이탈리아 갈리아에 있는 여러 마을에서 로마군에 납품할 무기와 군비를 제조하는 일이었다. 이 분야로 크라수스의 관심을 끌어들인 사람은 그의 절친한 친구이자 이탈리아 전쟁 당시 로마의 군비 확충을 담당했던 루키우스 칼푸르니우스 피소였다. 루키우스 피소는 이 신종 산업의 잠재력을 알아보고 전심전력으로 매달린 결과 큰돈을 벌어들였다. 물론 그는 어머니가 이탈리아 갈리아의 칼벤티우스 가문 출신이었기에 원래부터 이 지역에 연고가 있었다. 루키우스 피소가 죽은 후에는 동명의 아들이 아버지의 사업도, 그리고 크라수스와의 따뜻한 우정도 이어받았다. 그사이 크라수스는 쇠사슬 갑옷과 검, 투창, 투구, 단검 제작 전문 마을을 통째로 소유하는 것의 이점을 깨닫기에 이르렀다. 게다가 원로원 규정에 어긋나지도 않았다.

이제 감찰관이 됨으로써 크라수스는 펠트리아, 카르디아눔, 벨루눔에 있는 세르빌리우스 카이피오 가문의 제조소들을 상속한 청년 퀸투스 세르빌리우스 카이피오 브루투스뿐 아니라 친구인 루키우스 피소도 도울 수 있게 되었다. 파두스 강 북쪽의 이탈리아 갈리아는 워낙 오랫동안 로마의 영향권에 있었던 터라, 이곳 시민들은 갈리아인도 많지만 종족 간 결혼으로 인한 혼혈이 더 많았다. 하지만 아직까지도 시민권을 거부당하고 있었던 탓에 그들은 깊은 원한을 품게 되었다. 바로 3년 전에도 소요사태가 일어났다가, 카이사르가 히스파니아에서 귀국하던 길에 들른 후 진정된 바 있었다. 이에 크라수스는 감찰관이 되어 로마 시민 명부를 관리할 책임을 맡자마자 자신이 해야 할 일을 명확히 깨달았다. 바로 파두스 강 북쪽의 이탈리아 갈리아에 사는 모든 사람에게 온전한 로마 시민권을 줌으로써 친구인 루키우스 피소와 카이피오 브루투스도 돕고 자신의 대규모 피호민층도 형성하는 것이었다. 파두스 강 남쪽의 주민들은 전부 온전한 시민권을 보유하고 있었다. 핏줄은 똑같은데 강 하나를 두고 반대편에 산다는 이유만으로 그 사람들을 부정하는 건 부당하지 않은가!

그러나 크라수스가 이탈리아 갈리아 주민 전체에 시민권을 줄 의사를 피력하자 동료 감찰관인 카툴루스는 길길이 날뛰었다. 안 돼, 안 돼, 안 돼! 절대, 절대, 절대로! 로마 시민권은 로마인을 위한 것이고, 갈리아인은 로마인이 아니다! 가뜩이나 로마인임을 자칭하는 갈리아인이 너무 많지 않은가. 폼페이우스 마그누스와 그의 피케눔 똘마니들처럼.

"그야말로 케케묵은 주장이죠." 카이사르는 넌더리를 내며 말했다. "로마 시민권은 로마인에게만 주어져야 한다는. 어째서 저 멍청한 보니파는 이탈리아 어디에 사는 누구든 모두 로마인이라는 사실을 받아들이지 못할까요? 로마가 곧 이탈리아라는 것을요."

"나도 동감이네." 크라수스가 대꾸했다. "하지만 카툴루스의 생각은 다르지."

크라수스의 다른 계획도 동조를 얻지 못하기는 마찬가지였다.

그는 전쟁을 감수하고라도 이집트 합병을 원했다. 물론 전쟁에 나서는 군대는 자신이 이끈다는 전제하에. 이집트 문제에 관한 한 크라수스는 대단히 정통한 권위자가 되어 있었다. 그리고 입수한 정보는 하나같이 그가 어렴풋이 짐작하고 있던 사실을 확인시켜주었다. 바로 이집트가 세상에서 가장 부유한 나라라는 사실.

"생각해보게!" 크라수스는 카이사르에게 말했다. 이 순간만큼은 소처럼 둔중하고 무표정한 모습과는 거리가 먼 얼굴이었다. "모든 게 파라오의 것이네! 이집트에는 토지의 자유소유권이라는 개념 자체가 없어. 모든 땅은 파라오가 임대하고 지대를 거둬들이지. 이집트 땅에서 난 산물은 곡물부터 황금, 보석이며 향신료, 상아에 이르기까지 모조리 파라오의 소유라네! 아마포 하나만 예외야. 아마포는 이집트 태생 신관들의 소유인데, 이것조차도 3분의 1은 파라오가 가져간다네. 파라오의 개인 수입만 연간 최소 6천 탈렌툼이고, 이집트에서 또 6천 탈렌툼을 거둬들이지. 거기다 키프로스 섬에서 얻는 추가 수입까지 있고."

"제가 듣기로는," 카이사르가 말을 꺼냈다. 오로지 크라수스라는 황소에게 미끼를 던질 목적에서였다. "프톨레마이오스 왕가가 워낙 무능해서 이집트의 국고를 단 1드라크마도 남김없이 탕진해버렸다더군요."

크라수스 황소는 콧방귀를 뀌었다. 하지만 화가 났다기보다는 조소하는 표정이었다. "헛소리야! 터무니없는 헛소리! 프톨레마이오스 왕가에서 최고로 무능한 왕이라 해도 자기 재산의 10분의 1도 다 못 쓸걸세. 이집트는 왕이 그 나라에서 얻은 수입으로 지탱되네. 수하의 관료들, 병사들, 선원들과 경찰, 신관들이며 심지어 자기 궁전들의 유지비까지 그 돈으로 대지. 그들은 수년째 자기들끼리 싸운 내전 외에는 전쟁을 겪지도 않았어. 내전이 끝난 뒤에도 돈은 승자에게 돌아갈 뿐 이집트 밖으로 나갈 일이 없네. 파라오는 개인 수입을 모아놓고, 금은과 홍옥, 상아, 청옥, 터키석, 홍옥수, 청금석 등 온갖 보물도 현금으로 바꿀 생각조차 하지 않은 채 모아놓기만 하지. 물론 가구나 장신구로 만들라고 장인과 공예가 들에게 내주는 건 제외하고 말이야."

"그럼 알렉산드로스 대왕의 황금관(棺) 절도사건은 어떻게 된 겁니까?" 카이사르가 도발하듯 질문을 던졌다. "알렉산드로스라는 이름을 가진 첫번째 프톨레마이오스는 형편이 워낙 궁핍하여 그 황금관을 훔쳐다가 녹여서 금화로 만들었다지요. 원래 관 대신 지금의 수정관으로 바꿔놓았고요."

"바로 그거야!" 크라수스는 경멸 어린 어조로 내뱉었다. "정말이지, 이 터무니없는 얘기들이라니! 그 프톨레마이오스는 달아나기 전에 다 합쳐봐야 닷새 남짓 알렉산드리아에 있었네. 그런데 그 닷새라는 기간 동안 그가 순금 4천 탈렌툼은 되고도 남을 덩어리를 빼내고, 금 세공인의 비커 크기만한 용광로에 맞게 조각조각 잘라서 헤아릴 수도 없이 많은 용광로에 일일이 녹인 다음, 수백만 개에 족히 이를 주화를 찍어냈다고 말하는 건가? 그런 일은 일 년 안에도 못 끝냈을 걸세! 그도 그렇지만, 자네 상식은 어디다 팔아먹었나? 사람 몸이 들어갈 크기의 투명한 수정관이라면—그래, 그래, 알렉산드로스 대왕이 아주 왜소한 사람이었다는 건 알아!—순금관 가격의 열 배도 더 나갈 걸세. 그만큼 큰 원석을 발견한 후 가공하는 데도 수년이 걸릴 테고. 논리적으로 따지자면, 누군가 그만큼 큰 원석을 발견했는데 공교롭게도 프톨레마이오스 알렉산드로스가 그곳에 있는 동안 관이 바뀌었다고 봐야 하네. 세마(알렉산드리아에 있는 알렉산드로스 대왕의 묘지—옮긴이)의 신관들은 실제로 백성들에게 알렉산드로스 대왕을 보여주고 싶었던 거지."

"윽!" 카이사르가 역겨운 듯 소리를 냈다.

"아니, 아니야. 저들은 시신을 완벽하게 보존해두었네. 모르긴 몰라도 지금도 생전 모습 못지않을 걸세." 이야기에 완전히 빠져든 크라수스가 말했다.

"마르쿠스, 알렉산드로스 대왕이 얼마나 잘 보존되어 있느냐 하는 애매한 화제는 제쳐놓고, 아니 땐 굴뚝에 연기 나는 법은 없습니다. 이런저런 프톨레마이오스가 땡전 한푼 없는 빈털터리 상태로 윗도리도 못 걸친 채 도망쳤더라는 얘기가 수세기 동안 끊임없이 전해지고 있습니다. 그러니 감찰관님이 말씀하시는 것처럼 많은 돈과 보물이 있을 수가 없지요."

"아하!" 크라수스가 의기양양하게 외쳤다. "그 이야기는 애당초 전제가 틀렸네, 카이사르. 사람들이 미처 모르는 것은 프톨레마이오스 왕가의 보물과 이집트의 재물이 알렉산드리아에 보관되어 있지 않다는 점이야. 알렉산드리아는 이집트라는 진짜 나무에 인위적으로 접붙인 가지라네. 멤피스 신관들은 이집트의 금고지기이고, 이집트의 부는 바로 그곳 멤피스에 있지. 그리고 이집트 왕실의 어느 프톨레마이오스든 클레오파트라든 궁전에서 달아나야 할 일이 생기면 나일 강 삼각주 아래 멤피스로 가는 게 아니라 알렉산드리아의 키보토스 항구에서 배를 타고 키프로스나 시리아나 코스로 간다네. 그 때문에 알렉산드리아에 있는 자금 외에는 손을 댈 수가 없는 거지."

카이사르는 대단히 엄숙한 표정을 짓고 한숨을 내쉬더니, 의자 등받이에 기대며 양손을 깍지 껴 머리 뒤로 받쳤다. "친애하는 크라수스, 저를 납득시키셨습니다." 그가 말했다.

그제야 웬만치 냉정을 되찾은 크라수스는, 카이사르의 눈에 반짝 스치는 얄궂은 빛을 알아채고는 와락 웃음을 터뜨렸다. "몹쓸 친구 같으니! 나를 놀린 거로군!"

"이집트에 관한 당신 의견에 전적으로 동의합니다." 카이사르가 말했다. "다만 한 가지 문제는, 카툴루스를 이 사업에 동의하도록 설득하진 못하리라는 것이죠."

크라수스는 굳이 카툴루스의 동의를 얻어내려 애쓰지 않았다. 한편 카툴루스는 기어이 원로원의 반대를 끌어내려 애를 썼다. 그 결과 취임한 지 채 석 달도 지나기 전에, 인구조사는 고사하고 기사계급 명부 개정에도 손 한번 대보지 못한 채 카툴루스와 크라수스의 감찰관 직은 끝이 났다. 크라수스는 공개적으로 사임했다. 그 자리에서 카툴루스에 대해 많은 말을 했지만 칭찬은 한마디도 없었다. 재임 기간이 워낙 짧았기에, 원로원은 다음해에 새 감찰관들을 선출하기로 결정했다.

카이사르는 친한 친구로서 마땅히 해야 할 일을 했다. 원로원 의사당에서 파두스 강 북쪽 갈리아 주민들에 대한 시민권 부여와 이집트 합병 등 크라수스의 두 가지 제안에 모두 지지를 표명한 것이다. 그러나 그해에 그의 주된 관심사는 따로 있었다. 카이사르는 고등 조영관 두 명 중 하나로 선출되어 이제 상아 대좌에 앉을 수 있게 되었고 파스케스를 든 릭토르 두 명을 앞세우고 다녔다. 이 일은 시의적절하게 일어났으니, 그가 관직의 사다리에서 올라야 할 딱 그 위치만큼 올라왔다는 뜻이었다. 그런데 불행히도 그의 동료는 (득표수가 훨씬 낮았던) 마르쿠스 칼푸르니우스 비불루스였다.

두 사람은 고등 조영관 직을 대하는 자세가 매우 달랐고, 이러한 차이는 그 직무의 모든 면에 적용되었다. 그들은 평민 조영관 두 명과 함께 로마 시의 전반적인 유지를 관할했다. 즉 도로와 광장, 공원, 장터, 교통, 공공건물, 법질서, 분수와 수반을 포함한 급수, 토지 대장, 건축 조례, 하수도, 공공장소에 전시된 조각상, 신전을 관리하는 일이었다. 직무는 네 명이 다 함께 수행하기도 했고, 원만한 합의하에 구성원 일부가 할당받기도 했다.

도량형 관리는 고등 조영관들의 몫이었다. 고등 조영관 본부는 포룸 로마눔 낮은 구역에서 베스타 신전 주변의 중심부에 위치한 카스토르·폴룩스 신전에 마련되어 있었다. 이 신전의 기단 아래에 여러 점의 표준 도량형기를 보관했는데, 언제나 사람들은 이곳을 간단히 '카스토르 신전'이라고만 부르고 폴룩스는 대개 무시했다. 평민 조영관들은 거기서 한참 떨어진 아벤티누스 언덕 기슭의 아름다운 케레스 신전에서 근무했으며, 아마도 그 때문에 로마의 공적 · 정치적 중심지를 돌보는 것과 관련된 직무에는 신경을 덜 쓰는 것처럼 보였다.

조영관 넷 모두가 공통으로 맡은 한 가지는 조영관 업무 중에서도 단연 가장 힘든 일이었다. 바로 곡물이 바지선에서 하역되는 순간부터 시민이 집으로 들고 갈 부대에 담기는 순간까지 곡물 공급의 전방위적인 관리였다. 또한 그들은 곡물 구입과 대금 지급, 도착 직후 검수 및 수금도 담당했다. 저렴한 공공 곡물을 받을 수 있는 대상자 명단을 조영관들이 보관했으니, 다시 말해 로마 시민 명부의 사본이 그들 손에 있었다. 조영관들은 마르스 평원의 메텔루스 주랑건물에 세워진 사무소에서 전표를 발급했지만, 막상 곡물은 로마 항의 트리게미나 성문 구를 따라 아벤티누스 언덕의 절벽 안쪽으로 늘어선 거대한 저장고에 보관되어 있었다.

그해의 평민 조영관 둘은 고등 조영관들의 상대가 되지 못했다. 둘 중에서 상급자는 키케로의 동생인 퀸투스 툴리우스였다.

"다시 말해, 저들이 여는 경기대회는 변변찮겠지." 카이사르는 비불루스에게 이렇게 말하면서 한숨을 쉬었다. "로마 시 관리에 있어서도 별다른 기여를 할 것 같지 않고 말이네."

비불루스는 반감 어린 시큰둥한 표정으로 동료를 쳐다보았다. "자네 역시 고등 조영관 직에 대한 거창한 허세는 떨치는 편이 좋을 거야, 카이사르. 나는 경기대회를 적당히 열지, 대단하게 열지 않을 거니까. 나도 자네처럼 그럴만한 자금 사정이 못 되네. 하수도 조사를 실시하거나 상수도 전체에 걸쳐 방수관을 점검한다거나, 카스토르 신전을 새로 칠하거나 시장 곳곳을 뛰어다니며 저울 검사를 할 생각도 없네."

"그럼 무얼 할 생각인가?" 한쪽 입술을 말아올리며 카이사르가 물었다.

"필요한 일을 할 생각이네. 딱 필요한 만큼만."

"저울 검사도 필요한 일이라 생각되진 않나?"

"아니."

"흐음," 카이사르는 심술궂게 씨익 웃었다. "우리가 카스토르 신전에 있는 것이 아주 적절하게 여겨지는군. 폴룩스가 되고 싶다면 그렇게 하게. 하지만 폴룩스의 운명을 잊지는 말게. 아무도 기억해주지도 언급해주지도 않는 운명 말이야."

좋은 출발은 아니었다. 그러나 협력하지 않으려는 의지를 공공연히 드러내는 자들에게 신경쓰기에는 언제나 너무 바쁘고 체계적인 사람이었던 카이사르는 자신이 로마의 유일한 조영관인 것처럼 계속 바삐 업무를 보았다. 루키우스 데쿠미우스와 그의 교차로 형제단을 정보원으로 둔 덕분에, 그에게는 위반행위에 대해 훌륭한 정보망을 확보했다는 이점이 있었다. 저울눈이나 되를 속인 상인들, 경계선을 위반하거나 부실 자재를 사용한 건축업자들, 법으로 규정된 것보다 구경이 큰 방수관을 수도 본관에서 자기 건물로 끼워 넣음으로써 수도 회사를 속인 건물주들을 카이사르는 매우 엄중히 단속했다. 그는 가차없이, 게다가 무거운 벌금을 물렸다. 누구도 그의 철퇴에서 벗어나지 못했다. 절친한 마르쿠스 크라수스조차 예외가 아니었다.

"자네 때문에 슬슬 짜증이 나는군." 2월이 시작될 즈음 크라수스가 툴툴거렸다. "지금까지 자네가 내게 물린 벌금이 얼만지 아는가! 어느 건축용 혼합재에 시멘트가 너무 적게 들어갔다고, 비미날리스 언덕에 세우고 있는 인술라에는 들보 수가 모자란다고 트집을 잡았지. 게다가 그 건물은 공유지를 침해하지 않았어, 자네가 뭐라고 말하든 상관없이 말이야! 고작 하수도를 좀 활용해서 카리나이 지구에 새로 지은 인술라에 개인 변소를 설치했다고 벌금 5만 세스테르티우스를 물려? 그건 2탈렌툼이네, 카이사르!"

"법을 어기면 응당 벌을 받아야지요." 카이사르는 뉘우치는 기색이라곤 없었다. "벌금 금고에 넣을 수 있는 단돈 한 푼까지 모두 필요하니, 친구들이라고 면제해줄 생각은 없습니다."

"계속 이런 식으로 하다간 친구가 남아나지 않을 걸세."

"마르쿠스, 지금 그 말씀은 당신이 좋을 때만 친구인 사람이라는 뜻이군요." 카이사르가 조금은 부당하게 몰아붙였다.

"아니, 난 그런 사람이 아니야! 하지만 자네가 화려한 경기대회를 열 자금을 얻고자 한다면 돈을 빌리게. 로마의 모든 사업가들이 자네의 호화로운 공공행사 비용을 부담하길 기대하지 말라고!" 신경이 곤두선 크라수스가 소리쳤다. "내가 돈을 빌려주겠네. 이자 없이 말이야."

"고맙지만 사양하겠습니다." 카이사르의 어조는 단호했다. "그리한다면 제가 좋을 때만 친구인 사람이 될 겁니다. 꼭 돈을 빌려야 한다면 정식으로 대금업자를 찾아서 빌리겠습니다."

"그럴 수 없잖은가. 자네는 원로원에 있으니까."

"그럴 수 있습니다. 원로원에 있든 아니든. 제가 고리대금업자에게 돈을 빌렸다고 원로원에서 쫓겨난다면 졸지에 의원 쉰 명쯤은 줄줄이 엮이겠지요." 이렇게 말하던 카이사르의 눈이 반짝 빛났다. "당신이 해주실 수 있는 일이 있습니다."

"뭔가?"

"입 무거운 진주 상인과 줄을 좀 대주십시오. 구경하기도 힘든 최상급 진주를 시세보다 훨씬 싼 값으로 매입하고 싶어할 사람으로요."

"오호! 자네가 해적 노획물의 목록을 작성했을 때 진주가 있다고 신고한 기억은 없는데!"

"신고하지 않았습니다. 제가 챙긴 500탈렌툼도 마찬가지고요. 다시 말해 제 운명은 당신 손에 달렸습니다, 마르쿠스. 법정에 고발만 하시면 저는 바로 끝장인 거죠."

"그러진 않을 걸세, 카이사르. 내게 벌금만 그만 매긴다면 말이지." 크라수스가 능청스럽게 말했다.

"그러면 지금 바로 수도 담당 법무관을 찾아가서 저를 고발하시는 게 좋을 겁니다." 카이사르가 웃으며 말했다. "왜냐하면 그런 식으로 저를 매수할 순 없을 테니까요!"

"자네가 챙긴 건 그게 다인가? 500탈렌툼과 진주 몇 개?"

"그게 답니다."

"자넬 이해할 수가 없군!"

"상관없습니다. 다른 사람들도 다 그러니까요." 이렇게 대꾸한 뒤 카이사르는 떠날 채비를 했다. "그래도 진주 상인은 찾아봐주십시오, 좋은 친구답게. 제가 알아서 하고 싶지만, 어디서부터 시작해야 할지 몰라서요. 소개비로 진주 한 알은 드릴 수 있습니다."

"허, 자네나 다 갖게!" 크라수스는 넌더리를 냈다.

실제로 카이사르는 진주 한 알을 남겼다. 모양과 빛깔이 딸기를 닮은 커다란 진주였다. 그것까지 넘겼다면 나머지 진주들의 값으로 받은 500탈렌툼을 족히 갑절로 늘릴 수 있었을 텐데, 왜 팔지 않았는지는 그 자신도 알 수 없었다. 그저 어떤 직감을 따랐을 뿐. 심지어 안달이 난 구매자가 그 진주를 본 뒤에 내린 결정이었다.

"600만이나 700만 세스테르티우스는 받을 수 있을 텐데요." 상인은 아쉬운 듯 말했다.

"아니." 손에 든 진주를 던졌다 받았다 하며 카이사르가 말했다. "이건 그냥 둬야겠네. 운명의 여신이 그러라고 하는군."

씀씀이가 헤프긴 해도 비용을 따질 줄도 알았던 카이사르는, 2월 말에 비용을 합산해보고는 가슴이 철렁 내려앉았다. 우선 조영관 금고에서는 500탈렌툼 정도가 나올 터였다. 비불루스는 4월에 열리는 그들 두 사람의 첫번째 경기대회인 메갈레 경기대회에 100탈렌툼을, 9월에 열리는 큰 행사인 로마 경기대회에 200탈렌툼을 출연할 의향을 내비쳤다. 그리고 카이사르에게는 1천 탈렌툼 가까운 돈이 있었다. 그의 소중한 토지를 제외하면 이것이 그가 가진 전 재산이었고, 토지는 내놓을 생각이 없었다. 토지는 그의 원로원 자리를 보장해주는 담보였으므로.

계산해보니 메갈레 경기대회는 700탈렌툼, 로마 경기대회는 1천 탈렌툼의 비용이 필요했다. 도합 1천700탈렌툼으로, 카이사르가 가진 돈과 얼추 맞아떨어졌다. 문제는 그가 두 차례 경기대회를 여는 것 이상을 하고자 했다는 점이었다. 고등 조영관이라면 으레 경기대회를 개최할 의무가 있었으므로, 대회가 얼마나 성대하냐에 따라 얻을 수 있는 명성이 갈렸다. 카이사르는 부친을 기리는 장례 경기를 포룸 로마눔에서 개최하고 싶었으며 거기에 500탈렌툼이 들 것으로 예상했다. 그렇다면 돈을 빌려야 할 것이고, 결국 조영관 금고를 채우기 위해 계속 벌금을 부과함으로써 자신에게 표를 던진 모든 이들의 심기를 거스르게 될 터였다. 분별 있는 행동이 아니다! 국가의 이익에 반하는 한이 있더라도 친구를 도와야 한다는 확고한 신념과 타고난 구두쇠 기질에도 불구하고 크라수스가 그때까지 꾹 참아온 이유는, 순전히 그가 진심으로 카이사르를 아끼기 때문이었다.

"내 돈을 가져가렴, 공작새." 마침 그 자리에서 카이사르가 셈하는 모습을 지켜보던 데쿠미우스가 말했다.

카이사르는 지치고 조금은 낙담한 얼굴이었지만, 그의 삶에서 커다란 부분을 차지하고 있는 이 별난 늙은이를 위해 특별히 씩 미소를 지어보였다. "무슨 소리예요, 아빠! 아빠가 가진 돈으로는 검투사 한 쌍도 고용 못해요."

"200탈렌툼 가까이 있는걸."

카이사르는 휘파람을 불었다. "내가 직업을 잘못 골랐네요! 그동안 사크라 가도와 파브리키 구 변두리 주민들에게 평온하고 안전한 삶을 보장해준 대가로 모아둔 게 그만큼이에요?"

"조금씩 늘어서 그렇지 뭐." 루키우스 데쿠미우스가 겸손한 표정으로 대꾸했다.

"그냥 가지고 계세요, 아빠. 나한테 주지 말고요."

"그러면 나머지 돈은 어디서 구하려고?"

"내가 괜찮은 속주에서 법무관급 총독으로 벌어들일 수입을 담보로 대출하려고요. 가데스에 있는 발부스에게 편지를 보냈고, 그가 이곳 로마의 적당한 인사들에게 보낼 소개장을 써주기로 했어요."

"그 사람에게 빌릴 수는 없는 거냐?"

"아뇨, 발부스는 친구예요. 친구들에게 돈을 빌릴 순 없어요, 아빠."

"허, 너는 참 이상한 놈이라니까!" 희끗희끗한 머리를 내저으며 루키우스 데쿠미우스가 말했다. "친구 좋다는 게 그런 거 아니냐."

"나한텐 아니에요, 아빠. 혹시라도 무슨 일이 생겨서 내가 돈을 갚지 못한다면 아예 모르는 사람한테 빚지는 편이 나아요. 내가 저지른 멍청한 짓 때문에 어느 친구가 손해를 본다는 생각만으로도 견딜 수 없으니까요."

"공작새, 네가 그걸 못 갚는다면 로마가 끝장난 거라고 봐."

걱정이 조금 걷히면서, 카이사르는 한숨을 내쉬었다. "맞아요, 아빠. 나는 꼭 갚을 테니 아무 걱정 마세요. 그러면," 그는 기분좋게 말을 이었다. "내가 지금 뭔 걱정을 하는 거죠? 얼마가 됐든, 로마 역사상 가장 위대한 고등 조영관이 되는 데 필요한 만큼 빌릴 거예요!"

카이사르는 이 결심을 곧바로 실행에 옮겼다. 다만 연말에 가서 그에게는 원래 예상했던 500탈렌툼이 아니라 1천 탈렌툼의 빚이 생겼다. 크라수스는 돈을 빌려준 대금업자들에게 카이사르가 유망한 인물이니 터무니없이 높은 금리를 물리지 말라고 귀띔하는 식으로 도움을 주었으며, 발부스는 신중하면서도 지나친 욕심을 부리지 않을 사람들과 줄을 대주는 식으로 도움을 주었다. 이자율은 법정 이율인 1할 단리였다. 딱 한 가지 곤란한 조건은 일 년 내에 대출금을 갚기 시작해야 한다는 것이었다. 그렇지 않으면 이자가 단리에서 복리로 바뀌어, 대출원금은 물론이고 연체된 이자에 대한 이자까지 지불하게 될 터였다.

메갈레 경기대회('위대한 여신'을 뜻하는 그리스어 '메갈레 테오스'에서 유래한 이름으로, 로마로 전파된 후 마그나 마테르로 알려진 소아시아의 키벨레 여신을 기리는 축제—옮긴이)는 연중 최초로 열리는 축제로서 종교적으로 가장 엄숙한 성격을 띠었다. 아무래도 이 축제가 (달력이 계절과 맞아떨어지는 해일 때) 봄의 도래를 알리기도 하고, 로마가 카르타고와 두번째로 맞붙어 한니발이 이탈리아를 휘젓고 다녔던 그 끔찍한 전쟁의 여파로 생겨나기도 한 때문이었을 것이다. 바로 이 전쟁중에 아시아의 대지모신인 마그나 마테르에 대한 숭배가 로마에 도입되었으며, 대경기장이 들어서 있는 무르키아 계곡이 곧장 내려다보이는 팔라티누스 언덕에 여신의 신전이 건립되었다. 이 신앙은 여러 면에서 보수적인 로마와 어울리지 않았다. 로마인들은 거세된 남자나 채찍질 의식, 야만적인 종교 형태를 혐오했기 때문이다. 그러나 베스타 신녀인 클라우디아가 마그나 마테르의 배꼽돌이 실린 바지선을 기적적으로 티베리스 강 상류로 끌어올리던 순간 일은 저질러졌고, 이제 로마는 그로 인한 대가를 치러야만 했다. 4월 넷째 날이면 스스로 가한 상처로 피 흘리는 거세 신관들이 새된 소리를 지르고 나팔을 불며 거리를 행진했다. 그들은 대모신의 조각상을 끌고 다니면서, 경기대회의 서두를 장식하는 이 의식을 보러온 모든 구경꾼들에게 희사금을 구걸했다.

이에 비해 경기대회 자체는 통상적인 로마 색채가 더 강했으며 4월 4일부터 10일까지 엿새 동안 계속되었다. 첫날은 행진에 이어 마그나 마테르 신전에서 의식을 거행한 뒤 대경기장에서 열리는 몇 가지 행사로 마무리되었다. 그다음 나흘은 이때를 위해 임시로 세운 여러 목조 건물에서 연극을 집중적으로 상연한 반면, 마지막날에는 카피톨리누스 언덕에서 대경기장까지 신들의 행렬이 이어지고 대경기장에서 장시간 전차 경주가 펼쳐졌다.

카이사르는 수석 고등 조영관으로서 첫날의 행사를 집전했다. 대모신에게 피 없는 제물을 바친 사람도 카이사르였다. 쿠바바 키벨레가 피에 굶주린 여인임을 감안할 때 아주 이상하다고 할 그 제물은 바로 약초 한 접시였다.

어떤 이들은 이 경기대회를 파트리키 대회라고 불렀다. 첫날 저녁에 파트리키 가문들이 끼리끼리 연회를 베풀고 하객 명단을 오로지 파트리키로 국한시켰기 때문이다. 제물을 바치는 고등 조영관이 카이사르 같은 파트리키인 경우 언제나 파트리키 계층에게는 길조로 여겨졌다. 비불루스는 당연히 평민 계층이었으므로 그 개회일에 철저히 소외당한 기분이었다. 그에 반해 카이사르는 파트리키 귀족들과 함께 크고 널찍한 신전 계단에 마련된 별석을 차지하고, 로마에서 마그나 마테르의 존재와 밀접한 관련이 있는 클라우디우스 풀케르 가문에 특별한 경의를 표했다.

원래 이런 첫날에 의식을 올리는 조영관들과 관련 공직자들은 대경기장으로 내려가지 않고 마그나 마테르 신전 계단에서 행사를 지켜봤지만, 카이사르는 여신의 핏빛 행렬을 따라간 군중을 위한 여흥거리로 통상적인 권투 시합과 경보 경기 대신 대경기장에서 야외극을 상연하는 쪽을 택했다. 시간상 전차 경주는 열 수 없었다. 카이사르는 티베리스 강을 활용해 포룸 보아리움 일대로 물을 끌어다가 대경기장 안에 강을 만들었다. 중앙분리대인 스피나가 티베리스 섬의 구실을 하면서 이 기발한 물줄기를 갈라놓았다. 수많은 군중이 그 황홀한 광경에 감탄사를 내지르는 동안, 카이사르는 베스타 신녀 클라우디아가 보여준 위업을 재현했다. 여인은 대회 마지막날에 전차들의 출발문이 설치될 포룸 보아리움 끄트머리에서부터 바지선을 끌어와 스피나 주위를 완전히 한 바퀴 빙 돌고난 뒤 경기장의 카페나 성문 쪽에서 멈춰 세웠다. 바지선은 금박으로 반짝였고 자주색으로 수놓은 돛은 한껏 부풀어 있었다. 거세 신관들은 죄다 배꼽돌을 상징하는 검은 유리 공이 놓인 갑판 주위에 모여 있었으며, 선미루 위쪽에는 살아 있는 듯 생생한 사자 두 마리가 끄는 전차에 탄 마그나 마테르 여신상이 우뚝 서 있었다. 게다가 카이사르는 클라우디아 역으로 베스타 신녀 차림을 한 차력사를 고용하지도 않았다. 앞에는 클라우디아와 엇비슷하게 가냘프고 호리호리한 미녀를 세우고, 허리까지 차오른 물속에서 어깨를 구부린 채 실제로 배를 민 사내들은 금박을 입힌 가짜 선체 뒤로 보이지 않게 숨겨놓았다.

이 세 시간짜리 공연이 끝난 뒤 군중은 황홀해하며 집으로 돌아갔다. 카이사르는 기쁨에 들뜬 파트리키 무리에 둘러싸여 그의 안목과 상상력에 대해 넘치는 찬사를 들었다. 비불루스는 모두가 자신을 무시하는 것을 눈치채고 씩씩거리며 자리를 떴다.

마르스 평원에서 카페나 성문에 이르기까지 목조 극장이 무려 열 개나 세워졌다. 그중 가장 큰 극장은 1만 명, 가장 작은 극장은 500명을 수용할 수 있는 규모였다. 그런데 카이사르는 극장들을 원래 성격대로 가건물다운 외관으로 두는 데 만족하지 않고, 기어이 건물에 칠을 하고 장식을 달고 금박을 입혔다. 큰 극장에는 광대극과 익살극을 올리고 비교적 작은 극장에는 테렌티우스와 플라우투스와 엔니우스의 작품을 올렸으며, 그리스 느낌이 물씬 풍기는 가장 작은 극장에서는 소포클레스와 아이스킬로스의 작품을 상연했다. 연극 관객의 다양한 취향에 고루 부응한 것이다. 이른 아침부터 거의 해가 질 때까지, 열 개 극장 전부에서 꼬박 나흘간 연극의 향연이 펼쳐졌다. 말 그대로 향연이기도 했다. 카이사르는 막간 휴식시간에 공짜로 간식을 나눠주었던 것이다.

마지막날에 행렬은 카피톨리누스 언덕에 모인 뒤 포룸 로마눔과 트리움팔리스 가도를 거쳐 대경기장으로 천천히 이동했다. 마르스와 아폴로, 카스토르·폴룩스 같은 몇몇 신들의 도금 조각상들도 함께 전시되었다. 도금 비용을 카이사르가 댔으므로, 폴룩스가 같은 쌍둥이인 카스토르보다 훨씬 작은 크기였던 것도 그리 놀라운 일은 아니었다. 어찌나 우스웠던지!

경기대회는 원래 공공자금으로 열게 되어 있었고 모든 관중이 가장 좋아하는 볼거리는 단연 전차 경주였지만, 실제로 그러한 오락 공연에 나랏돈이 들어간 경우는 한 번도 없었다. 그러나 카이사르는 이에 굴하지 않고 메갈레 경기대회의 마지막날에 로마 역사상 최대 규모의 전차 경주를 준비했다. 경주의 출발을 알리는 일은 수석 고등 조영관인 그의 역할이었다. 매 경주는 적색, 청색, 녹색, 흰색 네 대의 전차로 이루어졌다. 첫번째 경주에는 장대로 나란히 연결된 말 네 필이 끄는 전차들이 출전했지만, 나머지 경주에서는 말 두 필을 장대로 나란히 연결하거나 말 두세 필을 일렬로 세워 마구를 채웠다. 카이사르는 심지어 좌마(左馬) 기수들이 멍에를 벗긴 말을 안장 없이 타고 출전하는 경주까지 선보였다.

한 경주당 주행거리는 총 8킬로미터로, 중앙분리대 스피나 주위를 일곱 바퀴 돌도록 구성되었다. 스피나는 좁고 높은 이랑처럼 만들어 많은 조각상들로 꾸며놓았고 한쪽 끝에는 황금 돌고래 모형 일곱 개가, 다른 쪽 끝에는 커다란 잔에 담긴 황금 달걀 일곱 개가 보였다. 전차들이 한 바퀴 돌 때마다 돌고래 하나의 코를 눌러 꼬리가 위로 들리게 하고 황금 달걀 하나를 잔에서 빼냈다. 낮의 열두 시각과 밤의 열두 시각의 길이가 같을 경우, 경주 한 번에 반의반 시간이 걸렸다. 정신없이 빠른 속도로 달리는 광란의 질주였다는 뜻이다. 낙마 사고는 주로 반환점을 표시하는 말뚝인 메타를 돌 때 발생했는데, 허리에 고삐를 칭칭 감아놓고 혹여 충돌했을 때 빠져나갈 수 있도록 그 안에 단검을 꽂은 상태로 전차를 몰던 선수들은 이 지점에 이르면 더 짧은 안쪽 코스를 차지하기 위해 기량과 담력을 겨뤘다.

군중은 이날을 대단히 즐겼다. 카이사르가 매 경주 뒤에 긴 휴식시간을 두는 대신 거의 중단 없이 경주를 진행했기 때문이다. 들뜬 관중을 헤치며 내기 돈을 받으러 다니는 마권업자들은 그 속도를 따라잡느라 정신없이 일해야 했다. 관람석에는 빈자리가 단 하나도 없었으며, 자리보다 넘치는 사람들이 끼어 앉느라 부인네들은 남편의 무릎에 앉기도 했다. 어린아이나 노예, 심지어 해방노예도 입장이 금지되었지만 여자들은 남자들과 동석했다. 카이사르가 연 경기대회에서는 20만 명이 넘는 로마의 자유인들이 대경기장을 가득 채운 한편, 팔라티누스 언덕과 아벤티누스 언덕의 전망 좋은 위치마다 몰려든 구경꾼들도 수천 명에 이르렀다.

"로마에서 열린 최고의 경기대회로군." 여섯째 날이 저물 무렵 크라수스가 카이사르에게 말했다. "정말이지 놀라운 솜씨였어. 티베리스 강물을 그렇게 끌어왔다가 또 단번에 물을 다 없애고 마른 땅에서 전차 경주를 열다니."

"이번 대회는 아무것도 아니에요." 카이사르가 싱긋 웃으며 대꾸했다. "우기로 불어난 티베리스 강을 이용하는 건 딱히 어렵지도 않았고요. 9월에 열릴 로마 경기대회가 어떨지 기다려보시죠. 루쿨루스가 신성경계선을 넘어와서 볼 수만 있다면 엄청난 충격을 받을 텐데 말이에요."

그러나 그는 메갈레 경기대회와 로마 경기대회 사이에 또하나 일을 벌였다. 그것은 어찌나 특이하고 굉장했던지 이후 수년간 로마 사람들의 입에 오르내렸다. 휴가를 보내며 경기대회를 보러 쏟아져 들어온 시골 주민들로 도시가 꽉 차 있던 9월 초순에, 카이사르는 부친을 기리는 장례 경기를 열면서 포룸 로마눔 전역을 활용했다. 당연히 구름 한 점없이 무더운 날씨였으므로 그 일대 전체에 자주색 범포로 천막을 쳤다. 높은 건물이 있으면 건물 양쪽에 범포 가장자리를 묶고, 버팀대 구실을 할 건물이 없으면 커다란 장대와 당김줄을 써서 그 거대한 천 구조물을 받치게 했다. 그가 대단히 즐겁게 직접 고안하고 감독한 공학적 도전과제였다.

하지만 이 대대적이고 놀라운 공사가 시작되자, 카이사르가 검투사 1천 쌍을 선보이려 한다는 유언비어가 나돌았다. 카툴루스는 원로원 회의를 소집했다.

"정말로 뭘 할 작정인 거요, 카이사르?" 회의장을 꽉 채운 의원들 앞에서 카툴루스가 따져 물었다. "공화국을 무너뜨리려 하는 당신 의도는 익히 알고 있었소만, 사랑하는 우리 도시를 방어할 군단도 없는 판국에 검투사 1천 쌍이라니요? 이건 은밀히 굴을 파는 정도도 아니고 공성망치를 쓰겠다는 거잖소!"

"글쎄요," 카이사르가 고관석에서 일어나며 느릿하게 입을 뗐다. "제게 강력한 공성망치가 있는 것도 사실이고 제가 은밀히 굴을 여럿 판 것도 사실입니다만, 그 둘은 항상 함께랍니다." 그는 입고 있던 튜닉의 목 부분을 앞으로 쭉 잡아당기더니 그 벌어진 틈에 대고 고개를 숙여 외쳤다. "안 그래, 응, 공성망치야?" 옷을 잡고 있던 손이 떨어지고 튜닉이 펴졌다. 이어서 그는 시선을 들어올리며 더없이 달콤한 미소를 지었다. "맞다고 하는군요."

크라수스는 고양이 울음과 늑대의 울부짖음 사이 어디쯤 되는 소리를 내뿜었다. 그러나 그의 웃음소리가 제대로 힘을 받기도 전에 키케로의 우렁찬 웃음소리가 그것을 뒤덮어버렸다. 곧이어 회의장 전체에 왁자한 웃음이 터져나왔고, 카툴루스는 낯빛이 붉으락푸르락하며 말문이 막혔다.

그 결과 카이사르는 줄곧 과시하고자 했던 숫자를 과시했다. 화려한 은색 복장을 차려입은 검투사 320쌍이었다.

그러나 장례 경기가 실제로 시작되기도 전에 카툴루스와 그의 동료들을 격분케 한 또다른 사건이 있었다. 그날의 동이 트고 게르말루스 고지 변두리의 주택가에서 바라다본 포룸 로마눔이 호메로스의 부드럽게 일렁이는 짙은 포도줏빛 바다처럼 보일 무렵, 좋은 자리를 얻으려고 일찍 온 사람들은 포룸 로마눔에 천막 말고도 뭔가가 더해진 것을 발견했다. 간밤에 카이사르가 가이우스 마리우스 조각상들을 전부 원래 있던 대좌에 복원해놓고, 마리우스의 전승기념물들도 그가 카피톨리누스 언덕에 건립한 호노스 · 비르투스 신전에 다시 안치해놓았던 것이다. 그런데 이에 대해 원로원의 극보수파 의원들이 무얼 할 수 있었을까? 그 답은, 할 수 있는 게 아무것도 없다는 거였다. 로마는 위대한 가이우스 마리우스를 결코 잊지 않았을뿐더러 그를 향한 사랑도 멈추지 않았으니까. 카이사르가 고등 조영관으로 재직했던 인상적인 그해에 했던 모든 일 중에서도, 가이우스 마리우스를 복원시킨 일은 최고의 위업으로 여겨졌다.

자연히 카이사르는 이 기회를 놓치지 않고서 모든 유권자들에게 그가 누구이며 어떤 사람인지 다시 한번 일깨워주었다. 민회장 바닥, 재판소들 사이의 빈 공간, 베스타 신전 근처, 마르가리타리아 주랑건물 앞, 벨리아 고지 등 그가 준비한 공연용 병사 320쌍 중 일부가 맞붙은 모든 시합장에서, 그는 베누스와 로물루스까지 쭉 거슬러올라가며 자기 부친의 혈통을 자랑했다.

이로부터 이틀 뒤에 카이사르는 (그리고 비불루스는) 로마 경기대회를 개최했다. 이번에는 열이틀간 축제가 계속되었다. 카피톨리누스 언덕에서 출발한 행렬이 포룸 로마눔을 거쳐 대경기장까지 가는 데 세 시간이 걸렸다. 고위 정무관들과 원로원 의원들이 앞장서고, 멋지게 말을 탄 젊은이들의 무리가 뒤따랐다. 그 뒤로 경주에 나갈 전차들과 시합을 치를 선수 전원, 수백 명의 무용수와 배우와 악사, 사티로스와 파우누스처럼 꾸민 난쟁이들, 불타는 듯한 붉은색 토가를 입고 나온 로마의 모든 매춘부들, 은이나 금으로 만든 수백 개의 화려한 단지와 꽃병을 든 노예들, 청동 허리띠가 달린 심홍색 튜닉 차림에 멋들어진 깃장식이 달린 투구를 쓰고 검과 창을 휘두르는 가짜 전사들 무리, 제물로 바칠 짐승들의 행렬이 이어졌으며, 가장 영광스러운 마지막 순서로 주요 12신을 비롯하여 그 밖의 여러 신들과 영웅들이 사실적인 채색과 아름답고 정교한 옷차림을 뽐내며 황금색과 자주색 칠을 한 지붕 없는 가마에 탄 채 등장했다.

카이사르는 대경기장 전체를 꾸민 것은 물론, 생화 수백만 송이를 사용함으로써 그가 준비한 다른 모든 연회를 능가했다. 워낙 꽃을 좋아하는 로마인들답게, 거대한 관중은 장미와 제비꽃, 비단향꽃무 향기에 흠뻑 취하며 기절할 듯한 황홀경에 빠졌다. 카이사르는 공짜로 간식을 나눠주었고, 줄타기 곡예사며 불 뿜기 곡예사부터 아예 몸을 까뒤집기라도 할 듯이 속살을 훤히 드러낸 여자들까지 온갖 종류의 참신한 구경거리를 궁리해냈다.

경기대회가 계속되는 동안 날이면 날마다 새롭고 색다른 무언가를 선보였으며, 전차 경주는 가히 최고라 할 만했다.

그나마 언급은 해줄 정도로 그의 존재를 기억한 이들에게, 비불루스는 이렇게 말했다. "그는 자기가 카스토르이고 내가 폴룩스가 될 거라고 했네. 어찌나 맞는 말이었는지! 내 귀중한 300탈렌툼을 남겨두는 편이 나을 뻔했어. 그 돈은 고작 게걸스러운 20만 명의 목구멍에 음식과 포도주를 들이붓는 데 쓰였을 뿐인데, 그자가 나머지에 대한 공을 다 차지했으니까."

키케로는 카이사르에게 이렇게 말했다. "대체로 나는 경기대회를 싫어하오. 하지만 당신이 연 경기대회는 훌륭했다고 인정할 수밖에 없군요. 역사상 가장 호화로운 행사였다는 점도 한편으로 충분히 칭찬할 만하지만, 이번 경기대회가 정말로 마음에 든 건 저속하지 않았다는 점에서요."

기사계급 부호인 티투스 폼포니우스 아티쿠스는 원로원의 부호 크라수스에게 말했다. "기가 막혔습니다. 그는 모든 이에게 일거리를 줬어요. 화훼업자들과 도매업자들에게 얼마나 짭짤한 한 해가 됐습니까! 저들은 앞으로 그가 정계에 몸담고 있는 내내 그에게 표를 줄 겁니다. 제빵업자들과 제분업자들 또한 말할 것도 없지요. 아, 정말이지 너무나 영리했어요!"

청년 카이피오 브루투스는 율리아에게 말했다. "카토 외삼촌은 아주 넌더리를 내셔. 물론 외삼촌은 비불루스와 절친한 사이시지. 그런데 어째서 네 아버지는 늘 그렇게 세상이 깜짝 놀랄 일을 하시는 거야?"

카토는 카이사르라면 질색했다.

카이사르가 고등 조영관으로서 직무를 시작할 즈음 마침내 로마로 돌아온 그는 형 카이피오의 유언을 집행했다. 이 일로 인해 필히 세르빌리아와 브루투스를 만나러 가야 했다. 거의 열여덟 살이 된 브루투스는 포룸 로마눔에서의 경력을 적절하게 시작한 상태였으나, 아직 법정에서 사건을 맡아본 적은 없었다.

"네가 이젠 파트리키라는 점이 마음에 들지 않는구나, 퀸투스 세르빌리우스." 카토는 깐깐하게 격식에 맞춰 정확한 이름을 불렀다. "하지만 나도 포르키우스 카토 외에 다른 이름을 원치 않았으니, 아무래도 인정해줘야겠지." 그는 불쑥 몸을 앞으로 기울였다. "포룸 로마눔에서 뭘 하고 있는 거냐? 누군가의 군대에 들어가 전장에 나가 있어야 할 판에. 네 친구 가이우스 카시우스처럼 말이다."

"브루투스는," 이 이름에 힘을 주며 세르빌리아가 딱딱한 어조로 받아쳤다. "면제를 받았어."

"불구가 아닌 이상 어느 누구도 면제를 받아선 안 돼."

"저 아인 폐가 약해." 세르빌리아가 말했다.

"집을 떠나서 주어진 법적 의무를 다하면, 다시 말해 군단에서 복무하면 폐는 금방 나아져. 피부도 좋아질 테고."

"브루투스는 내가 판단하기에 충분히 건강해졌을 때 갈 거야."

"저앤 입이 없어?" 카토가 따져 물었다. 동방으로 떠나기 전이라면 썼을 법한 사나운 말투까지는 아니었지만, 그래도 여전히 공격적으로 들렸다. "자기 생각을 말할 줄 모르는 거야? 누나는 저애를 숨막히게 하고 있어. 그건 로마인답지 못한 짓이야."

이 모든 얘기를 브루투스는 말없이 어쩔 줄 몰라 하며 듣고만 있었다. 한편으로는 어머니가 이 싸움에서—혹은 다른 어떤 싸움에서든—지는 걸 보고 싶은 마음이 간절했지만, 다른 한편으로는 군 복무가 너무나 두려웠다. 카시우스는 기꺼이 입대한 데 반해, 브루투스는 기침병이 나더니 갈수록 더 심해졌다. 카토 외삼촌의 눈에 자신이 하찮게 비치는 건 마음이 아팠지만, 외삼촌은 종류를 불문하고 그 어떤 나약함도 용납하지 않았다. 전장에서 무용을 떨쳐 무수한 훈장을 받은 외삼촌은 검을 들었을 때 짜릿한 설렘을 느끼지 않는 사람들을 절대 이해 못할 것이다. 그래서 지금 브루투스는 기침을 하기 시작했다. 탁한 잔기침 소리는 폐 저 아래서부터 올라와 목구멍까지 크게 울려댔다. 이리 기침을 해대니 당연히 엄청난 가래가 나왔고, 그 덕에 어머니부터 외삼촌까지 정신없이 쳐다보면서 웅얼웅얼 핑계를 댄 뒤 자리를 뜰 수 있었다.

"네가 무슨 짓을 했는지 알겠니?" 세르빌리아가 이를 드러내며 쏘아붙였다.

"저 아인 운동을 하고 바깥생활을 좀 해야 돼. 피부 상태도 형편없어 보이는 게, 아무래도 누나가 엉터리 치료를 하고 있는 것 같고."

"브루투스는 네 소관이 아니야!"

"카이피오의 유언장에 따르면 틀림없는 내 소관이야."

"그 문제는 마메르쿠스 외삼촌이 이미 다 처리했고, 내 아들에겐 네가 필요 없어. 사실 널 필요로 하는 사람은 아무도 없단다. 그러니 그만 나가서 티베리스 강에 뛰어드는 게 어때?"

"모두가 날 필요로 해. 그건 분명한 사실이지. 내가 동방에 갈 때까지만 해도 누나 아들은 슬슬 마르스 평원에 나가기 시작했고, 한동안은 진정한 사내가 되는 법을 배울 수 있을지도 모르겠다 싶었어. 그런데 지금은 엄마 품안의 애완견이 되었잖아! 게다가 어떻게 이렇다 할 지참금도 없는 또다른 끔찍한 파트리키 여자애와 약혼하도록 내버려둘 수가 있어? 대체 얼마나 비실비실한 자식이 나오겠냔 말이야!"

"내 희망사항은," 세르빌리아가 싸늘하게 말했다. "저 둘이서 율리아의 아버지를 닮은 아들들과 날 닮은 딸들을 낳는 거야. 파트리키와 구귀족에 대해 카토 네가 뭐라고 지껄이든, 율리아의 아버지에게는 군인부터 웅변가, 정치인에 이르기까지 로마인이 갖춰야 할 모든 덕목이 있어. 사실 이 혼사는 내 생각이 아니라 브루투스가 원했던 거지만, 난 내가 그 생각을 못했던 게 아쉬울 지경이야. 그 사람처럼 훌륭한 혈통이라니, 그건 지참금보다 훨씬 중요하니까! 하지만 참고로 말해두는데, 율리아의 아버지는 지참금 100탈렌툼을 마련하겠다고 약속했어. 뭐 브루투스에게 큰 지참금을 가져올 여자가 필요한 것도 아니지만. 저애는 이제 카이피오의 상속인이니 말이야."

"누나 아들이 몇 년간 신부를 기다릴 각오가 돼 있다면, 2~3년만 더 기다렸다가 우리 포르키아와 결혼할 수도 있을 텐데." 카토가 말했다. "이런 결합이라면 내가 전적으로 박수를 보냈을 거야! 사랑하는 카이피오의 돈이 그의 양가 자식들에게 갈 테니까."

"하, 그거였군!" 세르빌리아가 비웃듯이 말했다. "진실은 드러나게 마련이지, 안 그래, 카토? 카이피오의 돈을 받기 위해 이름을 바꾸긴 싫지만, 모계 쪽을 통해 돈은 챙기시겠다? 얼마나 멋진 책략인지! 내 아들이 노예의 후손과 결혼한다고? 내 눈에 흙이 들어가기 전엔 어림없어!"

"아직은 어찌될지 모르지." 카토가 만족스러운 듯 말했다.

"그런 일이 생긴다면 그 여자애 식사로 뜨거운 석탄을 먹일 거야!" 세르빌리아는 자신이 예전만큼 카토를 잘 상대하지 못하고 있다는 자각에 잔뜩 긴장된 목소리로 대꾸했다. 카토는 예전보다 차분하고 무심해져서 타격을 주기가 더 힘들어졌다. 그녀는 자기가 가진 가장 고약한 가시를 내쏘았다. "노예의 후손인 네가 포르키아의 아버지라는 사실은 차치하더라도, 그애의 어머니 쪽도 생각해보지 않을 수가 없지. 분명히 말해두는데, 나는 절대 남편이 돌아올 때까지 기다리지도 못하는 여자의 자식을 내 아들과 결혼시키지 않을 거야!"

예전의 그였다면 말로써 그녀에게 와락 덤벼들고 고함치며 꼬치꼬치 따져 물었을 것이다. 하지만 지금 그는 빳빳이 굳은 상태로 한참 동안 침묵을 지켰다.

"그 말에는 해명이 필요할 것 같은데." 마침내 그가 입을 열었다.

"기꺼이 해명하지. 아틸리아는 아주 못된 짓을 했어."

"아, 세르빌리아, 바로 누나 같은 치들 때문에 로마법에 사람들을 의무적으로 입 닥치고 있게 할 조항이 필요한 거야!"

세르빌리아는 달콤한 미소를 지었다. "내 말이 의심스러우면 네 친구 누구든 붙잡고 물어보렴. 비불루스든 파보니우스든 아헤노바르부스든, 다들 여기서 그 난잡한 짓거리를 목격했거든. 누구나 다 아는 사실이야."

카토는 입을 앙다물었다. 입술이 보이지 않을 정도로. "누구야?" 그가 물었다.

"누구긴, 당연히 로마인 중의 로마인인 그 사람이지! 카이사르 말이야. 어느 카이사르냐고는 묻지 마. 그쪽으로 평판이 자자한 카이사르가 누군지는 잘 알 테니까. 장차 사랑스런 우리 브루투스의 장인이 될 분."

카토는 아무 말 없이 자리에서 일어났다.

그는 곧장 집으로 갔다. 팔라티누스 언덕에서도 전망 나쁜 중심가의 수수한 동네에 위치한 수수한 집이었다. 그가 아내와 자식들에게 인사할 생각을 하기도 전에 집안의 유일한 손님용 방에 데려다놓은 철학자 친구 아테노도로스 코르딜리온도 그 집에 머물고 있었다.

곰곰이 생각할수록 세르빌리아의 악담이 사실이라는 확신이 들었다. 아틸리아는 분명 달라졌다. 우선, 아내는 가끔씩 미소를 띠었으며 주제넘게 남편이 말을 걸기도 전에 먼저 입을 열었다. 게다가 젖가슴도 더 커졌고 어딘가 묘하게 그에게 반항하는 느낌이 있었다. 로마에 돌아온 지 사흘이 지났지만 아직까지 그는 존경받는 증조부인 감찰관 카토조차도 자연스러운 욕구라고, 사내와 아내 (또는 노예와 주인) 사이에 허용될 뿐 아니라 무척 칭찬할 만한 욕구라고 여겼던 것을 해소하기 위해 그녀의 작은 침실(그는 큰 침실을 혼자 차지하는 편을 선호했다)을 찾지 않았다.

오, 어느 친절하고 자비로운 신이 나를 막아세웠을까? 나의 합법적인 재산이 다른 누군가의 불법적인 재산이 된 것을 모른 채 그 몸안에 나를 넣었더라면…… 카토는 몸을 떨었다. 치미는 구역질을 억지로 삼켜야 했다. 카이사르. 가이우스 율리우스 카이사르, 부패하고 타락한 무리들 중에서도 최악의 종자. 도대체 그자는 아틸리아의 뭘 보고 좋아한 걸까? 통통하고 가무잡잡하고 사랑스러운 아이밀리아 레피다와 정반대라서 카토가 골랐던 그녀를? 카토는 자기 머리가 조금 둔하다는 걸 아주 어릴 때부터 귀에 못이 박이도록 들어와서 잘 알고 있었지만, 그런 그로서도 카이사르가 그랬던 이유를 찾기란 그리 어렵지 않았다. 그자는 파트리키임에도 선동 정치가가, 또다른 가이우스 마리우스가 되려고 한다. 그가 확고한 전통주의자들의 아내를 몇 명이나 유혹했던가? 소문이 파다했다. 그런데 나 마르쿠스 포르키우스 카토는 아직 원로원에 들어갈 나이도 되지 않았는데…… 하지만 장차 중요한 적수로 여겨진 게 분명하다. 그건 좋군! 나 마르쿠스 포르키우스 카토에게 포룸 로마눔과 원로원에서 대단한 실력자가 될 수 있는 힘과 의지가 있다는 뜻이니까. 그래서 카이사르는 나를 바람난 아내를 둔 남자로 만든 거야! 카토는 세르빌리아가 원인이라는 생각은 단 한 순간도 떠올리지 못했다. 세르빌리아가 카이사르와 깊은 관계로 지냈다는 걸 전혀 몰랐으므로.

음, 아틸리아가 카이사르를 자기 침대와 가랑이 안으로 들였을지는 몰라도, 그 일이 있은 날 후로 카토를 들인 적은 없었다. 카이피오의 죽음으로 시작된 일은 아틸리아의 배신으로 끝났다. 신경쓰지 말자! 절대, 절대 신경쓰지 말자. 신경쓴다는 건 끝없는 고통일 뿐이니까.

그는 아틸리아와 면담하지 않았다. 그저 집사를 서재로 불러서 즉시 아내의 짐을 꾸려 집에서 내쫓고 오빠네 집으로 돌려보내라고 지시했다. 종이 한 장에 몇 마디가 휘갈겨 쓰이고 일이 처리되었다. 아틸리아는 이혼을 당했으며, 카토는 간통녀의 지참금을 한 푼도 돌려주려 하지 않았다. 그가 서재에서 기다리는 동안 멀리서 아내의 통곡과 흐느낌, 아이들을 찾는 필사적인 절규가 들려왔다. 그녀의 소리를 덮어버리는 집사의 목소리와, 노예들이 주인의 분부를 따르느라 앞다투어 법석을 피우는 소리도 줄곧 들려왔다. 마침내 현관문이 열렸다가 닫히는 소리가, 그러고 나서 집사가 문을 두드리는 소리가 들렸다.

"아틸리아 마님이 떠나셨습니다, 주인어른."

"아이들을 데려오게."

오래 지나지 않아 아이들이 들어왔다. 소란한 분위기에 당황한 모습이었지만 무슨 일이 있었는지는 모르고 있었다. 의심이 그를 갉아먹고 있긴 했어도, 두 아이 다 자기 자식이라는 것은 부정할 수 없었다. 여섯 살 된 포르키아는 키 크고 삐쩍 마른 체형에 카토와 똑같이 밤색이지만 좀더 숱 많고 곱슬곱슬한 머리칼, 카토와 똑같이 알맞은 간격으로 자리잡은 회색 눈과 긴 목, 카토의 코를 그대로 줄여놓은 것 같은 코를 가지고 있었다. 포르키아보다 두 살 어린 카토 2세는, 그 옛날 마르시족 벼락출세자 실로가 창밖으로 내밀고 뾰족뾰족한 바위 위로 떨어뜨리겠다고 겁을 주던 시절 자신의 모습을 항상 떠올리게 하는 깡마른 소년이었다. 다만 어린 카토는 용감하기보단 소심했으며 걸핏하면 우는 경향이 있었다. 아아, 누가 봐도 포르키아가 똑똑한 쪽이라는 건 벌써부터 확연했다. 소녀는 꼬마 웅변가요 철학자였다. 여자아이에게는 쓸모없는 재능일 뿐인데.

"얘들아, 나는 불륜을 저지른 네 어머니와 이혼했다." 카토는 여느 때처럼 귀에 거슬리는 목소리로 무표정하게 말했다. "너희 어머니는 정숙하지 못한 행동으로 아내나 어미가 되기에 부적격임을 스스로 증명했다. 난 그 여자가 이 집에 발을 들이지 못하게 했고, 너희가 그 여자를 다시 보는 것도 허락하지 않겠다."

어린 소년은 이 모든 어른들 얘기가 무슨 뜻인지 거의 알아듣지 못했다. 단지 뭔가 끔찍한 일이 일어났으며 엄마가 그 가운데 있다는 것만 느낄 뿐이었다. 소년의 커다란 회색 눈에 눈물이 가득 고이고 입술이 씰룩거렸다. 소년이 크게 울음을 터뜨리지 않은 건 순전히 누나가 그의 팔을 와락 움켜잡으며 참으라는 신호를 보낸 때문이었다. 한편 아버지를 기쁘게 한다면 못할 일이 없는 꼬마 스토아주의자 누나는 굳건한 표정으로 꼿꼿이 서 있었다. 눈물을 보이지도, 입술을 씰룩이지도 않았다.

"엄마는 추방된 거군요." 소녀가 말했다.

"더없이 적절한 비유로구나."

"엄마의 시민권은 그대로예요?" 포르키아가 물었다. 꼭 아버지처럼 억양 없는 목소리였다.

"내가 엄마의 시민권을 박탈할 수는 없다, 포르키아. 그러고 싶지도 않고. 내가 박탈한 것은 우리 삶에 참여할 권리다. 참여할 자격이 없기 때문이지. 네 어미는 나쁜 여자다. 난잡하고 음탕한 매춘부고 간통한 여자야. 가이우스 율리우스 카이사르라는 사내와 어울려 지냈는데, 그 자는 전형적인 파트리키의 특징을 모두 지녔다. 타락하고 부도덕하고 구시대적인 자지."

"정말로 다시는 엄마를 못 보는 거예요?"

"내 지붕 아래 사는 동안은 안 된다."

어른들의 말에 담긴 의도가 드디어 온전히 이해되었다. 네 살배기 카토는 서럽게 울기 시작했다. "엄마 데려와요! 엄마 데려와요! 엄마 데려와요!"

"가치 없는 이유로 흘리는 눈물은 옳지 않다." 아버지가 말했다. "참된 스토아주의자답게 처신하고, 남자답지 못한 이런 울음은 뚝 그쳐라. 네 어머니는 오지 않으니 그렇게 알고. 포르키아, 동생을 데리고 나가 거라. 다음번에 볼 때는 콧물이나 흘리는 철부지 아기가 아닌 사내의 모습을 기대하마."

"제가 알아듣게 얘기할게요." 소녀는 맹목적인 숭배의 표정으로 아버지를 바라보며 말했다. "아버지랑 같이 지내기만 한다면 다 괜찮아요, 아버지. 우리가 제일 사랑하는 건 아버지지 엄마가 아니에요."

순간 카토의 몸이 굳었다. "사랑은 안 된다!" 그가 소리쳤다. "절대로 사랑은 안 돼! 스토아주의자는 사랑하지 않아! 사랑받고 싶어하지도 않고!"

"제논은 옳지 못한 행동만 금했지 사랑을 금하진 않은 줄로 알았는데요." 어린 딸이 말했다. "모든 선한 것들을 사랑하는 게 잘못된 행동인가요? 아버지는 선해요. 그러니까 제가 아버지를 사랑하는 건 당연해요. 제논은 그게 옳은 행동이라고 말했어요."

여기다 뭐라고 대답할 것인가? "그렇다면 적당한 거리를 둬서 사랑을 절제하고 결코 거기에 좌우되지 않도록 해라." 그가 말했다. "정신을 약화시키는 것들에 좌우되어선 안 되고, 감정은 정신을 약화시킨다."

아이들이 나가고 나자 카토도 방을 나섰다. 주랑을 따라 그리 멀지 않은 곳에 아테노도로스 코르딜리온과 커다란 포도주병, 훌륭한 책 몇 권, 그리고 그보다도 더 좋은 대화가 기다리고 있었다. 오늘부터는 포도주와 책과 대화가 공허한 마음을 빈틈없이 채워주리라.

아, 그러나 카토가 저 멋지고 칭송받는 고등 조영관에 필적하게 되는 건 만만치 않았다. 그가 자기 직무를 너무나 기막히게 잘해내서였다. 그것도 그토록 멋스럽게!

"그는 자기가 로마의 왕인 것처럼 굴어요." 카토가 비불루스에게 말했다.

"내 보기엔 곡물이며 구경거리를 내주면서 자기가 로마의 왕이라고 생각하는 것 같네. 하나부터 열까지 당당하기 그지없지. 일반 민중을 잘 다루는 요령부터 원로원에서 보이는 거만한 태도까지 전부."

"그자는 제 철천지원수입니다."

"그자는 참된 모스 마이오룸을 원하는 모두에게 원수라네. 동료들보다 조금이라도 더 높이 서는 사람이 있어서는 안 된다는 게 불문율이니까." 비불루스가 말했다. "나는 죽을 때까지 그자와 맞서 싸울 걸세!"

"가이우스 마리우스가 그대로 살아 돌아온 꼴이죠." 카토가 말했다.

그러나 비불루스는 냉소를 지었다. "마리우스라고? 아니지, 카토, 아니야! 가이우스 마리우스는 자신이 결코 로마의 왕이 될 수 없다는 걸 알았네. 똑같이 촌뜨기인 자기 친척 키케로처럼, 아르피눔의 유지에 불과했지. 카이사르는 마리우스가 아니야, 내 말을 믿게. 카이사르는 또

다른 술라야. 그것도 훨씬 더 지독한 술라."

그해 7월에 마르쿠스 포르키우스 카토는 재무관으로 선출되었고, 추첨에서 수도 담당 재무관 셋 중에 상급자로 뽑혔다. 그의 동료 두 명은 대단한 평민 귀족 마르쿠스 클라우디우스 마르켈루스와, 폼페이우스 마그누스가 로마의 원로원과 민회 권력 중심부에 기꺼이 꽂아넣고 있는 피케눔의 롤리우스 가문 출신 인물이었다.

실질적인 취임이나 원로원 참석이 허용되는 날까지는 아직 몇 달이 남아 있었으므로, 그동안 카토는 상업과 상법을 공부하면서 시간을 보냈다. 은퇴한 국고위원회의 회계원을 고용해 그 분야를 이끄는 하급 기사들이 어떤 식으로 회계업무를 보는지 배웠으며, 그에게는 전혀 수월하지 않은 분야를 파고 또 파서 마침내 국가 재정에 대해 카이사르 못지않은 지식을 쌓았다. 자신이 그토록 힘겹게 얻어낸 것을 철천지원수는 거의 보자마자 이해했다는 사실은 전혀 모른 채.

재무관들은 자기들의 직무를 가볍게 여겼고, 국고위원회에서 벌어지는 일을 실제로 감시하는 데 굳이 크게 관여하려 들지 않았다. 일반적인 수도 담당 재무관의 업무에서 중요한 부분은, 국가의 돈을 어디에 쓸지를 두고 논의를 거쳐 위임하는 역할을 하는 원로원과의 교섭이었다. 국고위원회 직원들이 어쩌다 한 번씩 보여주는 회계장부를 대강 훑어보기만 하는 것, 그리고 원로원에서 로마의 재정을 검토할 때 국고위원회가 내놓는 수치를 그대로 믿는 것은 널리 용인된 관행이었다. 또한 재무관들은 친구나 가족이 국가에 빚을 졌을 경우, 그 사실을 눈감아주거나 공식 기록에서 그들의 이름을 삭제하도록 지시하는 식으로 편의를 봐주었다. 한마디로 로마에 배치된 재무관들이 하는 일이란, 국고위원회의 상근 직원들이 자기 볼일을 보고 그 일을 끝낼 수 있도록 해주는 게 다였다. 그러니 국고위원회의 상근 직원들이나, 다른 두 수도 담당 재무관 마르켈루스와 롤리우스나 조만간 상황이 급변하리라는 짐작조차 못한 것도 당연했다.

카토는 설렁설렁 일할 생각이 없었다. 그는 국고위원회에서 폼페이우스 마그누스가 지중해에서 하고 있는 것보다 더 철두철미하게 굴 생각이었다. 취임일이던 12월 5일 새벽부터 그는 사투르누스 신전으로 연결된 지하실 문을 두드렸고, 해가 중천에 뜰 때까지 출근한 사람이 아무도 없다는 사실에 영 언짢아했다.

"근무시간은 새벽부터요." 카토는 국고위원회의 수장 마르쿠스 비비우스에게 말했다. 비비우스는 성화에 시달리다 못한 서기가 급히 사람을 보낸 뒤에 숨을 헐떡이며 막 도착한 참이었다.

"그런 내용의 규칙은 없소." 비비우스가 차분히 대꾸했다. "우리는 우리가 직접 정한 일정에 맞춰서 일하고, 그 일정은 그때그때 다르지요."

"말도 안 되는 소리!" 카토는 경멸스러운 어조로 말했다. "나는 이 구역의 관리인으로 선출된 사람으로서, 로마 원로원과 인민이 마지막 한 푼까지 그들이 낸 세금 액수에 걸맞은 가치를 얻도록 할 작정이오. 당신이나 여기서 일하는 다른 사람들 전부 그들의 세금으로 봉급을 받고 있다는 사실을 잊지 마시오!"

좋은 시작은 아니었다. 그러나 그 순간부터 비비우스의 상황은 갈수록 더 나빠지기만 했다. 감당하기 힘든 열성분자를 떠안은 탓이었다. 지금까지 그는 아주 어쩌다가 별나게 구는 재무관이 걸렸을 때면 업무에 관한 전문 지식을 전혀 알려주지 않음으로써 그치의 코를 납작하게 해주었다. 재무관들은 국고위원회에 관한 배경지식 없이는 오로지 허용된 일만 할 수 있기 때문이었다. 그러나 불행히도 이 방법으로도 카토를 막을 순 없었다. 알고 보니 카토는 국고위원회가 돌아가는 방식에 대해 비비우스 못지않게 잘 알고 있었던 것이다. 어쩌면 더 많이 아는지도 몰랐다.

카토는 국고위원회 활동의 다양한 측면에 숙달된 듯한 노예 몇몇을 함께 데려왔으며, 매일 새벽마다 자신의 작은 수행단과 함께 나타나 비비우스와 그 아랫사람들을 미치고 팔짝 뛰게 만들었다. 이건 뭐요? 저건 뭐요? 이러저러한 건 어디 있소? 여차여차한 일은 언제 있었소? 어쩌다 그런 일이 일어난 거요? 이 같은 추궁이 끝도 없이 이어졌다. 카토는 무례하게 느껴질 정도로 집요했고, 기계적인 대답으로 얼렁뚱땅 넘기기가 불가능했으며, 비꼼이나 비아냥, 욕설, 아첨, 변명, 실신도 전혀 통하지 않았다.

"이건 마치," 두 달간 이런 상황을 겪은 뒤 비비우스는 숨이 턱 막히는 목소리로 말했다. 그는 급기야 용기를 내서 자신의 보호자인 카툴루스에게 위로와 도움을 얻으러 찾아온 것이었다. "복수의 여신들이 오레스테스를 괴롭히던 것보다 더 심하게 저를 괴롭히며 쫓아다니는 듯합니다! 카토를 입다물게 하고 어디 다른 곳으로 보낼 수만 있다면 어떤 방법을 쓰시든 상관없습니다. 제발 그렇게 되기만 했으면 좋겠어요! 저는 20년 넘게 당신의 충직하고 헌신적인 피호민이었고 1계급의 하급 기사인데, 이젠 정신건강도 지위도 위태로운 지경입니다. 카토를 처리해주십시오!"

첫 시도는 비참한 실패로 끝났다. 카툴루스는 원로원에서 카토가 회계장부 대조에 아주 뛰어나니 그에게 군대 회계장부를 조사하는 특별 임무를 주자고 제안했다. 그러나 카토는 선출직 재무관에게 시킬 것이 못되는 직무에 임시 고용할 수 있는 네 명의 명단을 추천하며 자신의 입장을 고수했다. 고맙지만 나는 내가 해야 할 일을 계속하겠다면서.

이 일이 있은 뒤 카툴루스는 더 교묘한 계책들을 생각해냈지만, 어느 것 하나 효과가 없었다. 반면에 국고위원회 구석구석을 싹 쓸고 다니는 빗자루는 조금도 닳거나 해지지 않았다. 3월이 되자 잘린 사람들이 속출하기 시작했다. 한 명으로 시작해서 다음엔 두 명, 세 명, 네 명, 다섯 명의 국고위원회 관리들이 카토로 인해 재직기간을 끝내고 책상을 비웠다. 그런 뒤 4월에 철퇴가 내려졌다. 카토가 비비우스를 해고하고, 한술 더 떠 사기죄로 기소까지 한 것이다.

보호자라는 올가미에 꼼짝없이 걸린 카툴루스는 법정에서 직접 비비우스를 변호하는 것 외에 다른 대안이 없었다. 하루 동안 제기된 증거만으로도 카툴루스 자신이 질 것임을 알기엔 충분했다. 카토의 건전한 판단력, 피호관계라는 유서 깊은 계율에 호소해야 할 때가 왔다.

"친애하는 카토, 이제 그만하시게." 그날 법정이 파할 무렵 카툴루스가 말을 꺼냈다. "가엾은 비비우스가 충분히 주의하지 못했던 건 맞네만, 그는 우리 쪽 사람이네! 서기들과 회계원들이야 자네 마음껏 해고하더라도 가엾은 비비우스는 자기 자리에 그대로 놔둬주게! 전직 집정관이자 감찰관을 지냈던 사람으로서, 내 앞으로 비비우스가 나무랄 데 없이 처신하게 하겠노라고 엄숙히 맹세하겠네. 그러니 이 고약한 기소만은 좀 취하하게! 그 사람한테 숨쉴 여지는 줘야지!"

이 말은 부드러운 어조로 전해졌다. 그러나 카토가 가진 음성은 한 가지뿐이었으니, 목청껏 지르는 큰 소리였다. 그의 대답은 평소처럼 우렁찬 소리로 터져나와, 그곳을 나서던 모든 사람들의 주의를 끌었다. 모든 얼굴이 그쪽을 향했고, 모든 귀가 쫑긋 세워졌다.

"퀸투스 루타티우스, 부끄러운 줄 아십시오!" 카토가 소리쳤다. "어찌면 그리 뻔뻔스럽게 본인의 존엄을 외면할 수 있습니까? 당신이 전직 집정관이자 전 감찰관이라는 점을 주지시키고 나서 제가 맡은 임무를 수행하지 못하도록 구슬리려 들다니! 글쎄요, 법정 집행관을 소환해서 로마법의 정의 실현을 방해하려 시도한 혐의로 당신을 쫓아내야만 한다면 무척 유감스러울 거라고 말씀드리고 싶군요!"

이렇게 내뱉은 뒤 그는 성큼성큼 걸어가버렸다. 카툴루스는 할말을 잃고 우두커니 서 있기만 했다. 그는 어찌나 당황했던지 이튿날 재판이 재개되었을 때 아예 변호를 하러 나타나지도 않았다. 그 대신, 카토가 베레스의 유죄판결을 받아냈던 때의 키케로보다도 꼼짝 못할 증거를 더 많이 제출했음에도 불구하고, 배심원단이 무죄 평결을 내리도록 설득함으로써 보호자로서의 의무를 다하려 했다. 뇌물을 쓸 생각은 없었다. 설득이 돈도 적게 들고 더 윤리적이니까. 배심원 중에는 카토의 동료 재무관인 마르쿠스 롤리우스도 끼어 있었다. 그리고 롤리우스는 무죄 쪽에 투표하기로 합의했다. 그런데 그가 심하게 아픈 상태였으므로 카툴루스는 그가 가마를 타고 법정까지 올 수 있게 조치했다. 마침내 나온 평결은 압솔보(무죄)였다. 롤리우스의 표로 배심원단 투표가 가부동수가 되었고, 가부동수면 무죄방면이었다.

이 결과가 카토를 좌절시켰을까? 아니, 그렇지 않았다. 비비우스가 국고위원회에 나타나자 카토는 그의 길을 막아섰다. 게다가 그를 재고용하는 데도 동의하려 들지 않았다. 결국 국고위원회 출입문 밖에서 벌어진 볼썽사나운 소란을 중재하기 위해 불려온 카툴루스마저 두 손을 들 수밖에 없었다. 비비우스는 직위를 잃었고, 그것으로 영영 끝이었다. 게다가 카토는 비비우스가 받아야 할 급료를 줄 수 없다고 나왔다.

"줘야 하네!" 카툴루스가 외쳤다.

"줄 필요 없습니다!" 카토가 외쳤다. "그는 국가를 속였고 자기 급료보다 훨씬 많은 돈을 국가에 빚졌습니다. 그것으로라도 로마에 보상을 해야죠."

"아니, 왜, 왜 그래야 하나?" 카툴루스가 따지듯 물었다. "비비우스는 무죄판결을 받았는데!"

"저는," 카토가 소리쳤다. "병자가 던진 표는 유효로 쳐줄 수 없습니다! 그는 고열로 제정신이 아니었으니까요."

그리하여 결국 그 일은 그렇게 끝낼 수밖에 없었다. 국고위원회에 살아남은 이들은 당연히 카토의 패배를 확신하며 온갖 축하연을 준비하고 있었다. 하지만 카툴루스가 흐느끼는 비비우스를 데리고 간 후엔 국고위원회에 살아남은 이들도 눈치를 챘다. 마술이라도 부린 것처럼 모든 계산서와 모든 장부가 완벽하게 정리되었다. 채무자들은 방치되어 있던 수년치의 상환금을 시정해야 했으며, 채권자들은 수년간 미불되던 금액을 별안간 변상받았다. 마르켈루스, 롤리우스, 카툴루스를 비롯한 나머지 원로원 의원들도 눈치를 챘다. 국고위원회 대전(大戰)은 끝났고 오직 한 사람만이 멀쩡히 서 있었다. 마르쿠스 포르키우스 카토였다. 온 로마가 그를 칭찬했으며, 드디어 로마 정부가 절대로 매수당하지 않을 청렴한 인물을 배출했다며 놀라워했다. 카토는 유명해졌다.

"도저히 이해가 안 되는 건," 마음이 너덜너덜해진 카툴루스는 평소 대단히 좋아하던 자신의 처남 호르텐시우스에게 말했다. "카토가 어떻게 성공하려고 저러는가 하는 거야! 정말 그는 무조건 청렴한 것만으로 표를 모을 수 있다고 생각하는 건가? 트리부스 선거에서는 먹힐 수도 있겠지. 하지만 처음에 하던 식으로 계속 저렇게 나온다면 절대 백인조회 선거에서 이길 수는 없을 거야. 1계급에서는 아무도 표를 주지 않을 거니까."

호르텐시우스는 미적지근한 태도를 취했다. "그가 자네를 얼마나 불쾌한 입장에 처하게 했는지 잘 아네, 퀸투스. 하지만 나로서는 그 친구가 적잖이 감탄스럽다고 할 수밖에 없군. 바로 자네 말이 옳기 때문이네. 그는 절대 백인조회 선거에서 집정관으로 당선될 수 없을 거야. 카토와 같은 절개를 보이려면 얼마나 큰 열정이 필요할지 생각해보게!"

카툴루스는 벌컥 화를 내며 처남에게 으르렁거렸다. "양식은 모자라고 돈만 많은 관상어 애호가 같으니!"

그러나 국고위원회 대전에서 승리한 마르쿠스 포르키우스 카토는 또다시 새로운 활동분야를 찾아 나섰고, 술라의 기록보관소에 보관되어 있던 재무 기록을 열람하는 순간 건수를 찾아냈다. 케케묵긴 했어도 아주 잘 보존된 장부 하나에서 다음번에 치를 전쟁의 주제를 찾아낸 것이다. 그 장부란 술라의 독재관 재임 시절 사람들을 국가에 대한 반역자로서 공권박탈자 명단에 올리고 대가로 두당 2탈렌툼을 지급받은 자들을 전원 명세화해둔 기록이었다. 그 자체로는 수치 외에 드러나는 뭔가가 없었지만 카토는 2탈렌툼을 받고(때로는 여러 차례 받고) 명단에 기록된 개개인에 대해 조사를 시작했는데, 폭력을 써서 그 돈을 얻어낸 것으로 밝혀진 자들을 고발할 속셈이었다. 당시에는 공권박탈 대상이 된 사람을 죽이더라도 법에 위배되지 않았다. 하지만 이제는 술라의 시대가 끝난 만큼, 카토는 사람들로부터 미움받고 욕먹는 이자들이 오늘날 법정에서 승소할 가망은 희박하다고 보았다. 제아무리 지금의 법정이 술라의 머리에서 나온 작품이라 하더라도.

애석하게도 작은 병폐 하나가 카토의 동기에 담긴 의로운 미덕을 갉아먹었으니, 그가 이 신규 사업에서 가이우스 율리우스 카이사르를 괴롭힐 기회를 포착한 때문이었다. 그사이 카이사르는 고등 조영관 임기를 끝내고 다른 직무를 맡고 있었다. 살인 법정의 재판관으로 임명된 것이다.

카토는 카이사르가 보니파 구성원과 기꺼이 협력하여 돈을 받기 위해 살인했던 2탈렌툼 수령자들을 재판하리라고는 전혀 생각지도 못했다. 법정 재판장들이 재판에 회부할 필요가 없다고 여기는 사람들에 대한 심리를 회피하려고 흔히 쓰는 방해 전술이 나오겠거니 예상했건만, 이게 웬일인가. 분하게도 카이사르는 기꺼이 도우려 했을 뿐 아니라 도울 준비까지 마쳐놓고 있었다.

"그자들을 보내주면 내가 재판하겠소." 카이사르는 쾌활한 목소리로 카토에게 말했다.

아틸리아의 애인이 카이사르라면서 카토가 그녀와 이혼하고 지참금 한푼 없이 친정으로 돌려보냈을 때 온 로마가 떠들썩했음에도 불구하고, 카이사르는 천성적으로 카토와의 이 거래에서 불리한 입장에 있다고 느낄 사람이 아니었다. 또한 아틸리아의 운명에 양심의 가책을 느끼거나 애석해할 사람도 아니었다. 아틸리아는 언제든 거절할 수 있었음에도 스스로 모험을 감행한 것뿐이니까. 그러므로 살인 법정의 재판장과 청렴한 재무관은 함께 잘해낼 수 있었다.

그런 뒤 카토는 잔챙이들을 버렸다. 보상금 2탈렌툼을 한밑천 마련하는 수단으로 삼은 노예와 해방노예, 백인대장 들이었다. 그 대신 카틸리나를 마르쿠스 마리우스 그라티디아누스 살해 혐의로 기소하기로 결심했다. 그 일은 술라가 로마의 콜리나 성문 전투에서 이긴 뒤에 벌어졌고, 당시 그라티디아누스는 카틸리나의 처남이었다. 이후 카틸리나가 토지를 상속받았다.

"그자는 악인이니, 그자를 잡겠소." 카토는 카이사르에게 말했다. "그러지 않으면 그가 내년 집정관이 될 거요."

"그가 집정관이 되면 무슨 짓을 할 거라고 생각하는 거요?" 카이사르가 궁금하다는 듯 물었다. "그자가 악인이라는 건 동의하지만—"

"그가 집정관이 된다면 또다른 술라가 되어 통치하려 들 거요."

"독재관이 된단 말이오? 그럴 순 없을 거요."

최근 들어 카토의 두 눈은 고통으로 가득했다. 하지만 그 눈은 카이사르의 차갑고 옅은 눈을 준엄하게 들여다보았다. "그는 세르기우스 가문 출신이오. 당신의 율리우스 가문까지 포함하더라도 로마에서 가장 오래된 혈통이지. 술라 또한 유서 깊은 혈통이 없었다면 결코 성공할 수 없었을 것이오. 그렇기 때문에 내가 당신네 유서 깊은 귀족들을 신뢰하지 않는 거요. 당신들은 왕의 후손이고 모두 왕이 되길 원하니까."

"당신 생각은 틀렸소, 카토. 적어도 나에 관해서는. 카틸리나는…… 뭐, 술라 치하에서 그자가 보인 행태는 분명 혐오스러웠으니 기소 안 할 이유가 뭐겠소? 다만 당신이 해낼 수 있을 것 같지가 않소."

"오, 난 해낼 거요!" 카토가 외쳤다. "카틸리나가 그라티디아누스의 목을 치는 것을 목격했다고 맹세할 증인 수십 명을 확보해놓았소."

"선거 직전까지 재판을 미루는 편이 좋을 거요." 카이사르는 흔들림 없이 말을 이었다. "내 법정은 진행이 빠르고 난 조금도 시간을 허비하지 않소. 만약 지금 그의 기소 절차를 밟는다면, 고등 정무관 선거의 후보 등록 마감 전에 재판이 끝날 거요. 다시 말해 카틸리나가 무죄방면될 경우 선거에 나갈 수가 있소. 반면에 당신이 그를 더 늦게 기소한다면, 내 육촌형님인 루키우스 카이사르는 선거 감독관으로서 절대로 살인 혐의를 받고 있는 자의 출마를 허락하지 않을 것이오."

"그것은," 카토는 고집스레 말했다. "골치 아픈 일을 뒤로 미루는 짓일 뿐이오. 나는 카틸리나가 로마에서 밀려나 집정관은 꿈조차 못 꾸게 만들고 싶소."

"그렇다면 좋소. 하지만 결과는 당신 책임이오!" 카이사르가 말했다.

사실 카토는 그때껏 거둔 승리로 인해 조금은 우쭐하고 기고만장해 있었다. 카토가 수년 전 집정관이자 감찰관이었던 렌툴루스 클로디아누스가 서판에 새겨넣었던 법을 시행해야 한다고 고집한 덕에 2탈렌툼짜리 돈뭉치들이 국고위원회로 마구 쏟아져 들어오고 있었다. 그 법은 제아무리 평화적인 방법으로 얻어냈더라도 이러한 돈을 모두 상환하도록 명시하고 있었다. 카토가 보기에 루키우스 세르기우스 카틸리나 소송에는 아무런 장애물도 없었다. 재무관이다보니 직접 기소하지는 않았지만, 그는 신중히 숙고한 끝에 폼페이우스의 절친한 친구이자 웅변가로 명성이 자자한 루키우스 루케이우스를 기소인으로 골랐다. 카토가 잘 알고 있었듯이 이는 약삭빠른 조치였다. 카틸리나의 재판이 보니의 일시적인 변덕에서 나온 게 아니라 모든 로마인이 진지하게 생각해봐야 할 사건임을 분명히 보여주는 방법이었기 때문이다. 폼페이우스의 친구가 보니와 협력하는 것이었으므로. 거기다 카이사르까지!

카틸리나는 떠도는 소문을 듣고 이를 악물며 욕설을 뱉었다. 집정관 선거에서 연속 두 번 재판 절차 때문에 출마를 거부당한 내력이 있는 차에, 지금 또다시 재판을 겪게 된 것이다. 이제 이런 짓거리들의 끝장을 봐야 할 때가 왔다. 노예의 후손인 카토같이 우후죽순 튀어나온 신진 세력이 파트리키 계급의 핵심층을 겨냥하여 벌이는 이 뒤틀린 핍박 시도를. 세르기우스 가문은 수대에 걸쳐 가난 때문에 로마 정계의 최고 위직에서 배제되어왔다. 이는 가이우스 마리우스가 재도약의 기반을 마련해주기 전까지 율리우스 카이사르 가문에도 똑같이 해당되던 사실이었다. 하지만 술라 덕분에 세르기우스 가문도 재도약의 기반을 마련했으니, 루키우스 세르기우스 카틸리나는 자기 가문 사람들을 다시 집정관의 상아 대좌에 앉힐 작정이었다. 그러기 위해 로마 전체를 전복시켜야 하는 한이 있더라도! 게다가 그에게는 대단한 야심을 지닌 아름다운 아내 아우렐리아 오레스틸라가 있었다. 그는 아내를 미치도록 사랑했고 그녀를 기쁘게 해주고 싶었다. 그러려면 집정관이 되어야 했다.

선거가 열리기 한참 전에 재판이 시작될 것임을 깨달은 순간 카틸리나는 행동 방침을 정했다. 이번에는 후보 등록이 끝나기 전에 무죄방면되고야 말리라. 물론 반드시 무죄방면을 얻어내는 게 먼저겠지만. 그리하여 그는 마르쿠스 크라수스를 찾아가서 이 원로원 부호와 협상을 했다. 크라수스가 재판 내내 지원을 제공하는 대신, 그는 집정관이 되었을 때 크라수스가 특별히 원하는 두 가지 안건을 원로원과 트리부스회에서 통과시켜주기로 약속한 것이다. 파두스 강 북쪽의 갈리아에 시민권을 주고, 이집트는 크라수스의 사유 영토로서 로마 제국에 공식적으로 합병시킨다는 내용이었다.

비록 로마에서 기교나 재기, 웅변술이 탁월한 변호인으로 이름이 알려진 적은 단 한 번도 없었지만, 그럼에도 불구하고 크라수스는 가장 별 볼 일 없는 피호민까지도 힘껏 변호하려 하는 집요한 고집과 대단한 의욕 때문에 법정에서 만만찮은 평판을 보유하고 있었다. 뿐만 아니라 크라수스의 워낙 많은 자본이 온갖 사업체들을 뒷받침하고 있었기에, 그는 기사계급에게도 크게 존경받으며 그들과 돈독한 관계를 유지하고 있었다. 그즈음에 모든 배심원단은 3자 구도가 되어 원로원 의원 3분의 1, 18개 상급 백인조에 속하는 기사 3분의 1, 그보다 아래 백인조에 속하는 하급 기사 3분의 1로 구성되었다. 따라서 배심원단이 어떻게 꾸려지든 크라수스는 최소한 배심원 3분의 2에 대해 막강한 영향력이 있으며, 이 영향력은 그에게 돈을 빌린 원로원 의원들에게까지 확대된다고 말해도 과언이 아니었다. 이 모든 상황을 종합해보면 크라수스는 원하는 평결을 얻어내기 위해 배심원단을 매수할 필요가 없었다. 배심원단은 그가 어떤 평결을 원하든 그 평결을 내는 것이 옳다고 생각하게 되어 있었다.

카틸리나의 변호는 간단했다. 그 내용은 이러했다. 그렇다, 그가 처남 마르쿠스 마리우스 그라티디아누스의 목을 벤 건 사실이다. 자기는 그 행동을 부정할 수 없으므로, 그 행동을 부정하진 않는다. 그러나 당시에 그는 술라의 보좌관이었고 술라의 명령에 따라 움직였다. 술라는 젊은 마리우스에게 더이상 술라에게 저항해봤자 소용없음을 확인시킬 목적으로 그라티디아누스의 머리를 포탄 삼아 프라이네스테로 쏘아 보내기를 원했다.

카이사르가 주재한 법정은 기소인 루키우스 루케이우스와 그를 보조하는 기소인단 구성원들의 말을 참을성 있게 경청했다. 그리고 얼마 지나지 않아 카이사르는 이 법정이 카틸리나에게 유죄를 선고할 의향이 전혀 없다는 것을 깨달았다. 실제 결과도 그러했다. 나온 평결은 압도적인 표차로 압솔보(무죄)였다. 카토조차도 크라수스가 매수를 필요로 했다는 구체적 증거를 추후에도 찾을 수 없었다.

"그러게 내가 뭐랬소." 카이사르가 카토에게 말했다.

“아직 끝나지 않았소!” 카토는 소리를 빽 지르고는 성큼성큼 걸어가 버렸다.

후보자 지명이 마감되었을 때 집정관 선거 입후보자는 일곱 명이었고, 선거판은 흥미로운 양상이었다. 무죄 선고를 받은 카틸리나도 당연히 출마 의사를 밝혔는데, 그가 두 자리 중 하나를 차지하는 건 사실상 확실하다고 봐야 했다. 카토가 말했듯이 그에게는 혈통이 있었으니까. 게다가 그는 베스타 신녀 파비아에게 구애하던 때와 똑같이 매력적이고 설득력 있는 사내였으므로 지지자 규모도 대단히 컸다. 그 지지층에 파멸에 가깝게 위험천만한 길을 가는 이들이 너무 많긴 했어도, 그 때문에 그들의 힘이 없어지지는 않았다. 더구나 이제 마르쿠스 크라수스가 그를 지지한다는 사실이 세상에 알려졌고, 마르쿠스 크라수스는 1계급 유권자 대다수를 장악하고 있었다.

세르빌리아의 남편 실라누스도 건강이 좋지 않긴 했지만 또다른 입후보자로 나섰다. 원기 왕성한 상태였더라면 그가 당선될 만큼 표를 모으는 데 별 어려움이 없을 터였다. 그러나 함께하던 차석 집정관에 이어 보결 집정관까지 죽고 혼자 집정관으로 남아야 했던 퀸투스 마르키우스 렉스의 운명이 모두의 머릿속을 헤집고 들어왔다. 실라누스는 임기를 끝까지 채우기 힘들어 보였던데다, 크라수스가 있다고는 해도 카틸리나가 동료 집정관 없이 로마의 정권을 쥐게 하는 게 현명한 처사라고 생각한 사람은 아무도 없었다.

가능성 있어 보이는 또다른 후보자는 끔찍한 가이우스 안토니우스 히브리다였다. 카이사르는 술라의 그리스 전쟁중에 그리스 시민들을 고문하고 불구로 만들고 살해한 혐의로 그를 기소하려 했으나 실패한 바 있었다. 히브리다는 법망을 교묘히 빠져나갔지만, 로마 내 여론에 등을 떠밀려 자진해서 케팔레니아 섬으로 추방되길 택했다. 그런데 그곳에서 고분 몇 개를 발견하면서 엄청난 재산을 얻었다. 그리하여 로마로 귀환한 히브리다는 원로원에서 축출되었어도 끄떡없이 새 출발을 했다. 그는 먼저 호민관이 되어 원로원에 재입성한 뒤 이듬해에는 뇌물을 써서 법무관 직을 차지했다. 야심 있고 유능한 신진 세력인 키케로의 열렬한 지지를 받은 덕분이었는데, 키케로에게는 그에게 고마워할 이유가 있었다. 가엾은 키케로는 그리스 조각상들을 수집하여 엄청나게 많은 시골 빌라에 설치하는 취미에 빠진 탓으로 심각한 재정난을 겪고 있었다. 그때 키케로에게 돈을 빌려주어 곤경에서 벗어날 수 있게 해준 사람이 히브리다였다. 그후로 키케로는 히브리다를 적극 두둔하고 나섰으며, 지금도 히브리다를 어찌나 맹렬하게 감싸고도는지 둘이서 한 조를 이뤄 집정관 직에 출마할 계획일 것이라 보아도 무방할 정도였다. 키케로는 그들의 선거운동에 품위를 더하고, 히브리다는 돈을 대는 식이었다.

카틸리나에게 가장 힘든 경쟁 상대가 될 사람은 단연 마르쿠스 툴리우스 키케로였지만, 문제는 키케로에게는 그럴싸한 선조가 없다는 점이었다. 그는 호모 노부스, 즉 신진 세력이었던 것이다. 순전히 빼어난 법적 지식과 웅변술을 무기로 꾸준히 관직의 사다리를 올라갔지만, 보니와 마찬가지로 1계급 백인조의 대다수도 그를 건방진 촌놈으로 치부했다. 집정관이 되려면 로마인 혈통이 입증되고 걸출한 가문 출신이어야 했다. 키케로가 뛰어난 역량을 갖춘 정직한 사람이라는 것을(또한 카틸리나가 극도로 뒤가 구린 사람임을) 누구나 다 알고 있었지만, 그럼에도 로마에서는 카틸리나가 키케로보다 더 집정관 자격이 있다는 정서가 지배적이었다.

카틸리나가 무죄 선고를 받은 후 카토는 비불루스, 그리고 2년 전에 재무관을 지냈던 아헤노바르부스와 함께 회의를 열었다. 세 사람 모두 현재 원로원에 몸담고 있었으며, 이는 곧 이들이 극보수주의자들이 모인 보니파에서 완전히 자리를 잡고 있다는 뜻이었다.

"카틸리나가 집정관으로 당선되도록 내버려둬선 안 됩니다!" 카토가 듣기 싫은 목소리로 말했다. "그자는 탐욕스러운 마르쿠스 크라수스를 구워삶아 그의 지지를 얻었어요."

"동감이네." 비불루스가 차분히 대꾸했다. "그 둘이 뭉쳐서 모스 마이오룸에 크나큰 타격을 입힐 거야. 원로원에는 갈리아인들이 득실거릴 테고, 로마가 걱정해야 할 속주가 하나 더 늘 테지."

"우리가 어찌해야 할까요?" 아헤노바르부스가 물었다. 그는 지성보다도 불같은 성미로 더 유명한 청년이었다.

"카툴루스와 호르텐시우스에게 면담을 요청해야 하네." 비불루스가 말했다. "그리고 우리끼리 힘을 합쳐 1계급 사이에서 카틸리나를 집정관으로 생각하는 여론을 돌아서게 할 방법을 강구해야겠지." 그는 잠시 목을 가다듬었다. "그렇지만 우리 대표단의 수장 자리에는 카토를 앉히자고 제안하는 바일세."

"저는 그 어떤 수장도 되고 싶지 않습니다!" 카토가 외쳤다.

"그래, 알고 있네." 비불루스는 참을성 있게 대답했다. "하지만 국고위원회 대전 이후로 자네가 로마 대다수 사람들에게 상징적인 존재가 된 건 사실이잖나. 우리 중에 나이는 제일 어릴지 몰라도, 가장 평판이 높은 것도 자네야. 카툴루스와 호르텐시우스도 그 점을 잘 알고 있고. 그러니 자네가 우리의 대변인 역할을 해주게."

"당신이 맡으셔야죠." 카토가 짜증 섞인 소리로 말했다.

"보니는 자신이 동료들보다 우월하다고 생각하는 자들에 반대하는 입장이고, 나 또한 보니이네, 마르쿠스. 누구든 주어진 때에 가장 적합한 사람이 대변인인 게지. 지금 그 사람은 자네일세."

"제가 이해할 수 없는 건," 아헤노바르부스가 끼어들었다. "애초에 우리가 면담을 요청할 필요가 있냐는 겁니다. 카툴루스는 우리의 수장이니 그분이 우리를 불러야 하는 것 아닙니까."

"그분은 온전한 상태가 아니네." 비불루스가 설명했다. "원로원 의사당에서 예의 공성망치 건으로 카이사르에게 심하게 창피를 당하면서 영향력을 잃었지." 차가운 은빛 눈이 카토를 돌아보았다. "자네 역시 썩 요령 있게 처신하지 못했어, 마르쿠스. 비비우스가 사기죄로 재판을 받고 있을 때 그분을 공개적으로 망신시킨 일 말일세. 카이사르야 그리 나올 게 자명했지만, 자기를 따르던 같은 편 사람에게 비난을 당하면 영향력에 막강한 타격을 입는 법이네."

"저한테 해서는 안 될 말을 하셔서 그런 겁니다!"

비불루스는 한숨을 내쉬었다. "이보게 카토, 자네는 가끔 우리에게 자산이 아니라 골칫거리 같네!"

카툴루스에게 면담을 청하는 편지에는 카토의 인장이 찍히고 카토의 글이 적혔다. 카툴루스는 은근히 기쁜 마음으로 처남 호르텐시우스(카툴루스는 호르텐시우스의 누이 호르텐시아와 결혼했고 호르텐시우스는 카툴루스의 누이 루타티아와 결혼한 사이였다)를 불렀다. 카토가 자신에게 도움을 구하다니, 이는 그의 상처 난 자존심을 달래는 연고와 같았다.

"카틸리나가 집정관이 되게 할 순 없다는 데 동의하네." 카툴루스가 뻣뻣한 태도로 입을 열었다. "그가 마르쿠스 크라수스와 맺은 거래는 이미 다들 알고 있는 사실이네. 그자는 기회만 되면 자랑하지 않고는 못 배기는 사람이고, 현시점에서는 본인이 질 리가 없다고 확신하고 있으니까. 이 문제에 대해 많이 생각해봤는데, 내가 내린 결론은 카틸리나가 마르쿠스 크라수스와의 동맹을 자랑한다는 바로 그 점을 이용해야 한다는 것이네. 크라수스를 우러러보는 기사들이 많지만, 그의 힘에도 한계가 있기 때문이지. 기사들은 이집트에서 들어오는 돈에 더해 파두스 강 너머의 피호민들까지 밀려들면서 크라수스의 영향력이 커지는 걸 보고 싶어하지 않을 거라 생각하네. 그들이 크라수스가 이집트를 자기네와 나눠 가질 거라 생각한다면 상황이 달라지겠지만, 다행히도 크라수스가 나눠 갖지 않으리란 건 누구나 아는 사실이지. 이집트는 엄밀히 말해 로마 소유가 되겠지만, 실제로는 마르쿠스 리키니우스 크라수스가 실컷 강탈할 그의 사유 왕국이 될 걸세."

"문제는," 퀸투스 호르텐시우스가 말했다. "나머지 후보자들이 지독하리만치 매력이 없다는 거야. 실라누스는…… 그래, 그가 건강한 상태라면 괜찮았겠지만 현실은 전혀 그렇지 않지. 더군다나 그는 법무관 임기가 끝나고 나서 건강 때문에 속주를 맡지 않겠다고 거절했으니, 이 부분에서도 유권자들이 좋은 인상을 받을 리 없네. 게다가 미누키우스 테르무스 같은 몇몇 후보자들은 아예 형편없고."

"안토니우스 히브리다가 있잖습니까." 아헤노바르부스가 말했다.

비불루스의 입술이 삐죽거렸다. "우리가 히브리다—나쁜 놈이긴 하지만 어처구니없을 만큼 무기력해서 국가에 해를 끼치진 않을 인간이지—를 선택하게 되면, 저 고집불통 인간 키케로도 받아들여야 하네."

우울한 침묵이 내려앉았다. 카툴루스가 침묵을 깼다.

"그렇다면 실제로 결정해야 할 것은, 우리 입맛에 안 맞는 두 사람 중 어느 쪽이 그나마 나은 선택지인가로군." 그는 느릿하게 말했다. "우리 보니는 카틸리나와 그 뒤에서 기세등등하게 막후 조종을 할 크라수스가 나은가, 아니면 키케로같이 천한 허풍쟁이가 우리 위에 군림하는 게 나은가?"

"키케로." 호르텐시우스가 말했다.

"키케로." 비불루스가 말했다.

"키케로." 아헤노바르부스가 말했다.

이어서 카토가 정말로 마지못해 대답했다. "키케로."

"좋아," 카툴루스가 말했다. "그러면 키케로로 하지. 맙소사, 내년에는 원로원에서 구역질을 참기가 무척 어렵겠군! 우쭐해하는 신진 세력이 로마의 집정관 중 하나가 되다니. 쳇!"

"그러면," 호르텐시우스가 인상을 쓰며 말했다. "우리 모두 내년 원로원 회의에는 아주 조금만 먹고 가는 게 좋겠군."

이들 무리는 각자 흩어져 일에 착수했다. 그리고 한 달간 아주 열심히 일을 했다. 카툴루스로서는 참으로 분하게도, 이제 갓 서른 살이 된 카토가 가장 큰 영향력을 가진 것이 자명해졌다. 국고위원회 대전과 공권박탈 때 나간 보상금이 안전하게 국고로 돌아오게 한 것이 술라의 공권박탈 조치로 가장 크게 당했던 1계급에게 대단한 인상을 남긴 것이다. 기사계급에게 카토는 영웅이었고, 카토가 키케로와 히브리다에게 표를 주라고 말한다면 18개 상급 백인조 아래의 모든 기사들이 표를 던질 사람은 그들이 될 터였다!

결국 마르쿠스 툴리우스 키케로가 수석 집정관으로, 가이우스 안토니우스 히브리다가 차석 집정관으로 당선되었다. 키케로는 자신의 승리가 실력이나 도덕성이나 영향력과 하등 상관없는 정황 덕분이었다는 사실은 전혀 모른 채 기쁨의 환성을 질렀다. 카틸리나가 입후보하지 않았더라면 키케로는 결코 당선될 수 없었을 것이다. 그러나 그에게 이 사실을 말해준 사람이 아무도 없었으므로, 키케로는 자만심 잔뜩 섞인 행복에 도취하여 포룸 로마눔과 원로원 일대를 한껏 거들먹거리며 돌아다녔다. 오, 이 얼마나 멋진 해인가! 법으로 정해진 나이에 딱 맞춰 수석 집정관에 당선되어서 드디어 아들에게, 그리고 부자에 훌륭한 가문 출신인 가이우스 칼푸르니우스 피소 프루기와 정식으로 약혼한 열네 살 된 딸 툴리아에게 자랑스러운 아버지가 되었으니. 심지어 테렌티아까지도 그에게 상냥하게 굴었다!

현 집정관 루키우스 카이사르와 마르키우스 피굴루스가 교차로 형제단을 없애는 법안을 상정했다는 소식을 듣고, 루키우스 데쿠미우스는 공황상태에 가까운 분노와 두려움에 빠져 자신의 보호자인 카이사르에게 곧장 달려갔다.

"정말이지 부당한 일이야!" 그는 분연히 외쳤다. "우리가 언제 뭘 잘못한 적 있어? 우리 할 일만 하는데!"

이 말은 카이사르를 당혹스럽게 했다. 당연히도 그는 이 신규 법안이 나오게 된 정황을 알고 있었던 것이다.

이 일의 원인은 3년 전 가이우스 피소가 집정관이고 폼페이우스의 사람인 가이우스 마닐리우스가 호민관이던 시기로 거슬러올라갔다. 앞서 폼페이우스에게 해적 소탕권을 얻어내주는 것이 아울루스 가비니우스의 임무였다면, 이제 마닐리우스가 폼페이우스를 위해 두 명의 왕을 상대할 지휘권을 따낼 임무를 맡은 것이었다. 어찌 보면 폼페이우스가 해적들을 성공적으로 처리한 덕에 전보다 수월한 임무라 할 수 있었지만, 다르게 보면 더 까다로운 임무이기도 했다. 폼페이우스가 막강한 능력을 지닌 만큼, 동방에서 승리하고 귀국했을 때 새로 얻은 이 직권을 이용해 스스로 독재관이 될지 모를 가능성이 특별 직권에 반대하는 자들의 눈에 너무나 분명히 보인 때문이었다. 거기다 가이우스 피소가 단독 집정관으로 있었기에, 마닐리우스는 원로원에서 완강하고 성마른 적에 직면했다.

언뜻 보기에 마닐리우스의 첫 법안은 악의가 없고 폼페이우스의 이해관계와도 무관해 보였다. 그는 그저 로마 시민권을 보유한 해방노예들을 기존처럼 수부라와 에스퀼리누스 등 수도 트리부스 두 개에 국한시키는 대신 서른다섯 개 트리부스 전체에 고루 분포시킬 것을 평민회에 요청했다. 하지만 아무도 거기에 속지 않았다. 마닐리우스의 법안은 원로원 의원들과 상급 기사들에게 직접적인 영향을 가하는 것이었다. 그들은 모두 주요 노예주이자 수많은 해방노예를 피호민으로 둔 이들이었기 때문이다.

로마가 굴러가는 방식에 익숙지 않은 사람이라면, 대수(大數) 법칙에 따라 해방노예들의 지위를 바꾸는 어떤 조치가 나와도 전혀 달라질 게 없으리라고 추측하는 것도 무리가 아닐 것이다. 로마에서 극심한 가난이라는 말은 곧 노예 한 명도 소유할 수 없는 상태라는 뜻이었고, 실제로 노예 한 명도 없는 자유인은 극소수였기 때문이다. 따라서 표면적으로는 해방노예들을 서른다섯 개 트리부스 전체에 분포시킨다는 평민회 결의가 나와도 사회 최상위층에는 거의 영향이 없을 터였다. 그러나 실제로는 그렇지 않았다.

로마의 노예 소유주 대다수는 단 한 명, 혹은 기껏해야 둘 정도의 노예를 두었다. 그러나 남자 노예가 아니라 여자 노예였다. 두 가지 이유가 있었는데 첫째로 여자 노예와 성행위를 즐길 수 있어서였고, 둘째로 남자 노예는 아내에게 유혹적인 존재인데다 그 결과 자기 자식들의 아비가 누군지 의심스러워지기 때문이었다. 따지고 보면 가난한 사내에게 뭣하러 남자 노예가 필요하겠는가? 노예가 하는 일은 빨래, 물 긷기, 식사 준비, 아이 돌보기, 요강 비우기 같은 집안일로 남자들이 잘하지 못하는 일이었다. 운이 없어 자유인이 아닌 노예 신세가 되었다고 해서 마음가짐까지 바뀌지는 않는 법이다. 사내는 사내들이 하는 일을 좋아하지, 여자들의 일은 쓸데없는 고역이라며 질색했다.

이론상으로는 모든 노예가 급료를 지불받고 그 외에도 생활비를 받았다. 얼마 안 되는 그 돈은 자유를 사기 위해 차곡차곡 모아두었다. 그러나 사실상 자유는 부유한 주인만 줄 수 있는 것이었다. 특히 노예 해방에는 5퍼센트의 세금이 붙었기에 부담이 더 컸다. 그 결과 로마의 여자 노예 대부분은 쓸모가 있는 동안엔 결코 해방되지 못했다(그들은 무급 노동보다 빈곤을 더 두려워한 나머지, 노인이 되어서도 어떻게든 계속 쓸모 있게 굴려고 애썼다). 죽은 뒤에 적절한 매장과 함께 장례식을 치르게 해줄 장례 조합에 가입할 처지도 못 되었다. 그들의 인생은 이런 사람이 살았었다는 것을 보여줄 무덤 표식 하나조차 없이 석회 구덩이에 묻히는 것으로 끝났다.

비교적 수입이 높고 건사할 식구가 많은 로마인들만이 여러 명의 노예를 소유했다. 사회적 · 경제적 지위가 높을수록 부리는 하인 수도 많았고 하인 중에 남자 노예가 있을 가능성도 컸다. 이런 계층에서는 노예를 해방시키는 일이 흔했으며 노예의 근로 기간도 10년에서 15년 정도로 제한되었다. 근로 기간이 끝난 하인은(주로 남자였다) 해방노예로서 전 주인의 피호민으로 들어갔다. 그는 해방노예를 상징하는 자유의 모자를 쓰고 로마 시민권자가 되었으며, 아내와 장성한 자식이 있는 경우 그들 역시 자유를 얻었다.

그러나 이들 해방노예의 표는 아무 쓸모가 없었다. 다만—더러 볼 수 있는 사례로—큰돈을 벌어 지방의 서른한 개 트리부스 중 하나에 돈을 내고 가입하고, 백인조의 어느 계급에 소속될 만큼 경제적 자격을 갖췄을 때는 예외가 되었다. 하지만 대다수는 수도 트리부스인 수부라와 에스퀼리누스 트리부스에 남았다. 이들은 로마에서 가장 규모가 큰 두 트리부스였지만 트리부스를 기반으로 하는 민회에서 단 두 표만 행사할 수 있었다. 이는 결국 해방노예가 던지는 표는 트리부스회의 투표 결과에 영향을 끼칠 수 없다는 의미였다.

그러므로 마닐리우스의 기획 법안은 큰 중요성을 지녔다. 로마의 해방노예들이 서른다섯 개 트리부스에 고루 배치된다면 그들로 인해 트리부스 기반의 각종 선거와 입법 결과가 바뀔 가능성이 있었고, 이는 그들이 로마 시민 중 다수가 아님에도 나올 수 있는 결과였다. 여기에 내재된 위험은 해방노예들이 로마 시내에 거주한다는 사실에 있었다. 그들이 지방 트리부스에 소속된다면, 이러한 지방 트리부스에서 투표권을 행사함으로써 투표 기간에 로마 내에 있는 진짜 지방 트리부스 구성원들을 수적으로 앞설 수 있기 때문이었다. 많은 지방민들이 로마에 머무르는 여름철 열리는 선거의 경우 그다지 큰 문제가 아니었으나, 법안에는 심각한 위험이 될 터였다. 입법은 연중 언제든지 있는 일이었지만 특히 12월과 1월, 2월에 집중되었다. 이 기간은 신임 호민관들의 법률 입안 활동이 절정에 달하는 시기이자, 지방 시민들이 로마로 오지 않는 시기이기도 했다.

마닐리우스 법안은 완패당했다. 해방노예들은 거대한 수도 트리부스 두 곳에 그대로 남았다. 그러나 이 결과가 데쿠미우스 같은 이들에게 문제가 된 부분은 마닐리우스가 자기 법안에 대한 지지를 모으기 위해 로마의 해방노예들을 찾았다는 사실에 있었다. 그러면 로마의 해방노예들이 어디서 모이겠는가? 바로 로마의 일반적인 하층민들 못지않게 노예와 해방노예 들이 북적이며 어울리는 장소, 교차로 클럽이었다. 마닐리우스는 곳곳의 교차로 클럽들을 다니면서, 자신의 법이 그들에게 유익할 것이라 말하고 그들에게 포룸 로마눔으로 가서 자기를 지지해달라고 설득했다. 자신들이 가진 표가 쓸모없다는 것을 알고 있던 수많은 해방노예들은 그를 도왔다. 그러나 원로원과 18개 백인조의 상급 기사들이 떼 지어 포룸 로마눔으로 몰려드는 해방노예 무리를 보았을 때, 그들의 머릿속에는 오로지 위험하다는 생각밖에 떠오르지 않았다. 해방노예들이 모이는 장소는 모두 불법화해야 한다. 교차로 클럽들은 없어져야 한다.

교차로는 종교 활동의 온상지였으므로 악한 힘으로부터 보호해야 했다. 이곳은 라레스가 모이는 장소였고, 라레스는 무수히 많은 정령들로 지하세계에 살면서 자연적으로 그들의 세력을 교차로에 집중시켰다. 그 때문에 교차로마다 라레스를 모시는 제단이 있었으며, 매년 1월 초순경에 콤피탈리아라고 불리는 축제를 열어 교차로의 라레스를 달랬다. 축제 전날 밤이면 교차로로 연결된 구역에 거주하는 모든 자유인은 양모 인형을, 모든 노예는 둥근 양모 뭉치를 의무적으로 걸어야 했다. 로마 내의 제단 곳곳이 인형과 공 뭉치로 뒤덮였으며, 그것들을 걸 줄을 치는 것이 교차로단이 필히 맡아 하는 일이 될 정도였다. 인형은 머리가 있으며, 자유인은 감찰관들의 인구조사에서 머릿수에 포함되었다. 공 뭉치에 머리가 없는 건 노예들은 머릿수에 포함되지 않았기 때문이다. 그래도 축제행사에서는 노예들이 중요한 부분을 차지했다. 사투르누스 축제에서와 마찬가지로 그들은 자유인과 동등하게 축제를 즐겼으며, 라레스에게 살진 돼지를 제물로 바치는 일도 (노예 신분의 표지를 벗어던진) 노예들의 역할이었다. 이 모든 과정은 교차로단과 그들의 감독관인 수도 담당 법무관의 관할하에 이루어졌다.

이와 같이 교차로단은 종교 단체였다. 모든 교차로단에는 빌리쿠스, 즉 관리인이 있어 해당 구역 사람들이 교차로와 라레스 제단 가까이의 임대료 없는 부지에서 정기적으로 모이도록 관리했다. 제단과 교차로를 깔끔하게 유지하고 사악한 세력이 꼬여들지 않게 하는 것도 이들의 역할이었다. 제단은 주요 교차로에만 설치되었기 때문에, 로마의 네거리 상당수에는 제단이 없었다.

이러한 교차로단 하나가 아우렐리아의 인술라 건물 1층 꼭짓점에 상주하면서 데쿠미우스의 관리하에 있었다. 아우렐리아가 이 인술라로 들어와 그를 길들여놓기 전만 해도, 데쿠미우스는 자기 구역의 가게 주인들과 공장주들을 상대로 한 보호세 사업을 부업 삼아 대단히 짭짤한 수익을 올렸다. 아우렐리아가 특유의 만만찮은 힘을 발휘하며 자기 뜻에 반하는 행동을 용납하지 않겠다는 의지를 데쿠미우스에게 보여주자, 그는 곤경을 타개할 방법으로 같은 사업을 하는 지역 교차로단이 없는 사크라 가도와 파브리키 구 외곽으로 자신의 보호세 사업을 옮겼다. 인구조사에서 4계급을 받고 수도 트리부스인 수부라 트리부스 소속이었음에도 데쿠미우스는 결코 무시할 수 없는 실세였다.

그는 로마 내 다른 교차로단의 동료 관리인들과 힘을 합쳐서, 마닐리우스가 그들을 이용했다는 이유로 모든 교차로단을 폐쇄하려던 가이우스 피소의 시도를 기어이 막아냈다. 그러자 피소와 보니파는 어쩔 수 없이 다른 희생양을 찾아 나섰고 마닐리우스를 제물로 선택했다. 마닐리우스는 부당취득죄 재판에서 간신히 살아남았으나, 곧이어 반역죄로 유죄판결을 받고 영구 추방되었다. 그의 재산은 단돈 1세스테르티우스까지 모조리 몰수되었다.

유감스럽게도, 가이우스 피소가 직위에서 물러난 뒤에도 교차로단에 대한 위협은 사라지지 않았다. 교차로단이 존속함으로써 임대료 없는 부지가 존재하며 바로 이곳에서 종교의 비호 아래 정치적 반체제 인사들이 모여 가까이 교류할 수 있다는 생각이 원로원과 18개 상급 백인조 기사들의 머릿속에 심어졌기 때문이다. 그리하여 이제 루키우스 카이사르와 마르키우스 피굴루스는 교차로단을 금지하려 하고 있었다.

이런 상황에서 데쿠미우스가 격분한 모습으로 파트리키 구에 있는 카이사르의 문전에 나타난 것이었다.

"이건 부당해!" 그가 다시 한번 말했다.

"나도 알아요, 아빠." 카이사르는 한숨을 내쉬었다.

"그럼 이 사태를 어떻게 할 거냐?" 노인이 따지듯이 물었다.

"애써볼게요, 아빠. 그건 말할 필요도 없죠. 하지만 내가 할 수 있는 일이 있을지 모르겠어요. 아빠가 당연히 날 보러 올 줄 알고 미리 육촌 형님인 루키우스와 얘기해봤는데, 아무래도 그와 마르키우스 피굴루스가 단단히 마음을 먹은 것 같아요. 그 둘은 극소수의 예외만 두고서 로마 전역의 모든 단체와 협회, 조합을 법으로 금지할 작정이에요."

"누가 예외가 되는데?" 데쿠미우스는 이를 악문 채 고함을 쳤다.

"유대인 같은 종교 신도회. 합법적인 장례 조합. 공무원 단체. 상인

조합. 이게 전부예요."

"우리도 종교 단체잖아!"

"육촌형님 루키우스 카이사르에 따르면 종교적 성격이 충분치 않대요. 유대인들은 자기네 회당에서 술 마시며 뒷얘기를 수군대지 않고, 마르스 신관단이나 루페르쿠스 신관단, 아르발레스 형제단 등은 아예 잘 모이지도 않죠. 그런데 교차로단이 상주해 있는 장소에서는 노예와 해방노예를 포함해 누구나 환영이잖아요. 그래서 교차로단들이 대단히 위험할 수 있다는 말이었어요."

"그럼 라레스와 제단은 누가 보살피는 거냐?"

"수도 담당 법무관과 조영관들요."

"그 사람들은 이미 할 일이 너무 많잖아!"

"맞아요, 아빠, 전적으로 동의해요. 형님에게 그 말도 하려고 해봤지만, 들으려고도 하지 않더군요."

"네가 우릴 도와줄 순 없겠니, 카이사르? 정말로?"

"나는 반대표를 던질 거고, 다른 사람들도 그렇게 하도록 최대한 많이 설득해볼게요. 희한한 일이지만 보니파 중에도 그 법에 반대하는 자들이 꽤 돼요. 교차로단은 아주 오래된 전통이니까, 교차로단을 폐지하는 것은 모스 마이오룸에 어긋난다는 거죠. 카토가 이 일에 대해 크게 외쳐대고 있어요. 그렇다 해도 법안은 통과될 거예요, 아빠."

"우리는 문을 닫아야겠구나."

"아, 꼭 그렇진 않아요." 카이사르가 미소를 지으며 말했다.

"너는 실망시키지 않을 줄 알았어! 우리가 어떻게 하면 되는 거냐?"

"확실히 공식적인 자격은 잃게 되겠지만, 그래봤자 금전적으로 불리해지는 것뿐이에요. 판매대를 설치해놓고 그곳이 아빠 소유의 선술집이라고 하는 게 좋을 듯해요."

"그럴 수는 없어, 카이사르. 이웃의 로스키우스 영감이 당장 수도 담당 법무관에게 가서 항의할 거야. 내가 꼬마 적부터 그 사람한테 포도주를 샀거든."

"그럼 로스키우스에게 술집 영업권을 주겠다고 하세요. 아빠가 문을 닫으면 그 사람 주머니 사정도 심각하게 나빠질 테니까요."

"다른 교차로단들도 전부 그리할 수 있을까?"

"로마 전역에서 말이에요?"

"그래."

"안 될 이유도 없죠. 그런데, 언급하진 않겠지만 아빠가 하는 모종의 활동 덕에 아빠네는 부유한 단체예요. 현 집정관들은 교차로단들이 1층 임차료를 내야 하는 것 때문에 문을 닫게 될 거라 확신하고 있어요. 아빠도 우리 어머니께 내게 되겠죠. 어머니는 사업가이시니 내야 한다고 나오실 거예요. 그래도 아빠의 경우에는 약간 할인을 받을 수 있겠지만, 다른 교차로단들은 어떻겠어요?" 카이사르는 어깨를 으쓱했다. "사람들이 마시는 포도주값으로는 비용을 감당할 수 없을 거예요."

데쿠미우스는 미간을 찌푸린 채 골똘히 생각했다. "집정관들은 우리가 진짜 생계를 위해 하는 일이 뭔지 아는 거냐, 카이사르?"

"내가 말하지 않으면—당연히 말 안 했고요!—달리 말할 사람이 있을지 모르겠어요."

"그렇다면 문제없다!" 데쿠미우스가 쾌활한 목소리로 말했다. "우리 대부분이 똑같이 보호세 사업을 하고 있어." 그는 대단히 흡족한 듯 거칠게 숨을 내쉬었다. "그리고 앞으로도 계속 교차로를 관리할 거야. 라레스가 마구 날뛰게 할 수는 없지, 안 그래? 교차로단 관리인들의 회의를 소집해야겠어. 우리가 저들을 이길 거야, 공작새!"

"바로 그거예요, 아빠!"

데쿠미우스는 활짝 웃으며 자리를 떴다.

그해 가을엔 아펜니누스 산맥에 폭우가 내렸고, 티베리스 강이 300킬로미터에 걸쳐 계곡으로 범람했다. 로마 시가 이처럼 큰 피해를 입은 것은 몇 세대 만이었다. 물 밖으로 드러난 건 일곱 언덕뿐이었다. 포룸 로마눔, 벨라브룸 구역, 대경기장, 포룸 보아리움, 포룸 홀리토리움, 사크라 가도에서부터 세르비우스 성벽과 파브리키 구의 공장들까지 모조리 물에 잠겼다. 하수도가 역류하고, 기초가 불안한 건물은 무너졌다. 퀴리날리스, 비미날리스, 아벤티누스 언덕에 드문드문 있는 고지는 피난민들의 거대한 임시 숙소가 되었으며, 호흡기 질환이 급속도로 번졌다. 엄청나게 오래된 수블리키우스 목교는 아마도 가장 먼 하류에 위치한 덕분에 기적적으로 살아남은 반면, 티베리스 섬과 플라미니우스 경기장 사이에 있는 파브리키우스 교는 완전히 박살나버렸다. 이 일이 터졌을 때는 이미 다음해 호민관으로 출마하기에 너무 늦었던 관계로, 현재 그 가문의 유망주인 루키우스 파브리키우스는 내년에 호민관 선거에 도전하겠노라고 선언했다. 로마로 연결되는 교량과 공공 도로의 관리는 호민관 소관이었고, 파브리키우스는 자기 가문의 것이었던 다리를 재건하는 일을 다른 누군가가 맡게 내버려두지는 않을 참이었다! 지금까지도 파브리키우스 교였고, 앞으로도 죽 파브리키우스 교일 것이다.

한편 카이사르는 동방의 정복자 나이우스 폼페이우스 마그누스로부터 편지를 받았다.

음, 카이사르, 참으로 대단한 전투였네. 두 왕 모두 물리쳤고, 모든 상황이 좋아 보여. 루쿨루스가 왜 그리 오래 걸렸는지 이해가 안 된다니까. 뭐랄까, 그는 자기 병사들을 장악하지 못했지만, 나는 죄다 그 사람 휘하에 있던 병사들만 데리고 있어도 그들의 입에서 한 번도 불평이 나온 적이 없네. 그나저나 마르쿠스 실리우스가 안부 전해달라는군. 좋은 친구야.

폰토스는 정말이지 이상한 곳이야. 미트리다테스 왕이 항상 자기 군대에 용병과 북방인을 쓸 수밖에 없었던 이유를 이제야 알겠어. 일부 폰토스인들은 나무에서 살 정도로 미개하다네. 게다가 무슨 나뭇가지로 아주 역겨운 술을 빚는데, 어떻게 그걸 마시고 멀쩡히 살아 있는지 의문이야. 내 병사들 몇이 폰토스 동부의 숲속을 행군하다가 그게 든 커다란 통들이 땅바닥에 있는 걸 발견한 거야. 군인들이 어떤지는 자네도 잘 알잖나! 그걸 몽땅 퍼마시면서 재미난 시간을 보냈지. 그러다 어느 순간 모두가 고꾸라졌다네. 그 술이 그들을 죽인 거지!

노획물은 믿기지 않을 정도야. 물론 나는 그가 소아르메니아와 폰토스 동부 곳곳에 건설해둔 이른바 난공불락의 요새들을 모조리 함락시켰지. 그리 어려운 일도 아니었어. 오, 내가 말한 '그'가 누군지 모를 수도 있겠군. 바로 미트리다테스라네. 이것참, 그가 용케 감춰뒀던 보물이 요새마다—다 합쳐 일흔 곳쯤 돼—넘치도록 가득했다네. 전부 로마로 실어가려면 수년은 걸릴 거야. 서기들 한 부대에게 목록을 작성하라고 시켰거든. 내 계산으로는 지금 국고에 있는 것들이 배로 늘어날 테고, 앞으로 로마의 공세 수입도 배가 될 걸세.

내가 니코폴리스로 개칭한—폼페이오폴리스는 이미 있어서 말이야—폰토스의 한 지역에서 미트리다테스를 전투에 끌어들였고, 그는 엄청난 타격을 입었네. 그는 시노리아로 달아나 황금 6천 탈렌툼을 급히 챙기고서 에우프라테스 강을 따라 티그라네스를 찾으러 갔네. 좋은 상황이 아니긴 그쪽도 마찬가지였지! 내가 미트리다테스를 깔끔하게 정리하는 사이, 파르티아의 프라아테스가 아르메니아를 침공해서 사실상 아르탁사타를 포위한 거야. 티그라네스는 그를 물리쳤고, 파르티아인들은 집으로 돌아갔네. 하지만 그 일로 티그라네스는 끝장났어. 확실히 그는 나를 저지할 만한 상태가 아니었다네! 그래서 그는 단독강화를 요청하고 미트리다테스가 아르메니아에 들어오는 것을 막았지. 미트리다테스는 북쪽으로 방향을 틀어 킴메리아로 향했어. 그가 미처 알지 못했던 건, 자기가 킴메리아에 태수로 앉혀놓은 마카레스라는 아들이 나와 연락을 주고받고 있었다는 사실이었지.

어쨌든 난 티그라네스가 아르메니아를 갖고 있게 해주었네. 하지만 어디까지나 로마의 속국으로서고, 소페네와 고르디에네와 더불어 에우프라테스 강 서쪽 땅은 전부 뺏었지. 미트리다테스가 훔쳐간 황금 6천 탈렌툼을 그 대신 내놓게 했고, 내 병사들에게 각각 240세스테르티우스씩 내주라고 요구했어.

미트리다테스에 대해선 걱정하지 않았냐고? 천만에. 미트리다테스는 예순을 훌쩍 넘었네. 훨씬 넘었어, 카이사르. 답은 파비우스식 지연전술이지. 나는 그냥 그 영감이 달아나게 내버려뒀어. 더는 위험한 인물로 보이지 않았으니까. 게다가 마카레스도 내 손에 넣었고. 그래서 미트리다테스가 달아나는 동안 나는 걸어서 행군했네. 이건 순전히 바로 탓인데, 그는 그야말로 호기심 덩어리라서 말이야. 바로가 카스피 해에 발가락을 담가보고 싶어 안달을 하길래 까짓거 못할게 뭐 있나 싶더라고. 그래서 우리는 북동쪽으로 갔지.

노획물은 얼마 없고 뱀이며 사나운 대형 거미, 거대한 전갈은 너무 많더군. 온갖 종류의 인간 적들에게는 눈썹 하나 까딱 않고 맞서 싸울 우리 병사들이 벌레를 보고는 계집애처럼 소리를 질러대다니, 정말 재미있어. 카스피 해까지 단 몇 킬로미터를 앞두고 병사 대표단이 찾아와서는 돌아가자고 사정을 하더군. 나는 결국 돌아갔네. 그럴 수밖에 없었어. 나도 벌레 앞에서는 소리를 질러대거든. 바로 역시 마찬가지라서, 그때쯤에는 발가락을 못 담그게 된 걸 꽤나 기뻐했지.

아마 자네도 미트리다테스가 죽은 건 알고 있겠지만, 실제로 어쩌다 그렇게 됐는지 얘기해주겠네. 그는 킴메리아 보스포로스 해협에 있는 판티카파이온에 당도해서 또다시 군대를 징집하기 시작했어. 주도면밀하게도 수두룩한 딸들을 같이 데리고 가서 스키타이 병사들을 끌어들일 미끼로 이용했지. 스키타이인 왕과 왕자 들에게 신부로 준 거야.

그 영감의 집요함에는 감탄하지 않을 수 없다네, 카이사르. 그가 뭘 하려고 했는지 아나? 25만 병사를 모아서 곧장 이탈리아와 로마로 진군하는 거였어! 그는 흑해 제일 위쪽을 돌아서 내려가다가 록솔라니족의 영토를 통과해서 다누비우스 강어귀까지 가려고 했어. 그런 다음 다누비우스 강 상류로 올라가면서 도중에 만나는 부족들을 전부 자기 병력에 끌어들일 작정이었지. 다키족, 베시족, 다르다니족 등등 말이야. 다키족의 비레비스타스는 대단히 적극적이었다고 들었어. 아무튼 미트리다테스는 그런 뒤에 드라부스 강과 사부스 강을 건너가서, 카르니아 알프스를 넘어 이탈리아로 진군하려고 했다네!

아, 말하는 걸 깜박했는데 그는 판티카파이온에 당도했을 때 마카레스에게 스스로 목숨을 끊도록 강요했네. 자기 혈육이어도 피를 봐야만 하다니, 동방 왕들의 그런 면은 도저히 이해할 수가 없어. 그가 군대를 모으느라 바쁜 사이 파나고레이아(보스포로스 해협 맞은편에 있는 도시야)가 반란을 일으켰네. 주동자는 그의 또다른 아들 파르나케스였어. 나는 이 아들과도 편지를 주고받고 있었지. 물론 미트리다테스는 반란 세력을 진압했지만 한 가지 큰 실수를 저질렀네. 파르나케스를 용서해준 거야. 필시 아들이 바닥나고 있었던 게지. 파르나케스는 새로 반란군을 모아 판티카파이온의 요새를 습격하는 것으로 그 빚을 갚았다네. 그걸로 끝이었어. 미트리다테스도 그렇단 걸 잘 알았지. 그래서 그는 몇 명인지는 몰라도 남은 딸들을 죽이고, 아내와 첩 몇 명과 아직 어린 몇 안 되는 아들까지 다 죽였다네. 그런 뒤 엄청난 양의 독약을 마셨지. 그런데 약이 듣질 않는 거야. 그 긴 세월 동안 일부러 독을 먹어 면역을 기르려 했던 게 너무 성공적이었던 거지. 결국 그의 호위를 맡고 있던 갈리아인 하나가 행동을 취했어. 검으로 영감을 벤 거야. 나는 시노페에 그를 묻어줬어.

그사이 나는 시리아로 진군해서 로마가 물려받을 수 있게 그곳을 깔끔히 정리했네. 더이상 시리아의 왕은 없어. 당장 나부터도 동방의 통치자들이 지긋지긋하다네. 시리아는 로마의 속주가 될 테니 훨씬 안전해질 테지. 훌륭한 로마 병력을 에우프라테스 강 쪽에 배치한다는 구상도 마음에 들어. 파르티아인들이 고민을 좀 해보게 만들 테니까. 나는 또한 티그라네스에게 쫓겨난 그리스인들과 티그라네스에게 쫓겨난 아라비아인들 간에 일어난 분쟁도 해결했네. 아라비아인들은 꽤나 유용하리라 생각해서 일부는 다시 사막으로 돌려보냈지. 하지만 그들의 노고에 보상을 해줬다네. 아브가로스는—듣자 하니 안티오케이아에서 젊은 푸블리우스 클로디우스를 못살게 굴어 도망가게 만들었다더군. 정확히 뭘 어쨌는지는 알아내지 못했지만 말이야—현재 스케니테스족의 왕이고, 또 삼프시케라모스라는 멋들어진 이름을 가진 인물에게 또다른 무리를 맡기기도 했지. 이런 유의 일은 정말로 즐겁다네, 카이사르. 큰 만족감을 주거든. 이곳 변방에는 그다지 실리적인 사람이 없네. 다들 끝도 없이 서로 티격태격 싸우니 참 어리석어. 워낙 비옥한 지역이니 그들도 잘사는 길을 모색해낼 거라 생각하겠지만, 실상은 그렇지 않네. 그래도 불평할 수는 없지. 그런 덕분에 피케눔 출신의 나이우스 폼페이우스가 왕들을 피호민으로 두게 된 것이니! 마그누스란 이름은 내 노력으로 얻어낸 거야, 정말로.

알고 보니 개중 가장 최악은 유대인이라네. 아주 이상한 족속들이야. 두어 해 전에 늙은 여왕 알렉산드라가 죽기 전까지만 해도 꽤 괜찮았지. 그런데 두 아들이 왕위 계승을 두고 끝까지 싸우게 내버려둔데다, 그들에게는 종교가 국가만큼이나 중요하다는 사실로 인해 상황이 더 복잡하게 꼬여버렸어. 그러니까, 내가 아는 한 아들 하나는 대사제가 되어야 하네. 다른 아들이 유대인의 왕이 되고 싶어했지만, 대사제이던 아들 히르카노스는 두 직위를 합치면 좋겠다고 생각했어. 두 형제는 꽤나 크게 맞붙었는데, 히르카노스가 형제인 아리스토불로스에게 패했지. 그러다가 안티파트로스라는 이두메아인 왕자가 등장해서는, 히르카노스에게 귀엣말을 속닥이더니 나바테아인 왕 아레타스와 동맹을 맺도록 그를 설득한 거야. 거래 조건은 히르카노스가 유대인들의 통치하에 있는 아라비아 도시 열두 곳을 아레타스에게 넘겨준다는 것이었어. 그렇게 해서 그들은 예루살렘에 있는 아리스토불로스를 포위 공격했지. 히에로솔리마의 그쪽 이름은 예루살렘이야.

나는 재무관인 젊은 스카우루스를 보내 그 난장판을 해결하도록 지시했네. 더 제대로 판단했어야 하는 건데. 스카우루스는 아리스토불로스가 정당하다고 보고 아레타스에게 나바테아로 돌아가라고 명령했네. 그러자 아리스토불로스가 파피론인가 어딘가에서 그를 기습했고, 아레타스가 패했지. 내가 안티오케이아에 갔을 때는 아리스토불로스가 유대인들의 왕이 되어 있고 스카우루스는 어찌할 바를 모르고 있더군. 그러다 어느 순간부터 내가 양쪽에서 선물을 받고 있지 뭔가. 아리스토불로스가 보내온 선물을 자네도 봐야 하는데……. 하긴, 내 개선식에서 보게 될 걸세. 정말 환상적인 물건이야, 카이사르. 순금으로 만든 포도덩굴에 황금 포도송이들이 온통 뒤덮여 있다네.

아무튼, 내년 봄에 다마스쿠스로 나를 만나러 오라고 양쪽 진영에 지시를 내렸네. 다마스쿠스는 기후가 아주 좋은 곳이니 거기서 겨울을 지내면서 티그라네스와 파르티아 왕 사이의 문제를 다 정리할 생각이야. 만남이 기대되는 쪽은 이두메아인 안티파트로스라네. 영리한 친구일 것 같거든. 아마 할례를 했겠지. 셈족들은 거의 다 그러니까. 참 요상한 관습이야. 나는 내 포피와 잘 붙어 있다네. 문자 그대로는 물론 비유적으로도 그렇지. 옳지! 때맞춰 말이 잘 나왔군. 왜냐하면 지금 나는 레나이오스, 미틸레네의 테오파네스뿐 아니라 바로 와도 여전히 함께 있거든. 듣자 하니 루쿨루스가 버찌라는 끝내주는 과일을 이탈리아까지 가져간 걸로 자랑이 대단하다던데, 나는 온갖 식물을 다 가져갈 계획이네. 그중에는 메디아에서 발견한 달고 즙 많은 레몬 비슷한 과일도 있어. 오렌지 레몬이라는 건데, 거참 희한하지 않나? 이탈리아에서도 잘 자랄 거야. 건조한 여름 날씨를 좋아하고 과실은 겨울에 열리지.

음, 잡담은 이 정도로 해두고. 본론으로 들어가서 이 편지를 쓰는 용건을 말할 때가 됐군. 자네는 대단히 교묘하고 영리한 친구야, 카이사르. 원로원에서 자네가 항상 나를 두둔하는 발언을 하고, 또 그래서 좋은 결과를 낳는다는 것도 모르지 않네. 해적 문제와 관련해 다른 어느 누구도 그리하지 못했지. 나는 두 해 더 동방에 있을 것 같네. 파트리키는 2년 먼저 출마할 수 있게 해준 술라의 법을 이용한다고 가정했을 때, 자네가 법무관 직을 끝내고 물러날 때쯤 고국에 도착하겠지.

하지만 나는 귀국한 이후에도 로마에서 내게 협력하는 호민관을 적어도 한 명은 두는 것을 방침으로 삼으려 하네. 다음 호민관은 티투스 라비에누스인데, 자네들 둘 다 10년인가 12년 전 킬리키아에서 바티아 이사우리쿠스의 참모로 복무했으니 자네도 그를 잘 알 거야. 아주 괜찮은 사람이네. 내 고향땅 한가운데에 있는 킹굴룸 출신이지. 영리하기도 하고. 자네 둘은 사이가 좋았다고 그 친구가 그러더군. 자네가 관직에 있지 않으리라는 건 잘 아네만, 그래도 자네가 티투스 라비에누스에게 이따금씩 도움을 줄 수 있지 않겠나. 아니면 그 친구가 자네를 도울 일이 있을지도 모르고……. 부담없이 써먹게.

그 친구에겐 이런 얘기를 다 해뒀으니까. 그 다음해에—아마 자네는 법무관으로 재직중이겠지—내 사람은 무키아의 남동생인 메텔루스 네포스가 될 거야. 나는 그가 임기를 끝낸 직후쯤 귀국할 거고. 뭐, 확신할 순 없지만.

그래서 카이사르, 자네가 해줬으면 하는 건 나와 내 사람들을 지켜주는 일이네. 자네는 장차 크게 될 사람이네. 비록 내가 앞으로 자네가 정복할 땅을 많이 남겨놓지는 않았지만 말이야! 부도덕한 필리푸스 영감이 아무것도 하려 들지 않을 때 집정관이 되는 법을 알려준 사람이 자네였다는 걸 결코 잊은 적이 없네.

자네의 미틸레네 친구인 아울루스 가비니우스가 안부 인사를 전하는군.

음, 이 말을 하는 편이 좋겠어. 내가 내 병사들에게 토지를 얻어줄 수 있도록 자네 힘닿는 데까지 도와주게. 라비에누스가 시도하기에는 너무 이르니, 이 임무는 네포스가 맡게 될 걸세. 내년 선거가 시작되기 한참 전에 그를 아주 멋지게 귀국시킬 거야. 내 토지를 얻기 위한 싸움이 한창일 때 자네가 집정관일 수 없다는 게 유감이군. 하기야 자네가 집정관에 선출될 때까지 계속 끌게 될지도 모르네. 쉬운 싸움은 아닐 테니까.

카이사르는 긴 편지를 내려놓고 손으로 턱을 괴었다. 생각할 것이 무척 많았다. 세련되지 못한 느낌은 들어도, 그는 폼페이우스의 단도직입적인 문체와 가벼운 여담이 좋았다. 이런 글은 원로원에 보낼 긴급 공문용으로 바로가 대신 써주는 다듬어진 글이 결코 전할 수 없는 마그누스 본연의 목소리를 생생하게 전해주었다.

폼페이우스가 무키아 테르티아를 얻기 위해 율리아 고모네 집에 나타났던 그 인상적인 날의 첫 만남 당시, 카이사르는 그가 전혀 마음에 들지 않았다. 어떤 면에서 카이사르가 이 사내를 진심으로 좋아하는 일은 앞으로도 필시 없을 것이다. 그러나 세월이 지나면서 계속 접촉하다 보니 그를 대하는 마음가짐이 얼마간 누그러졌고, 이제는 싫은 마음보다 좋은 마음이 더 커졌다는 결론에 이르렀다. 아, 그가 지닌 자만심과 투박한 본성, 그리고 정당한 법 절차를 노골적으로 무시하는 태도는 개탄하지 않을 수 없다. 하지만 그런 결점에도 불구하고 그는 탁월한 재능과 걸출한 능력을 지닌 사람이었다. 지금껏 그가 실수한 적은 많지 않았으며, 나이가 들수록 명확하게 옳은 움직임을 보이는 일도 더 많아졌다. 크라수스는 당연히 그를 질색했으므로, 그 점에서 애로가 있었다. 따라서 카이사르가 중간에서 방향 조정을 잘해야 했다.

티투스 라비에누스. 잔인하고 야만스러운 자다. 큰 키에 근육질 몸, 고수머리와 매부리코, 번쩍이는 검은 눈. 그리고 분명 말타기에 대단히 능숙하다. 그의 먼 조상이 누구인지를 두고 카이사르만이 아니라 많은 로마인들이 혼란스러워했다. 폼페이우스조차도, 모르몰리케가 그 어머니의 갓 태어난 아기를 요람에서 낚아채가고 대신 자기 아이 중 하나를 티투스 라비에누스 집안의 후손으로 자라게 한 줄 알았다고 말한 적이 있을 정도였다. 라비에누스가 폼페이우스에게 예전에 카이사르와 잘 지냈다고 말한 건 흥미로웠다. 어느 정도 사실이기는 했다. 말타기 실력을 타고난 두 사람은 여러 번 타르소스 주변의 전원 일대를 함께 말 타고 달렸으며, 전투 시의 기병전술에 대해 끝없이 이야기를 나눴다. 그렇지만 카이사르는 이 사내의 부인할 수 없이 걸출한 재기에도 불구하고 그를 좋아할 수는 없었다. 라비에누스는 이용할 사람이지 결코 신뢰할 사람은 아니었다.

폼페이우스가 호민관으로서 라비에누스가 맞게 될 운명을 염려하여 카이사르에게 지원군 역할을 부탁한 이유는 충분히 이해할 수 있었다. 새로운 호민관단은 독립적인 인물들로 구성된 특히나 괴상한 조합으로, 아무래도 열 명이 제각각 엇길로 새면서 다른 일보다도 자기들끼리 거부권을 행사하는 데 더 많은 시간을 보낼 것 같았다. 다만 폼페이우스가 실수한 점이 한 가지 있었다. 만약 카이사르 자신이 말 잘 듣는 호민관들을 모으려고 계획을 세웠다면, 폼페이우스가 퇴역병들에게 나눠줄 토지 확보 노력을 개시하는 해에 맞춰 라비에누스를 아껴둘 터였다. 카이사르가 아는 메텔루스 네포스는 지나치게 카이킬리우스 가문 출신다운 성향이 강했다. 다시 말해 그는 꼭 필요한 강인함을 발휘하지 못할 것이다. 그런 종류의 일에는, 조상도 없고 위로 올라가는 것 외에 다른 길이 없는 맹렬한 피케눔 출신 인물이 최상의 결과를 끌어내게 되어 있었다.

무키아 테르티아. 젊은 마리우스의 아내였고 지금은 폼페이우스 마그누스의 아내가 된 여자. 폼페이우스의 자식들의 어머니. 아들, 딸, 아들 순이었지. 어째서 그녀를 한 번도 찾지 않았을까? 아마도 비불루스의 아내 도미티아에게 느낀 것 같은 감정을 여전히 그녀에게 느끼고 있기 때문이겠지. 폼페이우스를 바람난 아내를 둔 남편으로 만든다는 생각만으로도 워낙 군침이 도는 일이었기에 실행을 계속 미뤄온 것이다. 도미티아(카토의 매형인 아헤노바르부스의 친척이었다)는 이미 일이 끝난 기정사실이었다. 비불루스가 아직 그에 대해 못 들었을 뿐. 결국엔 듣게 되겠지! 얼마나 재밌을까! 다만…… 그가 아는 한 폼페이우스가 특히나 끔찍해할 방식으로 폼페이우스의 화를 돋우는 게 과연 카이사르가 바라는 일인가? 폼페이우스가 그를 필요로 할 수 있듯이 그에게도 폼페이우스가 필요할지 모른다. 애석한 일이다. 카이사르의 명단에 있는 모든 여자 중에서 그가 가장 끌리는 상대는 무키아 테르티아였으므로. 그녀가 자신에게 반했다는 건 여러 해 전부터 알고 있던 사실이었다. 그렇다면⋯⋯ 그만한 가치가 있을까? 아마 아니겠지. 아마 아닐 거야. 찌르르하게 밀려드는 아쉬움을 느끼면서, 카이사르는 머릿속 명단에서 무키아 테르티아의 이름을 지웠다.

결과적으로는 무척 다행스러운 일이었다. 그해가 저물어갈 무렵, 라비에누스는 피케눔에 있는 사유지에서 로마로 돌아와 최근에 구입한 아주 소박한 집으로 이사했다. 그 집이 위치한 팔라티움 고지는 팔라티누스 언덕에서도 주민이 적고 인기 없는 구역이었다. 입주한 바로 다음 날 그는 급히 카이사르를 만나러 갔다. 아우렐리아의 인술라에 남아 있던 사람들이 그를 카이사르의 피호민으로 생각하지는 않을 만큼 적당히 늦은 시간이었다.

"그런데 여기 말고 다른 데서 얘기합시다, 티투스 라비에누스." 카이사르는 이렇게 말하며 그를 다시 문 쪽으로 이끌었다. "길 아래편에 내 거처가 있소."

"아주 좋은 곳인데요." 라비에누스는 묽게 희석한 포도주를 곁에 두고 푹신한 의자에 편안히 자리를 잡고 앉으며 말했다.

"훨씬 더 조용하죠." 카이사르가 대꾸했다. 그는 다른 의자에 앉아 있었지만, 둘 사이에 책상은 없었다. 이 사내에게 용무가 최우선이라는 인상을 주고 싶지 않았기 때문이다. "궁금한 게 있소." 그가 물을 홀짝이며 말했다. "왜 폼페이우스는 당신을 내후년까지 아껴두지 않는 거요?"

"동방에 그리 오래 있을 줄 예상 못했기 때문이죠." 라비에누스가 말했다. "유대인 문제를 해결하지 않은 상태로 시리아를 떠날 수 없다고 결론내리기 전만 해도, 그분은 정말로 내년 봄에 귀국할 것으로 생각했습니다. 편지에 그리 적지 않았던가요?"

라비에누스는 편지에 대해 다 알고 있었군. 카이사르는 싱긋 웃었다. "당신도 최소한 나만큼 그를 잘 알잖소, 라비에누스. 분명 그는 할 수 있는 한 당신을 도와주라고 부탁했고, 유대인 문제에 대해서도 얘기했소. 그가 언급하지 않은 건, 원래는 내게 말한 것보다 더 일찍 귀국할 계획이었다는 부분이오."

검은 눈이 한순간 번쩍였다. 그러나 그와 함께 웃음이 터져나오지는 않았다. 라비에누스는 유머감각이 거의 없는 사람이었다. "음, 어쨌든 그게 답니다. 그런 이유예요. 그래서 저는 화려한 호민관 직 대신, 마그누스가 경기대회에서 완전한 개선장군 예복을 입을 수 있게 해줄 법을 제정하는 것 말고는 달리 할 일이 없게 되었습니다."

"얼굴에 미님을 바르건 안 바르건 상관없이?"

이 말만큼은 짧은 웃음을 자아냈다. "마그누스를 잘 알잖습니까, 카이사르! 심지어 본인 개선식에서도 미님을 안 바르는 걸요."

카이사르는 상황이 조금 더 잘 이해되는 것 같았다. "당신은 마그누스의 피호민이오?" 그가 물었다.

"아, 네. 피케눔 출신 중에 안 그런 사람이 어디 있겠습니까?"

"그런데도 그와 함께 동방으로 가지는 않았군요."

"해적들을 소탕할 때 아프라니우스와 페트레이우스조차 쓰려 하지 않았습니다. 물론 동방의 왕들을 상대로 출정했을 때는 몇몇 굵직한 이름들 뒤에 어찌어찌 이들을 끼워넣기는 했지만요. 롤리우스 팔리카누스, 아울루스 가비니우스도 포함시켰고요. 하지만 아셔야 할 게, 저는 원로원 인구조사를 받지 않았습니다. 그래서 재무관 후보로 나서지 못한 거고요. 가난뱅이가 원로원에 입성할 유일한 길은, 일단 호민관이 된 다음 차기 감찰관들이 원로원 잔류 자격심사를 하기 전에 돈을 충분히 모을 수 있길 바라는 것밖에 없죠." 라비에누스가 거칠게 내뱉었다.

"마그누스는 대단히 후하다고 알고 있었는데. 당신을 지원해주겠다고 한 적이 없었소?"

"후한 선심은 본인을 위해 큰일을 할 수 있는 사람들을 위해 아껴두죠. 그분의 원래 계획에서는 저도 약속을 받았다고 할 수도 있습니다."

"이제 그가 잡은 호민관 일정상 개선장군 예복이 가장 중요한 일이 되었으니, 그 약속은 그리 대단한 약속이 아니게 된 거고 말이죠."

"그렇습니다."

카이사르는 한숨을 내쉬며 두 다리를 쭉 뻗었다. "당신은 호민관 임기가 끝난 뒤 명성을 남기고 싶어하는 것 같군요."

"그러고 싶습니다."

"우리 둘이 바티아 이사우리쿠스 휘하에서 하급 군관으로 복무한 게 오래전 일인데, 그후의 시간들이 당신 편이 아니었던 게 유감스럽군요. 불행히 내 재정 상태로는 약간의 돈도 빌려주기 어렵고, 내가 당신의 보호자 역할을 할 수 없다는 것도 잘 알고 있소. 그러나 티투스 라비에누스, 나는 4년 뒤 집정관이 될 것이고 그건 곧 5년 뒤에는 속주로 가게 될 거라는 뜻이오. 난 평범한 속주의 무기력한 총독이 될 생각은 전혀 없소. 내가 어디로 가든 그곳엔 군사적으로 할 일이 무수히 많을 테고, 내 보좌관으로 일할 뛰어난 사람들도 필요할 거요. 무엇보다도, 내가 있건 없건 전투를 잘 치를 거라고 믿을 수 있는 법무관 권한대행급의 보좌관이 반드시 필요할 테지요. 내가 당신에 대해 기억하는 건 당신의 군사적 감각이오. 그래서 나는 지금 당장 당신과 계약을 맺고자 하오. 첫째, 당신이 호민관으로 지내는 동안 당신의 재임기를 인상적인 해로 만들 만한 일거리를 찾아주겠소. 둘째, 내가 집정관급 총독으로 담당 속주에 갈 때 당신이 법무관 권한대행 자격의 내 수석 보좌관으로 함께 갈 수 있도록 하겠소." 카이사르가 말했다.

라비에누스는 숨을 들이마셨다. "제가 당신에 대해 기억하는 것도 당신의 군사적 감각입니다, 카이사르. 거참 희한한 일이로군요! 무키아가 당신은 눈여겨볼 만한 사람이라고 했습니다. 당신에 대해 말할 때, 마그누스 얘기를 할 때와 비교도 안 되는 존경심을 보인다는 생각을 했지요."

"무키아가요?"

검은 눈동자는 크게 흔들리지 않았다. "그렇습니다."

"이런, 이런! 아는 사람이 얼마나 되오?" 카이사르가 물었다.

"아무도 없길 바랍니다."

"마그누스는 집을 떠나 있는 동안 부인을 자기 근거지에 가둬놓지 않소? 예전에는 그렇게 했소만."

"부인도 더이상 어린애가 아니니까요. 전에도 과연 그랬는지는 모르겠지만." 대답하는 라비에누스의 눈에 또 한번 섬광이 번쩍였다. "그녀도 저와 비슷합니다. 힘든 삶을 살았죠. 힘들게 살다보면 배우는 게 있습니다. 방법을 찾게 돼요."

"다음번에 그녀를 보거든 내가 비밀을 지킬 거라고 전해주시오." 카이사르가 미소를 지으며 말했다. "혹시라도 마그누스가 알게 되면 당신은 그쪽에서 아무 도움도 못 받을 테니까. 그래, 내 제안에 관심이 있소?"

"확실히 있습니다."

라비에누스가 돌아간 뒤에도 카이사르는 꼼짝 않고 계속 자리에 앉아 있었다. 무키아 테르티아에게 연인이 있었다. 연인을 찾기 위해 굳이 피케눔 밖으로 나가는 모험을 감수할 필요도 없이. 이 얼마나 놀라운 선택인가! 마리우스 2세와 폼페이우스 마그누스, 티투스 라비에누스만큼 서로 다른 사내 셋을 떠올리기도 어려웠다. 주도면밀한 여인이다. 라비에누스가 다른 둘보다 그녀를 더 즐겁게 해준 걸까? 아니면 그는 그저 외로움과 다양한 선택지가 없는 상황에서 비롯된 기분 전환감일까?

폼페이우스가 알아내리라는 건 불 보듯 뻔하다. 두 연인은 아무도 모른다고 착각할 수 있겠지만, 둘의 밀회가 피케눔에서 계속되었다면 들키는 일은 불가피했다. 폼페이우스의 편지를 봐선 아직까지 고자질한 사람이 없는 것 같지만, 그건 그저 시간문제일 뿐이다. 일이 터지면 라비에누스는 폼페이우스가 그에게 줄 수도 있었을 모든 것을 잃게 될 터다. 하긴 그는 이미 폼페이우스가 호의를 베풀리라는 희망을 상당 부분 버린 게 분명해 보이긴 했다. 어쩌면 무키아 테르티아와 간음하게 된 것도 폼페이우스에게 환멸을 느낀 탓이었을까? 상당히 그럼직한 일이다.

이 모든 사태는 별문제가 되지 않았다. 카이사르의 머릿속을 차지한 생각은, 어떻게 하면 라비에누스의 호민관 재임기를 기억에 남을 해로 만드느냐는 것뿐이었다. 현재의 무기력한 정계 상황과 시시한 고등 정무관들의 면면을 볼 때, 불가능까지는 아니더라도 어려운 일임에는 분명했다. 이 게으른 굼벵이들의 궁둥이 아래 불을 피울 수 있을 거의 유일한 방안은 로마의 공유지를 단 1유게룸의 예외도 없이 빈민에게 나눠줄 것을 제안하는 엄청나게 과격한 토지 법안일 터인데, 폼페이우스는 이 방안을 전혀 반기지 않을 것이다. 폼페이우스는 자기 병사들에게 줄 선물로 로마의 공유지를 원하는 것이니까.

새로운 호민관들이 취임하던 12월 10일, 그 구성원들의 다양성은 확연히 드러났다. 카이킬리우스 루푸스는 무모하게도, 불명예스럽게 실각한 전 집정관 당선자 푸블리우스 술라와 푸블리우스 아우트로니우스가 추후 집정관 직에 입후보할 수 있게 허용하자는 제안을 했다. 그의 동료 아홉 명 전원이 카이킬리우스의 법안을 거부한 것은 놀랄 일도 아니었다. 폼페이우스에게 모든 국가 경기대회에서 완전한 개선장군 예복을 차려입을 권리를 주자는 라비에누스의 법안에 대한 반응 역시 전혀 놀랄 게 없었다. 그 안은 순식간에 법으로 제정되었다.

뜻밖의 법안은 푸블리우스 세르빌리우스 룰루스로부터 나왔다. 그가 이탈리아 안팎의 로마 공유지 전부를 마지막 1유게룸까지 빈민에게 나눠줘야 한다고 말한 것이다. 그라쿠스 형제를 상기시키다니! 룰루스가 붙인 불은 원로원의 굼벵이들을 포악한 늑대로 바꿔놓았다.

"만약 룰루스가 성공한다면, 마그누스가 돌아왔을 때 그의 퇴역병들에게 줄 공유지는 남아 있지 않을 겁니다." 라비에누스가 카이사르에게 말했다.

"아, 하지만 룰루스는 그 사실을 언급하지 않았소." 카이사르는 침착하게 대답했다. "그가 자기 법안을 민회로 가져가기에 앞서 원로원에서 제안하기로 선택했다면, 더더욱 마그누스의 병사들에 대해 언급했어야 했소."

"굳이 언급할 필요가 없었습니다. 다들 알고 있으니까요."

"맞소. 그러나 모든 재력가가 싫어하는 한 가지가 있다면 바로 토지 법안이오. 공유지는 신성시되지요. 막강한 영향력을 지닌 원로원 가문의 너무 많은 이들이 공유지를 임대하여 돈을 벌고 있소. 그 땅의 일부를 어느 승전 장군의 병사들에게 나눠주자는 제안만으로도 충분히 나쁜데, 그 땅 전부를 버러지 같은 최하층민들에게 줘야 한다고 요구한다? 절대 안 될 일이죠! 룰루스가 앞으로 나와서 더이상 로마 소유가 아닌 것을 마그누스의 병사들에게 줄 순 없다고 단도직입적으로 말했더라면, 일부 대단히 특이한 인사들에게 지지를 얻었을지도 모르는 일인데. 지금 상황에서는, 그 법안은 묻힐 거요."

"반대표를 던질 겁니까?" 라비에누스가 물었다.

"아니, 당연히 아니죠! 큰 소리로 찬성할 거요." 카이사르가 웃으며 말했다. "하지만 내가 찬성한다면 꽤나 많은 회색분자들이 덜컥 반대하고 나설 거요. 내가 좋아하는 건 원치 않는다는 이유만으로도 말이오. 키케로가 완벽한 예지요. 룰루스 같은 자들을 두고 그가 새로 붙인 이름이 뭡니까? 민중파, 즉 원로원이 아닌 인민을 위한다는 거죠. 나는 그 표현이 썩 마음에 들어요. 나한테 민중파라는 딱지가 붙도록 애써봐야겠소."

"그 법안을 두둔하고 나서면 마그누스의 심기를 건드리게 될 텐데요."

"내 연설문 사본을 보낼 때 동봉할 편지를 읽으면 그렇지 않을 거요. 마그누스는 암양과 숫양을 구별할 줄 아니까."

라비에누스는 얼굴을 찌푸렸다. "이 모든 일이 끝나려면 시간이 많이 걸릴 텐데 그중 제가 관여하는 건 하나도 없습니다, 카이사르. 저는 어떻게 되는 겁니까?"

“마그누스에게 경기대회에서 개선장군 예복을 입게 해줄 법안을 통과시켰으니, 이제 팔짱끼고 앉아 휘파람이나 불면서 룰루스를 둘러싼 소란이 가라앉을 때까지 기다려요. 분명 가라앉게 될 테니! 마지막까지 살아남는 사람이 되는 게 최선이라는 걸 명심하고.”

“뭔가 생각이 있군요.”

“아니요.” 카이사르가 말했다.

“아, 말 좀 해보세요!”

카이사르는 미소를 지었다. “안심해요, 라비에누스. 내가 방법을 생각해낼 겁니다. 늘 그렇듯이.”

카이사르는 집에 도착하자 어머니를 찾았다. 그녀의 조그만 집무실은 폼페이아가 침범하지 않는 유일한 공간이었다. 폼페이아가 시어머니의 다른 면에는 전혀 겁먹지 않았다 해도, 철저한 수치 합산을 좋아하는 아우렐리아의 면모는 확실히 두려워했다. 게다가 카이사르가 자기 서재를 폼페이아가 사용하도록 내어준 건(카이사르에게는 업무를 보는 다른 아파트가 있었으니까) 절묘한 생각이었다. 서재 사용권과 그 너머에 있는 큰 침실이 폼페이아가 아우렐리아의 영역에 접근하지 않도록 막아주었던 것이다. 여자 웃음소리와 수다 떠는 소리가 서재에서 흘러나왔지만, 그쪽 방향에서 나타나 카이사르의 길을 막는 사람은 아무도 없었다.

“저 사람이 누구랑 같이 있나요?” 아우렐리아의 책상 건너편 의자에 앉으며 카이사르가 물었다.

이 방은 너무나 작아서, 카이사르보다 덩치 큰 남자라면 이 의자가 차지한 공간에 비집고 들어갈 수도 없을 정도였다. 그러나 아우렐리아가 알뜰하고 체계적으로 정리해놓은 이 공간에는 그녀의 손길이 또렷이 느껴졌다. 두루마리와 종이를 둔 선반은 그녀가 의자에서 일어날 때 머리를 찧지 않을 곳에, 층층이 쌓인 나무상자는 책상에서도 실제 일을 할 때 필요 없는 부분에 놓여 있었으며, 가죽 들통에 담긴 책더미는 방 구석으로 밀려나 있었다.

"누구랑 같이 있는 거냐고요?" 대답이 없자 카이사르가 재차 물었다.

아우렐리아는 펜을 내려놓았다. 그녀는 마지못한 듯 고개를 들더니, 뻣뻣한 오른손을 풀면서 한숨을 내쉬었다. "아주 멍청한 여자들이지." 그녀가 대꾸했다.

"그건 들을 필요도 없는 말씀이고요. 멍청함은 더 많은 멍청함을 끌어들이는 법이니까요. 그런데 누구예요?"

"클로디아 둘. 그리고 풀비아."

"아! 머리도 비고 행실도 나쁜 치들이군요. 폼페이아가 사내들과 간통하고 있습니까, 어머니?"

"전혀 아니다. 여기서 남자 손님을 맞게 허락하지도 않고, 외출할 때는 폴릭세네를 딸려 보내니까. 폴릭세네는 내 사람이니 매수하거나 사주하기가 사실상 불가능해. 물론 폼페이아가 멍청한 제 하녀도 같이 데리고 간다만, 그 둘이 합쳐봐야 폴릭세네와는 상대가 안 되지."

카이사르가 많이 지쳐 보이는구나, 하고 어머니는 생각했다. 살인 법정의 재판장이 되고서 그는 정신없이 바쁜 한 해를 보내고 있었으며, 철저하고 정력적인 일처리로 유명세를 떨치고 있었다. 다른 법정 재판장들은 쉬엄쉬엄 일하거나 장기 휴가를 갖기도 했지만, 카이사르는 그러지 않았다. 당연히 아우렐리아는 아들에게 빚이 있다는 걸—그리고 그 액수도—알고 있었지만, 돈 문제는 항상 모자 사이에 긴장을 야기하는 화제라는 것도 경험을 통해 배운 터였다. 그래서 아들에게 돈 문제에 관해 물어보고 싶은 마음이 굴뚝같았어도 이를 악물며 간신히 하고 싶은 얘기를 참았다. 카이사르가 원금을 갚지 못해 빚이 급속도로 불고 있음에도 불구하고, 그가 빚 문제로 의기소침해하지 않는 것은 사실이었다. 뭐라 설명할 순 없지만 왠지 그는 어디선가 그 돈이 나올 거라고 진심으로 믿고 있었다. 하지만 그녀는 더없이 자신감 넘치고 낙천적인 마음 한구석에 돈이 검은 그림자처럼 도사리고 있을 수 있다는 것도 잘 알았다. 아들의 마음 한구석에도 그렇게 돈이 검은 그림자처럼 도사리고 있으리라고 그녀는 확신했다.

더구나 카이사르는 아직까지도 세르빌리아와 깊은 관계를 맺고 있었다. 둘의 관계는 무엇으로도 깰 수 없을 듯 보였다. 그뿐만 아니라, 열세번째 생일을 한 달 앞두고 규칙적인 월경을 시작한 율리아는 갈수록 브루투스를 향한 마음이 식고 있었다. 아, 이 아이는 무슨 일이 있어도 버릇없이 굴거나 은연중에라도 무례한 행동을 보이지 않았다. 하지만 여인이 될 날이 머지않은 이 시기에 브루투스에게 더 깊이 빠지지는 못할망정 마음이 식고 있는 게 너무 명백해 보였다. 아이 적 애정과 연민의 자리를 대신 차지한 건…… 지루함일까? 그랬다, 지루함이었다. 어떤 결혼도 이겨내지 못할 한 가지 감정.

이들이 아우렐리아를 괴롭히는 문제였다면, 다른 것들은 그저 신경이 좀 쓰이는 정도였다. 가령 이 아파트는 카이사르와 같은 지위에 있는 사람이 살기에는 너무 비좁은 곳이 되었다. 이제는 그의 피호민들이 한꺼번에 모일 수 없을 지경이 되었고, 주소지도 5년 뒤 수석 집정관이 될 사람에게는 좋지 못했다. 후자의 사실에 대해 아우렐리아는 그 어떤 의심도 품지 않았다. 이름, 조상, 태도, 외모, 매력, 소탈함, 지성, 어느 면으로 보든, 무슨 선거에 나가든 카이사르는 최다 득표를 하게 되어 있었다. 그에게는 적들이 무수히 많았지만, 백인조에서 성공하는 데 반드시 필요한 1계급과 2계급 내에서 그가 가진 세력 기반을 깨부술 만한 적은 하나도 없었다. 그리고 백인조에 끼지 못할 만큼 계급이 낮은 최하층민들 사이에서 그의 인기가 단연 모든 동료들을 앞선다는 점은 말할 것도 없었다. 카이사르는 최하층민들 속에서도 전직 집정관들 사이에 끼어 있을 때와 똑같이 훌륭하게 활약했다. 그러나 돈의 추한 면모를 드러내지 않으면서 적절한 집이라는 화제를 꺼내기란 불가능한 노릇이었다. 그렇다면 이 얘기를 꺼낼 것인가, 말 것인가? 꺼내야 할까, 말아야 할까?

아우렐리아는 크게 숨을 들이쉬고서 바로 앞 탁자 위에 두 손을 포갰다. "카이사르, 내년이면 너는 법무관 선거에 출마하게 된다." 그녀가 말했다. "그런데 한 가지 대단히 심각한 문제가 있을 것 같구나."

"제 주소지죠." 아들이 재깍 대꾸했다.

아우렐리아는 쓴웃음을 지었다. "너에 대해 내가 절대 불평할 수 없는 점이 있다면 바로 예리한 통찰력이지."

"또 돈 때문에 입씨름이 시작되는 겁니까?"

"그건 아니다. 아니, 어쩌면 그게 아니길 바란다고 말하는 편이 낫겠구나. 지난 수년간 내가 모아둔 돈도 좀 있고, 이 인술라를 담보로 잡히면 분명 수월하게 대출을 받을 수 있을 게다. 이 둘을 합치면 네가 팔라티누스 언덕이나 카리나이 언덕에 괜찮은 집을 장만할 정도는 줄 수 있을 것 같다."

카이사르는 입을 꽉 다물었다. "정말로 관대하시군요, 어머니. 하지만 저는 친구들에게 그러듯이 어머니 돈도 받지 않겠습니다. 아시겠어요?"

그녀가 예순두 살에 접어들었다고 생각하면 놀랍지 않을 수 없었다. 그녀의 얼굴이나 목에는 피부를 망치는 단 하나의 주름도 찾아볼 수 없었는데, 아마도 살이 조금 오른 덕분인 듯했다. 그나마 나이의 흔적이 보이는 곳이라면 코 양옆에서 입가로 이어진 주름이 전부였다.

"네가 그리 말할 줄 알았다." 아우렐리아가 평정을 잃지 않고 말했다. 그러더니 마치 별일 아니라는 듯이 불쑥 덧붙였다. "최고신관 메텔루스 피우스가 병환중이라는구나."

이 말은 아들을 깜짝 놀라게 했다. "누가 그러던가요?"

"클로디아, 그 밖에도 여러 명이지. 그애 남편인 켈레르의 말로는 온 집안이 근심에 잠겼다는구나. 아이밀리아 레피다한테서도 얘길 들었어. 메텔루스 스키피오가 부친의 건강 상태 때문에 기가 무척 죽었다고. 부인이 죽은 뒤로 그분 몸 상태가 계속 좋지 않았나 보더구나."

"확실히 그 노인이 최근 회의에 한 번도 나오지 않았어요." 카이사르가 말했다.

"앞으로도 나갈 일은 없을 게다. 병환중이라고 했지만, 실은 죽어가고 있다는 말이었어."

"그런데요?" 카이사르가 물었다. 이번만은 이해가 안 가서 당황한 모습이었다.

"그분이 죽으면, 대신관단에서 최고신관을 새로 임명해야 할 테지." 아우렐리아의 얼굴에서 가장 멋진, 크고 빛나는 두 눈이 순간 반짝이면서 가늘어졌다. "카이사르, 네가 최고신관에 임명된다면 가장 시급한 문제 몇 가지가 해결될 게다. 무엇보다도 네가 의심할 여지없이 집정관이 되리라는 걸 채권자들에게 보여주는 셈이겠지. 그렇게 되면 필요할 경우 네 법무관 임기가 지난 후까지도 채권자들이 기꺼이 빚을 이월해 줄 공산이 클 거야. 그러니까 내 말은, 네가 법무관의 속주 추첨에서 사르디니아나 아프리카를 뽑게 되면 총독 직으로는 그간의 손실을 만회할 수가 없을 게다. 그런 일이 생긴다면 네 채권자들이 가만히 있기 힘들어질 것 같구나."

엷은 미소로 카이사르의 눈이 반짝 빛났다. 하지만 그는 짐짓 태연한 표정을 유지했다. "감탄스러울 만큼 잘 정리하셨네요, 어머니."

아우렐리아는 마치 그가 아무 말도 안 했다는 듯이 하던 말을 계속했다. "둘째로 최고신관 자리는 국가의 비용으로 네게 훌륭한 거주지를 제공해줄 터이고, 직위가 종신직이니 관저도 평생 네 것이 될 게다. 위치도 포룸 로마눔 안에 있으면서 아주 넓고 대단히 적절해. 그래서," 말을 마무리하는 그녀의 목소리는 평소와 다름없이 침착하고 담담했다. "내가 너 대신 네 동료 신관 부인들의 여론을 조사하기 시작했다."

카이사르는 한숨을 내쉬었다. "훌륭한 계획이에요, 어머니. 하지만 제가 그렇듯이 어머니께서도 실현시킬 수 없는 계획이죠. 카툴루스와 바티아 이사우리쿠스가 있는 판국에 제가 될 가능성은 없습니다. 대신관단의 최소 다른 절반은 말할 것도 없고요! 일단, 그 자리는 이미 집정관을 지낸 적 있는 사람에게 돌아가는 것이 보통이에요. 게다가 원로원에서도 가장 보수적인 부류가 대신관단을 장식하고 있어요. 그들은 저를 좋아하지 않고요."

"그렇더라도 나는 작업에 들어가야겠다." 아우렐리아가 말했다.

바로 그 순간 카이사르의 머리에 좋은 방도가 떠올랐다. 그는 고개를 뒤로 젖히며 폭소를 터뜨렸다. "네, 어머니, 아무렴 작업에 들어가셔야지요!" 웃느라 흘린 눈물을 닦으며 그가 말했다. "답을 찾았어요. 오,

얼마나 대단한 야단법석이 일어날지!"

"그래서 답은?"

"어머니를 뵈러 온 건 티투스 라비에누스 문제 때문이었어요. 잘 아시겠지만 그 사람은 폼페이우스 마그누스가 길들여놓은 금년 호민관이죠. 그냥 머릿속 생각을 소리내어 내뱉어보려고 했어요. 어머니는 워낙 똑똑하시니, 이런저런 발상을 튕겨낼 벽으로 가장 유용하시거든요." 그가 말했다.

검고 가는 한쪽 눈썹이 치켜올라가고, 그녀의 양쪽 입가가 살짝 떨렸다. "이런, 고맙구나! 내가 세르빌리아보다 더 잘 튕겨내는 벽이냐?"

또다시 그는 크게 웃음을 터뜨렸다. 아우렐리아가 빈정거리는 말을 뱉는 일은 아주 드물었지만, 막상 그럴 때면 키케로 못지않게 재치가 넘쳤다. "농담이 아니라," 웃음이 겨우 진정되었을 때 카이사르가 말했다. "그 관계에 대해 어머니가 어떻게 생각하시는지는 알지만, 제발 저를 우둔하게 보진 말아주세요. 세르빌리아는 정치적 식견이 뛰어나요. 저를 사랑하는 것도 사실이죠. 그러나 세르빌리아는 제 가족도 아니고 온전히 신뢰할 수도 없는 사람이에요. 그녀를 벽으로 사용할 땐, 반드시 공을 완벽하게 제어하려고 신경쓰고 있습니다."

"그 말을 들으니 크게 안심이 되는구나." 아우렐리아는 덤덤하게 말했다. "그래, 그 기발한 생각은 뭐냐?"

"술라는 도미티우스 신관선출법을 무효화했을 때 오랜 관습과 전통이 정해놓은 것에서 한 발짝 더 나갔습니다. 트리부스회 선거에서 최고신관 직을 선출하는 관습까지 없애버린 거죠. 술라 이전까지 최고신관은 언제나 선거로 선출됐지, 동료 신관들이 선임한 적은 한 번도 없었어요. 라비에누스를 시켜 신관과 조점관 선택권을 트리부스회에 돌려주는 법을 제정할 생각입니다. 물론 최고신관 직도 포함해서. 인민은 이 구상을 아주 반길 거예요."

"그들은 술라의 법을 약화시키는 것이라면 무엇이든 반기잖니."

"바로 그래요. 그리되면 제가 할 일은," 카이사르가 일어나면서 말했다. "최고신관으로 선출되는 것뿐이에요."

"티투스 라비에누스에게 지금 당장 그 법을 제정하라고 하거라, 카이사르. 이 일을 미뤄서는 안 돼! 메텔루스 피우스가 얼마나 더 살지 아무도 장담할 수 없으니까. 그는 리키니아가 없으니 외로운 거야."

카이사르는 어머니의 손을 잡아 자신의 입술에 갖다 대었다. "어머니, 고맙습니다. 이 법은 폼페이우스 마그누스에게 득이 되는 내용이니 신속히 처리될 겁니다. 마그누스는 신관이나 조점관이 되고 싶어 안달을 하지만, 신관들의 지명을 받기는 불가능하다는 것을 잘 알고 있죠. 그에 반해 선거라면 당장 뛰어들 겁니다."

응접실에 들어서던 카이사르는 서재에서 들려오는 웃음과 수다 소리가 더 높아진 것을 느꼈다. 원래는 바로 떠날 생각이었으나, 충동적으로 아내에게 들러보기로 결정했다.

대단한 모임이군. 다른 사람의 눈에 띄지 않고 식당으로부터 연결된 출입구에 선 채 그는 생각했다. 폼페이아는 이 방을 완전히 새로 꾸며놓았다. 한때 소박했던 방은 거위털 요를 깐 긴 의자들, 무수히 많은 자주색 쿠션과 덮개, 값비싸지만 진부한 장식품과 그림 및 조각상으로 넘치도록 가득 채워져 있었다. 열린 문틈으로 들여다보니, 마찬가지로 소박했던 침실에도 넌더리나도록 천박한 취향의 손길이 거쳐간 것이 눈에 띄었다.

폼페이아는 제일 좋은 긴 의자에 비스듬히 누워 있었다. 혼자는 아니었다. 아우렐리아가 며느리의 남자 손님을 금했다 해도, 친동생인 퀸투스 폼페이우스 루푸스 2세가 찾아오는 것까지 막을 순 없었다. 이제 20대 초반인 그는 불미스러운 일로 나날이 나쁜 평판을 쌓고 있는 방종한 젊은이였다. 폼페이아가 그의 주선으로 클라우디우스 집안 여자들을 알게 되었음은 불 보듯 뻔했다. 폼페이우스 루푸스는 다름아닌 푸블리우스 클로디우스와 가장 절친한 사이였기 때문이다. 푸블리우스 클로디우스는 그보다 세 살 더 많았지만, 방종한 기질은 결코 덜하지 않았다.

아우렐리아의 금지령으로 클로디우스가 직접 오는 길은 막혔지만, 그의 두 누나인 클로디아와 클로딜라는 그렇지 않았다. 이 젊은 부인네들은 가뜩이나 제멋대로인 천성에 상당한 미모까지 더해졌으니 딱한 노릇이군, 하고 카이사르는 냉정한 평가를 내렸다. 메텔루스 켈레르(무키아 테르티아의 두 이부동생 중 형)와 혼인한 클로디아가, 추문의 충격파 속에 루쿨루스와 이혼한 동생 클로딜라보다 아주 살짝 더 예뻤다. 클라우디우스 풀케르 가문 출신답게 이들은 피부색이 매우 짙었다. 거기에 크고 반짝이는 검은 눈, 길게 말려올라간 검은 속눈썹, 풍성하게 구불거리는 검은 머리칼, 어렴풋하게 올리브빛이 도는—하지만 완벽한—피부가 더해져 있었다. 두 자매 모두 키가 크지 않았음에도 불구하고 매력적인 몸매에 옷 고르는 감각이 탁월했으며 몸짓도 우아했다. 게다가 두 사람은 책도 많이 읽은 편이었는데, 이 역시 훌륭한 시에 안목이 있는 클로디아가 특히 더했다. 자매는 폼페이아 남매의 맞은편 긴 의자에 나란히 앉아 있었다. 로브가 빛나는 어깨 아래로 내려와서 탐스러운 모양의 볼록한 가슴이 적잖이 드러나 보였다.

풀비아도 체형 면에선 이들과 크게 다르지 않았다. 다만 피부색이 더 밝았고, 카이사르에게는 자기 어머니의 연갈색 머리카락과 자줏빛 눈, 짙은 눈썹과 속눈썹을 연상시켰다. 그녀는 대단히 자신감 넘치고 독단적인 젊은 부인으로, 그라쿠스 형제—할아버지 가이우스와 종조할아버지 티베리우스—를 향한 낭만적인 애착에서 비롯된 무척 유치한 생각을 잔뜩 품고 있었다. 푸블리우스 클로디우스와의 결혼 당시 그녀의 부모가 허락하지 않았던 것을 카이사르는 익히 알고 있었다. 그럼에도 풀비아는 굽히지 않고 자기 뜻대로 밀어붙였다. 결혼 이후 그녀는 클로디우스의 누나들과 친해졌는데, 그들 셋 모두에게 해가 되는 관계였다.

그러나 카이사르에게 이 젊은 여자들보다 더 걱정스러운 존재는, 세 번째 긴 의자를 함께 차지하고 있는 나이 많고 수상한 구석이 있는 두 부인이었다. 둘 중 한 명은 데키무스 유니우스 브루투스의 아내이자 동명의 아들을 둔 셈프로니아 투디타니였다(풀비아가 이 여자를 친구로 고른 건 참 이상한 일이었다. 셈프로니우스 투디타누스 가문 사람들은 그라쿠스 형제의 끈질긴 정적이었고, 셈프로니아 투디타니의 시할아버지인 데키무스 유니우스 브루투스 칼라이쿠스의 가문 역시 마찬가지였다). 나머지 한 명은 팔라라는 여자로 감찰관 필리푸스, 감찰관 포플리콜라와 결혼한 전적이 있었고 두 남자와의 사이에 아들 하나씩을 낳았다. 셈프로니아 투디타니와 팔라는 분명 쉰 살은 되었을 터인데, 그 사실을 감추기 위해 얼굴에 분칠을 하는 것부터 눈가를 스티비움으로 그리고 두 뺨과 입술에 연지를 바르는 것에 이르기까지 화장품 업계에 알려져 있는 인위적인 방법을 죄다 동원한 상태였다. 그뿐만 아니라 중년의 나이로 인해 몸매가 망가지는 것도 용납하지 않았다. 이들은 열심히 굶어서 막대기처럼 야윈 몸매였으며, 오래전에 사라진 젊음을 되돌려줄 거라 여기며 얇고 하늘하늘한 로브를 입고 있었다. 카이사르는 속으로 씩 웃으며 생각했다. 이처럼 노화현상에 이리저리 손을 댄 결과는 성공적이지 못한 것은 물론 우스꽝스럽기까지 하다고. 이 인정사정없는 구경꾼은, 자기 어머니가 이들보다 최소 열 살은 많음에도 불구하고 훨씬 더 매력적이라고 결론지었다. 그러나 아우렐리아는 남자들과 사귀려 들지 않은 반면, 셈프로니아 투디타니와 팔라는 남자들의 관심이 떠나지 않는 음탕한 귀족 여자들이었다. 직업 매춘부와 남창까지 모두 포함해 로마에서 단연 최고의 구강성교를 해주는 것으로 유명하기 때문이었다.

이들이 여기 있다는 건 데키무스 브루투스와 젊은 포플리콜라 역시 폼페이아 주변을 자주 기웃거린다는 뜻이겠군, 하고 카이사르는 단정했다. 데키무스 브루투스에 관해서는 그가 젊고 지루하고 혈기왕성하며, 과도한 음주와 지나치게 많은 여자들부터 주사위통과 도박판에 이르기까지 흔한 못된 짓들을 즐긴다는 정도 외에는 언급할 거리가 없었다. 그러나 젊은 포플리콜라는 계모를 유혹하고 감찰관인 부친을 살해하려고 시도한 뒤 이름 없이 궁핍한 처지로 전락했다. 그의 원로원 진출은 절대 허락되지 않겠지만, 푸블리우스 클로디우스가 풀비아와 결혼한 뒤로 거의 제한 없이 돈을 만질 수 있게 됨에 따라 젊은 포플리콜라도 다시금 상류사회에 슬슬 모습을 보이기 시작했다.

카이사르를 맨 먼저 발견한 사람은 클로디아였다. 그녀는 의자에서 등을 훨씬 곧게 펴고 앉아, 가슴을 잔뜩 내밀며 그를 향해 유혹적인 미소를 보냈다.

"카이사르, 당신을 보다니 이 얼마나 멋진 일인지요!" 클로디아가 아양을 떨며 말했다.

“물론 저도 그 말씀을 똑같이 돌려드리겠습니다.”

“어서 들어오세요!” 클로디아는 자기 의자를 톡톡 쳐 보였다.

“저도 그러고 싶지만, 나가려던 길이어서요.”

현관문을 나서면서 카이사르는 결론을 내렸다. 저 방에 말썽거리가 잔뜩 모였군.

라비에누스가 손짓하고 있었지만, 먼저 세르빌리아부터 만나야 할 터였다. 그녀는 길 아래 있는 카이사르의 아파트에서 기다린 지 한참 된 듯 보였다. 여자들! 오늘날은 여자들의 시대인데, 여자들 대부분은 방해만 되는 존재다. 물론 아우렐리아는 예외지만. 지금 이곳에 여자가 있다! 아파트로 통하는 계단을 껑충껑충 뛰어오르며 카이사르는 생각했다. 다른 누구도 아우렐리아에 필적하지 못하다니, 안타까운 노릇이구나.

세르빌리아는 기다리고 있었다. 하지만 그녀는 늦은 카이사르를 책망하기엔 분별이 넘쳤고, 사과를 기대하기엔 지나치게 실리적이었다. 세상이 남자들의 것이라면—실제로도 그랬지만—의심할 필요도 없이 세상은 카이사르의 손안에 있었다.

한동안 둘 사이에는 아무 말도 오가지 않았다. 그들은 먼저 아주 편안하고 나른한 입맞춤을 몇 차례 주고받은 뒤, 한숨과 함께 침대 위에서 서로의 품으로 무너져 내렸다. 모든 옷과 근심걱정을 벗어버린 채. 그녀는 너무나 달콤하고 너무나 영리했으며, 그를 돌보는 방법에 있어 무엇에도 속박되지 않고 너무도 창의적이었다. 또한 그는 너무나 완벽하고 너무나 영민했으며, 그녀를 향한 행위는 강력하고 너무도 오차 없이 정확했다. 그리하여 서로에게 더없이 만족하고 익숙함이 경멸이 아니라 더 큰 기쁨을 낳았다는 사실에 매료되어, 카이사르와 세르빌리아는 물시계의 물이 한참의 시간만큼 흘러나가도록 세상만사를 잊고 있었다.

라비에누스에 대해선 아무 말 않겠지만, 폼페이아에 대해선 말할 생각이었다. 그래서 그는 그녀와 뒤엉켜 누운 상태로 말을 꺼냈다. "아내가 이상한 부류와 어울리고 있소."

수개월간 헛된 질투로 격분하던 기억이 아직까지 마음에서 완전히 사라지지 않았기에, 세르빌리아는 카이사르에게서 불만을 암시하는 말이라면 무엇이든 듣고 싶었다. 오, 그녀가 카이사르의 결혼이 가장임을 알게 된 건 유니아 테르티아를 낳은 뒤 두 사람이 화해하고 바로 얼마 지나지 않아서였다. 그렇다 해도 그 건방진 계집애는 매력적이었고, 그의 곁에 산다는 무기가 있었다. 세르빌리아 나이가 되면 그 어떤 여자도 경쟁 상대가 자신보다 거의 스무 살은 어린 상황에서 완전히 마음놓고 있을 수 없는 법이었다.

"이상한 부류라뇨?" 관능적으로 그를 쓰다듬으며 그녀가 물었다.

"클로디아 자매와 풀비아요."

"그 여자의 동생 폼페이우스가 속해 있는 무리를 생각하면 예상 가능한 인물들이네요."

"아, 하지만 오늘은 그 야수들 외에 다른 사람들이 더 있었소!"

"누구요?"

"셈프로니아 투디타니와 팔라."

"오!" 세르빌리아가 일어나 앉았다. 그 바람에 카이사르의 피부가 누리던 즐거움도 사라졌다. 그녀는 얼굴을 찌푸리고 생각에 잠기더니 입을 열었다. "사실 나로선 그리 놀랄 일은 아니에요."

"나도 그렇소. 푸블리우스 클로디우스의 친구들이 누군지 생각해 보면."

"아뇨, 그쪽으로 연결지어서 한 말이 아니에요, 카이사르. 내 동생 세르빌릴라가 불륜으로 드루수스 네로에게 이혼당한 건 당신도 잘 알겠죠."

"들었소."

"당신이 모르는 부분이 있는데, 그애가 루쿨루스와 결혼할 예정이라는 거예요."

카이사르도 일어나 앉았다. "그건 바보를 얼간이로 바꾸는 수준인걸! 그는 현실을 왜곡시키는 약물을 가지고 온갖 실험을 하고 있소. 그런 지도 벌써 여러 해 됐고. 내가 알기론 그 사람의 해방노예 하나는 그를 위해 온갖 종류의 최면제와 환각제를 조달하는 일만 전담하고 있어요. 양귀비 시럽, 버섯, 나뭇잎과 열매와 뿌리를 섞어 끓인 혼합제 같은 것들이지."

"세르빌릴라 말로는 그가 포도주 마실 때의 기분을 즐기는데 숙취는 극도로 싫어한대요. 그 다른 약물들은 그처럼 괴로운 후유증이 없다나봐요." 세르빌리아는 어깨를 으쓱했다. "어쨌든 세르빌릴라는 별 불만이 없어 보여요. 늘 자기를 지켜보면서 마음껏 행동하지 못하게 가로막는 남편 없이 돈과 취미를 실컷 즐길 수 있을 거라 생각하고 있죠."

"그는 간통으로 클로딜라와 이혼했소. 근친상간도 있었고."

"그건 클로디우스의 장난이잖아요."

"흐음, 당신 동생이 잘되길 빌겠소." 카이사르가 말했다. "루쿨루스는 원로원이 계속 거부하는데도 여전히 개선식을 요구하면서 마르스 평원에 눌어붙어 있소. 그러니 당신 동생이 성벽 안에서 로마를 많이 보지는 못할 거요."

"그는 곧 개선식을 얻어낼 거예요." 세르빌리아가 자신만만하게 말했다. "내 정보원들이 그러던데, 폼페이우스 마그누스가 동방에서 대단히 영예롭게 귀환할 때 자신의 오랜 적과 마르스 평원을 나눠 가지고 싶어하지 않는다는군요." 그녀는 코웃음을 쳤다. "오, 어쩌나 잘난 척인지! 조금이라도 분별력 있는 사람이라면 루쿨루스가 힘든 일은 다 했다는 걸 알 거예요! 마그누스는 그저 그렇게 힘들게 해놓은 일의 결과만 수확했을 뿐이죠."

"동감이오. 루쿨루스는 전혀 좋아하지 않지만." 카이사르는 한 손으로 그녀의 한쪽 가슴을 감쌌다. "샛길로 빠지는 건 당신답지 않군, 내 사랑. 이게 폼페이아의 친구들과 무슨 관련이 있는 거요?"

"다들 그걸 클로디우스 클럽이라고 부른다죠." 세르빌리아가 기지개를 켜며 말했다. "세르빌릴라가 전부 다 얘기해줬어요. 당연히 푸블리우스 클로디우스가 회장이고요. 클로디우스 클럽의 주된—사실 '유일한'이라고 하는 게 맞을 것 같지만—목표는 세상을 깜짝 놀라게 하는 거예요. 그게 그 회원들이 즐기는 방식인 거죠. 다들 지루해하고, 게으르고, 일하기 싫어하면서 돈은 너무 많은 이들이에요. 술이나 여자나 도박은 다 재미가 없는 거죠. 충격과 추문이야말로 이 클럽의 유일한 목적이에요. 그렇기에 셈프로니아 투디타니와 팔라 같은 저속한 여자들이 설치고, 근친상간 혐의가 제기되고, 젊은 포플리콜라같이 전대미문의 인간이 나오는 거죠. 클럽의 남자 회원들 중에는 철이 덜 든 아주 젊은 청년들도 있어요. 쿠리오 2세나 당신 친척 마르쿠스 안토니우스 같은 사람들 말이에요. 그들이 가장 즐겨 하는 놀이 하나가 서로 애인인 척하는 거라더군요."

이번에는 카이사르가 코웃음을 칠 차례였다. "마르쿠스 안토니우스가 뭔 짓을 했대도 그러려니 하겠지만, 그건 아니오! 그애가 지금 몇 살이나 됐지, 열아홉? 스물? 그런데도 그애처럼 로마 사회 전 계층에 사생아들을 싸질러놓은 이는 본 적이 없소."

"인정해요. 하지만 로마 곳곳에 사생아들을 싸질러놓는 건 충격적이라고 하기에는 턱없이 부족해요. 동성연애라면—특히나 보수 기득권층에서 중추적인 인물의 아들들 간에 벌어지는 거라면!—한층 더 빛이 나겠죠."

"그러니까 바로 이런 단체에 내 아내가 소속되어 있는 거군!" 카이사르는 한숨을 쉬었다. "거기서 떨어져나오게 하려면 내가 어떻게 해야겠소?"

그건 세르빌리아가 원하는 방향이 아니었다. 그녀는 급히 침대에서 빠져나왔다. "클로디우스 클럽이 좋아하는 바로 그런 종류의 추문을 일으키지 않고서 과연 그게 가능할지 모르겠군요, 카이사르. 당신이 부인과 이혼함으로써 벗어난다면 모를까."

그러나 이 제안은 그의 정정당당한 승부 정신을 거슬렀다. 그는 단호하게 고개를 저었다. "아니, 겨우 헛된 우정 따위의 이유로 그러지는 않을 거요. 어머니가 아내를 빈틈없이 주시하고 계시니 거기서 더 나쁜 쪽으로 갈 수도 없소. 그 여자는 참 딱해. 지능이나 양식이라곤 티끌만큼도 없으니."

목욕물이 기다리고 있었다(카이사르는 결국 항복하고 더운물을 공급해줄 작은 아궁이를 설치했다). 세르빌리아는 폼페이아에 관해선 잠자코 있기로 마음먹었다.

티투스 라비에누스는 다음날까지 기다려야 했다. 그제야 그는 카이사르의 아파트에서 카이사르를 만났다.

"두 가지 건수가 있소." 카이사르가 의자 등받이에 기대며 말했다.

라비에누스는 주의를 집중했다.

"첫번째는 당신에게 기사들의 상당한 지지를 안겨줄 것으로 보이고, 마그누스도 흔쾌히 받아들일 거요."

"내용은요?"

"신관과 조점관 선택권을 민회의 트리부스에게 되돌려주는 법을 제정하는 것이오."

"거기에는 당연히," 라비에누스가 거침없이 말했다. "최고신관 선거도 포함되겠지요."

"세상에, 정말 날카롭군요!"

"메텔루스 피우스가 조만간 국장을 치를 자격을 얻을 가능성이 높다고 들었습니다."

"그렇소. 그리고 내가 최고신관이 될 생각이 있는 것도 사실이오. 하지만 동료 신관들이 내가 자기네 신관단의 선두에 서는 것을 보고 싶어할 것 같지는 않소. 그에 반해 유권자들은 그들과 뜻이 다를 수도 있어요. 그러니 다음 최고신관이 누가 될지 유권자들에게 판단할 기회를 줘보는 편이 좋지 않겠소?"

"하긴, 왜 안 되겠습니까?" 라비에누스는 카이사르의 얼굴을 뚫어져라 살폈다. 이 사내는 여러 가지로 그의 마음을 강하게 끌었다. 그렇지만 미미한 자극으로도 쉬이 수면에 떠오르는 그의 경박한 구석은 라비에누스의 눈에 결점으로 비쳤다. 카이사르가 얼마만큼 진심인지는 도

무지 파악이 되지 않았다. 아, 야심은 무한히 컸지만, 카이사르 역시 키케로와 마찬가지로 언제 그의 괴상한 유머감각이 치고 나올지 모른다는 조짐을 강하게 풍기곤 했다. 하지만 지금 카이사르의 얼굴은 꽤나 진지해 보인데다, 대다수의 다른 사람들처럼 라비에누스도 카이사르의 빚이 엄청나다는 사실을 알고 있었다. 최고신관으로 선출된다면 대금업자들에 대한 그의 신용이 향상될 터였다. 이윽고 라비에누스는 말했다. "가능한 한 빨리 라비에누스 신관선출법이 제정되기를 원하시는 것 같군요."

"그렇소. 혹여 법이 바뀌기 전에 메텔루스 피우스가 죽으면 인민이 법을 바꾸지 않기로 결정할 가능성이 있소. 우리는 서둘러야 해요, 라비에누스."

"암피우스는 기꺼이 도울 겁니다. 나머지 호민관들도 그럴 거라 생각되고요. 모스 마이오룸에 절대적으로 부합하는 법이라는 점에서 커다란 이점이 있어요." 검은 눈이 번쩍였다. "달리 염두에 둔 것은 뭡니까?"

카이사르는 얼굴을 찡그렸다. "안타깝게도, 세상을 떠들썩하게 할 만한 건 전혀 아니오. 마그누스가 귀국하면 수월하게 성사될 일이죠. 원로원 내에 파문을 일으킬 게 확실한 일로는, 술라 통치하에 공권박탈된 이들의 아들과 손자 들의 권리를 회복시키는 법안을 발의하는 것 외에 생각할 수가 없군요. 그 법안은 통과가 안 되겠지만, 논의과정이 떠들썩하고 회의 출석률도 높을 거요."

이 구상이 먹힌 게 확실했다. 자리에서 일어서는 라비에누스는 활짝 웃고 있었다. "마음에 들어요, 카이사르. 젠체하며 흔들어대는 키케로의 꼬리를 잡아당겨줄 기횝니다!"

"키케로의 몸에서 문제인 건 꼬리가 아니죠." 카이사르가 말했다. "그

혀야말로 잘라버려야 할 기관이오. 조심해요, 그가 당신을 묵사발로 만들 테니. 하지만 당신이 이 두 법안을 함께 제출하게 되면, 정말로 통과시키고 싶은 법안으로부터 다른 곳으로 관심을 돌릴 수 있을 거요. 그리고 주도면밀하게 준비할 경우, 어쩌면 키케로의 혀를 정치적으로 이용할 수 있을지도 모를 일이죠."

새끼 똥돼지가 죽었다. 똥돼지 메텔루스의 효성스러운 아들이자 독재관 술라의 충실한 벗이었던 최고신관 퀸투스 카이킬리우스 메텔루스 피우스는 병명을 알 수 없는 소모성 질환으로 수면중에 평화롭게 세상을 떠났다. 로마 의료계의 정평 있는 권위자로 술라의 주치의였던 루키우스 투키우스는 새끼 똥돼지의 양아들에게 부검을 허락해달라고 요청했다.

그러나 양아들은 아버지만큼 합리적이지도 총명하지도 못했다. 크라수스 오라토르의 두 딸 중 큰 리키니아(작은 리키니아는 새끼 똥돼지의 부인이자 그 아들의 양어머니였다)와 스키피오 나시카 사이에서 난 메텔루스 스키피오는 주로 거만한 태도와 귀족 특유의 우월의식으로 유명했다.

"그 누구도 우리 아버지의 시신에 손대게 할 수 없어!" 그는 눈물을 흘리며 이렇게 말하고는 발작적으로 아내의 손을 움켜쥐었다. "아버지는 온전한 몸 그대로 화장되실 거요!"

장례식은 당연히 국가의 비용으로 치러졌고 그 주인공만큼이나 위엄이 넘쳤다. 메텔루스 스키피오의 장인이자 아이밀리아 레피다의 부친인 마메르쿠스가 그 영예를 사양했으므로, 퀸투스 호르텐시우스가 로스트라 연단에서 추도 연설을 했다. 카툴루스부터 카이사르, 카이피오 브루투스부터 카토에 이르기까지 모두가 그 자리에 나왔다. 그러나 거대한 군중을 모은 장례식은 아니었다.

새끼 똥돼지가 한줌 재로 돌아간 다음날, 메텔루스 스키피오는 카툴루스, 호르텐시우스, 바티아 이사우리쿠스, 카토, 카이피오 브루투스, 그리고 수석 집정관 키케로와 회합을 가졌다.

"소문을 들었습니다." 아버지와 사별한 아들이 말했다. 눈은 빨갛게 충혈되었지만 이제 눈물은 말라 있었다. "카이사르가 최고신관 후보로 나서려 한다고요."

"음, 확실히 놀랄 일은 못 되는군." 키케로가 말했다. "마그누스가 없는 사이 누가 라비에누스를 배후 조종하고 있는지는 우리 모두 아는 사실이네. 하긴 현재로서는 누가 뒤에서 라비에누스를 조종하든 과연 마그누스가 관심이 있는지조차 모르겠지만. 모든 신관과 조점관을 트리부스회 선거로 뽑는 건 마그누스에게는 득 될 게 없는 반면, 카이사르에게는 대신관단이 직접 최고신관을 고를 경우 그가 절대 얻지 못할 기회를 주게 되지."

"사실 대신관단이 직접 최고신관을 고른 적은 한 번도 없네." 카토가 메텔루스 스키피오에게 말했다. "역사상 선거를 거치지 않은 유일한 최고신관인 자네 부친도 대신관단이 아니라 술라가 직접 선택한 거야."

카툴루스는 키케로가 한 말에 대해 또다른 이의가 있었다. "우리의 영웅적인 친구 폼페이우스 마그누스에 대해 어찌 그리도 무지할 수 있는가!" 그가 키케로에게 쏘아붙였다. "마그누스에게는 득 될 게 없다고? 이런, 참나! 마그누스는 신관이나 조점관이 되기를 갈망하네. 그는 자기가 갈망하는 것을 트리부스회 선거에서 얻지, 대신관단이든 조점관단이든 내부 지명으로 얻는 일은 없을 걸세."

"내 처남 말이 맞네, 키케로." 호르텐시우스가 말했다. "라비에누스 신관선출법은 폼페이우스 마그누스에게 대단히 유리하지."

"썩을 놈의 라비에누스법!" 메텔루스 스키피오가 소리쳤다.

"감정을 낭비하지 말게, 퀸투스 스키피오." 카토가 귀에 거슬리는 단조로운 소리로 말했다. "우리는 카이사르의 입후보 선언을 막을 방법을 강구하기 위해 이 자리에 모인 걸세."

브루투스는 한 성난 얼굴에서 다른 성난 얼굴로 이리저리 눈길을 옮기며, 대체 자신이 왜 이런 어른들의 모임에 초대된 건지 갈피를 못 잡고 앉아 있었다. 그의 짐작으로는 자신에 대한 통제권을 두고 카토 외삼촌이 어머니와 벌인 맹렬한 전쟁의 일환인 듯했다. 브루투스는 이 전쟁에 겁을 먹으면서도 한편으로 매료되기도 했는데, 나이가 들수록 그런 감정이 더 강해졌다. 물론 어쩌면 자기가 카이사르의 딸과 약혼했으니 카이사르에 대해 이것저것 물어보려고 데려다놓았을 수도 있겠다는 생각도 들었다. 하지만 논의가 계속되는데도 아무도 그에게 집중하며 정보를 구하지 않았으므로, 결국은 자신이 이 자리에 있는 건 단지 세르빌리아의 화를 돋우기 위한 목적이었다는 결론에 이를 수밖에 없었다.

"자네가 일반 대신관으로 선출되는 건 쉽게 보장해줄 수 있네." 카툴루스가 메텔루스 스키피오에게 말했다. "자네의 경쟁 후보로 나설 생각을 하는 이들 모두를 입후보하지 않도록 설득하면 되니까."

"음, 그거 굉장하네요." 메텔루스 스키피오가 말했다.

"카이사르의 상대로 나설 의향이 있는 사람이 누굽니까?" 키케로가 물었다. 그 역시 이 모임에 자신이 왜 초대받았는지 잘 이해가 가질 않는 사람이었다. 아마도 호르텐시우스가 부추겨서 이리된 것일 테고, 자신의 역할은 카이사르의 입후보를 막아줄 허점을 찾아내는 것이 아닐까 짐작할 뿐이었다. 하지만 문제는 허점이 없다는 걸 그가 잘 알고 있다는 사실이었다. 라비에누스 신관선출법은 라비에누스가 입안한 법이 아니라는 것, 그것만큼은 확실했다. 그 법에는 카이사르의 솜씨가 고스란히 배어 있었다. 빈틈없이 완벽한 법이었다.

"내가 출마하네." 카툴루스가 말했다.

"나도 그렇네." 그때까지 입을 다물고 있던 바티아 이사우리쿠스가 말했다.

"그렇다면, 종교직 선거의 경우 서른다섯 개 트리부스 중에 열일곱 개만 투표에 참여하니까," 키케로가 말했다. "두 분의 트리부스는 선택되고 카이사르의 트리부스는 빠지도록 추첨 결과를 조작해야겠군요. 그렇게 하면 가능성이 높아질 테니까요."

"저는 원래 뇌물수수에 반대하지만, 이번 한 번만큼은 뇌물을 써야 할 때인 것 같습니다." 카토는 이렇게 말한 뒤 자기 조카 쪽으로 고개를 돌렸다. "퀸투스 세르빌리우스, 너는 여기서 단연코 가장 부유한 사람이다. 이처럼 중요한 대의를 위해 돈을 내놓을 의향이 있느냐?"

브루투스는 식은땀을 흘렸다. 바로 이것 때문이었구나! 그는 입술을 축이며 쫓기는 사람 같은 표정을 지었다. "외삼촌, 저도 도와드리고 싶어요." 목소리가 가늘게 떨렸다. "하지만 그럴 수 없어요! 어머니가 제 돈줄을 쥐고 계셔서요, 제가 아니라."

카토의 멋들어진 코가 가늘어지면서 콧구멍이 눌려 마치 양쪽에 물집이 잡힌 것처럼 보였다. "스무 살 나이에 말이냐, 퀸투스 세르빌리우스?" 목소리가 쩌렁쩌렁 울렸다.

깜짝 놀란 모두의 눈길이 그에게로 쏠렸다. 브루투스는 의자에 앉은 채 몸을 움츠렸다. "외삼촌, 제발 이해해주세요!" 그가 훌쩍이며 말했다.

"아, 이해한다." 카토는 경멸하듯 대꾸한 뒤 보란듯이 등을 돌렸다. "이렇게 되면," 그는 나머지 사람들에게 말했다. "매수에 필요한 돈은 우리 돈주머니에서 찾아야 할 것 같군요." 그는 어깨를 으쓱했다. "아시다시피 제 돈주머니는 불룩하지 않습니다. 그렇지만 20탈렌툼을 기부하겠습니다."

"나는 도저히 여유가 안 되네." 카툴루스가 비참한 표정으로 말했다. "단 한 푼이라도 생기는 족족 유피테르 옵티무스 막시무스께서 가져가버리시니 말이야. 하지만 어떻게든 궁리해서 50탈렌툼을 마련해보겠네."

"나도 50탈렌툼을 내놓겠네." 바티아 이사우리쿠스가 무뚝뚝하게 말했다.

"저도 50탈렌툼을 내겠습니다." 메텔루스 스키피오가 말했다.

"나도 50탈렌툼을 내지." 호르텐시우스가 말했다.

그제야 키케로는 자신이 왜 이 자리에 있는 건지 완벽히 이해하고 입을 열었다. 멋지게 조절한 목소리였다. "제 빈궁한 사정은 워낙 잘 알려진 터이니, 여러분이 제게 기대하는 역할은 다름아닌 유권자들에게 발언을 쏟아내는 것이리라 생각되는군요. 더없이 기쁜 마음으로 그리하도록 하겠습니다."

"그러면 이제 남은 건," 키케로 못지않게 듣기 좋은 목소리로 호르텐시우스가 말했다. "두 사람 중에 최종적으로 누가 카이사르의 경쟁상대로 입후보할지 정하는 일이겠군."

그러나 이 시점에서 회의는 예기치 않은 암초에 부딪혔다. 카툴루스와 바티아 이사우리쿠스 중 어느 쪽도 상대를 위해 기꺼이 물러날 의향이 없었던 것이다. 두 사람 다 반드시 본인이 차기 최고신관이 되어야 한다고 굳게 믿고 있었다.

"정말 어리석은 짓입니다!" 카토가 격분하며 고함을 쳤다. "이러면 표가 분산될 것이고, 결국 카이사르의 당선 가능성만 높여주는 셈입니다. 둘 중 한 분만 출마하면 양단간 싸움입니다. 하지만 두 분 다 나서게 되면 삼자간의 싸움이 됩니다."

"나는 출마할 걸세." 카툴루스가 고집스레 말했다.

"나도 그렇네." 바티아 이사우리쿠스가 싸울 듯한 표정으로 말했다.

이렇듯 불쾌한 분위기로 회합이 끝났다. 브루투스는 마음에 상처를 입고 굴욕감을 느끼며 메텔루스 스키피오의 호화로운 저택을 벗어나 약혼녀가 사는 수부라의 소박한 인술라로 향했다. 다른 곳은 아무 데도 가고 싶지 않았다. 카토 외삼촌은 조카가 있는지 없는지 아는 체도 않고 쌩하니 가버린데다, 어머니와 불쌍한 실라누스가 있는 집으로 가는 건 생각만 해봐도 전혀 끌리지 않았다. 어머니는 어디 갔었는지, 무얼 했는지, 누구누구가 있었는지, 카토 외삼촌이 무슨 속셈이었는지 하나부터 열까지 그에게 캐물을 터였다. 그동안 의붓아버지는 속이 절반쯤 빠진 낡은 인형처럼 그저 앉아만 있을 테고.

율리아를 향한 사랑은 해가 갈수록 더욱 커져만 갔다. 그녀의 미모, 그의 감정에 대한 다정한 배려, 친절한 태도, 명랑한 성격은 브루투스에게 놀라움의 연속이었다. 거기다 이해심까지. 아, 이 마지막 부분에 그가 얼마나 감사했던지!

그리하여 그는 메텔루스 스키피오 저택의 모임에서 있었던 일을 율리아에게 쏟아놓았고, 더없이 사랑스럽고 다정한 그녀는 눈물을 글썽거리며 그 이야기를 경청했다.

"메텔루스 스키피오조차도 부모의 감시는 거의 받지 않았어요." 얘기가 끝나갈 즈음 율리아가 말했다. "반면에 다른 사람들은 집에서 가장과 함께 살 때 어땠는지 기억하기엔 나이가 너무 많고요."

"실라누스는 괜찮아." 브루투스는 눈물을 참으며 무뚝뚝하게 말했다. "하지만 나는 어머니가 너무 무서워! 카토 외삼촌은 아무도 무서워하질 않으니, 그게 문제야."

두 사람 다 율리아의 아버지와 브루투스의 어머니의 관계에 대해서는 전혀 몰랐다. 사실상 카토 외삼촌이 전혀 몰랐던 것처럼. 그랬기에 율리아는 세르빌리아를 싫어하는 감정을 브루투스에게 거리낌없이 털어놓았다. "정말로 이해해요, 브루투스." 그녀의 몸이 떨리더니 얼굴이 창백해졌다. "그분은 동정심도 없고, 자신의 힘이나 지배력에 대해서도 이해하지 못해요. 그분은 아트로포스의 가위도 무디게 만들 만큼 강해요."

"나도 그렇게 생각해." 브루투스는 한숨을 내쉬었다.

그를 격려하여 기분을 띄워줄 시간이었다. 율리아는 미소를 지으며 손을 뻗어 그의 어깨까지 오는 검은 고수머리를 쓰다듬으며 말했다. "당신이 어머니를 아주 잘 다루고 있다고 생각해요, 브루투스. 어머니와 부딪치지 말고, 그분의 화를 돋울 일은 아무것도 하지 말아요. 카토 외삼촌도 그분과 같이 살아야 했다면 당신 상황을 이해했을 거예요."

"카토 외삼촌은 어머니와 같이 살았어." 브루투스가 침울하게 말했다.

"네, 하지만 그분이 어렸을 때죠." 율리아가 계속 쓰다듬으며 말했다.

율리아의 손길이 그녀에게 입맞추고 싶은 충동을 일으켰지만, 브루투스는 그러지 않고 그녀가 자기 머리에서 손을 뗄 때 그 손등을 어루만지는 것으로 만족했다. 율리아는 열세 살이 된 지 얼마 지나지 않았으므로, 브루투스는 아직은 그녀가 입맞춤을 할 준비가 되어 있지 않다는 걸 잘 알았다. 입고 있는 옷 안쪽에서 아름답게 봉긋 솟은 가슴이 성숙한 여성성을 드러내 보이기는 했어도 말이다. 또한 그는 감찰관 카토 같은 보수적인 라틴어 저술가들의 글을 잔뜩 읽은 영향으로 도의심에 고취되어 있었고, 그녀의 육체적 반응을 자극하는 것은 괜히 두 사람 다 불편해지게 만들 터이니 옳지 않은 일이라 여겼다. 아우렐리아는 두 사람을 신뢰해서 둘이 만날 때 감시하는 법이 없었다. 그러니 그 신뢰를 악용할 순 없었다.

물론 그가 일을 저질렀다면 두 사람 모두에게 더 나았을 것이다. 그랬다면 이성으로서 그가 점점 싫어지고 있던 율리아의 감정이 이른 나이에 표면으로 드러나서 약혼을 깨기가 그나마 쉬워졌을 테니까. 그러나 브루투스가 그녀를 만지거나 입을 맞추지 않았기 때문에, 율리아는 자신이 아무리 순종적인 아내가 되려고 억지로 애써봤자 끔찍한 결혼이 될 게 분명한 이 약속에서 해방시켜달라고 아버지를 찾아가서 애원해볼 타당한 구실을 찾을 수 없었다.

문제는 브루투스가 가진 돈이 너무 많다는 것이었다! 약혼 당시에도 충분히 나빴지만, 이제는 그가 외가의 재산까지 상속받게 되어 상황이 100배는 더 나빠져버렸다. 로마 사람이라면 누구나 그랬듯이, 율리아 역시 톨로사의 황금과 그것이 세르빌리우스 카이피오 가문에 무엇을 가져다주었는지를 알고 있었다. 브루투스의 돈이 그녀의 아버지에게 큰 도움이 되리라는 점은 의심의 여지가 없었다. 그녀에게는 아버지의 단 하나뿐인 자식으로서 아버지의 포룸 로마눔 생활에 명망을 더하고 아버지의 존엄을 드높일 의무가 있다고 할머니께서 말씀하셨다. 그런데 딸이 그렇게 할 수 있는 길은 오직 하나였다. 최대한 돈과 영향력이 많은 남자와 결혼하는 것. 브루투스는 여자가 보기에 더없이 만족스러운 결혼 상대는 아닐지라도, 돈과 영향력에서만큼은 따라올 상대가 없었다. 그러므로 그녀는 자신의 의무를 다하여, 잠자리를 같이하고 싶은 마음이 전혀 들지 않는 사람과 결혼할 생각이었다. 아빠가 더 중요하니까.

이런 결심이었기에, 그날 오후 늦게 카이사르가 집을 찾았을 때 율리아는 마치 브루투스가 자신이 꿈꾸던 약혼자인 것처럼 행동했다.

"부쩍 컸구나." 카이사르가 말했다. 그는 근래 이 집에 있는 일이 드물었으므로 딸이 커가는 것을 실감할 수 있었다.

"5년밖에 안 남았어요." 율리아가 진지한 어조로 말했다.

"겨우 그것밖에?"

"네." 그녀는 한숨을 쉬며 대답했다. "겨우 그것뿐이에요, 아빠."

아버지는 한쪽 팔로 딸을 안고서 정수리에 입을 맞추었다. 율리아가 꼭 자기 아버지처럼 멋진 남편, 어른스럽고 유명하고 잘생긴데다 상황을 주도하는 사람을 꿈꿀 그런 소녀라는 사실은 전혀 눈치채지 못한 채.

"새로운 소식은 없니?" 카이사르가 물었다.

"브루투스가 왔었어요."

그는 소리내어 웃었다. "그건 소식이 아니잖니, 율리아!"

"어쩌면 맞을 수도 있어요." 율리아는 새치름하게 대답하고, 메텔루스 스키피오의 집에서 열린 모임에 대한 이야기를 아버지에게 들려주었다.

"뻔뻔스러운 카토 같으니!" 딸이 얘기를 끝마치자 그가 소리쳤다. "스무 살짜리에게 큰돈을 내놓으라니!"

"돈이 어디로 가진 않았어요, 그이 어머니 덕분에요."

"넌 세르빌리아를 좋아하지 않는구나, 그렇지?"

"브루투스에게 감정이입이 돼서요, 아빠. 그분이 겁나요."

"정확히 무엇 때문에?"

명백한 사실을 선호하는 것으로 유명한 사람 앞인지라, 율리아로서는 이 부분을 정확히 설명하기가 어려웠다. "그냥 느낌이 그래요. 그분을 볼 때마다 사악한 검은 뱀이 생각나거든요."

카이사르는 유쾌하게 웃으며 고개를 저었다. "사악한 검은 뱀을 본 적이 있니, 율리아?"

"아뇨, 하지만 그림으로는 봤어요. 메두사도요." 율리아는 눈을 감으며 아버지의 어깨로 얼굴을 돌렸다. "그분을 좋아하세요, 아빠?"

이 질문에는 완벽한 진실을 담아 대답할 수 있었다. "아니."

"음, 거봐요, 아빠도 그렇잖아요." 그의 딸이 말했다.

"네 말이 맞다." 카이사르가 말했다. "정말 나도 그렇구나!"

잠시 후 카이사르가 전하는 이야기를 듣고 아우렐리아가 커다란 흥미를 보인 건 당연했다.

"똑같이 너를 싫어하는 사람들인데도, 카툴루스나 바티아 이사우리쿠스 중 어느 쪽도 야심을 버리진 못한다는 게 참 재미있지 않니?" 그녀는 살짝 미소를 지으며 물었다.

"카토 말이 맞습니다. 두 사람이 한꺼번에 출마하면 표가 분산될 거예요. 그리고 지금까지 제 경험상, 다른 건 몰라도 그들이 추첨을 조작하리라는 것만은 확실해요. 이 선거에 파비우스 트리부스의 유권자들은 없을 겁니다!"

"하지만 그 둘의 트리부스들은 투표에 참여할 테고."

"둘 다 출마한다는 전제하에, 그 부분은 감당할 수 있어요. 원래 그들 파벌에 속하는 이들 중 일부는, 중립을 유지하려면 둘 중 어느 쪽에도 표를 던지지 말아야 한다는 제 주장에 수긍할 테니까요."

"오, 좋은 생각이구나!"

"선거운동은," 카이사르는 생각에 잠기며 말했다. "단지 뇌물을 쓰고 안 쓰고의 문제가 아니에요. 저 꽉 막힌 멍청이들은 아무도 그걸 모르지만요. 설령 제게 그러고 싶은 마음이나 돈이 있다고 해도, 뇌물은 제가 사용할 엄두를 낼 수 없는 수단이지요. 제가 어떤 선거의 후보라고 하면 제 피를 노리고 으르렁댈 원로원의 늑대가 반백 명은 될 테고, 투표수나 기록이나 관료나 하나도 예외 없이 조사 대상이 될 겁니다. 하지만 세상에는 뇌물 말고도 여러 책략이 있죠."

"투표에 참여할 열일곱 개 트리부스가 선거 직전에 가서야 정해진다는 게 유감이구나." 아우렐리아가 말했다. "며칠 앞서 정해진다면 네가 몇몇 지방 트리부스의 유권자들을 끌어올 수도 있을 텐데 말이다. 지방 유권자에게라면, 율리우스 카이사르라는 이름이 루타티우스 카툴루스나 세르빌리우스 바티아라는 이름보다 훨씬 의미가 클 테니."

"그렇긴 해도 일이 진행되는 과정에서 뭔가 해볼 수는 있어요, 어머니. 수도 트리부스가 적어도 하나 이상 들어갈 수밖에 없는데, 이 부분에서 루키우스 데쿠미우스가 굉장한 도움을 줄 거예요. 크라수스도 자기 트리부스가 선정될 경우 협조 요청을 해줄 것이고, 마그누스도 그럴 겁니다. 그리고 저는 파비우스 트리부스 외에 다른 트리부스들에도 영향력이 있어요."

잠시 침묵이 내렸고, 그사이 카이사르의 얼굴이 어두워졌다. 아우렐리아가 뭔가 말하고 싶은 유혹을 느꼈을지라도 아들의 이 같은 표정 변화를 보고는 바로 그만두었을 터였다. 지금 아들의 표정은 다소 껄끄러운 이야기를 꺼낼지 말지 마음속으로 갈등하고 있다는 뜻이었고, 그녀가 가능한 한 나서지 않을수록 아들의 입이 열릴 가능성이 높았기 때문이다. 돈만큼 껄끄러운 화제가 또 어디 있겠는가? 그래서 아우렐리아는 잠자코 기다렸다.

"오늘 아침 크라수스가 찾아왔습니다." 마침내 카이사르가 말을 꺼냈다.

여전히 그녀는 아무 말도 하지 않았다.

"제 채권자들이 초조해한다더군요."

아우렐리아는 묵묵부답이었다.

"고등 조영관 재임 시절부터의 청구서가 계속 들어오고 있어요. 다시 말해 대출금을 조금도 못 갚은 거죠."

아우렐리아는 시선을 떨구어 책상 표면을 바라보았다.

"복리 이자도 포함해서 말예요. 채권자들 사이에서 저를 감찰관들에게 고발하자는 얘기가 나오고 있는데, 감찰관 둘 중 한 명이 제 친척이라곤 해도 그들은 법에 명시된 규정을 따라야 할 겁니다. 저는 원로원 의원 자리를 잃고 제 물건들은 전부 공매에 부쳐지겠지요. 토지도 마찬가지고요."

"크라수스가 무슨 의견을 내놓진 않았니?" 아우렐리아가 조심스레 물었다.

"제가 최고신관에 당선되어야 한다고요."

"그가 직접 돈을 빌려줄 생각은 없고?"

"그건," 카이사르가 대답했다. "저로서는 최후의 수단이에요. 크라수스는 아주 좋은 친구이지만, 그의 뿔에 건초가 감겼다는 얘기는 괜히 나온 게 아니에요. 그는 무이자로 빌려주는 대신, 본인이 갚으라고 말하는 즉시 돈이 들어오기를 기대하지요. 제가 집정관이 되기 전에 폼페이우스 마그누스가 돌아올 테고, 마그누스를 제 편으로 둘 필요가 있습니다. 하지만 크라수스는 마그누스를 몹시 싫어해요. 함께 집정관을 지냈을 때부터 쭉 그래왔지요. 저는 그 두 사람 사이에서 아슬아슬한 줄타기를 해야만 해요. 그러니까 그 둘에게 돈을 빚질 생각은 하지 않는 편이 좋습니다."

"무슨 뜻인지 알겠구나. 최고신관이 되면 해결되는 거니?"

"상황을 보니 그럴 것 같아요. 카툴루스와 바티아 이사우리쿠스처럼 명망 높은 경쟁자들이 나서니까요. 제가 이기면 채권자들은 제가 법무관도 되고 수석 집정관도 될 거라고 확신하겠지요. 그리고 혹여 그 전까지 안 되더라도 제가 집정관급 속주로 가면 바로 손실금을 만회하리라는 생각도 할 테고요. 처음엔 못 받는다 해도 끝에 가서는 받게 되어 있어요. 복리는 끔찍하고 법으로 금지되어야 할 것이기는 하지만 딱 하나 장점이 있어요. 복리를 청구하는 채권자들은 설령 일부만일지라도 빚이 지불될 때 큰 수익을 내게 되어 있다는 것이죠."

"그렇다면 최고신관에 당선되는 게 좋겠구나."

"그럴 것 같아요."

새로운 최고신관과 대신관단에 합류할 새 얼굴을 선정하기 위한 선거 일시는 스무나흘 뒤로 정해졌다. 누가 대신관단의 새 얼굴이 될지는 전혀 수수께끼가 아니었다. 메텔루스 스키피오가 유일한 후보자였기 때문이다. 카툴루스와 바티아 이사우리쿠스는 둘 다 최고신관 선거에 도전하겠다고 선언했다.

카이사르는 정력적으로 즐겁게 선거유세에 뛰어들었다. 상대 후보 두 사람 다 신진 세력이 아닌 것은 물론 보니파에서 적당한 정도도 아닌 거물급이라는 사실에도 불구하고, 카틸리나의 경우에도 그랬듯이 이름과 혈통은 엄청난 도움이 되었다. 통상 최고신관 자리는 이미 집정관을 지낸 사람에게 돌아갔지만, 카툴루스와 바티아 이사우리쿠스가 가진 이 이점은 적어도 어느 정도는 그들의 나이 때문에 약화되었다. 카툴루스는 예순한 살, 바티아 이사우리쿠스는 예순여덟 살이었다. 로마에서 남자의 능력, 기술, 기량이 정점에 이르는 나이는 마흔셋으로 여겨졌고 바로 이때가 집정관이 되어야 하는 나이였다. 이 시기가 지나면, 그 사람의 권위나 존엄이 제아무리 크다 해도 한물간 사람이 되는 건 불가피했다. 어쩌면 감찰관이나 원로원 최고참 의원이 될 수도 있고 심지어 10년 후에 또 한번 집정관이 될 수도 있겠지만, 나이가 예순에 이르는 순간 그의 전성기는 지났다는 건 논쟁의 여지가 없었다. 카이사르는 아직 법무관도 되지 않았지만, 수년 동안 원로원에 있었고 10년 넘게 대신관을 지냈으며 고등 조영관 임기를 화려하게 장식한 바 있었다. 또한 그는 공개 석상에 나갈 때마다 시민관을 썼으며, 유권자들 사이에서 로마 최고의 귀족 중 하나일 뿐 아니라 엄청난 능력과 잠재력을 지닌 인물로 알려져 있었다. 살인 법정에서나 변호인으로서 그가 맡았던 일도 주목받지 않은 적이 없었으며, 피호민들을 세심히 챙기는 것 또한 잘 알려져 있었다. 한마디로 카이사르는 미래였다. 카툴루스와 바티아 이사우리쿠스는 분명 지나간 과거였고, 두 사람 모두 술라 치하에서 수혜를 누렸다는 이유로 여전히 어렴풋이 반감을 사고 있었다. 투표장에 나올 유권자 대다수는 기사들이었는데, 술라는 기사계급을 무자비하게 박해한 바 있었다. 카이사르가 술라의 처조카라는 부정할 수 없는 사실을 상쇄하기 위한 방안으로, 카이사르가 킨나의 딸과 이혼하라는 술라의 말을 거부했으며 술라의 하수인들을 피해 은신하던 중 병에 걸려 거의 죽을 뻔했다는 옛 일화를 루키우스 데쿠미우스가 책임지고 퍼뜨렸다.

선거 사흘 전에 카토는 카툴루스, 바티아 이사우리쿠스, 호르텐시우스를 자기집으로 불렀다. 이번에는 키케로 같은 벼락출세자나 카이피오 브루투스 같은 애송이는 끼지 않았다. 심지어 메텔루스 스키피오도 걸리적거리는 존재일 정도였다.

"제가 그랬잖습니까," 카토가 평소처럼 요령 없이 말을 툭 던졌다. "두 분 다 출마하는 건 실수라고요. 이제라도 둘 중 한 분은 후보에서 사퇴하고 다른 분의 지원에 힘써주십시오."

"안 되네." 카툴루스가 말했다.

"안 되네." 바티아 이사우리쿠스가 말했다.

"두 분이 나가면 표가 분산된다는 걸 왜 모르십니까?" 카토는 책상으로 쓰는 볼품없는 탁자를 주먹으로 쾅 내리치며 고함을 쳤다. 전날 밤 포도주를 진탕 마신 탓에 얼굴이 퀭하고 몸 상태가 나빠 보였다. 형 카이피오가 죽은 후로 카토는 위안을 얻기 위해 술에 의지했다. 과연 그것을 위안이라 부를 수 있을지도 의문이었지만. 잠은 통 오지 않았고, 카이피오의 망령이 그를 따라다녔다. 이따금씩 성욕을 달래기 위해 이용하는 여자 노예는 역겨웠으며, 심지어 아테노도로스 코르딜리온이나 무나티우스 루푸스, 마르쿠스 파보니우스와 얘기를 나누어도 효과는 그때 잠깐뿐이었다. 그는 읽고 읽고 또 읽었지만, 플라톤과 아리스토텔레스, 심지어 증조부인 감찰관 카토의 글을 읽을 때조차 외로움과 비애가 어김없이 끼어들었다. 그 때문에 포도주병을 잡게 되었고, 그 때문에 지금 자기들이 저지르고 있는 실수를 보려 들지 않는 고집불통 귀족 노인 둘을 노려보며 성질을 부리고 있는 것이었다.

"카토 말이 맞아." 호르텐시우스가 벌컥 성을 내며 말했다. 그 역시 더이상 젊은 나이가 아니었으나, 이미 조점관의 자리를 맡고 있어서 최고신관으로 출마할 수 없었다. 야심이 그의 지혜를 흐려놓을 수는 없었지만, 그의 사치스러운 생활은 슬슬 그리할 조짐을 보이고 있었다. "자네들 중 한 명이라면 카이사르를 이길지도 모르지만, 같이 나갔다가는 둘 중 한 명이 혼자서도 얻을 표가 반 토막 나는 걸세."

"그렇다면 뇌물을 써야 할 때로군." 카툴루스가 말했다.

"뇌물이라고요?" 카토는 고함을 치며 탁자가 흔들리도록 쾅쾅 두드려댔다. "뇌물을 쓰는 건 시도할 가치조차 없습니다! 220탈렌툼으로는 카이사르를 이길 만한 표를 사기에 어림도 없어요!"

"그러면," 카툴루스가 말했다. "카이사르를 매수하는 건 어떤가?"

나머지 사람들이 그를 빤히 쳐다봤다.

"카이사르는 2천 탈렌툼 가까운 빚이 있는데다, 단돈 1세스테르티우스도 갚을 형편이 못 돼서 나날이 빚이 늘고 있네." 카툴루스가 말했다. "내 계산은 정확하니까 믿어도 되네."

"그렇다면 제 제안은 이렇습니다." 카토가 나섰다. "카이사르의 상황을 감찰관들에게 고발하고, 당장 그를 원로원에서 쫓아내는 조치를 취하라고 촉구하는 겁니다. 그렇게 하면 영원히 그를 치워버릴 수 있으니까요!"

카토의 제안에 모두가 헉 하며 경악스러운 반응을 보였다.

"이보게 카토, 그럴 수는 없네!" 호르텐시우스가 우는소리를 냈다. "아무리 역병 같은 존재라 해도, 그도 우리 중 하나야!"

"아뇨, 아뇨, 그렇지 않습니다! 그는 우리 중 하나가 아니에요! 그를 저지하지 않으면 그는 우리 모두를 무너뜨릴 겁니다, 제가 장담해요!" 카토는 무방비 상태의 탁자를 또다시 세차게 내려치며 호통을 질렀다. "그를 고발합시다! 그를 감찰관들에게 고발해요!"

"절대 안 되네." 카툴루스가 말했다.

"절대 안 돼." 바티아 이사우리쿠스가 말했다.

"절대 안 돼." 호르텐시우스가 말했다.

"그러면," 카토가 음흉한 표정을 지었다. "원로원과 거리가 먼 사람을 시켜서 그를 고발하게 하죠. 그의 채권자들 중 하나로."

호르텐시우스는 눈을 감았다. 카토만큼 보니파를 확실하게 떠받치는 기둥도 없었지만, 가끔 그의 내면에 도사린 투스쿨룸 촌놈과 켈트이베리아족 노예의 피가 진정으로 로마인다운 생각을 압도해버리는 때가 있었다. 혈연이 멀다 어떻다 해도 카이사르는 이 자리에 있는 모두와, 심지어 카토와도 친족 관계였다. 그러고 보면 카툴루스와는 상당히 가까운 친척 간이기도 했다.

"그런 생각은 아예 잊어버리게, 카토." 호르텐시우스가 지친 기색으로 눈을 뜨며 말했다. "로마인답지 않은 짓이야. 더이상 말할 것도 없네."

"우리는 로마인다운 방식으로 카이사르를 다룰 것이네." 카툴루스가 말했다. "자네들이 유권자들을 매수할 목적으로 내놓으려 했던 자금을 카이사르를 매수하는 쪽으로 돌릴 의향만 있다면, 내가 직접 찾아가서 카이사르에게 제안해보겠네. 220탈렌툼이면 채권자들에게 처음 상환할 돈으론 썩 괜찮은 액수일 거야. 메텔루스 스키피오도 동의할 거라고 확신하네."

"오, 저도 동의합니다!" 카토는 이를 앙다물고 으르렁거리듯 내뱉었다. "그러나 저는 빼주십시오, 이 줏대 없고 멍청한 어르신들! 카이사르의 주머니에는 납으로 만든 가짜 주화 하나도 넣어줄 수 없으니까요!"

그리하여 퀸투스 루타티우스 카툴루스는 파트리키 구의 파브리키우스 염색공장과 수부라 목욕탕 사이에 위치한 가이우스 율리우스 카이사르의 거처를 찾아가 면담을 요청했다. 선거 바로 전날, 꽤 이른 아침 시간이었다. 카이사르의 집무실에 은근히 배어나는 멋스러움에 카툴루스는 깜짝 놀라고 말았다. 그의 육촌동생에게 가구를 보는 안목과 탁월한 취향이 있다는 말은 들어보지 못했고, 그 역시 카이사르에게 그런 면이 있으리라고는 생각도 못해본 때문이었다. 이 친구가 재능을 타고나지 않은 분야는 하나도 없단 말인가? 그는 피호민용 의자에 앉도록 안내받기 전에 긴 의자에 앉은 채로 이렇게 자문했다. 하지만 그가 피호민용 의자에 앉으리라고 생각한 건 카이사르를 부당하게 판단한 것이었다. 카툴루스만한 지위에 있는 사람이라면 어느 누구도 피호민용 의자 같은 낮은 자리에 앉는 일은 없을 터였다.

"음, 드디어 내일이군요." 카이사르는 희석한 포도주가 담긴 수정 술잔을 손님에게 건네며 미소를 지었다.

"바로 그 일 때문에 찾아왔네." 카툴루스는 이렇게 말한 뒤 포도주를 한 모금 마셨다. 훌륭한 빈티지 포도주였다. "좋은 술이로군. 그런데 내가 모르는 맛인걸." 그가 곁길로 새며 말했다.

"실은 제가 직접 재배한 겁니다." 카이사르가 말했다.

"보빌라이 인근에서 말인가?"

"아뇨, 캄파니아에 있는 제 소유의 작은 포도밭에서요."

"그렇다면 이해가 가는군."

"상의하고 싶으시다는 일이 뭡니까, 형님?" 카이사르는 포도주 양조에 관한 얘기로 빠지지 않을 작정이었다.

카툴루스는 깊이 숨을 들이쉬었다. "자네의 자금 사정이 대단히 어렵다는 사실을 알게 됐네, 카이사르. 내가 여길 찾아온 건 최고신관 선거에 나가지 말라고 청하기 위해서네. 자네가 부탁을 들어주면 은 200탈렌툼을 마련해주겠네." 그는 손을 뻗어 토가 주름장식에서 돌돌 말린 종이쪽지를 꺼내 카이사르에게 내밀었다.

카이사르는 쪽지에 눈길조차 제대로 주지 않았고, 받으려는 시늉도 하지 않았다. 한숨만 내쉴 뿐이었다.

"그 돈으로 유권자들을 매수하셨으면 더 나았을 텐데요." 그가 말했다. "200탈렌툼이면 꽤 도움이 됐을 테니까요."

"이편이 더 효율적이라고 생각했네."

"하지만 헛걸음하셨습니다, 형님. 형님 돈은 받고 싶지 않습니다."

"거절할 형편이 아닐 텐데."

"그건 사실입니다. 하지만 그렇다 해도 그 돈은 받지 않겠습니다."

작은 종이 두루마리는 카툴루스가 내민 손에 그대로 있었다. "부디 다시 생각해보게." 이렇게 말하는 그의 양볼이 점점 새빨갛게 달아올랐다.

"돈을 집어넣으십시오, 퀸투스 루타티우스. 내일 선거가 열리면 저는 색색의 토가를 차려입고 그 자리에 나가 유권자들에게 저를 최고신관으로 뽑아달라고 말할 겁니다. 무슨 일이 있어도요."

"제발, 가이우스 율리우스, 한번 더 부탁하네. 이 돈을 받게!"

"제발, 퀸투스 루타티우스, 한번 더 부탁드립니다. 그만두세요!"

이 말에 카툴루스는 수정 술잔을 바닥에 냅다 던지고 밖으로 나갔다.

카이사르는 잠시 앉은 채, 자잘한 격자무늬가 들어간 모자이크 타일에 별을 흩뿌린 듯 빛나며 번져가는 분홍색 웅덩이를 가만히 응시했다. 그런 뒤 자리에서 일어나 찬방에서 걸레를 가져와서 더러워진 타일을 닦았다. 술잔은 그가 손대는 순간 잔금이 간 여러 조각으로 산산이 흩어졌다. 그는 조심조심 모든 파편을 걸레에 모아 담고 꾸러미처럼 단단히 묶어 찬방 안 쓰레기통에 던져넣었다. 그러고는 새로 가져온 깨끗한 걸레로 무장하고서야 청소를 완전히 끝냈다.

"카툴루스가 술잔을 그렇게 세게 던져서 다행이었어요." 다음날 동틀 녘에 어머니의 축복을 받으러 찾아간 자리에서 카이사르는 이렇게 말했다.

"아, 카이사르, 어떻게 다행일 수가 있니? 내가 그 물건을 잘 아는데…… 네가 그것에 얼마를 썼는지도 알고."

"저는 완벽한 물건인 줄 알고 샀는데, 이제 보니 흠이 있었어요."

"환불해달라고 하려무나."

이 말에 짜증스러운 소리가 터져나왔다. "어머니, 어머니, 대체 언제쯤 아시겠어요? 문제의 핵심은 그 망할 물건을 산 것과 하등 상관이 없다는 걸요! 그 물건은 흠이 있었어요. 저는 흠 있는 물건은 수중에 두지 않아요."

당최 이해할 수가 없었기에, 아우렐리아는 그 얘기를 그만두었다. "좋은 결과를 얻으렴, 사랑하는 아들아." 그녀는 아들의 이마에 입을 맞췄다. "나는 포룸 로마눔에 가지 않을 거야. 여기서 기다리고 있으마."

"혹시 제가 진다면, 어머니," 카이사르는 가장 멋진 미소를 지어 보이며 말했다. "아주 오래 기다리시게 될 거예요! 제가 진다면 아예 집에 오지 못할 테니까요."

그리고 그는 집을 나섰다. 심홍색과 자주색 줄무늬가 있는 신관용 토가 차림으로 파트리키 구를 지나가는 그를 피호민과 수부라의 모든 사내들 수백 명이 줄줄이 뒤따랐고, 집집마다 여자들이 창문 밖으로 고개를 내밀고 그에게 행운을 빌어주었다.

창문에 매달린 지지자들을 향해 그가 외치는 소리가 희미하게 들려왔다. "언젠가 카이사르의 행운은 널리 유명해질 겁니다!"

아들을 보낸 뒤 아우렐리아는 책상 앞에 앉아 끝도 없이 적힌 숫자를 보며 상아 주판으로 셈을 했다. 하지만 답은 단 하나도 적지 못했고, 그렇게 부지런히 셈을 하고도 아무런 성과도 없었다는 사실을 나중에 기억하지도 못했다.

사실 아들은 그리 오래 나가 있었던 것 같지 않았다. 나중에야 그녀는 다 해서 봄철의 여섯 시간이 걸렸음을 알게 되었다. 응접실에서 환호성을 지르는 아들의 목소리를 들었을 때는 일어날 기력조차 없었다. 아들이 어머니를 찾으러 와야 했다.

"신임 최고신관을 보고 계십니다!" 그는 두 손을 머리 위로 모은 채 문간에서부터 외쳤다.

"오, 카이사르!" 이렇게 말한 뒤 아우렐리아는 눈물을 흘렸다.

이처럼 그를 약하게 만들 수 있는 일도 없었을 터였다. 그의 일평생 어머니가 눈물을 흘린 기억은 떠올릴 수가 없었기에. 그는 치미는 감정을 꾹 참고, 얼굴을 일그러뜨린 채 비틀거리며 방으로 들어가 어머니를 안아 일으켰다. 그는 어머니를 끌어안고 어머니도 그를 끌어안은 채, 모자는 함께 눈물을 흘렸다.

"킨닐라 때도 울지 않으셨는데." 간신히 진정되었을 때 카이사르가 말했다.

"울었다. 네 앞에서는 안 그랬지만."

그는 손수건으로 자기 얼굴을 닦은 뒤 어머니에게도 똑같이 해주었다. "우리가 이겼어요, 어머니, 우리가 이겼다구요! 저는 여전히 경기장에 있고, 손에는 여전히 검이 들려 있어요."

아우렐리아의 미소는 흔들리고 불안했지만, 미소인 건 분명했다. "응접실에 몇 사람이나 와 있니?" 그녀가 물었다.

"어마어마하게 붐벼요. 제가 아는 건 그게 다예요."

"큰 차이로 이겼니?"

"열일곱 개 트리부스 전부에서요."

"카툴루스의 트리부스까지? 바티아의 트리부스도?"

"그 둘의 트리부스에서 두 사람의 표를 합한 것보다도 제 표가 더 많았어요, 믿어지세요?"

"정말로 기분좋은 승리로구나." 그녀가 속삭이듯 말했다. "하지만 어째서니?"

"그들 중 한 명은 물러났어야 했어요. 둘이서 표를 분산시킨 거죠." 카이사르가 말했다. 이제 사람들로 꽉 찬 방에 얼굴을 내밀 수 있겠다고 느껴지기 시작했다. "거기다 저는 어릴 때 유피테르 옵티무스 막시무스의 대제관이었는데 술라가 그 직위를 빼앗았어요. 그런데 최고신관 역시 위대한 신에게 속하는 자리지요. 민회장에 온 제 피호민들이 투표 실시 전부터 마지막 트리부스가 투표하러 가는 순간까지도 엄청나게 선전을 했어요." 그는 싱긋 웃었다. "제가 말씀드렸죠, 어머니. 선거운동에는 뇌물 말고도 다른 방법이 있다고요. 투표한 사람 중에 제가 로마에 행운을 가져올 거라고 확신하지 않은 이가 거의 없을 정도였어요. 저는 언제나 유피테르 옵티무스 막시무스의 사람이었으니까요."

"그 점은 네게 불리하게 작용할 수도 있었어. 유피테르 대제관이었던 사람은 로마에 불운을 가져온다고 생각할 수도 있었을 테니까."

"아뇨! 사람들은 항상 누군가 와서 신들에 대해 어찌 생각해야 할지 얘기해주기를 기다리죠. 저는 그저 상대측이 이 방법을 생각해내기 전에 선출된 것뿐이에요. 말할 것도 없이, 그들은 생각해내지 못했고요."

메텔루스 스키피오는 몇 년 전 아이밀리아 레피다와 결혼하고부터 최고신관 관저에서 살지 않았고, 새끼 똥돼지의 불임인 아내 리키니아는 남편보다 먼저 죽었다. 최고신관의 국영 저택은 비어 있었다.

당연히 새끼 똥돼지의 장례식에 참석한 사람 누구도, 이 유일한 비선출직 최고신관이 술라의 짓궂은 장난으로 로마에 재앙처럼 떠안겨졌다는 사실을 언급하는 게 품위 있는 처신이라 생각하지 않았다. 메텔루스 피우스는 압박감을 느낄 때마다 지독하게 말을 더듬었던 것이다. 이런 그의 말더듬증 때문에 사람들은 의식이 열릴 때마다 최고신관이 모든 말을 제대로 꺼낼 수 있을지 걱정하느라 신경을 더욱 곤두세워야 했다. 모든 의식은 집행에서나 말에서나 완벽해야 했기 때문이다. 완벽하지 않으면 처음부터 다시 시작해야 했다.

신임 최고신관은 말을 더듬거릴 일이 거의 없어 보였다. 잘 알려져 있듯이 그는 포도주를 마시지 않으므로 더욱 그럴 공산이 컸다. 카이사르가 선거에서 쓴 또 한 가지 깜찍한 책략은, 이 소소한 정보를 대신관 선거 동안에 널리 퍼뜨린 것이었다. 게다가 바티아 이사우리쿠스와 카툴루스 같은 '늙은이들'에 대해 언급하는 이야기들도 여기저기 퍼지기 시작했다. 근 20년간 말더듬증을 걱정해야 했던 로마인들은, 그야말로 흠잡을 데 없이 의식을 치를 최고신관을 맞이하게 되어 무척이나 기뻐했다.

카이사르와 그의 가족이 포룸 로마눔의 관저로 이사하는 것을 돕겠다며 피호민과 열렬한 지지자 들이 떼 지어 나섰다. 다만 수부라 사람들은 동네의 가장 명망 높은 주민을 잃는다는 생각에 쓸쓸해했다. 누구보다도 늙은 데쿠미우스가 그랬다. 지칠 줄 모르고 일을 성사시키려 애쓴 그였지만, 이제 카이사르가 떠나면 자기 삶은 결코 전 같을 수 없으리라는 걸 알고 있었다.

"당신은 언제든 환영이에요, 루키우스 데쿠미우스." 아우렐리아가 말했다.

"예전 같진 않을 거예요." 노인은 침울한 목소리로 말했다. "부인이요 바로 옆에 있다고, 부인에게 별일이 없다고 언제나 확신할 수 있었어요. 그런데 포룸 로마눔에다가 신전들과 베스타 신녀들 틈바구니라고요? 으으!"

"기운 내요, 친구." 열아홉 살 시절 데쿠미우스를 사랑에 빠지게 했던, 이제는 육십 줄의 부인이 말했다. "카이사르는 이 인술라를 세주거나 파트리키 구 아래의 자기 집무실을 포기할 생각이 없어요. 자기한테는 여전히 도피처가 필요하다는군요."

데쿠미우스로서는 며칠 만에 들은 최고의 소식이었다! 그는 그 길로 교차로 형제단에게 가서, 카이사르는 앞으로도 수부라의 일원일 거라고 말하며 어린아이처럼 방방 뛰었다.

대부분 자신을 싫어하는 사람들로 채워진 기관의 확실하고도 합법적인 수장이 되었다는 사실에도 카이사르는 전혀 걱정하지 않았다. 유피테르 옵티무스 막시무스 신전에서 열린 임관식이 끝난 뒤, 카이사르는 대신관단의 일원들을 불러 즉석에서 회의를 열었다. 좌장으로서 그가 어찌나 효율적이고 공정하게 회의를 이끌었던지 섹스투스 술피키우스 갈바와 푸블리우스 무키우스 스카이볼라 같은 신관들은 기쁨과 안도의 한숨을 내쉬었으며, 카이사르가 정치적으로는 악평이 자자하지만 어쩌면 최고신관 자리에 오름으로써 국가 종교에는 득이 되지 않을까 생각했다. 나이가 들어 숨을 쌕쌕거리는 마메르쿠스는 그저 웃기만 했다. 카이사르가 얼마나 일처리에 능한지 누구보다 잘 아는 사람이 그였다.

달력을 계절에 맞추기 위해 2년마다 20일을 추가로 달력에 끼워넣게끔 되어 있었지만, 아헤노바르부스와 메텔루스 피우스 등 연이은 최고신관들은 대신관단의 영역에서 이 의무를 등한시했다. 앞으로는 이러한 20일을 반드시 끼워넣겠노라고 카이사르는 단호히 선언했다. 어떠한 핑계나 종교적 트집도 용납되지 않을 터였다. 계속해서 그는, 100일을 추가로 삽입함으로써 달력과 계절을 완벽하게 맞추는 법을 민회에서 공포하겠다는 뜻을 밝혔다. 현재 달력상으로는 가을이 곧 끝날 때인데, 실제 계절은 여름이 막 시작되는 참이었다. 이 계획을 듣고 격분하며 불만을 터뜨린 이들이 일부 있었지만 격렬한 반대는 없었다. (카이사르를 비롯해) 참석자들 모두, 그가 이 법안을 통과시킬 가능성이 조금이라도 있으려면 집정관이 될 때까지 기다려야 할 것임을 알았기 때문이다.

회의 진행이 잠시 중단된 사이, 카이사르는 눈살을 찌푸린 채 유피테르 옵티무스 막시무스 신전 내부를 둘러보았다. 카툴루스는 여전히 신전 재건을 끝내려 버둥거리는 중이었고, 공사 작업은 건물 뼈대가 세워진 뒤로 예정보다 한참 지체되고 있었다. 신전은 거주는 가능하지만 외관이 영 밋밋한데다 예전 건물 같은 화려함이 없었다. 벽면은 대부분 회반죽을 바르고 칠을 했지만 프레스코화나 정교한 몰딩 장식은 없었으며, 보아하니 카툴루스는 다른 나라들과 왕족들을 졸라서 로마에 대한 충성의 표시로 유피테르 옵티무스 막시무스에게 멋진 예술품을 기증하라고 할 만한 기획력이—어쩌면 그럴 마음이—없는 게 분명했다. 순금이나 하다못해 도금 조각상도 없었고, 사두전차를 끄는 화려한 승리의 여신상이나 제욱시스의 그림도 없었다. 로마가 세계 무대로 기어올라가는 애송이에서 미처 벗어나지 못했던 시절 조각가 불카가 만든 오래된 테라코타 거인상을 대체할, 위대한 신의 조각상조차 아직까지 없었다. 하지만 카이사르는 당장은 잠자코 침묵을 지켰다. 최고신관은 종신직이고, 그는 아직 서른일곱 살도 채 되지 않았으므로.

여드레 뒤 관저 신전에서 취임 연회를 연다는 발표로 회의를 끝낸 뒤, 카이사르는 유피테르 옵티무스 막시무스 신전에서 관저까지의 짧은 내리막길을 걷기 시작했다. 어딜 가나 따라다니는 피호민 무리에 오랫동안 익숙해져서 그들의 재잘거리는 소리도 차단할 수 있게 된 그는 평소보다 느리게 걸으며 깊은 생각에 잠겼다. 그가 사실상 위대한 신의 소유라는 것에는 논쟁의 여지가 없었고, 이는 곧 그가 위대한 신의 명에 따라 이 선거에서 승리했다는 의미였다. 그래, 카툴루스의 엉덩이를 공개적으로 뻥 차줘서 어떻게 하면 유피테르 옵티무스 막시무스 신전을 아름다운 멋과 보물로 채울 수 있겠느냐는 긴급한 문제에 온 마음을 쏟게 해야 할 것이다. 가장 좋은 것들은 죄다 로마의 신전이 아니라 개인의 저택과 주랑정원으로 들어가고, 최고의 미술가와 장인 들이 공공건물 작업을 맡고 국가에서 지급받는 쥐꼬리만한 돈보다 개인에게 고용되어 얻는 수입이 훨씬 큰 요즘 같은 시대에.

카이사르는 가장 중요한 면담을 마지막 순서로 남겨두었다. 베스타 신녀들을 만나보기 전에 먼저 대신관단 내에서 자신의 권한을 확립하는 게 낫겠다는 판단에서였다. 명목상으로나 실제로나 로마 종교의 수장으로서 모든 신관단과 조점관단이 그의 책임하에 있었지만, 베스타 신녀단은 최고신관과 좀더 특별한 관계를 누렸다. 최고신관은 그들의 가장일 뿐만 아니라 그들과 한집에서 거주했던 것이다.

최고신관 관저는 엄청나게 오래된 건물이었으나 화재를 겪은 적이 없었다. 수대에 걸쳐 부유한 최고신관들은 이곳에 돈과 정성을 쏟아부었는데, 금과 상아로 만든 탁자부터 상감세공을 한 이집트산 긴 의자까지 그들이 들여놓은 물건은 무엇이 됐든 나중에 가문의 상속자를 위해도로 가져갈 수 없다는 것을 알면서도 한 일이었다.

공화정 초창기에 세워진 포룸 로마눔 건물들이 모두 그렇듯이, 최고신관 관저는 포룸 로마눔의 수직축과 희한한 각도로 놓여 있었다. 이 건물이 지어질 당시에는 종교나 국가와 관련된 건물들은 모두 남북 방향으로 앉혀야 했기 때문이었다. 원래부터 내리막으로 경사진 포룸 로마눔은 북동쪽에서 남서쪽을 향하고 있었다. 나중에 생긴 건물들은 포룸 로마눔의 경계선에 맞춰 세움으로써 전체적으로 더 정돈되고 멋진 조망이 확보되었다. 포룸 로마눔에서 가장 큰 건축물 중 하나인 관저는 그만큼 눈에 확 띄기도 했지만 눈을 즐겁게 하지는 못했다. 레기아와 최고신관 집무실에 부분적으로 가려진 높다란 1층 정면은 회반죽을 바르지 않은 응회암 블록으로 지어졌고 직사각형 창문들이 나 있었다. 별난 성격의 최고신관 아헤노바르부스가 증축한 꼭대기 층은 오푸스 인케르툼 기법으로 벽돌을 쌓고 아치형 창을 냈다. 정말이지 어울리지 않는 조합이었다. 이 부조화는 제대로 된 웅장한 신전 주랑현관과 박공지붕을 더해주면—적어도 사크라 가도의 정면 방향에서 볼 때는—크게 개선될 여지가 있었다. 어쨌든 카이사르가 생각하기엔 그랬다. 이런 생각이 든 순간, 그는 자신이 관저에 어떤 기여를 할지 마음을 정했다. 이곳은 정식으로 축성된 신전이었으므로, 그가 이렇게 하는 것을 막을 법은 존재하지 않았다.

형태상 이 건물은 정사각형에 가까웠지만 양쪽 측면에 돌출된 부분이 있어 폭이 넓어졌다. 건물 뒤로는 팔라티누스 언덕의 최저층을 이루는 9미터 높이의 작은 절벽이 있었다. 이 절벽 위에 노바 가도가 놓여 선술집과 상점, 인술라가 늘어선 번화가를 이루었는데, 관저 뒤로 골목길 하나가 이어져 있어 노바 가도 건물들의 하부구조로 접근이 가능했다. 이 구역의 건물들은 전체적으로 절벽 높이만큼 우뚝 솟아 있었으므로 뒤쪽 창문에서 보면 관저 안뜰에서 벌어지는 일을 훤히 볼 수 있는 멋진 전망을 갖추고 있었다. 또 이 건물들은 오후 시간에 최고신관과 베스타 신녀들의 거처에 들어올 햇빛을 완전히 차단하고 있기도 했다. 이로 인해 가뜩이나 저지대라는 불리한 조건에 놓인 관저는 생활하기에 추운 곳이 될 수밖에 없었다. 그 바로 위의 오르막에 포룸 로마눔의 축 방향으로 지어진 거대한 직사각형 상가인 마르가리타리아 주랑건물은 사실상 관저 뒤편과 딱 붙어 있었으며 관저 건물의 한쪽 모퉁이를 잘라먹었다.

그러나 로마인들 누구도—심지어 카이사르처럼 합리적인 사람도—이쪽으로는 모퉁이가 없어지고 저쪽으로는 뭔가 흉하게 툭 튀어나온, 이렇듯 요상한 형태로 된 건물이 이상하다고는 전혀 느끼지 못했다. 직선으로 지을 수 있는 것은 그렇게 지었고, 이미 있는 인접 건물을 우회해야 하는 건물이나, 워낙 오래되어 신관들이 날아다니는 새의 경로를 따라 정한 것으로 짐작되는 경계선은 그 주위로 돌아서 세워졌다. 이런 관점에서 바라보게 되면 관저가 그리 비정상적으로 보이지 않았다. 그저 크고 흉측하고 춥고 축축할 뿐.

카이사르가 정문 앞까지 성큼성큼 걸어가자, 그를 호위하고 온 피호민들은 경외하는 마음으로 뒤에 남았다. 관저 정문은 주조한 청동 판에 클로일리아의 이야기가 조각되어 있는 모습이었다. 건물 양쪽 옆에 출입문이 있었으므로 보통은 정문을 사용하지 않았다. 하지만 오늘은 보통 날이 아니었다. 신임 최고신관이 자기 영역의 주인이 되는 날이었고 이는 형식적으로 대단히 중요한 절차였다. 카이사르가 오른손바닥으로 우측 문짝을 세 번 두드리자 그 즉시 문이 열렸다. 수석 베스타 신녀가 공손히 인사하며 그를 맞이한 뒤, 눈물이 그렁그렁한 채 한숨 쉬는 피호민 무리 앞에서 문을 닫았다. 피호민들은 이제 바깥에서 오랫동안 기다리기를 감수하면서, 슬슬 간식과 잡담 생각을 하기 시작했다.

페르펜니아와 폰테이아는 몇 년 전 은퇴하였다. 현재 수석 신녀는 무레나의 가까운 친척이자 크라수스와는 보다 먼 친척 간인 리키니아였다.

"하지만," 대기실의 구부러진 중앙 경사로에서 그 꼭대기의 또다른 아름다운 청동 문까지 카이사르를 안내하면서 그녀가 말했다. "저는 가능한 한 빨리 은퇴할 생각입니다. 제 친척인 무레나가 금년 집정관 출마를 앞두고 있어서, 선거유세에서 그를 지원할 수 있을 때까지는 수석 신녀로 있어달라고 부탁하더군요."

리키니아는 수수하고 예의바른 여자였다. 하지만 자기 직무를 적절히 해낼 만큼 강하지는 못하다는 것을 카이사르는 잘 알고 있었다. 그는 대신관으로서 지난 수년간 성인 신녀들을 접해보았으며, 새끼 똥돼지 메텔루스 피우스가 그들의 가장이 되던 날부터 그들에게 닥친 운명을 개탄했다. 일단 메텔루스 피우스는 히스파니아에서 세르토리우스와 싸우느라 10년을 보냈고, 그런 뒤 나이보다 훨씬 늙어서 돌아온 그는 자신이 돌보고 감독하고 지도하고 조언해야 할 여섯 여자들에 대해 걱정할 기분이 아니었다. 우울하고 비관적인 그의 아내 역시 그리 도움이 되지 못했다. 그리고 일이란 게 대체로 그렇게 돌아가듯이, 차례로 수석 신녀가 된 세 여자들 모두 확고한 지침 없이는 상황에 잘 대처할 수 없는 이들이었다. 그 결과 베스타 신녀단은 쇠퇴의 길을 걷고 있었다. 아, 물론 신성한 불은 철저하게 관리되었고 다양한 축제와 의식도 적절히 시행되었다. 그러나 신녀가 부정을 저질렀다는 푸블리우스 클로디우스의 고발 사건이 남긴 여파는 로마의 행운을 상징하는 존재로 여겨지는 여섯 여자들에게 여전히 장막처럼 드리워져 있었으며, 당시 신녀단에 들어와 있던 나이가 좀 되는 이들은 그 일을 겪으면서 하나같이 끔찍한 상처를 입었다.

리키니아는 오른손바닥으로 오른쪽 문을 세 번 쳤고, 파비아가 공손히 절을 하며 그들을 신전 안으로 맞이했다. 바로 이곳 신성한 현관에서 베스타 신녀들이 그들의 새로운 가장을 맞이하기 위해 모여 있었다. 관저 내에서 양쪽 입주자들이 공동으로 쓸 수 있는 유일한 공간이었다.

그러면 그들의 새로운 가장은 어떻게 했을까? 아니, 그는 신녀들에게 쾌활하고 종교와는 거리가 먼 미소를 보내며 그들 사이를 곧장 지나서 불빛이 어둑한 현관 반대편의 세번째 이중문 쪽으로 걸어가는 것이 아닌가!

"밖으로 나가죠, 여러분!" 그가 어깨 너머로 말했다.

냉기가 도는 주랑정원 구내에서 그는 주랑에 석조 벤치 세 개가 나란히 놓여 있는 쉼터를 발견했다. 곧이어 그는 의자 하나를 돌려(하나도 힘들이지 않은 것처럼 보였다) 다른 두 개와 마주보도록 놓았다. 멋들어진 심홍색과 자주색 줄무늬 토가 차림에 심홍색과 자주색 줄무늬 최고신관용 튜닉까지 받쳐입은 그는 의자에 앉더니, 가벼운 손짓으로 신녀들에게도 앉으라고 권했다. 두려움 어린 침묵이 내려앉았고, 그동안 카이사르는 자신의 새로운 여인들을 죽 훑어보았다.

카틸리나와 클로디우스 둘 다 육욕을 품었던 파비아는 지난 수 세대 동안 가장 어여쁜 베스타 신녀로 여겨졌다. 그녀는 서열상 두번째였으므로 리키니아가 곧 은퇴하면 그뒤를 이을 터였다. 수석 베스타 신녀로서 그리 만족스러운 후보는 아니었다. 파비아가 신녀단에 입단했을 때 후보들이 몰려왔다면 그녀는 결코 입단 허락을 얻지 못했을 것이었다. 그러나 당시 최고신관이던 스카이볼라로서는 수수한 여자아이가 와줬으면 하는 소망을 억누르고, 로마에서 가장 역사가 깊고(비록 이제는 입양으로만 채워졌지만) 저명한 파비우스 가문의 이 기막히게 아름다운 자손을 받아들이는 수밖에 선택할 여지가 없었다. 이상한 노릇이었다. 파비아와 키케로의 아내인 테렌티아는 어머니가 같았다. 하지만 테렌티아에게는 파비아의 미모나 상냥한 천성이 전혀 없었다. 물론 둘 중에 테렌티아가 훨씬 더 똑똑하기는 했다. 현재 파비아는 스물여덟 살이었고, 이는 앞으로 8년에서 10년 정도 더 신녀단에 있게 된다는 의미였다.

다음으로 나이가 같은 두 신녀 포필리아와 아룬티아가 있었다. 둘 다 클로디우스가 카틸리나와 연결시켜 부정 혐의를 씌운 이들이었다. 파비아에 비해 훨씬 평범한 외모라니, 이렇게 감사할 데가! 두 사람이 법정에 섰을 땐 겨우 열일곱 살이었음에도 불구하고, 배심원단은 어렵지 않게 이들이 완전히 결백하다는 결론에 이르렀다. 걱정이었다! 현재의 여섯 신녀 중 세 명이 2년 간격으로 은퇴할 것이므로, 신임 최고신관에게는 그들을 대신할 새로운 어린 신녀들을 찾는 임무가 주어졌던 것이다. 하지만 그건 10년 뒤의 일이었다. 포필리아는 물론 카이사르와 가까운 친척이었지만, 상대적으로 덜 출중한 가문 출신인 아룬티아는 카이사르와 거의 혈연관계가 없었다. 두 신녀 모두 부정하다는 소문으로 인한 낙인에서 결코 회복하지 못했던지라, 이들은 둘이 꼭 붙어서 대단히 고립된 생활을 이어갔다.

페르펜니아와 폰테이아의 후임들은 아직 어린아이였는데, 이들도 열한 살로 나이가 같았다.

그중 하나는 데키무스 브루투스의 누이이자 셈프로니아 투디타니의 딸인 유니아였다. 이 아이가 왜 여섯 살 나이에 신녀단에 지원하게 되었는지는 누구나 다 아는 사실이었다. 셈프로니아 투디타니는 잠재적인 경쟁자를 두고볼 수가 없었고, 데키무스 브루투스는 파산할 지경으로 돈을 탕진하는 사람이었다. 어린 신녀들 대부분은 가족들로부터 넉넉히 지참금을 받았지만 유니아는 지참금이 한 푼도 없었다. 가족에게 받은 돈이 없는 이들에게는 나라에서 기꺼이 지참금을 내어주었으므로, 이겨낼 수 없는 문제는 아니었다. 사춘기의 아픔이 지나고 나면 이

아이는 꽤나 매력적인 여성이 될 터였다. 이 가엾은 존재들이 이처럼 엄마도 없고 제약 많은 환경에서 지금껏 어찌 견뎌온 걸까?

다른 한 명은 유서 깊지만 기울어가는 가문 출신 파트리키로, 퀸틸리아라는 대단히 뚱뚱한 아이였다. 이 아이 역시 지참금이 없었다. 이거야말로 신녀단의 현재 위상을 보여주는 증거로구나, 하고 카이사르는 침울하게 생각했다. 딸이 그럴싸한 신랑감을 찾을 수 있을 만큼 넉넉히 지참금을 줄 수 있는 사람은 아무도 베스타 신녀단에 딸을 내주지 않을 테니까. 국가로서는 돈이 많이 드는데다 불운한 일이기도 했다. 물론 폼페이우스 가문, 루케이우스 가문, 심지어 아프라니우스 가문, 롤리우스 가문, 페트레이우스 가문의 딸도 베스타 신녀로 지원한 바 있었다. 폼페이우스 마그누스는 자신과 그의 피케눔 지지자들을 로마에서 가장 숭상받는 기관에 단단히 자리잡게 하고자 필사적이었던 것이다. 그러나 새끼 똥돼지는 비록 늙고 병들긴 했어도, 그 혈통에서는 누구도 받아들이려 하지 않았다! 제대로 된 조상이 있는—아니면 최소한 폰테이아처럼 풀잎관을 받은 아버지를 둔—아이들에게 나랏돈으로 지참금을 주는 편이 훨씬 나았다.

카이사르가 이들을 아는 것 못지않게 성인 베스타 신녀들도 카이사르에 대해 잘 알고 있었다. 주로 각종 신관단에서 열린 공식 연회와 행사에 참석했을 때 얻은 정보였고, 따라서 깊이 있기는커녕 우호적인 정보조차도 아니었다. 로마에서 열리는 일부 사적인 연회는 지나친 포도주와 지나친 비밀 이야기로 물든 사건으로 변질되기도 했지만, 종교적인 연회는 절대 그런 법이 없었다. 카이사르 쪽을 향한 여섯 얼굴에 담긴 감정은…… 뭐지? 알아내기까지는 시간이 걸릴 터였다. 그렇지만 카이사르의 경쾌하고 쾌활한 태도에 그들은 살짝 평정을 잃었다. 사실 카이사르 편에서는 의도적인 행동이었다. 그는 신녀들이 자기를 배제시키거나 이것저것 감추는 일을 원치 않았는데, 젊은 최고신관이 마지막으로 재임했던 것은—저 유명한 아헤노바르부스라는 모습으로—이 신녀들 모두가 태어나기도 전이었다. 따라서 신임 최고신관은 그들이 정말로 안심하며 기댈 수 있는 가장이 되리라는 점을 신녀들이 깨닫게 해줄 필요가 있었다. 그가 음란한 눈길로 쳐다보는 일도, 허물없이 만지는 일도, 성적인 농담을 던지는 일도 결코 없으리라는 것을. 반면 차갑거나 매정하게 굴지도, 도저히 정이 안 가게 형식적으로 대하거나 어색하게 지내지도 않으리라는 것도.

리키니아가 불안한 듯 기침하고 입술을 축이더니 용기 내어 입을 열었다. "언제 이사 오실 예정이신지요, 주인어른?"

물론 그는 실제로 이들의 주인이었다. 그리고 신녀들이 자신을 항상 이렇게 부르는 것이 합당하다고 일찌감치 결론을 내렸다. 그는 신녀들을 자기 여자들이라고 부를 수 있었지만, 신녀들은 무슨 일이 있어도 그를 자기네 남자라고 부를 수 없었다.

"아마 모레가 될 걸세." 그는 미소 지으며 대답하고 두 다리를 길게 뻗으며 한숨 쉬었다.

"건물 전체를 안내받고 싶으시겠지요."

"그래. 그리고 내일 어머니를 모셔오면 그때도 부탁하네."

신녀들은 그에게 크게 존경받는 어머니가 있다는 사실을 잊지 않고 있었다. 또한 그의 딸과 카이피오 브루투스의 약혼부터 그의 멍청한 아내가 수상쩍은 부류와 어울린다는 것까지, 카이사르 가계의 모든 측면에 대해서도 모르지 않았다. 카이사르의 대답은 집안의 서열이 어떻게 되는지 신녀들에게 분명히 알려주었다. 어머니가 최우선. 어찌나 마음이 놓이는지!

"그러면 부인께서는요?" 파비아가 물었다. 그녀는 내심 폼페이아가 매우 아름답고 매혹적이라고 생각했다.

"내 아내는 중요하지 않네." 카이사르는 태연히 대꾸했다. "자네들이 아내를 볼 일은 있을 것 같지 않군. 사교활동으로 워낙 바쁘니까. 그에 반해 어머니는 두루두루 관심을 가지실 것이네." 이 마지막 말을 하면서 그는 또 한번 특유의 멋진 미소를 짓더니, 잠시 생각하는 듯하다가 한마디 덧붙였다. "어머니는 값을 매길 수 없이 귀한 진주 같은 분이시네. 그분을 두려워하지 말고, 주저 없이 그분께 상의하게. 내가 자네들의 가장이기는 하나, 분명 같은 여자와 상의하는 게 더 좋은 부분이 있을 테니. 지금까지 자네들은 고민이 있으면 이 집밖으로 가지고 나가거나 혼자서만 묻어둬야 했을 거야. 어머니는 경험도 많고 양식도 풍부하시네. 한편으로는 감싸시고 다른 한편으로는 파고드시지. 그분은 절대 뒷얘기를 하시지 않아, 내게조차도."

"그분을 뵐 날이 고대됩니다." 리키니아가 딱딱하게 예를 갖춰 말했다.

"너희 둘은," 카이사르가 어린아이들을 향해 말했다. "내 딸과 나이가 엇비슷하고, 그애 역시 귀한 진주 같은 아이야. 함께 놀 친구가 생길 거다."

이 말에 수줍은 미소가 새어나왔지만, 대답은 나오지 않았다. 카이사르는 속으로 한숨을 쉬며 생각했다. 이 기구한 모스 마이오룸의 희생양들이 편안함을 찾고 새로운 질서를 받아들이기까지 그와 그의 가족은 갈 길이 멀어 보였다.

카이사르는 그야말로 편안한 표정으로 잠시 더 인내심 있게 기다리

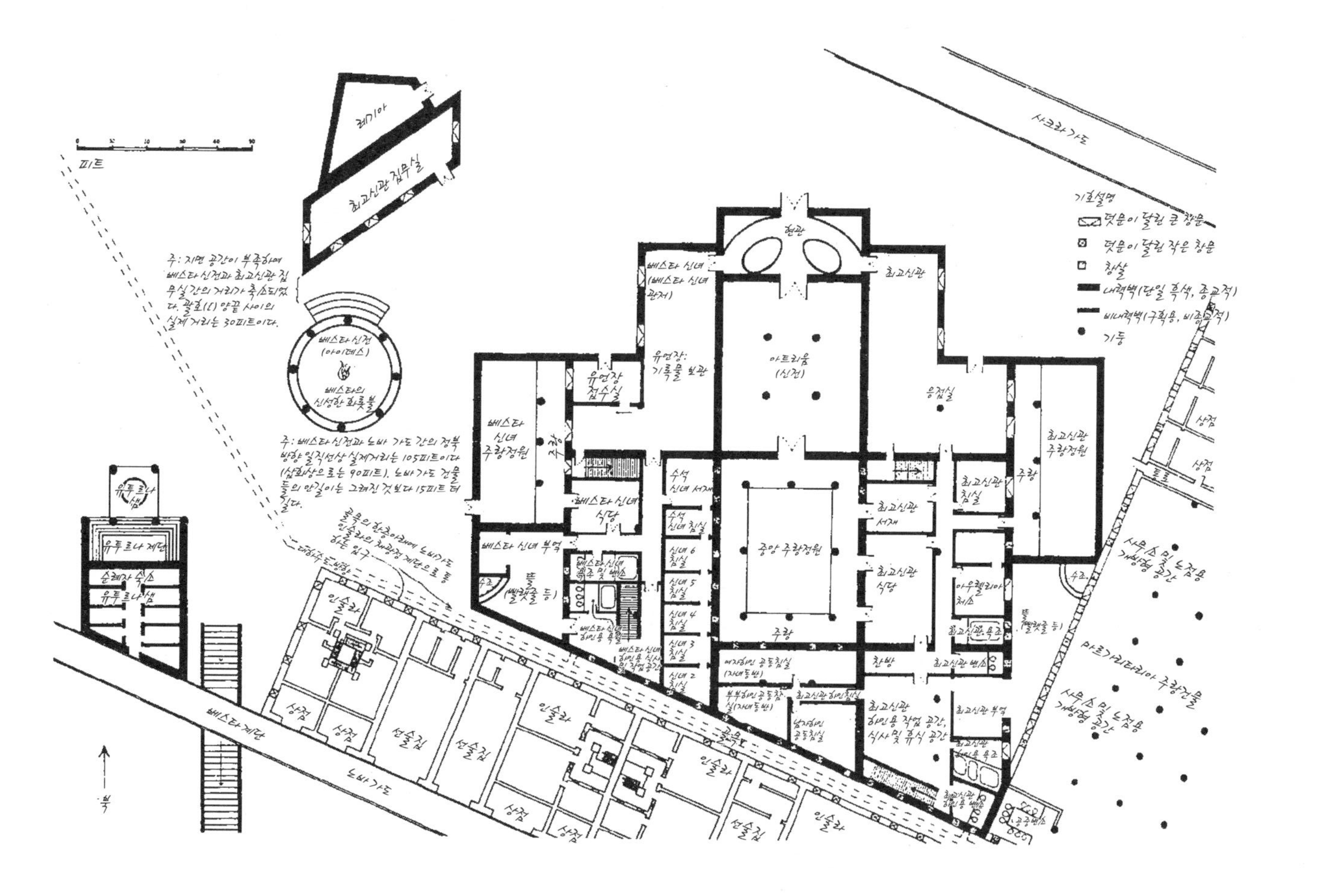

기호설명
덧문이 달린 큰 창문
덧문이 달린 작은 창문
창살
내력벽(단일 흑색, 종교적)
비내력벽(구획용, 비종교적)
기둥
사크라 가도
노바 가도
베스타 계단
최고신관 집무실
레기아
주: 지면 공간이 부족하여 베스타 신전과 최고신관 집무실 간의 거리가 축소되었다. 괄호({) 양끝 사이의 실제 거리는 30피트이다.
베스타 신전
(아이데스)
베스타의 신성한 화롯불
주: 베스타 신전과 노바 가도 간의 정북 방향 일직선상 실제거리는 105피트이다(삽화상으로는 90피트). 노바 가도 건물들의 안길이는 그려진 것보다 15피트 더 길다.
피트
현관
아트리움
(신전)
중앙 주랑정원
주랑
응접실
최고신관
최고신관 주랑정원
최고신관 침실
최고신관 서재
최고신관 식당
아우렐리아 처소
최고신관 욕조
최고신관 변소
찬방
최고신관 부엌
최고신관 하인용 작업 공간, 식사 및 휴식 공간
최고신관 하인용 욕조
최고신관 하인용 변소
최고신관 하인침실
남자하인 공동침실
여자하인 공동침실 (지내동쪽)
부부하인 공동침실 (지내동쪽)
뜰 (빨랫줄 등)
수조
베스타 신녀 (베스타 신녀 관저)
유언장: 기록물 보관
유언장 접수실
베스타 신녀 주랑정원
베스타 신녀 식당
베스타 신녀 부엌
베스타 신녀 욕조 및 변소
베스타 신녀 하인용 욕조
베스타 신녀 하인용 식사 및 작업 공간
수석 신녀 서재
수석 신녀 침실
신녀 6 침실
신녀 5 침실
신녀 4 침실
신녀 3 침실
신녀 2 침실
인술라
선술집
상점
골목
골목의 한층 아래에 노바 가도 인술라의 재정렬 계단으로 통하는 입구
대하수도 방향
유투르나 샘
유투르나 제단
순례자 숙소
유투르나 샘
사무소 및 노점용 개방형 공간
마르가리타리아 주랑건물
공중변소
통로
북

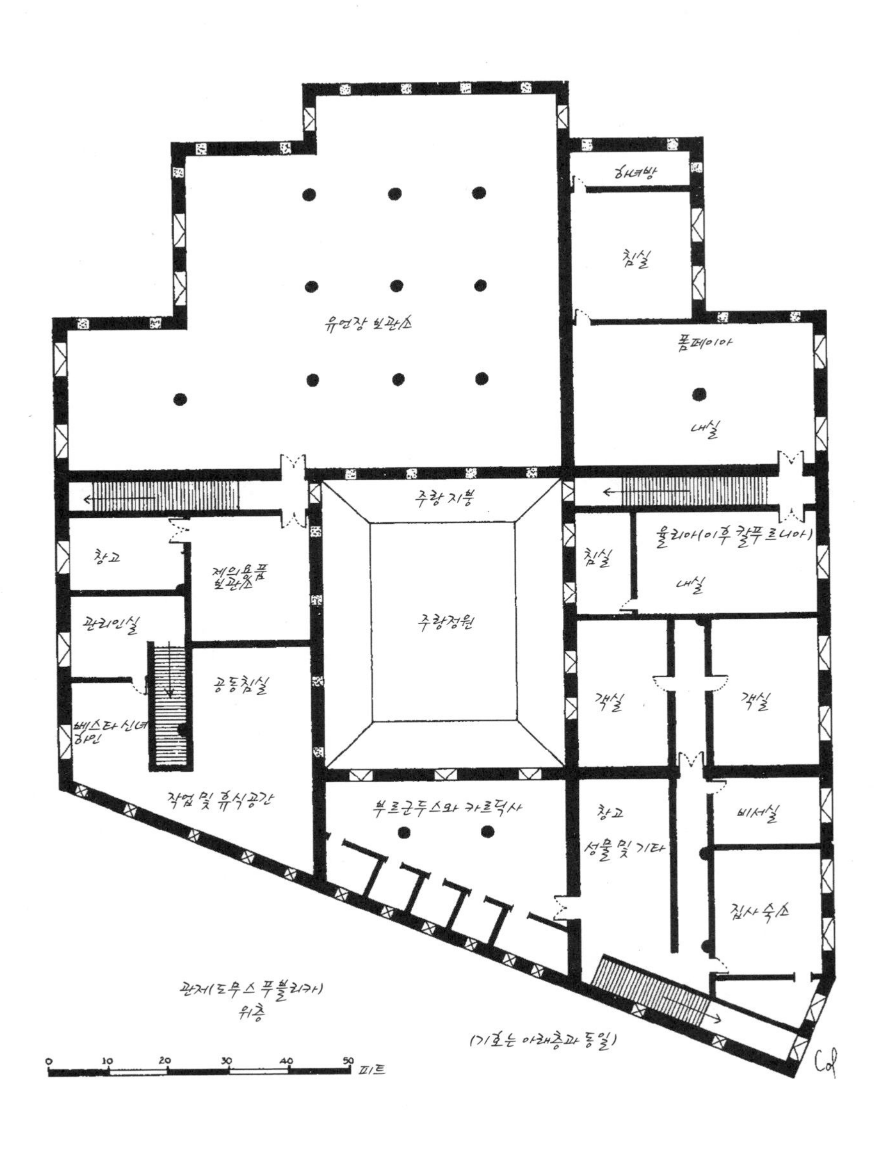
하녀방
침실
유언장 보관소
폼페이아
내실
주랑 지붕
율리아(이후 칼푸르니아)
창고
제의용품 보관소
침실
내실
주랑정원
관리인실
공동침실
객실
객실
베스타 신녀 하인
작업 및 휴식공간
부르군두스와 카르덕사
창고
성물 및 기타
비서실
집사 숙소
관저(도무스 푸블리카)
위층
(기호는 아래층과 동일)
0
10
20
30
40
50
피트

다가, 마침내 일어섰다. "좋아, 여러분, 오늘은 이만하면 충분하네. 리키니아, 내게 관저를 좀 안내해주게."

그는 먼저 해가 들지 않는 주랑정원으로 걸어나가 주변을 바라보았다.

"이곳은 아시다시피 공공 안뜰입니다." 리키니아가 말했다. "여기서 열린 행사에 참석하셔서 알고 계시겠지요."

"행사에 오면서 이곳을 제대로 볼 수 있을 만큼 여유롭거나 혼자 있을 시간이 한 번도 없었네." 카이사르가 말했다. "무언가가 내 것이 되면 이전과는 전혀 다른 눈으로 바라보게 되지."

다른 어느 곳보다도 이 중앙 주랑정원 한가운데에서 바라봤을 때 관저의 높이가 확연히 느껴졌다. 관저 건물은 지붕 꼭대기까지 사방으로 벽이 세워져 있었다. 도리스 양식의 진홍색 기둥들로 이루어진 지붕 덮인 주랑이 건물 주위를 에워쌌고, 아름답게 칠해진 뒷벽 위로 꼭대기 층의 덧문이 내려진 아치형 창들이 나 있었다. 뒷벽은 붉은색으로 마감되었으며 몇몇 유명한 베스타 신녀들과 그들의 업적이 묘사된 화려한 배경을 뒤로하고 있었다. 얼굴은 충실히 재현되었는데, 수석 베스타 신녀에게는 실물과 가깝게 색을 칠한 밀랍 가면에 색깔과 모양까지 꼭 맞춘 가발을 씌운 이마고를 소유할 권리가 있기 때문이었다.

"대리석 조각상들은 모두 레우키포스의 작품이고, 청동상들은 스트롱길리온의 작품입니다." 리키니아가 말했다. "제 선조 중 한 분인 크라수스 최고신관께서 기증한 것이지요."

"저 연못은? 아주 멋지군."

"스카이볼라 최고신관께서 기증하셨습니다, 주인어른."

누군가 정원을 가꾼 티가 났지만, 카이사르는 누가 새로운 본보기가 되어야 할지 생각해냈다. 바로 가이우스 마티우스였다. 그 순간 그는 고개를 돌려 뒷벽을 관찰하다가, 노바 가도에서 내려다보는 수백 개의 창문처럼 보이는 것을 발견했다. 대부분 얼굴들로 가득 채워져 있었다. 신임 최고신관이 오늘 취임한다는 것을 다들 알고 있었으므로, 그의 관저와 그의 소관인 베스타 신녀들을 보기 위해 몰려든 것이리라.

"자네들에겐 사생활이라고는 없군." 그가 위를 가리키며 말했다.

"네, 주인어른, 중앙 주랑정원에서는요. 아헤노바르부스 최고신관께서 저희들 전용 주랑정원을 추가로 지으셨는데, 벽을 대단히 높게 올려서 아무도 저희를 볼 수 없답니다." 그녀는 한숨을 내쉬었다. "아아, 하지만 해가 전혀 들지 않아요."

이어서 그들은 유일한 공용실로 들어갔다. 건물의 두 측면 사이에 놓여 신전을 이루는 방이었다. 조각상은 하나도 없었지만 이 방 역시 프레스코화와 화려한 금박으로 장식되어 있었다. 유감스럽게도 작업 수준을 온전히 감상하기에는 등불이 너무 희미했다. 양쪽 아래에 하나씩 놓인 값비싼 받침대에는 작은 신전 모형들이 줄지어 진열되었고, 그 안의 수납장에는 로마 초기 왕들이 통치하던 까마득한 시대부터 이 제도가 시작된 이래 취임했던 수석 베스타 신녀들의 이마고가 보관되어 있었다. 수납장을 하나 열어서 클라우디아의 피부색이나 그녀의 머리 모양을 들여다보려 해봤자 소용이 없었다. 조명이 너무 부실했다.

"이 문제를 어떻게 할 수 있을지 고민해봐야겠군." 처음 들어갔던 대기실로 돌아가면서 카이사르가 말했다.

이 방이야말로 이곳의 오랜 역사를 가장 잘 드러내 보인다는 것을 그는 이제야 깨달았다. 어찌나 오래된 곳인지 리키니아조차도 왜 이런 식으로 되어 있는지, 혹은 이곳의 특징들이 무슨 목적으로 생겨난 건지 그에게 제대로 말해줄 수가 없었다. 바깥문에서 신전 문까지 각각 세 개의 경사로가 바닥으로부터 3미터 높이로 솟아 있었고, 경사로에는 나선형을 그리는 추상무늬로 기막히게 멋진 모자이크 타일이 깔려 있었는데 카이사르의 짐작으로는 유리나 채색 도자기 재질 같았다. 경사로를 서로 분리시키는 동시에 구부러진 곡선 윤곽을 부여하는 것은, 세월의 흔적으로 검게 변색된 응회암 블록으로 포장된 두 개의 아몬드형 계단통이었다. 그 뚫린 공간 가운데쯤에 각각 매끄럽게 윤을 낸 검은 돌 받침대가 있고, 그 위에 핏방울처럼 반짝거리는 석류석 빛깔의 수정으로 채운 속이 빈 반원형 암석들이 놓여 있었다. 바깥문 양쪽에도 응회암 블록으로 포장된 움푹한 구멍이 있고 안쪽 가장자리가 곡선을 이루고 있었다. 벽면과 천장은 이보다 훨씬 나중에 만들어진 것이었는데, 초록색 계열로 칠했고 군데군데 금박을 더한 석고 꽃장식과 격자세공이 풍성하게 어우러져 있었다.

"저희가 시신을 실어나르는 신성한 전차는 양쪽 가장자리의 경사로 아래로 쉽게 통과된답니다. 한쪽은 베스타 신녀용, 다른 한쪽은 최고신관용이지요. 하지만 누가 중앙 경사로를 사용했고 왜 그랬는지는 모릅니다. 어쩌면 왕의 장례용 전차일 수도 있겠지만, 모르겠어요. 풀리지 않은 수수께끼지요." 리키니아가 말했다.

"어딘가 답이 있겠지." 카이사르는 흥미진진해하며 말했다. 그는 양 눈썹을 치켜올리고 수석 베스타 신녀를 바라보았다. "이번에는 어딘가?"

"어느 쪽이든 주인어른께서 먼저 보시고 싶은 쪽으로 가시지요."

"그렇다면 자네들 있는 쪽으로 가지."

관저의 절반에 해당하는 베스타 신녀들의 공간에는 그들의 사업체도 함께 들어와 있었다. 이 사실은 리키니아가 길이가 15미터인 L자형 방으로 카이사르를 안내하는 순간 쉽게 확인할 수 있었다. 일반적인 집이라면 아트리움이나 응접실쯤 됐을 공간이 이곳에서는 베스타 신녀들의 작업실이었다. 그들은 로마인의 유언장을 책임지는 공식 관리인이었기 때문이다. 공간은 목적에 맞도록 대단히 영리하게 개조되어 있었다. 책 들통이나 덮개 없는 두루마리를 넣기 위해 천장 높이까지 쌓인 상자 선반들, 여러 책상과 의자, 사다리와 걸상, 조심스럽고 세심하게 꿰매어 붙인 작은 직사각형들로 이루어진 커다란 페르가몬 양피지가 걸려 있는 수많은 선반들.

"저기서 보관할 유언장을 받습니다." 수석 베스타 신녀가 바깥문과 가장 가까운 공간을 가리키면서 말했다. 베스타 신녀 관저에 자신의 유언장을 맡기기를 원하는 사람들이 들어오는 출입문이었다. "보시다시피 저곳은 방의 주요 공간과 분리되도록 벽이 쳐져 있어요. 안을 들여다보시겠습니까, 주인어른?"

"고맙네, 나도 저곳은 잘 아네." 수많은 유언장들의 집행인이었던 카이사르가 말했다.

"물론 오늘은 휴일이라 문을 닫았고 일을 보는 사람도 없습니다. 내일은 바빠질 거예요."

"그리고 방 이쪽 공간에 유언장을 보관하는 거로군."

"오, 아뇨!" 리키니아가 겁에 질린 듯 헉 소리를 냈다. "여기는 그저 저희의 기록실이에요, 주인어른."

"기록실?"

"네. 저희에게 맡겨진 모든 유언장과 이름, 트리부스, 주소, 유언장 제출시의 나이 등 그 입증자료를 기록해두고 있거든요. 유언장은 집행되면 우리 손에서 떠나지요. 하지만 기록은 그렇지 않아요. 우리가 기록을 폐기하지도 않고요."

"그러니까 여기 이 책 들통들과 서류함이 전부 기록들로 채워져 있다는 말인가? 오로지 기록들로?"

"네."

"그러면 이건 뭔가?" 방을 가로질러가서 한 선반에 걸린 양피지의 수를 세며 그가 물었다.

"저희의 종합 설계도요. 어느 이름이 어느 트리부스에 속하는지부터 지방자치도시 목록, 전 세계의 도시, 우리의 보관체계 지도에 이르는 모든 자료를 찾아보기 위한 사용설명서죠."

선반에는 너비 60센티미터, 길이 150센티미터 크기의 양피지 여섯 장이 걸려 있었다. 양면에 각각 글이 적혀 있었으며 글씨는 작고 명료하고 윤곽이 짙었다. 카이사르가 아는 한 전문적인 훈련을 받은 그리스인 필경사에 견줄 만한 솜씨였다. 그는 눈으로 방을 천천히 훑으며 모두 서른 개의 선반을 셌다. "자네가 말한 것보다 명단이 더 많은걸."

"네, 주인어른. 저희는 할 수 있는 한 모든 것들을 보관해둔답니다. 그 일에 흥미를 느껴서죠. 베스타 신녀가 된 최초의 아이밀리아는 신성한 불을 보살피고 샘에서 물을 길어오는—그 당시에는 에게리아 샘이었어요. 확실히 유투르나 샘보다 훨씬 멀리 떨어져 있었지요—등의 일상적인 일만으로는 우리의 마음을 바쁘게 하고 우리의 의도와 맹세를 순수하게 유지하기에 충분하지 않다는 걸 알 만큼 지혜로웠어요. 베스타 신녀들은 모두가 왕의 딸들일 때부터 유언장 관리인이었지만, 이제 아이밀리아의 지도 아래 업무를 확장해서 기록 보관 작업을 시작했습니다."

"그러니까 여기 내가 보고 있는 건 진정한 정보의 보고로군."

"네, 주인어른."

"자네들이 맡고 있는 유언장은 얼마나 되나?"

"100만 개쯤 됩니다."

"그 명단이 다 여기 있고." 서류로 가득찬 높은 벽을 이리저리 손으로 쓰는 시늉을 하며 그가 말했다.

"그렇기도 하고 아니기도 합니다. 현재의 유언장들은 서류함에만 들어 있어요. 매번 책 들통 안팎을 뒤지는 것보다 덮개 없는 두루마리를 찾아보는 편이 더 쉬워서죠. 자료들은 깨끗한 상태로 관리하고 있어요. 들통에는 우리의 관리를 떠난 유언장들에 대한 기록이 담겨 있고요."

"이 기록들이 언제까지 거슬러올라가는가, 리키니아?"

"앙쿠스 마르키우스 왕의 가장 나이 어린 두 딸까지입니다. 아이밀리아가 도입한 것처럼 자세한 기록은 아니지만요."

"그 특이한 인물 아헤노바르부스 최고신관이 왜 자네들이 쓸 수도시설을 설치해서 매일 의식을 위해 유투르나 샘에서 주전자 한가득 물을 떠오는 일을 줄여줬는지 이해가 될 것 같군. 자네들에게는 더 중요한 일이 있어. 아헤노바르부스가 그 일을 시행했을 당시에는 큰 소동을 일으키긴 했지만."

"우리는 아헤노바르부스 최고신관께 영원히 감사할 겁니다." 층계 쪽으로 앞장서서 가며 리키니아가 말했다. "그분이 2층을 추가로 만들어주셔서 우리 삶이 더 건강하고 편안해졌을 뿐 아니라 유언장을 보관할 공간도 생겼어요. 그전까지는 달리 공간이 없어서 지하실에 유언장을 두었지요. 그렇기는 하지만 또다시 보관이 문제가 되고 있어요. 옛날에는 유언장이 로마 시민권자에게만 국한되었고 그것도 로마 내에 거주하는 시민들이 대부분이었습니다. 그런데 요즘 우리는 세계 각지에 사는 시민권자와 비시민권자 들로부터 거의 그에 육박하도록 많은 유언장을 받고 있어요." 그녀는 계단 꼭대기에 이르러 커다란 동굴로 통하는 문을 열더니 기침을 하고 코를 훌쩍였다. 동굴에는 한쪽 편으로만 난 창을 통해 불빛이 들어오고 있었고, 그쪽으로 베스타 신녀 관저가 보였다.

카이사르는 그녀가 갑자기 호흡 곤란을 일으킨 이유를 알 수 있었다. 그곳에서 종이 입자와 바싹 마른 먼지 냄새가 확 풍겼던 것이다.

"이곳에 로마 시민권자들의 유언장을 보관하고 있어요. 대략 75만 부일 겁니다." 리키니아가 말했다. "로마는 저쪽, 이탈리아는 이쪽이고요. 로마의 여러 속주들은 저기, 저기, 저기예요. 다른 나라들은 이쪽이고요. 그리고 새로 만든 이탈리아 갈리아 항목이 여기 있고요. 이탈리아 전쟁 이후에 파두스 강 이남의 모든 지역들이 시민권을 얻게 되면서 꼭 필요해졌어요. 이탈리아 항목도 더 늘려야 했고요."

자료를 담은 서류함들은 각각 꼬리표와 딱지를 붙여 줄줄이 놓인 나무상자 선반에 담겨 있었다. 상자 하나당 50개쯤 되는 듯했다. 카이사르는 '이탈리아 갈리아'에서 표본을 하나 꺼내본 뒤 다른 서류들을 연이어 꺼내보았다. 종이의 크기나 두께나 종류가 제각각이었고 밀랍과 누군가의 휘장으로 봉인되어 있었다. 이건 묵직한 걸 보니 엄청나게 많은 재산이로군! 저건 빈약하고 초라한 것이, 물려줄 게 작은 오두막과 돼지 한 마리쯤 되는 모양이야.

"비시민권자들의 유언장은 어디에 보관되어 있는가?" 앞서 계단을 내려가는 리키니아에게 카이사르가 물었다.

"지하에 있습니다, 주인어른. 군대의 유언장과 군 복무중 사망 기록 전체와 함께요. 물론 우리가 병사들의 유언장을 보관하는 일은 없습니다. 그 유언장들은 군단 서기들이 계속 관리하다가, 병사가 복무를 끝내면 바로 폐기하지요. 그러면 제대한 사람은 새로 유언장을 만들어서 우리에게 맡긴답니다." 그녀가 구슬프게 한숨을 쉬었다. "저 아래에도 아직 공간이 있지만, 얼마 안 가 속주 시민들의 유언장을 지하실로 옮겨야 할 것 같아서 걱정입니다. 지하실에는 우리와 주인어른이 의식을 치르는 데 필요한 신성한 물품들도 잔뜩 보관해야 하는데 말이에요. 그러니 우리는 어디로 가야 할까요?" 그녀가 하소연하듯이 물었다. "지하실 전체가 아헤노바르부스 때처럼 꽉 차게 되면요?"

"다행히도 리키니아, 그건 자네가 걱정할 일이 아니네." 카이사르가 말했다. "물론 내 걱정거리가 될 것이 틀림없지만. 로마 여성의 효율성과 세부사항에 대한 관심이 이 세상에 유례없던 종류의 자료 보관소를 낳았다니 이 얼마나 놀라운 일인가! 누구나 자기 유언장이 캐기 좋아하는 눈과 마음대로 고쳐놓는 펜으로부터 안전하게 보관되기를 원하네. 베스타 신녀 관저 외에 어디서 또 그런 일이 가능하겠는가?"

이처럼 후한 논평도 그녀의 귀에는 들어오지 않았다. 자신이 빠뜨린 걸 발견하고는 지레 놀라느라 바빴던 것이다. "주인어른, 여자들의 유언장 항목을 보여드리는 걸 잊었습니다!" 그녀가 외쳤다.

"그래, 여자들도 유언장을 작성하지." 진지한 태도를 유지하면서 그가 말했다. "자네들이 심지어 죽은 사람 성별도 구분한다는 걸 알게 되니 대단히 안심이 되네." 이 말은 그녀의 이해력을 한참 벗어난 곳에 떨어졌지만, 문득 카이사르는 다른 생각을 해냈다. "그리도 많은 이들이 멀게는 가는 데 몇 달 걸리는 곳에 살면서도 유언장은 이곳 로마에 맡긴다는 게 참으로 놀랍네. 나라면 유언장이 집행될 수 있을 때쯤엔 이미 모든 동산(動産)과 주화가 사라진 후일 거라고 생각했을 것 같은데."

"모르겠습니다, 주인어른. 우리는 그런 것들은 알아보지 않으니까요. 하지만 사람들이 그렇게 한다는 건, 분명 그렇게 함으로써 안심이 된다는 거겠지요." 그녀는 간단히 결론을 내렸다. "제 생각에는 모두가 로마와 로마의 응징을 두려워해요. 프톨레마이오스 알렉산드로스 왕의 유언장을 보세요! 현재 이집트의 왕은 그 유언장에 따르면 사실 이집트가 로마 소유라는 것을 알기 때문에 로마를 겁내고 있어요."

"맞는 말이네." 카이사르가 엄숙하게 말했다.

그는 작업실에서(휴일임에도 불구하고 어린 신녀 둘까지도 뭔가 바쁘게 작업하고 있는 모습이 눈에 띄었다) 다시 숙소로 안내를 받았다. 이곳을 본 그는 고립된 신녀 생활에 대한 대단히 적절한 보상이라는 생각이 들었다. 하지만 식당은 탁자 주위로 의자가 놓여 있는 시골풍이었다.

"남자들과 같이 식사하지는 않는가?" 그가 물었다.

리키니아는 충격받은 표정이었다. "저희 숙소에서는 안 됩니다, 주인어른! 여기 들어오는 남자는 주인어른이 유일해요."

"의사나 목수는 어떤가?"

"훌륭한 여의사들이 있고 온갖 여자 장인들도 있습니다. 로마는 상업 분야에서 여자들에 대해 편견을 갖고 있지 않아요."

"10년 넘게 대신관을 지냈는데도 내가 모르는 게 너무 많군." 카이사르가 고개를 절레절레 저으며 말했다.

"음, 저희가 재판을 받을 때 로마에 안 계셨지요." 말하는 리키니아의 목소리가 떨렸다. "당시 우리가 사적으로 즐기고 생활하는 방식이 모두에게 노출되었어요. 하지만 통상적으로는 신관들 중에서도 오로지 최고신관만 우리가 사는 방식에 관여하시지요. 우리 친척들과 친구들도 당연히 그렇고요."

"맞는 말이네. 율리우스 가문 출신 중 가장 최근 신녀단에 있었던 이가 율리아 스트라보인데 때 이른 죽음을 맞았지. 자네들 중에 일찍 죽는 사람이 많은가, 리키니아?"

"요즘은 아주 드뭅니다. 수도시설이 들어오기 전에는 죽는 일이 흔했던 걸로 알고 있지만요. 목욕탕과 변소를 보시겠어요? 아헤노바르부스는 누구에게나 위생이 중요하다고 생각해서 하인들에게도 목욕탕과 변소를 마련해주셨어요."

"놀라운 사람이로군." 카이사르가 말했다. "그가 법을 바꾸고 동시에 자신이 최고신관에 선출될 수 있게 했다고 사람들이 얼마나 매도했던지! 아헤노바르부스가 관저 생활을 끝낸 뒤 대리석 변소 좌석에 관한 농담이 유행했다고 가이우스 마리우스가 이야기한 기억이 나네."

카이사르가 주저하는데도 리키니아는 기어이 베스타 신녀들의 침실을 보여주겠다고 고집했다.

"메텔루스 피우스 최고신관께서 히스파니아에서 돌아오신 후에 이걸 생각해내셨어요. 보이세요?" 자신의 침실에서부터 시작되는 장막이 쳐진 일련의 아치길을 따라 그를 안내하며 리키니아가 물었다. "나가는 길은 제 방을 통하는 것뿐이에요. 원래는 우리 모두 복도에 문이 있었지만 메텔루스 피우스 최고신관께서 문들을 벽돌로 막아버리셨어요. 온갖 근거 없는 주장들로부터 우리를 보호해야 한다고 하셨죠."

카이사르는 입을 꾹 다문 채 아무 말도 하지 않았다. 두 사람은 왔던 길을 되짚어 신녀들의 작업실로 갔다. 거기서 그는 다시 유언장으로 화제를 돌렸다. 그는 그 주제에 완전히 매료되어 있었다.

"자네가 알려준 수치는 충격적이었네." 카이사르가 말했다. "하지만 놀랄 일이 아니라는 건 알겠네. 나는 평생 수부라에 살았고, 단 한 명의 노예를 소유한 최하층민이 엄숙하고도 자랑스레 베스타 신녀 관저에 찾아와서 자기 유언장을 맡기는 걸 직접 본 일만도 여러 번이니까. 남길 것이라고는 브로치 하나, 의자 몇 개와 탁자 하나, 소중한 건초 보온 상자, 그리고 노예가 전부라네. 시민권자가 입는 토가로 한껏 치장하고 자신의 로마인 신분을 보여주는 증거로 곡물 전표를 손에 쥐고서 타르퀴니우스 수페르부스 왕처럼 자랑스러워하지. 그는 백인조에서 투표할 수 없고, 수도 트리부스 소속이라서 민회에서 그의 표는 아무 가치도 없지만, 군단에서 복무할 수도 있고 유언장을 맡길 수도 있네."

"그런 사람이 자신의 보호자로 주인어른과 나란히 함께 온 것이 몇 번이나 되는지는 빠뜨리셨어요." 리키니아가 말했다. "어떤 보호자가 시간을 내어 이런 일을 하는지, 어떤 이들이 그저 해방노예 하나만 달랑 보내는지 우리는 잊지 않아요."

"누가 직접 찾아오는데?" 카이사르가 궁금해하며 물었다.

"주인어른과 마르쿠스 크라수스가 항상 오시죠. 카토도 그렇고, 도미티우스 아헤노바르부스 가문 사람들도요. 그 외에는 거의 없어요."

"그 이름들은 놀랍지 않군!"

화제를 바꿀 때도 되었으니, 큰 소리로 말하면 흰옷 차림으로 힘들게 일하고 있는 모든 이들이 그의 말을 들을 수 있을 터였다. "아주 열심히들 일하는군." 그가 말했다. "나는 많은 유언장을 제출했고 많은 이들에게 공증을 요청했지만, 로마의 마지막 유서들을 관리한다는 것이 얼마나 엄청난 일인지는 미처 생각하지 못했네. 자네들은 칭찬받아 마땅해."

그리하여 수석 베스타 신녀는 아주 기쁘고 만족스러운 기분으로 그를 다시 대기실로 이끌었고, 그의 거처 열쇠를 건네주었다.

훌륭하구나!

L자형 응접실은 긴 쪽이 15미터쯤 되었고 베스타 신녀들의 작업실을 좌우만 바꿔놓은 모양이었다. 눈부시게 아름다운 프레스코화부터 금박 장식이며 곳곳에 널린 가구와 미술품까지 비용과 사치품을 아낌없이 쏟아부은 공간이었다. 모자이크 바닥, 석고 장미와 황금 벌집으로 장식된 멋들어진 천장, 벽에 붙인 채색 대리석 기둥, 따로 독립되어 있는 기둥을 감싼 대리석 외장.

최고신관용으로 서재와 침실이, 그 부인용으로 좀더 작은 공간이 있었다. 식당에는 긴 의자 여섯 개가 놓여 있었다. 따로 떨어진 주랑정원은 마르가리타리아 주랑건물과 인접하였고 노바 가도의 인술라 창문에서 전체가 내려다보였다. 주방은 서른 명에게 식사를 제공할 수 있을 정도로 컸다. 또한 본 구조물 내부에 있는데도 외벽을 거의 다 없애놓았고 위험한 요리용 불은 뜰에 마련되어 있었다. 수조 역시 빨래를 하고 불이 났을 때는 저수지 역할도 할 수 있을 만큼 컸다.

"아헤노바르부스 최고신관께서 대하수도를 활용했는데, 그 일로 노바 가도에서도 굉장히 유명해졌지요." 리키니아가 미소를 지으며 말했다. 자신의 우상에 대해 얘기하고 있었기 때문이다. "그분이 우리 뒷골목에 하수관을 놓으시면서, 그쪽 인술라에서도 마르가리타리아 주랑건물에서도 그 시설을 이용할 수 있게 되었거든요."

"그럼 식수는?" 카이사르가 물었다.

"포룸 로마눔의 이쪽은 샘이 아주 많아요, 주인어른. 하나는 최고신관님의 수조에 물을 대고 또하나는 저희 마당에 있는 수조에 물을 대지요."

위층과 아래층 모두 하인들의 숙소가 마련되어 있었으며 그중에는 부르군두스와 카르딕사, 아직 미혼인 아들들이 들어가 살 큰 공간도 있었다. 그리고 자기만의 작은 보금자리를 갖게 된 에우티코스는 얼마나 기뻐할지!

그러나 관저를 얻은 데 대한 카이사르의 고마운 마음에 마지막 쐐기를 박은 곳은 맨 위층의 전면부였다. 앞쪽 계단은 응접실과 그의 서재 사이로 놓여 편리하게 공간을 둘로 나누어주었다. 그는 계단 앞에 있는 방을 전부 폼페이아에게 내줄 생각이었는데, 그렇게 하면 장날 주기의 첫날부터 마지막날까지 그녀를 보거나 목소리를 들을 필요가 없을 터였다! 뒤쪽 계단 곁에 손님용 방 두 개가 있으므로, 율리아는 앞쪽 계단 뒤에 마련된 널찍한 공간을 혼자 쓸 수 있었다.

그러면 카이사르는 아래층의 아내용 공간에 누구를 들일 계획이었을까? 아, 당연히 그의 어머니였다. 그 외에 누가 또 있겠는가?

"어떠세요?" 다음날 점검을 끝낸 뒤 오르비우스 언덕길을 함께 걸어 오르면서 카이사르가 어머니에게 물었다.

"대단히 훌륭하구나, 카이사르." 아우렐리아는 얼굴을 찌푸렸다. "다만 한 가지 걱정되는 게 있어. 폼페이아 말이다. 사람들이 몰래 위층으로 올라가기가 너무 쉬워! 공간이 워낙 넓으니 누가 오가는지 아무도 못 볼 거야."

"오, 어머니, 폼페이아를 아래층 제 바로 옆에 두란 선고는 내리지 마세요!" 아들이 외쳤다.

"아니, 그러지 않을 거야, 아들아. 하지만 폼페이아가 들락거리는 것을 감시할 방법을 찾아야 해. 아파트에서는 그애가 외출하려고 하는 즉시 폴릭세네가 따라다니게 하기가 너무 쉬웠지만, 여기서는? 알 도리가 없지. 아파트에서는 몰래 남자를 들일 수도 없었는데, 반면에 여기는 어떠냐? 우리가 알 도리가 없어."

"음," 카이사르는 한숨 섞인 말을 내뱉었다. "저의 새로운 직위에 따라 상당히 많은 공공 노예가 제공됩니다. 그들은 대체로 게으르고 무책임한데, 감독하는 사람이 없고 그들이 일을 잘하더라도 누구 하나 칭찬해줄 생각을 안 하기 때문이죠. 이런 상황은 반드시 바뀌게 될 겁니다. 에우티코스는 나이가 많이 들었지만 여전히 훌륭한 집사예요. 부르군두스와 카르딕사도 가장 어린 애들 넷과 함께 보빌라이에서 돌아올 수 있고요. 나이든 애들 넷이서 보빌라이를 관리하면 되니까요. 하인들 사이에 새로운 체계를 세우고 바람직한 마음가짐을 갖도록 하는 건 어머니가 해주셔야 할 일이에요. 우리가 데려올 하인들과 원래 이곳에 있던 하인들 모두에 대해서요. 저는 그럴 시간이 없을 테니, 반드시 어머니가 맡아주셔야 합니다."

"그건 알겠지만," 아우렐리아가 말했다. "그렇다 해도 폼페이아 문제에 대한 답은 없잖니."

"그렇게 하는 것이 곧 적절한 감독과 같습니다, 어머니. 문지기 일이든 다른 어떤 종류의 감시든 하인 한 명만 둬서는 안 된다는 건 우리 둘 다 잘 알고 있어요. 꼭 피곤해서가 아니라도 지루해서 잠이 들기도 하니까요. 그러니 앞쪽 계단 밑에 두 명을 상시 배치해두는 겁니다. 밤낮없이 말이죠. 그리고 그 하인들에게 주름 없이 아마천을 접으라거나, 칼과 숟가락을 윤이 나게 닦으라거나, 옷을 꿰매라거나 하는 일거리를 주는 거예요. 이런 일은 저보다 어머니가 더 잘 아시겠죠. 교대 근무를 한 번 할 때마다 반드시 일정량을 하도록 해야 하고요. 다행히 계단 시작 부분과 끝 벽 사이에 적당한 크기의 반침이 있어요. 응접실이 보이지 않도록 차단하는, 삐걱거리는 소리가 크게 나는 문을 거기에 설치할 거예요. 그러면 계단을 이용하려는 사람은 먼저 그 문부터 열어야 하죠. 혹시나 우리 보초들이 졸더라도 최소한 그 소리가 경보 역할을 할 겁니다. 폼페이아가 밖으로 나가려고 계단 아래 나타나면 보초들 중 하나가 즉시 폴릭세네에게 알릴 거예요. 우리로서는 다행히, 폼페이아는 폴릭세네에게 들키지 않고 도망갈 수 있는 요령이 없어요. 혹여 아내의 친구 클로디아가 부추겨서 일을 친다고 해도, 그런 일은 한 번으로 끝날 거라고 장담해요. 그런 행동을 했다가는 바로 이혼이라고 폼페이아에게 말해둘 테니까요. 또한 보초 임무는 서로 한통속이 되어 뇌물을 받지 않을 하인에게 맡기라고 에우티코스에게 지시해놓을 거고요."

"오, 카이사르, 정말 싫구나!" 아우렐리아가 양손을 마주치면서 외쳤다. "우리가 무슨 적의 공격으로부터 진지를 지키는 군단병들이니?"

"네, 어머니, 저는 그렇게 생각하고 있어요. 다 어리석은 본인 탓이죠. 아내가 잘못된 부류와 어울리고 있는데다 그들을 포기하지 않으려 하니까요."

"그 결과 우리가 그애를 감금할 수밖에 없게 됐구나."

"그건 아니죠. 좀 공정하게 보세요! 저는 여기서든 다른 곳에서든 아내가 여자 친구들을 만나지 못하게 한 적은 없습니다. 셈프로니아 투디타니와 팔라 같은 대단한 여자들까지 포함해 그들과는 원하는 대로 왕래할 수 있어요. 그리고 그 끔찍한 폼페이우스 루푸스도요. 하지만 폼페이아는 이제 최고신관 카이사르의 아내입니다. 상당한 사회적 지위 상승이죠. 아무리 술라의 외손녀라 해도 말이에요. 아내에게는 양식이라곤 눈곱만큼도 없으니, 아내의 양식을 믿을 순 없어요. 우리 모두 메텔라 달마티카의 이야기를 잘 알지요. 원로원 최고참 의원 스카우루스가 있는데도 불구하고, 달마티카가 당시 법무관 직에 당선되려고 애쓰던 술라의 삶을 얼마나 끔찍하게 만들어놓았는지 말이에요. 그때 술라는 그녀를 딱 잘라 거절했지요. 적어도 그에게 자기 보호 본능이 있음을 보여준 증거였어요. 하지만 클로디우스나 데키무스 브루투스나 젊은 포플리콜라가 술라처럼 신중한 행동을 보인다는 게 상상이 가세요? 하! 그들은 순식간에 폼페이아를 끌어낼 겁니다."

"그러면," 결심이 선 아우렐리아가 말했다. "폼페이아에게 새로운 규칙을 알려주는 자리에 그애 어머니도 동석하게 하는 게 좋겠구나. 코르넬리아 술라는 훌륭한 사람이야. 그리고 폼페이아가 얼마나 바보인지도 잘 알지. 그애 어머니가 가진 권한으로 네 권한을 더 강화하려무나. 나는 끌어들여봤자 아무 소용이 없어. 자기를 폴릭세네에게 묶어놨다고 나를 몹시 싫어하니까."

결정이 나기가 무섭게 바로 실행에 옮겨졌다. 관저로 이사하는 건 다음날이었지만, 폼페이아는 몇 안 되는 개인 하인들과 함께 위층에 있는 으리으리한 자신의 방을 보기에 앞서 새로운 규칙에 대해 충분히 숙지했다. 당연히 그녀는 눈물을 흘렸고 자기에겐 나쁜 의도가 전혀 없다고 항변했지만 헛수고일 뿐이었다. 코르넬리아 술라는 카이사르보다 더 단호했으며, 명예가 실추되는 일이 생길 시에는 간통으로 이혼한 상태로 의붓아버지 마메르쿠스의 집으로 돌아와도 환영받지 못할 거라며 강경한 태도를 취했다. 다행히 폼페이아는 앙심을 품는 유형이 아니었으므로, 이 조치가 취해질 무렵에는 자신의 천박하지만 값비싼 장신구들을 옮겨놓는 일과 자기 눈에 허전해 보이는 부분을 넘치도록 채

우기 위해 상점을 돌 계획을 세우는 데 완전히 몰두해 있었다.

카이사르는 아우렐리아가 잘나가는 인술라의 건물주에서 로마에서 궁전에 가장 가까운 장소의 대모로 역할이 바뀐 상황에 어떻게 대처할지 궁금했다. 계속해서 장부를 관리하겠다고 고집하실까? 수부라에서 산 40년 넘는 세월과 작별을 고하실까? 그러나 그의 취임 연회가 열리는 날 오후가 될 무렵, 그는 진정으로 놀라운 이 부인에 대해 걱정할 필요가 없었음을 깨달았다. 그녀는 본인이 직접 회계를 감사하기는 하겠지만, 앞으로 인술라 장부 관리는 루키우스 데쿠미우스가 찾아서 보증한 사내가 맡게 될 거라고 말했다. 게다가 알고 보니 그녀가 해왔던 일의 대부분은 본인의 재산을 위한 것이 아니었다. 시간을 때우려고 열 명도 넘는 건물주의 대행인 역할을 했던 것이다. 이 사실을 알았다면 아버지는 얼마나 충격을 받았을까! 카이사르는 그저 킥킥거리며 웃었다.

실제로 그는 자신이 최고신관 직에 오름으로써 아우렐리아가 새로운 삶의 의욕을 얻게 되었음을 알게 되었다. 그녀는 건물 양쪽의 어디를 가든 거기 있었고, 너무나 수월하게 리키니아보다 우위를 차지했으며, 여섯 신녀 모두가 자신을 좋아하게 만들었다. 그리고 조만간 관저뿐 아니라 유언장 업무의 효율성까지 증진하는 일에 몰두하게 될 조짐이라고, 아들은 소리 없이 웃으며 생각했다.

"카이사르, 이 일에 요금을 받아야 해." 그녀는 단호한 표정으로 말했다. "노력과 수고가 너무 많이 들잖니! 로마의 돈주머니에 수익이 생길 거야."

그러나 그는 이 말에는 동의하려 들지 않았다. "요금을 받으면 국고 수익이 늘어날 거라는 말씀에는 저도 동의해요. 하지만 그건 하층민들에게서 가장 큰 즐거움 하나를 빼앗는 일이기도 해요. 안 됩니다. 대체로 로마는 무산자들과 아무런 문제가 없어요. 그들의 배를 든든하게 채워주고 경기대회가 열리면 그들은 그걸로 만족하죠. 그런데 우리가 그들의 시민권 자격에 대해 돈을 청구하기 시작한다면, 최하층민은 우리를 집어삼킬 괴물로 변할 겁니다."

크라수스의 예상대로, 카이사르가 최고신관으로 당선되자 그의 채권자들은 마치 마법처럼 잠잠해졌다. 게다가 이 직책은 국가로부터 상당한 봉급을 받기도 했는데, 유피테르 대제관, 마르스 대제관, 퀴리누스 대제관 셋의 경우도 마찬가지였다. 대제관들의 국영 저택 세 곳은 사크라 가도를 기준으로 최고신관 관저의 반대편에 있었다. 물론 현재 유피테르 대제관은 공석이었다. 술라가 카이사르로 하여금 유피테르 옵티무스 막시무스 특별 신관의 모자와 망토를 벗어던지게 해준 이래로 쭉 그러했다. 카이사르가 죽기 전에는 새로운 유피테르 대제관은 없다는 것, 그것이 두 사람의 합의 내용이었다. 그의 관저가 25년 전에 거주자였던 메룰라를 잃은 뒤 다 망가지도록 방치된 것은 당연한 일이었다. 이제 그 관저도 그의 책임 범위에 있었으므로, 직접 살펴보고 어떤 조치가 필요한지 파악한 뒤 보수비용을 할당해야 할 것이다. 그 돈은 카이사르가 이 관저에서 살며 대제관 역할을 했다면 받았을 사용하지 않은 봉급에서 충당될 터였다. 보수를 하고 나면, 포룸 로마눔에 주소지를 두고 싶어 못 견디는 어느 포부가 큰 기사에게 큰돈을 받고 임대할 생각이었다. 로마는 수익을 볼 것이다.

그러나 먼저 그는 레기아와 최고신관 집무실 문제를 처리해야 했다.

레기아는 로마의 2대 왕인 누마 폼필리우스가 살던 왕궁이라고 전해지는 만큼 포룸 로마눔에서 가장 오래된 건물이었다. 최고신관과 제사장 외에 다른 신관들은 이곳 출입이 허락되지 않았다. 다만 최고신관이 옵스 여신에게 제물을 바칠 때 베스타 신녀들이 그의 시중을 들었고, 제사장이 희생제의가 있는 날 양을 바칠 때도 평소의 시종 신관들이 제물을 잡는 것을 돕고 뒤처리를 했다.

그리하여 카이사르가 이곳에 들어섰을 때 그것은 소름이 끼치고 머리털이 쭈뼛 설 정도로 굉장한 경험이었다. 공화정 시대에 적어도 두 차례나 지진 때문에 건물을 다시 세워야 했지만, 언제나 같은 토대 위에 지었고 언제나 장식 없는 응회암 블록을 사용했다. 아니, 레기아는 집으로 사용된 적이 없어. 카이사르는 주위를 둘러보며 생각했다. 이 건물은 너무 작고 창문이 없었다. 종교의식의 비밀스러운 부분이라고밖에 볼 수 없을 정도로 기묘한 형태는 아마도 의도된 것 같았다. 그 형태는 그리스인들이 트라페지온(부등변사각형)이라고 부르는 종류의 사변형으로, 어느 면도 서로 평행하지 않았다. 그토록 먼 옛날에 살았던 사람들에게 이것이 어떤 종교적 의미를 지녔을까? 건물의 방향을 정한다는 것이 사방의 벽 중 하나를 앞면으로 간주한다는 의미라면, 심지어 이 건물은 특정 방향을 향하고 있지도 않았다. 어쩌면 바로 그것이 이유일 터였다. 어느 방위로도 향하지 않으면 어떤 신도 거스르지 않는다는 것. 그래, 이곳은 처음부터 신전이었음이 분명했다. 여기는 누마 폼필리우스 왕이 초창기 로마의 의식을 행하던 곳이었다.

가장 짧은 벽 쪽에는 제단이 하나 놓여 있었다. 당연히 옵스 여신을 위한 제단이었다. 얼굴도 실체도 성별도 없는(편의상 옵스는 여성으로 불렸다) 누멘으로, 늘 로마의 국고가 가득차게 하고 백성들의 배를 부르게 해주는 세력을 관장했다. 저쪽 끝의 지붕에는 구멍이 나 있고 그 아래 작은 뜰에 월계수 두 그루가 서 있었다. 아주 가늘고 가지가 없는 나무는 햇빛을 마시려고 구멍 위로 머리를 쑥 내밀고 자라나 있었다. 이 안뜰은 건설업자가 허리 높이의 응회암 울타리를 두르는 것으로 만족했는지 천장까지 벽이 세워져 있지 않았다. 울타리와 끝 벽 사이에 마르스의 방패 스물네 개가 네 줄로 가지런히 쌓여 있었고, 그와 함께 마르스의 창 스물네 개가 사크라 가도 모퉁이에 걸려 있었다.

카이사르가 마침내 이곳의 종복으로 여기에 왔다는 건 얼마나 어울리는 일인가! 마르스의 후손인 율리우스 혈통의 그가. 전쟁의 신에게 기도를 바치면서, 그는 방패 한 줄을 가리고 있던 부드러운 가죽 덮개를 벗겨내고 경외감에 숨을 멈춘 채 방패를 내려다보았다. 그중 스물세 개는 복제품이었다. 하나는 유피테르의 명에 따라 누마 폼필리우스 왕을 그의 적들로부터 지키기 위해 하늘에서 떨어진 진짜 방패였다. 그러나 복제품들도 같은 시대에 만들어졌으므로, 누마 폼필리우스 왕 말고는 아무도 어느 것이 진짜 방패인지 모를 터였다. 전설에 의하면 왕은 혹여 찾아올 도둑들에게 혼란을 주기 위해 일부러 그렇게 했다고 했다. 진짜 방패만이 진짜 마법의 힘을 지니고 있었기 때문이다. 다른 곳에 있는 이와 비슷한 방패는 그리스의 크레타와 펠로폰네소스의 벽화에 있는 것이 유일했다. 방패는 거의 사람 키 높이만 하고 눈물 두 방울을 나란히 붙여서 날씬한 허리 모양으로 만든 듯한 형태로, 아름답게 휘어진 단단한 목제 뼈대에 검은색과 흰색 소가죽이 팽팽히 덮여 있었다. 여전히 상태가 썩 괜찮은 건 순전히 3월과 10월마다 밖에 꺼내서 바람을 쐬어준 덕분일 터였다. 그때마다 살리라고 불리는 파트리키 신관들이 거리에서 승전의 춤을 추며 지난 전투 기간의 시작과 끝을 장식했다. 그리고 바로 여기에 그의 방패, 그의 창이 있다. 카이사르가 좁고

닫힌 장소에서 방패들을 본 건 이번이 처음이었다. 그가 마르스 신관단에 소속될 수도 있었을 나이에 유피테르 대제관을 지내고 있었기 때문이었다.

건물은 낡아빠지고 지저분했다. 시종 신관들을 시켜 이곳을 말쑥하게 단장하는 일에 대해 제사장 루키우스 클라우디우스와 얘기해봐야겠구나! 지붕에 구멍이 있음에도 불구하고 오래된 피냄새가 곳곳에 배어 있는데다, 바닥은 쥐똥으로 뒤덮여 있었다. 신성한 방패가 훼손되지 않은 건 그야말로 기적이었다. 원래대로라면 벌써 수백 년 전에 쥐들이 가죽 덮개를 남김없이 다 먹어치워야 했을 테니까. 마구잡이로 뒤섞인 채 가장 긴 벽에 붙여 쌓아둔 책 들통들은 그만큼 운이 좋지 않았지만, 그 옆에 놓인 열 개 남짓한 석판은 제아무리 날카로운 앞니도 막아낼 터였다. 좋아, 세월과 쥐가 할퀴고 간 흔적을 보수하기에 지금만큼 좋은 때는 없으리라!

"발발거리며 다니는 개나 배고픈 어미고양이 두어 마리를 레기아에 풀어놓지는 못할 것 같아요." 그날 오후 저녁식사 자리에서 카이사르는 아우렐리아에게 말했다. "우리 종교법에 위배될 수도 있으니까요. 그러면 무슨 수로 저 쥐들을 없애야 할까요?"

"레기아에 쥐가 있는 것 자체가 개나 고양이 못지않게 우리 종교법에 위배된다는 생각이 드는구나." 아우렐리아가 말했다. "하지만 네 말뜻은 알겠다. 그리 어려운 일도 아니야, 카이사르. 수부라 미노르의 우리집 도로 건너편에 있는 공중변소를 관리하는 노파 둘에게 물어보면 자기네 쥐덫을 만드는 사람을 소개해줄 거야. 아주 절묘하단다! 약간 길쭉한 작은 상자의 한쪽에만 문이 달려 있지. 그 문은 저울 위에 아슬아슬하게 놓여 있고, 저울은 줄로 연결되고, 줄은 상자 뒤쪽 갈고리못에 꽂아놓은 치즈 조각과 연결돼 있어. 쥐가 치즈를 먹으려고 하면 문이 내려오는 거지. 상자에서 쥐를 꺼내서 죽이는 일을 맡은 사람이 쥐를 무서워하지 않아야 한다는 게 중요한 비법이란다. 무서워하면 쥐가 도망가버리거든."

"어머니, 어쩜 그리 모르는 게 없으세요! 쥐덫 몇 개를 구하는 일을 어머니께 맡겨도 될까요?"

"당연하지." 그녀는 만족스러운 기색이었다.

"어머니 인술라에는 한 번도 쥐가 없었어요."

"그런 일이 있어선 안 되지! 루키우스 데쿠미우스가 늘 개를 데리고 다니는 걸 잘 알잖니."

"하나같이 이름이 피도죠."

"하나같이 뛰어난 쥐잡이 개고."

"베스타 신녀들은 고양이를 기르는 걸 더 좋아하는 눈치예요."

"암놈이라면 아주 유용한 짐승이지." 그녀는 짓궂은 표정을 지어보였다. "물론 왜 수놈을 안 데리고 있는지는 뻔한 이유지만, 사냥을 하는 게 바로 암고양이야. 그 점에서는 개와 다르지. 리키니아 말로는 새끼들이 아주 성가시다는구나. 하지만 리키니아는 아이들이 애원을 해도 아주 단호하더구나. 새끼고양이가 태어나면 물에 빠뜨려 죽인다고 해."

"그럼 유니아와 퀸틸리아는 눈물바다에 빠지겠군요."

"우리 모두 죽음에 익숙해져야 해." 아우렐리아가 말했다. "마음속으로 원하는 것을 얻지 못하는 일에도."

이 부분은 논쟁의 여지가 없었으므로, 카이사르는 화제를 바꾸었다. "스무 개쯤 되는 책 들통과 그 내용물을 구해냈어요. 살짝 훼손되긴 했지만 그런대로 온전하고요. 제 전임자들은 쥐가 들통을 갉아먹어 망가뜨릴 때마다 내용물을 새 들통으로 옮겨 담을 생각이었던 것 같더군요. 하지만 당연히 쥐를 없애는 편이 더 합리적이었을 거예요. 당분간은 그 문서들을 제 서재에 두려고 해요. 읽고 나서 목록을 만들고 싶어서요."

"기록 보관 말이냐, 카이사르?"

"네, 하지만 공화정 시기는 아니에요. 초기 왕들 시대까지 거슬러올라가거든요."

"아! 네가 왜 그리 흥미를 보이는지 알겠구나. 너는 예전부터 고대법과 기록 보관소라면 사족을 못 썼지. 하지만 읽을 수가 있니? 분명 판독이 안 될 텐데."

"아뇨, 300년 전쯤에 쓰였던 정통 라틴어로 적혀 있고 페르가몬 양피지를 사용했어요. 그 시대의 최고신관 하나가 원본을 해독해서 이 사본을 만들지 않았나 싶어요." 카이사르는 긴 의자에 등을 기댔다. "석판도 발견했어요. 라피스 니게르 우물에 있는 돌기둥과 똑같은 글자로 새겨져 있더군요. 워낙 고어라서 라틴어인지 알아보기도 어려울 정도예요. 마르스 신관단의 노랫말처럼 아마 라틴어의 전신이겠죠. 하지만 해독해낼 거예요, 걱정 마세요!"

어머니는 애정이 담겨 있으면서도 살짝 엄한 표정으로 아들을 바라보았다. "카이사르, 이 모든 종교와 역사 탐구에 빠진 와중에도 네가 금년에 법무관 선거에 출마한다는 사실은 잊지 말기를 바란다. 최고신관으로서의 직무에 충실해야 하는 것은 맞지만, 포룸 로마눔에서의 경력도 게을리해서는 안 돼."

카이사르는 잊지 않고 있었다. 또한 그가 '왕들의 주해'라 부르기로 정한 문헌에 매달리는 동안 매일 밤 아주 늦은 시각까지 그의 서재 등

불이 타올랐다고 해서, 선거유세에서의 활력과 속도가 떨어지지도 않았다. 그리고 이 문헌들을 해독해서 페르가몬 양피지에 옮겨 적은 이름모를 최고신관이 있었던 게 얼마나 다행인지! 원본이 무엇이고 어디에 있었는지 카이사르는 알지 못했다. 레기아에 있었던 건 확실히 아니었고, 그가 발견한 석판과 유사하지도 않았다. 그는 예비 작업을 통해 이것이 연대기이고 어쩌면 누마 폼필리우스까지 거슬러올라가는 초기 왕들 시대에 만들어졌다는 결론을 내렸다. 혹시 로물루스까지도? 생각만으로도 오싹해졌다. 하지만 양피지에나 석판에나 당시 역사에 관한 내용은 전혀 없었다. 양쪽 다 법과 규칙, 종교의식, 계율, 직무와 직위와 관련된 내용이었다. 머지않은 시일 내에 이 자료들을 공개해야 할 것이다. 로마인 모두 레기아에 무엇이 있었는지 알아야 하니까. 바로는 황홀해하고 키케로는 넋을 잃겠지. 카이사르는 만찬 계획을 세우기로 했다.

카이사르에게는 우여곡절 많았던 특별한 한 해를 완성하기라도 하듯이, 7월 초에 고등 정무관 선거가 열렸을 때 그는 법무관 선거에서 최다 득표를 차지했다. 그의 이름을 고르지 않은 백인조는 단 하나도 없었다. 다시 말해 그는 마지막 투표자가 돌아오기 한참 전부터 일찌감치 당선을 확신하며 마음놓고 있을 수 있었다. 미틸레네 시절부터 친해진 필리푸스가 동료 법무관 자리를 얻었고, 키케로의 성미 급한 동생 퀸투스 키케로도 마찬가지였다. 그러나 유감스럽게도 비불루스 역시 법무관이었다.

카이사르의 승리는 누가 어느 직무를 맡을지 정하는 추첨에서 완성되었다. 주둥이에서 나온 첫번째 공에 그의 이름이 적혀 있었다. 법무관 여덟 명 중 가장 상급자인 수도 담당 법무관이 된 것이다. 이는 곧 비불루스는 그를 괴롭힐 수 없지만(그는 폭행 법정을 배정받았다) 그는 비불루스를 괴롭힐 수 있다는 뜻이었다!

도미티아를 버려서 그녀의 가슴을 찢어놓을 때가 됐다. 아직까지 비불루스가 전혀 모를 정도로 그녀는 신중했다. 그러나 그녀가 흐느끼고 울부짖기 시작하는 순간 그는 알게 될 것이다. 모든 여자들이 그랬으니까. 세르빌리아만 제외하고. 세르빌리아만 여태 남은 건 그 때문일지도 몰랐다.

〈2권에 계속〉

검투사 gladiator 관객의 여흥을 위해 싸운 전문적인 전사. 에트루리아인들의 유산인 검투사는 로마는 물론 이탈리아 전역에서 큰 인기를 누렸다. 검투사의 출신 성분은 군단의 탈영병부터 사형수, 노예, 자발적으로 등록한 자유인까지 다양했다. 공화정 시대의 검투사는 트라키아 투사와 갈리아 투사 두 부류뿐이었으며, 명예롭고 영웅적인 존재로서 세심한 관리를 받고 이동의 자유가 있었다. 4~6년간 활동하며 1년에 평균 4~5회 출전한 것으로 보인다. 공화정 시대에는 검투사가 죽는 경우는 드물었으며, 엄지를 치켜세우거나 내리는 판결도 먼 훗날인 제정 시대에 등장했다. 아마도 공화정 시대에는 국가가 소유하거나 관리하는 검투사가 없었고 노예 출신 검투사도 거의 없었기 때문일 것이다. 이 시대의 검투사들은 개인 투자자의 소유로, 검투사의 발굴과 훈련, 관리에 막대한 비용이 들었기 때문에 경기장에서 검투사가 죽거나 불구가 되기를 바랄 수 없었다. 공화정 시대의 검투사들은 대부분 로마인으로, 대개 군단의 탈영병이나 항명자였으며, 자신의 의사로 선택하는 직업이었다.

계급 classes 재산이나 지속적 수입이 있는 로마 시민을 다섯 경제 집단으로 나눈 것. 1계급이 가장 부유했고 5계급이 가장 가난했다. 최하층민(capite censi)은 다섯 계급에 속하지 않았고 따라서 백인조회에서 투표할 수 없었다. 사실 4계급, 5계급은 물론 3계급도 백인조회에서 투표하는 일이 드물었다.

관직의 사다리(쿠르수스 호노룸) cursus honorum 직역하면 '명예의 길'이라는 뜻. 집정관이 되려는 사람은 특정 단계들을 거쳐야 했다. 우선 원로원에 들어가야 했다(마리우스와 술라 시대에 원로원 의원은 감찰관들이 지명하거나 호민관으로 선출되어야 했으며, 재무관이 된다고 해서 자동적으로 원로원 의원이 될 수는 없었다). 그리고 원로원 입회 전후에 재무관을 역임해야 했다. 원로원에 들어간 후 최소 9년이 지나면 법무관으로 선출되어야 했다. 법무관을 역임한 후 2년이 지나면 마침내 집정관 직에 입후보할 수 있었다. 원로원 의원, 재무관, 법무관, 집정관이라는 네 단계가 바로 관직의 사다리였다.

군무관 tribune of the soldiers 매년 트리부스회는 25~29세 청년 스물네 명을 군무관으로 선출했다. 군무관은 트리부스회에서 선출되었기 때문에 진정한 의미의 정무관이었다. 집정관의 4개 군단에 여섯 명씩 배치되어 전반적인 지휘관 역할을 했다. 전장에서 집정관의 군단이 4개 이상일 경우에는 준비된 군단이 아무리 많더라도 모든 군단에 군무관이 고루 배치되었다.

권위(아욱토리타스) auctoritas 로마 특유의 개념으로, 타인을 능가하는 탁월함, 정치권력, 지도력, 공적 · 사적 영역에서의 존재감, 무엇보다 공적 또는 개인적 명성을 활용해 사회에 영향을 발휘하는 능력을 모두 아우른다. 로마의 모든 정무직에는 아욱토리타스가 기본적으로 따랐지만, 그렇다고 정무관들에게만 아욱토리타스가 있었던 것은 아니다. 원로원 최고참 의원, 최고신관, 제사장, 전직 집정관, 심지어 일개 개인도 권위를 쌓을 수 있었다.

기사(에퀴테스) equites 왕정 시대에 로마 최고의 시민들로 특별 기병대를 임명하면서 만들어졌다. 당시 이탈리아에서 훌륭한 품종의 말은 귀하고 비쌌기 때문에, 18개 백인대를 구성하는 기사 1천800명에게는 공마가 한 필씩 지급되었다. 기원전 2세기 즈음부터는 기병대를 국가 차원에서 관리하지 않았고, 기사계급은 군대와 별 관련이 없는 사회 · 경제 집단으로 바뀌었다. 포룸 로마눔의 특별 심사장에서 열리는 인구조사에서 40만 세스테르티우스 이상의 재산이나 수입을 감찰관에게 증명하면 기사로 인정받아 자동으로 1계급이 되었다.

노나이 Nonae 한 달에서 특별히 취급되는 세 날(칼렌다이, 노나이, 이두스라는 고정된 지점들을 기준으로 하여 거꾸로 날짜를 표현했다) 중 두번째. 긴 달에는(3월, 5월, 7월, 10월) 7일이었고 다른 달에는 5일이었다. 유노 여신에게 바쳐진 날이었다.

놀라 Nola 남부 캄파니아의 아주 튼튼한 요새도시. 놀라 내에서의 제1언어는 오스키어였고, 놀라는 늘 삼니움족의 대의명분에 동조했다. 기원전 91년 이탈리아 동맹시와 로마 간의 전쟁이 발발했을 때, 이 도시는 이탈리아 편에 섰다. 놀라는 수많은 로마 장군을 상대로 10년 넘게 포위전을 견디며 이탈리아 도시 중 제일 마지막으로 항복했기 때문에, 놀라라는 이름은 끈질긴 저항의 대명사가 되었다. 술라는 놀라 성벽 밖에서 풀잎관을 받았다. 클로디아(푸블리우스 클로디우스의 누나이자 메텔루스 켈레르의 아내이자 카툴루스와 카일리우스의 정부)에 관한 유언비어 중에는 그녀가 '침실의 놀라'라는 말이 있었는데, 이는 침실에서 절대 가질 수 없는 여자란 뜻이었다.

라티움 Latium 이탈리아 반도에서 로마가 위치한 지역. 북쪽 경계는 티베리스강이었고 남쪽은 키르케이 항구에서 내륙 쪽으로 뻗어 있었으며, 동쪽으로는 산세가 험준한 사비니족과 마르시족의 땅에 맞닿아 있었다. 로마가 볼스키족과 아이퀴족 정복을 마친 기원전 300년경에 온전한 로마 영토가 되었다.

릭토르 lictor 고등 정무관이 공식 업무를 보러 다닐 때 격식을 갖추어 수행하던 사람들. 파스케스를 왼쪽 어깨에 얹고 다녔다. 고관 앞에서 일렬종대로 걸으며 길을 텄고, 고관이 물리적인 제지나 매질을 필요로 할 때 동원되기도 했다.

모스 마이오룸 mos maiorum 뜻을 풀자면 기성 질서. 정부와 공공기관의 관습을 설명할 때 이용하는 말이었다. 모스 마이오룸은 로마에서 불문법이나 다름없었다. '모스'는 '이미 굳어진 관습'을 의미했고, '마이오룸'은 이 경우 '선조'나 '조상'을 의미했다. 다시 말해, 모스 마이오룸은 모든 일이 이전부터 처리되어 오던 방식을 뜻했고, 앞으로도 그런 식으로 처리되어야 함을 의미했다.

민회(코미티아) comitia 로마인들이 통치, 입법, 선거와 관련된 사안을 다루기 위해 소집한 모든 회합을 통칭하는 말. 공화정 시대에는 실질적으로 백인조회, 트리부스회, 평민회 세 종류의 민회가 있었다.

— **백인조회** Comitia Centuriata
인민 즉 파트리키와 평민 모두 참여하는 민회로, 재산 평가에 따라 계급이 구분되는 사실상 경제계급 모임이었다. 집정관, 법무관, 감찰관을 선출했고 대반역죄 재판을 열거나 법안을 통과시킬 권한이 있었다. 본래 군사 단체였기 때문에 백인조 단위로 모였고, 보통 마르스 평원의 가설투표소에서 열렸다.

— **트리부스회** Comitia Populi Tributa
'트리부스 인민회'라고도 한다. 35개 트리부스 단위로 모였다. 파트리키의 참여를 허용했고, 집정관이나 법무관이 소집했다. 보통 민회장에서 열렸다. 고등 조영관, 재무관, 군무관을 선출했고 법안을 제출 · 의결할 수 있었다. 마리우스 시대에는 재판권도 있었다.

— **평민회** Comitia Plebis Tributa **또는** Concilium Plebis
'트리부스 평민회'라고도 한다. 35개 트리부스 단위로 모였지만, 파트리키는 참여할 수 없었다. 평민회 소집 권한이 있는 정무관은 호민관뿐이었다. 보통 민회장에서 열렸다. 법(평민회 결의)을 제정하고 평민 조영관과 호민관을 선출했다. 평민회 역시 마리우스 시대에는 재판권이 있었다.

백인대장 centurion 로마 시민 군단과 보조부대 모두에 있던 정규 직업군관. 현대의 하사관과 같이 생각해서는 안 된다. 이들은 오늘날 우리의 사회적 구별을 적용받지 않는 지위를 누린 완벽한 전문가였다. 공화정 시대에는 사병이 진급을 통해 백인대장이 되었다. 백인대장 사이에도 계급이 존재했다. 가장 낮은 계급의 백인대장은 군단병 80명과 비전투원 20명으로 이루어진 백인대를 통솔했다. 마리우스가 재편한 공화정 로마군의 보병대대는 백인대 6개로 구성되었는데, 백인대장(켄투리오, centurio)들 중 가장 높은 선임 백인대장

(필루스 프리오르, pilus prior)은 대대 전체를 통솔하는 동시에 소속 보병대대의 선임 백인대를 이끌었다. 하나의 군단을 구성하는 보병대대 10개를 통솔하는 선임 백인대장들 10명 사이에도 계급이 존재했다. 군단의 최고참 백인대장(프리무스 필루스primus pilus, 나중에 프리미필루스primipilus로 축약됨)은 소속 군단의 사령관(선출직 군무관이나 총사령관의 보좌관)의 명령에만 따랐다. 백인대장은 쉽게 알아볼 수 있었다. 그들은 정강이받이를 착용하고 쇠사슬 갑옷 대신 쇠미늘 갑옷을 입었으며, 투구의 깃털 장식은 앞뒤가 아닌 양옆으로 튀어나와 있었다. 또한 튼튼한 포도나무 곤봉을 들고 다녔고 훈장도 많이 달고 있었다.

법무관 praetor 로마 정무관 중 두번째로 높은 직급(감찰관 직은 특별한 경우이므로 생략). 공화정 초기에는 가장 지위가 높은 정무관 두 명을 가리켰지만, 기원전 4세기 말경 가장 높은 정무관을 지칭하는 '집정관'이라는 말이 생겼다. 이후 수십 년 동안 법무관은 매년 한 명씩 선출되었다. 이 법무관은 두 집정관이 로마 밖에서 벌어지는 전쟁을 지휘하는 동안 로마 내에서 발생하는 사건에만 관여했기 때문에 수도 담당 법무관에 가까웠다. 기원전 242년부터는 두번째 법무관, 즉 외인 담당 법무관을 뽑아 로마보다는 외국인 및 이탈리아와 관계된 업무를 맡겼다. 이후 로마가 통치해야 할 속주가 늘어나면서 법무관 임기를 마친 후 권한대행으로서가 아니라 임기중에 속주로 파견되는 법무관 직이 추가로 생겨났다.

베스타 신녀 Vestal Virgins 베스타 여신을 모시던 여인 여섯 명의 특별한 신관 집단. 7~8세에 선발되어 순결 서약을 하고 30년간 재직했다. 그 기간이 지나면 서약에서 풀려나 다시 일반 사회로 돌아왔으며, 원하면 결혼할 수도 있었지만 그들의 결혼은 불길하다는 인식이 있어 실제로 결혼하는 경우는 드물었다. 베스타 신녀의 순결은 로마의 운, 다시 말해 국운과 직결된 것이었다. 베스타 신녀가 순결의 맹세를 저버렸다고 여겨질 경우 그 자리에서 바로 처벌하지 않고 특별 소집된 법정에서 공식 재판을 실시했다. 해당 신녀와 정을 통한 협의자도 다른 법정에서 재판을 받았다. 유죄가 선고된 신녀는 이러한 목적으로 파놓은 지하실에 갇혀 그대로 생매장되었다. 공화정 시대에 베스타 신녀들은 최고신관과 같은 관저의 격리된 공간에서 생활했다.

보니 boni '선량한 사람들'이라는 뜻. 플라우투스의 희곡 「포로들」에 맨 처음 등장한 이 표현은 가이우스 그라쿠스 시대부터 정치적 맥락에서 사용되었다. 가이우스 그라쿠스가 자기 추종자들을 묘사하는 말로 가장 먼저 썼지만 그의 정적 드루수스와 오피미우스도 이 단어를 사용했다. 이후 점차 일반적으로 사용하는 표현이 되었고, 키케로 시대에는 정치 성향이 강경보수인 자들을 일컫는 말로 사용되었다.

보조군 auxiliary 로마군에 편입된 비로마 시민 군단. 마리우스와 술라 시대에 보조 보병은 대부분 이탈리아 태생이었지만 보조 기병은 갈리아, 누미디아, 트라키아 등 로마나 이탈리아보다 일상적으로 말을 많이 타는 지역 출신이 대부분이었다.

스토아학파 Stoicism 기원전 3세기에 페니키아인 키프로스의 제논이 창설한 철학 유파. 철학적 사고체계로서 특히 로마인들에게 매력적으로 받아들여졌다. 기본 이념은 오로지 덕(강인한 인격)과 그 대척점에 있는 나약한 인격에 집중했다. 다시 말해 덕은 유일한 선이고 나약한 인격은 유일한 악이라고 보았다. 돈, 고통, 죽음 등 인간을 괴롭히는 여타 문제들은 중요한 것으로 간주되지 않았는데, 도덕적인 인간은 본질적으로 선한 인간이므로 설령 빈곤하고 끊임없는 고통 속에 있으며 사형선고를 받았다 할지라도 당연히 행복하고 만족한다고 여겼기 때문이다. 그리스의 것이라면 무조건 신봉하던 로마인들은, 이 철학을 수정하기보다는 듣기에 그럴듯한 논증을 만들어서 이 철학에 부수된 받아들이기 어려운 요소를 회피했다. 브루투스가 그 대표적인 인물이다.

시민관(코로나 키비카) Corona Civica 로마의 군사 훈장 중 두번째로 귀한 것. 떡갈나무 잎으로 만든 시민관은 전투 내내 전우들을 구하고 물러서지 않은 군인에게 주어졌는데, 그가 구해준 군인들이 장군 앞에서 그런 일이 있었다고 정식으로 맹세해야만 받을 수 있었다.

에피쿠로스학파 Epicurean 기원전 3세기 초 그리스의 에피쿠로스가 창시한 철학 유파. 본래 에피쿠로스는 극도로 정제된 금욕주의에 가까운 쾌락주의를 옹호했다. 사람은 쾌락을 극도로 음미하고 연장하며 즐겨야 하므로, 일체의 무절제는 그의 목적에 반하는 것이었다. 이들에게 공적 생활이나 그 외 스트레스가 많은 직업은 모두 금기시되었다. 그러나 로마에서 이러한 교의는 상당히 수정되어 에피쿠로스학파로 자처하는 귀족도 공직에 몸담을 수 있었다. 공화정 말기 에피쿠로스학파 사람들에게 최고의 즐거움은 음식이었다.

원로원 Senatus 로마인들은 로물루스가 원로원을 세웠다고 믿었지만 실은 로마 왕정 후기의 왕들이 설립한 자문기구였을 가능성이 크다. 왕정이 끝나고 공화정이 시작된 후에도 원로원은 파트리키 300명 규모로 존속되었다. 몇 년 지나지 않아 평민도 원로원 의원이 되었으나, 그들이 고위 정무관 직을 차지하기까지는 좀더 많은 시간이 걸렸다.
원로원은 워낙 오래된 조직이었기 때문에 그 권리와 권력, 의무에 관한 법적 정의가 거의 존재하지 않았다. 원로원 의원들은 행정부에서 그들의 우위를 지키려고 항상 맹렬히 싸웠다. 공화정 중기부터 재무관에 선출되면 곧이어 원로원 의원이 되는 것이 규정이었지만, 재무관 직을 통하는 길 외에는 원로원에 들어갈 수 없도록 술라가 조치하기 전까지는 원로원 의원 지명에 관한 재량권이 감찰관에게 있었다. 아티니우스법에 따라 호민관은 당선과 동시에 원로원 의원이 되었다. 원로원 의원의 자격 요건으로 자산 조사가 행해졌지만 이는 전적으로 비공식적인 관례였다.
원로원 회의에서 발언이 허락되는 의원들 사이에는 엄격한 위계질서가 존재했다. 평의원들은 투표권만 있고 발언은 할 수 없었다. 안건이 중요하지 않거나 만장일치인 경우 구두 또는 거수 표결로 처리할 수 있었다. 반면 공식 투표는 의원들이 자기 자리에서 나와서 가부 의견에 따라 고관석 단상 양쪽에 선 뒤 각각의 인원수를 세는 방식으로 진행되었다. 입법기관이 아닌 자문기관이었던 원로원은 결의를 통해 다양한 민회에 요구사항을 전달했다. 중

대한 안건이 상정된 경우 정족수가 차야 투표를 실시할 수 있었다.

원로원 최종 결의 Senatus Consultum Ultimum 이 시리즈의 배경이 되는 시대에 '공화국 수호를 위한 원로원 결의'를 가리켜 흔히 사용된 약칭. 키케로가 사용한 것은 확실하다. 저자는 키케로를 이 표현의 원조로 그렸으나 이는 추측에 불과하다.

의사진행 방해 filibuster 최소한 로마 원로원만큼은 오래된, 오늘날에도 사용되는 정치행위의 명칭. 예나 지금이나 장황하게 이야기를 늘어놓아 어떤 제안을 막는 방식으로 행해진다. 방해자는 자신의 어린 시절부터 장례식 계획에 이르기까지 온갖 잡다한 이야기를 하고 또 하여, 정치적 위험이 지나갈 때까지 다른 사람의 발언을 막고 표결이 진행되지 못하도록 했다.

이두스 Idus 한 달 중 특별히 취급되는 세 날(칼렌다이, 노나이, 이두스라는 고정된 지점들을 기준으로 하여 거꾸로 날짜를 표현했다) 중 세번째. 긴 달에는(3월, 5월, 7월, 10월) 15일이었고 다른 달에는 13일이었다. 유피테르 옵티무스 막시무스 신을 위한 날로, 유피테르 대제관이 카피톨리누스 언덕의 아륵스에서 양을 산제물로 바쳤다.

이마고 imago 정제 밀랍으로 만들어 가발을 씌우고 아름답게 채색한 가면으로, 놀랄 만치 실물과 흡사했다. 로마 귀족이 어느 수준의 공직에 이르면 자기 모습을 본딴 이마고를 만들 권리인 유스 이마기니스(ius imaginis)가 생겼다. 오늘날 연구자들은 이마고 제작권이 고등 정무관, 즉 조영관이 되자마자 주어진다고 한다. 다른 이들은 법무관을, 또다른 이들은 집정관을 조건으로 본다. 저자는 집정관, 풀잎관이나 시민관을 받은 사람, 대제관, 최고신관이 되면 이마고 제작권을 획득한다고 본다. 한 집안의 이마고는 모두 아트리움에 비치된 공들여 제작한 신전 모양 장식장에 보관되었으며, 정기적으로 산제물이 바쳐졌다. 이마고 제작권이 있는 집안의 중요 인물이 사망하면 이마고를 꺼내 키와 체격이 사망자를 닮은 배우들에게 쓰게 했다. 여성에게는 이마고 제작권이 부여되지 않았다.

인민 People 엄밀히 말해서 원로원 의원을 제외한 모든 로마인을 포괄하는 용어다. 평민부터 파트리키까지, 1계급부터 최하층민까지를 모두 포함한다.

임페리움 imperium 고등 정무관이나 정무관 권한대행에게 주어진 권한의 정도이다. 임페리움이 있다는 것은 그 사람이 해당 관직의 권한을 보유했으며, 본인의 임페리움과 처신을 규정하는 법에 따라 행동하는 한 그 권한을 부정할 수 없다는 의미였다. 임페리움은 쿠리아법에 의해 주어졌으며 원칙적으로 1년간 지속되었다. 임기가 연장된 총독의 임페리움 연장은 원로원 또는 트리부스회의 비준을 받아야 했다. 임페리움을 보유한 사람은 파스케스를 든 릭토르단을 거느렸는데, 릭토르와 파스케스 수가 많을수록 더 높은 임페리움의 보유자였다.

임페리움 마이우스 imperium maius 아주 강력한 임페리움으로, 임페리움 마이우스 보유자는 그해 집정관들보다 우월한 위치를 차지했다.

재무관 quaestor '관직의 사다리'에서 가장 낮은 단계. 선출직이었다. 마리우스 시대에는 재무관으로 뽑힌다고 해서 자동으로 원로원 의원이 되지는 않았지만, 감찰관들이 재무관을 원로원 의원으로 받아들이는 것이 관례였다. 독재관 술라가 원로원 의원이 되려면 반드시 재무관 직을 거쳐야 한다는 법을 만들기 전까지는 재무관을 지내지 않은 사람도 원로원 의원이 될 수 있었다. 술라는 재무관의 정원을 12명에서 20명으로 증원했고, 30세 전에는 재무관 후보로 출마할 수 없다고 명시했다. 이는 원로원 의원이 되기에 적당한 나이이기도 했다.
주요 임무는 재정 업무였다. 추첨을 통해 로마 내에서 국고를 관리하거나 이탈리아에서 관세, 항구세, 임대료를 수금하거나 속주 총독의 재산을 관리하는 임무 등을 맡았다. 속주 총독으로 파견되는 사람은 자신이 데려갈 재무관을 지명할 수 있었다. 일반적으로 임기는 1년이었으나, 지명받은 경우 모시는 총독의 임기가 끝날 때까지 속주에 남아 임무를 수행했다. 취임일은 12월의 다섯째 날이었다.

정무관 magistrates 투표로 선출되어 행정부를 구성하는 로마 원로원과 인민의 대표자들. 재무관에서 법무관을 거쳐 집정관까지 오르는 코스를 '관직의 사다리'라 칭했다. 감찰관, 두 가지 조영관(평민 조영관, 고등 조영관), 호민관은 관직의 사다리에 직접적으로 속하지 않고 보조 역할을 하는 직책이었다. 감찰관을 제외한 모든 정무관의 임기는 1년이었다. 독재관은 특별한 경우에 해당한다.

제관 flamen 최소한 왕정 시대까지 거슬러올라가는 로마의 가장 오래된 신관 집단. 총 15명으로 그중 3명은 대제관이었다. 대제관들은 각각 유피테르, 마르스, 퀴리누스 신을 섬겼다. 이중 유피테르 대제관이 가장 지켜야 할 금기가 많아서 힘든 자리였다. 대제관 세 명은 국가의 녹을 받고 국가에서 제공하는 집에서 살았으며 원로원 의원이 되었다.

조영관 aedille 평민 조영관 2인과 고등 조영관 2인의 총 4인이었으며 업무 영역은 로마 시내로 한정되었다. 이 직책이 신설된 애초 목적은 기본적으로 호민관 지원, 좀 더 구체적으로는 포룸 보아리움에 자리한 평민 본부 케레스 신전에 대한 평민의 권리를 보호하는 데 있었다. 기원전 494년에 먼저 생겨난 평민 조영관은 평민회에서 선출했는데, 로마 시내의 건물을 총괄 관리하고 평민회에서 통과된 법안(평민회 결의) 및 그 법안의 처리를 명하는 원로원 결의를 공문서로 보존하는 업무를 맡았다. 한편 기원전 367년에 트리부스회에서 선출하는 고등 조영관이 신설되어 공공건물 관리 및 공문서 보존 권한을 파트리키 귀족도 나누어 갖게 되었지만, 얼마 지나지 않아 제도가 바뀌어 파트리키가 아닌 평민도 고등 조영관 직을 맡을 수 있게 되었다. 기원전 3세기부터는 조영관 4인이 역할 구분 없이 로마 시가지, 상하수도, 교통, 공공건물, 기념물이나 편의시설, 시장, 도량형(표준 도량형기가 카스토르 · 폴룩스 신전 지하에 보관되어 있었다), 경기대회, 공공 곡물 공급을 관리했다. 조영관은 관련 규정을 위반한 자에게 시민권자이든 비시민권자이든 상관없이 벌금을 부과할 권한이 있었고, 그 돈은 금고에 보관해두었다가 경기대회 자금으로 썼다. 조영관 직은 '관직의 사다리'에 포함되지는 않았지만, 경기대회 자금을 관리한다는 점에서 법무관 선거 출마를 앞둔 이들에게 유용한 정무직으로 꼽혔다.

조점관 augur 점술을 보는 신관. 조점관은 점괘를 자의적으로 해석하거나 미래를 예언하는 자가 아니었다. 그보다는 집회, 전쟁, 신규 법안, 선거와 같은 국가 행사와 시국적 사안에 대한 신의 승인 여부를 확인하기 위해 특정한 사물이나 징조를 면밀하게 관찰했다. 표준 지침서에 따라 '책에 나온 대로' 점괘를 해석했으며, 토가 트라베아를 입고 리투우스라는 굽은 지팡이를 들고 다녔다.

존엄(디그니타스) dignitas 로마 특유의 개념으로, 개인의 고결함, 긍지, 가문, 말, 지성, 행동, 능력, 지식, 사람으로서의 가치의 총체였다. 공적이라기보다 사적인 입지였으나, 훌륭한 존엄은 공적인 입지를 크게 강화시켰다. 로마 귀족은 소유한 모든 자산 중 디그니타스에 대해 가장 민감했다. 디그니타스를 지키기 위해서라면 그는 전쟁에 나가거나 망명길에 오르고, 자살을 하고, 아내나 아들을 죽일 수도 있었다.

참모군관 tribunus militum 사령관의 참모진 중 선출직 군무관이 아니면서 계급이 보좌관보다 낮고 수습군관보다 높은 이들. 사령관이 집정관일 때는 그를 위한 참모 업무를 맡아 했고, 집정관이 아닐 경우 직접 군단을 지휘할 수도 있었다. 기병대의 지휘관 역할도 수행했다.

최고신관 Pontifex Maximus 국가 종교의 수장으로, 신관 중에 가장 지위가 높다. 로마 초기에 처음 만들어진 지위로 보이며, 타인의 감정을 자극하지 않으면서 장애물을 피해가는 데 능숙했던 로마인의 특징을 잘 보여준다. 애초에는 로마의 왕에게 주어지는 직위인 제사장이 가장 높은 신관 역할을 맡고 있었다. 원로원을 통해 로마를 통치하게 된 새로운 지배자들은 제사장을 폐지하여 민심을 건드리는 대신 더 높은 신관 직을 만들어냈는데 그것이 바로 최고신관이었다. 최고신관은 다른 구성원들의 동의가 아니라 선거로 선출되었다는 점에서 정치인과 비슷했다. 초기에는 파트리키만 최고신관이 될 수 있었으나 공화정 중기에 이르러서는 평민에게도 허락되었다. 대신관, 조점관, 페티알레스 신관, 베스타 신녀를 비롯한 모든 신관들을 관리하고 감독했다. 최고신관은 가장 훌륭한 관저를 제공받았으며 그곳을 베스타 신녀들과 반반씩 나눠서 이용했다. 최고신관의 공식 집무실은 신전으로 분류되었는데, 포룸 로마눔 내 최고신관의 관저 바로 맞은편에 위치한 작고 오래된 레기아였다.

칼렌다이 Kalendae 한 달에서 특별히 취급되는 세 날(칼렌다이, 노나이, 이두스라는 고정된 지점들을 기준으로 하여 거꾸로 날짜를 표현했다) 중 첫번째 날. 매달 1일이었다. 유노 여신에게 바쳐진 날로, 본래 새 달이 뜨는 날과 일치하도록 정했다.

코그노멘 cognomen 이름(프라이노멘) 및 씨족명(노멘)이 같은 사람들과의 차별화를 위해 로마 남성이 붙였던 세번째 이름. 폼페이우스의 코그노멘인 마그누스처럼 개인이 직접 정할 수도 있었고, 율리우스 가문의 카이사르 분가처럼 집안 대대로 유지하는 코그노멘도 있었다. 일부 가문에서는 하나 이상의 코그노멘이 필요하게 되었다. 코그노멘은 튀어나온 귀, 평발, 곱사등, 부은 다리 같은 신체 특징을 묘사하거나 위대한 업적을 기리는 경우가 많았으며, 최고의 코그노멘은 극히 풍자적이거나 매우 익살맞았다.

톨로사의 황금 Gold of Tolosa 기원전 278년으로부터 여러 해가 지난 어느 날, 한 무리의 볼카이 텍토사게스족은 마케도니아에서 아퀴타니아의 톨로사(오늘날의 툴루즈) 인근의 고향으로 돌아왔을 것이다. 그들은 여러 신전을 약탈하여 전리품을 가지고 왔는데, 약탈품을 녹여서 톨로사의 여러 신전의 경내 곳곳에 있던 인공 호수에 보관했다. 금은 그대로 물 밑에 놔두었고, 은으로는 거대한 맷돌을 만들어 연못 밑에 두었다가 정기적으로 끌어올려 밀을 갈았다. 기원전 106년 로마의 집정관 퀸투스 세르빌리우스 카이피오는 당시 톨로사 근처에서 머물던, 이주 중인 게르만족과 전쟁을 하라는 명령을 받았다. 카이피오가 그곳에 도착했을 때 게르만족은 자신들을 받아주었던 볼카이 텍토사게스족과 다툼 끝에 떠나버린 뒤였다. 집정관 카이피오는 전투는 하지 못했지만 톨로사의 신성한 호수들 속에 있던 엄청난 양의 금과 은을 발견했다. 은은 맷돌을 포함하여 1만 탈렌툼(250 영국 톤), 금은 1만 5천 탈렌툼(370 영국 톤)에 달했다. 은은 나르보 항으로 이송 후 배편으로 로마로 보냈다. 은을 이송하는데 쓴 짐마차들은 톨로사로 되돌아가서 금을 실었고, 이 짐마차 수송대는 520여 명으로 구성된 로마군의 호위를 받았다. 카르카소 요새 부근에서 수송대는 강도의 습격을 받았다. 호위 군인들은 전멸했고 짐마차들과 황금은 사라져버린 후 다시는 발견되지 않았다.
사건 당시 집정관 카이피오는 의심을 받지 않았지만, 1년 후 아라우시오 전투에서의 행위 때문에 비난을 받은 후부터 집정관 카이피오가 그 짐마차 수송대를 습격한 배후이고 톨로사의 황금을 자기 명의로 스미르나에 보관하고 있다는 소문이 돌기 시작했다. 집정관 카이피오는 그 강도 사건으로 재판을 받지는 않았지만 군대를 잃은 일로 재판을 받아 유죄 판결을 받고 추방당했다. 그는 추방지로 스미르나를 선택했고 그곳에서 기원전 100년에 죽었다.
톨로사의 황금 이야기는 고대의 자료들에 나오지만 집정관 카이피오가 그것을 훔쳤다고 단언하는 자료는 없다. 그러나 그가 훔쳤다고 보는 것이 타당해 보인다. 그의 뒤를 이은 세르빌리우스 카이피오 집안사람들은 마지막 후손인 브루투스까지 엄청나게 부유했기 때문이다. 또한 대부분의 로마인이 집정관 카이피오가 로마 국고에 있던 황금보다도 많은 톨로사의 황금 실종의 배후라고 생각했다는 것 역시 거의 분명하다.

트리부스 tribus 공화정이 시작될 무렵 로마인에게 트리부스는 자신이 속한 종족 집단 분류가 아니라 국가에만 유용한 정치 집단 분류로 인식되었다. 로마에는 모두 35개 트리부스가 있었는데 31개는 지방 트리부스였고 단 4개만 수도 트리부스였다. 유서 깊은 16개 트리부스는 다양한 파트리키 씨족의 이름을 지니고 있었다. 이는 해당 트리부스에 속하는 시민들이 그 파트리키 씨족의 구성원이거나 그 씨족의 소유지에 살았던 사람임을 의미했다. 공화정 초기와 중기 동안 로마가 이탈리아 반도에서 영토를 늘려감에 따라 새로운 시민들을 수용하기 위해 여러 트리부스가 추가되었다. 각 트리부스의 모든 구성원에게는 트리부스회에서 투표할 권리가 있었지만, 한 트리부스 전체가 한 표를 행사하는 방식이었기 때문에 이 표 자체는 큰 의미가 없었다.

파벌 faction 학자들이 공화정 로마의 정치가 추종자 집단을 지칭하는 용어. 이 집단은 어느 모로 보다 현대적 의미의 정당과는 거리가 멀다. 막대한 권위와 존엄을 지닌 개인을 중심으로 형성되던 파벌은 추종자들을 양산하고 유지하는 개인의 능력에 대한 증거일 뿐이었다. 정치 이념이나 정책 노선 같은 것은 존재하지 않았고 구성원은 매우 탄력적으로 끊임없이 변했다.

파스케스 fasces 자작나무 가지들을 의식에 따라 붉은 가죽끈을 X자로 엇갈리게 하여 묶은 것. 원래 에트루리아 왕들의 상징이었으나 신생 로마의 관습으로 전해졌고 공화정 시대부터 제정 시대까지 로마의 공적 생활에 쭉 존재했다. 릭토르단은 파스케스를 들고 고위 정무관(혹은 집정관 및 법무관 권한대행) 앞에서 걸으며 해당 정무관에게 임페리움이 있음을 알렸다. 신성경계선 안에서는 나뭇가지들만 묶은 파스케스를 들어 고위 정무관에게 태형을 가할 권한만 있음을 알렸으며, 신성경계선 밖에서는 나뭇가지들 속에 도끼를 넣어 고위 정무관에게 사형을 내릴 권한도 있음을 알렸다. 신성경계선 안에서 파스케스에 도끼를 넣을 수 있는 사람은 독재관뿐이었다. 파스케스 수는 임페리움의 정도를 의미했다. 독재관은 24개(술라 이전에는 12개), 집정관과 집정관 권한대행은 12개, 법무관과 법무관 권한대행은 6개, 조영관은 2개를 보유했다.

파트리키 patricii 로마 구귀족. 왕정이 수립되기 이전부터 유명했던 시민들로 계속 이 칭호를 유지했다. 초반에는 집정관을 배출해 신귀족으로 부상한 평민들에게도 허락되지 않는 명성과 특권을 누렸다. 하지만 공화정이 발전하고 평민의 부와 권력이 커지자 특권이 점점 약화되었고, 마리우스 시대에는 파트리키 가문이 평민 출신의 신귀족 가문보다 오히려 가난해지기도 했다. 제사장과 유피테르 대제관 같은 일부 신관 직, 섭정관과 최고참 의원 같은 일부 원로원 의원 직은 파트리키에게만 허용되었다.

평민 plebs 파트리키가 아닌 모든 로마 시민. 공화정 초기에는 평민에게 신관 직, 고위 정무관 직, 원로원 의원 직조차 허락되지 않았다. 하지만 얼마 지나지 않아서 파트리키에게만 허락되던 직위들을 평민들이 하나씩 차지하기 시작했다. 마리우스 시대에는 정치적으로 그리 중요하지 않은 몇 가지 직책만이 파트리키 고유의 영역으로 남아 있었다.

포룸 로마눔 Forum Romanum 로마의 공적 생활 중심지였던 이 기다란 공터는 주위의 건물들과 마찬가지로 대부분 정치 · 법 · 업무 · 종교 활동에 쓰였다. 주변보다 지대가 낮아서 비교적 습하고 춥고 해가 들지 않았지만 공적 활동이 매우 활발하게 이루어졌다. 포룸 로마눔의 절반 정도를 차지하는 낮은 구역에서 늘 법과 정치 업무가 진행중이었다는 설명들로 볼 때, 이곳은 항상 노점과 매대, 손수레로 북적이지는 않았을 것이다. 포룸 로마눔의 에스퀼리누스 언덕 쪽 구역에 일련의 건물들로 구분된 매우 큰 시장이 두 개 있었는데, 이곳에 대부분의 매대와 노점이 있었을 것이다.

포르투나 Fortuna 운명의 여신. 가장 열렬히 숭배되던 로마의 신들 가운데 하나. 로마인들은 내심 운을 믿었지만, 운에 대해 지금의 우리와는 다른 생각을 갖고 있었다. 사람은 스스로 자신의 운을 개척하는 것이기도 했지만, 술라나 카이사르처럼 매우 지적인 사람들조차 미신을 신봉하는 것은 물론, 포르투나의 노여움을 사지 않으려고 매우 조심했다. 누군가가 포르투나의 총애를 받는다는 건 그 사람이 옹호하는 것들이 정당하다는 뜻으로 간주되었다.

피케눔 Picenum 이탈리아 반도의 동부에 위치한 지역으로, 장화처럼 생긴 땅에서 종아리 부분에 해당한다. 서쪽 경계는 험준한 아펜니누스 산맥이며 북쪽으로는 움브리아, 남쪽과 서쪽으로는 삼니움이 있었다. 아드리아 해와 맞닿아 항구가 많았고 그중에 앙코나와 피르뭄 피케눔이 가장 분주한 항구도시였다. 주요 내륙도시는 아스쿨룸 피켄툼이었다. 원주민은 남부 이탈리아의 고대 그리스 식민지 주민과 일리리아인이었다. 아펜니누스 산맥 반대편에 살던 사비니족이 이주해오면서 그들의 수호신인 피쿠스가 전해졌는데, 딱따구리를 의미하는 '피쿠스'에서 '피케눔'이라는 지명이 유래했다는 설도 있다. 기원전 390년 첫번째 브렌누스 왕이 이탈리아를 침략했을 당시 세노네스라는 갈리아 부족이 이 지역에 정착하기도 했다. 정치적으로 북부와 남부로 양분되었는데 북부 피케눔은 남부 움브리아와 밀접한 관계였고 폼페이우스 가문의 영향권에 있었다. 반면 플로시스 강 이남의 피케눔은 삼니움과 끈끈한 관계를 맺고 있었다.

피호민 cliens 보호자(파트로누스, patronus)에게 입회를 약속한 자유인이나 해방노예를 뜻한다. 꼭 로마 시민일 필요는 없었다. 가장 엄숙하고 도덕적인 구속력 있는 방식을 통해, 보호자의 이익을 도모하고 그의 지시에 따를 것을 약속하는 대신 여러 가지 원조(일반적으로 돈이나 직위, 법률적인 도움)를 받았다. 해방노예는 자동으로 전 주인의 피호민이 되었고, 이러한 관계는 의무를 면제받는 날까지 지속되었다(그러나 그런 경우는 거의 없었다). 피호민인 동시에 보호자인 사람도 있었다. 이러한 경우 그는 최종 보호자가 아니었으며 그의 피호민은 그의 보호자의 피호민이기도 했다. 공화정 시대에는 피호민과 보호자의 관계에 관한 공식적인 법이 없었다. 필요가 없었기 때문이다. 어느 쪽이건 이 중요한 관계에서 불명예스럽게 처신하면 사회적인 성공은 기대할 수 없었다. 외국의 피호민과 보호자 관계를 다스리는 법도 있었다. 다시 말해 개인만이 아니라 도시나 국가 전체도 피호민이 될 수 있었다.

호민관 tribune of the plebs 공화정이 수립되고 오래지 않아 평민과 파트리키 귀족의 갈등이 극에 달했을 때 생긴 관직. 평민들로 구성된 트리부스 기구인 평민회에서 선출된 호민관은 평민계급 구성원들의 생명과 재산을 수호하고 정무관(당시에는 파트리키)의 손아귀로부터 그들을 구하겠다는 선서를 했다. 호민관은 트리부스회에서 선출되지 않았기 때문에 로마의 불문헌법 하에서 실질적 권한이 없었으며 군무관이나 재무관, 고등 조영관, 법무관, 집정관, 감찰관과 같은 종류의 정무관이 아니었다. 호민관은 평민들의 정무관이었고, 이들의 직무 권한은 자신들이 선출한 관리의 신성불가침성을 지켜주겠다는 평민계급의 서약에서 비롯되었다. 호민관에게는 임페리움이 없었고 부여된 직권은 첫번째 마일 표석 내에서만 행사할 수 있었다. 기원전 450년경에는 호민관이 총 열 명 있었다.
호민관의 진정한 권력은 국가의 거의 모든 조치에 거부권을 행사할 수 있는 권리에서 나왔다. 따라서 호민관의 역할은 새로운 제도의 도입보다 의사진행 방해로 나타나는 경우가 많았다. 마리우스와 술라 시대에 이들은 파트리키만이 아니라 원로원에 있어서도 눈엣가시 같은 존재였다.

히스파니아 Hispania 오늘날의 스페인. 이베리아라고도 한다.

— **가까운 히스파니아** Nearer Spain 히스파니아 키테리오르라고 불린 로마 속주. 지중해 근처의 평원부터 그 뒤편의 구릉지대를 포함했고, 남쪽의 새 카르타고(오늘날 스페인 카르타헤나)에서 시작해 북쪽의 피레네 산맥까지 이어졌다. 먼 히스파니아 속주와의 남쪽 경계는 다소 불분명하지만 오로스페다 산맥, 혹은 압데라 뒤편의 조금 더 높은 솔로리우스 산맥을 경계로 삼았던 것으로 보인다. 이 시리즈에서 다루는 시기에는 가장 큰 정착촌이 새 카르타고였다. 그 뒤편의 오로스페다 산맥에는 은광이 많았고 카르타고 몰락 후 로마인들이 그 은광을 차지했기 때문이다. 로마에서 온 속주 총독들이 은광 외에 유일하게 관심을 보인 것은 이베루스 강(오늘날의 에브로 강)과 그 지류 부근의 비옥한 땅이었다. 속주 총독은 남쪽의 새 카르타고나 북쪽의 타라코에 머물렀다. 로마에게는 먼 히스파니아만큼 경제적으로 중요한 지역이 아니었지만, 그리로 통하는 유일한 통로였기 때문에 적당히 진압해놓을 필요가 있었다.

— **먼 히스파니아** Further Spain 로마의 히스파니아 속주 두 곳 중 더 먼 히스파

니아 울테리오르. 가까운 히스파니아와의 경계는 다소 불분명했으나 대체로 바이티스 강 유역 전체, 바이티스 강과 아나스 강이 발원하며 광석이 매장된 산지, 타구스 강어귀의 올리시포와 '헤라클레스의 기둥'까지 대서양 연안, 헤라클레스의 기둥에서 압데라 항구까지 지중해 연안을 가리켰다. 이곳에서 가장 큰 도시는 가데스였지만 총독 소재지는 코르두바였다. 스트라본은 먼 히스파니아가 세상에서 가장 부유한 경작지라고 했다.

카이사르의 여자들 1

마스터스 오브 로마 4

1판 1쇄 2016년 12월 7일
1판 5쇄 2020년 3월 23일

지은이 콜린 매컬로 | 옮긴이 강선재 신봉아 이은주 홍정인 | 펴낸이 신정민

편집 신정민 신소희 | 디자인 고은이 이주영
마케팅 정민호 김경환 | 홍보 김희숙 김상만 오혜림 지문희 우상희 김현지
저작권 한문숙 김지영 | 모니터링 서승일 이희연 전혜진
제작 강신은 김동욱 임현식 | 제작처 한영문화사

펴낸곳 (주)교유당
출판등록 2019년 5월 24일 제406-2019-000052호

주소 10881 경기도 파주시 회동길 210
문의전화 031) 955-8891(마케팅), 031) 955-3583(편집)
팩스 031) 955-8855
전자우편 gyoyuseoga@naver.com

ISBN 978-89-546-4331-3 (04840)
978-89-546-4327-6 (세트)

* 이 도서의 국립중앙도서관 출판예정도서목록(CIP)은 서지정보유통지원시스템 홈페이지(http://seoji.nl.go.kr)와 국가자료공동목록시스템(http://www.nl.go.kr/kolisnet)에서 이용하실 수 있습니다. (CIP제어번호: CIP2016027561)